KB006335

8

STEPHEN KING

스티븐 킹 | 그것(중)

8

STEPHEN KING

스티븐 킹 | 그것 (중)

정진영 옮김

황금가지

IT
by Stephen King

차 례

IT

1958년 6월

나의 외면이 바로 나다.
그 아래 묻혀 있는 유년을 본다.
근원?
모두에게 근원은 있다.

— 윌리엄 칼로스 윌리엄스, 『패터슨』—

....

종종 내가 뭘 하고 있는지 궁금할 때가 있지.
여름의 우울을 치료할 방법은 없어.

— 에디 코크란—

일망타진

1985년 5월 29일 오후 뉴욕 주 상공, 비벌리 로건은 또 웃기 시작한다. 혹시 실없는 사람처럼 보일까 봐 두 손으로 입을 틀어막지만 웃음을 멈출 수 없다.

'우리는 그때 실컷 웃었어.' 그녀는 생각한다. 암흑 속을 찾아든 또 하나의 불빛이라고 해도 좋다. '그래, 우리는 늘 겁에 질려 있었지만 그때도 지금처럼 웃음을 참을 수 없었지.'

통로 쪽 그녀의 옆 좌석에 앉아 있는 사내는 긴 머리에 잘생긴 젊은이이다. 2시 30분 비행기가 밀워키에서 이륙한 뒤부터 줄곧 그 남자는 그녀를 힐끔거리고 있지만(그 후 클리브랜드와 필리를 경유한 것을 포함해 벌써 두 시간 반이 흘렀다) 대 놓고 말을 걸 의향은 없는 것 같다. 처음에 몇 마디 말을 걸어 왔을 때 그녀가 별다른 감정 없이 정중하게 대꾸해 주자 그는 가방을 열어 로버트 러들럼의 소설을 꺼내 들었다.

이제 남자는 읽던 곳에 집게손가락을 끼운 채 책을 덮더니 호기심 어린 눈초리로 묻는다. "괜찮으세요?"

그녀는 고개를 끄덕이며 심각한 표정을 지으려고 애쓰지만 웃음은 더 뒤틀리고 만다. 남자는 어리둥절하고 궁금한 표정으로 피식 웃는다.

"아무것도 아니에요." 그녀는 다시 진지한 음성으로 말해 보지만 별 효과가 없다. 심각해지려고 애쓰면 애쓸수록 얼굴은 참을 수 없는 웃음 때문에 경련까지 일어난다. 아주 오래 전처럼 말이다. "갑자기 이 비행기가 어느 항공사 소속인지 모르겠는 거예요. 여, 옆에 큼지막한 오, 오, 오리가 그려져 있다는 것밖에는."

그러나 그 정도만 생각해도 충분하다. 그녀는 또 한 차례 유쾌한 웃음을 터뜨린다. 사람들의 시선이 일제히 그녀를 향하고, 그 중에는 인상을 찌푸리는 사람도 있다.

"리퍼블릭." 그 남자가 말한다.

"뭐라고요?"

"지금 시속 724킬로미터로 하늘을 휘젓고 있는 게 리퍼블릭 항공사 덕분이란 뜻입니다. 좌석 주머니에 항공사 팸플릿이 있거든요."

"팸플릿?"

남자는 좌석 주머니에서 팸플릿(실제로 리퍼블릭 항공사 로고가 찍혀 있다)을 꺼내 든다. 팸플릿에는 비상구와 구명 조끼의 위치, 산소 마스크 사용법, 불시착시 취해야 하는 자세 등이 소개돼 있다.

"죽을 때 꺼내 보는 팸플릿이죠." 남자의 말에 이번에는 두 사람 모두 한바탕 웃는다.

'정말 잘생긴 남자구나.' 비벌리는 눈을 비비며 잠에서 깨어나 아직은 잡념이 없을 때처럼 깨끗하고 신선한 기분을 느낀다. 남자는 스웨터와 물 빠진 청바지를 입고 있다. 짙은 금발을 뒤에서 가죽끈으로 묶은 모습을 바라보다, 그녀는 문득 어렸을 때 머리를 땋아 묶었던 기억을 떠올린다. '부드럽고 예의 바른 대학생처럼 물건도 쓸 만하겠어. 재즈 연주처럼 기다랗고 건방지지 않을 만큼만 굵겠지.'

그녀는 다시 걷잡을 수 없이 웃었다. 찔끔거리는 눈물을 닦을 만한 손수건조차 없다는 사실에 그녀의 웃음소리는 더 격해진다.

"그렇게 계속 웃다가는 여승무원이 비행기 밖으로 집어던질지 몰라요."

그는 진지하게 말했지만 그녀는 고개만 흔들 뿐 웃음은 여전하다. 이젠 옆구리와 배가 아프다.

그녀는 남자가 건네는 깨끗한 흰색 손수건으로 눈가를 훔친다. 그래서인지 결국 웃음이 멎는다. 그러나 단번에 웃음을 멈춘 건 아니다. 조금씩 헐떡거리다 잦아든다. 그러나 이따금 비행기 기체에 그려진 큼지막한 오리 그림이 떠오르고, 그때마다 어쩔 수 없이 작은 비명처럼 낄낄거렸다.

얼마 후, 그녀는 손수건을 돌려준다.

"고마워요."

"어이쿠, 그 손 괜찮아요?"

그는 손수건을 받아 쥔 후 한동안 그녀의 손을 잡고 걱정스러운 표정을 짓는다.

그녀는 자신의 손을 내려다보다 갈라진 손톱을 발견했다. 톰에게 화장대를 밀어붙일 때 부러진 것 같다. 그 일을 떠올리자 손톱에 난 상처보다 더한 아픔이 전해져 그녀는 더 이상 웃지 않는다. 그녀는 부드럽게 그에게서 손을 빼낸다.

"공항에서 차 문에 찧었나 봐요."

그녀는 톰이 그녀에게 한 짓이나 그녀의 몸에 난 상처에 대해 언제나 거짓말을 해 왔다는 사실을 깨닫는다. 이번이 마지막 거짓말이기를. 과연 그렇게 될까? 그렇게만 될 수 있다면 얼마나 좋을까……, 꿈인지 생시인지 모를 정도로 기쁠 것이다. 그녀는 말기 암 환자를 진찰한 후, 암 세포가 줄어들었다며 엑스선 검사 결과를 알려 주는 의사의 모습을 떠올린다. 어찌된 일인지 모르겠지만 암 세포가 없어졌다며.

"무척 아팠겠군요."

"아스피린을 먹었으니까 괜찮을 거예요."

그녀는 다시 기내 잡지를 펼쳤지만 이미 처음부터 끝까지 그 잡지를 두 번이나 봤다는 사실을 그 남자도 눈치 챘을 것이다.

"어디로 가십니까?"

그녀는 잡지를 덮고 미소 띤 얼굴로 그를 바라본다. "무척 친절하신 분이군요. 하지만 지금은 별로 말하고 싶은 기분이 아닌데 이해해 주시겠죠?"

"그럼요. 하지만 보스턴에 도착하고 나서, 비행기 옆구리에 그려진 커다란 오리처럼 마시고 싶으시다면 제가 한잔 샀으면 합니다." 그가 마주 웃으며 말한다.

"고맙지만, 또 비행기를 타야 하거든요."

"이런, 아침에 본 오늘의 운세가 영 안 맞는군요." 그는 다시 소설책을 펼친다. "하지만 웃음소리가 듣기 좋던데요. 웬만한 남자라면 단번에 반할 정도로."

그녀도 다시 잡지를 펼치지만 그녀의 눈길을 사로잡는 건 뉴올리언스의 갈 만한 곳을 소개하는 잡지 기사가 아니라 갈라진 손톱이다. 손톱 두 개는 피멍이 맺혀 있다. 복도를 따라 쫓아오던 톰의 울부짖음이 들리는 것 같다. "죽여 버리겠어, 쌍년! 개 같은 년!" 그녀는 몸서리친다. 톰에게도 쌍년이었고, 중요한 패션쇼를 앞두고 빈둥거리다 그녀에게 혼쭐 나야 했던 재봉사들에게도 쌍년이었으며, 톰이나 불운한 재봉사들이 그녀의 삶에 들어오기 오래전엔 아버지에게 쌍년이었다.

쌍년.

이 쌍년.

개 같은 년.

그녀는 잠시 눈을 감는다.

침실에서 도망칠 때, 깨진 향수병에 찔린 발이 손가락보다 더 욱신거린다. 케이는 비벌리에게 반창고와 구두 한 켤레와 1,000달러짜리 수표를 주었고, 비벌리는 9시 정각 워터타워 광장에 있는 시카고 퍼스트 은행에서 수표를 현금으로 바꾸었다.

케이가 걱정했음에도, 비벌리는 수표 대신 일반 타이프 용지에 배서했다. "어디선가 읽은 기억이 있어. 어디에 배서를 하든 수표를 바꿔 주도록 되어 있다고 말이야." 비벌리의 목소리는 전혀 다른 곳에서 들려오는 것 같았다. 다른 방에 있는 라디오에서 나오는 목소리처럼. "포탄 껍데기에 배서하고 수표를 현금으로 바꾼 사람도 있대. 『별난 이야기』라는 책인가에 나온 얘기였을 거야." 비벌리는 그때 어색한 웃음을 지었다. 케이는 그런 그녀를 몹시 심각한 표정으로 바라보았다. "하지만 꾸물거리지는 않을 거야. 톰이 구좌를 동결시키기 전에 현금으로 바꿀 생각이니까."

피곤하지는 않았지만(그때까지만 해도 잔뜩 긴장해 있었고 케이가 타 준 블랙 커피도 그녀의 신경을 깨워 놓는 데 한몫했다), 간밤의 일을 떠올리면 꿈결같다.

십대 아이 세 명이 쫓아오면서 집적거리며 휘파람을 불었지만 감히 그녀의 앞까지 가로막지는 못했다. 세븐 일레븐 편의점에서 흘러나온 환한 불빛이 교차로를 비추고 있어서 얼마나 안도하며 가슴을 쓸어 내렸는지도 생각난다. 그녀는 곧장 편의점으로 들어가 그녀의 블라우스 앞자락을 훔쳐보는 여드름투성이 점원에게 전화를 걸게 동전 좀 빌려 달라고 사정했다. 점원은 연신 그녀의 블라우스를 힐끔거리며 순순히 동전을 내주었다.

그녀는 제일 먼저 케이 매콜의 전화번호를 떠올렸다. 십여 차례 신호음이 가는 동안 혹시 케이가 뉴욕에 간 것은 아닐까 조바심이 났다. 이윽고 수화기를 내려놓으려는 찰나, 잠에 취한 케이의 웅얼거림이 들려왔다. "누군데 이 시간에 전화하는 거예요."

그녀는 멈칫하다가 말문을 열었다. "비벌리야. 네 도움이 필요해."

잠시 침묵 뒤에 들려온 케이의 음성에 잠 기운이 사라지고 없었다. "어디야? 무슨 일이냐고?"

"스트레이랜드 가 모퉁이에 있는 세븐 일레븐 안이야. 나 말이야……, 케이, 나 톰과 갈라섰어."

케이는 곧바로 환호성을 질렀다. "잘했어! 바로 그거야! 만세다, 만세! 당장 데리러 갈게! 그 개 같은 자식! 개새끼! 으리으리한 메르세데스로 모시러 갈 테니 기다려! 40명짜리 밴드까지 불러야겠어! 당장 갈 테니까……."

"내가 택시를 타고 갈게." 비벌리는 땀이 홍건한 손바닥으로 동전 두 개를 만지작거렸다. 문득 거울을 바라보니, 여드름투성이 점원이 게슴츠레한 눈길로 그녀의 엉덩이를 주시하고 있었다. "하지만 택시 비가 없으니까 네가 마중 나와 줘. 돈이 하나도 없어. 한 푼도."

"택시 비뿐이야, 택시 기사한테 5달러 팁까지 줄 생각인걸. 이건 닉슨이 물러난 후 최대 뉴스 거리라고! 일단 여기서 진창 마시고⋯⋯." 잠시 멈췄다가 다시 들려온 케이의 목소리에 진지하고 깊은 애정이 담겨 있어서 비벌리는 코끝이 찡했다. "비벌리, 마침내 해냈구나. 더 이상 필요 없어. 하느님한테 정말 감사한다는 것밖에는."

케이 매콜은 전직 디자이너로서 부자와 결혼했다가 훨씬 더 부자가 되어 이혼했으며, 비벌리와 처음 만나기 3년 전쯤인 1972년에 페미니즘 정책에 눈뜬 인물이었다. 그 당시 그녀는 인기와 논란의 정점에 있었는데, 특히 제조업자인 남편을 상대로 1센트까지 받아내기 위해 케케묵은 남성 중심의 법을 최대한 이용하고 나중에야 페미니즘에 관심을 가진 거라는 비난을 받기도 했다.

"헛소리들 작작하라고 해!" 케이는 한번 비벌리에게 주장하기도 했다. "그렇게 떠벌리는 족속들은 샘 차코위츠와 잠자리를 안 해 봐서 그런 거야. 펌프질 한 번으로 사정해 버리는 게 그 인간의 좌우명이었어. 70초 이상 지속한 건 딱 한 번, 언젠가 욕조 속에서 더럽게 불편한 자세로 섹스했을 때뿐이야. 하지만 난 그 사람을 속이지 않았어. 결혼 생활과 소송 과정에서 소모한 전투 비용을 받아 냈을 뿐이니까."

케이는 페미니즘과 직장 여성, 페미니즘과 가족, 페미니즘과 영혼을 주제로 세 권의 책을 썼다. 처음 두 권은 대단한 인기를 모았다. 세 번째 책을 쓰고 3년이 지난 후 패션 업계에서 완전히 손을 뗐는데, 비벌리는 그 편이 오히려 케이에게 잘된 일이라고 생각했다. 투자를 잘한 덕분에("고맙게도 페미니즘과 자본주의는 양립하지 못하거든." 언젠가 그녀는 비벌리에게 말한 적이 있다), 저택과 별장을 소유한 부자가 되었고, 잠자리에서는 남성적이지만 테니스 경기에서만큼은 그녀를 당해 내지 못하는 두세 명의 남자를 항상 거느리고 다녔다. "테니스 시합에서 나를 이기는 녀석은 곧바로 모가지야." 케이는 농담으로 하는 말이었지만 비벌리는 사실인지 모른다고 생각했다.

비벌리는 택시가 도착하자마자 가방을 뒷좌석에 싣고, 점원의 느끼한 시선에서 벗어나게 되어 한결 가벼운 마음으로 택시 기사에게 케이의 주소를 알려 주었다.

케이는 잠옷에 밍크 코드를 걸친 채 현관 앞의 자동찻길 끝에서 기다리고 있었다. 그녀는 커다란 방울술들이 달린 보슬보슬한 분홍 슬리퍼를 신고 있었다. 슬리퍼에 적황색 단추가 안 달렸으니 천만다행이라고, 만약 그랬다면 한밤중에 또다시 비명을 질렀을지 모른다고 비벌리는 생각했다. 그녀는 케이의 집으로 택시를 타고 오는 동안 줄곧 기이한 감정에 사로잡혀 있었다. 너무도 갑작스럽게, 너무도 선명하게 되살아나는 기억 때문에 공포감마저 느껴졌다. 머릿속에 커다란 불도저가 불쑥 나타나 그녀가 여태껏 있는지도 몰랐던 정신의 무덤을 도굴하는 느낌이었다. 무덤 속에서 갑자기 튀어나온 것은 시체가 아니라 이름이었다. 오랫동안 그녀의 뇌리에서 잊혀져 있던 이름. 벤 한스컴, 리처드 토저, 그레타 보위, 헨리 바우스, 에디 카스브랙……, 그리고 빌 덴브로. 특히 빌을 지칭했던 '버벅이 빌'이라는 이름은 그만 한 또래에서는 솔직하면서도 잔인한 것이었다. 빌은 키가 컸던 것 같았고 완벽해 보였다(그가 입을 열고 말 하기 전까지는 분명 그랬다).

이름……, 지명……, 벌어진 사건.

뜨거웠다가 싸늘해지는 느낌, 비벌리는 배수구에서 들려온 목소리……, 핏자국을 기억했다. 그녀는 비명을 질렀고, 곧바로 아버지의 주먹이 날아들었다. 아버지와 톰.

눈물이 흐르고……, 그동안 케이는 택시 비를 지불하고 기사가 깜짝 놀랄 만큼 많은 팁까지 주었다. "감사합니다, 부인! 와!"

케이는 비벌리를 집으로 데려가 샤워를 시키고 잠옷을 입혀 주고 커피를 타 주고 상처를 살펴본 후 머큐로크롬을 바르고 반창고로 감싸주었다. 그녀는 커피에 브랜디를 약간 섞어서, 마지막 한 방울까지 다 마셔야 한다며 비벌리에게 성화를 부렸다. 그리고 스테이크에 살짝 튀긴 신선한 버섯을 곁들여 내놓았다.

"자, 이제 얘기 좀 들어 볼까, 어떻게 된 거야? 경찰에 전화할까, 아니면 그냥 리노¹⁾바다 주의 도시, 이혼 재판소로 유명함에 갈래?"

"자세한 얘기는 못 하겠어. 미친 소리처럼 들릴 테니까. 하지만 내 잘못이야, 상당 부분은……"

케이가 손바닥으로 탁자를 내리쳤다. 반질반질한 마호가니 탁자에서 조그마한 권총이 발사되는 소리가 들렸다. 비벌리는 화들짝 놀랐다.

"그런 말 하지 마." 케이의 얼굴은 벌겋게 달아올랐고, 갈색 눈동자가 이글거렸다. "우리가 알고 지낸 지 얼마나 됐지? 9년? 10

년? 한 번만 더 네 잘못이라는 말을 하면 난 그 자리에서 토하고 말 거야. 무슨 말인지 알겠지? 그것도 아주 더럽게 토해 버릴 거라고. 이번에도, 저번에도, 저 저번에도, 그 언제고 네가 잘못한 적은 한번도 없었어. 사람들이 뭐라고 수군대는지 너도 알잖아, 조만간 그 자식이 너를 감금하든가 죽일 거라고 하는 얘기들 말이야." 비벌리는 치켜뜬 케이의 눈을 바라보았다. "만에 하나 네가 잘못한 부분이 있다면, 그건 그 자식과 지금까지 헤어지지 못하고 그런 일을 묵묵히 참아 왔다는 거야. 그러나 이제 해낸 거야. 하느님이 주신 아주 작은 축복이지. 하지만 말이야. 손톱은 절반이나 으깨지고, 발은 찢어지고, 어깻죽지에 허리띠 자국을 하고 내 앞에 앉아서 그게 네 잘못이라고는 말하지 마."

"그 사람이 허리띠를 휘두른 게 아니야." 비벌리는 불쑥 말해 놓고, 여전히 기계적으로 흘러나오는 거짓말임을 깨닫고 깊은 수치감에 얼굴이 붉게 달아올랐다.

"톰과 끝장낼 생각이면, 그 거짓말부터 끝내야 해." 케이의 음성은 차분했고, 자신을 바라보는 눈길에 절절한 애정이 느껴졌다. 비벌리는 그 눈길을 피해 고개를 떨구고 말았다. 목구멍에서 짭짤한 눈물이 느껴졌다.

"어떤 인간이 너더러 바보 짓을 했다고 할 수 있겠니?" 케이는 여전히 침착한 음성으로 물었다. 그녀는 비벌리의 손을 맞잡았다. "검은 색안경과 목까지 올라오는 긴소매 옷을 입는다면 고객 몇 명은 속일 수 있을 거야. 그러나 친구들까지 속일 순 없어, 비벌리. 너를 사랑하고 있는 사람들까지 속일 수는 없단 말이야."

비벌리는 서럽게 울기 시작했고, 케이는 그녀의 울음이 끝날 때까지 한참 동안 손을 잡아 주었다. 비벌리가 자초지종을 말한 것은 잠자리에 들기 직전이었다. 그녀가 자란 메인 주 데리라는 곳에서 친구 한 명이 전화를 해 와 아주 오래 전의 약속을 일깨웠다고. 그 약속을 지켜야 할 때가 왔다고 말했다. 약속을 지키기 위해 데리에 올 거냐는 친구의 물음에 그녀는 그러겠다고 대답했고, 그래서 톰과 한 판 전쟁이 벌어졌다고 말이다.

"무슨 약속인데 그래?"

비벌리는 천천히 고개를 저었다. "그 부분은 말할 수 없어, 케이. 그 편이 좋을 것 같아."

케이는 곰곰이 생각하다가 고개를 끄덕였다. "좋아, 그 정도면 충분해. 메인 주에서 돌아오면 톰과 어쩔 생각이지?"

그 순간 비벌리는 데리에서 돌아오지 못할 거라는 생각을 곱씹느라 달리 할 말이 없었다. "일단 돌아온 후에 너랑 상의해서 결정하고 싶어, 괜찮지?"

"아주 좋은 생각이야. 그럼 약속하는 거지?"

"돌아오자마자 너랑 상의할게." 비벌리는 케이를 꼭 껴안았다.

케이가 빌려 준 수표를 현금으로 바꾸고, 케이의 구두를 신고 밀워크행 직행 버스에 오를 때까지도 비벌리는 톰이 오헤어까지 쫓아올까 봐 불안했다. 은행과 버스 터미널까지 동행한 케이는 그녀의 걱정을 덜어 주려고 노력했다.

"오헤어는 사람들도 좋고 번잡한 곳이야. 그 인간 걱정은 안 해도 돼. 혹시라도 그놈이 나타나면 머리가 터져라 고함을 지르라고."

비벌리는 고개를 세차게 흔들었다. "다시는 그 사람을 보고 싶지 않아. 그래서 이 길을 택한 거니까."

케이는 비벌리를 뚫어져라 바라보았다. "혹시 그 인간이 설득하면 넘어갈까 봐 그러는 거 아니니?"

비벌리는 시냇가에 서 있던 일곱 명의 아이들을 떠올렸다. 스탠리와 그가 쥐고 있던 콜라병 조각이 햇살에 번뜩였다. 살짝 손바닥을 그었을 때 느꼈던 약간의 쓰라림과 손을 맞잡고 빙 둘러서서 그것이 다시 시작되면 돌아오겠다고……, 돌아와 그것을 영원히 없애 버리겠다고 한 약속을 떠올렸다.

"아니, 그 사람은 날 설득할 수 없어. 그러나 해칠 수는 있겠지. 그 사람이 지난밤 어땠는지 네가 못 봐서 그래."

"이미 볼 건 다 봤어. 사람 흉내를 내는 개망나니 녀석." 케이는 눈살을 찌푸렸다.

"제정신이 아니야. 경호원을 불러도 소용없을 거야. 이 편이 나아. 내 말을 믿어, 케이."

"그래, 알았어." 케이는 내키지 않는 표정이었다. 비벌리는 톰과 또 한 번 벌어질 한 판 승부를 못 보게 돼 케이가 실망하고 있다고 생각하자 피식 웃음이 나왔다.

"어서 수표를 현금으로 바꿔야 해. 그 사람이 구좌를 동결시키기 전에. 충분히 그럴 사람이니까."

"충분히 그러고도 남을 놈이지. 어쨌든 그런 짓을 했다가는 내가 채찍을 들고 가 그놈의 면상을 찢어 놓을 테니까."

"그 사람 가까이 갈 생각 마. 위험한 사람이야, 케이. 마치……." 비벌리가 초조하게 말했지만 마치 아버지 같다는 말만은 입에서 차마 떨어지지 않았다. "마치 야만인 같으니까."

"알았어. 너나 조심해. 가서 약속을 지키라고. 틈틈이 나중 일도 생각해 보면서 말이야."

"그럴게." 비벌리는 말했다. 그러나 거짓말이었다. 그녀에겐 앞으로 생각할 일이 너무 많았다. 그녀가 열한 살이던 그해 여름에 일어난 일도 그중 하나였다. 리처드 토저에게 어떻게 요요의 회전 기술을 알려 주었는지, 배수구에서 들려온 목소리의 정체는 무엇이었는지 등등. 그때의 섬뜩한 광경들이 뇌리를 스치는 가운데, 그녀는 은색의 직행 버스 옆에서 다시는 못 볼 케이와 오랫동안 마지막 포옹을 나누었다.

기체에 오리가 그려진 비행기가 보스턴 상공을 선회하는 동안 비벌리의 기억은 다시 소용돌이쳐…… 스탠리 유리스에게…… 우편엽서에 적힌 무명의 시를 향해…… 그 목소리를 향해…… 그리고 어쩌면 불멸의 존재였을 그 어떤 존재와 직면했던 수초의 시간 속으로 빠진다.

그녀는 창가를 바라보며, 데리에서 기다리고 있을 악마와 비교할 때 톰의 사악함이란 얼마나 보잘것없고 사소한 것인지 생각한다. 그래도 위안이 되는 것이 있다면 그곳 데리에서 빌 덴브로를 만날지 모른다는……, 그리고 그를 사랑했던 열한 살의 비벌리 마시라는 소녀를 마주할 수 있으리라는 바람이었다. 그녀는 우편엽서에 적힌 아름다운 시와 어느 순간 그 시를 쓴 장본인을 알게 됐는지도 떠올린다. 정확한 시 구절이나 시를 쓴 사람 모두 기억할 수 없지만……, 그가 혹시 빌이 아니었을까 그녀는 짐작한다. '그래, 버벅이 빌이 그 시를 보냈던 거야.'

그녀의 기억 속으로 섬광처럼 떠오르는 시간은 리처드와 벤이랑 공포 영화를 보러 간 날 밤, 잠자리에 막 들기 직전이다. 난생 처음으로 데이트를 한 날이었다. 데이트 운운하며 리처드와 농담처럼 말했지만(당시에는 그런 식으로 행동하는 것만이 길거리에서 그녀 자신을 방어할 수 있는 유일한 수단이었지만) 한편으론 감격하고 흥분을 느끼고 약간 두렵기까지 했다. 상대가 한 명이 아니라 두 명이었어도 그것은 분명 그녀의 첫 번째 데이트였다. 진짜 데이트처럼 리처드가 돈을 내고 모든 걸 알아서 처리했으니까. 그리고 그들을 뒤쫓던 패거리……, 그날 오후의 나머지 시간을 보냈던 황무지……, 그곳에 어떤 아이와 함께 나타난 빌, 다른 아이가 누구였는지는 기억에 없지만, 잠시 그녀에게 향했던 빌의 시선과 그녀의 전율……, 몸 전체가 후끈 달아올랐던 기억은 또렷했다.

그녀는 잠옷 차림으로 얼굴을 씻고 이를 닦으러 욕실로 향했던 걸 기억한다. 그날 밤은 생각할 게 너무 많아 꽤 오랫동안 잠들지 못할 거라고 생각했다……. 그리고 그 애들은 괜찮아 보였다. 함께 장난치고 심지어 의지할 수도 있는 아이들이었다. 그건 멋질 터였다. 아마……, 천국처럼.

그런 생각을 하면서 수건을 들고 물을 받느라 세면대 위로 웅크리는 순간, 목소리가

배수구에서 들려왔다.

"도와줘……."

비벌리는 깜짝 놀라 뒤로 물러서다 수건을 떨어뜨렸다. 잘못

들었겠거니 싶어 머리를 살짝 흔든 뒤, 그녀는 세면대로 다가가 배수구를 유심히 살펴보았다. 텔레비전에서 서부 영화의 한 대목이 희미하게 들려왔다. 그 영화가 끝나면 아버지는 야구 경기 녹화 방송이나 권투 중계를 보다가 안락의자에 앉은 채 잠들 것이다.

욕실 벽지는 백합에 개구리들이 앉아 있는 볼썽사나운 무늬로 이루어져 있었다. 울퉁불퉁한 석회 벽을 따라 툭 튀어나왔다가 쑥 들어간 벽지 곳곳에 물때가 낀 곳도 있고 벗겨진 부분도 눈에 띄었다. 욕조는 녹슬고 변기의 앉는 부분은 금이 가 있었다. 세면대 위에 자기 소켓에서 40와트 전구가 얼굴을 내밀었다. 예전에는 제대로 된 조명 시설이 있었지만, 몇 년 전 고장이 난 후론 줄곧 방치되어 있었다. 리놀륨 바닥재는 세면대 바로 아래쪽만 빼고 무늬가 모두 지워진 상태였다.

썩 유쾌한 공간은 아니지만 비벌리에겐 너무 오랫동안 익숙해져 눈살을 찌푸릴 만한 일도 아니었다.

세면대에도 물때가 묻어 있었다. 배수구는 단순한 형태로 3센티미터 정도의 둥근 구멍에 십자형 여과 장치가 설치되어 있었다. 크롬 도금의 흔적도 사라진 지 오래였다. 체인 달린 고무 마개가 C자형으로 구부러진 수도관 위에 아무렇게나 매달려 있었다. 어둠침침한 배수 구멍으로 몸을 수그리자 불쾌한 악취가 비린내와 약간 섞여 올라왔다.

비벌리는 역겨운 생각이 들어 코를 찌푸렸다.

"도와줘……."

숨이 막혔다. 분명히 사람의 목소리였다. 배수관이 덜커덕거리거나⋯⋯, 그도 아니면 그저 잘못 들은 거라고⋯⋯, 영화를 보고 난 후유증 때문이려니⋯⋯.

"도와줘, 비벌리⋯⋯."

차갑고 뜨거운 물결이 잇따라 비벌리의 몸속을 꿰뚫고 지나갔다. 집에 들어온 후, 고무 밴드를 풀어놓았으므로 머리카락이 눈부신 폭포처럼 어깨에서 출렁거렸다. 그 머리카락 한 올 한 올의 모근까지 빳빳하게 얼어붙는 느낌이었다.

비벌리는 무심코 세면대에 다시 몸을 구부리고 속삭였다. "거기 누구 있어요?"

배수구에서 들려온 목소리는 이제 막 옹알이를 시작한 어린아이를 떠올리게 했다. 두 팔에 잔뜩 소름이 돋았지만, 비벌리는 이치에 맞는 설명을 하고 싶었다. 이 집은 아파트였다. 비벌리 가족은 1층 뒤쪽에 살았다. 1층에만 네 가구가 살았는데, 그중 어느 집 아이가 배수구에 대고 소리를 지르는 것인지도 몰랐다. 장난이나 칠 생각으로.

"거기 누구 있어요?" 이번에는 좀더 큰 소리로 물었다. 금방이라도 아버지가 욕실로 들어와 그녀가 미쳤다고 혀를 찰 것 같았다.

배수구에서는 아무 소리도 들려오지 않았고, 불쾌한 악취만 더 심해졌다. 문득 황무지에 있는 대나무 숲과 그 너머의 쓰레기 매립장이 떠올랐고, 매캐한 연기와 신발이 쑥쑥 벗겨지던 검은 진흙 구덩이까지 한꺼번에 머릿속을 맴돌았다.

문제는 그 건물에 꼬마 아이가 없다는 점이었다. 예전엔 트레몬츠 씨네 가족 중에 다섯 살짜리 남자 아이와 3년 6개월 된 여자 아이가 있었다. 그러나 트레몬츠 씨가 트래커 대로의 신발 가게에서 직장을 잃은 후로 집세를 내지 못했고, 학교가 방학하기 얼마 전 고물 뷰익 자동차와 함께 일가족이 어디론가 종적을 감추었다. 2층 앞줄에 살고 있는 스키퍼 볼튼도 이미 열네 살이었다.

"모두 너를 보고 싶어해, 비벌리……."

비벌리는 손으로 입을 틀어막았지만 두 눈은 휘둥그레져 있었다. 잠시 동안……, 아주 잠시 동안……, 배수구 아래서 뭔가 움직인 것 같았다. 두 갈래로 어깨에서 흘러내린 머리카락이 세면대 위에서 흔들렸다. 비벌리는 소스라치게 놀라 본능적으로 벌떡 몸을 일으켜 배수구에서 떨어졌다.

그녀는 주변을 두리번거렸다. 욕실 문은 꼭 닫혀 있었다. 희미한 텔레비전 소리, 셰인 보디가 악당에게 큰 코 다치기 전에 총을 내려놓으라고 말하는 대목이었다. 그녀는 혼자였다. 물론 배수구 속의 목소리를 제외하면.

"누구지?" 그녀는 목소리를 낮춰 세면대를 향해 물었다.

"매튜 클레멘츠, 광대가 이곳 배수관으로 나를 데려와 죽였어. 곧 있으면 비벌리 너도 잡으러 갈 거야. 벤 한스컴, 빌 덴브로, 에디……."

비벌리는 두 손으로 얼굴을 감쌌다. 휘둥그레진 동공이 점점 더 부풀어 올랐다. 온몸이 얼음장처럼 차가워졌다. 목소리는 어느 순간 가르랑거리는 노인의 목소리로 변했지만……, 여전히 오싹한 웃음기는 가시지 않았다.

"비벌리, 친구들을 이곳으로 데려와 함께 떠다니자. 이곳에선 모두 떠다닌단다. 빌에게 조지가 안부 전해 달라고, 너무 보고 싶어 곧 찾아갈 거라고 전해 주렴. 조지가 피아노 줄을 가지고 벽장에 있다가 빌의 눈을 찔러 버리겠다고 전해 주렴······."

계속되는 딸꾹질 때문에 목소리가 멈추었다. 갑자기 배수구에서 올라온 빨간 거품이 핏방울로 변해 지저분한 세면대에 튀었다.

숨이 차 가르랑대는 목소리가 다시 들려왔고, 또 다른 음성으로 변해 있었다. 생소한 아이의 목소리라고 생각하는 순간 다시 여자 아이의 목소리로 바뀌더니, 이윽고 끔찍하리만큼 비벌리의 귀에 익은······, 베로니카 그로건의 음성이 들려왔다. 그러나 베로니카 그로건은 하수구에서 시체로 발견된 지 꽤 되었다.

"나는 매튜····· 나는 베티····· 나는 베로니카····· 모두 이곳에 있단다····· 이곳에서 광대와 함께····· 괴물도 있고····· 미라····· 늑대 인간····· 그리고 비벌리 너도, 우리랑 이곳에서 떠다니고 있어. 모두 바뀐 모습으로······."

갑자기 배수구에서 피가 뿜어져 세면대와 거울, 개구리와 백합 무늬 벽지에 튀었다. 비벌리는 찢어질 듯한 비명을 지르며 뒷걸음치다 욕실 문에 부딪혔다. 황급히 돌아서 문을 열고 아버지가 막 자리에서 일어나고 있던 거실로 뛰어들었다.

"또 무슨 일이야?" 비벌리의 아버지가 눈살을 잔뜩 찌푸렸다. 비벌리의 어머니는 오늘 데리에서 가장 좋은 그린팜 식당에서 3시부터 11시까지 교대 근무를 하는 날이라, 집에는 비벌리와 아버지 둘뿐이었다.

"욕실이오! 아빠, 욕실, 욕······." 비벌리는 발작적으로 고함을 질렀다.

"누가 널 엿보기라도 한다는 거야? 엉?" 아버지가 갑자기 그녀의 팔뚝을 꽉 움켜잡았다. 근심스러운 안색이었지만 어딘지 음산한 느낌에 비벌리는 안심이 되기는커녕 오히려 불안해졌다.

"아니요······. 세면대······, 세면대에서······, 거기에서······." 비벌리는 말을 잇지 못하고 왈칵 울음을 쏟았다. 심장이 쿵쾅거려서 숨이 끊어질 것 같았다.

앨 마시는 비벌리의 옆구리를 쿡 찌르고는 '얼씨구, 세면대 좋아하시네.' 하는 표정으로 욕실로 걸어갔다. 아버지가 너무 오랫동안 욕실에서 나오지 않자 비벌리는 다시 두려워졌다.

아버지의 고함소리가 들려왔다. "비벌리! 이리 와 봐!"

비벌리는 가야 했다. 단둘이 깎아지른 절벽에 서 있다가 아버지가 뛰어내리라고 한대도(지금 당장 뛰어내려!) 비벌리는 뼈 속 깊숙이 밴 복종심 때문에 이성적인 판단을 하기도 전에 절벽에서 뛰어내릴 터였다.

욕실 문은 열려 있었다. 비벌리와 꼭 닮은 적갈색 머리칼이 조금씩 빠지기 시작하는 거구의 사내가 서 있었다. 그는 아직도 후줄근한 회색 바지와 회색 셔츠(그는 데리 홈 병원의 관리인으로 일했다) 차림으로 비벌리를 쏘아보았다. 그는 술과 담배를 일절 입에 대지 않았으며 여자 꽁무니를 쫓아 다니지도 않았다. '필요한 여자는 집에 전부 있으니까.' 그가 종종 그렇게 말할 때마다 떠올리는 은밀한 웃음은 노골적이지는 않아도 기분 좋은 미소는 분명 아니었다. 그 미소를 보고 있으면 척박한 들판 위로 구름이 빠르게 훑고 지나는 느낌이 들었다. '나를 돌봐주거든. 또 필요할 때마다 내가 그들을 돌봐주지.'

"대체 무슨 헛소리를 하고 지랄이냐?"

비벌리는 목구멍에 콘크리트를 채워 넣은 느낌이었다. 심장이 튀어나올 듯 요동쳤다. 금방이라도 토할 것 같았다. 거울에 묻은 핏방울이 길게 흘러내렸다. 세면대 위의 전구에도 핏방울이 묻어 있었다. 40와트 전구 위에서 타 들어가는 피 냄새가 풍겼다. 세면대를 흘러내린 핏방울이 리놀륨 바닥에 뚝뚝 떨어졌다.

"아빠······." 비벌리는 목이 메었다.

앨 마시는 넌덜머리가 난다는 표정으로(가끔 그런 표정을 짓곤 했다), 세면대에 물을 틀고 아무렇게나 손을 씻기 시작했다.

"착하지, 말해 봐라. 너 때문에 심장이 오그라드는 줄 알았잖아. 똑바로 설명해 봐."

그가 손을 씻다가 세면대 가장자리를 스치자 회색빛 바지에 핏물이 스며들었다. 비벌리는 아버지의 이마가 거울에 닿는다면(닿을락 말락했다) 살갗에도 피가 묻을 거라고 생각했다. 숨이 막혀 목구멍이 그르렁거렸다.

그는 수도꼭지를 잠그고 역시 핏방울이 묻어 있던 수건을 낚아채 쓱쓱 손을 닦았다. 비벌리는 기절 직전의 상태로 아버지의 손등과 손바닥에 핏물이 번지는 것을 지켜보았다. 손톱 밑에도 피가 스며들어 죄인의 표식처럼 보였다.

"말해 보라니까?" 그는 뻘겋게 물든 수건을 다시 수건걸이에 집어던졌다.

피······, 욕실에 가득한 피······. 그런데 아버지는 전혀 그것을 보지 못했다.

"아빠······." 비벌리는 무슨 말을 해야 할지 몰랐지만, 아버지가 그녀의 말을 낚아챘다.

"정말 걱정스럽구나. 도대체 언제 철이 들래, 비벌리. 밖을 쏘다니기나 했지, 어디 집안일 한번 제대로 하나, 요리를 할 수 있나, 그렇다고 바느질이라도 제대로 하냔 말이다. 구석에 처박혀 책만 보든가, 아니면 뜬구름 잡는 게 일이잖아. 걱정이다."

앨 마시는 느닷없이 비벌리의 엉덩이를 찰싹 때렸다. 비벌리는 아버지를 바라보며 외마디 비명을 질렀다. 아버지의 두툼한 오른쪽 눈썹에 작은 핏방울이 맺혀 있었다. '계속 보고 있다가는 미쳐 버릴 테고 그러면 이건 아무 문제도 아닐 거야.' 비벌리는 어렴풋이 생각했다.

"정말 걱정이야."

이번에 앨 마시가 한층 따끔하게 손찌검한 곳은 팔꿈치와 어깨 사이였다. 팔이 혼자 비명을 지르다 잠잠해졌다. 다음 날 아침이면 자줏빛 멍이 들어 있을 것이다.

"무지무지하게 말이다."

이번에는 주먹이 비벌리의 복부로 날아들었다. 마지막 순간 힘을 좀 빼기는 했지만 비벌리는 숨이 턱 막히고 앞이 캄캄해졌다. 그녀는 몸을 웅크리고 숨을 몰아쉬면서 눈물을 흘렸다. 앨 마시는 아주 무심한 표정으로 그녀를 내려다보았다. 그리고 피 범벅이 된 두 손을 바지 호주머니에 쑤셔 넣었다.

"철 좀 들어라, 비벌리." 이제 그의 목소리는 상냥하고 너그러웠다. "그렇지 않아?"

비벌리는 고개를 끄덕였다. 머리가 욱신거렸다. 대뜸 비명이 터지려는 것을 겨우 참았다. 괜히 흐느껴 울기라도 하는 날이면, 아버지의 말처럼 '징징대다' 가는 성이 찰 때까지 비벌리를 두들겨 팰지 몰랐다. 앨 마시는 데리 토박이였고, 혹시 누가 묻기라도 하면(종종 묻지 않을 때도) 고향에 뼈를 묻겠다고, 백열한 살까지는 살다 가겠다고 말하곤 했다. "내가 오래 못 살 이유가 어디 있나? 평생 나쁜 짓이라고는 안 하고 살았는데." 그는 매달 들르는 이발소의 로저 올렛에게 심심찮게 그런 말을 했다.

"자, 설명해 봐라. 어서!"

"저기에⋯⋯." 비벌리는 침을 삼키다 메마른 목구멍에 통증을 느꼈다. "저기에 거미가 있었어요. 커다란 흑거미요. 그게 배수구에서 올라오기에⋯⋯. 지금은 다시 내려갔나 봐요."

"아!" 앨 마시는 비벌리의 설명이 마음에 들었는지 약간 웃어 보였다. "거미였어? 젠장! 그렇다고 제때 말했으면 맞지도 않았을 거 아니냐. 계집애들은 모두 거미를 무서워하지. 허허, 참! 왜 그렇다고 진작 말하지 않았지?"

그가 배수구를 향해 상체를 구부리기에, 비벌리는 입술을 깨물며 조심하라고 소리치고 싶었지만⋯⋯, 마음 깊은 곳에서 그럴 필요 없다고 속삭이는 아주 못된 목소리가 들려왔다. 분명히 악마의 목소리였을 것이다. '그냥 놔둬. 그대로 배수구에 잡혀 들어가면 그야말로 잘된 일이지.'

비벌리는 그 목소리가 두려워 머리를 세차게 흔들었다. 한순간이라도 그런 생각을 하다간 지옥에 갈 것이 분명했다.

앨 마시는 세면대 배수 구멍을 뚫어져라 내려다보았다. 세면대 가장자리에 고여 있는 핏물에 보란 듯이 양손을 담그고 있었다. 비벌리는 목구멍이 간질간질해 미칠 지경이었다. 좀 전에 얻어맞은 배가 살살 아파 오기 시작했다.

"안 보이는데. 건물 전체가 아주 낡았단 말이야, 비벌리. 아무리 덩치가 큰 것도 모두 배수구에 처박힐 수 있다는 거 아니? 언젠가 허름한 고등학교에서 일할 때 말이다. 이따금 변기 속에 쥐들이 죽어 있었지. 그때마다 계집애들이 죽는다고 비명을 질러 댔지." 그는 여자들의 엄살과 변덕을 떠올리면 기분좋다는 듯 히죽 웃고 있었다. "대부분 켄더스키그 하천의 수위가 높아질 때 그런 일이 생기지. 그러나 배수구를 새로 만든 후로는 짐승들이 배수관에 빠지는 일이 적어졌어." 그는 비벌리를 껴안았다. "자, 이제 거미 생각일랑 말고 잠이나 자라. 알았지?"

비벌리는 아버지의 사랑을 느꼈다. '맞을 짓을 안 하면 절대 너를 때리지 않아, 비벌리.' 언젠가 대수롭지 않은 일로 호되게 매를 맞고 울 때 아버지가 그렇게 말한 적이 있다. 그 말이 사실일 거라고, 아버지가 전혀 사랑할 줄 모르는 사람은 아니라고 비벌리는 생각했다. 가끔 온종일 함께 보내면서 이것저것 가르쳐 주기도 하고 마을을 산책하기도 하는데, 그때마다 비벌리는 가슴이 터질 듯한 행복감을 느꼈다. 비벌리는 아버지를 사랑했고, 가끔씩은 그녀의 잘못을 바로잡아야 하는 신성한 부모의 도리(아버지의 말에 따르면 그렇다)를 다해야 하는 심정까지 이해하려고 노력했다. 그녀는 집에 아들이 없는 이유도 혹시 자신의 잘못 때문은 아닐까 생각하기도 했다.

"알았어요, 아빠. 거미 생각은 그만둘게요."

그들은 함께 비벌리의 아담한 침실로 걸어갔다. 얻어맞은 팔이 무척 아팠다. 비벌리는 뒤를 힐끔거리며 피 묻은 세면대와 거울과 벽지와 바닥을 바라보았다. 피 묻은 수건도 아무렇게나 수건걸이에 걸려 있었다. 그녀는 생각했다. '다음 번엔 욕실에 어떻게 들어간다지? 아, 하느님, 제가 아빠에 대해 잠시 안 좋은 생각을 했으니 저를 벌주세요. 저는 벌을 받아 마땅합니다. 바닥에 넘어져 다치게 하셔도 좋고, 지난겨울에 걸린 지독한 독감 같은 병을 주셔도 좋으니까, 제발 내일 아침까지 욕실에서 피를 없애 주세요. 예? 하느님, 제발!'

앨 마시는 평소처럼 비벌리를 껴안고 이마에 입을 맞추었다. 그러고는 특유의 자세(호주머니에 두 손을 깊숙이 찔러 넣고 약간 상체를 구부린 자세)를 하고 한동안 지켜 서서 바셋 하운드라는 사냥개처럼 구슬픈 표정으로 비벌리를 내려다보았다. 데리를 까맣게 잊고 지냈던 최근까지 비벌리는 버스에 앉아 있거나 도시락을 들고 거리 모퉁이에 서 있는 남자를 볼 때면, 때로는 하루 해가 저물 무렵이나 바람 부는 청량한 가을 오후의 햇살 아래 워터 타워 광장에서 남자들과 그들의 욕망을 느낄 때면, 심지어 셔츠를 벗고 욕실 거울 앞에 서서 면도하는 톰을 볼 때면, 문득 아버지의 모습이 떠오르곤 했다.

"종종 네가 걱정돼 마음이 편치 않구나." 아버지의 음성에는 이제 분노와 성가심이 없었다. 그는 부드럽게 비벌리의 머리카락을 매만지며 이마 위로 쓸어 넘겼다.

'아빠, 욕실이 온통 피 범벅이에요!' 그렇게 비명을 지를 뻔했다. '못 보셨어요? 사방이 피로 얼룩져 있잖아요! 전구에도 피가 타 들어가고 있잖아요! 정말 못 보신 거예요?'

그러나 비벌리는 아버지가 방문을 닫고 방 안이 어둠에 빠질 때까지 아무 말도 하지 않았다. 11시 30분, 어머니가 집에 돌아와 텔레비전을 끌 때까지도 그녀는 말짱하게 깨어 묵묵히 어둠을 응시했다. 그녀는 부모님이 침실로 들어가 성행위라는 것을 하는 동안 침대 용수철이 천천히 움직이는 소리를 들었다. 언젠가 그레타 보위와 샐리 뮬러가 하는 말을 엿들었을 때, 성행위는 불에 데는 것처럼 아파서 정신이 똑바로 박힌 여자라면 그 짓을 안 할 거라고 했다. ("그 짓이 끝날 때 남자가 여자 거기에다 오줌을 싼대." 그레타의 말에 샐리는 비명까지 질렀다. "웩! 내겐 절대 그런 짓을 못 하게 할 거야!") 그레타의 말처럼 몹시 아픈 게 사실이라면 비벌리는 엄마가 참 잘도 참는다고 생각했다. 한두 번인가 어머니가 낮게 비명을 질렀지만 썩 아파서 내는 소리 같지는 않았다.

침대 용수철의 삐걱거림이 점점 빨라졌고, 잠시 미친 듯이 요동치더니 이내 멈추었다. 얼마간의 침묵에 이어 두런두런 말하는 소리, 그리고 욕실로 들어가는 어머니의 발소리가 들려왔다. 비벌리는 숨을 참고 어머니가 욕실에서 비명을 지를지 귀를 기울였다.

세면대에 물 흐르는 소리뿐 비명은 들리지 않았다. 그리고 희미하게 물방울 튀는 소리가 들렸다. 그리고 꾸르륵 하고 물 내려가는 소리. 어머니는 이제 이를 닦는 모양이었다. 얼마 후 어머니가 침실로 돌아갔는지 다시 침대 용수철이 끼익 하는 소리를 냈다.

5분 정도 지나자 아버지의 코 고는 소리가 들려왔다.

정체 모를 공포감에 심장이 짓눌리고 숨통이 옥죄는 느낌이었다. 비벌리는 무엇인가 창가를 어른거리는 것 같아 그녀에게 가장 편안한 자세인 오른쪽으로 눕지도 못했다. 그저 쇠꼬챙이처럼 빳빳하게 똑바로 누워 양철로 된 천장을 올려다보았다. 몇 분 또는 몇 시간이 지났을까. 이윽고 그녀도 불편한 선잠에 빠져 들었다.

비벌리는 언제나 부모님 침실에서 들려오는 자명종 소리에 맞춰 눈을 떴다. 아버지가 자명종을 곧바로 꺼 버리기 때문에 꾸물댈 시간이 없었다. 그녀가 옷을 재빨리 갈아입는 사이에 아버지는 욕실을 사용했다. 그녀는 옷을 입다 손길을 잠시 멈추고(요즘에는 늘 그랬다) 거울에 가슴을 비추며 간밤에 좀 봉긋해졌는지 살폈다. 지난해 말부터 가슴에 변화가 생겼다. 처음에는 약간 아프더니 이내 괜찮아졌다. 풋사과처럼 아주 작았지만 아무튼 가슴이 나오기 시작했다. 유년 시절은 가고, 비벌리는 이제 여자가 될 터였다.

그녀는 거울을 향해 미소를 머금고 뒷 머리칼을 위로 치키며 가슴을 쑥 내밀어 보았다. 자기가 생각해도 그 모습이 하도 우스워 까르르 웃다가……, 욕실의 핏자국을 떠올렸다. 천진난만한 웃음소리가 뚝 끊어졌다.

팔꿈치와 어깨 사이, 아버지의 손찌검 자국이 또렷했다.

욕실 문이 쾅 하고 닫혔다.

비벌리는 그날 아침만은 아버지의 화를 돋우고 싶지 않아서(아예 마주치고 싶지 않아서), 황급히 청바지와 학교 체육복으로 갈아입었다. 그리고 곧바로 욕실로 향했다. 옷을 입기 위해 침실로 향하는 아버지와 거실에서 마주쳤다. 아버지는 방금 잠자리에서 일어난 흔적 그대로 파란색 잠옷 차림이었다. 비벌리 곁을 지나가며 뭐라고 투덜댔지만 비벌리는 알아듣지 못했다.

"알았어요, 아빠." 비벌리는 무심코 대답했다.

그녀는 잠시 닫힌 욕실 문 앞에 서서 마음을 다잡았다. 환한 아침인데 뭐 어때, 약간 안심이 되었다. 그러나 충분할 정도는 아니었다. 그녀는 욕실 문을 열고, 안으로 들어갔다.

비벌리에게 분주한 아침이었다. 오렌지 주스와 스크램블드에 뜨겁지만 거의 익히지 않은 앨 마시 식 토스트를 아버지 아침상으로 차렸다. 앨 마시는 식탁에 앉아 《데리 뉴스》를 펼쳐 들고 손에 잡히는 대로 입에 가져갔다.

"베이컨은 어디 있지?"

"다 떨어졌어요. 어제 다 먹었거든요."

"햄버거라도 만들어."

"남은 게 별로 없⋯⋯."

신문이 신경질적으로 밑으로 내려왔다. 파란색 눈동자가 짓누르듯 비벌리를 쏘아보았다. "지금 뭐라고 했지?" 부드러운 목소리였다.

"금방 해 드릴게요."

그는 계속해서 비벌리를 뚫어지게 응시했다. 그러다 다시 신문이 올라갔고, 비벌리는 허겁지겁 냉장고를 열어 고기를 찾았다.

그녀는 냉동실에 꽁꽁 얼어 있는 고기를 겨우 다져서 햄버거를 만들었다. 아버지가 스포츠 면을 읽으며 햄버거를 먹는 동안, 비벌리는 땅콩버터와 젤리가 든 샌드위치, 간밤에 어머니가 그린팜에서 가져온 커다란 케이크 한 조각, 설탕을 듬뿍 탄 뜨거운 커피를 보온병에 넣어 아버지의 도시락을 쌌다.

"엄마한테 오늘 집안 청소 좀 하라고 해." 그는 도시락 통을 집어 들며 말했다. "돼지우리 같잖아. 나 원 참! 하루 종일 병원에서 온갖 쓰레기를 치워야 해. 돼지우리 같은 집구석에 들어오고 싶지는 않단 말씀이야. 알아듣겠지, 비벌리."

"알았어요, 아빠. 엄마한테 꼭 말씀 드릴게요."

그는 비벌리의 뺨에 뽀뽀하고 한 차례 거칠게 껴안더니 그대로 집을 나섰다. 여느 때처럼 비벌리는 창가에서 아버지가 걸어가는 모습을 지켜보았다. 역시 여느 때처럼 아버지가 모퉁이를 돌아 사라지는 순간 아늑한 안도감을 맛보고……, 그런 자신을 책망했다.

설거지를 끝내고, 비벌리는 아파트 비상 계단으로 책을 가지고 나갔다. 옆집에서 라즈 데라메누스가 금발을 반짝이며 아장아장 걸어와 새로 산 통카 장난감 트럭과 무릎에 난 상처를 보여 주었다. 비벌리는 둘 다 놀랍다는 탄성을 질렀다. 그때 집 안에서 그녀를 찾는 어머니의 목소리가 들려왔다.

모녀는 침대보를 갈고 바닥을 닦고 주방의 리놀륨 바닥에 왁스를 칠했다. 어머니가 욕실 바닥을 맡았으므로, 비벌리는 내심 다행이라고 생각했다. 엘프리다 마시는 희끗희끗한 머리에 늘 인상이 굳어 있는 아담한 체구의 여자였다. 주름진 얼굴엔 산전수전 다 겪은 경험과 앞으로도 한동안 그래야만 하는 오늘의 삶이 그대로 묻어 있었다. 그 표정은 쉽지 않은 세월을 살아왔고, 그 고단한 삶이 하루아침에 바뀌지는 않을 거라 말하고 있었다.

"비벌리, 거실 창문 좀 닦아 줄래?" 엘프리다 마시가 주방으로 돌아오며 말했다. "뱅고어의 세인트조 병원에 가 봐야 하거든. 셰릴 타렌트가 어젯밤에 다리가 부러졌다는구나."

"예, 그럴게요. 그런데 무슨 일이죠? 넘어지기라도 하셨대요?"

셰릴 타렌트는 엘프리다와 레스토랑에서 함께 일하는 동료였다.

"아줌마와 망나니 남편이 교통사고를 당했대. 남편이 또 술을 먹었나 봐. 비벌리, 아빠가 술을 안 드시니 백번 감사해야 할 일이다." 엘프리다는 굳은 얼굴로 말했다.

"그럼요." 비벌리는 정말로 감사하고픈 마음이었다.

"아줌마는 직장을 잃을 것 같은데, 그 남편이라는 작자가 밥벌이나 제대로 할지 모르겠다." 이쯤에서 엘프리다의 목소리는 끔찍한 악몽을 말하듯 겁에 질려 있었다. "정부의 도움을 받아야 할 거야."

그것은 엘프리다 마시에게 가장 끔찍한 일이었다. 그녀는 자식을 잃거나 자기가 암에 걸리는 편이 생활 보호 대상자가 되는 것보다는 낫다고 생각했다. 가난해도 좋고, 목구멍에 풀칠이나 하며 그녀 말대로 '아득바득' 살아도 좋았다. 그러나 생활 보호 대상자가 되어 다른 사람이 일한 대가를 공짜로 받아먹는 일은 가장 처참한 밑바닥 생활이라고 여겼다. 바로 그런 상황이 셰릴 타렌트에게 닥친 것이다.

"창문을 다 닦으면 쓰레기통도 좀 비우렴. 그 다음엔 마음대로 나가 놀아도 괜찮아. 아버지가 오늘 볼링을 치시는 날이니까 저녁 걱정은 안 해도 되지만, 해 떨어지기 전에 돌아와야 한다. 그 이유는 너도 알고 있지."

"알았어요, 엄마."

"아이고, 우리 강아지, 벌써 많이 자랐구나." 엘프리다는 봉긋 솟은 비벌리의 앞가슴을 잠시 바라보았다. 애정이 있으면서도 어딘지 냉랭한 눈빛이었다. "네가 결혼해서 독립한 후에도 네 얼굴을 자주 볼 수 있을지 모르겠다."

"죽을 때까지 엄마 곁에 있을 건데요." 비벌리는 환히 웃었다.

엘프리다는 비벌리를 꼭 껴안더니 메마른 입술로 비벌리의 볼에 입을 맞추었다. "과연 그렇게 될까? 아무튼 사랑한다, 비벌리."

"저도 엄마를 사랑해요."

"창문 닦을 때 조금이라도 자국이 남으면 안 돼. 그랬다가는 아빠의 불호령이 떨어질 테니까."

엘프리다는 지갑을 들고 현관으로 걸어갔다.

"알았어요."

어머니가 문을 열 때 비벌리는 아무렇지 않게 물었다. "엄마, 혹시 욕실에서 이상한 거 못 보셨어요?"

엘프리다는 딸아이를 돌아보더니 약간 인상을 찌푸렸다. "이상한 거?"

"그러니까……, 어젯밤에 거미를 봤거든요. 배수구에서 기어나오잖아요. 아빠가 말씀 안 하셨어요?"

"간밤에 아빠가 너 때문에 화나셨니?"

"아뇨! 그게 무슨 말이람! 배수구에서 거미가 나와 무섭다고 했더니, 아빠가 고등학교에서 일할 때 종종 변기에 쥐가 빠져 죽곤 했다고 하셨어요. 배수 문제 때문이라면서요. 제가 거미를 봤다고 말씀 안 하셨단 말이에요?"

"아니."

"음, 뭐 별것 아니니까 괜찮아요. 혹시 엄마도 보셨나 하고."

"거미 그림자도 못 봤다. 욕실 바닥이나 새로 깔았으면 좋으련만." 그녀는 구름 한 점 없이 맑은 하늘을 힐끔 올려다보았다. "거미를 죽이면 비가 온다던데, 혹시 죽이진 않았겠지?"

"안 죽였어요."

그녀는 다시 비벌리를 돌아보았는데, 입술이 보이지 않을 정도로 앙다물고 있었다.

"어젯밤 아빠가 너 때문에 화내지 않았다는 말, 거짓말 아니지?"

"그럼요!"

"비벌리, 혹시 말이야, 아빠가 널 만지던?"

"예?" 비벌리는 어리둥절한 표정으로 어머니를 바라보았다. 세상에, 아버지야 날마다 만지는 게 일인데 왜 그러시지? "무슨 말씀인지……."

"됐다. 쓰레기통 비우는 거 잊지 마. 아빠한테 불벼락 맞지 않으려면 창문 깨끗이 닦아 놓고."

"알았다니까요, 엄마 말씀(아빠가 널 만지던?) 절대 잊지 않을게요."

"그리고 해 떨어지기 전에 돌아오고."

"알았어요(아빠가 아주 많이 걱정할 테니까요)."

엘프리다는 집을 나섰다. 비벌리는 자기 방 창가에 서서 아버지처럼 모퉁이를 돌아 시야에서 사라져 가는 어머니의 뒷모습을 바라보았다. 어머니가 버스 정류장까지 다 갔을 거라고 생각되자, 주방 개수대 밑에서 물통과 물비누와 걸레 따위를 꺼내 들었다. 그리고 거실 창문을 닦기 시작했다. 집 안이 아주 조용했다. 마루 바닥이 삐거덕거리고, 어디선가 문 닫히는 소리가 들릴 때마다 비벌리는 깜짝깜짝 놀랐다. 위층 볼튼 씨 집에서 변기물 내려가는 소리가 들려왔을 때는 비명을 지를 듯 숨을 헐떡였다.

비벌리는 닫힌 욕실 문을 물끄러미 바라보았다.

그리고 성큼성큼 걸어가 욕실 문을 활짝 열고 그 안을 들여다보았다. 어머니가 아침에 청소했기 때문에 세면대 밑에 고여 있던 핏자국은 사라지고 없었다. 세면대 가장자리에 있던 핏자국도 없어졌다. 그러나 세면대 안쪽에 적갈색 줄무늬가 아직 남아 있었고, 거울과 벽지에 튀었던 핏방울도 그대로였다.

비벌리는 거울을 들여다보다 불현듯 자신의 얼굴에서 피가 흘러내리고 있다는 오싹한 기분에 빠져 들었다. 대체 이게 무슨 일이람? 내가 미쳤나? 혼자 상상하는 건가?

그때 갑자기 배수구에서 끄르륵 하는 소리가 들려왔다.

비벌리는 비명을 지르며 욕실 문을 거칠게 닫았다. 5분 뒤에 거실 창문을 닦는 동안에도 손이 부들거려서 손에 쥔 비누가 자꾸 미끄러졌다.

오후 3시경, 비벌리는 아파트를 잠그고 보조 열쇠를 청바지 주머니에 집어넣었다. 막 돌아서서 메인 가와 센터 가로 연결되는 비좁은 리처드 골목을 바라보자, 벤 한스컴과 에디 카스브랙, 브래들리 도노반이라는 아이가 동전 치기를 하고 있었다.

"안녕, 비벌리! 그 영화 때문에 한숨도 못 잤겠지?"

"천만의 말씀. 넘겨짚지 말라고." 비벌리는 쭈그리고 앉아 떨어진 동전을 바라보았다.

"노적가리는 밤새 뒤척였다더라." 에디는 엄지손가락으로 벤을 가리켰다. 비벌리에겐 대수롭지 않은 말인데 벤은 어느새 얼굴이 붉어졌다.

"영화라니?"

브래들리의 목소리를 듣고서야 비벌리는 그 아이를 알아보았다. 일주일 전에 빌 덴브로와 함께 황무지에 왔던 아이였다. 두 아이 모두 뱅고어에 있는 언어 치료 교실에 다녀왔을 때였다. 하지만 비벌리는 브래들리라는 아이에 대해 별로 기억나는 부분이 없었다. 그 이유를 굳이 말하라면, 아마 벤과 에디보다 중요한 친구로 여겨지지 않아서일지 몰랐다.

"괴물들이 나오는 영화였어." 비벌리는 건성으로 대답하고는 뒤뚱뒤뚱 오리걸음으로 벤과 에디 사이로 다가갔다. "동전 치기 하는구나."

"응." 벤은 비벌리를 바라보았다가 이내 시선을 돌렸다.

"누가 땄어?"

"에디. 에디는 정말 꾼이야."

벤의 말에 비벌리는 에디를 바라보았다. 에디는 손톱을 셔츠에 대고 공들여 닦다가 낄낄대기 시작했다.

"나도 끼어 줄래?"

"그럼. 동전 있어?" 에디가 말했다.

비벌리는 주머니를 뒤져 동전 세 개를 꺼내 들었다.

"애개, 집에서 그것밖에 안 가지고 나왔어? 정말 으스스하다." 에디의 익살에 벤과 브래들리가 너털웃음을 터뜨렸다.

"여자들이 때론 용감한 법이지." 비벌리가 진지하게 말하자, 모두 또 한 차례 웃었다.

브래들리가 제일 먼저 동전을 던졌고, 벤과 비벌리가 차례로 던졌다. 앞판에서 땄기 때문에 에디는 맨 마지막이었다. 동전은 센터 약국 뒷벽을 향해 날아갔다. 벽에 못 미친 동전도 있고, 벽에 맞고 퉁겨져 떨어진 동전도 있었다. 한 차례씩 동전을 모두 던진 다음, 벽에서 가장 가까운 곳에 던진 사람이 나머지 동전을 전부 가졌다. 5분쯤 지나자, 비벌리는 스물네 개의 동전을 땄다. 딱 한 번만 잃었다.

"계집애가 사기를 치고 있잖아!" 브래들리가 잔뜩 눈살을 찌푸리며 벌떡 일어섰다. 좋았던 기분은 다 사라져서, 그는 분하고 창피한 표정으로 비벌리를 쏘아보았다. "그래서 계집애들이랑 놀면 안 된……"

이때 벤 한스컴도 자리를 박차고 일어섰다. 벤이 용수철처럼 튀어 오르는 모습은 정말이지 무시무시했다. "그 말 취소해!"

브래들리는 입을 쩍 벌린 채 벤을 바라보았다. "뭐라고?"

"취소하라니까! 비벌리는 속이지 않았어."

브래들리는 차례로 벤과 에디를 바라보았다가 가만히 쭈그리고 앉아 있던 비벌리를 쳐다보았다. 그러고 나서 다시 벤을 쳐다보았다. "어쭈, 이 돼지 새끼 봐라, 잘하면 떼거리로 덤벼들겠는데?"

"맞아." 벤의 얼굴에 미소가 스쳤다. 브래들리가 깜짝 놀라 뒷걸음 칠 정도로 오싹한 표정이었다. 헨리 바워스와 두 번씩이나 맞닥뜨린 후에도 그런 미소가 떠올랐는데, 그까짓 브래들리 도노반 같은 말라깽이(혀짤배기 소리를 내는 데다 두 손엔 온통 사마귀가 나 있었다) 정도는 무서울 게 없었다.

"그래, 어디 한꺼번에 덤벼 보라고." 브래들리는 또 한 발 물러서며 말했다. 목소리가 떨렸고 눈가엔 눈물이 맺혔다. "이 사기꾼들 같으니."

"비벌리한테 한 말만 취소해." 벤이 점잖게 말했다.

"그냥 놔둬, 벤." 비벌리는 벤에게 말한 후, 브래들리에게 동전 한 움큼을 내밀었다. "네 돈 가져가. 어차피 따도 가질 생각은 없었으니까."

브래들리는 굴욕감 때문에 눈물을 흘렸다. 그는 비벌리의 손에 든 동전을 냅다 후려치더니 곧바로 리처드 골목을 따라 센터 가로 뛰어갔다. 다른 아이들은 멍하니 그 뒷모습을 바라보았다. 멀리까지 달아나자 브래들리는 돌아서서 소리를 질렀다. "야, 이 젖비린내 나는 것들아, 까불지 마! 사기꾼들! 야, 계집애야. 네 엄마는 창녀다!"

비벌리는 숨을 몰아쉬었다. 벤은 브래들리를 향해 달려가다가 나무 상자에 걸려 넘어졌다. 브래들리는 이미 사라져 버렸고, 벤이 그때부터 따라잡기는 힘들었다. 벤은 비벌리에게 다가와 낯빛을 살폈다. 비벌리만큼이나 벤에게도 충격적인 말이었다.

비벌리는 벤의 얼굴에서 근심 어린 표정을 보았다. 그녀는 괜찮다고, 별것 아니라고, 돌과 막대기에 몸이 상할 수는 있어도 말한마디에 어디가 부러지거나 하지는 않는다고 말하려다가 문득 엄마가 했던 이상한 질문(아빠가 만지던)이 떠올랐다.

정말이지 이상한 질문이어서, 불길한 느낌과 함께 오래된 커피처럼 음침한 기분마저 들게 했다. 그러나 다시 한번 말 한마디 때문에 몸이 다치지는 않는다고 말하려다, 그만 울음을 터뜨리고 말았다.

에디는 어색한 표정으로 비벌리를 바라보다가 호주머니에서 흡입기를 꺼내 한번 들이마셨다. 그리고 땅바닥에 흩어져 있던 동전들을 줍기 시작했다. 동전을 주우면서도 굉장히 조심하는 기색이 역력했다.

벤은 무심코 비벌리에게 다가가 안아 주고 위로하려다 그만 멈칫했다. 비벌리는 너무 예뻤다. 벤은 그 아름다운 얼굴을 보는 순간 맥이 탁 풀리고 말았다.

"힘내." 벤은 참 싱거운 소리라고 생각했지만, 그보다 더 그럴듯한 말을 떠올릴 수 없었다. 그는 가볍게 비벌리의 어깨를 어루만지다(그녀는 우는 모습을 숨기려고 두 손에 얼굴을 파묻고 있었다), 아주 뜨거운 물건을 만지기라도 한 것처럼 서둘러 물러섰다. 벤은 잘못을 사과하는 사람처럼 얼굴이 붉어져 있었다. "힘내, 비벌리."

비벌리는 얼굴에서 손을 거두고 격한 목소리로 말했다. "울 엄마는 창녀가 아니야! 엄마는……, 울 엄마는 여급이란 말이야!"

갑자기 침묵이 흘렀다. 벤은 약간 입을 벌린 채 비벌리를 내려다보았다. 에디도 동전을 줍다 말고 비벌리를 힐끔 쳐다보았다.

"여급이라고!" 에디는 갑자기 볼멘소리를 냈다. 창녀란 뜻도 아는 듯 마는 듯했지만, 그게 아니라 여급이라는 비벌리의 항변도 묘하게 들렸던 것이다. "아, 그게 바로 네 엄마구나!"

"그래! 울 엄마는 바로 여급이야!" 비벌리는 숨을 헐떡이며 소리를 지르다 그만 울고 웃는 꼴이 되었다.

벤은 자리에 서 있지도 못할 만큼 웃었다. 뒤뚱거리며 쓰레기통에 털퍼덕 주저앉다가 그만 옆으로 넘어지고 말았다. 에디는 그 모양을 가리키며 낄낄댔다. 비벌리는 벤을 부축해 일으켜 세웠다.

갑자기 2층 창문에서 여자가 버럭 소리를 질렀다. "다른 데 가서 놀아! 밤에 일해야 하는 사람이 있단 말이야, 엉! 어서들 썩 꺼져!"

누가 먼저라고 할 것도 없이 세 아이는 손을 잡고 센터 가를 향해 뛰어갔다. 그들 뒤로 여전히 웃음소리가 떠나지 않았다.

돈은 전부 합해 40센트 정도였고, 가게에서 아이스 세이크를 두 개는 살 수 있는 액수였다. 킨 씨는 까탈스러운 성품이라 초등학생들이 가게 안에서 음식을 먹지 못하게 했으므로(뒤쪽에 있는 핀볼 게임기 때문에 아이들 교육에 좋지 않다면서), 그들은 아이스 세이크를 담은 커다란 상자를 들고 배시 공원의 잔디밭까지 걸어갔다. 벤은 커피 세이크, 에디는 딸기 세이크를 골라잡았다. 비벌리는 둘 사이에 앉아 꽃을 찾는 꿀벌처럼 부지런히 커피와 딸기에 빨대를 꽂았다. 비벌리는 배수구가 시뻘건 피를 뿜어 낸 이후 처음으로 기분이 좋아졌고, 감정적으로 많이 게우고 지친 느낌이지만 평온했다. 어쨌든 당분간은 걱정할 일이 없을 것 같았다.

"브래들리가 갑자기 왜 그랬는지 모르겠어. 전에는 그런 적이 없었는데 말이야." 에디는 브래들리를 대신해 어색하게 사과하는 것 같았다.

"내 편을 들어줘서 고마워." 비벌리는 갑자기 벤의 뺨에 입을 맞추었다.

벤의 얼굴은 또다시 홍당무로 바뀌었다. "너는 정말 속인 적이 없으니까."

벤은 중얼거리다가 느닷없이 커피 세이크를 벌컥벌컥 들이켜 세 모금만에 비워 버렸다. 엽총 소리만큼 요란한 트림이 이어졌다.

"정말 시원하시겠어요, 아저씨이." 에디가 간드러지게 말하자, 비벌리는 배를 잡고 웃어 댔다.

"그만해. 배가 아프단 말이야. 제발 그만." 비벌리는 몸까지 비틀며 애원했다.

벤도 웃고 있었다. 그날 밤, 잠들기 전 벤은 비벌리가 볼에다 입맞춘 순간을 수없이 떠올렸다.

"정말 괜찮아?" 벤이 물었다.

비벌리는 고개를 끄덕였다. "그 아이 때문만은 아니었어. 그 아이가 엄마에 대해 지껄인 말도 솔직히 잊어 버리면 그만이니까. 실은 어젯밤에 일어난 일 때문에……." 비벌리는 약간 주저하더니 벤과 에디를 번갈아 바라보았다. "그러니까……, 그 일을 누구한테든 털어놓고 싶어. 아니면 직접 보여 주든지. 내가 미쳐 버렸다는 생각에 울음까지 나왔나 봐."

"미치다니, 무슨 소리야?" 어디선가 다른 아이의 목소리가 들려왔다.

스탠리 유리스였다. 여느 때처럼 스탠리는 작고 호리호리한 체구에 아주 말쑥한 모습으로 나타났는데, 어린아이답지 않게 깔끔해서 도저히 열한 살이라는 생각이 안 들 정도였다. 흰색 셔츠를 깨끗한 청바지에 가지런히 집어넣은 것이며, 단정하게 빗질한 머리, 얼룩 하나 없는 깨끗한 운동화, 스탠리는 세상에서 키가 제일 작은 어른처럼 보였다. 그러나 그가 미소를 짓자 영락없는 아이로 돌아왔다.

'비벌리는 더 이상 말하지 않을 거야, 브래들리가 엄마를 욕할 때 스탠리는 함께 없었으니까.' 에디는 생각했다.

그러나 비벌리는 한순간 머뭇거리다가 이야기를 꺼냈다. 어딘가 스탠리는 브랜들리와 달랐기 때문이다. 브래들리와 함께 있는 것과는 전혀 달랐다.

'스탠리도 우리 편이야.' 그 생각을 하다 비벌리는 자기도 모르게 두 손을 내저었다. '지금 얘기하면 아이들이 걱정할 텐데, 그건 싫어.'

하지만 이미 늦었다. 벌써 이야기를 시작한 후였다. 스탠리는 차분하고 심각한 얼굴로 그들 곁에 앉았다. 에디는 얼마 남지 않은 딸기 셰이크를 건넸지만, 스탠리는 고개를 저으며 여전히 비벌리의 얼굴을 바라보았다. 모두 아무 말 없이 비벌리의 말을 들었다.

비벌리는 목소리에 대해 말했다. 베로니카 그로건, 그 아이가 죽은 줄은 알지만 분명 그 목소리였다고 말했다. 핏방울이 솟구친 얘기며, 아버지와 어머니는 그 핏자국을 전혀 보지 못했다는 말도 덧붙였다.

얘기를 다 끝내고 비벌리는 조마조마한 표정으로 아이들의 얼굴을 돌아보았다. 누구도 그녀의 말을 의심하는 기색이 없었다. 스쳐 지나간 표정들은 의심이 아니라 공포였다.

마침내 벤이 말했다. "한번 가 보자."

그들은 뒷문으로 들어갔다. 비벌리가 그쪽 열쇠를 가지고 있다는 이유 외에도 행여 남자 아이들을 데리고 우르르 집 안으로 들어가는 모습을 볼튼 부인이 보는 날에는 아버지한테 혼나 초주검이 될지도 모른다고 걱정했기 때문이다.

"왜?" 에디가 비벌리의 말을 듣고 물었다.

"너처럼 무딘 아이는 이해 못할 거야. 그냥 잠자코 있으라고."

에디는 뭐라고 응수하려다, 백지장처럼 굳어 있는 스탠리의 얼굴을 보고는 이내 입을 다물었다.

뒷문으로 연결된 주방에 들어서자, 오후 햇살과 한여름의 침묵이 가득했다. 아침에 설거지한 접시들이 건조기 안에 들어 있었다. 네 아이는 주방 식탁 옆에 우두커니 서 있다가, 위층에서 요란한 문소리가 들려오자 화들짝 놀라 불안하게 웃었다.

"어디야?" 벤이 목소리를 낮추고 물었다.

비벌리는 몹시 긴장한 표정으로 부모님의 침실 옆에 난 작은 복도를 따라 그 끝에 있는 욕실 문까지 아이들을 데리고 갔다. 그리고 욕실 문을 열고 재빨리 안으로 들어가 세면대의 고무 마개를 잡아 뺀 뒤, 벤과 에디 사이로 뒷걸음쳤다. 거울과 세면대와 벽지에 적갈색 핏자국이 남아 있었다. 비벌리는 아이들의 표정을 보는 것보다 차라리 핏자국을 바라보는 편이 나았다.

비벌리가 기어 들어가는 목소리로 아이들에게 물었다. "보이니? 보이는 게 있어? 저쪽에 말이야."

벤이 앞으로 나갔다. 비벌리는 그처럼 뚱뚱한 아이의 몸놀림이 매우 섬세하다는 사실에 다시 한번 놀랐다. 벤은 엉겨 붙은 핏자국 하나를 만지기 시작했다. 그리고 잠시 머뭇거리다가 거울에 흘러내린 핏줄기까지 손을 댔다.

"여기야. 여기라고." 침착하고 자신 있는 음성이었다.

"아이고! 이곳에서 돼지라도 잡은 모양이네." 스탠리는 낮게 탄성을 질렀다.

"이게 다 배수구에서 나왔단 말이지?" 핏자국을 바라보던 에디는 이미 속이 메슥거렸다. 숨을 몰아쉬면서 어느새 흡입기를 움켜잡았다.

비벌리는 간신히 울음을 참고 있었다. 울고 싶지 않았다. 혹시 아이들이 여자 애는 할 수 없다는 말을 할까 봐 두려웠다. 그러나 세찬 물결처럼 안도감이 밀려들자 문 손잡이를 꼭 잡았다. 그때까지만 해도 헛것이 보이고 미쳐 가는 건 아닐까 마음이 불안했더랬다.

"그런데 너희 엄마와 아빠는 이 핏자국을 보지 못하신단 말이지?" 벤이 의외라는 표정을 지었다. 그는 세면대에 말라붙은 핏자국을 만지고 셔츠 자락에 손을 문질렀다. "어이구, 으스스하네."

"욕실엔 두 번 다시 들어오지 못할 것 같았어. 이도 안 닦고 세수도 안 할 생각이었다고……." 비벌리가 말했다.

"흠, 우리가 여기를 청소하는 게 어떨까?" 스탠리가 불쑥 말했다.

비벌리는 스탠리를 바라보았다. "청소?"

"그래. 벽지까지 손대지는 못하겠지만 나머지는 닦아 낼 수 있잖아. 집에 걸레 정도는 있겠지?"

"주방 개수대 밑에 있어. 하지만 걸레를 쓴 걸 엄마가 눈치 채면 이상하게 생각할 텐데."

"나한테 50센트 있어." 스탠리는 세면대 주변 여기저기에 묻어 있는 핏자국을 뚫어지게 바라보며 조용히 말했다. "여기를 깨끗하게 청소한 다음, 자동 세탁소에 가져가 걸레를 빨아 오는 거야. 잘 말려서 부모님이 집에 오기 전에 개수대 밑에 도로 갖다 놓으면 되잖아."

"울 엄마가 그랬는데, 옷에 묻은 핏자국은 지워지지 않는대." 에디가 반대 의견을 내놓았다.

벤이 신경질적으로 작게 웃었다. "걸레의 핏자국이 지워지든 말든 상관없잖아. 어차피 그분들은 못 보신다잖아."

물론 아무도 '그분들'이 누구냐고 물어볼 필요는 없었다.

"좋아, 해 보자." 비벌리는 기분 좋게 말했다.

그로부터 30분 동안 그들은 억센 새끼 뱀장어처럼 욕실을 휘저었고, 벽지와 거울과 세면대에서 차츰 핏자국이 사라졌다. 그만큼 비벌리의 마음은 한결 가벼워졌다. 벤과 에디는 세면대와 거울을 맡았고, 비벌리는 바닥을 맡았다. 스탠리는 물기를 약간만 묻힌 걸레로 조심스레 벽지의 핏자국을 지웠다. 얼추 일이 끝나갔다. 벤은 소켓에서 전구를 빼내고, 보관함에 있던 전구 상자에서 새 것을 꺼내 갈아 끼웠다. 전구는 많았다. 엘프리다 마시가 지난가을 데리 라이언 클럽에서 전구를 염가로 판매할 때 2년 치를 한꺼번에 사 왔기 때문이다.

그들은 엘프리다가 사다 놓은 물통과 세제, 뜨거운 물까지 마음놓고 사용했다. 손에 조금이라도 핏물이 들까 봐 청소하는 동안 틈만 나면 손을 씻기도 했다.

마침내 스탠리가 뒤로 물러서서 청결과 질서가 몸에 밴 아이의 비판적인 시선으로 욕실을 훑어보기 시작했다.

"이 정도면 우리가 할 수 있는 일은 다한 셈이야." 스탠리는 흡족한 표정을 지었다. 세면대 왼쪽 벽지에 아직 핏자국이 희미하게 남아 있었지만, 그 부분은 특히 얇고 너덜너덜해 스탠리도 딱히 손을 쓰기 어려웠다. 그러나 전처럼 음산한 핏자국의 느낌은 거의 사라져서 실수로 살짝 스친 크레용 자국처럼 보였다.

"얘들아, 정말 고마워. 정말." 솔직히 비벌리는 그때처럼 누군가에게 깊은 감사를 느낀 적이 없었다.

"별것 아닌데, 뭘." 벤이 웅얼거렸다. 이번에도 얼굴이 빨갛게 달아올랐다.

"맞아, 별것도 아니잖아." 에디가 고개를 끄덕였다.

"자, 이제는 걸레를 빨러 가야지." 스탠리가 말했다. 굳은 얼굴이 심각해 보였다. 나중에 비벌리는 상상하지 못할 처절한 싸움의 한복판으로 그들이 한 발짝 더 다가섰다는 사실을, 스탠리만 알고 있었을 거라고 생각했다.

그들은 마시 부인의 세제 가루 한 컵을 마요네즈 빈 통에 집어넣었다. 비벌리는 피 묻은 걸레를 집어넣기 위해 종이 가방을 찾아왔고, 그들 모두 메인 가와 코니 가에 있는 클린 클로즈 자동 세탁소로 향했다. 멀리 오후 햇살에 비친 운하의 푸른 물결이 밝게 빛났다.

클린 클로즈 자동 세탁소에는 흰색 간호사복을 입고 탈수기 앞에 서 있는 여자밖에 없었다. 그녀는 네 명의 아이들에게 의심스러운 눈초리를 보내고는 읽고 있던 《페이튼 플레이스》에 얼굴을 묻었다.

"찬물, 엄마가 피는 찬물에 빨아야 한댔어." 벤이 조용히 말했다.

세탁기에 걸레를 집어넣는 동안, 스탠리는 동전을 바꿔 왔다. 비벌리는 세제 가루를 걸레 위에 뿌리고 세탁기 문을 닫았다. 스탠리는 동전 투입구에 동전 두 개를 집어넣고 작동 레버를 잡아당겼다.

비벌리는 동전 치기에서 딴 돈을 대부분 셰이크 사 먹는 데 썼지만, 청바지 주머니를 뒤져 보니 동전 몇 개가 손에 잡혔다. 그녀가 동전을 꺼내 스탠리에게 내밀자 스탠리는 인상을 찌푸렸다. "이런, 세탁소에서 데이트나 하려고 아가씨를 데려왔더니 각자 돈을 내자네."

비벌리는 피식 웃었다. "그 말 진심이야?"

"그럼. 솔직히 그 돈을 안 받자니 가슴이 무너지는 것 같지만 아무튼 데이트는 데이트니까."

그들은 세탁소의 콘크리트 벽 앞에 줄지어 놓여 있는 플라스틱 의자에 말없이 앉았다. 세탁기 속에서 걸레들이 빙글빙글 돌아갔다. 투입구의 두꺼운 유리창에 거품이 일었다. 처음에는 붉은색이었다. 그 색깔을 보고 있자니 비벌리는 약간 속이 울렁거렸지만, 그렇다고 시선을 떼기도 어려웠다. 핏빛 거품은 섬뜩한 매력이었다. 간호사 복장을 한 여자가 점점 더 자주 책에서 고개를 들어 그들을 힐끔거렸다. 아이들이 소란이라도 피울까 봐 걱정되는 눈치였다. 탈수가 끝나자, 그녀는 옷을 꺼내 착착 개킨 후 파란색 플라스틱 세탁 바구니에 넣고 마지막으로 그들에게 미심쩍은 눈길을 보내고는 세탁소를 빠져나갔다.

그녀가 떠난 후, 벤이 느닷없이 쉰 목소리로 말했다. "너 혼자가 아니야."

"뭐라고?" 비벌리가 물었다.

"비벌리, 너 혼자가 아니라고. 너도 알겠지만……." 벤은 말을 멈추고, 마침 고개를 끄덕이고 있던 에디를 바라보았다. 그리고 스탠리를 바라보자 그는 심각한 표정이었지만 이내 어깨를 으쓱하며 고개를 끄덕였다.

"대체 무슨 말을 하는 거니?" 솔직히 비벌리는 오늘만은 복잡한 얘기를 듣고 싶지 않았다. 그녀는 벤의 팔뚝을 붙잡았다. "이번 일에 대해 뭔가 알고 있지, 내게도 말해 줘!"

"네가 얘기할래?" 벤은 에디에게 물었다.

에디는 고개를 저었다. 그는 주머니에서 흡입기를 꺼내 힘껏 들이마셨다.

벤은 적절한 말을 골라 가며 굼뜬 말투로 학교가 방학하는 날 황무지에서 빌 덴브로와 에디 카스브랙을 어떻게 만났는지 말했다. 그게 거의 일주일 전이라니 믿어지지 않았다. 그리고 다음 날 황무지에 어떻게 댐을 만들게 됐는지도 말했다. 빌의 죽은 동생이 사진 속에서 빌을 향해 윙크하고, 풍선이 바람 부는 쪽으로 날아가던 어느 겨울날, 꽁꽁 얼어붙은 운하에서 미라를 만났다는 벤 자신의 얘기도 들려주었다. 비벌리는 점점 두려운 표정이 되었다. 눈이 휘둥그레지고 손발이 차갑게 얼어붙은 느낌이었다.

벤은 말을 멈추고 재촉하듯 에디를 바라보았다. 에디는 또 한 차례 흡입기를 입에 갖다 댄 후, 벤의 느릿느릿한 말투와 달리 비상사태를 모면하려고 필사적으로 애쓰는 사람처럼 문둥이 이야기를 정신없이 지껄였다. 이야기를 마쳤을 때는 흐느낌이 섞여 있었지만, 이번에는 다행히 울지 않았다.

"그럼 너는?" 비벌리는 스탠리를 바라보았다.

"나는……."

갑자기 말이 끊겼고, 아이들은 난데없는 폭발음이라도 들은 양 소스라치게 놀랐다.

"세탁이 끝났어." 스탠리가 말했다.

스탠리는 자리에서 일어나 아담하고 절도 있으며 우아한 동작으로 세탁기 문을 열었다. 그리고 엉겨 붙어 있는 걸레들을 유심히 살폈다. "약간 얼룩이 남아 있지만, 괜찮아. 주스를 흘린 자국처럼 보이니까."

스탠리가 걸레를 내밀자, 모두 중요한 서류를 검토하듯 진지하게 고개를 끄덕여 보였다. 비벌리는 욕실이 깨끗해졌을 때처럼 안도감을 느꼈다. 욕실 벽지에 남아 있는 크레용 자국쯤은 견딜 만했고 걸레의 불그스름한 흔적도 끔찍하지는 않았다. 그들이 함께 무엇인가를 해냈다는 사실이 중요하게 느껴졌다. 그들이 한 일이 얼마나 효과 있을지 모르겠지만 적어도 마음은 편안해졌고, 앨 마시의 딸 비벌리에겐 분에 넘치는 형제애까지 느껴졌다.

스탠리는 통 모양의 탈수기에 걸레를 집어넣고 동전 두 개를 꺼내 들었다. 탈수기를 돌린 후, 자리로 돌아와 에디와 벤 사이에 앉았다.

다시 침묵이 흐르는 가운데, 그들은 묵묵히 걸레가 빙빙 돌다 떨어지는 광경을 지켜보았다. 가스를 사용하는 탈수기의 웅웅 하는 소리가 자장가처럼 들려 졸음까지 쏟아졌다. 여자 한 명이 식료품 수레를 끌고 세탁소 앞을 지나갔다.

"나도 뭔가를 봤어." 스탠리가 불쑥 말했다. "꿈인 것 같기도 하고, 정확하지 않아서 말할 생각이 없었거든. 스타비아처럼 발작을 일으킨 것 같기도 하고. 혹시 스타비아라는 아이 아는 사람?"

벤과 비벌리는 고개를 저었다.

"간질병에 걸렸다는 아이 말이야?" 에디가 아는 척했다.

"응, 그래. 아주 심한 편이었지. 나도 뭔가를 봤다기보다는……, 실제로 본 게 아니라 간질병 비슷한 발작을 일으켰던 것 같아."

"그게 뭐였지?" 비벌리는 대뜸 물었지만, 정말 그 이야기를 듣고 싶은지 자신이 없었다. 모닥불 주위로 둘러앉아 갓 구운 건포도 빵에 비엔나 소시지를 얹어 먹고, 불에 올려진 마시멜로가 까맣게 바삭바삭해질 때까지 기다리며 주고받는 귀신 이야기와는 차원이 달랐다. 그들은 지금 숨 막히는 자동 세탁기 앞에 앉아 있었고, 세탁기 밑에 쌓여 있는 커다란 먼지 덩어리(비벌리의 아버지는 귀신이 싼 똥이라고 불렀다)와 지저분한 판유리에 내리쬐는 뜨거운 햇빛 아래 춤추는 온갖 먼지, 표지가 찢어져 나뒹구는 잡지 따위는 캠프파이어의 분위기와 분명 달랐다. 그들은 아주 평범한 일상 속에 앉아 있었다. 기분이 좋으면서도 평범하고 지루한 일상. 그러나 비벌리는 무서웠다. 끔찍하리만큼 무서웠다. 그것은 꾸며진 이야기도, 상상해 낸 괴물도 아니었다. 벤의 미라와 에디의 문둥이……, 그들의 이야기는 해 떨어진 으슥한 밤이면 언제고 현실로 나타날지 몰랐다. 게다가 복수심에 불타는 빌의 외팔이 동생도 은색 눈동자를 번뜩이며 컴컴한 배수구를 배회하고 있을지 몰랐다.

그러나 스탠리가 바로 대답을 안 하자 비벌리는 다시 물었다. "뭐였냐니까?"

스탠리는 아주 조심스럽게 말문을 열었다. "급수탑이 있는 저쪽 작은 공원에서……."

"맙소사, 난 정말 거기 싫더라. 데리에서 귀신 들린 곳이 있다면 바로 그 급수탑일 거야." 에디는 심각한 표정으로 맞장구를 쳤다.

"무슨 소리야? 지금 무슨 소리지?" 스탠리의 목소리는 날카로웠다.

"거길 모른단 말이야? 아이들이 죽기 전부터 엄마가 그곳 근처에는 얼씬도 말라고 하시던데. 엄마는……, 내가 어떻게 될까 봐 늘 걱정이 많으시거든." 에디는 불편한 미소를 짓다가 무릎 위에 올려져 있던 흡입기를 꽉 붙들었다. "너희들도 그곳에서 애들이 물에 빠져 죽은 거 알지? 셋인가 넷인가. 어, 스탠리, 스탠리, 괜찮아?"

스탠리 유리스의 얼굴은 잿빛으로 굳어 있었다. 입술이 부들거릴 뿐 아무 말도 흘러나오지 않았다. 눈동자가 치켜올라가서, 다른 아이들에겐 홍채 맨 아랫부분만 겨우 보일 정도였다. 스탠리는 한 손으로 허공을 휘젓더니 힘없이 허벅지 사이에 툭 내려놓았다.

에디에게 떠오른 생각은 딱 한 가지였다. 에디는 스탠리의 축

늘어진 어깨를 감싸 안고, 흡입기를 스탠리의 입속에 집어넣은 후 힘차게 방아쇠를 당겼다.

스탠리는 갑자기 기침과 함께 숨을 몰아쉬며 헛구역질을 했다. 잠시 후 일어나 앉았을 때는 눈동자에 초점이 돌아와 있었다. 그러나 두 손으로 입을 막고 연신 기침을 했다. 이윽고 한숨을 크게 몰아쉬고는 의자에 힘없이 기댔다.

"그게 뭐였어?" 스탠리는 가까스로 물었다.

"천식 약이야." 에디는 미안한 표정으로 말했다.

"어이쿠, 맛 한번 정말 더럽다."

모두들 웃음을 터뜨렸지만 어딘지 불안한 떨림이 전해졌다. 일제히 스탠리를 바라보는 시선에도 초조한 기색이 역력했다. 스탠리의 얼굴이 약간 붉어졌다.

"맞아, 좀 지독한 편이지." 에디가 너스레를 떨었다.

"맛은 그렇다고 치고 합법적인 제품이냐?" 스탠리의 말에 모두 또 한 번 웃었지만 스탠리를 포함해 누구도 '합법적인'이라는 의미를 알지 못했다.

스탠리가 제일 먼저 웃음을 멈추고 뚫어지게 에디를 바라보았다. "급수탑에 대해 아는 게 있으면 말해 봐."

에디가 말을 시작했지만, 벤과 비벌리도 얘기를 거들었다. 데리 급수탑은 도심에서 서쪽으로 2.5킬로미터쯤 떨어진 캔자스 가에 자리 잡고 있었고, 위치상으로 황무지의 남쪽 끝이기도 했다. 19세기 말까지만 해도, 175갤런을 저장해 데리 전 지역의 상수원 역할을 톡톡히 해냈다. 급수탑 사방으로 시야가 탁 트여 데리 시와 인근 풍경이 한눈에 들어올 정도로 전망이 빼어나 1930년대까지 지역 명소로 자리 잡기도 했다. 날씨가 화창한 토요일이나 일요일 아침나절이면 삼삼오오 가족 나들이에 나선 사람들이 메모리얼 공원에 들렀다가 급수탑의 160개 계단을 올라 전망대에서 주변 경치를 감상하고는 했다. 그래서 전망대에서 자리를 깔고 도시락을 까먹는 일은 전혀 생경한 풍경이 아니었다.

계단은 흰색 판자를 둘러친 외벽과 그 안쪽에 세워진 35미터 높이의 스테인리스 원통 사이에 나 있었고 꼭대기까지 비좁은 나선형으로 구부러져 올라갔다.

전망대 바로 아래, 급수탑 내벽에 두꺼운 나무문이 있고, 그 문을 열고 들어가면 물위로 뻗어 있는 발판이 나타났다. 갓 달린 마그네슘 전구 불빛 아래 펼쳐진 새카만 수면은 작은 호수처럼 부드럽게 찰랑거렸다. 물이 가득 채워질 경우 수심이 30미터가 넘었다.

"그 물을 어디서 가져왔더라?" 벤이 물었다.

비벌리와 에디, 스탠리는 서로 쳐다봤다. 그들 역시 몰랐다.

"그럼 아이들이 빠져 죽은 얘기나 해 봐."

누구도 익사 사고를 정확히 기억하지는 못했다. 그 당시에는 (벤은 나중에 "오랜 옛날"이라며 심각한 표정으로 자신이 아는 부분을 말했다) 물위의 발판으로 들어가는 문이 항상 열려 있었다. 어느 날 밤 두 명의 아이가……, 아니면 딱 한 명……, 아니면 세 명 이상이……, 지상에 나 있는 급수탑 출입구 역시 문이 열려 있는 것을 발견했다. 두 아이는 용기를 내서 급수탑 안으로 들어가 계단을 올랐다. 그러나 전망대인 줄 알고 들어선 문이 하필이면 그 아래 내벽에 난 나무문이었고, 아이들은 아무것도 모른 채 컴컴

한 발판 위를 서성였다. 아이들은 그곳이 어디인지 알기도 전에 발을 헛디뎌 물속에 빠져 죽고 말았다.

비벌리가 말했다. "빅 크럼리라는 아이한테 들은 얘기인데, 그 아이는 자기 아빠한테 들었대. 그러니까 아마 사실일 거야. 빅의 아빠가 그러셨는데, 그곳에 한번 빠지면 붙잡을 게 없어서 그대로 죽는대. 발판을 붙잡기엔 너무 높다는 거야. 그 아이들은 물속에서 버둥대며 꽤 오랫동안 살려 달라고 비명을 질렀을 거래. 하지만 아무도 듣지 못했고, 아이들은 점점 힘이 빠져서……." 비벌리는 말을 멈추고 마치 물속에라도 빠진 것처럼 진저리를 쳤다. 아이들의 마음속에 그 모습이 똑똑하게 떠올라, 사실이든 꾸며 낸 얘기든 가엾은 강아지들처럼 첨벙첨벙 물을 튀기는 것이었다. 두려움이 묵직해질수록 아이들의 허우적거림과 튀어 오르는 물방울은 약해졌다. 물속에 잠겨 흐느적거리는 축축한 운동화. 스테인리스 벽면에서 부질없이 미끄러지는 여린 손가락. 비벌리는 아이들의 코와 입속으로 흘러든 쓰디쓴 물맛까지 느낄 수 있었다. 무심한 메아리로 돌아올 뿐인 아이들의 울부짖음도 들려왔다. 얼마 동안이었을까? 15분? 30분? 비명을 멈추고, 물속에 머리를 처박은 기이한 물고기처럼 다음 날 아침 관리인에게 발견되기까지 얼마나 오랫동안 살려 달라고 외쳤을까?

"맙소사." 스탠리가 딱딱하게 말했다.

"어떤 아줌마는 그곳에서 갓난아기를 빠뜨렸대." 불쑥 말한 아이는 에디였다. "그때부터 급수탑 출입이 금지된 거래. 아무튼 그렇다고 들었으니까. 그 전엔 사람들이 마음대로 올라갈 수 있었나 봐. 그랬으니까 그 아줌마가 아기를 안고 올라갔겠지. 아기가 얼마나 어렸는지는 모르겠어. 문제는 물위로 나 있는 발판이었지. 아마 아줌마가 아기를 안고 난간 가까이 다가갔다가, 실수로 떨어뜨렸거나 아기가 몸부림치다 떨어졌을 거야. 어떤 아저씨가 아기를 구하려고 했대. 영웅처럼 말이야. 그 사람이 곧장 물속으로 뛰어들었지만 아기는 사라지고 없었대. 포대기 같은 걸로 감싸서 금방 물에 젖었나 봐. 두꺼운 옷이 물에 젖으면 가라앉잖아."

에디는 주머니를 뒤지더니 작은 갈색 유리병을 꺼냈다. 그리고 병뚜껑을 열고 작은 흰색 알약 두 개를 꺼내 꿀걱 삼켰다.

"그게 뭐야?" 비벌리가 물었다.

"아스피린. 머리가 아파서." 에디는 변명하듯 말했지만 비벌리는 더 이상 캐묻지 않았다.

벤이 이야기를 끝냈다. 갓난아기 사건이 있은 직후(벤은 자기가 들은 얘기로는 갓난아기가 아니라 세 살배기 여자 아이라고 했다) 시의회가 열렸으며, 그때 급수탑 계단을 폐쇄하고 전망대 사용도 중단하기로 결정이 났다. 그때부터 지금까지 급수탑은 잠겨 있는 셈이었다. 관리인이 오가고, 이따금 기술자가 다녀갔으며, 계절마다 한 번씩 안내인이 딸린 여행객들의 방문도 있기는 했다. 그때마다 호기심이 동한 아주머니부터 역사 학회 회원들까지 따라나서, 전망대에 이르는 나선형 계단을 올라가 야호를 외치거나 친구들에게 보여 주려고 사진을 찍기도 했다. 그러나 전망대 바로 아래 나무문은 언제나 잠겨 있었다.

"아직도 물이 꽉 차 있을까?" 스탠리가 물었다.

"그럴 거야. 화재 사고가 많이 나는 철이면 소방차가 급수탑에서 물 채우는 걸 자주 봤으니까. 급수탑 아래쪽에 호스를 갖다 끼우더라고."

스탠리는 탈수기에서 끊임없이 돌고도는 걸레 뭉치를 바라보았다. 덩어리로 뭉쳐 있던 부분이 풀려서 어떤 것은 낙하산처럼 떠다녔다.

"넌 거기서 뭘 보았지?" 마침내 비벌리가 스탠리에게 물었다.

한동안 스탠리는 입을 열 생각이 없어 보였다. 그러더니 긴 한숨을 내쉬고는 지금까지의 얘기와 전혀 어울리지 않는 말을 하기 시작했다. "메모리얼 공원이라는 이름은 남북전쟁 당시 메인에 있었다는 23부대를 따서 붙인 거래. 데리 블루라고도 불렀다나. 기념 동상도 있었지만 1940년대에 폭풍에 휩쓸려 쓰러졌대. 동상을 고칠 만한 돈이 없어서 동상 대신 새 목욕통을 갖다 놓았다는 거야. 돌로 만든 커다란 목욕통 말이야."

아이들은 멀뚱멀뚱 스탠리를 바라보았다. 스탠리는 마른침을 삼켰다. 꿀꺽 하는 소리가 들렸다.

"너희들도 알 거야, 내가 새에 관심이 많다는 거 말이야. 조류도감도 있고, 자이스이콘 사(社)에서 만든 쌍안경이랑 그 밖에 필요한 건 다 있어. 에디, 혹시 아스피린 좀 남았니?"

에디는 약병을 스탠리에게 건네주었다. 스탠리는 두 알을 꺼내고 주저하다가 또 한 알을 꺼냈다. 그는 병을 에디에게 돌려준 후, 알약을 하나씩 삼켰다. 그리고 이야기를 계속했다.

스탠리가 우연히도 그 일을 겪게 된 것은 두 달 전, 비 내리는 4월의 어느 날 저녁이었다. 비옷을 차려 입은 스탠리는 끈 달린 방수 주머니에 조류 도감과 쌍안경을 넣고 메모리얼 공원으로 향했다. 대개 아버지와 함께 나갔지만 그날 밤은 아버지가 할 일이 많아 특별히 저녁 시간에 스탠리에게 전화를 걸어 왔다.

대리점의 단골 고객 중에 스탠리처럼 조류 관찰에 취미가 있는 사람이 있는데, 홍관조 참새목 되새과의 조류로 보이는 새 한 마리가 메모리얼 공원 새 목욕통에서 물을 마시더라고 말했다는 것이다. 홍관조는 해 질 무렵 먹고 마시고 목욕하기를 좋아하는 조류였다. 매사추세츠 북쪽으로 멀리 떨어진 지방에서 홍관조를 발견하기란 쉽지 않았다. 거기 가서 그 새를 볼 수 있을지 알아볼까? 날씨가 무척 안 좋은 것은 알았지만…….

스탠리는 홍관조를 보고 싶었다. 비옷의 모자까지 푹 눌러쓰겠다고 어머니와 약속했지만, 굳이 그런 약속까지 할 필요는 없었다. 스탠리는 흐트러짐이 없는 아이였다. 부모님이 성화를 부리지 않더라도 비 오고 눈 오는 날에는 장화와 내복을 알아서 챙겨 입었다.

스탠리는 3킬로미터를 걸어서 비에 젖은 메모리얼 공원을 찾아갔다. 빗줄기는 아주 가늘게 흩날려서 이슬비라고 하기에도 어려웠다. 차라리 안개에 가까웠다. 대기는 착 가라앉아 고요했지만 한편으로는 마음이 설레었다. 덤불과 나무 아래 마지막 잔설이 남아 있었지만(스탠리에게는 지저분한 베갯잇이 버려져 쌓여 있는 것처럼 보였다) 푸릇한 생명의 향기도 풍겼다. 은백색 하늘 아래 느릅나무와 단풍나무와 떡갈나무 가지를 바라보며, 스탠리는 그 그림자들이 신비할 정도로 짙다고 생각했다. 일이 주만 지나면 나뭇가지에 싹이 트고, 투명한 녹색의 잎사귀가 섬세한 손을 펼칠 것이다.

'오늘 저녁은 공기 냄새도 초록빛이네.' 스탠리는 슬며시 웃었다.

한 시간만 지나면 어스름이 내릴 것 같아 스탠리의 발걸음이 빨라졌다. 스탠리는 옷차림과 학구적인 습관만큼 사물을 관찰하는 일에도 꼼꼼했으며, 사물을 제대로 식별하기 어려울 정도로 주위가 어둡다고 해도 그저 홍관조를 봤다는 생각만으로는 만족하지 못할 성격이었다.

스탠리는 메모리얼 공원을 비스듬히 가로질렀다. 왼쪽으로 급수탑이 허연 형체처럼 서 있었다. 스탠리는 그쪽으로 눈길 한번 주지 않았다. 급수탑은 그의 관심 밖이었다.

메모리얼 공원은 경사진 직사각형의 공간이었다. 잔디밭(그맘때면 허옇게 죽어 있었다)은 여름마다 말끔하게 정돈되고, 둥그런 형태의 화원도 있었다. 그러나 아이들이 놀 만한 놀이 시설은 없었다. 성인들을 위한 공원이었다.

공원이 끝나는 곳에서 평평한 땅이 갑자기 가파른 경사를 이루며 캔자스 가와 황무지로 연결됐다. 아버지가 말한 새 목욕통은 그 평평한 지역에 놓여 있었다. 주춧돌 역할을 하는 큼지막한 석조물에 접시 모양으로 얕게 깎아 낸 자리가 바로 새 목욕통이었다. 스탠리의 아버지는 아직 시 예산이 남아 있을 무렵 새 목욕통 자리에 예전의 국군 동상을 다시 세우려고 한 적 있다고 말했다.

"저는 새 목욕통이 더 좋아요, 아빠." 스탠리가 말했다.

유리스 씨는 스탠리의 머리를 쓰다듬었다. "나도 그렇다. 새들은 더 많이, 총알은 더 적게, 그게 아빠의 철학이니까."

주춧돌 위에도 신념이나 철학이라고 할 만한 문구가 새겨져 있었다. 스탠리는 그 글자들을 읽기는 했지만 이해하지는 못했다. 라틴 어는 조류 도감에 나오는 분류 학명밖에 알지 못했기 때문이다.

외양은 허상이라.
── 플리니우스

스탠리는 벤치에 앉아 조류 도감을 꺼내 다시 한번 홍관조의 생김새를 머릿속에 새겨 넣었다. 홍관조 수컷은 생김새가 아주 독특해서(소방차처럼 붉은색에 몸집은 그리 크지 않았다) 헷갈릴 염려가 없었지만 스탠리의 몸속 깊숙이 뿌리박힌 습관과 관례는 어쩔 수 없었다. 스탠리는 이를 통해 안정감과 소속감을 느끼는 아이였다. 그래서 3분 가까이 뚫어져라 홍관조의 그림을 확인한 후에야 책을 덮고(공기 중에 밴 습기 때문에 책장 모퉁이가 약간 구부러져 있었다) 가방에 집어넣었다. 그리고 곽에 든 쌍안경을 꺼내 눈에 갖다 댔다. 최근에도 똑같은 벤치에 앉아 목욕통을 관찰했으므로 쌍안경의 초점을 다시 조절할 필요는 없었다.

꼼꼼하면서도 인내심 강한 아이. 스탠리는 조바심을 내지 않았다. 엉덩이를 들썩이거나 쌍안경 줄을 이리저리 흔들며 돌아다니지도 않았다. 그저 묵묵히 앉아 쌍안경의 초점을 목욕통에 맞추고 있을 뿐……, 비옷에 맺힌 안개가 굵게 방울졌다.

지루하지도 않았다. 새들이 한창 집회라도 여는 것처럼 모여 있는 광경을 관찰하는 데 여념이 없었다. 네 마리의 갈색 참새가 목욕통에 날아들어 물속에 부리를 넣고 등이며 어깨 위로 물방울을 튀겼다. 그때 어치 한 마리가 순찰 중인 경찰처럼 나타나 빈둥빈둥 소란을 떨던 참새 떼를 쫓아 버렸다. 쌍안경에 비친 어치의 모습은 집채만큼 커 보였지만, 호전적인 울음소리는 우스울 정도로 작았다(쌍안경으로 어치를 관찰하다 보니 어느 순간부터 큼지막한 그 형체가 이상하다는 생각은 싹 사라졌다). 참새들은 이미 날아가 버린 후였다. 자리를 꿰차고 앉은 어치가 거들먹거리며 목욕도 하고 이리저리 걸어 보다가 이내 싫증이 났는지 훌쩍 날아가 버렸다. 이때다 싶어 참새들이 다시 몰려왔지만, 곧바로 날아든 울새 두 마리가 몸도 씻고 중요한 문제라도 토론할 기세여서 참새들은 또 쫓겨 가고 말았다. 언젠가 스탠리가 머뭇거리며 새들이 말을 하는 것 같다고 했을 때 아버지는 껄껄 웃음을 터뜨렸고, 스탠리도 새들이 말을 하기엔 두개골이 너무 작다는 아버지의 말을 인정할 수밖에 없었다. 하지만 이렇게 지켜보고 있노라면 새들이 서로 얘기하고 있다는 생각을 쉽게 떨칠 수 없었다. 또 다른 새 한 마리가 울새 곁으로 날아들었다. 붉은색이었다. 스탠리는 서둘러 쌍안경의 초점을 약간 조절했다. 혹시……? 아니었다. 자줏빛 풍금조라는 꽤 괜찮은 새였지만 스탠리가 찾는 홍관조는 아니었다. 얼마 후 메모리얼 공원의 단골 손님 중 하나인 딱따구리 한 마리도 목욕통에 가세했다. 그런데 딱따구리 오른쪽 날개가 찢겨 있었다. 여느 때처럼 스탠리의 머릿속엔 어쩌다 날개를 다쳤을까 공상의 날개가 펼쳐졌는데, 슬그머니 다가온 고양이 녀석이 범인일 확률이 컸다. 그 밖에도 여러 종류의 새들이 목욕통을 찾았다가 이내 날아갔다. 트럭이 하늘을 날듯 서툴고 못생긴 찌르레기와 푸른 울새와 또 한 마리의 딱따구리가 나타났다. 기다린 보람이 있는지 홍관조는 아니었지만, 쌍안경에 비친 모습대로라면 커다랗고 멍청해 보이는 소새 한 마리가 모습을 드러냈다. 스탠리는 쌍안경을 거두고 조류 도감을 뒤적이다가, 혹시 확인하기도 전에 소새가 날아갈까 봐 조바심이 났다. 그래도 아버지한테 자랑할 만한 수확이라면 그 소새일 확률이 컸기 때문이다. 게다가 집으로 돌아갈 시간이었다. 햇빛이 시시각각으로 사위고 있었다. 춥고 축축했다. 조류 도감을 확인하면서 다시 쌍안경으로 소새를 바라보았다. 소새는 아직 그곳에 남아 있었지만, 목욕을 하는 것도 아니고 그저 목욕통 가장자리에 멍하니 서 있었다. 소새가 확실해 보였다. 눈에 띌 만한 특징이 없는 데다(솔직히 그 정도 거리에서 포착할 만한 특징은 아무것도 없었다) 주위마저 어두워 확신이 서지 않았지만 다시 한번 확인해 볼 정도의 시간과 햇빛은 충분했다. 그래서 조류 도감을 뚫어져라 바라본 후 다시 쌍안경을 집었다. 그런데 새를 막 확인하려는 순간, 쿵 하는 소리와 함께 소새가(소새가 분명하다면) 날아올랐다. 스탠리는 혹시 스치듯 확인이라도 할 수 있을까, 날아가는 소새를 따라 서둘러 쌍안경을 갖다 댔다. 그러나 소새는 이미 시야에서 사라져 버렸고, 스탠리의 앙다문 입술에서는 신음이 새어 나왔다. 하지만 한번 나타난 이상 다음에도 그곳에 모습을 드러낼지 몰랐으므로 그렇게 애석해할 필요는 없었다. 게다가 소새가 아니었다 해도(소새가 맞긴 한데) 그것이 금빛 독수리나 커다란 바다쇠오리도 분명 아니었으니까.

스탠리는 쌍안경을 곽에 집어넣고 조류 도감을 챙겼다. 갑자기 들려온 요란한 굉음의 정체나 살펴볼 생각이었다. 총이나 자동차 엔진 소리는 아니었다. 영화에 등장하는 으스스한 성과 지하실에서 문이 꽝 닫히는 소리 같았고……, 꾸민 듯한 메아리 효과도 그럴듯했다.

그러나 아무것도 보이지 않았다.

스탠리는 곧장 캔자스 가로 이어지는 내리막길로 향했다. 이제 급수탑은 오른쪽에 모습을 드러냈고, 어스름한 빛과 안개 속에서 그 백묵같이 허연 원기둥은 유령처럼 보였다. 마치……, 허공에 떠 있는 것 같았다.

그것은 엉뚱한 생각이었다. 스탠리는 그저 상상이 지나치다고, 그렇지 않고야 그런 생각이 들 리 없다고 머리를 흔들어 보았다. 그러나 한편 머릿속에 떠오른 착각만은 아닐 것 같았다.

스탠리는 급수탑을 자세히 살펴보다가 자기도 모르게 그쪽으로 걸어가기 시작했다. 급수탑의 외벽을 따라 일정한 간격을 두고 나선형으로 나 있는 창문들을 바라보다, 문득 아버지와 자주 들르는 얼렛 씨의 이발소 간판이 떠올랐다. 어두운 창문의 주변마다 흰색 판자가 돌출해 있는 모습이 사람의 눈과 눈썹처럼 보였다. '참 이상하게 생겼네.' 스탠리는 앞으로 알게 될 벤 한스컴만큼은 아니지만 꽤 호기심이 동했고, 그때 급수탑 발치에 있는 훨씬 더 크고 어두운 공간을 보았다. 둥그런 바닥 안에 선명한 직사각형이었다.

스탠리는 발걸음을 멈추고 얼굴을 찌푸린 채, 창문이 나 있는 자리치고는 이상하다고 생각했다. 다른 창문의 생김새와도 전혀 달랐다. 그러고 나서 그것이 창문이 아님을 깨달았다. 문이었다.

'그렇다면 좀 전에 들려온 소리는 저 문이 활짝 열리는 소리였군그래.'

스탠리는 주위를 두리번거렸다. 초저녁 어스름이 내려앉았다. 흰색 하늘은 뿌연 자줏빛으로 물들었고, 밤새 내릴 것 같은 빗줄기 사이에 안개가 더 짙어졌다. 어스름과 안개, 바람은 없었다.

그러면……, 문이 바람 때문에 열린 게 아니면 누군가 밀어서 연 것일까? 왜지? 게다가 그 정도로 요란한 굉음을 내며 저절로 열리기에는 출입문 자체가 매우 육중해 보였다. 아마 엄청난 거구의 사람이 열었나 본데……, 아마도…….

'아무튼 이상한 일이야.' 스탠리는 급수탑으로 좀더 가까이 다가섰다.

출입문은 생각보다 커서, 길이 2미터에 폭이 80센티미터는 됨직했고 판자 위에 청동 조각이 박혀 있었다. 스탠리는 열린 문을 반쯤 닫아 보았다. 커다란 돌쩌귀가 부드럽게 움직였다. 게다가 삐거덕 하는 소리 한번 나지 않았다. 스탠리는 문을 움직이며, 굉음이 날 정도로 문을 닫으려면 얼마나 힘을 주어야 할지 가늠해 보았다. 전혀 소리가 나지 않았다. 이상야릇 깜깜 동네, 리처드라면 그렇게 말했을 것이다.

'그렇다면, 문 소리가 아니었어. 제트기 같은 것이 데리 상공을 지나간 거야. 그리고 문은 원래부터 쭉 열려 있던…….'

발부리에 무엇인가 걸렸다. 내려다보니 자물쇠였다. 정확히 말하면 자물쇠에서 떨어져 나온 일부였다. 문이 활짝 열리면서 떨어진 것 같았다. 누군가 자물쇠에 화약을 잔뜩 바르고 불을 붙인 모양이었다. 꽃잎 모양으로 너덜너덜해진 철 조각은 끝이 아주 날카로웠다. 그 안에 겹겹이 들어 있는 쇠줄도 보였다. 문짝에서 4분의 3 정도 떨어져 나온 수나사 하나가 두툼한 걸쇠 부분에 비스듬히 매달려 있었다. 걸쇠에 맞는 나머지 세 개의 수나사도 축축한 잔디밭에 떨어져 있었다. 과자 부스러기처럼 형편없이 찌그러진 모습이었다.

스탠리는 인상을 찌푸리며 다시 한번 문 안쪽을 살펴보았다.

비좁은 계단이 나선형으로 올라가다 이내 시야에서 사라져 버렸다. 계단을 중심으로 바깥 벽은 큼지막한 대들보가 받치고 있는 나무 판자였으며, 대들보에는 쐐기 못이 박혀 있었다. 쐐기 하나하나가 스탠리의 팔뚝보다 더 굵었다. 안쪽 벽은 스테인리스 강철인데, 곳곳에 종기처럼 부푼 커다란 대갈못이 박혀 있었다.

"누구 있어요?" 스탠리가 안에 대고 소리쳤지만 아무 소리도 들리지 않았다.

주춤주춤 안으로 들어가 시야에서 끊긴 계단 위쪽을 바라보았다. 아무것도 없었다. 급수탑 안에 '이상야릇 깜깜 동네'가 숨겨져 있다고, 리처드라면 아마 또 그렇게 지껄였을지 몰랐다. 스탠리가 돌아갈 생각으로 뒤돌아서는 순간……, 음악 소리가 들렸다.

희미하긴 해도 곧바로 알아챌 수 있는 소리였다.

증기 풍금의 선율.

그는 머리를 곧추 세우고 귀 기울였고, 찌푸려져 있던 표정이 약간 풀어지기 시작했다. 증기 풍금, 마을 축제와 박람회장에서 들려오던 음악이 틀림없었다. 그 소리를 듣고 있자니 팝콘과 솜사탕, 기름에 튀긴 도넛처럼 어느 날 순식간에 사라졌던 즐거운 기억이 떠올랐고, 와일드 마우스와 휩, 코스터 컵 같은 놀이 기구들이 줄줄이 달가닥거리며 돌아가는 소리도 들려왔다.

어느새 스탠리의 얼굴에 미소가 번졌다. 계단을 밟고 한 걸음, 두 걸음, 여전히 머리를 곧추 세운 모습으로 올라서기 시작했다. 코앞에 축제가 펼쳐진 느낌, 팝콘과 솜사탕, 도넛 냄새까지 코끝에 달작지근하게 달라붙었다. 후추와 핫도그, 담배 연기와 톱밥 냄새까지! 프렌치프라이를 흔들 때마다 양철 뚜껑 사이로 솟아오르는 시큼한 식초 냄새. 나무 주걱으로 핫도그에 발라먹는 톡 쏘는 노란색 겨자 소스와 버섯 냄새.

참으로 놀랍고……, 기막히고……, 거부할 수 없는 냄새였다.

계단을 하나 더 올라서려는데 위에서 계단을 내려오는 발소리가 들렸다. 발소리를 숨기려는 듯 풍금 소리가 갑자기 요란해졌다. 이쯤에서 스탠리는 연주곡이 「야영지에서의 경주」라는 것을 깨달았다.

그러나 발소리도 분명 스탠리의 귓가를 오르내렸다. 사각사각 부드러운 발소리였을까? 아니, 차라리 철벅거리는 느낌이라고 해야 하지 않을까? 마치 물이 가득 고인 고무 장화를 신고 걸어오는 것처럼.

야영지의 아가씨들이 노래하네, 또각또각.
(철벅철벅 철벅철벅)
야영지의 경주로는 15킬로미터, 또각또각.
(철벅철벅, 더 가까이 다가오네.)
밤새 달려오네.
종일 달려오네.

위쪽 벽에 비친 그림자가 까닥거렸다.

스탠리의 목구멍으로 갑자기 공포감이 치솟았다. 마치 뭔가 뜨겁고 끔찍한 것, 전기처럼 깜짝 놀라게 만드는 쓴 약 같았다. 그 그림자 때문이었다.

스탠리는 잠시 동안만 그림자를 바라볼 수 있었다. 두 개의 그림자, 움푹 들어가고 부자연스러운 형체, 그것이 짧은 순간에 스탠리가 확인한 전부였다. 그 순간 빛이 갑자기 희미해졌기 때문이다. 스탠리가 돌아보는 사이 급수탑의 육중한 문이 닫히고 있었다.

스탠리는 잔뜩 겁에 질려 계단을 뛰어내려 왔다. (기껏해야 두세 계단이나 올라왔다고 생각했지만 알고 보니 열 계단은 족히 됐다.) 물체를 알아보기엔 너무 어두웠다. 스탠리는 자신의 숨소리와 위쪽 어딘가에서 여전히 재잘대는 풍금 소리를 들었고(이처럼 어두운데 풍금을 연주하다니 대체 누굴까?), 축축한 발소리도 귓가를 파고들었다. 그를 향해 점점 다가오는 소리.

스탠리는 팔꿈치가 얼얼할 정도로 힘껏 문을 두들겼다. 방금 전에는 쉽게 열렸던 문이……, 꿈쩍도 하지 않았다.

아니……, 처음에는 조금 움직인 것 같았다. 왼쪽 문가로 똑바로 떨어지는 잿빛 햇살이 보일 정도로 말이다. 하지만 빛은 이내 사라져 버렸다. 문 맞은편에서 누군가 힘껏 밀어붙이는 느낌이 들었다.

숨을 몰아쉬며 겁에 질린 채 스탠리는 있는 힘껏 문을 두들겼다. 문에 달린 청동 장신구가 손바닥 깊숙이 파고들었다. 꿈쩍도 하지 않았다.

이번에는 뒤로 돌아서서 등을 대고 밀었다. 뜨겁고 미끌미끌한 땀방울이 이마에서 뚝뚝 떨어졌다. 풍금 소리는 여전히 쩌렁쩌렁 울렸다. 나선형 계단을 타고 메아리쳤다. 이젠 음악 소리에서 즐거운 분위기는 조금도 느껴지지 않았다. 곡이 바뀌어 있었다. 장송곡이었다. 비바람이 악쓰는 소리, 이제 스탠리의 머릿속에는 마지막 가을 무렵 모두 돌아가 버린 쓸쓸한 박람회장의 통로와 함께, 만국기가 바람에 휩쓸리고 불룩해진 천막이 쓰러져 박쥐처럼 날아다니는 광경이 떠올랐다. 텅 빈 놀이 기구들은 하늘 가에 단두대처럼 서 있고 그 기묘하게 비뚤어진 받침대 사이를 연신 바람이 두들겼다. 스탠리는 불현듯 죽음을 떠올렸고, 암흑 속에서 그를 향해 다가서는 죽음의 손길을 도저히 피할 수 없을 것 같았다.

느닷없이 거센 물줄기가 계단을 뒤덮었다. 팝콘과 도넛과 솜사탕 냄새는 흔적도 없이 사라졌고, 햇빛을 피해 우글대는 구더기에 막대를 휘저었을 때처럼 썩은 냄새가 진동했다.

"누구 있어요?" 스탠리의 목소리는 고음으로 갈라졌다.

대답 대신 진흙 구덩이와 구정물에 잠겨 부글대는 거품 소리가 들려왔다. "송장들이 있다, 스탠리. 우리는 시체야. 이 속에 잠겼지만 지금은 떠다니지……. 너도 곧 떠다닐 거야."

발밑에 서늘한 물기가 느껴졌다. 발작적인 공포에 놀라 스탠리는 문 쪽으로 몸을 옹송그렸다. 그들이 점점 다가왔다. 다가오는 움직임이 느껴졌다. 냄새가 났다. 부질없이 무작정 문을 밀어붙이는 동안, 엉덩이 부분에 무엇인가 파고들었다.

"우리는 송장이지만 이따금 이곳에서 놀곤 하지. 이따금……."

엉덩이에 와 닿은 물건은 조류 도감이었다.

생각할 겨를도 없이 스탠리는 조류 도감을 움켜잡았다. 그러나 우비 호주머니에 끼어 좀처럼 빠지지 않았다. 그들 중 하나가 계단을 내려섰다. 돌바닥을 질질 끄는 발소리. 얼마 후면 그 손아귀에 걸려들고, 상대방의 차가운 살갗이 느껴질 것 같았다.

스탠리는 다시 한번 미친 듯이 주머니 속을 잡아당겼고, 마침내 조류 도감을 꺼내는 데 성공했다. 그리고 무턱대고 장난감 방패처럼 조류 도감을 들어 올렸다. 다행히도 그것은 적절한 행동이었다.

"울새!" 스탠리가 어둠을 향해 고함지르자 다가서던 그림자가 (이제 다섯 계단 정도밖에 남지 않았다) 멈칫했다. 스탠리는 그렇다고 거의 확신했다. 그리고 한순간 기대고 있던 문이 약간 흔들리는 느낌이 들지 않았나?

그러나 스탠리는 더 이상 문에 매달려 있지 '않았다.' 그는 어둠 속에 똑바로 서 있었다. 언제 해야 할까? 더 이상 머뭇거릴 시간이 없었다. 스탠리는 바싹 마른 입술을 핥고 곧바로 외치기 시작했다. "울새! 해오라기! 아비새! 홍관조! 찌르레기! 망치머리딱따구리! 붉은머리딱따구리! 박새! 굴뚝새! 펠리컨……."

급수탑 출입구가 발끈하듯 날카로운 소리와 함께 열렸다. 스탠리는 자욱한 안개 속으로 뒷걸음쳤다. 잔디밭에 쓰러졌다. 조류 도감을 얼마나 우악스레 붙잡고 있었던지 책이 반쯤 구부러진 상태였다. 스탠리는 나중에 책표지에서 찰흙을 만졌을 때처럼 쑥 들어간 손가락 자국을 보았다.

스탠리는 일어날 생각도 않고 발뒤꿈치와 엉덩이로 축축한 잔

디밭 위를 움직였다. 입술을 꼭 깨물어야 했다. 어둠에 물든 직사
각형 공간에서 이제 반쯤 닫힌 문가에 기대 선 두 개의 형체와 네
개의 발이 나타났다. 검붉은색으로 너덜너덜해진 청바지도 눈에
띄었다. 청바지 솔기를 따라 적황색 실이 늘어져 있었고, 구두는
다 해어져 벌겋게 부어오른 발가락이 비어져 나와 있었다. 바지
사이에서 구두까지 물이 흘렀다.

기이할 정도로 길고 밀랍처럼 하얀 한 쌍의 팔이 허리춤에 축
늘어져 있었다. 손가락마다 매달려 있는 작은 물체는 적황색 단
추였다.

이슬비와 땀과 눈물로 뒤범벅된 스탠리는 조류 도감을 앞에 치
켜든 채 계속해서 중얼거렸다. "말똥가리…… 콩새…… 벌새……
신청옹…… 키위새……."

그림자 하나가 손을 뒤집어 손바닥을 내보였다. 손바닥은 끊임
없이 흘러내리는 물줄기에 씻기고씻겨 백화점의 마네킹처럼 반들
반들해져 있었다.

손가락 하나를 펴더니……, 다시 오므렸다. 단추가 손가락 사
이로 늘어져 대롱대롱, 대롱대롱 춤을 추었다.

스탠리를 부르는 신호였다.

스탠리 유리스, 그로부터 27년 후 손목을 십자로 가르고 욕조
에서 죽을 그는 벌떡 일어나 달리기 시작했다. 신호등도 무시한
채 캔자스 가를 건너 멀리 보도까지 가서야 숨을 헐떡이며 뒤를
돌아보았다.

그 위치에서는 급수탑의 출입구가 보이지 않았다. 보이는 것은
둔중하면서도 우아하고 음산한 그림자로 서 있는 급수탑뿐이었다.

"모두 시체였어." 스탠리는 혼잣말처럼 중얼거리다 소스라치게 놀라고 말았다.

그리고 돌아서서 집을 향해 냅다 뛰기 시작했다.

탈수기가 멈추었다. 스탠리의 이야기도 끝났다.

나머지 세 아이들은 한동안 서로를 물끄러미 바라보았다. 스탠리의 안색은 방금 끝난 이야기 속의 4월 어느 날처럼 잿빛으로 굳어 있었다.

"와." 이윽고 벤이 숨을 몰아쉬며 쇳소리 같은 한숨을 내쉬었다.

"사실이야. 맹세해." 스탠리는 조용하게 말했다.

"널 믿어. 우리 집에서 벌어진 일을 생각하면 무엇이든 믿을 수 있어." 비벌리는 의자가 쓰러질 정도로 벌떡 자리에서 일어나 탈수기 쪽으로 걸어갔다. 걸레를 하나씩 꺼내 차곡차곡 개키기 시작했다. 등을 돌린 모습이었지만 벤은 비벌리가 울고 있다고 생각했다. 비벌리에게 가 보고 싶었지만 그럴 용기가 나지 않았다.

"빌에게도 알려 주어야겠어. 그 녀석이라면 앞으로 어떻게 해야 할지 알고 있을 테니까." 에디가 말했다.

"하다니? 뭘 어떻게 한다는 거야?" 스탠리가 에디에게 물었다.

에디는 불편한 기색으로 그를 바라보았다. "글쎄……."

"나는 아무 짓도 하고 싶지 않아." 스탠리는 싸늘한 시선으로 에디를 노려보았고, 에디는 의자에 점점 더 움츠러들었다. "그저 잊고 싶어. 그게 전부야."

"쉽지 않을걸." 비벌리가 조용히 뒤돌아서서 스탠리를 향해 말했다. 벤의 예감이 옳았다. 자동 세탁소 창가로 스며든 햇살에 비친 비벌리의 얼굴에서 눈물 자국이 드러난 것이다. "우리에게만 벌어진 일이 아니야. 베로니카 그로건의 목소리도 들었어. 그리고 처음에 들려왔던 어린아이의 목소리……, 어쩌면 클레멘츠였는지 몰라. 세발자전거만 남기고 실종된 아이 말이야."

"그래서 어쨌다는 거야?" 스탠리가 발끈하며 소리쳤다.

"아직 끝나지 않았다면, 더 많은 아이들이 죽어야 할지 모른다면 너는 어쩌겠니?" 비벌리가 물었다.

침묵 속에서 스탠리의 갈색 눈동자와 비벌리의 파란 눈동자가 맞부딪쳤다. 만약 끝나지 않았다면?

비벌리는 스탠리의 시선을 피하려 들지 않았고, 결국 스탠리가 외면했다……. 그녀가 여전히 울고 있을 뿐 아니라 불안감으로 눈빛이 훨씬 강렬해졌기 때문이다.

"에디 말이 옳아. 빌에게 말해야 해. 그런 다음 경찰서에……." 비벌리가 말했다.

"그거 좋지." 스탠리는 비아냥거리고 싶었지만 마음먹은 대로 된 것 같지는 않았다. 목소리에서 그저 피곤한 기색만 느껴졌다. "급수탑에서 죽은 아이들, 아이들 눈에만 보이는 핏자국. 운하를 걷는 광대. 바람을 거슬러 떠 있는 풍선. 미라. 현관 밑의 문둥이. 아마 보턴 서장은 배꼽을 잡고 웃을걸……. 그리고 곧바로 우리를 정신병원에 가두겠지."

"우리가 모두 함께 가서 말하면, 그러니까 우리가 함께……." 벤이 말꼬리를 흐렸다.

"그래, 좋아. 노적가리, 좀더 말해 보시지. 아예 책으로 써서 주지그래." 스탠리는 호주머니에 두 손을 찌른 채 창가로 걸어갔다. 화나고 혼란스럽고 겁에 질린 모습이었다. 그는 말끔한 셔츠에 주름이 잡힐까 봐 걱정하듯 어깨를 쭉 펴고 창 밖을 응시했다. 그리고 뒤도 돌아보지 않고 똑같은 말을 되뇌었다. "제길, 책이라도 써서 달란 말이야."

"아니, 그건 빌이 할 일이야." 벤이 조용히 말했다.

스탠리가 깜짝 놀란 표정으로 돌아섰고, 다른 아이들의 시선도 일제히 벤에게 쏠렸다. 벤 한스컴은 자기 손으로 따귀라도 때린 것처럼 멍한 표정이었다.

비벌리는 마지막 걸레를 개켰다.

"새." 에디가 불쑥 말했다.

"뭐라고?" 비벌리와 벤이 동시에 물었다.

에디는 스탠리를 바라보았다. "그때 새 이름을 외쳤다면서?"

"그럴 거야. 하지만 문이 저절로 닫혔다가 다시 열렸는지도 모르잖아." 그러나 스탠리는 주저하는 낯빛이었다.

"힘껏 밀어도 열리지 않았다면서?" 비벌리가 물었다.

스탠리는 어깨를 으쓱해 보였다. 샐쭉한 표정은 아니었다. 그저 자신도 어떻게 설명해야 할지 모른다는 몸짓이었다.

"아마 새 이름을 말했을 거야. 그런데 왜지? 영화에서는 십자가를 들고……." 에디가 말했다.

"아니면 주기도문을 외거나……." 벤이 에디의 말을 거들었다.

"아니면 찬송가 23장을 부르든가." 이번엔 비벌리였다.

"나도 찬송가 정도는 알고 있어. 그리스도 이름을 들먹일 순 없었단 말이야. 내가 유대인인 거 몰라?" 스탠리가 버럭 화를 냈다.

아이들은 스탠리가 실제로 유대인이라는 사실 때문인지, 아니면 그런 사실을 까맣게 잊고 있었기 때문인지 몹시 당황한 기색으로 서로의 얼굴만 멀뚱거렸다.

"새라니." 에디가 다시 말했다. "맙소사!" 그러고는 죄 지은 것처럼 스탠리를 흘끗거렸다. 그러나 스탠리는 뱅고어 수력 발전소 사무실이 있는 거리를 바라보며 생각에 골몰해 있었다.

"빌은 어떻게 해야 할지 알고 있을 거야." 벤도 결국에는 비벌리와 에디의 말에 동의한다는 말투였다. "내기를 해도 좋아. 돈을 걸어도 좋고, 얼마를 걸어도 좋아."

"애들아." 스탠리가 진지한 표정으로 나머지 아이들을 바라보았다. "알았어. 좋단 말이야. 너희가 원한다면 빌에게 함께 가서 말하겠어. 그러나 그 다음부터 나는 빠지겠어. 겁쟁이라고 해도 좋고 비겁하다고 욕해도 좋아. 상관없어. 나, 겁쟁이 맞아. 급수탑에서 본 것들은……"

"스탠리, 그런 걸 보고도 무섭지 않다면 그게 미친 거지." 비벌리가 부드럽게 말했다.

"그래, 무서웠어. 하지만 그게 문제는 아니야. 지금 말하고 있는 것도 별것 아닐지 모르겠지만, 아무튼 너희들도 알 거야……" 스탠리는 열띤 음성으로 말했다.

아이들은 불안하면서도 스탠리의 말에서 무엇인가 기대하는 눈치였다. 그러나 스탠리는 자신의 감정을 설명할 수 없었다. 적당한 말이 떠오르지 않았다. 가슴에 돌덩어리가 들어 있는 것처럼 숨이 차서 후련하게 내뱉을 수가 없었다. 단아하면서도 자신감 넘치는 아이였지만, 이제 4학년을 마친 열한 살짜리 소년이라는 사실까지 숨기지는 못했다.

스탠리는 두려움보다 더 끔찍한 것이 있음을 말하고 싶었다. 자전거를 타고 가다 자동차에 치일 뻔하거나, 소크백신이 나오기 전에 소아마비에 걸린다면 무서울 것이다. 정신 나간 후르시초프나 깊은 물속에 빠지는 것 또한 무서운 일이다. 그 모든 것이 두려운 일이지만 그래도 신체 활동이 멈추지는 않는다.

그러나 급수탑에서 본 것들은…….

스탠리는 뒤뚱거리며 나선형 계단을 내려오던 죽은 아이들에게 공포 이상의 끔찍한 일을 당했다고 말하고 싶었다. 그들이 그를 해쳤다고.

해쳤다? 그렇다. 스탠리가 가까스로 떠올릴 수 있는 단어는 그 한마디뿐이었지만, 만약 그 말을 입에 올린다면 그를 좋아하고 친구로 받아 준 아이들일지라도 폭소를 터뜨릴 게 뻔했다. 세상에는 결코 그래서는 안 되는 일들이 있게 마련이다. 그런데 그 죽은 아이들은 평범한 사람의 질서 의식을 해치고, 신이 지구의 자전축을 약간 기울여 놓아 적도에서 12분 정도 머무는 저녁노을이 에스키모의 이글루에서 보면 한 시간 이상 지속된다는 기본적인 생각을 해쳤다. 그리고 신이 말하기를 "좋아, 지구가 기울었다는 사실을 이해한다면 너희들이 무엇이든 이해할 것이로다. 빛에도 무게가 있기 때문이고, 기적 소리가 갑자기 낮아지는 이유는 도플러 효과 때문이며, 비행기가 음속 장벽을 뛰어넘으면서 나는 굉음은 천사의 박수 소리나 악마의 트림이 아니라 흩어졌던 공기가 다시 제자리로 돌아가기 때문이니라. 너희가 사는 세상을 약간 기울여 놓고, 나는 객석 멀찍이 물러앉아 쇼나 구경하지. 어른이나 아이나 모두 볼 수 있는 핏자국이 있는지, 죽은 아이들이 송장으로 남아 있는지 궁금한고? 그렇다면, 2 곱하기 2는 4이며, 하늘에 빛나는 것은 별이라는 말로 내 대답을 갈음하노라." 하는 부분까지 해치고 만 것이다. 겁에 질려 살아갈 수는 있다고, 할 수만 있다면 스탠리는 그렇게 말하고 싶었다. 영원히 살 수는 없다 해도, 아주 오랫동안은 가능한 일이라고. 반면 해침을 당하고는 살아갈 수 없으며, 그로 인해 사고의 중심에 틈이 벌어지고, 그 틈새를 들여다보다 밑바닥 깊은 곳에서 작고 노르스름한 눈알을 부라리고 있는 미지의 생물체를 발견할지도 모른다. 악취에 코를 틀어막고, 그 밑바닥에 또 하나의 완전한 우주가 있음을, 하늘에는 정사각형 달이 뜨고, 별들이 싸늘하게 웃고, 어떤 삼각형은 네 개의 변을 지니며, 또 어떤 삼각형은 다섯 개의 변을 지니고, 또 어떤 삼각형은 5제곱을 한 수만큼 변을 지니는 또 다른 세상이 있음을 깨닫게 될 것이다. 그 세상에서는 장미가 노래를 부를지 모른다. 만물은 만물로 통한다. 스탠리가 어른이었다면 그 말을 입 밖에 낼 수 있었을 것이다. 그러나 교회에서 예수가 물위를 걷는 이야기에 귀 기울인다고 해도, 어떤 사내가 실제로 그렇게 하는 모습을 본다면 비명을 지르고 또 지를 것이라고 스탠리는 말하고 싶었다. 그것은 스탠리에게 기적이 아니었다. 스탠리라는 존재를 해치는 일이다.

그러나 열한 살의 스탠리는 속마음을 설명할 수 없었고, 그저 똑같은 말을 되풀이할 수밖에 없었다. "무서운 건 문제가 아니야. 난 정신병원에 갇힐 만한 짓은 하고 싶지 않을 뿐이야."

비벌리는 아이들을 남겨 둔 채 자동 세탁소를 나와 집으로 향했다. 집은 여전히 비어 있었다. 세탁한 걸레들을 주방 개수대 밑에 집어넣었다. 그리고 욕실 문가를 물끄러미 바라보았다.

'욕실엔 갈 필요 없어. 텔레비전을 켜고 「밴드스탠드」나 봐야지.'

비벌리는 거실에서 텔레비전을 켰지만, 딕 클라크^{1950년대 인기 음악 프로그램 「아메리카 밴드스탠드」의 진행자}가 광고에 출연해 스트라이덱스라는 패드 한 장으로 십대 청소년의 얼굴에서 엄청난 양의 기름기를 제거할 수 있다고 하는 바람에 5분 만에 전원을 꺼 버렸다. (딕은 미국의 청소년들이 똑똑히 볼 수 있도록 더러워진 패드 한 장을 카메라 앞에 들이대고 지껄였다. "비누와 물만으로 깨끗해질 수 있다고 생각하신다면, 기름으로 얼룩진 이 더러운 패드를 똑똑히 보세요.")

비벌리는 다시 주방으로 가서 아버지의 연장을 넣어 두는 개수대 위 찬장을 열었다. 그리고 노란 혓바닥을 날름 내놓고 있는 듯한 휴대용 줄자를 꺼내 들었다. 욕실로 향하는 동안 줄자를 움켜쥔 손이 싸늘하게 느껴졌다.

욕실은 윤기가 흐를 정도로 깨끗하고 고요했다. 어디선가 도욘 부인이 찻길에서 당장 나오라며 아들에게 고함치는 소리가 들려왔다.

비벌리는 세면대의 시커먼 배수 구멍을 내려다보았다.

잠시 그렇게 서 있는 동안 두 다리는 대리석처럼 차가워지고, 젖꼭지는 종이라도 자를 정도로 날카롭고 단단하게 일어섰으며, 입술은 바싹 타 들어갔다. 비벌리는 목소리가 들려오기를 기다렸다.

목소리는 들리지 않았다.

비벌리는 약간 진저리를 치고, 배수 구멍에 줄자를 집어넣기 시작했다. 차력사의 목구멍으로 칼이 쑥 들어가듯 줄자는 거침없이 구멍 속으로 미끄러졌다. 10센티미터, 15센티미터, 25센티미터. 곧이어 세면대 아래 팔꿈치처럼 휜 부분에 걸렸는지 더 이상 내려가지 않았다. 이리저리 흔들면서 부드럽게 밀기를 여러 차례, 줄자는 다시 배수구 속으로 내려가기 시작했다. 40센티미터, 60센티미터, 90센티미터.

크롬 도금한 케이스는 아버지의 큼지막한 손에 닿고닳아 옆쪽 도금이 벗겨져 있었다. 비벌리는 그 케이스에서 줄자가 흘러나온 모양을 물끄러미 바라보았다. 줄자가 어두운 배수관을 따라 내려가면서 음식 찌꺼기를 헤치고 파이프의 녹을 긁는 모습이 눈앞에 선했다. 그리고 햇빛 한 번 비친 적이 없는 영원한 어둠의 세계에 도착했겠지. 비벌리는 생각했다.

줄자의 끝이 점점 더 깊숙한 어둠 속으로 들어가는데, 비벌리의 마음 한편에서 '대체 지금 무슨 짓을 하는 거야?' 하는 서늘한 책망이 들려왔다. 그녀는 그 목소리를 외면할 수 없었다……. 그러나 줄자를 계속 집어넣어야 했다. 줄자는 이제 지하 어느 공간까지 똑바로 내려선 느낌을 전해 왔다. 여전히 눈앞에 펼쳐지는 줄자의 움직임, 그쯤에서 수채통을 건드렸다가……, 다시 튀어오르는 모습까지 또렷하게 보이는 것 같았다.

줄자를 다시 흔들자, 다리를 오므렸다 폈다 할 때처럼 줄자에서 기묘한 소리가 들려왔다.

줄자는 좀더 넓어진 수채통(아마 세라믹 칠이 다 벗겨져 있을 테지만) 밑바닥에 부딪혀 꿈틀거렸다. 줄자가 구부러졌다가……, 다시 앞으로 쭉 몸을 펴는 것 같았다.

180센티미터, 210센티미터, 270……

그 순간, 누군가 잡아당기는 것처럼 줄자가 저절로 배수 구멍 속으로 빨려 들기 시작했다. 그냥 잡아당기는 정도가 아니라, 줄자를 붙잡고 냅다 달려가는 것 같았다. 비벌리는 휘둥그렇게 눈을 뜬 채 줄줄이 휩쓸려 들어가는 줄자를 바라보았다. 입가는 어느새 비명을 지를 듯 동그란 포물선을 그렸지만, 아니, 놀라지는 않았다. 그럴 줄 진작부터 알지 않았는가? 그런 일이 벌어질 줄 예상하지 않았는가?

줄자는 마지막 부분까지 다 빠져나간 후에야 멈추었다. 5미터 40센티미터.

까르륵, 날갯짓처럼 부드럽게 흔들리는 웃음소리, 그리고 나무라는 듯한 지그시 눌린 음성.

"비벌리, 비벌리, 비벌리…… 우리랑 싸울 생각 마…… 그랬다가는 죽고 말아…… 그랬다가는 죽는다고…… 그랬다는 죽어…… 비벌리…… 비벌리…… 비벌리…… 리, 리, 리……."

줄자 케이스에서 딸깍 하는 소리가 들리더니, 줄자가 되감기면서 숫자와 눈금이 정신없이 스쳐 지나갔다. 거의 다 감겼을 때(마지막 1.5미터쯤 남았을 때), 노란색 줄자는 짙은 색으로 바뀌어 붉은 물을 뚝뚝 떨어뜨렸고 비벌리는 줄자가 살아 꿈틀대는 뱀처럼 느껴져 얼른 바닥에 집어던졌다.

말끔하게 닦인 세면대에 다시 핏방울이 튀었다가 배수 구멍으로 흘렀다. 비벌리는 몸을 웅크린 채 흐느끼며 줄자를 집어 들었는데 겁에 질려 뱃가죽이 얼음장처럼 차갑게 얼어붙는 느낌이었다. 엄지와 검지로 줄자를 살짝 집어 들고 주방으로 갔다. 그동안에도 줄자에서 핏방울이 떨어져 복도와 주방의 색 바랜 리놀륨 바닥에 달라붙었다.

아버지가 온통 피 범벅이 된 줄자를 발견하고 뭐라고 할까, 아니, 어떤 행동을 할까, 비벌리의 머릿속은 복잡했다. 물론 아버지 눈에는 핏자국이 보이지 않겠지만, 그렇다고 걱정이 사라지진 않았다.

비벌리는 깨끗한 걸레 하나(건조기에서 꺼낸 지 얼마 안 돼 갓 구운 빵처럼 따뜻하고 깨끗한 걸레)를 꺼내서 욕실로 돌아갔다. 눈을 질끈 감고 고무 마개로 배수 구멍을 꾹 눌러 막은 후 청소를 시작했다. 핏빛이 생생했지만 쉽게 지워졌다. 욕실에서 주방까지 중간 중간 리놀륨 바닥에 떨어져 있는 동전만 한 핏자국도 지우고, 걸레를 빨아 옆으로 치웠다.

새 걸레를 꺼내 이번에는 아버지의 줄자를 닦았다. 끈적끈적한 핏방울에서 사악한 느낌마저 들었다. 두 군데에 푹신푹신한 검은색 물질이 달라붙어 있었다.

줄자에 피가 묻어 있는 부분은 1.5미터 정도였지만, 비벌리는 줄자 전체에 묻은 배수관의 오물까지 닦아 냈다. 줄자를 다 닦은 후 집어넣고, 피로 얼룩진 걸레 두 개를 들고 뒷문으로 향했다. 도은 부인이 또 한 차례 짐에게 소리를 질렀다. 여전히 무더운 오후, 그녀의 목소리는 종소리처럼 또렷했다.

오물과 잡초, 버린 옷가지들이 나뒹구는 뒤쪽 공터에 녹슨 소각로가 있었다. 비벌리는 소각로에 걸레를 던져 넣고 뒷문 계단에 쪼그려 앉았다. 갑자기 온몸이 부들부들 떨리면서 눈물이 왈칵 쏟아졌지만, 이번에는 눈물을 닦을 생각조차 들지 않았다.

비벌리는 무릎 사이에 얼굴을 파묻고, 도욘 부인이 짐을 향해 도로에서 썩 나오라고, 차에 치여 죽고 싶어 환장했냐고 고함지르는 동안 말없이 흐느꼈다.

IT

데리: 두 번째 삽화

참으로 비통한 광경을 보았다,
그 속에 내가 있었다.

― 베르길리우스 ―

....

조물주와 장난치지 마라.

― 마틴 스콜세즈 감독, 『비열한 거리』―

1985년 2월 14일, 밸런타인데이

지난주에만 두 명의 아이가 또 실종됐다. 내가 약간 마음을 놓기 시작할 무렵이었다. 그중 한 명은 열여섯 살의 데니스 토리오이고, 다른 아이는 다섯 살짜리 여아인데 웨스트 브로드웨이 자기 집 뒤꼍에서 썰매를 타다 실종됐다. 공황 상태에 빠진 아이 엄마가 발견한 것은 파란색 비행접시 모양의 썰매뿐이었다. 간밤에 눈이 내려 10센티미터 정도의 적설량을 보였다. 내가 전화했을 때 레더마커 서장은 여자 아이의 발자국밖에 발견되지 않았다고 말했다. 그는 내 목소리만 들어도 넌덜머리가 나는 모양이다. 그러나 그 때문에 밤잠을 설칠 정도는 아닐 것이다. 내가 그 사람보다 훨씬 더 끔찍한 일에 시달리고 있다.

나는 경찰에서 촬영한 사진을 좀 볼 수 없냐고 말했다. 서장은 거절했다.

나는 서장에게 혹시 여자 아이의 발자국이 배수구나 하수구 쪽으로 나 있지는 않았는지 물었다. 수화기 너머 긴 침묵이 흘렀다. 이윽고 레더마커가 말한 내용은 이랬다.

"병원에 한번 가 보는 게 어떻겠소, 핸론. 머릿속을 들여다보는 의사한테 말이오. 아이는 아버지한테 납치당한 거요. 신문도 안 보시오?"

"토리오라는 아이도 아버지한테 납치당했다는 말씀인가요?"

또다시 침묵이 흘렀다.

"그 문제는 좀 기다려 봅시다. 핸론, 이제 좀 쉬게 해 주시오."

그는 전화를 끊었다.

물론 나도 신문을 읽는다. 매일 아침마다 공공 도서관의 정기 간행물실에 신문을 갖다 놓는 사람이 바로 내가 아닌가? 그 어린 소녀, 로리 앤 윈터바거는 부모가 심한 싸움 끝에 1982년 봄 이혼한 후 어머니 밑에서 자랐다. 플로리다에서 기계 수리공으로 일하는 것으로 알려진 홀스트 윈터바거가 메인에 와서 딸아이를 납치해 갔다는 것이 경찰 측 주장이었다. 차를 바로 집 옆에 세우고 아이를 불렀고, 아이는 곧바로 차에 올라탔으므로 아이의 발자국 밖에 남지 않았다는 추론까지 서슴지 않았다. 그러나 아이가 두 살 이후 아버지를 한번도 본 적이 없다는 사실에 대해서는 함구하고 있다. 윈터바거 부부가 이혼까지 이르게 된 결정적인 이유 중 하나는 홀스트 윈터바거가 적어도 두 차례 이상 딸아이를 성추행했다는 아내의 의심이었다. 그녀는 이혼 후 딸아이에 대한 남편의 면접권을 박탈해 달라고 요청했고, 법원은 홀스트 윈터바거가 강력하게 반발했음에도 그녀의 손을 들어주었다. 레더마커는 법원의 결정으로 외동딸과 완전히 단절돼 버린 윈터바거가 급기야 강제로 딸을 데려간 것이라고 주장했다. 그럴 가능성이 전혀 없는 것은 아니지만, 이쪽에서 반문해 볼 몇 가지 문제가 있다. 로리 앤은 과연 3년 만에 만난 아버지를 쉽게 알아보았으며,

윈터바거가 부른다고 곧바로 뛰어나갔을까? 레더마커는 로리 앤이 아버지를 두 살 때 마지막으로 보았다는 사실에도 불구하고, 그렇다고 단언했다. 내 생각은 다르다. 게다가 아이 엄마는 낯선 사람과 함부로 말하거나 따라가지 말라고 철저히 교육시켰다고 말했는데, 그것은 데리의 아이들 대부분이 어렸을 때부터 귀가 따갑도록 듣는 훈계 중 하나였다. 레더마커는 플로리다 주립 경찰에 윈터바거를 체포해 달라고 협조 요청을 했으므로 자신의 책임을 다했다고 말하고 있다.

"자녀 양육 문제는 변호사 소관이지 경찰이 관여할 문제가 아닙니다." 이 오만 방자하고 독선적인 인간이 지난주《데리 뉴스》에서 한 말이다.

그러나 토리오라는 소년……, 그 소년의 경우는 또 다르다. 더 할 나위 없이 좋은 가정 환경. 미식 축구팀 데리 타이거스에서의 선수 생활. 장학생. 84년 여름 학교 수련회의 극기 훈련에서 거둔 발군의 성적. 마약에 손댄 적이 없고 우정 이상의 감정을 나누는 여자 친구가 있었다. 삶의 동기가 충만했고, 적어도 향후 2년간은 데리를 떠날 이유가 없는 소년이었다.

그런 토리오가 실종된 것이다.

토리오에게 무슨 일이 벌어진 것일까? 갑자기 훌쩍 어디론가 떠나고 싶었을까? 음주 운전 차량에 치여 쥐도 새도 모르게 어딘가에 묻혀 있는 걸까? 아니면 아직 데리에서, 빛이 없는 데리의 또 다른 한쪽에서 베티 립슨과 패트릭 헉스테터와 에디 코코랜 등등, 죽은 아이들과 함께 있는 것일까? 흠…….

(오늘은 여기까지)

또다시 그러고 있다. 같은 자리를 맴돌고 아무런 건설적인 일도 하지 않은 채, 비명을 지를 정도로 자신을 몰아붙일 뿐이다. 서고로 연결된 철제 계단이 삐거덕거릴 때마다 나는 화들짝 놀라곤 한다. 그림자만 스쳐도 가슴이 철렁한다. 고무 바퀴 달린 작은 수레를 앞세우고 서가에 책을 꽂을 때마다 책 사이에서 불쑥 손이 튀어나와 더듬거릴까 봐 두렵다.

오늘 오후에도 친구들에게 전화해야 한다는 맹목적인 생각에 사로잡혔다. 심지어 애틀랜타 지역 번호 404번과 스탠리 유리스의 전화번호까지 돌리고 말았다. 그리고 수화기에 귀를 대고, 과연 전화를 할 만한 확신이 들었는지 백 퍼센트 확신하는지 아니면 그저 지금의 기괴한 두려움을 혼자 감당할 수 없기 때문인지, 그래서 그 두려움을 알고 있는(혹은 알게 될) 다른 이에게 말하고 싶은 것인지 자문해 보았다.

스탠리 유리스뿐 아니라, 리처드가 "형씨? 전화를 걸었으면 말을 하셔야지, 형씨? 우리 서로 피곤하게 굴지 맙시다, 형씨이!" 하며 판초 바닐라의 목소리로 마치 바로 옆에 서 있는 사람처럼 또렷하게 말하는 소리를 듣다가……, 전화를 끊어 버리기도 했다. 내가 그때 리처드나 다른 누군가를 보고 싶어했듯 못 견디게 누군가 그리워진다면 그 동기를 의심해 보아야 한다. 자신을 속일 때는 가장 그럴싸한 거짓말을 하는 법이니까. 사실 나는 백 퍼센트 확신하지 못하고 있다. 시체라도 한 구 더 발견되면, 전화해도 좋겠지……. 현재로서는 그 오만 방자한 얼뜨기 레더마커의 말이 맞을지 모른다는 생각마저 든다. 로리 앤은 아버지의 얼굴을 알고 있었을지 모른다. 집에 아버지의 사진이 있을지 모르니까.

그리고 대단한 달변이라면, 귀가 닳도록 엄마의 당부와 주의를 들어 온 아이라도 쉽게 꼬드겨 자동차로 유인할 수 있을 것이다.

좀처럼 떨쳐 버리기 힘든 두려움이 또 있다. 레더마커는 내가 미쳤다는 식으로 말했다. 물론 나는 그렇게 생각하지 않지만, 지금 친구들에게 전화하면 그들은 나를 미친 사람 취급할지도 모른다. 혹시 나를 전혀 기억하지 못하는 것은 아닐까? 마이클 핸론이오? 그게 누구죠? 그런 이름은 처음 들어 보는데. 전혀 기억에 없어요. 약속이라뇨?

전화를 해야 하는 시기가 올 것이고……, 그때가 오면 저절로 알게 된다. 시기와 확신, 두 연결 고리는 동시에 드러날 것이다. 거대한 바퀴 두 개가 반대 방향에서 한 곳으로 엄청난 힘으로 굴러오는 느낌, 그 한쪽 바퀴에 나를 포함한 데리 사람들이 있고, 다른 한쪽엔 어린 시절의 친구들이 있다.

때가 오면 거북이의 목소리를 들을 수 있으리라.

그래서 두고 보면 알게 될 것이다. 전화를 하고 안 하고는 더 이상 문제가 아니다.

문제는 언제 하느냐이다.

1985년 2월 20일

블랙 스폿의 화재 사건에 대해.

"상공회의소에서 역사를 고쳐 쓰고 싶어하는 사건이 있다면, 바로 그 블랙 스폿 화재일 걸세, 마이클." 앨버트 카슨이라면 특유의 쩍쩍 갈라지는 목소리로 그렇게 말했을지 모른다. "하려고만 든다면, 어느 정도 성공하겠지…… . 하나, 늙은이들은 마을에서 일어난 일들을 속속들이 기억하고 있는 법이야. 그들은 늘 기억하고 있지. 노인들에게 제대로만 물어보면 알려 줄 걸세."

그런데 데리에서 20년 동안 살아온 사람들도 데리 육군 항공대 기지에 하사관 '특별' 막사가 있다는 사실까진 모르고 있다. 기지에서 800미터쯤 떨어진 곳에 있는 막사로, 2월 중순에도 기온이 영하로 떨어지고 시속 60킬로미터의 강풍이 활주로를 휩쓸 때면 동상에 걸리거나 얼어죽을 정도로 체감 온도가 상상을 초월했다.

일곱 개의 다른 막사는 기름 연료를 사용했고, 이중 창으로 단열 장치가 잘돼 있었다. 그래서 쾌적하고 아늑했다. 반면 E소대 스물일곱 명이 생활하는 특별 막사의 경우, 투박하고 낡은 아궁이로 불을 지폈다. 땔감은 닥치는 대로 구해 쓰는 형편이었다. 소대원들이 막사 외벽에 쌓아 올린 소나무와 가문비나무가 유일한 단열재였다. 어느 날 참다못한 소대원 중 한 명이 창문을 모두 이중 창으로 고친 직후, 특별 막사의 스물일곱 명 소대원 전원은 뱅고어에 파견 명령을 받았다. 그들이 임무를 마치고 피로와 추위에 지쳐 막사로 돌아왔을 때는 공들여 만들어 놓았던 이중 창이 전부 부서져 있었다. 하나도 남김없이.

1930년의 일이며, 복엽 비행기_{날개가 아래위 두 짝으로 된 비행기}가 미 공군 전력의 반을 차지하던 시절의 이야기다. 워싱턴에서 빌리 미첼 장군_{미국 공군의 아버지로 불리는 인물}이 현대적인 공군력 배양을 줄기차게 주장하다 결국 상급자들의 심기를 건드리는 바람에 군법 회의에 회부돼 한직으로 좌천됐을 무렵이다. 그리고 얼마 후 빌리 미첼은 군복을 벗었다.

그러다 보니 데리 기지에는 세 개의 활주로가 있어도(그중 하나는 잘 닦인 활주로로 손색이 없었다), 비행기가 이착륙하는 모습은 거의 눈에 띄지 않았다. 주둔 병사들도 딱히 할 일이 없어 억지로 시시껄렁한 일을 만들어 내는 형편이었다.

1937년, 제대한 E소대원 중 한 명이 데리로 다시 돌아왔는데, 바로 나의 아버지다. 아버지는 그때의 일을 이렇게 말씀하셨다.

"1930년 봄 어느 날인가 블랙 스폿 화재가 일어나기 6개월 전쯤, 나와 세 명의 동료가 보스턴에서 사흘간의 휴가를 즐기고 귀대했을 때였지.

부대 정문을 통과할 때, 위병소에 덩치 큰 녀석이 삐딱하게 삽에 기대서 엉덩이 사이에 바지가 끼는지 자꾸 바짓자락을 잡아당기더라고. 남부에서 전근 온 상사였지. 홍당무처럼 머리칼이 붉었어. 이빨은 누렇고 얼굴은 온통 얽은 자국이었지. 몸에 털만 안 났을 뿐이지 영락없는 원숭이더라니까. 하긴 불경기에는 그런 놈팡이들이 군대에 많았으니까.

우리는 여전히 휴가에 들뜬 기분이었어. 그 원숭이 녀석의 얼굴을 보니 무엇인가 꼬투리를 잡고 싶어 안달하는 눈치더라고. 그래서 우리는 육군 원수에게 하듯 확실하게 거수경례를 붙였지. 별일 없이 넘어가겠구나 싶었지만, 웬걸, 화창한 4월의 햇살이 장난이라도 친 건지, 글쎄 내 입에서 불쑥 이런 말이 튀어나오는 게 아니겠어.

'안녕하십니까, 윌슨 상사님.'

녀석이 내 앞으로 걸어오더군.

'누가 나한테 말을 걸어도 좋다고 했나?'

'시정하겠습니다, 상사님.'

녀석은 다른 동료들(트레버 도슨, 칼 루니, 그리고 가을 화재 때 죽은 헨리 윗선)을 바라보더니 이렇게 말했지. '여기 영리한 검둥이 놈이 내 기분을 심히 망쳐 놓았다. 너희 나머지 검둥이 놈들도 이 자식과 함께 오늘 오후 똥통에서 뒹굴고 싶지 않다면 막사로 돌아가라. 군복으로 갈아입고 일직 사관에게 보고하도록. 알아듣 겠나!' 그래서 다른 동료들은 막사로 향했고, 그 뒤에다 대고 윌 슨이 버럭 고함을 질렀지. '이 새끼들이 걸어가나! 지금부터 발바 닥이 안 보이게 튀어라, 실시!'

동료들은 구둣발이 안 보일 정도로 달려서 이내 시야에서 사라 졌고, 윌슨은 나를 데리고 보급 창고로 가더니 삽 한 자루를 내밀 더군. 그러고는 널찍한 공터로 끌고 갔어. 그곳은 지금 노스이스 트 항공의 공항 버스 터미널이 있는 자리다. 윌슨은 히죽거리며 나를 바라보다가 땅을 가리키더군.

'저기 구덩이가 보이나, 검둥이?'

구덩이는 눈을 씻고 봐도 없었지만, 그 녀석 말에 무조건 그렇 다고 하는 편이 좋을 것 같아서 그렇다고 말했다. 순식간에 녀석 의 주먹이 얼굴로 날아들었고, 나는 땅바닥에 쓰러져 딱 한 벌뿐 인 셔츠에 피를 쏟고 말았지.

'검둥이, 보일 리가 있나? 일전에 너처럼 허풍 센 검둥이 놈들 이 이미 구덩이를 메워 놨으니까 말이다!' 녀석의 얼굴이 벌겋게 달아오르더니 소리를 지르더군. 하지만 뭐가 그리 즐거운지 능글 맞은 웃음은 여전했어. '그러므로 '안녕하십니까' 양반, 지금부

터 자네가 할 일은 내 구덩이에서 흙을 파내는 일이다. 실시!'

그래서 나는 두 시간 가까이 턱 높이 정도의 구덩이를 파냈다. 밑바닥이 진흙이어서 구덩이를 다 파냈을 때는 발목까지 물이 차고 구두는 완전히 젖어 버렸지.

'핸론, 이제 구덩이에서 나와라.'

윌슨은 잔디밭에 앉아 담배를 피우고 있었어. 구덩이에서 나오는데 도와줄 생각도 안 하더군. 나는 온몸에 흙과 진흙을 뒤집어쓴 꼴이었고, 피까지 엉겨 붙어 있었다. 윌슨이 일어서더니 다가오더군. 그러더니 방금 파낸 구덩이를 가리키는 거야.

'자, 저기에 무엇이 있나, 검둥이?'

'상사님의 구덩이가 있습니다.'

'맞다. 그런데 이제 구덩이가 필요 없을 것 같다. 검둥이가 판 구덩이라 마음에 안 든단 말이야. 구덩이를 다시 메워, 핸론 이병.'

그래서 나는 다시 구덩이를 메웠어. 그 일이 끝났을 즈음 해가 저물고 날씨가 쌀쌀해져 있더군. 내가 숨을 헐떡이며 삽 등으로 흙을 두드리는데 윌슨이 다가왔어.

'이제 무엇이 보이나, 검둥이?'

'흙더미입니다, 상사님.'

그 말을 채 끝내기도 전에 또 주먹이 날아들었어. 휴, 마이클, 나도 더 이상 참을 수 없어 삽으로 녀석의 머리통을 박살내 주고 싶었다. 물론 그랬다가는 다신 햇빛을 볼 수 없었을 거야, 감옥 철창에도 햇빛이 들어오는지는 모르겠지만. 그래도 좋으니 후려치고 싶다는 생각이 자꾸 들더구나. 그러나 겨우 마음을 진정시킬 수 있었다.

'저건 흙이 아니다, 이 멍청한 검둥이 도둑놈아!' 윌슨은 침까지 튀기며 소리를 질러 댔어. '저건 내 구덩이다. 그러니까 최선을 다해 당장 흙을 파내라. 실시!'

그래서 나는 녀석의 구덩이를 파내고 다시 메웠지만, 녀석이 또 이러는 거야. 구덩이에 똥을 누려고 했는데 왜 메웠냐고 말이야. 그래서 나는 구덩이를 다시 파냈고, 녀석은 바지를 벗고 뼈만 앙상한 가랑이와 허연 엉덩이를 까발리더니 힘을 주면서 나를 보고 히죽거리더군.

'기분이 어떤가, 핸론?'

'끄떡없습니다, 상사님.' 나는 기다렸다는 듯이 대답했고, 죽는 한이 있어도 물러서지 않겠다는 오기뿐이었어. 피가 거꾸로 서는 기분이었지.

'오, 그래, 네놈의 건방진 태도를 손봐 주지. 자, 그럼, 구덩이를 다시 메우는 것부터 시작하자, 핸론 이병. 세상 물정을 가르쳐주마. 벌써 요령을 피울 생각은 아니겠지, 실시!'

그래서 나는 구덩이를 다시 메웠는데, 히죽거리는 녀석의 표정을 보니 아직 시작일 뿐이라는 생각이 들더군. 그런데 바로 그때였어. 녀석의 동료가 손전등을 들고 헐레벌떡 달려와서 불시 점호에서 윌슨의 근무지 이탈이 문제됐다고 말하더군. 나는 친구들이 감싸 주는 바람에 무사했지만, 녀석의 동료들(동료들이 있기나 하다면)은 모른 척한 거지.

그 덕에 녀석의 손에서 벗어났어. 나는 혹시 다음 날 징계 대상자 명단에 윌슨이 올라 있지나 않을까 잔뜩 기대했지만 아무 일도 없더라고. 아마 윌슨 녀석은 중위에게 보고하기를, 되바라진 검둥이 녀석에게 데리에 있는 구덩이(패어 있든 메워져 있든)가 누구 것인지 교육을 시키느라 점호에 불참했다고 했을 거야. 모르긴 몰라도, 그 녀석은 징계는커녕 포상 휴가라도 받았을걸. 그게 바로 데리의 E소대에서 늘 벌어지는 일이었으니까."

내가 아버지의 이야기를 들었을 때가 1958년이었으니까, 아버지는 쉰 줄에 접어들고 어머니는 마흔 정도였으리라. 나는 데리가 그 모양인데 왜 다시 돌아왔는지 물었다.

"글쎄다, 내가 입대했을 때 고작 열여섯 살이었지. 나이를 속이고 입대했으니까. 내 생각은 아니었다. 네 할머님이 그러라고 하셨지. 덩치가 크니까 나이를 속여도 먹힐 것 같기는 했어. 나는 노스캐롤라이나의 버고라는 곳에서 태어나 자랐는데, 담배를 수확하거나 겨울에 네 할아버님이 너구리나 주머니쥐를 사냥할 때만 고기 구경을 할 수 있었지. 버고에 살 때 가장 기억에 남는 게 있다면 옥수수 빵에다 원하는 만큼 양껏 주머니쥐 파이를 발라 먹었을 때였어.

농기계를 잘못 만지다 사고로 아버지가 돌아가시자, 어머니는 필리 루버드를 데리고 외가가 있는 코린스로 가겠다고 말씀하셨지. 막내, 필리 루버드는 그때 갓난아기였으니까."

"작은아버지 말씀이세요?" 나는 누구나 작은아버지를 필리 루버드라고 부른다는 사실에 웃음이 나왔다. 작은아버지는 애리조나 주의 투손에서 변호사로 일하며 6년간 시의원을 맡기도 했다. 어렸을 때는 작은아버지가 대단한 부자라고 생각했다. 1958년이라는 시대적 상황과 흑인이라는 점을 감안하면 틀린 생각은 아니었다. 당시 작은아버지의 1년 수입이 2만 달러였으니까.

"맞아, 필 말이다. 당시에는 열두 살밖에 안 됐고 밀짚모자와 누더기 옷에 신발이 없어 맨발로 돌아다녔지. 필이 막내였고 내가 바로 그 위였다. 다른 형제들은 모두 집을 떠나 있었어. 두 명은 죽고, 두 명은 결혼해 독립했고, 한 명은 감옥에 있었으니까. 하워드 형님 말이다. 그 형님은 끝까지 말썽만 부렸지.

'군대에 가는 게 어떻겠니?' 어머니께서 말씀하시더구나. '곧바로 봉급을 줄지는 모르지만 일단 돈을 받게 되면, 달마다 생활비를 얼마씩이라도 보내 주렴. 어미도 너를 떠나 보내기는 싫다만, 너라도 이 어미와 필리를 보살펴 주지 않으면 어떻게 살아야 할지 막막하기만 하구나.'

어머니는 병무 담당자에 갖다 주라며 출생 증명서를 주셨어. 어떻게 했는지 나이를 열여덟 살로 바꾸어 놓으셨더군.

그래서 나는 당시 병무 담당자가 있는 군청으로 가서 군에 입대할 수 있는지 물었다. 담당자는 서류 몇 장을 내주며 내가 서명 대신 표시를 달 부분에 줄을 긋더라고.

'이름을 쓸 수 있어요.' 내가 그렇게 말하자, 그 사람은 도저히 믿기지 않는다는 표정으로 웃는 거야.

'그래, 그럼 서류를 다 작성해라, 깜씨야.'

나는 서류를 작성하다 말고 그에게 물었다. '몇 가지 여쭤 보고 싶은 게 있는데요.'

'그럼, 여쭤라고. 무엇이든 답해 줄 테니까.'

'군대에 가면 일주일에 두 번씩 고기를 먹나요? 엄마가 그러셨는데, 혹시 저를 군대에 보내려고 거짓말을 하셨나 해서요.'

'아니, 일주일에 두 번씩 고기를 먹지는 않아.'

'아, 저도 거짓말일 거라고 생각은 했어요.' 나는 그 놈팡이가 마음에 들지 않았지만 적어도 거짓말은 안 하는 녀석이구나 생각했지.

그런데 그가 불쑥 이렇게 말하는 거 아니겠니. '일주일에 두 번은 아니고 날마다 고기를 먹지.'

그래서 나는 내심 저런 녀석을 정직하다고 생각하다니 조심해야겠다고 마음을 다잡았다.

'저를 멍청한 얼간이쯤으로 생각하시는군요.'

'물론이지, 깜씨.'

'그럼 제가 군에 입대하면 엄마와 제 동생 필리 루버드에게 줄 만한 게 있나요? 엄마는 생활비라고 하던데요.'

'바로 이 서류야.' 그는 특별 수당 지원서를 툭툭 치며 말했다. '자, 또 궁금한 게 있나?'

'음, 장교가 되려면 무슨 훈련을 받아야 하나요?'

그는 갑자기 고개를 뒤로 획 젖히더니 숨이 막힐 때까지 웃어 대더군.

'얘야, 군대에서 검둥이가 장교가 되는 날이 오기를 기다리느니, 차라리 예수가 피를 흘리며 버드랜드에서 찰스턴 춤추기^{빠르고} ^{단순한 리듬에 맞춰 추는 흑인의 춤}를 기다리는 편이 더 빠를 거다. 자, 서명을 하든 말든 맘대로 해라. 더 이상 너랑 노닥거릴 수 없으니까. 게다가 네놈의 냄새가 벌써 이곳에 뱄잖아.'

나는 서류에 서명했고, 담당자는 수당 신청서를 입대 지원서에 첨부하면서 이제 됐다고 그러더군. 그래서 나는 군인이 됐지. 전시 상황이 아니었으므로 뉴저지에서 교량 건축에 동원되겠다 싶었는데, 웬걸, 메인 주 데리의 E소대로 배정되더라고."

아버지가 한숨을 쉬면서 자리를 고쳐 앉는 동안, 나는 거구의 남자와 그 머리에 착 달라붙은 희끗해진 머리칼을 물끄러미 바라보았다. 당시 우리 집은 데리에서 꽤 커다란 농장과 데리 남부의 도로변에서도 가장 좋은 농작물 상점을 소유하고 있었다. 우리 가족은 열심히 일했으며, 아버지는 수확기마다 사람들을 더 고용해 농장을 성공적으로 일궈 왔다.

"내가 데리로 돌아온 이유는 남부와 북부 어디를 가 봐도 흑인에 대한 증오는 차이가 없다는 걸 깨달았기 때문이다. 윌슨 상사 때문만은 아니었어. 그 녀석이야 백인 쓰레기에 지나지 않았고, 어디를 가든 남부에서 하던 짓을 그대로 하는 놈이었으니까. 흑인을 들볶고 싶다고 굳이 남부와 북부의 경계를 오갈 필요는 없었지. 그 녀석은 그걸 알았고, 하고 싶은 대로 한 거야. 내가 흑인에 대한 증오를 새삼 깨닫게 된 건 블랙 스폿의 화재 사건 때문이었다. 마이클, 너도 알겠지만……." 아버지는 바느질하던 어머니를 힐끔거렸다. 어머니는 바느질 감에 고개를 수그린 채 묵묵히 아버지의 이야기에 귀를 기울이고 있었다. "어쨌든 그 화재 사건 덕분에 나는 진정한 어른이 되었다. 화재 때문에 예순 명이 목숨을 잃었고, 그중 열여덟 명이 E소대원이었지. 화재가 진압됐을 때, 소대원은 아무도 남아 있지 않았다. 헨리 윗선…… 스토크 앤슨…… 앨런 스놉스…… 에버렛 매카슬린…… 홀튼 사토리스……, 그 소중한 친구들이 모두 불길 속에서 죽고 말았지. 게다가 불을 지른 놈들이 윌슨 상사와 구역질나는 남부 출신의 동료들은 아니었어. '백인의 질서'라는 비밀 단체의 메인 주 지부에서 저지른

짓이란다. 지금 너의 학교에 다니는 아이들 아버지 중에서도 그때 블랙 스폿에 불을 지른 사람이 있지. 그 불쌍한 사람들이 누구인지는 말하고 싶지 않구나."

"왜죠, 아빠? 왜 그런 짓을 한 거죠?"

"글쎄, 데리라는 도시 때문이기도 하지."

아버지는 미간을 찌푸렸다. 담배 파이프에 불을 붙이고 성냥을 흔들어 껐다.

"왜 그런 일이 데리에서 벌어지는지 잘 모르겠다. 설명하기는 어렵지만, 다만 이곳에서 그런 일이 벌어졌다는 사실이 그리 놀랍지는 않아.

백인의 질서는 북부판 KKK^{백인 우월주의를 내세우는 미국의 극우 비밀 결사}라고 할 수 있지. 하얀 천을 뒤집어쓰고, 십자가를 불태우고, 자기들보다 지위가 높거나 백인의 일자리를 빼앗았다고 생각하는 흑인들에게 협박장을 보내는 거하며, KKK를 빼다 박았으니까. 흑인도 동등한 인간이라고 설교하는 교회에 다이너마이트를 집어던지기도 했지. 백인의 질서보다는 KKK가 역사책에 더 많이 거론되기는 하지만, 그런 단체가 있다는 사실조차 모르는 사람들이 부지기수다. 아마 그 역사 대부분을 북부인이 썼고, 그들 중 상당수가 그 단체의 존재를 숨기고 싶었기 때문일 거야.

백인의 질서는 대도시와 공업 지대에서 특히 극성을 부렸단다. 뉴욕, 뉴저지, 디트로이트, 볼티모어, 보스턴, 포츠머스 등지에 지부가 있을 정도였으니까. 메인 주에도 지부 설립을 계획했지만 데리에서만 그 목적을 달성한 셈이지. 아 참, 루이스톤에도 한동안 꽤 규모가 큰 지부가 있었는데, 블랙 스폿 화재 사건이 벌어졌을 무렵이었지. 하지만 그곳 사람들은 흑인이 백인 여자를 강간하거나 백인의 일자리를 빼앗을까 봐 걱정하진 않았어. 그럴 만한 흑인들이 그 지역에는 거의 없었으니까. 루이스톤 지부에서 걱정한 건 뜨내기 노동자와 부랑자처럼 '무위도식하는 집단'과 일을 하지 않고 빈둥댄다는 의미로 자기들끼리 갖다 붙인 '공산주의 쓰레기 집단'이 서로 손을 잡을지 모른다는 거였어. 그래서 그런 사람들이 나타나기만 하면 곧바로 지부에서 똘마니들을 보내 죄다 내쫓아 버렸지. 그 사람들 바지 속에다 옻나무를 쑤셔 넣을 때도 있었다. 옷에다 불을 지르기도 했어.

흠, 블랙 스폿 화재가 있은 뒤 백인의 질서는 데리에서 조직을 재정비했다, 마이클. 손쓸 수 없는 상황이었어, 데리에서 종종 벌어지는 일처럼 말이야."

아버지는 말을 멈추고 한숨을 쉬었다.

"백인의 질서가 데리에서 새로운 발판을 마련한 셈이었지. 그들이 발판으로 삼은 건 정기적으로 열리고 있는 부자들의 모임이었다. 화재 사건 이후, 흰색 천을 내다 버리고 서로 철저하게 입을 맞추었기 때문에 사건은 흐지부지 무마됐단다."

갑자기 아버지의 목소리에서 심한 경멸의 느낌이 전해지자, 어머니는 인상을 찌푸리며 바느질 감에서 고개를 들어 올렸다.

"결국 죽은 사람이 누구였겠니? 열여덟 명의 흑인 군인과 열네댓 명의 흑인 주민, 네 명의 흑인 재즈 악단 연주자, 그리고 흑인에 우호적인 백인들이었다. 하지만 그런 게 무슨 대수였겠니?"

"여보, 그만해요." 어머니가 조용히 말했다.

"싫어요, 더 듣고 싶어요." 내가 말했다.

"그래, 그만 잘 시간이다, 마이클." 아버지는 큼지막한 손으로 내 머리칼을 어루만졌다. "한 가지 더 말해 주고 싶다만, 네가 이해할 수 있을 것 같지 않구나. 이 아빠도 이해하지 못하는 것이니까. 그날 밤, 블랙 스폿에서 벌어진 일은 정말이지 끔찍했다. 흑인이기 때문에 그런 일이 벌어졌다고는 생각하지 않는다. 그 당시부터 지금까지도 데리의 부유한 백인들이 몰려 사는 웨스트 브로드웨이가 바로 블랙 스폿 뒤에 있어서 그렇다는 얘기는 아니야. 백인의 질서 지부가 유독 이곳에서 활개를 칠 수 있었던 이유가 포틀랜드나 루이스톤, 브런스윅에서보다 흑인과 부랑자를 더 증오해서도 아니지. 악랄하고 해로운 일들이 이곳 데리의 토양에선 유별나게 잘 먹혀드는 것 같구나. 아빠는 몇 년 동안 줄곧 그 생각을 해 왔다. 이유는 모르겠다만……, 데리라는 곳이 문제의 원인인 것 같거든.

그러나 이곳에도 좋은 사람들이 있고, 예전에도 그랬다. 화재 직후 장례식이 열렸을 때, 백인과 흑인을 막론하고 수천 명의 사람들이 조문 행렬에 참가했다. 상점들도 일주일 동안 문을 닫고 애도를 표했지. 병원마다 부상자들을 무료로 치료해 주었어. 음식물과 진심 어린 위로의 편지가 답지했단다. 도움의 손길도 끊이지 않았어. 아빠가 듀이 콘로이라는 친구를 만난 것도 그 당시였고, 그 아저씨는 바닐라 아이스크림처럼 피부가 희멀건해도 아빠한테는 친형제처럼 느껴졌지. 듀이가 원한다면 아빠는 기꺼이 목숨을 내놓을 수 있다. 열 길 물속은 알아도 한 길 속은 모르는 것이 사람 마음이라지만, 그 아저씨도 아빠를 위해 목숨까지 버릴 거라고 믿는다.

어쨌든 우리는 화재 사건이 벌어진 후, 다른 지역으로 전출 명령을 받았다. 그 사건을 부끄럽게 여겼던 모양이야. 나도 포트후드로 가서 그곳에서 6년을 지냈지. 거기에서 네 엄마를 만나 갈베스턴에 네 엄마의 가족들이 사는 집에서 결혼식을 올렸다. 그러나 한순간도 데리를 잊어 본 일이 없었어. 전쟁이 끝난 후 엄마와 이곳으로 돌아왔지. 그리고 네가 태어났다. 그렇게 1930년 블랙 스폿이 있던 곳에서 5킬로미터밖에 떨어지지 않은 이 집에서 살아온 거야. 자, 신사 분, 이제 잘 시간이다."

"화재 사건이 어떻게 일어났는지 궁금해 죽겠어요. 말씀해 주세요, 아빠!"

아버지는 인상을 찌푸렸고, 그 때문에 나는 여느 때처럼 입을 다물어야 했다. 아버지가 그런 표정을 보이는 경우는 극히 드물었기 때문이다. 사실 아버지는 대부분 웃음 띤 얼굴로 살아온 분이었다.

"그런 얘기를 듣기에는 아직 어려. 다음에 해 주마, 마이클. 우리 둘 다 몇 년은 더 기다려야겠는걸."

결국 내가 블랙 스폿에서 벌어진 화재 사건의 진상을 듣기 위해 우리 부자는 4년의 세월을 기다렸다. 그리고 그때는 이미 아버지에게 남아 있는 세월이 거의 없었다. 아버지는 병원 침상에 누워 대장의 암세포가 그를 갉아먹고 있을 때 진통제에 젖어 꾸벅꾸벅 의식이 들었다 나갔다 하며 그 이야기를 해 주었다.

1985년 2월 26일

앞에 쓴 글을 읽다가 문득 23년 전에 돌아가신 아버지가 떠올라 왈칵 울음이 솟구치는 바람에 나 자신도 놀라고 말았다. 아버지가 돌아가신 후, 2년의 세월은 깊은 슬픔으로 채워져 있었다. 1965년에 고등학교를 졸업할 때 어머니는 이렇게 말씀하셨다. "아버지가 얼마나 자랑스러워 하실까!" 우리는 손을 맞잡고 울었다. 나는 그것으로 끝이라고, 그제야 아버지를 잃은 슬픔을 영원히 묻게 되리라 생각했다. 그러나 슬픔이 얼마나 오래도록 지속되는지 그 누가 알 수 있으랴? 자식이나 동생이나 누이를 떠나보낸 지 삼사십 년이 지난 후에도 반쯤 깨어 여전히 길 잃은 공허감과 함께 그 사람을 생각하고, 결코 채워지지 않을(심지어 죽을 때까지도 채워지지 않을) 그 자리를 생각할 수 있지 않을까?

아버지는 1937년 장애 연금과 함께 군대를 떠났다. 당시 군대에는 전운이 감돌았다. 얼마 안 있어 무기고에서 무기들이 죄다 꺼내질 건 눈 감고도 알 수 있었다고 아버지는 말했다. 그동안 아버지는 상사까지 진급했지만 신병 하나가 오줌을 지릴 정도로 겁에 질려 떨어뜨린 수류탄 덕분에 왼발의 대부분을 잃고 말았다. 수류탄은 아버지 쪽으로 굴러와 터졌다. 아버지는 그때의 폭발음이 마치 한밤중의 재채기 소리 같았다고 말했다.

당시 병사들은 결함이 있거나 너무 오랫동안 무기고에 방치돼 무용지물이 된 무기로 훈련을 받았다. 총알이 아예 발사되지 않거나 총신 내부에서 폭발이 일어나는 소총도 부지기수였다. 해군의 어뢰는 목표 지점까지 도달하지 못하거나 도달해도 폭발하지 않았다. 육군 항공대와 해군 항공대에 배치된 군용기들도 착륙이 약간만 거칠어도 날개가 부러져 버리기 일쑤였고, 1939년 펜사 콜라에서는 보급 장교가 수송대의 트럭 전체가 작동 불능이라는 보고를 했다는데, 바퀴벌레들이 트럭의 고무 호스와 팬벨트를 먹어 치웠기 때문이라고 했다.

결국 관료주의적 무사안일과 불량 무기가 합작된 결과가 아버지의 목숨을 구한 셈이었다(물론 당신의 충실한 신하, 마이클 핸론을 창조하게 될 신체의 중요한 부위까지 포함해서). 수류탄이 반만 폭발하지 않았다면, 아버지는 한쪽 발의 일부분이 아니라 가슴 아래 부분을 몽땅 잃었을지 모른다.

장애 연금 덕에 아버지는 계획보다 1년 일찍 어머니와 결혼할 수 있었다. 그러나 결혼 후 곧바로 데리로 돌아온 것은 아니었다. 그보다 앞서 휴스턴으로 이주해 그곳에서 1945년까지 군수 관련 일을 했다. 아버지는 포탄 외피를 만드는 군수 공장에서 공장장으로 일했다. 어머니도 공장에서 일했다. 그러나 내가 열한 살이던 어느 날 밤에 들려준 얘기처럼 아버지는 한순간도 데리를 잊지 않았다. 당시에는 실체를 드러내지 않았던 맹목적인 힘이 아버지를 데리로 돌아오게 만든 것은 아닐까, 그리고 그 똑같은 힘이 5월 어느 날 황무지에서 아이들과 빙 둘러서도록 나를 이끌었던 것은 아닐까, 그런 생각이 들곤 한다. 운명의 수레바퀴가 제대로만 굴러간다면 선악의 대결에서 늘 선이 승리하겠지만, 선함 그 자체가 끔찍한 결과를 가져올 수도 있는 법이다.

아버지는 휴스턴에서도 《데리 뉴스》를 구독했다. 신문에 토지 매매 광고가 났는지 항상 확인했다. 부모님은 그때까지 어느 정도의 목돈을 저축한 상태였다. 마침내 좋은 조건으로 나온 농장을 찾아냈다⋯⋯, 일단 신문에서만큼은 더할 나위 없이 좋은 조건이었다. 두 분은 곧바로 텍사스에서 버스를 타고 데리로 와서 농장을 둘러보았고, 그날로 구입해 버렸다. 아버지는 퍼스트 머천트 은행 페노브스콧 지점에서 10년 장기 융자를 얻어 농장에 정착했다.

"처음에는 어려움이 적지 않았다. 이웃 중에 흑인을 싫어하는 사람들이 있게 마련이니까. 충분히 예상한 일이었고 블랙 스폿의 화재를 잊지 않았으니까 참을성 있게 기다릴 작정이었지. 아이들은 지나가다 돌멩이나 맥주 깡통을 집어던졌다. 아이들만 그런 게 아니었어. 어느 날 아침, 일어나 보니 닭장 한쪽에 나치 문양이 그려져 있고 병아리는 죄다 죽어 있더구나. 누군가 사료에 독을 탔던 거지. 그 후로 다시는 병아리를 키우지 않았다.

그런데 보안관(당시 데리는 그리 큰 도시가 아니어서 경찰 서장이 없었다)이 그 일을 진지하게 수사해 주더구나. 그래서 나쁜 사람들 못지않게 좋은 사람들이 있다고 말하는 거야. 설리번 보안관은 내 피부 색깔이 검고 머리카락이 꼬불꼬불하다는 사실엔 관심 없었어. 여섯 차례나 농장을 방문하고 주변을 탐문한 끝에 범인을 잡아 냈지. 마이클, 누가 그런 짓을 했을 것 같니? 세 번의 기회를 줄 테니 맞혀 보아라. 처음 두 번은 보너스로 줄 테니 맞힐 기회는 다섯 번이야."

"모르겠는걸요."

아버지는 눈물까지 찔끔거리며 박장대소를 터뜨렸다. 손수건으로 눈가를 닦으며 이윽고 답을 알려 주었다.

"그게 누군고 하니, 바로 부치 바워스! 학교에서 둘째가라면 서러워하는 악동이라는 그 녀석의 아비 말이다. 네가 그 아들 놈에 대해 말해 준 적이 있잖아. 그야말로 부전자전이로구나."

"헨리의 아버지가 미쳤다는 소문이 있던데요."

당시 나는 4학년이었고, 이미 몇 차례에 걸쳐 헨리 바워스에게 괴롭힘을 당한 뒤였다……. 지금 생각해 보면 4학년까지 '검둥이'니 '흰둥이'니 하는 경멸적인 말들은 모두 헨리 바워스의 입을 통해서 들었던 것 같다.

"글쎄다, 부치 바워스가 미쳤다는 말이 완전히 날조된 얘기는 아닌 듯싶구나. 태평양에서 돌아왔을 때부터 제정신이 아니었다는 말들이 나돌았으니까. 해군으로 복무했다지, 아마. 어쨌거나 보안관은 부치를 구금했고, 부치는 조작극 운운하며 모두 검둥이와 한통속이라고 고래고래 고함을 질렀지. 전부 고발해 버리겠다고, 난리도 그런 난리가 없었다. 아마 고발하겠다는 사람들 명단을 펼쳐 들면 여기서 위챔 가까지는 갈 만했을걸. 속옷 한번 갈아입지 않는 위인이 보안관과 나를 포함해 데리 시청과 페노브스콧 구청까지 고발할 수 있을지 의문이었지만, 그야 아무도 장담할 수 없는 일이지.

그 다음에 어떻게 되고 하니……, 솔직히 그 얘기가 사실인지 모르겠다만, 아무튼 듀이 콘로이한테 전해 들었으니까 모르는 일이지. 듀이의 말에 따르면 설리번 보안관이 뱅고어 감옥에 수감 중이던 부치를 면회 간 모양이더라. 보안관은 이렇게 말했대. '이제 그만 좀 나불대고 내 얘기를 잘 들으시오, 부치. 그 흑인은 당신의 처벌을 원치 않는다고 했소. 그러니까 당신을 쇼생크 감옥

으로 보낼 생각은 없고, 그 대신 병아리 값을 보상해 달라고 합디다. 200달러라고 하더군요.'

부치는 해가 서쪽에서 뜬다면 200달러를 내겠다고 코방귀를 뀌었고, 보안관은 다시 이렇게 말했다는군. '부치, 쇼생크에는 석회갱도가 있는데, 거기서 2년 정도만 일하고 나면 혓바닥이 라임 아이스크림처럼 녹색이 된다고 하더군요. 자, 이제 선택하시오. 2년간 석회 껍질을 벗기겠소, 아니면 200달러를 내겠소?'

그러자 부치는 '메인 주의 어떤 배심원도 내게 유죄 판결을 내리지 않을걸. 그것도 검둥이의 병아리를 죽였다고 말이야.' 하면서 기세가 등등했다는 거야.

설리번 보안관은 '아마 그럴 거요.' 라고 말했어.

그래서 부치가 '그렇다면 개뼈다귀 같은 소리 집어치우시지.' 했겠지.

보안관은 엄한 얼굴로 이렇게 말했대. '부치, 정신 좀 차리시오. 병아리 때문에 감옥에 가진 않겠지만 닭장 문간에 나치 표식을 그려 놓은 건 배심원들도 달리 생각할 거요.'

듀이의 말에 따르면 부치의 입이 쩍 벌어졌고, 설리번은 잠시 그가 생각할 시간을 줄 요량으로 자리를 피해 준 모양이야. 그리고 사흘이 지났을까, 부치는 동생에게(동생은 2년 후 술 취해 사냥갔다가 얼어죽었지) 군대에서 번 돈으로 사서 애지중지하던 머큐리 자동차를 팔라고 말했다는 거야. 그래서 난 200달러를 받았고, 부치는 나를 태워 죽이겠다고 으르렁댔지. 그 후 동네방네 나를 죽이겠다고 말하고 다녔어. 그래서 어느 날 오후 내가 그 사람을 막아섰지. 그 사람은 머큐리 대신 고물 포드 자동차를 타고 있었고, 나는 픽업 트럭을 몰고 있었지. 차량 기지 근방 위챔 가에서 나는 그 사람 차를 막아서고 엽총을 꺼내 들었어.

'또 한 번 나를 두고 이러쿵저러쿵 헛소리를 하고 다녔다간 검둥이 총에 맞아 죽을 줄 알아.' 내가 그렇게 말했어.

부치가 그러더군. '검둥이, 그런 식으로 말하면 쓰나. 너 같은 검둥이가 감히 백인에게 그 따위 협박을 해?'

그때 그 사람은 미쳤거나 겁에 질려서 정신없이 지껄이는 것 같았어.

마이클, 나는 당할 만큼 당하고 살았다고 생각했다. 그리고 그 순간, 부치에게 제대로 겁을 주지 못하면 영원히 그 악연의 사슬에서 벗어날 수 없다고 생각했어. 주변에는 아무도 없었지. 나는 한 손으로 부치의 머리칼을 움켜잡았다. 엽총 개머리판을 허리띠 쇠에 고정시키고 총구를 부치의 턱 밑에 갖다 댔지. 그리고 말했어. '또 한 번 나한테 검둥이라는 말을 하면 머리통 속에서 골이 줄줄 흘러나오게 해 주겠다. 못할 것 같나, 부치? 앞으로 나를 걸고넘어져도 그냥 쏴 버리겠어. 네 마누라와 애새끼와 골통 동생 놈까지 다 갈겨 버릴 거야. 그 정도는 일도 아니야. 처음 해 보는 일도 아니니까.'

그러자 부치는 꺼억꺼억 울기 시작했지. 내 평생 그렇게 추한 꼴은 보지 못했다.

'대체 이게 무슨 짓이야, 검둥…… 인두겁을 쓰고 백주대낮에 한길에서 일 나가는 사람 머리통에 총을 겨누다니……'

'맞아, 이런 일이 벌어지다니 세상 말세지. 하지만 세상이 끝장난대도 지금은 상관없어. 지금은 네가 내 말을 알아들었는지,

아니면 기어이 마빡에 총알 구멍을 내야 하는지, 그게 문제야. 어쩔래?'

내 말에 부치는 충분히 알아들었다고 말했고, 그걸로 부치 바워스와의 문제는 일단락됐지. 네가 기르던 강아지, 칩스가 죽었을 때가 좀 찜찜하긴 했지만 바워스의 짓인지 증거는 없으니까. 아마 칩스는 음식을 잘못 먹었을지 몰라.

그 후로 부치와 나는 각자의 길을 걸어왔고, 돌아보면 그리 후회스러운 삶은 아니었다. 이곳에서 단란한 가정을 꾸렸고, 화재 사건이 이따금 꿈에 나타나긴 하지만 그 정도 험한 꿈 한번 안 꾸고 사는 사람들이 있겠니?"

1985년 2월 28일

아버지가 말씀해 주신 블랙 스폿 화재를 기록하려고 마음먹은 지 며칠이 지났지만 별다른 진전이 없다. 나는 『반지의 제왕』에서 등장인물 중 하나가 "길은 길로 이어진다."고 말한 장면을 떠올려 본다. 집 현관을 나와 보도로 접어들고, 그래서 결국에는 아무 곳에도 갈 수 없는 길이 아니라 어디든지 갈 수 있는 훨씬 환상적인 길 말이다. 이야기도 마찬가지다. 하나의 이야기는 다른 이야기로, 또 다른 이야기로 이어지며, 우리가 원하는 방향으로 나아갈지도 모르고 전혀 그렇지 않을 수도 있다. 결국에 중요한 것은 이야기 자체가 아니라 이야기를 들려주는 화자의 목소리일지 모른다.

내가 분명히 기억하는 것은 아버지의 목소리다. 저음의 느릿한 말투와 너털웃음. 파이프에 불을 붙이고, 담배 연기를 내뿜고, 냉장고에서 캔 맥주를 꺼내느라 간헐적으로 끊어지던 목소리. 내게 그 목소리는 다른 모든 목소리를 압도하고 세월을 온전히 간직하고 있는, 이곳 데리의 근원이나 다름없다. 텔레비전의 어느 인터뷰에서도, 데리의 빈곤한 역사 어디에서도 찾아볼 수 없는 목소리 말이다.

내 아버지의 목소리.

10시 정각, 도서관은 한 시간 전에 문을 닫았고, 어디선가 고물 자동차의 엔진 소리가 들려온다. 창문과 아동 도서관으로 연결된 유리 통로에 진눈깨비의 미세한 결정체가 부딪히는 소리도 들려온다. 다른 소리들도 있다. 은밀한 삐걱거림과 쿵 하는 소음이 섞여 있고, 나는 이곳에 앉아 보통 크기의 노란색 공책에 글을 쓰고 있다. 낡은 건물에서 으레 나는 소리이거니……. 그러나 신경이 쓰인다. 오늘 밤 어딘가에서 거센 비바람을 맞으며 풍선을 팔고 있는 광대가 있을까.

흠……, 신경 쓰지 말자. 지금은 아버지의 마지막 이야기를 기록하는 데 집중해야 한다. 나는 아버지가 돌아가시기 6주 전 병실에서 그 이야기를 들었다.

매일 오후, 수업이 끝나면 어머니와 함께 아버지의 병실을 찾았고 저녁에는 나 혼자 다시 들렀다. 어머니는 집안일을 해야 했지만 나 혼자라도 저녁에 아버지 곁에 있어 주기를 원하셨다. 나는 자전거를 탔다. 아무 차나 얻어 타고 가도 그만이지만, 연쇄 살인 사건이 끝난 지 4년이 지난 그때까지도 어머니는 그런 행동을 눈감아 주지 못했다.

그 6주간의 시간은 열다섯 살 소년에게 무척 힘겨운 나날이었다. 아버지를 사랑했지만, 저녁에 병실을 찾는 일은 정말이지 그만두고 싶었다. 아버지의 몸이 점점 야위고 오그라드는 모습이나 얼굴에 깊게 팬 고통의 흔적을 지켜보기가 몹시 괴로웠다. 아버지는 참으려고 애쓰시는 모습이 역력했지만 끝내 울음을 터뜨리는 날도 있었다. 어둠 속에서 집으로 돌아오는 길목에서는 1958년의 여름을 떠올리다 행여 광대가 서 있지 않을까……, 늑대 인간이나……, 벤이 말한 미라……, 아니면 새 한 마리가 있는 것 같아 뒤돌아보곤 했다. 그러나 그것이 어떤 모습을 하고 있더라도 두려웠을 것이고, 암의 고통으로 일그러진 아버지의 얼굴을 하고 있지는 않을까 소름이 끼쳤다. 그래서 나는 심장이 터져라 페달을 밟았다. 벌게진 얼굴과 땀으로 축 처진 머리칼을 하고 숨을 헐떡이는 내 모습을 대할 때마다 어머니는 이렇게 말씀하셨다.

"뭐가 그리 급하니, 마이클? 그러다 병나겠구나."

"빨리 와서 어머니를 도와드리려고요."

내가 그렇게 대꾸하면, 어머니는 나를 꼭 껴안고 뽀뽀하며 "아이고, 착한 내 강아지." 하면서 웃곤 했다.

시간이 흐를수록 아버지와 나눌 만한 화제를 떠올리기가 힘들어졌다. 자전거를 타고 병원으로 가는 내내 나는 이야깃거리를 궁리하느라 머리를 쥐어짜면서 행여 할말이 없어 어색한 침묵을 마주하는 일이 없기를 바랐다. 아버지가 죽어 가고 있다는 사실에 두려움과 분노를 느꼈지만, 한편으로는 당혹스러웠다. 그 당시에도, 그리고 지금도 남자나 여자 모두 죽음에 이르기까지 투병 생활이 길지 않아야 한다는 생각엔 변함이 없다. 암세포가 아버지에게 한 짓은 한 인간의 죽음으로 끝나지 않았다. 아버지의 존엄을 해치고, 비굴하게 만들었던 것이다.

우리는 서로 암이라는 단어를 입밖에 내지 않았다. 그러나 나는 의자 빼앗기 놀이를 하다 신호가 떨어진 후에도 앉을 의자가 없어 당황하는 아이처럼 결국에는 침묵을 견디지 못하고 절박하게 암이라는 말을 꺼낼 거라고 생각했다. 그래서 더욱 필사적으로 다른 얘기들, 아버지가 죽어 가고 있다는 사실을 잊을 만한 일들을 찾아내려고 애썼다. 부치 바워스의 머리칼을 움켜쥐고 턱 밑에 총구를 들이댄 채 더 이상 귀찮게 하지 말라고 꾸짖던 아버지의 몰락을 떠올리지 않는다면 어떤 화제든 좋았다. 그러나 어쩔 수 없이 암이라는 말을 입에 올려야 할 순간이 올 것이고, 그때가 되면 나는 울어 버릴지도 몰랐다. 짙은 무력감이 느껴졌다. 열다섯 살의 나이, 아버지 앞에서 눈물을 보이는 일은 그 무엇보다 두렵고 고통스러웠다.

내가 블랙 스폿 화재를 다시 떠올린 것은 병실을 짓누르는 끔찍하고 두려운 침묵 속에서였다. 그날 저녁 아버지는 통증이 극심해 다량의 모르핀을 맞았다. 몽롱한 의식을 오가는 가운데, 알아들을 수 없는 엉뚱한 말이 흘러나오다가도 또렷한 목소리가 병실을 채우곤 했다. 나를 알아보고 말할 때도 있지만, 나와 필 작은아버지를 혼동하는 때도 있었다. 정말 궁금해서 블랙 스폿 화재를 물어본 것은 아니었다. 불현듯 머리에 그 사건이 떠오르는 순간, 내겐 절대로 놓치면 안 되는 이야깃거리였을 뿐이다.

아버지는 실눈을 뜨고 씩 웃었다. "그 얘길 여태 잊지 않았니, 마이클?"

"그럼요." 3년도 넘게 생각해 본 일이 없었지만, 나는 예전의 아버지가 데리를 두고 했던 말을 떠올리며 이렇게 덧붙이기까지 했다. "단 한번도 잊어 본 일이 없는걸요."

"흠, 이제 얘기해 줘도 괜찮겠지. 열다섯 살이면 충분해. 게다가 뜯어말릴 엄마도 없으니까. 너도 알아야 할 일이다. 그런 일이 데리에서만 벌어질 수 있다는 사실을 너도 알아 두어야 해. 그래서 항상 조심해야 한다. 그런 일이 벌어질 만한 조건들은 데리에서 늘 변함이 없으니까. 조심할 거지, 마이클?"

"예, 아버지."

"좋아." 아버지는 머리에 베개를 받치며 자세를 고쳐 앉았다. "음, 한결 좋구나."

나는 스르르 감기는 아버지의 눈을 바라보면서 잠드셨나 했지만, 아버지는 곧바로 얘기를 시작했다.

"29년에서 30년 사이, 내가 이곳 군대에 있을 때, 지금 데리 전문 대학이 있는 언덕에 하사관 전용 클럽이 있었다. 그 바로 뒤편에 있는 PX에서 럭키 스트라이크 담배를 7센트에 살 수 있었지. 하사관 클럽은 곁에서 보기에 낡고 큼지막한 조립식 막사였지만 내부는 잘 꾸며 놓아서 바닥에 카펫도 깔려 있고 칸막이 좌석에 주크박스까지 설치돼 주말이면 가볍게 한잔 걸치기에 안성맞춤이었지……, 물론 백인에게만 해당되는 얘기였지만. 토요일 밤마다 음악 밴드도 출연해서 한번 가 볼 만한 곳이었다. 금주법이 시행되던 시기라 술은 음료수 수준이었지만 원한다면 좀더 그럴듯한 걸 마실 수 있다는 소문도 파다했지……, 복무 카드에 조그마한 녹색 별이 찍혀 있는 사람에 한해서 말이지. 자기들끼리 통하는 암호였나 봐. 집에서 만든 맥주가 대부분이었지만 주말엔 특별한 게 준비돼 있었다는군. 백인이라면 말이지.

우리 E소대원들은 그 근처에 얼씬도 못했다. 그래서 외출 허가를 받으면 마을로 나갔지. 당시까지도 데리는 목재 산업이 활기를 띠고 있었고, 열 개 남짓한 술집이 '지옥의 땅뙈기'라는 지역에 몰려 있었지. 술집들은 무허가 선술집이라고 부르는 것도 사치일 정도로 형편없었어. 게다가 선술집처럼 편히 얘기할 만한 분위기도 아니었으니까. 데리 주민들은 거기를 '눈먼 돼지우리'라고 수군거렸지. 그 말이 딱 맞았어. 술집을 찾는 손님 대부분이 술을 마실 때 돼지처럼 굴었고, 나갈 때는 곤드레만드레 눈이 멀 정도로 취해 있었으니까. 보안관과 경찰도 그런 사정을 빤히 알고 있었지만, 그곳 술집들은 1890년대 목재 산업이 호황을 누릴 때처럼 밤새 흥청거렸지. 뇌물을 쥐어주는 것 같았지만, 액수는 그리 많지 않았고 손 벌리는 사람도 생각보다 적었나 봐. 하여간 보고도 못 본 척하는 데는 데리 사람들을 따라갈 수 없을 거야. 맥주 말고도 독한 술이 나왔는데, 당시 들리던 소문을 종합해 보면, 마을에서 맛볼 수 있는 술은 하사관 클럽에서 금요일과 토요일 밤에 판다는 저질 위스키와 구정물 같은 칵테일보다 열 배는 괜찮았던 모양이야. 밀주는 제지 운반용 트럭에 실려 캐나다 국경을 넘어왔고, 대부분 병에 씌어진 라벨과 내용물이 일치했지. 좋은 술은 비쌌지만 싸구려 술은 남아도는 형편이었지. 숙취로 고생하긴 해도 죽을 정도는 아니었고, 눈이 핑핑 돌아 앞이 안 보일 정도지만 술만 깨면 문제는 해결됐으니 그만이었지. 물론 술집에서 술병이 날아다니는 통에 머리를 수그리고 마셔야 할 때가 태반이었지만 말이야. 이름도 가지가지여서 낸시네 집, 천국, 월리 별천지, 은화 한 냥, 뭐 그런 식이었어. 그중에서 특히 화약통이라는 술집은 창녀까지 살 수 있었지. 아니, 그곳뿐만 아니라 술집 어디에서나 살 수 있었어. 별로 힘들이지 않고 말이야. 시커먼 흑빵은 맛이 뭐가 다를까 궁금해하는 여자들이 수두룩했으니까. 그러나 나와 트레버 도슨, 칼 루니처럼 아직 어린 풋내기들에겐 특히 백인 창녀를 사는 일이 차분히 앉아 오랫동안 고민해야 할 만큼 중대한 문제였단다."

앞서 말했지만 그날 밤 아버지는 다량의 모르핀에 취해 있었다. 제정신이었다면 그런 얘기를 열다섯 살 난 아들에게 쉽게 해주기 어려웠을 것이다.

"얼마 지나지 않아 시의회 대표라는 사람이 부대에 나타나 풀러 소령을 찾더군. '마을 주민과 병사들 간의 몇 가지 문제'니 '선거와 관련된 관심사'니 '주민의 재산권 문제' 따위를 상의하고 싶다고 했지만, 속셈이야 불 보듯 뻔했지. 검둥이 병사가 술집에 나타나 백인 여자들과 어울리고, 백인에게 팔려는 불법 주류를 마시는 게 아니꼬웠던 거야.

정말 웃기는 얘기였지. 그들이 심히 걱정하는 백인 처자들이라는 게 적어도 남자들에게 접근하는 방식만 봐도 매춘부였거든. 게다가 '은화 한 냥'이나 '화약통'에 데리 시의원이 나타난 일은 단 한번도 없었어. 그 돼지우리 같은 진창 속에서 술을 마시는 사람들은 커다란 벌목 재킷을 걸친 벌목꾼들이었어. 손마다 상처투성이었고, 하나같이 이가 거의 없거나 눈알이 빠지고 손이 벗겨진 사람도 있었지. 웃을 때면 나무토막이나 톱밥, 이파리 냄새가 풍겼거든. 녹색 플란넬 바지 차림에 녹색 고무 장화를 신고 술집에 들어서면 바닥에 눈 자국이 묻곤 했지. 냄새도 고약하고, 발소리며 목소리는 또 얼마나 요란하던지, 아무튼 무엇이든 큼지막한 사람들이었지. 어느 날 월리 별천지에서 팔씨름하는 남자들을 구경하는데, 한 사람 팔뚝 가장자리가 뜯어져 버리더군. 그냥 옷이 찢어진 정도가 아니었어. 폭탄처럼 터져 팔뚝이 산산조각이라도 날 듯한 광경이었지. 그 순간 모두들 환호를 지르며 박수쳤고, 누군가 내 등을 두드리며 말하더군. '저걸 바로 팔씨름 선수의 방귀라고 하는 걸세, 검은 친구.'

내가 말하고 싶은 건, 금요일과 토요일 밤마다 그 술집들을 찾는 사람들은 위스키를 마시고 싶어, 그리고 기름칠한 항아리가 아니라 진짜 여자를 상대하고 싶어 숲 속에서 나왔다는 점이야. 그 사람들 눈에 우리가 거슬렸다면 나가라고 말했을 거야. 그러나 우리한테는 관심도 없었어.

어느 날 밤, 벌목꾼 한 명이 나를 한쪽으로 데려가더군. 그 당시로는 대단한 거구에 속하는 180센티미터가 조금 넘는 키에 고주망태로 취해 있어서 몇 달 동안이나 바구니에 담겨 썩은 복숭아 냄새를 풍기더군. 그 사람이 옷을 살짝 벗어 놓으면 옷이 혼자 우뚝 서 있을 것 같았지. 그런데 그 사람이 나를 보더니 이렇게 말하는 거야.

'형씨, 뭐 하나 물어봅시다. 당신 검둥이요?'

'그런데요.'

'검둥이!' 그가 불어식 사투리로 말하면서 히죽 웃자, 네 개만 남은 이가 훤히 보이더군. '내 그럴 줄 알았지! 허허! 책에서나 봤는데 말이야! 거 똑같네, 뭐라고 할까⋯⋯.' 그는 딱히 표현이 생각이 안 나는지, 손으로 내 입을 가리키더군.

'두꺼운 입술.' 내가 대신 말해 주었지.

'맞다, 맞아! 두꺼운 닢술! 두꺼운 닢술! 내가 술 한잔 사리다!'

'그거 좋죠.' 나는 그 사람 심기를 건드리고 싶지 않았지.

그러자 그는 나를 보고 웃으면서 등을 툭 치더군. 말이 툭 쳤다 뿐이지, 나는 앞으로 고꾸라질 뻔했어. 그러고는 남자 일흔 명, 여자 열다섯 명 정도가 빽빽이 들어찬 술집에서 쩌렁쩌렁 고함을 질러 댔지. '내 것 한 잔, 여기 두꺼운 닢술한테도 한 잔!'

사람들이 미친듯이 웃었지만 그리 불쾌하지는 않았어.

그는 내게 맥주 잔을 내밀며 묻더군. '이름이 뭐요? 두꺼운 닢술이라고 부를 수도 없잖소. 썩 듣기 좋은 소리도 아닌걸.'

'윌리엄 핸론.'

'자, 윌럼 앤론을 위해 건배!'

'아니, 당신을 위해 건배. 당신은 내게 처음으로 술을 사 준 백인입니다.'

그 말은 사실이었지.

우리는 맥주 잔을 단숨에 비웠고 또 두 잔씩을 더 마셨어.

'검둥이 맞아? 두꺼운 닢술만 빼면 피붓빛이 누런 백인처럼 보이는걸.'"

아버지는 갑자기 그 대목에서 웃음을 터뜨렸고 나도 따라 웃었다. 너무 웃은 탓일까, 아버지는 인상을 찌푸리며 배를 움켜잡은 채 눈을 홉뜨고 입술까지 지그시 깨물었다.

"간호사를 부를까요, 아빠?" 나는 덜컥 걱정이 됐다.

"아니……, 됐다. 곧 괜찮아질 거야. 웃고 싶은데 웃지 못하는 것만큼 나쁜 게 있겠니? 그게 더 심각한 문제다."

우리는 잠시 침묵했고, 지금 생각해 보면 그 순간이 아마 암에 대한 얘기를 하기에 가장 좋은 시기였는지 모른다. 만약 그랬다면 우리 모두를 위해 훨씬 나았을 것이다.

아버지는 물 한잔을 마시고 이야기를 계속했다.

"어쨌든 그 지역 술집에 드나드는 여자들과 단골 손님이나 다름없는 벌목꾼들은 우리 흑인 병사들을 내쫓고 싶어하지 않았다는 거야. 정작 문제가 생겼다느니 어쩌니 하며 자기들끼리 방정을 떤 건 다섯 명의 시의원과 그들을 지지하는 열 명 남짓한 데리의 유지들이었지. 그들 중 누구도 천국이나 윌리 별천지 같은 술집에는 코빼기 한번 비치지 않았으니까. 데리 하이츠에 있던 컨트리클럽에서나 질펀하게 놀아 대는 작자들이 E소대 흑인들에게서 술집 여자와 벌목꾼을 구해 낼 생각이었다니 정말 한심한 노릇이었지.

풀로 소령이 시의회 대표에게 말했어.

'저 역시 누구보다 그놈들이 달갑지 않은 사람입니다. 지금 놈들의 행동을 예의 주시하면서 조만간 남부나 뉴저지로 돌려보낼 생각입니다.'

'그건 내 알 바 아니오.'

그 늙은이가 말하더군. 뮬러, 그래, 이름이 뮬러랬던가……."

"샐리 뮬러의 아버지 말씀이세요?"

나는 깜짝 놀랐다. 샐리 뮬러는 중학교 같은 반이었다.

아버지는 씁쓸한 미소를 떠올렸고, 입가가 약간 일그러졌다.

"아니, 아마 그 아이 큰아버지였을 게다. 그 당시 샐리 뮬러의 아버지는 갓 대학을 졸업했을 때니까. 하지만 그 사람이 데리에 있었다면 형과 어깨동무를 하고 부대를 찾아왔을지도 모르지. 내가 하는 얘기가 못 미더울지 모르겠다만 그때 상황을 알려 준 사람이 트레버 도슨이었다는 말밖에 달리 할 말이 없구나. 도슨은 그날 장교 막사를 청소하다 들은 얘기를 그대로 전해 주었거든.

'정부에서 검둥이들을 어디로 보내는가는 소령의 문제지 내 문제가 아니란 말씀이오.' 뮬러가 계속해서 풀러 소령에게 말했다는군. '금요일과 토요일 밤, 소령이 검둥이를 어디로 보내는지가 내 문제라오. 그 녀석들이 계속해서 마을 한복판을 휘젓고 다닌다면 문제가 커질 것이오. 소령도 아시겠소만, 이곳엔 비밀 단체의 지부가 있으니까.'

'잘 알겠습니다만, 저는 영내에 묶여 있는 몸이라서 말입니다. 뮬러 씨, 그렇다고 하사관 클럽에서 술을 마시라고 할 수는 없습니다. 흑인과 백인이 함께 술을 먹는 건 규정을 위반하는 것이고, 어쨌든 그 일은 불가능합니다. 그곳은 하사관 전용 클럽입니다, 아시잖아요? 그 검둥이들은 아직 군복에 줄도 안 선 이등병이란 말입니다.'

'그 역시 내가 알 바 아니오. 나는 소령이 문제를 해결해 주리라 믿소. 계급에 맞는 책임감 말이오.'

그러고 나서 뮬러는 휑하니 부대를 빠져나갔다.

흠, 어쨌든 풀러 소령은 해결책을 찾아냈지. 당시 데리 육군 기지는 부지가 굉장히 넓었지만 건물은 가물에 콩 나듯 세워져 있었어. 모두 합해 13만 평은 족히 됐을 거야. 그 북쪽 끝에 보면,

그러니까 뒤쪽으로 웨스트 브로드웨이와 바로 인접한 지역에 녹지대가 형성돼 있었지. 지금은 메모리얼 공원이 있지만, 당시 풀러 소령은 그 자리에 블랙 스폿을 세우기로 계획한 거다.

1930년 초까지만 해도 블랙 스폿은 허름한 창고에 지나지 않았지만, 풀러 소령이 E소대원을 모아 놓고 이제부터 여기가 '너희들' 전용 클럽이라고 말하더군. 창고 하나를 검둥이에게 주면서 자기가 마치 억만장자인 대디 워벅스나 된 것처럼 선심 쓰는 꼴이 정말 가관이었지. 그러고는 그 시간 이후 마을 술집에 접근을 금지한다고 덧붙이더군.

참담한 마음이었지만 우리가 무엇을 할 수 있었겠니? 우리에겐 아무 힘도 없었으니까. 그때 딕 핼로란이라는 취사병이 잘만 하면 창고를 그럴듯하게 수리할 수 있다고 하더군.

그래서 우리는 열심히 창고를 뜯어고쳤지. 모두들 정말 열심이었어. 이것저것 생각하고 준비도 철저히한 덕분에 꽤 근사한 막사가 만들어졌다. 처음 그 창고를 보는 순간, 모두 이만저만 낙담이 아니었거든. 어둠침침하고 퀴퀴한 냄새에 낡은 연장과 곰팡이 핀 상자들로 채워져 있었으니까. 덩그러니 작은 창문만 두 개가 나 있을 뿐 전기 시설도 없었어. 바닥은 얼마나 지저분했던지. 칼 루니가 쓴웃음을 지으며 말했지. '소령님이 정말 끝내 주는군, 안 그래? 우리한테 전용 클럽까지 하사하시고. 제기랄!'

그러자 화재 때 죽은 조지 브래녹이 거들었지. '그래, 천지가 다 시커먼 곳이군.'

그때부터 그곳은 블랙 스폿이라는 이름으로 불렸지.

핼로란은 우리를 계속 설득했고……, 칼 루니와 나도 찬성했어. 우리가 한 일을 신께서 용서해 주리라 믿고 싶구나. 어떤 결과를 가져올지는 우리도 몰랐으니까 말이야.

얼마 지나자 다른 동료들도 가세했어. 데리 출입이 금지된 마당에 달리 어쩔 도리도 없었으니까. 망치질을 하고 못을 박고 쓸고 닦았다. 알고 보니 트레버 도슨은 기막힌 목수여서 벽을 따라 멋들어지게 창문을 몇 개 더 만들어 냈고, 앨런 스노프스는 교회 창문에나 쓰는 갖가지 색유리를 들고 나타나더라고.

'어디서 구했습니까?' 내가 물었지. 앨런은 우리들 중 나이가 가장 많았어. 마흔두 살인가, 우리가 스노프스 아저씨라고 부를 정도였으니까.

앨런은 카멜 담배를 꼬나 물고 내게 눈을 찡긋해 보이더군. '야간 징발 좀 했지.' 그러고는 더 이상 말을 않더라고.

허름한 창고가 멋진 막사로 탈바꿈했고, 우리는 여름 내내 그곳을 사용했지. 트레버 도슨과 몇몇이 뒤쪽 공간에 칸막이를 쳐서 작은 주방을 만들었고, 석쇠와 프라이팬 두어 개가 전부였지만 언제든지 햄버거나 달걀 프라이 정도는 요리할 수 있었어. 한쪽 구석에 간이 바도 만들었지만, 탄산소다나 버진 메리^{금주법 시대에 만들어진 붉은색 칵테일로 잉글랜드의 여왕 메리 튜터를 따서 붙인 이름} 칵테일 같은 것만 홀짝거렸어. 젠장, 우리 분수를 잊을 리 있나? 그렇게 배워 왔으니까. 제대로 취하고 싶을 때는 한밤중에 몰래 마셨단다.

바닥은 여전히 지저분했지만 늘 기름칠을 해 두어 괜찮아 보였지. 트레버와 스노프스 아저씨가 전기선을 끌어 왔는데, 그 역시 야간 징발이지 싶더라고. 7월경에는 토요일 밤마다 그곳에서 탄산 소다를 마시고 햄버거와 양배추 샐러드를 먹었다. 정말 근사했지. 제대로 구색을 갖추지는 못했지만, 화재에 휩쓸린 그날까지도 곳곳을 손보고 고치는 중이었어. 어느새 거기를 고치고 꾸미는 일이 취미처럼 되었고……, 아니면 풀러와 뮬러, 시의원들의 코를 납작하게 만들어 주고 싶었는지도 모르지. 그러나 어느 금요일 밤, 에브 매캐슬린과 내가 '블랙 스폿'이라는 명칭과 'E소대원과 면회객 전용'이라고 적은 표지를 걸자, 그곳이 진정 우리들만의 공간이구나 하는 감회가 들더군. 대단한 특권이라도 누리는 기분이었지!

누가 봐도 근사해서 백인 병사들이 투덜댄다 싶더니, 기다렸다는 듯이 하사관 클럽도 새로 몸단장을 하더군. 특별 휴게실과 아담한 카페까지 만들었어. 우리랑 경쟁이라도 해 보자는 식이었어. 그러나 우리는 그런 경쟁에 별로 흥미를 못 느꼈지."

아버지는 병상에 누운 채 미소를 지어 보였다.

"스노프스만 제외하면, 우리 모두 혈기 왕성한 젊은이지만 그렇다고 경솔한 바보는 아니었다. 백인들이 걸어 온 경쟁에서 조금만 앞서 나가면 그들은 언제든 우리 다리를 부러뜨려서라도 이기려고 들 게 뻔했지. 우리는 원하는 것을 얻었고 그것으로 충분했다. 그러나……, 결국 일이 벌어지고 말았지."

아버지는 말을 멈추고 인상을 찌푸렸다.

"무슨 일이었죠, 아빠?"

"우연히 우리들 중에 꽤 괜찮은 재즈 악단을 만들 정도로 음악 실력이 뛰어난 사람들이 많다는 걸 알게 됐지. 마틴 데버럭스 상병은 드럼을 잘 쳤어. 에이스 스티븐슨은 코넷. 스노프스 아저씨는 싸구려 술집에 어울릴 정도로 피아노 실력이 좋았지. 대단한 솜씨는 못 돼도 엉터리는 아니었거든. 클라리넷을 연주할 줄 아는 친구도 하나 있었고, 조지 브랜녹은 색소폰을 불었지. 그뿐인가, 이따금 기타를 치고 하모니카를 부는 사람들도 있고, 하다못해 빈 병을 불거나 빗에 기름종이를 감싸 악기 흉내를 내는 등 소대원 대부분이 음악을 좋아했으니까.

악단이 단숨에 만들어진 건 아니었어. 금요일 밤과 토요일 밤마다 블랙 스폿에서 열정적인 딕시랜드_{1920년경 백인 음악가들이 흑인들의 뉴올리언스 재즈를 모방한 연주 형식} 연주가 들려오기 시작한 건 8월 말부터였지. 가을이 깊어 갈수록 악단의 연주도 나날이 발전해, 일류 악단까진 아니더라도(네가 너무 대단하게 생각할까 봐 하는 얘기다만) 어딘지 색다른 맛을 선사할 정도는 됐어……. 뭐라고 할까, 약간 후끈하다고나 할까……, 그러니까……." 아버지의 앙상한 손이 허공에서 흔들렸다.

"대담했다는 말씀이군요." 나는 싱긋 웃으며 한마디했다.

"그래, 맞다!" 아버지도 싱긋 웃음을 지었다. "바로 그거야! 그들은 대담하게 딕시랜드를 연주했지. 당연히 마을 사람들이 우리의 전용 클럽에 나타나기 시작했다. 백인 병사들까지도 그곳을 찾았어. 얼마 안 있어, 주말마다 클럽은 밀려오는 사람들로 북새통이었지. 물론 그 역시 단숨에 벌어진 일은 아니다. 처음에는 백인이 가뭄에 콩 나듯 드물더니만 시간이 흐를수록 많아지더구나.

백인들이 하나 둘 찾아오면서, 우리는 그만 마음이 들떠 경솔해졌다. 백인들은 마실 것을 갈색 봉지에 담아 왔단다. 온몸에 고압 전류가 흐르듯 짜릿한 느낌을 주는 술이 대부분이었지. 언뜻 보기엔 마을 술집에서 파는 탄산소다 같았어. 그런데 알고 보니 컨트리클럽에서 가져온 술이더군. 부자들이 마신다는 술 말이야. 시바스, 글렌피딕 위스키, 여객선 특실에서나 나옴 직한 샴페인 같은 거 말이다. 백인들이 그 술을 '샴퍼스'라고 하는 소리를 들었는데, 내 고향 마을에서는 성질 고약한 노새를 그렇게 불렀다. 주류 반입을 막아야 했지만 뾰족한 방법이 없더구나. 그들은 마을 사람들이었으니까! 게다가 백인이었단 말씀이야!

더구나 좀 전에 말했듯 우리는 젊은 혈기에 우쭐해 있었다. 별문제 없을 거라고 자신할 정도였으니까. 뮬러 패거리들이 블랙 스폿에서 벌어지고 있는 일을 훤히 알고 있으리라 예상은 했지만, 그처럼 광분하고 있을 줄은 미처 몰랐다. 그래, 미쳐 날뛴다는 말이 그걸 두고 하는 거겠지. 그들은 200미터도 안 떨어진 웨스트 브로드웨이의 으리으리한 빅토리아 풍 저택에서 「앤트 하가스 블루스」라든가 「디깅 마이 포테이토」 같은 블랙 스폿의 연주를 듣고 있었던 셈이지. 그게 우리에겐 불운이었어. 동네 젊은이들이 블랙 스폿을 드나들며 흑인들과 흥청대고 희희낙락했으니 눈에 불똥이 튀었을 거야. 9월에서 10월로 접어들 무렵에는 블랙 스폿에 찾아오는 사람들이 벌목꾼이나 술집 여자만은 아니었거든. 이미 블랙 스폿은 지방의 명소처럼 알려지기 시작한 거지. 마을 젊은이들까지 무명 재즈 악단의 연주를 감상하며 술을 마시고 춤을 출 요량으로 그곳을 찾기 시작했어. 새벽 1시에 클럽 문을 닫을 때까지 발길이 쉬지 않고 이어졌지. 데리 사람만 찾아온 게 아니었어. 백인들이 뱅고어와 뉴포트, 헤이븐, 클리브스 밀즈, 올드타운과 인근 마을에서까지 몰려들었으니까. 오로노에 있는 메인 대학의 남학생이 여자 친구와 놀러오기도 했고, 악단이 마침내 「메인 주를 위하여」를 래그타임_{재즈의 한 요소가 되는 피아노의 연주 스타일} 풍으로 연주하는 법을 터득한 후부터 블랙 스폿은 그야말로 열광의 도가니였지. 물론 그곳은 적어도 이론상으로는 군인 전용 클럽이었고, 초청받지 않은 민간인은 출입이 금지된 공간이었어. 하지만 현실 속의 블랙 스폿은 저녁 7시에 문을 열어 새벽 1시까지 개방됐어. 10월 중순쯤에는 아무 때나 춤추러 무대에 나가도 세 사람과 엉덩이를 맞대고 서 있어야 할 정도였어. 그러니 모두들 자리에 서서 몸을 꼼지락댈 수밖에……. 그러나 누가 불평하는 소리를 한번도 들어 보지 못했지. 자정이 가까워지면 과속으로 질주하는 화물 트럭처럼 건물 구석구석이 들썩거렸어."

아버지는 물 한잔으로 목을 축인 후 다시 이야기를 계속했다. 이쯤에서 아버지의 눈동자는 반짝이고 있었다.

"정말 떠들썩했지. 풀러 소령도 조만간 끝장 낼 생각이었을 거야. 차라리 그가 조금만 일찍 조치를 취했더라도 그 정도로 많은 사람들이 죽어 나가지는 않았겠지. 헌병을 보내서 마을 사람들이 가져오는 주류를 몰수할 수 있었을 테니까. 그 정도만 해도 충분했을 것이고, 또 그가 바라는 일이기도 했거든. 그만 한 일로도 능히 우리를 징계할 수 있었으니까. 군사 재판에 넘겨 소대원 반 정도는 라이의 군 형무소에 처넣고, 나머지를 전출 보내는 것쯤은 일도 아니었을 거야. 그런데 풀러 소령은 꾸물대더군. 그 사람도 우리와 비슷한 걱정을 하고 있었을지 몰라. 마을 노인들이 광분해 있다는 사실 말이지. 뮬러는 또다시 풀러 소령을 찾아오지 않았지만, 풀러 입장에서는 마을에서 혹시 뮬러를 마주칠까 봐 걱정이었겠지. 풀러는 원래 큰소리만 칠 줄 알았지, 당찬 구석이라곤 없는 위인이었으니까.

풀러가 무슨 짓이든 일찍 꾸며서 손을 썼다면, 그날 밤 블랙 스 폿에 있던 사람들은 지금까지 살아 있을지 모르지. 끝장을 낸 쪽 은 풀러가 아니라 백인의 질서였어. 11월 초, 그 패거리들이 하얀 천을 뒤집어쓰고 나타나서 불을 지른 거야."

아버지는 다시 말을 멈추었지만, 목을 축이는 대신 병실 맞은 편 구석을 멍하니 바라보았다. 어디선가 은은한 종소리와 함께 리놀륨 바닥을 스치는 간호사의 발소리가 들려왔다. 텔레비전과 라디오 소리도 들려왔다. 건물 벽에서 흐느끼는 바람 소리. 8월인 데도 바람은 싸늘한 소리를 토해 냈다. 아마 텔레비전 소리는 「케 인스 헌드레드」^{미국 NBC 방송에서 1961년부터 62년까지 방영한 법정 드라마}였을지 모르고, 라디오에서 들려오던 노래는 포시즌스^{미국의 록밴드}의 「사나이처럼 걸 어라」인 듯했다.

"그들 중에는 기지와 웨스트 브로드웨이 사이의 녹지대를 건너 온 자들도 있었다." 이윽고 아버지는 말문을 열었다.

"누군가의 집 지하실에 모여서 하얀 천을 뒤집어쓰고 횃불을 만들었을 테지.

나머지 녀석들은 당시 기지 북쪽으로 통하는 리지라인 도로를 따라 곧장 들어온 것 같더구나. 어디서 들었는지 기억에 없다만, 나중에 들은 얘기로는 신형 패커드를 타고 왔다고 했어. 하나같 이 하얀 천을 뒤집어쓴 채 귀신 모자를 무릎에 가지런히 올려놓 은 모습이었고, 차 바닥에는 횃불이 놓여 있었다는 거야. 야구 방 망이 끝에 삼베를 혹처럼 감싼 후 붉은색 고무 패킹으로 감은 횃 불이었다고 하더구나. 위챔에서 기지 방면으로 리지라인이 갈라지는 지점에 검문소가 있었지만 패커드를 그냥 통과시킨 모양이었어.

그날 하필 토요일 밤이어서 블랙 스폿은 문전성시를 이루었다. 200명, 어쩌면 300명은 족히 됐던 것 같아. 놈들 중 일곱인가 여덟 명이 녹색 패커드를 타고 다가왔고, 기지와 웨스트 브로드웨이 사이의 녹지대 나무들을 지나 더 많은 놈들이 나타났어. 예상외로 젊은 사람들은 별로 없어서, 혹시 다음 날 협심증이나 위궤양에 걸린 놈들이 얼마나 될까 궁금해질 때가 있단다. 많은 놈들이 고통에 시달리기를 바랐지. 교활하고 역겨운 살인마들 같으니.

놈들은 패커드를 언덕 위에 세우고 전조등을 두 번 깜빡였지. 네 놈인가 차에서 내려 나머지 패거리와 합류하더군. 주유소에서 사 온 2갤런들이 휘발유 통을 들고 있는 놈들도 있었지. 전부 다 횃불을 들고 있었다. 자동차 운전석에는 한 놈만 남았지. 아마 그 신형 패커드는 뮬러의 차였을 거야. 그래, 언젠가 본 것 같았어. 그 녹색 패커드 말이야.

놈들은 블랙 스폿의 뒤로 몰려와 횃불 방망이에 휘발유를 적시더군. 그저 겁이나 줄 생각이었는지 모르지. 그렇다는 사람도 있는가 하면, 아니라고 하는 사람도 있었으니까. 나는 그저 겁만 주고 돌아갈 생각이었다고 믿고 싶다. 그런 끔찍한 짓을 저지를 만큼 인간이 비열한 족속이라고는 생각하고 싶지 않구나.

그중 몇몇 사람이 횃불 손잡이까지 휘발유에 젖은 줄 모르고 불을 붙였을 거야. 손잡이까지 타오르자 겁에 질려서 황급히 횃불을 집어던진 것은 아닐까. 사정이야 어찌 됐든, 칠흑 같은 11월의 밤은 난데없는 화염에 휩싸였다. 어떤 녀석은 횃불을 머리 위로 흔들다가 뒤집어쓴 두건까지 불이 붙었지. 그 꼴을 보고 웃어 대는 놈들도 있었을 테지. 그러나 아까 말한 대로, 몇 놈이 깜짝 놀라 블랙 스폿의 뒤쪽 창문으로 팽개친 횃불이 주방에 떨어졌을 거야. 그리고 삽시간에 불이 번진 거지.

놈들은 모두 흰색 두건을 뒤집어쓰고 있었지. 놈들이 소리쳤어. '나와라, 검둥이 새끼들! 나와라, 검둥이 새끼들! 나와라, 검둥이 새끼들!' 우리를 겁주려고 한 놈들도 있었겠지만, 나는 불이 났다고 경고해 줄 생각이었다고 믿고 싶다. 횃불이 주방으로 떨어져 화재가 나기까지의 과정이 우발적이라는 믿음처럼 말이다.

어찌 됐든 거기까지는 문제가 그리 심각하지 않았다. 안에서는 여전히 악단의 연주 소리가 떠나갈 듯했으니까. 사람들은 모두 흥에 겨워 마냥 즐거워했지. 그날 주방 보조를 맡은 게리 매크루가 주방 문을 열었다가 온몸에 불이 붙을 때까지 누구도 이상한 낌새를 알아채지 못했어. 3미터나 되는 불길이 순식간에 게리의 군복을 집어삼켰지. 이미 머리카락도 거의 다 타 들어간 상태였어.

그때 나는 동쪽 벽 중간쯤에 트레버 도슨과 딕 핼로란과 앉아 있었는데, 처음에는 가스 난로가 폭발한 줄 알았지. 무슨 일인가 싶어 자리에서 일어서다가 때마침 출입구로 밀려드는 사람들에게 밀려 넘어졌어. 스무 명도 넘는 사람들이 줄줄이 내 등을 짓밟고 지나갔고, 난생 그처럼 두려웠던 순간은 처음이었다. 사람들이 비명을 지르며 불이 났으니 어서 빠져나가야 한다고 울부짖는 소리가 들려오더군. 하지만 몸을 일으키려고 할 때마다 사람들이 등을 밟고 지나갔어. 누군가 구둣발로 머리를 밟고 가는 바람에 눈앞이 샛노래지더군. 기름칠한 바닥에 코를 박고 먼지를 들이마셨더니 기침과 재채기가 동시에 나오더구나. 그 사이 또 누군가 등을 밟고 지나갔어. 하이힐 굽이 엉덩이 사이로 파고들었고, 말도 마라, 멀쩡한 사람에게 관장을 하는 것도 아니고, 어쨌든 다시는 그런 일을 겪고 싶지 않아. 그때 군복 바지가 찢어졌더라면 지금까지도 엉덩이에서 피를 줄줄 흘리고 있을지 모를 일이지.

지금이야 재밌게 얘기하지만 당시에는 밟혀 죽는구나 싶었다. 이리 밟히고 저리 채였다 짓눌리고, 하여튼 다음 날까지 걸음조차 옮길 수 없을 정도였으니까. 나는 비명을 질렀지만, 사람들은 짓밟고 지나갈 뿐 눈길조차 주지 않더구나.

나를 구해 준 사람은 트레버였다. 큼지막한 갈색 손이 보이는 순간, 지푸라기라도 잡는 심정으로 덥석 움켜잡았지. 트레버가 힘껏 나를 끌어올리더군. 그러는 동안에도 또 누군가가 목덜미 이쪽을 밟고 지나갔어⋯⋯." 아버지가 턱과 귀 사이를 어루만지자 나는 고개를 끄덕여 보였다. "너무 아파서 잠시 정신을 잃었던 모양이야. 그래도 트레버의 손을 끝까지 놓지 않았고, 트레버도 내 손을 놓지 않았다. 겨우 두 발로 일어서는 순간, 기다렸다는 듯이 주방을 만드느라 설치한 칸막이가 쓰러지더구나. 퍽 하는 소리가 마치 휘발유 웅덩이에 불을 붙일 때 소리 같더라. 커다란 불꽃이 튀자 칸막이 쪽에 있던 사람들이 필사적으로 몸을 피했어. 다행히 그들 중 일부는 칸막이를 피할 수 있었지. 그러나 그렇지 못한 사람도 있었다. 누군가 칸막이 밑에 깔려 그대로 불길에 휩싸였는데, 아마 호튼 사토리스였을 거다. 얼마 후, 불길 속에서 그 친구의 손이 빠져나오더니 한번 펼쳐졌다가는 그대로 오므라들었어. 스무 살도 채 안 돼 보이는 백인 여자의 등 뒤에도 불이 붙었지. 그녀는 함께 온 대학생 남자 친구에게 살려 달라고 울부짖었어. 남자 친구는 두 번인가 그녀의 등에 붙은 불길을 꺼 보려고 하다가, 곧바로 다른 사람들과 도망치더군. 그녀는 점점 온몸을 휩싸는 불길 속에서 비명만 질러 댔지.

주방이 있던 자리는 지옥 그 자체였어. 화염이 이글거려 차마 눈뜨고 볼 수 없을 정도였어. 도자기 굽는 가마 속에 갇힌 느낌이 들 정도로 뜨거웠지. 피부가 환하게 빛나더구나. 코털이 지글지글 타 들어갔지.

'어서 여기를 나가야 해!' 트레버가 고함지르며 내 손을 끌고 벽을 따라 걷기 시작했다. '어서!'

그때, 딕 핼로란이 트레버를 붙잡더군. 나이는 겨우 열아홉, 당구공처럼 눈망울이 큼지막했지만 누구보다 머리가 좋았어. 그 친구 덕분에 목숨을 건질 수 있었지. '그쪽이 아니야, 이쪽이야!'

딕 핼로란이 가리킨 곳은 뒤쪽의 악단 무대……, 바로 불길이 치솟는 쪽이었어.

'제정신이야?' 트레버가 버럭 고함을 질렀지. 황소처럼 우렁찬 목소리였지만 불길이 치솟는 소리와 사람들의 비명소리에 묻혀 버렸어. '죽고 싶으면 맘대로 해. 나와 윌리엄은 이쪽으로 나갈 테니까!' 트레버는 출입구 쪽으로 내 손을 잡아끌었지만, 출입구는 아예 눈에 보이지 않고 사람들만 그 앞에 잔뜩 몰려들어 있더군. 나는 트레버가 잡아끄는 대로 따라갈 생각이었지. 너무 충격이 커서 어떻게 해야 할지 전혀 갈피를 잡지 못했으니까. 칠면조 구이는 되고 싶지 않다는 마음뿐이었지.

딕은 갑자기 트레버의 머리카락을 힘껏 움켜잡고는, 트레버가 돌아보자 냅다 얼굴을 후려갈기더군. 트레버가 벽에 머리를 부딪힐 때 나는 딕이 필시 미친 거라고 생각했지. 딕은 트레버를 향해 외쳤어. '그쪽으로 가면 죽어! 사람들이 한꺼번에 출입구에 달라붙어 있어서 도저히 열 수 없단 말이야, 이 검둥아!'

'그걸 네가 어떻게 알아!' 트레버가 미처 말을 끝내기도 전에 펑 하는 폭발음이 들리더군. 마틴 데버릭스의 드럼이 터지는 소리였지. 불길은 대들보와 기름칠한 바닥까지 옮겨 붙었어.

'난 알아!' 딕이 소리쳤지. '안다고!'

그가 나의 다른 손을 붙잡는 바람에 나는 줄다리기 밧줄이 된 기분이었지. 트레버는 출입구를 살펴본 후, 딕에게 다가왔어. 딕은 우리를 데리고 창문 밑으로 가더니 유리창을 깨려고 의자를 집어들었지. 의자를 휘두르기 전에 뜨겁게 달궈진 유리창이 저절로 박살 나더군. 곧바로 딕은 트레버 도슨의 엉덩이를 움켜쥐고 창가로 밀어 올렸어.

'올라가! 올라가라니까, 이 새끼야!'

트레버는 머리를 들이밀고 창틀을 넘어갔지.

다음에는 나를 밀어 올리더군. 나는 창 양쪽을 잡고 힘껏 올라갔지. 다음 날 보니까, 손바닥에 온통 물집이 잡혀 있더구나. 이미 사방에 연기가 자욱했지. 머리부터 빠져나갔는데 트레버가 밑에서 잡아 주지 않았다면 목뼈가 부러졌을지 몰라.

뒤를 돌아보니 정말이지 끔찍한 악몽이더구나. 노란색 창문엔 불길이 사각형 모양으로 이글거렸지. 양철 지붕 위로 솟구친 불길이 열 군데도 넘었다. 건물 안에서 들려오는 사람들의 비명소리가 정말 처절했어.

그때 화염 속에서 두 개의 갈색 손이 흔들리더군. 딕의 손이었지. 트레버 도슨이 두 손으로 발판을 만들었고, 나는 그것을 밟고 올라서서 딕의 손을 붙잡았지. 건물 벽에 배를 착 갖다 대자 이윽고 딕의 체중이 느껴지더군. 바짝 열이 오르기 시작한 난로에 배를 대고 있는 기분이었지. 창문에 딕의 얼굴이 나타났지만 나는 그를 과연 붙잡아 끌어낼 수 있을지 자신 없었어. 그는 연기에 질식돼 곧 정신을 잃을 것 같았지. 입에 헤 벌어져 있었어. 셔츠 등허리는 검게 그을려 있더군.

한순간 딕의 손을 놓칠 뻔했지. 사람의 살 타는 냄새 때문이었어. 그 냄새가 돼지 갈비를 구울 때 나는 냄새와 비슷하다고들 하지만 그렇지 않더군. 차라리 말의 불알을 거세할 때 나는 냄새에 가까웠지. 불을 세게 지피고 그 속에 말의 불알을 집어던지면 밤을 구울 때처럼 톡톡 터지거든. 사람 살이 타 들어가는 냄새도 그와 비슷하더군. 냄새를 더 이상 견딜 수 없을 것 같아 마지막 힘을 다해 잡아당겼더니 딕이 창문 밖으로 빠져나왔어. 한쪽 신발이 벗겨진 채 말이지.

나는 트레버의 손에서 떨어졌지. 곧이어 딕이 내 몸 위로 떨어졌는데, 그 친구의 머리가 얼마나 단단하던지 말도 못할 정도였어. 나는 숨을 쉴 수 없어서 한동안 배를 움켜쥐고 땅바닥을 이리저리 나뒹굴었지.

가까스로 일어났어. 그 순간 하얀 형체들이 녹지대 쪽으로 달려가는 모습이 보이더군. 언뜻 귀신인가 싶었지만, 구두가 보이는 거야. 그때 블랙 스폿 주변은 대낮처럼 환했거든. 신발 때문에 그들이 흰 천을 뒤집어쓴 사람들이라는 걸 알게 된 거야. 그들 중

한 사람이 처졌고, 그때 눈에 들어온 게……" 아버지는 말꼬리를 흐리더니 입술에 침을 발랐다.

"뭘 보셨는데요?"

"아무것도 아니다. 물 좀 다오, 마이클."

아버지는 내가 건넨 물 잔을 거의 다 비우고는 기침을 했다. 간호사가 병실 앞을 지나가다 아는 척했다. "필요한 거 없으세요, 핸론 씨?"

"건강한 창자요. 그런 건 없나요, 로다?"

간호사는 어색하고 미심쩍은 미소를 떠올리다가 이내 사라져 버렸다. 나는 물 잔을 받아 탁자 위에 놓았다.

"혼자 떠올릴 때는 몰랐는데, 말을 하려니까 시간이 오래 걸리는구나. 가기 전에 물 잔을 채워 줄래?"

"그럴게요, 아빠."

"오늘 얘기를 들었으니 악몽을 꿀지 모른다, 마이클."

나는 괜찮다고 거짓말을 하고 싶었다. 지금 생각해 보면 그때 처음 생각대로 거짓말을 했다면, 아마 아버지는 그쯤에서 다른 얘기를 해 주지 않았을 것이다. 벌써 많은 얘기를 한 셈이었지만 아직 끝은 아니었다.

"그럴 거 같아요."

"악몽 자체는 그리 나쁘다고 볼 수 없지. 가장 끔찍한 것은 악몽 속에서 우리 스스로 상상해 내는 것들이니까. 원래 악몽이라는 게 그런 거야."

아버지가 손을 내밀었고, 나는 그 손을 마주잡았다. 우리는 이후 얘기가 다 끝낼 때까지 서로 손을 놓지 않았다.

"돌아보니 트레버 도슨과 딕이 건물 앞으로 달려가기에, 나도 곧 그들의 뒤를 쫓았지. 사오십 명 정도의 사람들이 건물 앞에 모여서, 어떤 이는 울고, 어떤 이는 토하고, 또 어떤 이는 비명을 지르는가 하면, 한꺼번에 세 가지 일을 다하는 사람들까지 있더군. 연기에 질식돼 잔디밭에 널브러져 있는 사람들도 보였어. 굳게 닫힌 문 뒤편에서 구해 달라는 비명소리와 주님을 찾는 처절한 절규가 뒤섞인 가운데 사람들이 타 죽어 가고 있었지.

주방의 사잇문을 제외하면 건물에 있는 문은 그곳뿐이었어. 들어갈 때는 밀고 나올 때는 잡아당기는 문이었지.

그 출입구를 통해 사람들 일부가 빠져나온 후, 갑자기 사람들이 몰려들어 문을 바깥쪽으로 밀고 있었던 거야. 그래서 출입구는 완전히 닫힌 상태였어. 뒤쪽에 있는 사람들이 불길을 피하느라 계속해서 앞으로 밀어붙이는 바람에 출입구 주변의 사람들이 꼼짝달싹할 수 없게 된 거지. 출입구 바로 앞에 있는 사람들은 짓눌려 압사 직전이었을 거야. 뒤에선 무조건 앞으로만 밀어 대고, 그런 상황에서는 문을 열 수 없었지. 사람들은 덫에 걸려 버둥거리고 화마는 노기등등했어.

100명은 넘고 200명까지 목숨을 잃을 뻔한 상황에서 그나마 여든 명 정도로 그친 건 트레버 도슨 덕분이었어. 하지만 그는 포상은 고사하고 라이 군 형무소에서 2년을 썩어야 했다. 아무튼 그때 대형 화물 트럭이 나타났어. 윌슨 상사가 운전대를 잡고 있더군. 부대의 구덩이는 전부 자기 것이라고 우기는 인간 말이야.

윌슨은 트럭에서 내리자마자 엉뚱한 명령을 내리기 시작했지만 솔직히 아무도 거들떠보지 않았다. 트레버가 내 팔을 잡아끌고 윌슨이 있는 곳으로 달려갔어. 딕 할로랜은 어디론가 사라져서 다음 날까지 나타나지 않았지.

'상사님, 그 트럭이 필요합니다!' 트레버가 다짜고짜 윌슨에게 소리쳤어.

'꺼져, 검둥이 새끼야.' 윌슨이 거칠게 트레버를 밀쳐 버렸지. 그러고는 다시 명령이랍시고 고래고래 소리를 지르기 시작하더군. 물론 이번에도 귀 기울이는 사람은 아무도 없었고, 녀석의 푼수 짓도 그리 오래가지 못했지. 트레버 도슨이 장난감 상자의 인형처럼 튀어 올라 녀석에게 한 방 먹였으니까.

충격이 대단해서 웬만한 사람은 그대로 뻗어 버렸을 테지만 그 백인 놈의 골통은 아예 쇳덩어리더라고. 입과 코에서 피를 줄줄 쏟으면서도 곧바로 일어나서 또 고함을 질러 대는 거야.

'어쭈, 이 새끼, 너 죽을 줄 알아.'

그러자 트레버가 힘껏 녀석의 복부를 가격했고, 녀석이 배를 움켜쥐고 웅크리는 사이, 내가 두 손으로 녀석의 목덜미를 힘껏 내리쳤어. 등 뒤에서 공격하는 건 비열한 행동이지만 절박한 상황인지라 어쩔 수 없더구나. 그런데 마이클, 솔직히 그 방정맞은 악질 녀석을 후려쳤을 때 조금도 기분이 좋지 않았다면 거짓말일 게다.

윌슨은 도끼를 맞은 황소처럼 널브러졌지. 트레버는 트럭으로 달려가 시동을 걸었어. 그러고는 곧장 블랙 스폿의 정면을 향해 트럭을 몰았어. 출입구에서 약간 옆을 겨냥한 것 같았어.

'피해요!' 나는 건물 앞에 모여 있는 사람들을 향해 소리쳤어. '트럭을 피하시오!'

사람들이 화들짝 놀라 순식간에 흩어졌지만, 트레버가 모는 트력에 아무도 다치지 않았으니 기적이나 다름없었어. 트럭은 시속 30킬로미터로 출입구 옆쪽에 돌진했고, 트레버는 운전대에 얼굴을 세게 부딪쳤어. 트레버가 정신을 차리려고 머리를 흔들었는데, 그때마다 코에서 피가 튀더군. 그는 후진 기어를 넣고 30여 미터 정도 물러났다가 다시 돌진했지. 쾅! 블랙 스폿은 양철로 만들어진 건물이라 두 번째 일격에 그대로 주저앉더군. 건물에서 불길이 미친 듯이 치솟았어. 과연 그 속에 그때까지 살아 있는 사람이 있을까 의아했지만 사람들의 울부짖음이 들려왔어. 마이클, 인간은 생각보다 훨씬 강인한 존재더구나. 아빠를 봐도 알 거야, 마치 손톱 하나로 이 세상의 껍질을 벗길 것처럼, 살기 위해 몸부림치고 있잖니. 그곳은 용광로나 다름없어서 불과 연기로 채워진 지옥이었지만 사람들이 그 속에서 물길처럼 쏟아져 나오더구나. 많은 사람들이 한꺼번에 빠져나오는 바람에 트레버는 사람들이 다칠까 봐 트럭을 후진시키지도 못했다. 그래서 그는 트럭을 그대로 둔 채 내가 있는 곳으로 달려왔어.

우리는 우두커니 서서 블랙 스폿의 최후를 지켜보았지. 길어야 5분 정도밖에 안 되는 시간이었지만 영원처럼 느껴지더군. 열 명 정도의 사람들이 온몸에 불이 붙은 채 마지막으로 건물을 뛰어나왔어. 사람들이 곧바로 그들을 붙잡고 땅바닥에 굴리며 몸에 붙은 불을 끄려고 애썼어. 아직 몇몇 사람이 불구덩이 속에서 빠져나오려고 안간힘을 쓰는 모습이 보였지만 이미 때가 늦었다는 생각이 들더군.

트레버가 내 손을 잡았고, 나는 더욱 세게 그의 손을 맞잡았지. 지금의 너와 아빠처럼 손을 굳게 잡고 불에 타 죽는 사람들을 바라보았다. 트레버의 부러진 코에서 연신 피가 흘러나왔고 눈은 퉁퉁 부어 감길 정도였어. 미처 빠져나오지 못한 사람들은 사람의 형상을 한 유령처럼 불길 속에서 흐느적거리며 트레버가 뚫어놓은 구멍 쪽으로 다가왔어. 그중에는 두 손을 앞으로 쭉 펼쳐 들고 도움의 손길을 애타게 기다리는 사람들도 있더군. 다른 사람들도 살아날 가망이 없었어. 입고 있는 옷마다 불길에 휩싸였지. 얼굴이 녹아내리고 있었어. 그들은 불구덩이 속에 차례차례 쓰러져 우리들의 시야에서 완전히 사라져 버렸다.

마지막으로 쓰러진 사람은 여자였어. 옷이 몽땅 불에 타 속옷 하나만 남아 있더군. 그녀의 몸은 촛불처럼 타올랐어. 마지막 순간, 그녀가 나를 바라보는 것 같았어. 눈썹이 타 들어가는 광경까지 또렷하게 보이더구나.

그녀가 쓰러지자 모든 게 끝나 버렸다. 건물 전체가 거대한 불기둥처럼 솟아올랐지. 부대와 메인 가에서 출동한 소방차 세 대가 도착했지만 건물은 이미 다 타 들어갔어. 그게 바로 블랙 스폿의 화재 사건이다, 마이클."

아버지는 물 잔을 비우고 복도의 급수대에서 물을 떠다 달라고 말했다. "마이클, 너 오늘 밤 이불에 오줌을 쌀 것 같구나."

나는 아버지의 뺨에 입을 맞추고 물 잔을 들고 복도로 나왔다. 병실로 돌아와 보니 아버지는 다시 의식이 희미해지는지 흐릿한 눈빛에 몽환의 그늘이 느껴졌다. 탁자에 물 잔을 내려놓을 때, 고맙다고 하셨는지 또렷하지 않은 아버지의 음성이 들려왔다. 탁자 위의 시곗바늘은 어느덧 8시에 가까웠다. 집에 갈 시간이었다.

나는 작별 인사를 대신해 아버지의 볼에 입 맞출 생각으로 상체를 구부리다……, 나도 모르게 불쑥 속삭였다.

"아빠, 무엇을 보셨나요?"

스르르 감기던 아버지의 눈꺼풀이 내 목소리를 향해 살며시 떨렸다. 아버지가 내 목소리라고 생각했는지, 아니면 당신 자신의 목소리로 착각하셨는지는 알 수 없었다. "엉?"

"아빠가 본 것 말예요." 나는 속삭였다. 듣고 싶진 않았지만 지나칠 수도 없었다. 온몸이 뜨겁기도 하고 싸늘하기도 한 것이 눈은 불타듯 화끈거리고 두 손은 얼어붙듯 차가웠다. 그래도 그것이 무엇이었는지 꼭 알아야 했다. 롯의 아내가 돌아서서 소돔의 멸망을 목도해야 했듯이.

"새……, 도망치는 무리에서 맨 뒤에 있는 사람의 머리 위에 새가 있었어. 어쩌면 매였는지도 몰라. 황조롱이라고 부르는 매 말이다. 하지만 굉장히 큰놈이었어. 아무에게도 말한 적이 없단다. 내 안에 꼭꼭 숨겨 두었지. 날개를 쭉 펼쳤을 때 길이가 2미터는 됐을 거야. 일본군 전투기만 했으니까. 하지만 그 눈……, 뭐라고 할까……, 나를 바라보는 듯한……." 아버지는 어둠이 내려앉은 창가를 향해 살며시 머리를 기울였다. "그 새가 순식간에 그 사람을 덮쳐 낚아챘어. 흰색 천을 움켜잡고 올라갔어……. 날갯짓 소리가 들렸지……, 불길이 타오르는 듯한 소리……. 다음 순간 새가 허공에서 멈췄어……. 새가 허공에서 멈출 수 있을까 의심스러웠지만……. 그 새는 그럴 수 있었어. 왜냐……왜냐하면……." 아버지는 말을 멈췄다.

"왜죠, 아빠? 어떻게 그 새가 공중에서 멈출 수 있었나요?"

"멈춘 게 아니었어."

나는 잠자코 앉아, 잠에 빠져 드는 아버지의 모습을 지켜보았다. 숨 막히게 밀려드는 두려움……, 나는 4년 전에 그 새를 보았던 것이다. 신기하게도 나는 그때의 악몽을 줄곧 잊고 지냈다. 그리고 그 끔찍한 기억을 되살려 낸 사람은 바로 아버지였다.

"멈춘 게 아니었어." 잠든 줄 알았던 아버지의 음성이 불쑥 병실에 메아리쳤다. "떠 있었어. 그 새는 떠 있었던 거야. 양쪽 날개마다 큼지막한 풍선 다발이 묶여 있어서 떠 있었던 거야."

아버지는 잠에 빠져 들었다.

1985년 3월 1일

그것이 돌아왔다. 바로 지금, 틀림없다. 좀더 기다려야겠지만 가슴 깊숙이 나는 이미 그것의 존재를 감지하고 있다. 내가 과연 견딜 수 있을지 자신할 수 없다. 어렸을 때는 그것에 맞서 싸울 수 있었지만 그때와 지금은 다르다. 근본적으로 다르다.

어젯밤에는 신들린 듯 그 모든 것을 써내려 가느라 집에도 가지 못했다. 데리는 꽁꽁 얼어붙어 지금 창가에 비친 햇살에도 불구하고 아무도 옴짝달싹하지 못할 것 같다.

새벽 3시가 훨씬 넘어서까지 모든 것을 한꺼번에 쏟아 내겠다는 심정으로 부지런히 펜을 놀렸다. 나는 열한 살 때 보았던 거대한 새를 한동안 잊고 있었던 것이다. 아버지의 얘기를 듣다 기억이 되살아났고……, 그 후로는 잊어 본 일이 없다. 아주 사소한 부분까지. 어떤 의미에서는 아버지가 내게 주신 마지막 선물이었다. 꽤 오싹한 선물이었지만 그 때문에 더 놀랍고 경이로웠는지 모른다.

나는 펜과 공책을 앞에 두고 책상에 엎드린 채 잠들었다. 좀 전에 눈을 떴을 때, 엉덩이가 얼얼하고 등허리가 뻣뻣했지만 마음 속 깊은 곳에서 울려 나오는 해방감이란……. 그 옛날이야기를 드디어 활자로 바꿈으로써 그것에서 벗어났다는 후련함 때문일 것이다.

그런데 문득 내가 잠든 사이 누군가 이곳에 다녀갔다는 사실을 깨달았다.

마른 진흙 자국이 희미하게 도서관 현관(분명히 잠가 두었다. 나는 자물쇠 채우는 일을 잊은 적이 없다)에서 내가 잠든 책상까지 이어져 있었다.

돌아간 흔적은 없다.

정체를 알 수 없는 무엇인가가 간밤에 나를 찾아와 그만의 표식을 남겨 놓고……, 사라져 버렸다.

책상의 전기스탠드에 풍선 한 개가 묶여 있었다. 헬륨이 든 풍선은 높다란 창문을 통해 비스듬히 스며든 아침 햇살을 받고 허공에 떠 있었다.

부풀어 오른 얇은 풍선 표면에는 내 얼굴이 담겨 있었다. 그러나 눈알이 빠진 눈구멍에서는 피가 흘러내렸고, 한껏 일그러진 입술로 비명을 지르고 있었다.

나는 풍선을 바라보다 비명을 질렀다. 비명소리는 메아리로 돌아와 서가로 연결된 나선형 철제 계단을 따라 소용돌이쳤다.

펑 하는 소리와 함께 풍선이 터졌다.

IT

제3부 어른이 된 아이들

한 세대는
절망으로 채워져
이룬 바 없이
깨닫는 또 하나의 깨달음
그것은 절망의 뒤바뀜이라.
사랑을 부인하고
기대를 저버리고
이루지 못하고, 또 후대가 다가오니
끝없고 범할 수 없음이라.

— 윌리엄 칼로스 윌리엄스, 『패터슨』—

. . . .

집에 가고 싶지 않나요, 지금?
집에 가고 싶지 않나요?
모든 신의 아이들은 방황하다 지쳤으니,
집에 가고 싶지 않나요?
집에 가고 싶지 않나요?

— 조 사우스 —

동창회

빌 덴브로 택시를 타다

전화 벨이 연신 울리자, 그는 깊디깊은 단잠에서 깨어났다. 잠에 짓눌려 눈도 제대로 뜨지 못하고 전화기를 더듬거렸다. 그쯤에서 전화 벨이 멈춘다면, 매캐런 공원의 눈 덮인 언덕에서 썰매를 타고 내려올 때처럼 곧바로 잠에 다시 빠져 들었을 것이다. 썰매와 한 몸이 되어 내려갈 때면 음속으로 날아가는 기분이 들었다. 물론 어른이 된 후에 그랬다가는 고환이 터질지 모를 일이지만 말이다.

손가락이 전화기 다이얼까지 기어올랐다가 다시 미끄러졌다. 어렴풋이 마이클 핸론일 거라고, 그가 데리에서 전화해 돌아와야 한다고, 기억해야 한다고, 스탠리 유리스가 콜라병으로 그들의 손바닥을 가르고 약속하지 않았느냐고……

그러나 이미 다 들은 얘기였다.

그는 어제저녁, 정확하게 6시 직전에 도착했다. 자신이 가장 마지막으로 전화를 받았다면, 다른 친구들은 제각각 다른 시간에 도착해 이미 데리에서 하루를 보내고 있을 터였다. 아직 아무도 만나 보지 못했지만 딱히 서두르고 싶지 않았다. 도착하자마자

체크인을 하고 곧장 방으로 올라와 식사를 주문했다. 그러나 입도 대지 못한 채 침대에 기어들어 그때까지 세상모르게 잠에 빠져 있었다.

빌은 겨우 한쪽 눈을 치켜올리고 전화기를 잡았다. 탁자에서 전화기가 떨어지는 바람에 다른 쪽 눈까지 마저 떠야 했다. 방전된 배터리처럼 머릿속이 휑했다.

그는 가까스로 전화기를 집어들었다. 몸을 반쯤 일으키며 전화기를 귀에 댔다.

"여보세요?"

"빌?" 마이클 핸론의 목소리였다. 빌은 이제 그 목소리에 익숙해져 있었다. 지난주까지만 해도 마이클이라는 이름을 전혀 기억하지 못했지만, 지금은 한마디 말만 들어도 그라는 것을 알 수 있었다. 어찌 보면 매우 놀라운 일이면서도……, 불길했다.

"응, 마이클."

"일어났어?"

"응, 네 전화를 받고. 괜찮아."

텔레비전 뒤쪽 벽에 붙어 있는 싸구려 그림에 노란색 비옷을 입고 방수모를 쓴 어부가 새우잡이 그물을 끌어당기는 모습이 그려져 있었다. 그림을 바라보다, 빌은 자신이 지금 어퍼 메인 가의 데리 타운 하우스에 있다는 사실을 깨달았다. 800미터쯤 올라가 거리를 건너면 배시 공원과 키스 다리……, 운하가 자리 잡고 있을 것이다.

"지금 몇 시지, 마이클?"

"10시 15분."

"며칠이야?"

"30일." 마이클은 약간 쾌활하게 말했다.

"음, 그렇군."

"조촐한 동창회를 준비해 놨어." 마이클의 음성에서 장난기가 사라졌다.

"그래? 모두 온 거야?" 빌은 침대 밖으로 다리를 뺐다.

"스탠리 유리스만 빼고." 빌은 마이클의 음성에서 이상한 낌새를 눈치 채지 못했다. "비벌리가 마지막으로 왔어. 어제 밤늦게 도착했거든."

"마지막이라니, 마이클? 스탠리가 오늘 올지도 모르잖아."

"빌, 스탠리는 죽었어."

"뭐라고? 어떻게? 혹시 비행기……."

"사고는 아니야. 흠, 괜찮다면 전부 모인 자리에서 말하는 편이 낫겠어."

"이번 일과 관련 있는 거야?"

"응, 그런 것 같아." 마이클은 잠시 멈칫했다. "그럴 거야."

빌은 또 한 번 심장을 죄어 오는 섬뜩하면서도 익숙한 무게를 느꼈다. 그토록 쉽게 익숙해질 수 있을까? 아니면 자신도 언젠가 죽을 거라는 운명처럼 은연중에 품어 온 생각이었을까?

빌은 담배를 꺼내 성냥을 켰다. "어제는 따로 모인 일 없어?"

"아니, 그렇지는 않았을 거야."

"먼저 만나 본 친구도 없고?"

"응, 전화로만 얘기했지."

"알았어. 어디서 모이기로 했지?"

"철공소 있던 자리 기억나?"

"패스처 로, 기억나."

"친구, 세월이 많이 지났잖아. 지금은 쇼핑 거리라고 부르지. 메인 주에서 세 번째로 큰 쇼핑 몰이 들어서 있거든. 쇼핑하기 좋으라고 마흔여덟 개 상점이 한곳에 들어와 있지."

"미, 미, 미국다운 얘기군."

"빌?"

"왜?"

"괜찮아?"

"그럼." 그러나 빌의 심장 소리가 빨라지고 담배 끝이 흔들렸다. 말을 더듬은 것이다. 방금 마이클도 그 소리를 들었다.

잠시 침묵이 흐른 후 마이클이 말했다. "쇼핑 몰을 지나면 곧바로 '동양 비취'라는 레스토랑이 나와. 단체 손님용으로 따로 방을 마련해 놓고 있지. 그중 하나를 어제 예약해 두었어. 상황 봐서 오늘 오후 내내 사용할 수도 있지."

"그렇게 오래 걸릴까?"

"가 봐야 알겠지."

"택시를 타면 찾아갈 수 있겠지?"

"물론."

"알았어." 빌은 전화기 옆 메모 용지에 레스토랑의 이름을 적었다. "이곳으로 정한 이유라도 있어?"

"얼마 전에 문을 열었거든. 그래서……, 뭐라고 할까……."

"중립 지대 같아서?"

"응. 그런 것 같아."

"음식 맛은 괜찮아?"

"나도 몰라. 식욕은 여전한가 봐?"

빌은 담배 연기를 뿜으며 웃다가 콜록거렸다. "죽을 맛이라네, 친구."

"음, 목소리가 그런 것 같군."

"12시?"

"1시로 하지. 비벌리가 좀더 자게 놔두자고."

빌은 담배 연기를 길게 뿜어 냈다. "비벌리, 결혼했어?"

마이클은 다시 멈칫했다. "곧 알 텐데, 뭐."

"10년 만에 만난 고등학교 동창회 같을까? 뚱보가 된 녀석에 머리 벗겨진 녀석, 아이는 또 몇이나 있는지 수다를 떨면서 말이야."

"그랬으면 좋겠어."

"나도 그래, 마이클. 나도."

빌은 전화를 끊고 오랫동안 샤워한 다음 아침 식사를 시켰지만 거의 손도 대지 않았다. 정말이지, 식욕이 전혀 느껴지지 않았다.

빌은 빅 옐로 택시 회사에 전화를 걸어, 패스처 로까지 15분이면 충분할 것 같아 12시 45분까지 와 달라고 했다(솔직히 쇼핑 거리를 직접 본 후에도 그곳이 어디인지 어리벙벙했다). 그러나 점심 시간의 교통 체증을 미처 계산하지 못한 데다 데리가 많이 성장했다는 사실도 예상하지 못했다.

1958년만 해도 데리는 꽤 큰 마을 정도에 지나지 않았다. 데리 시내에 3만 명, 인근 외곽 지역에 7,000명 정도가 살았다.

데리는 이제 문자 그대로 도시로 탈바꿈했고, 런던이나 뉴욕에 비할 바는 아니어도 메인 주에서만 보자면 가장 크다는 포틀랜드의 주민이 30만 명임을 감안할 때 결코 규모가 작지 않았다.

천천히 메인 가를 따라 달리던 택시가 센터 가로 접어들자(운하 위를 달리고 있군. 빌은 눈에 보이지 않아도 지하의 어둠 속을 흐르고 있을 운하를 떠올렸다), 처음 예상대로 데리가 많이 변했다고 생각했다. 그러나 그 변모된 모습에서 깊은 실망감을 느끼리라고는 예상치 못했다. 섬뜩하고 불안한 기억으로만 남아 있는 유년 시절…… 그것은 58년 여름, 일곱 명의 아이가 직면했던 공포 때문만은 아니었다. 조지의 죽음과 그 후 깊은 꿈속으로 침잠해 버린 부모님, 걷잡을 수 없이 심해진 말더듬 증상, 황무지에서 맞닥뜨린 후 끊임없이 그들을 괴롭히던 바워스와 허긴스와 크리스.

(바워스, 허긴스, 크리스, 맙소사! 바워스와 허긴스와 크리스, 맙소사!)

그리고 데리가 차가웠다는, 데리가 가혹했다는, 그들이 살아 있든 저 세상에 있든 데리는 별로 신경 쓰지 않을 거라는, 그리고 그들이 광대 페니와이스를 물리쳤든 못 했든 확실히 관심 없을 거라는 어떤 느낌 때문이기도 했다. 데리 주민들은 아주 오랫동안 수없이 모습을 바꾸는 페니와이스와 지내 왔다……, 그리고 아마도 그 어릿광대를 이해할 정도까지 되었다. 그를 좋아하고, 필요로 하고. 그놈을 사랑할 정도일까? 아마도. 그렇다, 아마도 그 역시 맞으리라.

그렇다면 이 절망감의 정체는 무엇인가?

아마 변화의 기운이 너무도 무디게만 느껴져서인지도 몰랐다.

아니면 지금 빌이 마주한 데리의 모습에서 본질적인 얼굴이 사라져 있기 때문일지도.

비주 극장은 사라지고 그 자리에 주차장이 들어서 있었다. (표지판이 스쳐 지나갔다. "허가 차량 외 출입금지, 위반시 견인함.") 극장 옆에 있던 슈보트 신발 가게와 베일리 음식점도 보이지 않았다. 노스 내셔널 은행 지부가 그 자리를 대신했다. 콘크리트로 지어진 거대한 은행 건물 앞에 디지털 전광판이 설치되어 여러 숫자들이 시간과 온도(섭씨와 화씨를 동시에)를 알려 주고 있었다. 킨 씨의 보금자리이자, 그날 빌이 에디의 천식 약을 사러 달려왔던 센터 가 약국도 사라졌다. 리처드 골목은 '미니 몰'이라는 어딘지 엉뚱해 보이는 합성어로 불렸다. 택시가 정지 신호에 걸려 있는 동안 차창 밖을 유심히 살펴보니, 레코드 가게와 자연 식품 대리점, 「던전스 앤 드래건」 염가 판매"라는 표지가 걸린 게임 완구점이 보였다.

택시가 재빨리 출발했다. "시간이 좀 걸리죠. 우라질 놈의 은행들이 점심 시간이라도 교대로 하면 좀 좋습니까? 점잖은 손님 앞에서 거친 말을 해서 안됐습니다만." 운전사가 말했다.

"괜찮습니다."

거리는 우중충했고 이따금 빗방울이 차창에 떨어졌다. 라디오에서는 한 정신병 환자가 요양원에서 탈출했는데 아주 위험한 인물이라는 소식을 알리고, 이내 위험하지 않은 레드 삭스^{미국 프로 야구팀}의 소식을 전했지만 웅얼웅얼하는 소리가 쉽게 귀에 잡히지 않았다. 한때 소나기가 내리고 차차 맑겠다는 소리는 알아들을 만했다. 베리 매닐로가 말 한마디 없는 초대 손님에게 가볍게 불평을 늘어놓는 순간, 택시 기사는 라디오를 꺼 버렸다. 빌이 물었다.

"언제 올린 거죠?"

"네? 은행 건물 말입니까?"

"네."

"60년대 말인가 70년대 초반 정도, 아마 그때 은행 대부분이 들어왔죠." 택시 기사는 목이 두툼한 거구의 사내였다. 검붉은 체크무늬 저고리를 입고 있었다. 깊숙이 눌러쓴 모자는 형광 물질이 칠해진 주황색인데 기름때로 여기저기 얼룩진 모습이었다. "도시 재개발 예산을 사용했답니다. 기부금이라나, 교부금이라나, 뭐 그렇게 시부렁대더군요. 무슨 돈인지는 몰라도 아무튼 그 돈으로 여기를 전부 깔아뭉갰죠. 그러고는 은행들이 떡하니 차고앉은 겁니다. 아마 들어올 만한 은행은 전부 몰려온 것 같아요. 그놈의 돈이 원수죠, 안 그렇습니까? 그게 바로 도시 재건이라고 나발을 불어 대더군요. 아이고, 버릇이 돼 나서 점잖은 분 앞에서 자꾸 막말을 합니다그려. 아무튼, 도시가 어떻게 발전할 거라느니 말들이 많았답니다. 그럼요, 은행들이라 그런지 일은 제대로 하더군요. 상점들을 몽땅 쓸어 내고 은행과 주차장을 지어 놨으니 말입니다. 하지만 그 썩을 놈의 주차장에 차 대기가 어디 쉽나요. 차들을 죄다 시의원이라는 작자들 불알에다 매달아 놓으면 모를까. 썩을, 여자 의원은 그 짓도 어렵겠군. 하긴 젖꼭지에 매달면 되겠네. 가만, 그도 어렵겠어. 가슴이 절벽일 테니까. 아이고, 이거 신앙 생활을 하실지도 모르는 분 앞에서 주책을 떠는군요."

"잘 보셨군요, 교회에 다니거든요." 빌이 빙그레 웃으며 말했다.

"아이고, 그럼 이 택시에서 내려 썩을 교회나 가셔야겠네요."

택시 기사의 말에 두 사람은 너털웃음을 터뜨렸다.

"여기서 오래 사셨나 봅니다?" 빌이 물었다.

"평생을 살았죠. 데리 홈 병원에서 태어났으니, 죽으면 아마 썩을 마운트 호프 묘지에 묻히겠죠, 뭐."

"그게 괜찮군요."

"나쁘진 않죠." 택시 기사는 창문을 내리더니 비 내리는 허공에다 누런 가래침을 뱉었다. 혐오스러우면서도 어딘가 밉지 않은 것이 속이 후련해지는 무뚝뚝한 쾌활함 때문인 듯싶었다. "저 가래침을 줍는 녀석은 아마 일주일 동안 껌을 사지 않아도 될 겁니다. 아이고, 점잖은 분 앞에서 웬 또 망발이람."

"완전히 바뀐 것은 아니군요." 빌은 은행 건물과 주차장으로 둘러싸인 음울한 산책로를 지나 택시가 올라서는 센터 가를 바라보았다. 오르막길과 퍼스트 내셔널 은행을 지나면서 택시에 속력이 붙기 시작했다. "알라딘 극장은 그대로 있네요."

"예. 하지만 간당간당합니다. 그 거머리 같은 것들이 극장을 못 잡아먹어 안달이니까요."

"다른 은행이 또 들어올 계획인가 보죠?"

빌은 자신이 내뱉은 말에 움찔할 정도로 놀라면서 그런 자신이 다행이라고 여겼다. 정신이 온전히 박힌 사람이라면 반짝이는 샹들리에와 2층으로 연결된 나선형 계단하며, 영화가 상영되는 순간 양쪽으로 벌어지는 것이 아니라 마술처럼 접혀 위로 올라가는 거대한 커튼하며, 빨강, 파랑, 노랑, 녹색으로 드리워진 신비한 조명이 그대로 간직된 꿈의 궁전을 무너뜨리고 싶지 않을 것이다. '알라딘은 안 돼.' 빌의 내면에서 다급한 외침이 들려왔다.

'은행 때문에 알라딘 극장을 부순다니 미친 소리 아냐?'

"두말하면 잔소리, 당연히 그놈의 은행 때문이죠. 점잖은 분 앞에서 엄청 미안한 얘기지만, 그 썩을 페노브스콧에 있는 퍼스트 머천다이즈 은행에서 극장을 집어삼키려고 눈독을 들였지요. 극장을 뭉개고 그 자리에 '완벽한 은행 복합 단지'인가 뭔가를 만든다고 말입니다. 시의회를 어떻게 구워삶았는지 서류까지 다 챙겨놓고, 그야말로 알라딘 극장은 오늘내일 하는 사형수나 진배없었어요. 그때부터 시민들이 자진해서 위원회를 만들었고, 데리 토박이들을 중심으로 해서 여기저기 탄원서도 내고 행진도 하고 영차영차 몇 번 했더니 결국에는 공청회까지 열렸답니다. 그렇게 해서 핸론이 그 거머리들을 몰아낸 거죠." 택시 기사는 아주 흡족한 표정이었다.

"핸론? 마이클 핸론 말입니까?"

"두말하면 잔소리죠." 택시 기사가 빌을 보려고 약간 고개를 돌리자, 둥그스름하고 거친 얼굴과 흰색 페인트 자국이 묻은 뿔테 안경다리가 차례로 나타났다. "도서관 사서. 흑인이오. 그 사람을 아세요?"

"압니다." 빌은 문득 1958년 7월, 마이클을 처음에 어떻게 만났는지 떠올렸다. 또다시 그 징글징글한 바워스와 허긴스와 크리스가 떠오르고……, 어쩌면 당연한 일인지 몰랐다. 바워스와 허긴스와 크리스

(맙소사!)

그들은 매번 자신들도 모르는 사이 그들 일곱 명을 점점 단단하게 이어 주는 역할을 했다. "어렸을 때 함께 놀곤 했어요. 얼마

후 저는 이사를 갔지만요."

"아, 그러셨군요. 그러고 보면 썩을 놈의 세상 참 좁다니까. 아이고⋯⋯."

"점잖은 분 앞에서 망발이군요." 빌이 택시 기사를 대신해 냉큼 말을 받았다.

"두말하면 잔소리죠."

택시 기사는 유쾌해 보였고 한동안 두 사람은 말이 없었다.

"데리가 많이 변했어도 아직 그대로인 것도 많답니다. 손님을 태우러 간 타운 하우스도 그렇고. 메모리얼 공원에 있는 급수탑도 여전하죠. 왜, 그 급수탑 아시죠? 어렸을 때는 귀신 나온다는 말이 많았죠."

"기억나요."

"아, 저기 병원도 있네요. 저것도 알아보시겠어요?"

오른쪽으로 데리 홈 병원이 뒷걸음치기 시작했다. 그 너머로 페노브스콧 강이 켄더스키그 하천과 만나는 지점을 향해 흐르고 있었다. 봄날 하늘 아래 3층짜리 흰색 목조 건물과 두 개의 부속 건물이 비 속에 예전 그대로 서 있었지만, 주변을 에워싼 십여 채의 건물들 때문에 무척 왜소해 보였다. 병원 건물 왼쪽으로 500대 이상은 넉넉히 들어갈 만한 주차장이 보였다.

"맙소사, 저건 병원이 아니군요. 빌어먹을 대학교 교정이잖아요!" 빌은 자기도 모르게 소리쳤다.

택시 기사가 낄낄댔다.

"내가 점잖은 사람은 아니니 손님의 막말을 용서해 드리죠. 하긴 지금은 뱅고어에 있는 이스턴 메인 병원만큼 커졌죠. 방사선 연구소와 치료 센터에 병실이 600개인가, 게다가 세탁실하며 별의별 게 따로 붙어 있다고 하더군요. 예전의 병원 건물은 통째로 원무과로 쓰고 있다나 봐요."

빌은 처음으로 입체 영화를 봤을 때처럼 기이하리만큼 이중적인 감정을 느꼈다. 겹친 두 개의 영상을 분리해 보려고 애쓰는 느낌. 영화의 기법에 눈과 두뇌가 잘도 속아 넘어가긴 해도, 결국 영화가 끝날 때는 깨질 듯한 두통을 느낀다……, 지금도 그렇게 머리가 욱신거렸다. 새로운 데리, 나쁘지 않았다. 그러나 홈 병원의 건물처럼 데리의 예전 모습도 공존했다. 데리의 옛 모습은 대부분 신축 건물 밑으로 묻혀 버린 상황이지만……, 부질없이 시선이 과거로 이끌리고 애타게 더듬는 건 어쩔 수 없었다.

"차량 기지도 없어졌겠죠?"

택시 기사는 유쾌하게 웃었다. "어렸을 때 이사 간 분치고는 기억력이 대단하시네요."

지난주에만 만났어도 그런 말 안 할 거요, 입 바른 양반. 빌은 내심 그렇게 말하고 싶었다.

"차량 기지는 아직 그대로 있지만, 허허벌판에 녹슨 철로만 달랑 남아 있지요. 화물 열차도 이젠 그냥 지나가 버리니까요. 어떤 양반이 그 부지를 사들여 스포츠 문화 거리로 만들겠다나, 야구 타격 연습장이니 골프 연습장, 미니골프장, 경마장, 비디오 게임장 등등, 나 같은 사람이야 들어도 도통 모를 것들을 끌어다 놓겠다고 하는데, 어쨌거나 그 양반 해골이 복잡한 모양입디다. 막가자는 식이라 언젠가는 제 뜻대로 하겠지만, 지금은 재판 중이라오."

"운하는……" 빌은 창 밖을 바라보다 말꼬리를 이내 흐렸고,

택시는 이제 아우터 센터 가에서 패스처 로로 막 접어든 상태였다. 그리고 마이클이 말한 대로 "쇼핑 거리"라고 씌어진 도로 표지판도 나타났다. "운하도 아직 있나 보군요."

"두말하면 잔소리죠. 천만 년이 지나도 운하는 그대로 있을걸요."

왼쪽으로 데리 쇼핑센터가 스치자, 빌은 또 한 번 이중적인 감정을 느꼈다. 그들이 어렸을 때 지금의 쇼핑센터 자리는 잡초로 우거진 기다란 들판이었고, 커다란 해바라기가 북쪽 끝의 황무지를 향해 고개를 까닥이던 곳이었다. 서쪽 너머에는 올드케이프라는 저소득층 주택가가 놓여 있었다. 그 시절엔 들판을 돌아다니며, 1906년 부활절에 폭발한 키치너 철공소의 갈라진 지하 구멍에 빠지지 않을까 조심하기도 했다. 철공소의 잔해가 여기저기 널려 있어서 이집트 유적을 발굴하는 고고학자처럼 꽤 진지하게 벽돌이며 국자, 녹슨 볼트가 달라붙은 금속 조각, 유리, 세상에서 가장 고약한 냄새가 풍기던 이름 모를 액체가 든 병 따위를 찾아낸 적도 있다. 잔해가 특히 많이 모여 있던 지하 구멍 주변에서 끔찍한 일이 벌어지기도 했지만, 빌은 그 기억이 가물가물했다. 다만 패트릭 험볼트라는 아이가 냉장고를 갖고 무슨 짓인가를 하고 있었다는 기억만 겨우 떠올랐다. 그리고 마이클 핸론을 쫓아왔다는 새에 대한 이야기도. 그런데 그게 무엇이었을까……?

빌은 고개를 흔들었다. 조각난 단편들. 바람에 흩날리는 지푸라기처럼 공허한 기억의 틈새. 그뿐이었다.

이제 키치너 철공소의 잔해가 나뒹굴던 들판도 사라져 버렸다. 불현듯 철공소의 거대한 굴뚝이 떠올랐다. 굴뚝에는 타일이 붙여져 있었고, 위에서 3미터 정도 아래까지 검게 그을린 채 거대한 송수관처럼 풀 위에 누워 있었다. 그들은 굴뚝 위에 올라가 외줄 타는 곡예사처럼 팔을 양쪽으로 벌리고 걷다가 웃기도 하고…….

빌은 쇼핑센터의 신기루를 지우기라도 하듯 머리를 다시 흔들었다. 페니의 저가 의류, 수공예 양품점, 편의점, 스테이크 전문점, 웰던북스 서점 등등, 간판이 붙은 쇼핑센터는 온갖 잡동사니를 긁어모은 추한 모습이었다. 주차장을 오가는 길들이 구불구불 얽혀 있었다. 그러나 머리를 흔들어도 쇼핑센터는 신기루가 아니었으므로 사라질 리 없었다. 쇼핑센터는 현실이지 기억이 아니었다.

그러나 빌은 끝끝내 건물의 존재를 믿으려 하지 않았다.

"다 왔습니다, 손님." 택시 차창 밖으로 거대한 플라스틱 탑처럼 생긴 건물이 버티고 서 있었다. "좀 늦긴 했지만, 아예 안 오는 것보다는 낫겠죠?"

"그럼요. 잔돈은 놔두세요." 빌은 5달러를 택시 기사에게 건네며 말했다.

"썩을, 정말 운수 대통한 날이네요. 또 택시 탈 일이 있으면, 빅 옐로에 전화해서 데이브를 찾으시구려. 제가 그 이름으로 통한답니다."

"그냥 점잖으신 기사 양반 있냐고 물을 생각인데요. 마운트 호프에 묘 자리까지 봐둔 사람 있냐고요." 빌이 히죽 웃으며 말했다.

"바로 그겁니다. 즐거운 시간 보내시우." 데이브는 환하게 웃었다.

"데이브 씨도."

빌은 잠시 이슬비 속에 그대로 서서 멀어지는 택시의 뒷모습을 바라보았다. 택시 기사에게 물어볼 것이 한 가지 더 있었는데 깜박했다는 생각이 들었다. 아마, 잊어버리고 싶었는지도 모른다.

빌은 데이브에게 데리에서의 생활에 만족하느냐고 묻고 싶었다.

빌 덴브로는 재빨리 돌아서서 동양 비취를 향해 성큼성큼 걸어갔다. 등받이가 커다란 나팔꽃처럼 펼쳐진 버들 의자에 마이클 핸론이 앉아 있었다. 핸론이 자리에서 일어서자 빌은 비현실감에 사로잡혔다. 이중 감각이 다시 꿈틀댔지만 이번에는 정도가 훨씬 심했다.

빌은 1미터 58센티미터 정도의 말쑥하고 예민한 소년을 떠올렸다. 그리고 지금 앞에 서 있는 남자는 1미터 75센티미터쯤 돼 보였다. 깡마른 모습이었다. 옷이 지나치게 헐렁헐렁했다. 얼굴에 깊게 팬 주름 때문에 서른여덟 살이 아니라 마흔은 족히 넘어 보였다.

"나, 많이 변했을 거야." 마이클이 조용하게 말한 탓에 빌은 깜짝 놀란 표정을 제대로 숨기지 못했다.

빌은 얼굴을 붉히고 말했다. "그렇게 나빠 보이지 않는데, 마이클. 그냥 어렸을 때 모습을 떠올리느라 좀 놀랐을 뿐이야."

"정말 괜찮아 보여?"

"약간 피곤해 보이는 것만 빼고는."

"사실 좀 피곤해. 하지만 곧 괜찮아질 거야."

마이클이 싱긋 웃음을 띠자 얼굴이 환해지는 느낌이었다. 그제야 빌은 27년 전 소년의 모습을 마주할 수 있었다.

홈 병원의 낡은 목조 건물이 세련된 유리와 콘크리트 벽에 압도당한 모습처럼, 빌이 기억하던 소년도 어쩔 수 없는 세월의 흔적에 짓눌려 있었다. 쪼글쪼글한 이마, 입가에서 턱까지 깊게 팬 주름, 귓가 바로 위부터 희끗해진 머리칼. 그러나 압도당한 홈 병원의 낡은 건물이 여전히 그 자리에 서 있듯 빌이 기억하던 소년도 마찬가지였다.

마이클이 손을 내밀며 말했다. "데리에 돌아온 걸 환영해, 대장."

빌은 악수하는 대신 마이클을 껴안았다. 마이클의 손에도 불끈 힘이 들어갔고, 빌의 목덜미와 어깨 너머로 그의 머리칼과 앙상하고 딱딱한 몸뚱이가 느껴졌다.

"마이클, 무슨 문제든 우리가 해결할 수 있을 거야." 빌은 점점 목이 메었지만 개의치 않았다. "전에도 이겨 냈으니까, 이번에도 다, 다시 이, 이겨 낼 거야."

마이클이 빌의 팔을 잡아끌었다. 여전히 웃고는 있지만 눈가엔 눈물이 고였다. 그는 손수건을 꺼내 눈가를 훔쳤다. "그럼, 빌. 당연하지."

"자, 손님, 이쪽으로 오시겠습니까?"

야들야들한 분홍색 기모노 차림의 동양 여자가 만면에 미소를 띠고 그들 앞에 나타났다. 용 한 마리가 용트림을 하며 도금된 꼬리 부분을 말고 있는 모습이 기모노에 새겨져 있었다. 검은 머리칼을 상아색 비녀로 쪽 찐 모습이었다.

"로즈 양, 내가 안내할 테니 놔두세요."

"핸론 씨, 감사합니다. 친구 분들을 만나 무척 기쁘시겠어요." 여자가 두 사람을 번갈아 바라보며 말했다.

"그럼요. 자, 빌 이쪽으로 가지." 마이클이 앞장서서 어둠침침한 복도를 따라 일반 식당을 지나자, 주렴이 쳐진 문 하나가 나타났다.

"다른 사람들은?"

"모두 와 있어. 올 사람은 모두."

빌은 문 밖에서 머뭇거리다 돌연 불안감을 느꼈다. 정체불명이라든가 초자연적인 불안감이 아니었다. 1958년에 비해 자신의 키가 30센티미터도 넘게 자랐고, 머리칼은 거의 빠졌다는 단순한 사실 때문이었다. 이제는 거의 사라지고 낡은 병원 건물의 변화처럼 어딘가 묻혀 있을 소년의 얼굴을 떠올리자, 빌은 두려울 정도로 불편한 심정이었다. 마법의 그림 궁전이 있던 자리에 은행들이 솟구쳐 있듯.

'우린 어른이 됐을 뿐이야.' 빌은 생각했다. '그때는 어른이 될거라고 생각하지 못했을 뿐이지. 그러나 우리는 어른이 되었고, 그건 엄연한 현실이야. 우리 모두 어른이 된 거야.'

빌은 몹시 당황하고 움츠러든 표정으로 마이클을 바라보았다. "어떻게들 변했지?" 중얼거리는 목소리로 묻는 자신의 말이 들렸다. "마이클……, 친구들이 어떻게 변했지?"

"들어가서 직접 확인해 보라고." 마이클은 넉넉한 웃음과 함께 빌을 데리고 조그마한 사실로 들어섰다.

빌 덴브로, 둘러보다

잠깐 동안이었지만 환영을 보았다면 아마 실내의 어두운 불빛 때문이었을 것이다. 그러나 빌은 나중에 그것이 단순한 환영이 아니라 그만을 겨냥한 메시지는 아니었을까 생각했다. 운명은 때때로 친절하게 굴기도 하니까.

그 짧은 순간에 빌은 예전 그대로, 피터팬처럼 여전히 어린아이로 남아 있는 친구들을 보았다.

리처드 토저는 의자를 벽까지 밀어붙이고 한창 비벌리에게 무슨 말인가 하고 있었고, 비벌리는 손으로 입가를 가린 채 웃고 있었다. 리처드의 얼굴에 미련하리만큼 환하게 자리 잡은 미소가 빌에겐 전혀 낯설지 않았다. 에디 카스브랙은 비벌리의 왼쪽에 앉아 탁자 정면을 바라보고 있었고, 물잔 옆에 권총 모양의 손잡이가 달린 플라스틱 분무기 같은 것이 놓여 있었다. 모양은 현대식으로 바뀌어 있지만 그 용도야 변함 없을 흡입기였다. 탁자 한쪽 끝에서 리처드와 비벌리와 에디를 근심과 기쁨과 집중이 뒤섞인 표정으로 바라보고 있는 사람은 벤 한스컴이었다.

빌은 익살맞은 서글픔이라고 할까, 묘한 기분을 느끼며 머리를 만져 보고 싶다는 충동이 일었다. 어느새 한 손이 머리 위를 더듬으며 혹시 머리칼이 기적처럼 쑥쑥 자라 있지는 않는지 확인하고 있었다. 가느다란 붉은색 머리칼이 빠지기 시작한 것은 대학교 2학년 무렵이었다.

머리에서 전해지는 선뜩한 느낌, 기적은 찾아오지 않았다. 맨얼굴의 리처드를 바라보다 빌은 생각했다. '콘택트렌즈를 끼고 있나 보군. 안경 끼는 걸 질색했으니까.' 즐겨 입던 셔츠와 코르덴 바지는 주문 제작한 것으로 보이는 양복으로 바뀌어 있었다. 빌은 줄잡아도 900달러는 줬겠구나 생각했다.

비벌리 마시(아직 결혼을 하지 않아 '마시'라는 성을 그대로 쓰고 있다면)는 몰라볼 정도로 아름다웠다. 늘 뒤로 땋아 질끈 묶었던 머리칼(색깔이 빌의 머리칼과 거의 비슷한)이 차분한 음영으로 깨끗한 블라우스 어깨 자락에 드리워져 있었다. 희미한 조명 때문에 그녀의 머리칼은 타다 남은 불씨 같았다. 그날처럼 우중충한 날씨에도 바깥에서 본다면 그녀의 머리칼은 불꽃처럼 번쩍일 거라고 빌은 생각했다. 그는 문득 그 머리칼 속에 손을 집어넣으면 어떻게 될까 궁금해졌다. 그는 약간 미간을 찌푸리며 생각했다. '세상에서 가장 상투적인 말일지 몰라도 나는 진정으로 아내를 사랑해. 그러나 왜 이리……'

이상하게 들릴지 모르지만 에디는 앤터니 퍼킨스를 닮은 모습이었다. 주름이 약간 엿보이는 얼굴(그러나 행동거지는 리처드나 벤보다 훨씬 젊어 보였다) 때문이기도 했지만, 결정적으로 나이 들어 보이는 이유는 판사석으로 다가가거나 서류를 훑어보는 영국 변호사를 절로 떠올리는 무테 안경을 쓰고 있었기 때문이다. 머리는 50년대 말과 60년대 초에나 유행하던 아이비리그 스타일로 짧게 잘랐다. 알록달록한 무늬의 방정맞은 스포츠 점퍼는 폐업을 앞둔 대량 염가 판매점에서 산 것 같았지만……, 이와 대조적으로 손목시계는 파텍 필립스였고 오른쪽 새끼손가락에 끼워진 반지는 루비였다. 천박할 정도로 커다란 루비에서 허세가 느껴져 오히려 현실적이었다.

몰라보게 변한 사람이 있다면 단연 벤 한스컴이었다. 빌은 그를 힐끔 다시 바라보다 또 한번 비현실적 느낌에 사로잡히고 말았다. 얼굴이 예전 그대로이고, 약간 희끗거리고 길게 길렀다는 점만 제외하면, 머리칼이나 오른쪽 가르마를 탄 머리 모양까지 영락없이 예전의 모습 그대로였다. 그러나 벤은 뚱보가 아니었다. 의자에 쏙 들어간 모양이 편안해 보였고, 수수한 조끼 사이로 파란색 샴브레이 작업복이 비쳤다. 리바이스 청바지에 감싸인 다리는 늘씬했고, 카우보이 부츠와 찌그러진 은제 죔쇠도 눈에 띄었다. 호리호리한 체구 때문인지 옷이 헐거워 보일 정도였다. 손목에 차고 있는 묵직해 보이는 팔찌는 금이 아니라 구리로 만든 것이었다. '정말 날씬해졌는걸.' 빌은 내심 감탄했다. '말하자면 예전에 뚱뚱했던 벤의 그림자만 남아 있는 셈이야……, 벤이 홀쭉이가 되다니. 보는 족족 놀랄 일만 생기는군.'

갑자기 방 안에 형용할 수 없는 침묵이 내려앉았다. 빌의 일생에서 가장 기이한 순간이었다. 스탠리는 그곳에 없었지만, 분명 일곱 번째 손님이 존재하는 느낌이었다. 레스토랑의 사실에서 빌은 흰옷 차림에 낫자루를 어깨에 짊어진 노인의 모습은 아니더라도, 보이지 않지만 분명 형상화된 존재를 느꼈다. 그것은 1958년과 1985년 사이, 지도 위에 남은 흰색 얼룩이고 탐험가들이 말하는 신도 알 수 없는 미지의 공간이었다. '과연 그 일곱 번째 존재는 누구일까.' 빌은 의아했다. 짧은 치마 밑으로 장난꾸러기 요정처럼 다리를 훤히 드러낸 비벌리 마시, 최근 유행하는 흰색 부츠를 신고 머리는 가운데 가르마를 타서 곧게 펴 내린 비벌리 마시일까? 한 손에는 "전쟁을 중지하라.", 또 한 손에는 "ROTC는 캠

퍼스를 떠나라."는 플래카드를 움켜쥔 리처드 토저일까? 국기가 그려진 노란색 헬멧을 쓰고 차양 친 불도저를 몰면서 웃통을 벗어 던진 채 나날이 홀쭉해지는 배를 드러내고 있는 벤 한스컴? 일곱 번째 존재는 흑인일까? H. 랩 브라운^{흑인 이슬람 교도의 정신적 지도자}도·아니고 그랜드 마스터 플래시^{힙합의 아버지로 불림}도 아니며, 그저 말쑥한 흰색 셔츠와 수수한 옷차림으로 메인 주립대학 도서관에 앉아, 주석의 기원과 도서 분류에 있어 국제 표준 도서 번호의 장점에 관한 논문을 쓰면서, 거리에서 시위대가 행진하든 필 오크스^{반전. 인권 등 1960년대 보브 딜런과 함께 이념성 짙은 음악을 선도했다}가 "리처드 닉슨은 미국을 떠나라."라고 노래하든, 이름 모를 곳에서 낯선 사람들을 위해 젊은 이들이 죽어 가든 말든 아랑곳하지 않는 인물인지도 모른다. 그는 꿋꿋하게 자리를 지킨 채 논문에 매달리면서(빌은 그 모습이 눈앞에 선하다), 창백한 겨울 햇살 속에서 더욱 진지해지고 몰입한 표정으로 도서관 사서야말로 불멸의 왕좌를 차지할 만하다고 여기는 것 같다. 그렇다면 그가 일곱 번째일까? 아니면 거울 앞에 서서 점점 훤해지는 이마와 한 움큼씩 빠지는 붉은 머리카락과 1년 후쯤 출판될 『조안나』라는 소설의 초고가 씌어진 두툼한 대학 공책을 바라보는 청년일까?

위에서 말한 인물들 가운데 하나일 수도, 전부일 수도, 또는 아무도 아닐 수도 있다.

그게 누구인가는 전혀 문제가 되지 않았다. 일곱 번째 존재는 분명 그곳에 있었으며, 어느 순간부터 그들 모두 그 존재와 함께 있음을 느끼고……, 그들을 돌아오게 만든 가공할 힘의 실체를 깨달았다. '그것은 살아 있어.' 빌은 살갗에 닿는 서늘한 냉기를 느꼈다. '도롱뇽의 눈, 용의 꼬리, 영광의 손……모두 서양에서 부적이나 주술에 관련된 것. '영광의 손'은 독말풀의 뿌리로 만들어 도둑 등이 갖고 다니는 부적임. 그것이 무엇이든 간에 다시 이곳, 데리에 나타난 것이다. 그것.'

빌은 홀연히 그것이야말로 일곱 번째 존재라는 사실을 깨달았다. 그것과 시간은 서로 순환하며 공존했고, 자신이 공포 속에서 살해한 숱한 사람들과 그곳에 모여 있는 그들 자신의 얼굴까지 흉내 내어 살아남았다……. 그것이 그들 자신의 모습일지도 모른다는 생각에 빌은 진저리쳤다. 실제 우리 자신의 모습은 얼마나 남았을까? 빌은 돌연 공포감이 팽배해짐을 느꼈다. 그것이 살고 있는 배수관과 하수도에……, 그것의 서식지에 남아 있는 우리의 일부는 얼마만큼일까? 그래서 우리는 데리를 까맣게 잊고 살았던 것인가? 우리 존재의 일부분에겐 남겨진 미래가 없고, 결코 성장하지 못한 채 데리에 줄곧 갇혀 있었기 때문일까? 그 때문일까?

빌은 친구들의 얼굴에서 해답을 발견할 수 없었다……. 오히려 자신과 똑같은 의문의 표정만 볼 수 있었다.

생각들이 모양을 이루어 몇 초 또는 천 분의 몇 초 속도로 지나가며 자신의 시간 틀을 만들고, 이 모든 것이 빌 덴브로의 머릿속을 지나가는 데 5초도 안 걸렸다.

이윽고 리처드 토저가 벽에 기댄 모습 그대로 빙그레 웃으며 말했다. "이런, 이게 누구시더라. 빌 덴브로는 뚜껑에 크롬 도금을 했네그려. 언제부터 머리에 왁스를 처바른 거지, 빌?"

그러자 빌은 자기도 모르게 이렇게 말하고 있었다. "빌어먹을, 촉새가 어디 갔나 했다."

잠시 침묵이 흘렀지만 실내는 이내 한바탕 웃음으로 떠들썩해졌다. 빌은 친구들과 일일이 악수하며 섬뜩하면서도 위안이 되는 기분을 느꼈다. 영원히 고향에 돌아왔다는.

벤 한스컴, 비쩍 마르다

마이클 핸론이 마실 것을 주문했고, 좀 전의 침묵을 서둘러 메우고 싶었던지 모두 한꺼번에 떠들기 시작했다. 비벌리 마시가 지금은 비벌리 로건이라는 사실이 곧 밝혀졌다. 그녀의 말에 따르면, 시카고에서 아주 훌륭한 남자와 결혼했고, 그 사람이 마술이라도 부리듯 그저 바느질이나 잘했을 뿐인 그녀를 패션 업계의 기린아로 탈바꿈시켰다는 것이다. 에디 카스브랙은 뉴욕에서 리무진 회사를 운영했다. 에디가 "모르긴 몰라도, 마누라는 지금쯤 알 파치노와 한 침대에서 뒹굴고 있을걸." 하는 바람에 또 한번 웃음이 터졌다.

빌과 벤의 근황에 대해서는 모두들 잘 알고 있었지만, 빌은 건축가인 벤과 작가인 자신의 이름이 어린 시절의 모습과 전혀 어울리지 않고 어딘가 공허하게 느껴졌다. 비벌리는 가방에서 『조안나』와 『검은 급류』를 꺼내 책표지에 사인해 달라며 빌에게 내밀었다. 사인하면서 보니, 두 권 모두 새 책이어서 비행기에서 내리자마자 공항의 간이 서점에서 사 온 것 같았다.

비벌리에게 질세라 리처드는 벤의 작품이라는 런던의 BBC 커뮤니케이션 센터에 얼마나 감탄했는지 열변을 토했지만 어딘지 당혹스러운 눈빛은 이곳에 있는 벤이라는 인물과 그 건물을 쉽게 연결 짓지 못할 뿐 아니라……, 언젠가 판자와 녹슨 자동차 문짝으로 황무지의 절반을 물에 잠기게 했던 정직한 뚱보와도 어울리지 않는다고 말하는 것 같았다.

리처드는 캘리포니아에서 디스크자키로 활동하고 있었다. 자기가 '천의 목소리를 지닌 사나이'로 통한다는 리처드의 말에 빌이 곧바로 투덜거렸다.

"어이쿠, 리처드, 네놈의 성대모사는 정말이지 끔찍했지."

"나리, 원 과찬의 말씀을." 리처드가 거들먹거리며 말했다.

비벌리가 콘택트렌즈를 끼고 있냐고 묻자, 리처드는 조용한 목소리로 말했다. "자기, 가까이 와서 보면 알잖아. 내 눈을 들여다보라고."

비벌리는 실제로 리처드에게 바투 다가가 눈 속을 바라보다가 소프트렌즈의 가장자리를 확인했을 땐 탄성까지 질렀다.

"도서관은 그대로인가?" 벤이 마이클 핸론에게 물었다.

마이클은 지갑을 꺼내더니 공중에서 촬영한 도서관 사진을 빼들었다. 결혼 생활을 묻는 사람들에게 아이들 사진을 보여 주듯 약간 자랑스러워하는 기색도 엿보였다.

"아는 사람이 비행기에서 찍은 거야." 마이클은 사진을 돌려보는 친구들을 향해 말했다. "시의회나 훌륭한 독지가가 나서서 아동 도서관 벽면에 장식할 만큼 커다랗게 확대 좀 해 달라고 조르는 중이야. 지금까지는 아무도 들은 척을 안 하지만 말이야. 하지만 그 사진은 괜찮지, 안 그래?"

모두 괜찮다고 말했다. 벤은 유달리 오랫동안 사진을 손에 들고 뚫어지게 바라보았다. 마침내 그는 두 개의 건물을 연결하는 유리 통로 부분을 톡톡 두드리며 말했다. "마이클, 이런 유리 통로를 다른 곳에서 본 적 있어?"

마이클이 씩 웃었다. "네가 지은 커뮤니케이션 센터에서 봤지."

그러자 여섯 명 모두 웃음을 터뜨렸다.

음료가 나왔다. 그들은 자리에 앉았다.

갑작스럽고 어색하며 어리둥절한 침묵이 다시 찾아왔다. 그들은 서로의 얼굴을 쳐다보았다.

"글쎄? 무엇을 위해 건배하지?" 비벌리의 목소리는 약간 쉰 듯하면서도 매력적이었다.

"우리를 위해." 리처드가 불쑥 말했다. 그는 웃지 않았다. 그 대신 뚫어질 듯 빌을 바라보았고, 빌은 그 눈길에서 니볼트 가를, 광대 또는 늑대 인간에게서 겨우 도망친 후 리처드와 부둥켜안고 엉엉 울던 기억을 떠올렸다. 잔을 들어 올리는 빌의 손길이 떨려서 냅킨에 술이 약간 쏟아졌다.

리처드가 천천히 자리에서 일어서자 모두 차례차례 따라 일어섰다. 빌, 벤, 에디, 비벌리, 마지막으로 마이클 핸론이 일어섰다.

"우리를 위하여." 리처드의 목소리는 빌의 손길만큼 떨렸다. "1958년의 왕따 클럽을 위하여!"

"따돌림당한 아이들을 위하여!" 비벌리가 상그레 웃으며 말했다.

"따돌림당한 아이들을 위하여!" 에디도 맞장구쳤다. 무테 안경에 가려진 얼굴이 창백하고 나이 들어 보였다.

"따돌림당한 아이들을 위하여!" 마이클 핸론의 목소리는 나지

막혔다.

"따돌림당한 아이들을 위하여!" 빌이 마지막으로 건배를 청했다.

잔이 부딪쳤다. 그들은 술잔을 들이켰다.

또 다른 침묵, 그러나 이번에는 리처드도 애써 침묵을 깨려 하지 않았다. 그 순간의 침묵은 자연스러워 보였다.

모두 자리에 앉자 빌이 말했다. "마이클, 이제 얘기를 듣자고. 이곳에서 무슨 일이 벌어지고 있는지, 우리가 무엇을 할 수 있는지 말해 봐."

"우선 음식부터 먹고. 얘기는 그 다음에 하지."

그들은 음식을 먹었다. 오랫동안 많이 먹었다. 빌은 문득 오래된 사형수의 농담이 떠올랐지만 그 역시 오랜만에……, 어렸을 때 이후 그처럼 식욕이 느껴지기는 처음이라고 생각했다. 음식은 각별할 정도는 아니어도 나쁘지 않았고 양도 넉넉했다. 돼지 갈비와 돼지고기 튀김, 살짝 튀긴 닭 날개, 달걀말이, 베이컨에 싼 마름, 소고기 산적 등등 부산하게 접시가 오갔다.

그들은 이제 모듬요리 접시에 손을 댔고, 리처드는 유치하지만 신나는 일을 시작했다. 그는 비벌리와 같이 쓰고 있는 큰 접시 한가운데, 밑에서 불꽃이 올라오는 냄비에다 에그롤 반쪽과 강낭콩 몇 알을 비롯해 모든 것을 약간씩 쓸어 넣고 끓였다. "내가 플랑베^{식재료에 알코올음료를 뿌리고 불을 피워 향만 남기는 조리 방식}를 하다니, 끝내 주네." 그는 비벌리에게 말했다. "내가 플랑베한 거라면 그게 널빤지 위에 똥이라도 먹을 거야."

"진짜 그럴걸." 빌이 한마디했다. 비벌리는 이 말에 너무 심하게 웃어 입속에 든 음식을 냅킨에 뱉고 말았다.

"우욱, 토할 것 같아." 리처드가 돈 파르도_{당시 유명한 아나운서}의 목소리를 기막힐 정도로 똑같이 흉내 내는 바람에 비벌리는 얼굴까지 벌게지며 웃음을 멈추지 못했다.

"그만해, 리처드, 경고하는 거야." 비벌리가 말했다.

"접수하지. 조신하게 있을 테니까 맛있게 먹으라고."

그때 로즈가 후식으로 큼지막한 베이크드 알래스카_{케이크에 아이스크림을 얹고 머랭으로 싸서 살짝 구운 후식}를 들고 와 마이클 앞에 놓고 불을 붙였다.

"또 플랑베다." 리처드는 죽어서 천국에 간 사람처럼 말했다. "내 인생에 먹어 본 음식 중에 이게 최고일 거야."

"물론이지요." 로즈가 점잔빼며 말했다.

"그 불을 불어서 끄면 소원이 이루어지나요?" 리처드가 물었다.

"동양 비취에서는 어떤 소원도 이루어집니다, 선생님."

리처드의 미소가 갑자기 사그라졌다. "그 말씀에 박수를 보냅니다만, 아시죠? 그게 참말인지 정말 의심스러운데요."

그들은 베이크드 알래스카까지 거의 다 먹어 치웠다. 빌은 묵직한 포만감을 느끼며 자세를 고쳐 앉다가 식탁 위에 놓인 술병을 바라보았다. 술병이 수백 개는 널려 있는 것 같았다. 식사 전에만 마티니 두 잔을 마셨고, 그 후에 또 얼마나 맥주를 마셨는지 수두룩한 맥주병을 보고 있자니 웃음이 나왔다. 빌뿐만 아니라 다른 사람들도 마찬가지였다. 그 지경이었으니 볼링 핀을 튀겨 줬어도 맛있다고 했을 것이다. 하지만 빌은 취기가 느껴지지 않았다.

"어렸을 때 말고 이렇게 먹어 댄 건 처음이야." 벤이 말했다. 다른 사람들의 시선이 일제히 쏠리자 귓불이 살짝 붉어졌다. "정말이야. 고등학교 2학년 때 이후로 이렇게 배불리 먹은 적이 없었거든."

"혹시 다이어트라도 한 거야?" 에디가 물었다.

"응, 그런 셈이지. 벤 한스컴의 믿거나 말거나 다이어트라고 할까."

"왜, 무슨 일이라도 있었어?" 리처드가 물었다.

"에이, 시답잖은 옛날 얘기는 들어서 뭐 하려고⋯⋯." 벤은 약간 불편한 기색이었다.

"다른 사람들이야 모르겠지만, 나는 듣고 싶은걸. 벤, 말 좀 해 봐. 노적가리 칼혼이 어떻게 잡지 표지 모델 뺨치게 변했는지 말이야." 빌이 말했다.

리처드가 킥킥댔다. "노적가리, 맞아. 까맣게 잊고 있었잖아."

"할 만한 얘기도 없는걸, 뭐." 벤이 말했다. "얘깃거리도 아니라니까. 1958년 여름이 지나고, 데리에서 2년인가 더 살았어. 그러다 어머니가 일자리를 잃는 바람에 네브래스카에 있는 이모 집에서 사정이 나아질 때까지 얹혀 살았지. 고달픈 시절이었어. 이모는 정말 지독한 사람이었어. 분수를 지켜라, 세상은 공평하다, 어려울 때 도와주는 이모가 있으니 얼마나 다행이냐, 생활 보호 대상자가 되지 않았으니 감사해라 등등 입만 열면 잔소리를 했어. 게다가 뚱뚱한 내 모습을 보면 더 발광하는 것 같더라고. 뚱뚱한 게 큰일인 것처럼 노상 떠들었지. '벤, 운동을 해야지. 그러다간 마흔도 안 돼 심장마비로 죽고 말걸. 벤, 세상에 굶어 죽는 아이들이 얼마나 많은데 제발 부끄러운 줄 좀 알아라.' 항상 그런 식이었어." 벤은 잠시 말을 멈추고 물 잔을 들이켰다. "문제는 내가 음식을 남겨도 굶어 죽는 아이들을 갖다 대며 들볶는 거야."

리처드가 껄껄 웃으며 고개를 끄덕여 보였다.

"어쨌든 불경기가 아직 끝나지 않은 때라, 어머니가 제대로 직장을 잡을 때까지 거의 1년이나 걸렸어. 라 비스타의 이모 집을 겨우 벗어나 오마하로 이사했을 때는 너희들이 기억하는 내 모습보다 40킬로그램이 더 불어 있었어. 이모에게 반발하느라 일부러 더 살을 찌웠는지도 모르지."

에디가 휘파람을 불었다. "가만 있자, 그러면 그때 몸무게가 아마도……."

"95킬로그램쯤." 벤의 표정이 심각했다. "아무튼 오마하에 있는 이스트사이드 고등학교에 다녔어. 체육 시간이나……, 그럴 때는 정말 고역이었지. 별명이 젖통이었거든. 무슨 뜻인지는 말 안 해도 다들 알 거야. 아이들한테 7개월 동안 계속 놀림을 당하다가 어느 날인가, 체육 수업이 끝나고 탈의실에서 옷을 갈아입는데 아이들 두셋이……, 내 배를 철썩철썩 손바닥으로 두들기더군. 내 배가 물침대라나 뭐라나 떠들면서 말이지. 곧바로 몇 명이 더 달라붙더라고. 그러다 다섯이 여섯이 되고, 아예 아이들이 죄다 나를 쫓아다니며 배, 엉덩이, 등허리, 다리 있는 대로 후려갈기는 거야. 나는 복도까지 쫓겨 갔고 겁에 질려 비명을 지르기 시작했어. 아이들은 미친 듯이 웃더군."

벤은 고개를 숙이더니 식탁 위의 은그릇을 약간 옮겨놓았다. "너희들도 알겠지만 헨리 바워스, 그 녀석이 갑자기 생각나더군. 그리고 이틀 전에 마이클의 전화를 받을 때까지 또 잊고 지냈지. 탈의실에서 처음으로 배를 때리기 시작한 아이는 손이 큼지막한 농장 집 아들이었어. 아이들한테 우르르 쫓겨 다니면서 줄곧 헨리 바워스가 생각나더라고. 그러니까……, 아냐, 아니겠지, 너무 겁에 질려서 그랬을 뿐.

운동부원들이 사용하는 로커 룸을 지나 복도까지 아이들이 쫓아왔어. 나는 발가벗은 채 새우처럼 온몸이 새빨개져 있었어. 자존심이고 뭐고……, 정신을 차릴 수 없었어. 내가 어디에 있는지도 모르겠더라고. 그저 도와달라고 소리쳤어. 쫓아온 아이들이 똑같이 소리쳤어. '물침대! 물침대! 물침대!'하면서 말이야. 그곳에 벤치가 있었……."

"벤, 굳이 말할 필요 없어." 비벌리가 불쑥 말했다. 안색이 몹시 창백했다. 초조한 기색으로 물 잔을 만지다 하마터면 물을 엎지를 뻔했다.

"끝까지 들어 보는 게 좋겠어." 빌이 말했다.

벤이 잠시 그를 바라보다가 고개를 끄덕였다. "복도 끝에 벤치 하나가 있었어. 나는 벤치에 걸려 넘어지면서 머리를 부딪혔어. 일이 분쯤 아이들이 나를 에워싸고 있는데, 어디선가 어른 목소리가 들려왔어. '그만. 그만들 해. 어서 가서 옷이나 갈아입도록.'

운동부 코치가 복도 입구에 서 있더군. 양쪽에 흰색 줄무늬가 있는 파란색 운동복과 흰색 티셔츠 차림으로 말이지. 언제부터 거기에 서 있었는지는 모르겠어. 그를 보더니 아이들 중에 히죽 웃는 놈도 있고, 무안해서 딴청을 부리는 놈도 있는가 하면, 벌쭉 다른 곳을 바라보는 놈도 있었지. 코치 말대로 모두 돌아갔어. 그 때부터 나는 엉엉 울기 시작했어.

코치는 체육관으로 난 입구에 서서 나를 빤히 바라보았어. 벌거벗긴 채 살갗이 발개진 물침대를 확인하는 것 같기도 하고, 바닥에 널브러져 엉엉거리는 녀석이 더럽게 살찌긴 했구나 감상하는 눈빛이더라고.

이윽고 그가 이러더군. '벤, 아가리 좀 닥치지 못하겠나?'

교사가 그런 말을 하다니, 나는 깜짝 놀라고 말았지. 그는 내가 넘어져 있는 벤치 쪽으로 걸어왔어. 내 쪽으로 몸을 굽히자, 그 사람 목에 걸린 호루라기가 내 이마에 툭하고 부딪혔지. 순간 이 사람이 내게 키스라도 하려는 건가 놀라 뒤로 움찔했어. 그런데 한다는 짓이 두 손으로 내 젖꼭지를 하나씩 움켜쥐고 꽉 누르는 거야. 금방 손을 떼더니 운동복에 쓱쓱 문질러 대는 모습이 실수로 더러운 물건이라도 만졌다는 표정이더군.

'내가 눈물이라도 닦아 줄 줄 알았나? 천만의 말씀이다. 나도 너를 보면 역겹거든. 그 녀석들은 어린아이고 나는 어른이니까 너를 보면 역겨워지는 까닭이야 서로 다르겠지. 아이들은 네가 왜 역겨운지 그 이유조차 몰라. 그러나 나는 알고 있지. 네놈이 역겨운 이유는 신이 주신 훌륭한 육체를 비곗덩어리로 망쳐 놓았기 때문이다. 어찌 그리도 미련하고 게을러터졌을까, 정말 구역질이 나서 못 참겠구나. 지금부터 내가 하는 얘기 잘 들어라, 벤, 이런 말을 해 주는 것도 딱 한 번뿐이니까. 나는 미식축구, 농구, 육상부 코치를 맡았고, 틈틈이 수영부까지 가르치고 있다. 그래서 딱 한 번만 말해 주겠다. 너는 특히 이쪽이 뒤룩뒤룩 살쪘어.' 그러고는 그렇잖아도 호루라기가 두들기고 있던 이마를 손으로 또 툭툭 치더군. '보통 사람도 살이 찌는 곳이지. 볼따구니 살을 좀 빼면 몸무게를 줄일 수 있을 거다. 하지만 너 같은 놈들은 죽었다 깨어나도 할 수 없는 일이지.'"

"야비한 놈 같으니!" 비벌리가 격분해서 말했다.

"맞아." 벤이 씩 웃었다. "하지만 그 사람은 자신이 야비하다는 것도 모를 정도로 아둔했지. 「디아이」_{훈련 교관 이야기를 다룬 작품}라는 영화에 나오는 잭 웹을 예순 번은 봤는지, 내게 선심이라도 썼다고 생각하는 모양이었어. 결과적으로 그랬지. 그때 문득 생각나는 게 있더라고. 그러니까……."

벤이 눈살을 찌푸리며 얼굴을 돌렸다. 빌은 그가 무슨 말을 하려는지 알 것 같은 기이한 느낌이 들었다.

"좀 전에 말했듯이 헨리 바워스를 마지막으로 떠올린 건 아이들에게 쫓기면서 '물침대'라고 놀림당할 때였어. 그런데 운동부 코치가 벤치에서 막 일어나려는 순간, 58년 여름에 우리가 한 일이 떠오르더군. 그때 생각하기를……."

그는 다시 멈칫하면서 다른 사람들의 얼굴을 탐색하듯 하나하나 살펴보았다. 그러고는 조심스럽게 말을 이었다.

"우리가 힘을 합쳐 얼마나 잘 해냈는가를 생각했지. 우리가 어떻게 그 일을 해냈는지, 그와 동시에 코치 같은 인간이 우리와 똑같은 상황에 직면한다면 오줌이나 질질 싸며 고물 시계처럼 심장이 떡 멈춰 버릴 거라고 생각했어. 물론 공평하지 못한 생각이지만 코치가 내게 한 짓도 다를 바 없었어. 그런 생각이 들자, 갑자기……."

"화가 치밀었겠지." 빌이 말했다.

"맞아. 그거였어. '코치 선생님!' 내가 소리쳤어. 그가 돌아서서 바라보더군. 내가 물었지. '육상부를 맡고 있다고 하셨나요?'

'그래, 네 녀석과는 아무 상관 없는 운동이지.'

'잘 들어, 이 돌대가리 자식아!' 내가 그렇게 말하자, 그는 입을 쩍 벌렸고 두 눈은 금방이라도 튀어나올 것처럼 휘둥그레지더군. '3월에 육상부를 찾아가겠어, 어때?'

'큰일 치르기 전에 아가리나 닥치는 게 좋을 거다.'

'당신이 가르쳤다는 놈들을 모조리 이겨 주지. 가장 잘 달린다는 녀석까지 포함해서. 그 다음에 당신은 나한테 사과해야 해.'

그가 주먹을 쥐기에 나를 때리려는 줄 알았어. 하지만 주먹이 다시 펴지더라고. '뚱보, 맘대로 지껄여 봐라. 입만 나불대는 놈 같으니까. 네놈이 내가 키운 최고 선수를 이긴다면, 그런 날이 오기나 한다면 말이다, 나는 당장 학교를 그만두고 옥수수나 따면서 전국을 떠돌아다니마.' 그러고는 가 버렸어."

"그래서 살을 뺀 거야?" 리처드가 물었다.

"응, 뺐어. 하지만 코치가 한 말은 틀렸어. 내가 미련하고 게을러서 뚱뚱해진 게 아니었으니까. 어머니 때문이었지. 그날 밤, 어머니한테 살을 좀 빼고 싶다고 말했어. 결국은 심한 말다툼까지 오가다 우리 둘 다 울고 말았어. 어머니는 또 그 지긋지긋한 타령이시더군. '너는 뚱뚱한 게 아니야. 덩치가 좀 클 뿐이지. 훌륭한 사람이 되려면 그만큼 많이 먹어야 하는 법이란다.' 그런 말을 하면서 어머니는 스스로를 위로하셨던 것 같아. 여자 혼자서 아들을 키우는 일이 무척 두려우셨을 거야. 제대로 배우지도 못하셨고, 특별한 기술도 없이 그저 열심히 일하겠다는 마음뿐이셨으니까. 아마 내게 밥 한 술 더 먹이고 식탁 너머로 건장한 내 모습을 보실 때……"

"고생한 보람이 있구나 싶으셨겠지." 마이클이 말했다.

"휴, 맞아." 벤은 맥주를 끝까지 들이켜고 손등으로 콧수염에 묻은 거품을 닦아 냈다. "그래서 가장 힘겨운 상대는 나 자신이 아니라 어머니였지. 몇 달 동안이나 내 생각을 묵살하셨으니까. 몸에 맞게 옷을 줄여 주거나 새 옷을 사 주시지 않았거든. 그때는 이미 한창 달리기를 시작해서 발길 닿는 대로 뛰어다녔어. 심장이 터질 것 같아 곧바로 기절하는 건 아닐까 싶을 때도 있었어. 처음에는 1킬로미터 조금 넘게 뛰고 토하다가 기절까지 한 적도 있으니까. 그 후 한동안 토하기만 하더군. 그리고 또 얼마쯤 지나니까, 어느새 살이 빠져 바지춤을 붙잡고 뛰고 있더라고.

신문 배달을 시작했는데, 신문 가방을 목에 걸고 뛰면서 양손으로 바지춤을 붙잡느라 뛸 때마다 가슴팍에 가방이 부딪혔어. 셔츠도 헐렁해져 돛단배의 돛처럼 펄렁거렸지. 그리고 집에서는 어머니가 차려 주신 음식의 반만 먹었고. 그때마다 어머니는 통곡하면서 내가 굶어 죽으려고 작정했다고, 이제는 어미를 사랑하지도 않고, 자식 하나 때문에 갖은 고생을 다하는 것도 몰라준다며 목 놓아 우시더군."

"쯧쯧. 나 같으면 방법이 없었을 텐데, 어떻게 한 거지?" 리처드가 혀를 차며 담배에 불을 붙였다.

"항상 코치의 얼굴을 떠올렸어. 복도에서 내 가슴을 움켜쥐고 그 인간이 어떻게 했는지 곱씹었지. 그 덕분에 이겨 낸 거야. 신문 배달해서 번 돈으로 청바지와 몇 가지 필요한 것들을 새로 샀고, 아파트 1층에 사는 할아버지가 송곳으로 허리띠에 구멍을 뚫어 주셨지. 아마 다섯 개는 더 뚫었던 것 같아. 언젠가 바지를 새로 사야 했던 일이 떠올랐어. 헨리에게 쫓겨 황무지로 도망쳤던 날이었지. 놈들은 나를 거의 죽일 태세였어."

"맞아, 그때가 생각나는군." 에디가 빙그레 웃으며 말했다. "네가 말한 초콜릿 우유 생각나?"

벤은 고개를 끄덕였다. "황무지에서의 일이 떠올랐다고 해도 곧바로 사라졌을 거야. 그 무렵 학교에서 건강과 영양이라는 과목을 들었지. 야채는 아무리 많이 먹어도 살찌지 않는다는 사실을 알게 됐어. 어느 날 저녁, 어머니는 상추와 시금치와 사과 몇 조각을 햄과 버무려 샐러드를 만들어 주시더군. 토끼 먹이 같아서 영 마음에 들지 않았지만, 나는 세 그릇이나 더 비우면서 그런 음식이 얼마나 몸에 좋은지 어머니에게 열변을 토했지.

어머니와의 오랜 갈등이 해결된 것도 그때였어. 어머니는 내가 많이 먹기만 하면 무엇을 먹든 흡족해하셨으니까. 그때부터 어머니는 샐러드만 만드시더군. 아마 3년 동안 샐러드만 먹었을 거야. 혹시 이러다가 토끼처럼 코를 벌름대지나 않을까 거울을 들여다보기도 했지."

"코치와는 어떻게 됐지?" 에디가 물었다. "달리기 시합을 하긴 한 거야?" 에디는 흡입기를 만지작거렸다. 달리는 생각만 해도 저절로 흡입기가 떠오르는 모양이었다.

"물론이지. 200미터와 400미터. 그때는 몸무게가 30킬로그램 넘게 빠진 대신, 키는 5센티미터 자랐기 때문에 몸 상태가 가뿐하더라고. 시합 첫날, 200미터 달리기에서 6초, 400미터에서 8초 차이로 내가 이겼지. 나는 그때 똥 씹은 표정을 하고 있는 코치에게 다가가 말했어.

'이제 떠돌아다니며 옥수수나 따야겠군요. 캔자스 방향으로는

언제쯤 가실 생각인가요?'

코치는 꿀 먹은 벙어리 모양으로 묵묵부답이다가 주먹을 한 방 날리더군. 그러고 나서야 운동장에서 나가라고 버럭 소리를 질렀어. 나처럼 시건방진 놈은 육상부 근처에도 얼쩡거리지 말라나 뭐라나 하면서 말이지.

'케네디 대통령이 그렇게 하래도 일 없어요.' 나는 입가에서 피를 닦아 내며 계속 말했지. '살을 빼게 된 것도 당신 덕택이니까 사과받겠다는 약속은 일단 접어 두죠…… 하지만 소담한 옥수수 접시를 보시걸랑 내 생각이나 좀 해 주세요.'

코치 양반이 말하기를 당장 눈앞에서 꺼지지 않으면 반쯤 죽여 놓겠다고 하더군."

벤의 얼굴에 떠오른 희미한 미소……, 그러나 즐거움이나 향수와는 거리가 멀어 보였다.

"그게 그 사람이 한 말이야. 시합에서 내게 진 아이들을 비롯해 모두들 어쩔 줄 몰라하며 우리 두 사람을 지켜보고 있더군. 그래서 내가 뭐라고 했냐 하면, '코치 선생, 내 몸에 한번 손댄 건 용서해 주죠. 당신은 비참한 패배자인 데다 실패를 통해 무엇인가를 배우기에도 너무 늦었으니까요. 하지만 내 몸에 또다시 손을 댄다면 무슨 수를 써서라도 학교에서 쫓겨나게 만들 겁니다. 그렇게 할 수 있을지는 장담할 수 없지만 내가 할 수 있는 일은 다 동원할 생각이에요. 살이 좀 빠져서 그런지 자존심도 생기고 차분해졌지요. 그러고 보니 싸워서 쟁취할 만한 가치가 있네요.'"

벤의 말을 묵묵히 듣고 있다가 이윽고 빌이 말했다. "정말 굉장한걸, 벤…… 하지만 글쟁이 생각인지는 몰라도 그런 말을 하기엔 나이가 좀 어리지 않아?"

벤은 여전히 묘한 미소를 머금은 채 고개를 끄덕였다. "우리가 그 일을 겪지 않았다면, 과연 내가 그런 말을 할 수 있었을까 의심스러워. 하지만 나는 그렇게 말했어……, 그것도 아주 분명하게."

빌은 잠시 생각에 잠기더니 이내 고개를 끄덕였다. "듣고 보니 그렇군."

"코치는 뒷짐을 지고 서 있더군. 무슨 말인가를 하려다가 입을 다물어 버리더라고. 모두 숨을 죽이고 있었지. 나는 그대로 운동장에서 나왔고, 그때가 그 우드레이 코치를 마지막으로 본 셈이야. 3학년 때 담임 선생님이 나눠 준 성적표를 보니 체육 과목 옆에 '실기 면제'라는 글자와 함께 코치의 서명이 있더군."

"코치한테 항복을 받아냈군그래! 역시, 벤이야!" 리처드가 환호성을 지르며 두 손을 머리 위로 빙빙 돌렸다.

벤은 어깨를 으쓱했다. "나 자신의 일부분을 극복했을 뿐인걸. 코치 덕분이었지……. 그러나 내가 해낼 수 있다고 정말로 믿게 한 건 너희들에 대한 생각이었어. 그래서 해낸 거야."

벤은 매력적인 모습으로 어깨를 으쓱했지만 빌은 식은땀이 날 만큼 힘든 고백이었을 거라고 짐작했다.

"자, 진실 고백은 여기까지. 맥주나 한잔 더 해야겠어. 역시 수다를 떨면 목이 말라." 마이클이 종업원을 불렀다.

여섯 명 모두 한 잔씩 더 주문했고, 술이 나올 때까지 가벼운 화제로 담소가 오갔다. 얼마 후 빌은 맥주 잔에 부풀어 오른 거품을 물끄러미 바라보고 있었다. 다른 친구들도 그동안 어떻게 지냈는지 말해 주기를 바라는 자기 자신이 문득 흡족하기도 하고 오싹하기도 했다. 비벌리가 멋진 남편 이야기를 해 줄지 모르고 (멋진 남자들이 대부분 그렇듯 그녀도 지루하지는 않을까), 리처드 토저가 방송국에서 벌어지는 재미있는 일화를 낱낱이 알려 주거나, 에디 카스브랙이 테디 케네디^{미국 상원 의원}의 참모습이라든지 로버트 레드포드^{영화 배우}는 팁을 얼마나 주는지……, 또는 벤이 살을 빼는 데 성공한 반면 왜 에디 자신은 여전히 흡입기를 달고 다니는지 색다른 통찰력을 선보여도 좋을 것 같았다.

빌은 생각했다. '솔직히 나는 이제 곧 마이클이 할 말을 듣고 싶지 않은 거야. 심장이 두근거리고 손마디가 선뜩선뜩하군. 스물일곱 살이나 더 먹었지만 두려움은 더 지독해졌어. 모두 같은 심정일걸. 사람 얘기나 다른 할 말이 없을까. 직업이나 배우자에 대해든지, 소꿉동무들을 만난 느낌에 대해서든지, 아니면 요모조모 따져 보아도 자기만큼 인생의 쓴맛 단맛을 맛본 사람은 없는 것 같다는 말도 좋잖아. 섹스와 야구, 휘발유 값, 바르샤바 조약의 전망 같은 얘기나 해 보자고. 우리가 이곳에 온 목적만 빼면 무엇이든 좋으니까 어서. 사람 얘기도 좋고, 다른 얘기도 좋아.'

누군가 말문을 열었다. 에디 카스브랙이었다. 그러나 테디 케네디의 참모습이 어떤지, 로버트 레드포드가 팁을 얼마나 주는지, 리처드가 종종 "에디의 허파 빨대"라 부르던 흡입기를 왜 지금도 달고 다니는지 하는 이야기는 아니었다. 그는 마이클에게 스탠리 유리스가 언제 죽었는지 물었다.

"그저께 밤. 내가 전화했을 때야."

"우리들이 이곳에 돌아온 이유와 어떤……, 어떤 관련이 있는 걸까?"

"나도 그런 의문이 들지만 유서를 안 남겼으니 확실하진 않아. 하지만 내가 전화한 직후에 죽은 걸 보면 그럴 가능성이 커."

"자살한 거지, 맞지? 아, 가엾은 스탠리." 비벌리는 힘없이 말했다.

모두들 마이클을 바라보았고, 그는 맥주를 한 모금 들이켜고 말을 이었다. "맞아, 자살이야. 내 전화를 받은 직후, 욕조에 물을 받고 그 안에 들어가 양쪽 손목을 그었지."

빌은 실내를 둘러보았다. 돌연한 충격에 휩싸인 핏기 없는 얼굴들이 하얀 원처럼 얼굴만 허공에 줄줄이 매달려 있었다. 그들의 얼굴은 두꺼운 세월의 먼지 속에서 잊혀져야 했을 어떤 약속에 단단히 묶인 흰색 풍선, 흰색 달과 같았다.

"어떻게 알았지? 이 지역 신문에라도 났나?" 리처드가 물었다.

"아니. 너희들이 살고 있는 지역 신문을 구독해 왔어. 몇 년 동안."

"첩자였군." 리처드가 잔뜩 인상을 찌푸렸다. "항상 관심 가져 줘서 고마워, 마이클."

"그게 내가 맡은 일이잖아." 마이클이 짤막하게 대답했다.

"가엾은 스탠리." 비벌리가 좀 전에 한 말을 되뇌었다. 무척 놀라고 당황한 기색이 역력했다. "예전엔 참 용감한 아이였잖아. 게다가……, 강단진 면도 있었고."

"인간은 변하게 마련이야." 에디가 말했다.

"정말 그럴까?" 빌이 말했다. "스탠리는……." 그는 손으로 식탁보를 만지작거리며 적당한 표현을 떠올리려고 애썼다. "스탠리는 흐트러짐이 없는 아이였어. 책꽂이도 반드시 소설과 비소설하는 식으로 분류해 놓아야 직성이 풀리고……, 알파벳순으로 정돈하는 친구였으니까. 언젠가 이런 말을 하더군. 언제, 어디서 그런 말을 했는지는 기억에 없지만 우리들의 결전이 끝나갈 무렵인 건 확실해. 그때 두려운 건 참을 수 있어도 지저분한 건 질색이라고 말했지. 그게 바로 스탠리였지. 마이클의 전화를 받고 무척 괴로웠을 거야. 그 친구에게 남겨진 선택은 지저분하게라도 살아남을 것인가, 아니면 깨끗하게 죽을 것인가 두 가지밖에 없었겠지. 우리의 생각만큼 인간이 그렇게 쉽게 변하지는 않는 것 같아. 오히려……, 시간이 흐를수록 예전의 성격이 더 굳어지는지 몰라."

잠깐의 침묵을 깨고 리처드가 입을 열었다. "좋아, 마이클. 대체 데리에서 무슨 벌어지고 있지? 이제 그 얘기나 들어 보자."

"내가 말해 줄 수 있는 건 그리 많지 않아. 예를 들어 이곳에서 벌어지고 있는 일, 그리고 너희들 자신과 관련된 몇 가지 정도니까. 하지만 1958년 여름의 일을 모두 말해 줄 수는 없고, 그럴 수도 없을 거야. 결국에는 너희들 스스로 기억해 낼 테니까. 너희들이 미처 마음의 준비를 하지 못한 상태에서 내가 너무 많은 말을 하게 되면, 너희들도 스탠리처럼……."

"자살한다고?" 벤이 조용하게 물었다.

마이클은 고개를 끄덕였다. "내가 두려워하는 게 바로 그거야."

빌이 말했다. "자, 그럼 말해 줄 수 있는 것만 시작해 보라고, 마이클."

"알았어. 말하지."

왕따들, 한 걸음 내딛다

"살인 사건이 다시 시작됐어." 마이클은 덤덤하게 말했다.

그는 실내를 한 차례 둘러본 다음 빌에게 시선을 못 박았다.

"다소 불편한 말들을 사용하더라도 이해해 줘. 이번에 시작된 연쇄 살인은 메인 스트리트 다리에서 시작해 그 밑에서 끝났지. 피해자는 호모, 다소 천진해 보이는 남자로 이름은 에이드리언 멜론. 천식이 심했다는군."

에디의 손이 슬며시 흡입기로 향했다.

"사건 발생 시간은 작년 여름, 7월 21일, 운하 축제 마지막 날이었어. 운하 축제, 왜 있잖아, 축하를 하기 위해 그……."

"데리의 의례적인 행사." 빌이 나지막이 마이클 대신 말했다. 길쭉한 손가락으로 관자놀이를 가볍게 어루만지며 그는 죽은 동생……, 그 모든 사건의 출발점이었을 조지를 떠올리는 듯했다.

"의례적인 행사. 그렇군." 마이클이 조용히 빌의 말을 되받았다. 그는 에이드리언 멜론이 죽은 경위를 간략하게 말하면서, 다른 사람들의 눈이 점점 더 휘둥그레지는 모습을 착잡한 심정으로 지켜보았다. 곧이어 《데리 뉴스》가 보도한 내용과 빠뜨린 부분을 소개했다……. 특히 후자에는 돈 해거티와 크리스토퍼 언윈이 법정에서 진술한 광대 이야기, 옛날 얘기에나 등장할 법하며 특히 해거티의 증언에 따르면 생김새가 로널드 맥도널드^{맥도널드 사의 마스코트}와 보조^{1949년 데뷔 이래 미국 아동 텔레비전 프로그램의 최장기 스타로 군림한 캐릭터}를 닮았다는 광대에 관한 이야기가 포함됐다.

"그놈이야. 그 페니와이스라는 놈." 벤의 목소리가 거칠게 갈라졌다.

"한 가지가 더 있어." 마이클은 빌을 응시했다. "그 사건의 수사관 중에 운하에서 에이드리언의 시체를 직접 끌어올린 경찰이 바로 헤럴드 가드너라고 데리 토박이야."

"이런, 맙소사." 빌의 가냘픈 목소리에서 금방이라도 눈물이 떨어질 것 같았다.

"빌? 빌, 왜 그래?" 비벌리가 빌의 손을 잡아 주었다. 몹시 근심스러운 목소리였다.

"헤럴드는 그 당시 다섯 살 정도였어." 빌은 아직 충격이 채 가시지 않은 눈길로 마이클을 바라보며 동의를 구했다.

"맞아."

"그래서 어쨌다는 거야, 빌?" 이번엔 리처드였다.

"헤, 헤, 헤럴드 가드너는 데이브 가드너의 아, 아들이야. 데이브 아저씨는 조지가 주, 죽었을 때, 우리 집에서 가까운 곳에 살았어. 그 아저씨가 조, 조……, 내 동생을 처음 발견해서 집으로 데려왔지. 다, 담요에 싸서."

침묵이 흘렀다. 비벌리는 한 손으로 눈가를 훔쳤다.

마이클이 마침내 입을 열었다. "모든 게 지나치게 딱딱 들어맞는다는 생각 안 들어?"

"그래. 잘 들어맞는군." 빌이 조용히 말했다.

"좀 전에 말했듯이, 최근 몇 년 동안 너희 여섯 명의 근황을 살피고 있었어." 마이클은 말을 이었다. "물론 왜 그래야 하는지, 현실적이면서도 구체적인 목적은 무엇인지 정확히 깨달은 다음에야 결정한 일이야. 그러나 사태가 어떻게 전개되는지 쉽게 판단을 내릴 수 없어 한동안 망설였지. 확신이 필요했어. 너희들에게 전화를 걸어……, 너희들의 삶을 방해하기 전에 말이지. 90퍼센트, 아니 95퍼센트도 못 미더웠어. 백 퍼센트 확신이 들 때까지는.

작년 12월, 스티븐 존슨이라는 여덟 살짜리 남자 아이의 시체가 메모리얼 공원에서 발견됐지. 에이드리언 멜론처럼 죽기 직전이나 직후에 무참하게 사지가 절단된 상태였지만, 표정만 보면 극명한 공포감 때문에 죽었다는 느낌이 들었어."

"성폭행은?" 에디가 물었다.

"아니. 무참히 찢겨 있을 뿐이었어."

"모두 몇 명이나 죽었지?" 에디가 물었지만, 정말로 알고 싶은 표정은 아니었다.

"꽤 많아."

"몇 명인데?" 빌이 다시 물었다.

"아홉 명. 지금까지."

"말도 안 돼!" 비벌리가 소리쳤다. "그 정도면 신문이나 텔레비전 뉴스에서 한 번쯤 봤어야 하잖아! 미친 경찰이 메인 주의 캐슬록에서 여자들을 죽였다거나……, 애틀랜타에서 아이들이 살해된 사건처럼……."

"그래, 이상할 만도 하지." 마이클이 말했다. "나도 그 점을 곰곰이 생각했거든. 비벌리가 말한 사건들도 이곳에서 벌어지고 있는 사건들과 매우 흡사하니까. 물론 그 사건들은 전국적으로 관심을 불러 모았지. 하지만 애틀랜타의 사건보다 이곳의 일들이 훨씬 끔찍해. 무려 아홉 명의 아이들이 살해됐으니까…… 방송국 기자, 정신과 전문의, 《애틀랜틱 먼슬리》나 《롤링스톤》의 기자

등등 해서……, 순식간에 전국의 언론들이 들끓어야 하겠지."

"하지만 그렇지 않았잖아?" 빌이 물었다.

"그래, 아무도 오지 않았어. 아, 《포틀랜드 선데이 텔레그램》의 일요 증보판에 기사가 실리긴 했고, 최근 두 명이 더 살해된 뒤 《보스턴 글러브》에서 다룬 적이 있기는 해. 「굿데이!」라고 보스턴에서 외주 제작하는 텔레비전 프로그램에서도 올해 2월에 '미궁에 빠진 살인 사건'이라는 제목으로 전문가의 의견을 함께 내보낸 적이 있지만, 일회성이었어……. 게다가 그 전문가라는 사람은 1957년부터 1958년, 1929년부터 1930년에 걸쳐 데리에서 유사한 살인 사건이 일어났다는 사실조차 모르는 것 같더군.

물론 그럴 만한 이유는 있지. 애틀랜타, 뉴욕, 시카고, 디트로이트……, 이런 도시들은 일만 터지면 곧바로 요란해지는 거대 언론의 메카잖아. 하지만 데리에는 텔레비전은 고사하고 라디오 방송국 하나 없어. 고등학교의 영어 회화부에서 운영하는 소규모 FM 방송을 제외하면 말이지. 언론 매체라고 할 수 있는 건 그나마 뱅고어에 몰려 있는 실정이니까."

"《데리 뉴스》만 빼고." 에디의 말에 모두 웃었다.

"하지만 요즘 같은 세상에서 그런 상황을 실제 이유라고 하기는 어렵지 않을까. 정보망이 거미줄처럼 구석구석 깔려 있으니까 세간에 알려지는 건 시간문제라고 봐. 그런데도 데리의 경우는 예외적이야. 그렇다면 이유는 다른 게 없어. 그것이 원하지 않았기 때문이지."

"그것." 빌은 혼잣말처럼 되뇌었다.

'그것.' 마이클이 말을 이었다. "굳이 이름을 붙인다면 옛날처럼 그것이라고 불러도 좋겠지. 언제부턴가 이런 생각이 들더군. 그것은 오래전부터 이곳에 존재했고……, 그것의 실체가 뭐든지 간에 이미 데리의 일부가 되어……, 그러니까 급수탑이나 운하, 배시 공원, 도서관처럼 데리라는 도시의 일부가 되었다고 말이 야. 눈으로 보이는 지형의 문제가 아니니까. 예전에는 그랬을지 모르지만 지금의 그것은……, 내부에 있어. 어떤 이유인지는 몰라도 내부 깊숙이 자리 잡고 있는 거지. 표면적으로나마 설명할 수 있는 사건부터 불가해한 사건까지 이곳 데리에서 벌어진 끔찍한 일들을 이해할 수 있는 유일한 방법이니까. 1930년, 블랙 스폿이라는 흑인 병사 클럽에서 일어난 화재 사건도 그렇고. 그보다 1년 앞서, 대공황이 서서히 다가올 때 백주 대낮에 갱단이 커넬가에서 집단 사살된 일도 그렇지."

"브래들리 갱단. 연방 수사국이 그들을 죽였지, 그렇지?" 빌이 말했다.

"기록에는 그렇게 나와 있지만, 실상은 달라. 솔직히 나는 데리를 사랑하기 때문에 내가 틀렸기를 바라지만 내가 알아낸 바에 따르면 브래들리 갱단의 일곱 명 전원은 데리의 선량한 시민들에게 사살됐어. 이 사건은 나중에 다시 말하기로 하고.

1906년 아이들이 부활절 달걀을 찾는 동안, 키치너 철공소가 폭발했어. 그해에 동물들의 사지가 갈가리 잘려 나가는 끔찍한 일들이 벌어졌는데, 나중에 앤드루 룰린의 짓으로 밝혀졌어. 지금 롤린 농장을 경영하는 사람의 큰아버지 말이야. 당시 앤드루 룰린은 체포 과정에서 세 명의 수사관들에게 구타당해 죽은 게 분명해. 그런데 수사관 중 누구도 재판을 받지 않았어."

마이클 핸론은 안주머니에서 작은 수첩을 꺼내 뒤적였다. "1877년에는 마을에서 네 건의 교수형이 집행됐지. 교수형 당한 사람들 중에 감리교회 전도사가 있었어. 그는 네 명의 자녀를 욕조 속에 집어넣고 새끼 고양이 죽이듯 익사시킨 후, 아내의 머리에 총을 쐈어. 자살로 위장하기 위해 아내의 손에 총을 쥐어 놓았지만 결국 꼬리를 잡혔지. 그보다 1년 전, 켄더스키그 하류의 한 오두막에서 벌목 인부 네 사람이 그야말로 갈가리 찢겨진 시체로 발견됐어. 그 밖에도 어린아이나 일가족 전체의 실종 사건들이 개인 일기 같은 기록에 남아 있지만……, 공문서에는 아예 언급조차 없더군. 이런 사건은 얼마든지 많지만 이 정도만 해도 감이 잡힐 거야."

"그래, 감이 잡히는군." 벤이 말했다. "이곳에서 무슨 일이 벌어지고 있긴 한데, 아주 은밀하게 진행되고 있다는 말이잖아."

마이클은 수첩을 도로 집어넣고 심각한 얼굴로 친구들을 둘러보았다.

"내가 사서가 아니라 보험 설계사였다면 그래프까지 동원했을지 몰라. 데리에서 유난히 강간, 근친상간, 불법 침입, 자동차 절도, 아동 학대, 가정 폭력, 폭행 등등의 그 범죄 발생률이 높게 나타나거든.

텍사스의 중소 도시 가운데 도시의 규모나 인종적인 구성을 놓고 볼 때 예상외로 범죄율이 낮은 곳이 있지. 그곳 주민들이 유독 평화롭게 살아가는 까닭은 수돗물에 포함된 성분……, 일종의 자연적인 안정제라고 할 만한 성분 때문이래. 데리는 그와 정반대라고 할 수 있지. 데리는 특별한 일이 없는 평년에도 사람들이 살기에 거친 곳이야. 그러나 27년마다, 주기가 정확하다고 하기는 어렵지만, 어쨌든 폭력 사건이 놀라울 정도로 급증했고……, 그렇다고 대대적인 뉴스 거리가 된 적은 한번도 없었어."

"이 도시가 암에라도 걸렸다는 얘기 같은데." 비벌리가 말했다.

"아니, 전혀 그렇지 않아. 악성 암세포는 사람을 결국 죽여 버리지. 하지만 데리는 죽지 않았고, 오히려 번창해 왔어……. 은밀하게 세인의 눈에 띄지 않는 방식으로 말이지. 인구는 많지 않은데 범죄가 자주 발생하는 비슷한 크기의 도시들에 상대적으로 데리는 대단히 번창한 셈이야……. 바로 이곳에서 사반세기마다 흉포한 일들이 벌어지고 있는 거야."

"시대를 불문하고 그 주기가 맞아떨어진다는 얘긴가?"

벤이 묻자, 마이클은 고개를 끄덕였다.

"그래. 시대를 불문하고, 1715년부터 1716년까지, 1740년에서 대략 1743년까지, 이 경우는 특히 안 좋았어. 1769년부터 1770년까지, 이런 식으로 계속 반복돼 왔지. 최근까지 말이야. 시간이 지날수록 사태가 점점 악화됐어. 무엇보다 주기가 한 번 끝날 때마다 인구가 증가했기 때문이기도 하고, 다른 이유 때문일지도 모르지. 그러다 1958년에는 주기가 다른 때보다 일찍 끝나고 말았어. 우리 덕분에 말이지."

빌 덴브로가 앞으로 상체를 내밀며 눈을 반짝였다. "마이클, 확실한 거야? 응?"

"그래. 주기마다 9월경에 절정에 올랐다가 요란하게 끝을 맺었지. 크리스마스나 늦어도 부활절이 다가올 쯤에는 데리의 일상도 어느 정도 예년 수준으로 돌아갔으니까. 다시 말해서, 27년마다

14개월에서 20개월까지 참혹한 일이 되풀이됐다는 거야. 하지만 1957년 10월 네 동생 조지의 죽음으로 시작된 주기는 1958년에 느닷없이 끝나 버렸지."

"왜일까?" 에디는 다급하게 물었다. 그의 숨소리가 가늘어졌다. 빌은 문득 어린 시절 에디의 쌔끈거리는 숨결을 떠올리면서 곧이어 그가 '허파 빨대'를 들이마실 거라고 생각했다. "우리가 그때 어쨌다는 거지?"

누구도 쉽게 답하지 않았다. 마이클은 그 이야기를 꺼낸 것이 후회되는지……, 마침내 고개를 흔들어 보였다. "곧 기억날 거야. 때가 되면."

"기억나지 않으면?" 벤이 물었다.

"그땐 신께서 우릴 도와주시겠지."

"올해에만 아홉 명이 죽었다고, 제기랄." 리처드가 지그시 억누른 음성으로 말했다.

"리자 앨브렛과 스티븐 존슨, 1984년 말에 당했어. 올 2월에는 데니스 토리오라는 아이가 실종됐지. 고등학생이야. 3월 중순 황무지에서 그 아이의 시체가 발견됐어. 토막난 상태로. 그리고 이건 최근에 구한 거야."

마이클은 수첩을 꺼냈던 호주머니에서 사진을 찾아냈다. 모두 마이클이 건넨 사진을 돌려보았다. 비벌리와 에디는 고개를 갸웃거렸지만 리처드 토저의 반응은 다소 호들갑스러웠다. 그는 사진을 집었다가 뜨거운 물건을 잘못 만진 듯 화들짝 놀라며 떨어뜨렸다. "젠장! 이런 맙소사! 마이클!" 리처드는 휘둥그렇게 눈을 뜨고 마이클을 바라보았다. 잠시 후 사진은 빌의 손에 건네졌다.

빌이 사진을 들여다보는 순간 온 세상이 잿빛으로 소용돌이치는 느낌이 들었다. 잠시 동안 정신을 잃었다는 생각마저 들었다. 갑자기 신음소리가 들려왔는데 바로 자신의 목소리였다. 그는 사진을 떨어뜨렸다.

"왜 그래? 무슨 일이야, 빌?"

비벌리의 놀란 목소리가 빌의 귓가로 흘러들었다.

"내 동생 사진이야." 빌이 가까스로 말했다. "조, 조지. 앨범에 있던 사진. 저절로 움직이면서 나한테 윙크했던."

그들은 다시 사진을 돌려보았고, 빌은 그동안 석고상처럼 앉아 어딘지 모를 곳으로 텅 빈 시선을 던졌다. 사진을 찍은 사진. 그 사진은 흰색을 배경으로 너덜너덜한 사진 한 장을 담고 있었다. 안에 담긴 사진에서 조지가 환히 웃었고, 입술 사이로 이 빠진 두 개의 공간이 그대로 드러났다(관 속에서도 이가 자라지 않았겠지. 빌은 생각하다 진저리를 쳤다). 사진 아래쪽 여백에는 "학교 친구들, 1957~1958"이라고 적혀 있었다.

"이 사진이 올해에 발견됐다는 말이야?" 비벌리가 다시 물었다. 마이클은 고개를 끄덕였고 비벌리는 다시 빌에게 물었다. "이 사진을 마지막으로 본 게 언제지, 빌?"

빌은 입술에 침을 묻히고 말하려고 했다. 그러나 아무 말도 나오지 않았다. 다시 애를 썼지만, 머릿속에서 단어 하나하나가 메아리칠 뿐, 빌은 말더듬 증세가 다시 시작된 것임을, 이제 말을 끄집어내기 위해선 그 두려움과 싸워야 함을 깨달았다. "1958년 이후 처음으로 봤어. 그해 봄, 조지가 죽고 난 다음 해 말이야. 리처드에게 그 사진을 보여 주려고 했지만 사, 사라져 버렸거든."

빌이 말을 끝내자, 느닷없이 거친 숨소리가 들려오는 바람에 모두 그쪽을 바라보았다. 에디가 흡입기를 식탁에 내려놓고 약간 당황하는 기색이었다.

"에디 카스브랙이 한 방 쐈군그래!" 리처드가 환호성을 지르며, 갑자기 영화 뉴스 아나운서의 목소리를 섬뜩할 정도로 흉내 냈다. "오늘 데리 시 전체는 천식 천국으로 변했으며, 그 주인공은 단연 에즈 코딱지 옹으로서 뉴잉글랜드 전역에 이미 이름을 떨치고 있는……."

그런데 리처드는 갑자기 말을 멈추더니 자기 눈을 가리듯 한쪽 손을 들어 올렸고, 빌은 그 모습을 보고 생각했다. '아니야, 그게 아니잖아. 눈을 가리는 게 아니라 안경을 콧잔등 위로 치켜야지. 지금은 안경을 쓰고 있지 않아도 말이지. 이런 젠장, 대체 뭐가 어떻게 돌아가고 있는 거지?'

"에디, 미안해. 내가 경솔했어. 대체 이놈의 머릿속을 나도 모르겠으니 말이야." 리처드는 당황한 표정으로 좌중을 둘러보았다.

마이클 핸론은 어색한 침묵을 깨고 말했다.

"스티븐 존슨의 시체가 발견된 후, 나는 한 번만 더 분명한 사건이 발생하면 그땐 전화를 하겠다고 마음먹었지. 결국 2개월도 걸리지 않아 전화를 하게 됐어. 지금 벌어지고 있는 일들에 나 자신이 홀린 것 같기도 해. 그것의 의식이라고 할까, 의도 같은 것에 홀려 전화했을지도 모르지. 조지의 사진은 토리오의 시체가 발견된 곳에서 3미터 정도 떨어진 나무 밑에서 발견됐어. 숨겨져 있지 않았지. 오히려 그 반대야. 살인자가 마치 보여 주고 싶어하는 것 같더군. 나는 그렇다고 확신해."

"경찰에서 촬영한 사진을 어떻게 입수했지, 마이클? 이것도 경찰에서 나왔을 텐데, 맞지?" 벤이 물었다.

"맞아, 경찰에서 나온 거야. 경찰에 떡고물을 좋아하는 녀석 하나가 있거든. 한 달에 20달러씩 쥐어 주고 있어. 내가 가장 많이 줄 수 있는 액수야. 그 녀석이 내 정보원이지.

토리오 소년의 시체가 발견된 지 나흘 만에 돈 로이의 시체가 발견됐어. 매캐런 공원에서. 열세 살. 목이 잘렸어.

올해 4월 23일. 애덤 테롤트. 열여섯 살. 밴드 연습 후에 집에 돌아오지 않아 실종 신고됐지. 다음 날 웨스트 브로드웨이 뒤쪽에 녹지를 통과하는 오솔길에서 막 벗어난 곳에서 발견됐고. 역시 목이 잘렸어.

5월 6일. 프레드릭 코윈. 2년 6개월. 자기 집 2층의 욕실 변기 속에 빠져 죽은 상태로 발견됐어."

"오, 마이클!" 비벌리가 비명을 질렀다.

"그래, 끔찍해. 내가 그걸 모르리라 생각하는 건 아니지?" 마이클이 발끈하다시피 말했다.

"그 정도면 경찰도 단순 사고라고 생각하진 않았겠지?" 비벌리가 물었다.

마이클은 고개를 저었다. "아이 엄마는 뒤뜰에서 빨래를 널고 있었대. 갑자기 아이가 보채면서 자지러지게 우는 소리가 들렸다는 거야. 황급히 집 안으로 뛰어들었지. 2층으로 올라가는 동안, 변기에서 물 내려가는 소리가 계속 들리더래. 그리고 누군가의 웃음소리도 함께 말이야. 아이 엄마의 말로는 사람 같지가 않았다는군."

"그럼 아이 엄마는 아무것도 못 봤다는 거야?" 에디가 물었다.

"아들을 발견했지. 등이 부러지고 두개골이 박살난 상태였어. 샤워실 유리 문도 깨져 있었고, 사방에 핏자국이 남아 있었지. 아이 엄마는 지금 뱅고어 정신 병원에 있어. 내가 심어 놓은……, 경찰 정보원에 따르면, 경찰 조사 당시부터 이미 제정신이 아니었대."

"젠장, 그럴 만도 하지. 누구 담배 가진 사람 없어?"

리처드의 말에 비벌리가 담배 한 개비를 건네주었다. 담배를 쥔 리처드의 손이 몹시 떨렸다.

"경찰 측에선 아이 엄마가 뒤뜰에 있는 사이, 살인자가 현관문으로 몰래 침입했다는 거야. 그리고 아이 엄마가 계단을 올라오는 순간, 욕실 창문을 통해 뒤뜰로 뛰어내려 유유히 사라졌다는 얘기지. 하지만 창문은 일곱 살짜리 아이가 겨우 빠져나갈 정도로 작아. 게다가 창문에서 포석이 깔린 뒤뜰까지 높이가 7.6미터야. 레더마커 서장은 그런 사실을 숨기고 싶어하고, 그래 봐야 《데리 뉴스》의 기자가 전부지만, 기자들도 그런 사실을 들어 서장을 괴롭힐 생각은 없는 것 같더군."

마이클은 물 한 잔을 마시고 다른 사진을 하나 더 꺼내 들었다. 경찰에서 촬영한 것이 아니라 일반적인 학교 사진이었다. 열세 살쯤으로 보이는 소년이 활짝 웃고 있었다. 사진 촬영을 의식했는지 한껏 멋을 낸 옷차림이었고, 두 손을 가지런히 무릎 위에 올려놓은 모습……, 그런데 눈동자에 어딘지 섬뜩한 빛이 담겨 있었다. 그 소년은 흑인이었다.

"제프리 홀리. 5월 13일, 코원이 죽은 지 일주일 후. 완전히 난

자당한 상태. 운하 인근 배시 공원에서 발견됐어.

아흐레 뒤, 5월 22일, 초등학교 5학년생 존 퓨어리가 니볼트 가에서 발견됐고……."

에디가 갑자기 발작적인 비명을 질렀다. 흡입기를 잡으려다 떨어뜨리고 말았다. 빌은 자기 앞으로 데구루루 굴러온 흡입기를 집어 주었다. 에디의 얼굴은 황달 걸린 환자처럼 질려 있었다. 목구멍에서 쇳소리가 흘러나왔다.

"에디에게 마실 것 좀 줘야겠어! 어서……." 벤이 소리쳤다.

그러나 에디는 고개를 흔들었다. 그는 목구멍에 흡입기를 집어넣고 방아쇠를 당겼다. 몸속으로 공기가 들어가는 순간, 가슴이 요동쳤다. 그는 한 번 더 방아쇠를 당긴 후 눈을 반쯤 감고 숨을 헐떡였다. "괜찮아질 거야. 조금만 지나면."

"에디, 정말 괜찮아? 좀 누워서 쉬어야 하는 것 아냐?" 비벌리가 걱정스레 물었다.

"곧 괜찮아진대도." 에디가 퉁명스럽게 말했다. "그냥……, 가벼운 충격을 받아서 그래. 충격 말이야. 니볼트 가를 까맣게 잊고 있었거든."

아무도 말이 없었고 그럴 필요도 없었다. 빌은 생각했다. '이젠 나도 한계에 다다른 느낌이군. 그런데도 마이클은 악의에 찬 마법사처럼 줄줄이 이름을 대고 있으니, 이러다 녹초가 될 판이야.'

쏟아져 나오는 불가해한 폭력을 한꺼번에 다 직면하기에는 너무 벅찼다. 어쩐지 그것은 여기 있는 여섯 명을 겨냥하는 듯했고, 조지의 사진 또한 그것을 암시했다.

"존 퓨어리의 두 다리는 잘려 나가고 없었어. 그러나 검시관에 따르면 타살된 후에 다리가 잘렸다는 거야. 심장은 밖으로 꺼내진 상태였어. 공포 자체가 직접적인 사인으로 보여. 시체를 발견한 사람은 우편 배달부, 현관 아래쪽에 손이 빠져나와 있는 모습을 보고……"

"29번지, 맞지?" 리처드의 말에 빌은 재빨리 그를 힐끔거렸다. 리처드도 빌에게 슬쩍 고개를 끄덕이며 마이클 쪽으로 시선을 돌렸다. "니볼트 가 29번지."

"맞아." 마이클의 음성은 변함없이 차분했다. "29번지." 그는 물 잔을 한 번 더 들이켰다. "에디, 괜찮겠어?"

에디는 고개를 끄덕였다. 숨소리가 안정돼 있었다.

"레더마커는 퓨어리의 시체가 발견된 직후 용의자 한 명을 체포했어. 우연의 일치일지도 모르지만, 그날 《데리 뉴스》 사설에 레더마커의 사임을 촉구하는 글이 실렸지."

"여덟 명이나 죽은 다음에야? 정말 성격 한번 급한 사람들이군." 벤이 말했다.

비벌리는 체포된 사람이 누구인지 알고 싶어했다.

"7번 국도 변의 허름한 집에 사는 남자였어. 데리의 경계를 막 지나 뉴포트에 인접한 지역이지. 은둔자의 피난처 같았어. 폐품을 주워다 난롯불을 지피고, 지붕도 여기저기서 가져온 널빤지와 자동차 차체로 대충 덮어 놓은 상태였거든. 헤럴드 얼, 그 사람 이름이지. 1년 내내 200달러도 못 버는 친구더군. 존 퓨어리의 시체가 발견되던 날, 차를 몰고 지나가던 사람이 목격한 바에 따르면 헤럴드 얼은 문간에 서서 멍하니 하늘을 바라다보고 있었다는 거야. 옷에 온통 피칠을 한 채 말이지."

"그럼 혹시……." 리처드는 잔뜩 기대하는 눈빛이었다.

"집 안에서 도살하다 만 세 마리의 사슴이 발견됐어. 줄곧 헤이 브운에서 밀렵을 해 온 모양이야. 옷에 묻은 혈흔은 사슴 피였어. 레더마커가 헤럴드 얼에게 퓨어리를 살해했냐고 묻자, 그 사람이 이렇게 대답했다는군. '아, 그럼요. 제가 죽인 사람이 몇 명인데 요. 대부분 전쟁에서 쏴 죽였죠.' 그리고 밤에 숲에서 무엇인가를 봤다고 진술했대. 파란 불빛이 땅에서 약간 떨어진 상태로 떠다 녔다는 거야. 송장의 혼불, 그 사람은 그렇게 불렀다는군. 그리고 빅풋^{북미 대륙 유인원류의 괴물}도 봤다고 했대.

그 사람은 뱅고어 정신 병원으로 보내졌어. 검진 결과, 간이 거 의 손상된 상태였대. 페인트 시너 같은 걸 마셨나 봐……."

"맙소사." 비벌리가 황당하다며 혀를 찼다.

"그래서 환각 증세가 생겼다는 거야. 하지만 레더마커가 헤럴 드 얼이 가장 유력한 용의자라고 고집하는 바람에 사흘 전까지만 해도 경찰력이 모두 그 사람한테 집중돼 있었어. 경찰관 여덟 명 이 그 사람의 판잣집을 파헤치며 사라진 머리와 피부 조직 같은 걸 찾아내려고 혈안이 됐지."

마이클은 말을 멈추고 잠시 머리를 숙이고 있다가 이야기를 계 속했다. 그의 음성은 이제 약간 쉰 것 같았다. "나는 계속 망설였 어. 하지만 이 마지막 사진을 확인하고서야 전화하게 된 거지. 좀 더 일찍 전화했어야 했는데."

"어디 한번 볼 수 있을까?" 벤이 불쑥 말했다.

"그 희생자도 5학년이야. 퓨어리와 같은 반이었지. 캔자스 가 바로 너머, 그러니까 옛날 우리가 황무지에서 놀 때 빌이 자전거를 숨겨 두던 곳 주변에서 시체가 발견됐어. 이름은 제리 벨우드. 역시 토막난 상태. 시체의 일부가 발견된 지점은 20년 전 토양 침식을 막기 위해 캔자스 가를 따라 만든 옹벽 아랫부분이야. 이 사진은 벨우드의 시체를 치우고 30분도 채 지나지 않았을 때 경찰에서 찍은 벽면의 일부지. 여기 있어."

마이클은 리처드 토저에게 사진을 넘겨주었고, 리처드는 다시 비벌리에게 건네주었다. 비벌리는 사진을 슬쩍 쳐다보다가 눈살을 찌푸리며 에디에게 건네주고, 에디는 오랫동안 정신없이 들여다보다가 벤에게 넘겼다. 벤은 사진을 넘겨주며 빌을 빤히 바라보았다.

사진에는 콘크리트 옹벽을 따라 쭉 이어 쓴 활자가 나타나 있었다.

고향으로 돌아오라 고향으로 돌아오라 고향으로 돌아오라 고향으로

빌은 굳은 표정으로 마이클을 바라보았다. 약간 어리둥절하고 겁에 질린 표정이었다. 그날 처음으로 그는 분노가 꿈틀대는 것을 느꼈다. 기뻤다. 분노가 좋은 감정일 리 없지만, 충격이나 비참한 공포에 질리는 것보다는 나았다.

"내 생각에는 그걸로 쓴 것 같은데, 어때?"

"맞아." 마이클이 대답했다. "제리 벨우드의 피로 쓴 거야."

리처드, 경고를 받다

마이클은 사진들을 도로 집어넣었다. 그는 혹시 조지의 학교 사진을 가져도 좋은지 빌이 물어볼 줄 알았지만, 빌은 별말이 없었다. 그가 사진들을 안주머니에 다 집어넣자 마이클 자신을 포함해 모두 안도감을 느꼈다.

"아이들 아홉 명이라." 비벌리가 나지막이 말문을 열었다. "정말 믿을 수 없어. 그러니까……, 눈으로 직접 봤으니 아니라고 할 수 없지만, 어떻게 이럴 수 있냐는 말이야. 아홉 명이나 죽었는데 아무 대책도 없어? 이곳에선 그냥 뒷짐만 지고 있는 거야?"

"그렇지는 않아. 사람들은 분노하고 겁에 질려 있어……. 적어도 그렇게 보여. 어떤 사람이 진짜 그렇게 느끼고, 또 어떤 사람이 그런 척하는지는 정말 알 수 없는 법이지."

"그런 척한다니?"

"비벌리, 기억 안 나? 우리가 어렸을 때 네가 도와달라고 비명을 지르는데도 신문을 접고 그냥 집 안으로 들어가 버린 남자 말이야."

한순간 비벌리의 눈빛에 무엇인가 스쳤고, 그녀는 겁에 질린 표정과 동시에 뭔가 깨달은 표정을 지었다. 그러고 나서 오로지 어리둥절한 표정만 남았다. "아니……, 언제 말이야, 마이클?"

"신경 쓸 거 없어. 때가 되면 기억날 테니까. 지금 내가 말해 줄 수 있는 건 데리에서 벌어지고 있는 일이야. 엽기적인 살인 행각 앞에서 이곳 사람들도 할 수 있는 일은 다했고, 대부분은 58년 아이들이 연달아 실종되고 살해당했을 때와 비슷한 상황이야. 자녀 지킴이 단체도 다시 결성됐어. 이번에는 데리 고등학교가 아니라 데리 초등학교에서 결단식이 열렸지. 주립 검찰청에서 열여섯 명의 형사들이 파견됐고 연방 수사국에서도 요원을 보냈다는군. 정확히 몇 명인지는 몰라도 레더마커의 허풍처럼 많지는 않은 것 같아. 야간 외출 금지령도 다시……."

"아, 맞아, 야간 외출 금지." 벤이 목덜미를 천천히 쓰다듬으며 말했다. "58년에도 그랬지. 기억이 나."

"그리고 어머니 방범대가 초등학생들을 학교까지 함께 데려다 주었다가 데려오지. 최근 3주 동안 해결책을 요구하는 편지들이 《데리 뉴스》에 2,000통 넘게 들어왔어. 물론 데리를 떠나는 사람들도 있지. 솔직히 나도 최선의 방법이 이곳을 떠나는 것이라고 생각하고 있어. 사태를 제대로 볼 줄 아는 사람이라면 두려움과 함께 이곳을 떠나야 정상이니까."

"사람들이 정말로 떠나고 있어?" 리처드가 물었다.

"주기가 절정에 오를 때마다 늘 벌어지는 일이니까. 얼마나 이곳을 떠났는지는 알 수 없어. 1850년경 이후부터는 주기가 끝난 후 인구 조사를 해도 감소 수치가 일정하지 않거든. 그러나 상당수가 이곳을 떠났다는 사실은 분명해. 신나게 장난치며 놀다가 실제로 귀신을 보고 도망가는 아이들처럼 말이야."

"'고향으로 돌아와라, 고향으로 돌아와라, 고향으로 돌아와라.'" 비벌리는 조용히 그 말을 되풀이했다. 그녀는 고개를 들어 마이클이 아니라 빌을 바라보며 말했다. "우리가 돌아오기를 바라고 있었던 거야. 왜지?"

"비벌리 말이 맞을지도 모르지." 마이클은 아리송한 여운을 남기며 말했다. "그래, 그럴지도 몰라. 복수를 원하고 있는지도. 우리가 그것을 방해한 일이 있으니까."

"복수……, 아니면 예전 상태로 되돌리기 위해."

빌의 말에 마이클이 고개를 끄덕였다.

"우리들의 삶 자체도 어긋나 있어. 우리 중 어느 누구도……, 그것의 흔적을 완전히 지운 채 데리를 떠날 수는 없으니까. 너희들 모두 이곳에서 벌어진 일을 망각하고, 그해 여름의 기억도 단편적으로 떠오를 뿐이야. 그리고 별로 중요한 문제는 아니지만 너희들 모두 부자가 되어 있지."

"어럽쇼, 그게 어쨌다는 거야!" 리처드가 말했다. "벌어 봤자 얼마나 벌었다고, 그게 지금 무슨……."

"진정해, 진정하라고, 리처드." 마이클은 손사래를 치며 씩 웃었다. "너희들이 얼마를 벌었건 그걸 탓하자는 게 아니야. 솔직히 세금 제하고 1년 수입이 11,000달러도 안 되는 촌구석 도서관 사서보다 너희들이 부자인 건 사실이니까, 안 그래?"

리처드는 어깨를 으쓱하며 값비싼 양복이 갑자기 불편해진 기색이었다. 벤은 냅킨을 잘게 찢는 일에 빠져 짐짓 아무 소리도 못 들었다는 표정을 하고 있었다. 빌을 제외하곤 아무도 마이클을 똑바로 바라보지 못했다.

"물론 너희들이 세계 몇 대 재벌이 아닌 건 분명해. 하지만 미국 상류층과 비교해도 엄청난 부를 누리고 있는 것 역시 부인하지 못할 거야. 우린 지금 친구로 여기 모였어. 그러니 솔직해지자고. 혹시 이 중에 작년 납세 신고서에 9만 달러 밑으로 신고한 사람 있으면 손을 들어 봐."

그들은 한결같이 쥐구멍이라도 찾는 표정으로 서로를 힐끔거렸다. 성공한 사실을 노골적으로 화제에 올릴 때마다 어김없이 나오는 미국인들의 전형적인 반응과 다르지 않았다. 마치 현금이 삶은 달걀이라도 되는지, 너무 많이 먹어 방귀를 뀔까 두려워하는 표정이었다. 빌은 얼굴이 화끈 달아올랐지만 좀처럼 진정시킬 방법이 없었다. 솔직히 『다락방』 시나리오 하나로만 마이클이 말한 액수보다 1만 달러가 더 많은 돈을 벌어들였으니까. 게다가 필요할 경우, 두 차례 개작할 때마다 추가로 2만 달러를 받게 돼 있었다. 물론 인세를 제외한 금액만 그렇다는 이야기고 보면……, 소설 두 권에 대한 막대한 계약금까지……. 그렇다면 작년 납세 신고서에 과연 얼마를 기재했다고 말해야 할까? 80만 달러? 어쨌든 1년에 11,000달러도 안 된다는 마이클의 입장에서야 엄청나게 많은 액수인 것만은 틀림없었다.

'그럼 이 위험한 촌구석의 등대지기를 해 오느라 고생한 대가로 얼마를 갹출해서 주면 될까, 마이클, 말해 보시지.' 빌은 생각했다. '맙소사, 주기니 뭐니 돈을 올려 부를 만한 핑계를 또 줄줄이 들이대겠구먼!'

"빌 덴브로, 대부분의 작가들이 생계 유지도 제대로 못해 바둥대는 이 사회에서 성공한 소설가. 비벌리 로건, 극소수만 선택받는다는 여성 의류 업계에서 가장 각광받는 디자이너."

"오, 그렇지 않아." 비벌리는 성마른 웃음과 함께 서둘러 담뱃불을 붙이며 말했다. "내가 아니라 톰 덕분이야. 그건 톰이야. 그 사람이 없었다면 나는 아직도 치마 안감을 대고 재봉질이나 하고 있을 테니까. 나는 사업 감각이라고는 없는 사람인걸. 톰도 그렇게 말할 정도니까. 내 말은……, 그건 전적으로 톰의 덕분이라는 거야. 물론 운도 좋았고." 그녀는 담배 한 모금을 깊숙이 빨아들였다 한숨처럼 내뿜었다.

"이거 원, 부인께서 항변이 지나치신 것 같아." 리처드가 능글맞은 표정으로 말했다.

비벌리는 곧바로 리처드를 노려보더니 노기 띤 음성으로 말했다. "그게 무슨 뜻이지, 리처드 토저?"

"저한테 화풀이하지 마세요, 마님!" 리처드도 질세라 원주민 아이 목소리로 소리쳤다. 그 순간 빌은 자신이 알고 있던 소년의 모습을 똑똑히 보았다. 어른이 된 리처드 토저의 외양 속에 스치는 유년 시절의 흔적이 아니라, 그 존재 자체를 그대로 알려 주는 모습 말이다. "때리지 마세요! 냉큼 다른 음료수를 대령하겠나이다, 마님! 시원한 걸로 드시면 마음이 가라앉으실 거예요! 그러니 제발, 이 불쌍한 아이를 때리지 마세요!"

"너는 구제 불능이야, 리처드. 철 좀 들어라."

비벌리가 싸늘하게 쏘아붙였다. 그녀를 바라보던 리처드의 얼굴에서 익살맞은 미소가 점점 꼬리를 감추었다.

"이곳으로 다시 돌아오기 전까지는 철이 들었다고 생각했지." 리처드가 말했다.

"리처드, 미국에서 가장 성공한 디제이." 마이클이 말했다. "로스앤젤레스를 손바닥에 놓고 주무르고 있지. 무엇보다 막강한 두 개의 합동 프로그램의 진행자로 주가가 하늘을 찌를 듯하고, 그중 하나가 인기 가요 순위 프로그램이고, 또 하나는 「프리키 포티」……."

"첩자 짓을 하려면 좀 잘하시지, 마이클." 리처드는 미스터 T프
_{로레슬러 출신의 영화 배우} 목소리를 흉내 내며 으르렁댔지만, 얼굴이 벌겋
게 달아오르는 것은 어쩌지 못했다. "완전히 잘못 짚으셨어. 이
주먹으로 뇌수술 좀 해 주랴. 이 참에……."

마이클은 리처드를 무시하고 말을 이었다. "에디, 에디는 아주
기다란 리무진으로 건실한 운송 업체를 꾸리고 있지. 뉴욕에서
일주일에 도산하는 리무진 업체가 두 개씩 된다지만, 에디는 탄
탄대로를 달리고 있어. 벤, 전 세계 젊은 건축가 중에서 가장 성
공한 인물."

벤은 항변이라도 할 듯 입을 벌렸다가 이내 다물었다.

마이클은 두 손을 쫙 펴 보이며 친구들에게 미소를 지었다. "짓
궂게 너희들을 괴롭힐 생각은 없어. 다만 사소한 부분이라도 다
꺼내놓고 시작하고 싶었을 뿐이야. 젊어서 성공한 사람들도 있
고, 전문 분야에서 독보적인 위치에 오른 사람들도 있게 마련이
야. 약간의 편법을 동원하지 않는다면, 아마 성공이란 불가능하
겠지. 그리고 너희들 중 한두 사람만 편법을 사용해 성공했다면
개인의 양심 문제로 돌리면 그만이야. 그러나 한두 사람에게만
해당되는 얘기가 아니잖아. 애틀랜타, 아니 남부를 통틀어 젊은
회계사 중에서 가장 성공했다는 스탠리 유리스를 포함해 너희들
모두에게 해당되는 말이야. 단도직입적으로 말하자면 너희들의
성공은 27년 전 이곳에서 벌어진 일에서 비롯된 거야. 예를 들어
27년 전 너희들 모두 발암 물질에 노출된 적이 있다고 치자. 그리
고 지금 암에 걸려 있다면, 그 원인을 27년 전에서 찾아도 설득력
이 있다는 말이지. 혹시 내 말에 반박하고 싶은 사람 있어?"

마이클은 좌중을 둘러보았다. 아무도 말이 없었다.

"너만 예외로군. 너한테는 그럼 무슨 일이 벌어진 거지, 마이클?" 빌이 말했다.

"보면 몰라?" 마이클은 빙그레 웃었다. "줄곧 여기 살았지."

"홀로 등대를 지키면서 말이군." 벤이 말했다. 빌은 순간 깜짝 놀라 벤을 바라보았지만, 벤은 마이클을 뚫어지게 응시하느라 빌의 눈길을 알아채지 못했다. "그래서 우리 마음이 불편한 거야, 마이클. 솔직히 너만 이곳에 남아 있었다는 것 때문에 나 자신이 비겁한 놈처럼 느껴지니까."

"동감이야." 비벌리가 말했다.

마이클은 천천히 머리를 흔들었다. "너희들 중 누구도 그런 생각을 할 필요 없어. 너희들이 이곳을 떠난 것이나, 내가 여기 남은 것이 우리들의 선택이었다고 생각하는 거야? 젠장, 우린 어린 아이였단 말이야. 이런저런 이유로 부모님이 이사를 결정했고, 너희들은 당연히 함께 짐을 쌀 수밖에 없었던 거야. 내 부모님은 이곳에 남았지. 그렇다면 그 역시 부모님의 선택이었을까? 나는 그렇게 생각하지 않아. 어딘가를 떠나고 머무는 일이 사람 마음 하나로 결정되는 것은 아닐 테니까. 운명? 그것 때문이었을까? 또 다른 이유? 솔직히 모르겠어. 하지만 아이들의 선택은 아니야. 그러니까 그런 죄책감은 버리라고."

"너는……, 힘들지 않았어?" 에디가 머뭇거리며 물었다.

"너무 바빠서 힘들었지. 너무 오랜 시간을 지켜보고 기다리느라……, 분명해진 상황에서도 또 지켜보고 기다려야 했으니까. 그러나 최근 5년 동안은 적색 경보라고 할까, 아무튼 초긴장 상태었어. 해가 바뀔 때마다 각종 상황을 기록해 두는 일에 매달렸지. 글을 쓴다는 게 무척 어려운 일이더군. 그중에서도 특히 그것의 정체에 대해 생각하고 글을 쓸 때는 더욱 힘겨웠어. 너희들도 알겠지만, 그것은 변하고 있어. 교묘하게 움직이며 사람들에게 흔적을 남겨 놓는 것도 그것의 본성이지. 그것이 우리 가까운 곳에 악취를 남겨 놓아서, 아무리 오랫동안 목욕해도 몸에서 악취가 사라지지 않는 것처럼 말이야. 메뚜기를 붙잡는 순간, 손바닥에 점액질을 뿌려 놓듯이."

마이클은 천천히 셔츠의 단추를 풀어헤쳤다. 젖꼭지 사이 매끄러운 갈색 피부에 일그러진 분홍빛 흉터가 나타났다.

"갈고리 발톱이 남겨 놓은 상처야."

"늑대 인간." 리처드는 신음에 가까운 소리를 내뱉었다. "젠장, 빌, 저것 봐, 늑대 인간이야! 니볼트 가에 갔을 때 말이야!"

"뭐라고?" 빌은 방금 꿈에서 깨어난 사람처럼 어리둥절한 표정이었다. "무슨 소리야, 리처드?"

"기억 안 나?"

"아니……, 너는 기억나?"

"나는……, 나는 거의……." 혼란과 두려움이 뒤엉킨 표정으로 리처드는 말꼬리를 흐렸다.

"지금 너는 그것이 악하지 않다고 말하려는 거야?" 에디가 느닷없이 마이클에게 물었다. 그는 무엇에 홀린 듯 마이클의 흉터를 뚫어지게 바라보고 있었다. "그것이 그저……, 자연 상태의 일부라고?"

"우리가 이해하고 묵과하는 자연 상태의 일부는 아니지." 마이클은 셔츠 단추를 다시 채웠다. "그리고 나는 우리의 이해를 뛰어넘는 다른 논거를 펼칠 이유가 없다는 걸 알아. 그것이 아이들을 죽였고, 그건 악한 행동이야. 빌은 우리 중에서 그걸 제일 먼저 깨달았어. 생각나, 빌?"

"'그것'을 죽이고 싶었던 게 생각나." 빌은 처음으로 '그것'이라는 대명사를 입밖에 내었고, 그 순간만큼은 적절한 이름이라고 생각했다. "그러나 너희들도 알겠지만 무슨 거창한 생각이 있어서가 아니었어. 단지 그것이 조지를 죽였기 때문에 나도 그것을 죽이고 싶었던 거야."

"지금도 그래?"

빌은 그 질문에 대답하기 전에 곰곰이 생각했다. 그는 탁자에 놓인 두 손을 내려다보며, 비옷을 입고 모자까지 덮어쓴 채 한 손에 밀랍을 바른 종이배를 들고 있던 조지의 모습을 떠올렸다. 그는 고개를 들어 마이클을 바라보았다. "어, 어느 때보다도."

마이클은 바로 그 대답을 듣고 싶었다는 듯 고개를 끄덕였다.

"그것이 우리에게 흔적을 남겨 놓았어. 그것의 의지가 우리에게 일정한 작용을 하고 있지. 낮과 밤, 스물네 시간 동안, 심지어 그것이 잠을 자든, 동면을 하든, 잠적해 있든 그 어떤 순간에도 이 도시 전체를 움직이고 있는 것처럼 말이야."

마이클은 손가락 하나를 들어 올렸다.

"그러나 그것이 매 순간 어떤 방식으로든 우리에게 힘을 행사하려 한다면, 우리 역시 그것을 움직일 수 있어. 우리는 한 차례 그것을 이겨 낸 일이 있지. 그래서 그것의 힘이 약해졌을까? 치명적인 상처를 입었을까? 거의 그것의 숨통을 끊어 놓았을까? 나는 그랬을 거라고 생각해. 숨통이 끊어졌다고 믿었기 때문에 우리가 그만두었을 테니까."

"하지만 숨통이 완전히 끊어졌는지에 대해서는 너도 확신이 없는 거지?" 벤이 물었다.

"그래. 나는 1958년 8월 15일까지는 또렷하게 기억하고 있어. 하지만 그때부터 9월 4일경, 학교가 개학할 때까지는 아무것도 기억나지 않아. 어렴풋한 것도 아니고, 그야말로 그 시간 자체가 머릿속에서 사라지고 없어. 단 한 가지, 빌이 죽음의 빛인가 무엇인가를 외치며 비명을 지르던 기억만 빼고는."

빌의 팔이 갑자기 들썩거렸다. 팔에 부닥친 맥주병 하나가 바닥에 떨어져 산산조각 났다.

"베었어?" 비벌리가 물었다. 그녀는 반쯤 일어서 있었다.

"아니." 빌의 음성은 몹시 퉁명스럽고 메말라 있었다. 팔뚝에는 소름이 돋았다. 머리가 점점 부풀어 오르는 느낌. 빌은

(죽음의 빛)

곧바로 두개골이 머리 가죽을 뚫고 나올 것 같다고 생각했다.

"내가 주울게……."

"아니, 그냥 앉아 있어." 빌은 비벌리를 보고 싶었지만 그럴 수가 없었다. 그는 마이클에게서 눈을 뗄 수 없었다.

"죽음의 빛 생각나, 빌?" 마이클이 차분한 음성으로 물었다.

"아니." 빌은 치과에서 마취제를 맞았을 때처럼 입속의 감각을 느낄 수 없었다.

"기억날 거야."

"아니, 그러지 않았으면 좋겠어."

"어쨌든 기억날 거야." 마이클이 말했다. "그러나 당장은……, 기억할 수 없겠지. 나도 마찬가지야. 혹시 다른 사람들은 어때?"

한 사람씩 머리를 가로저었다.

"하지만 우린 무슨 일인가를 해냈어." 마이클의 음성은 역시 담담했다. "결집력이라고 할까, 어느 시점에서 우리가 그 힘을 발휘한 거야. 의식적이든 무의식적이든 우리는 특별한 이해력에 도달해 있었어." 마이클이 불안하게 말했다. "아, 스탠리가 있었다면 얼마나 좋을까. 합리적인 스탠리였다면 무슨 수를 생각해 냈을 테니까."

"그랬을 거야." 비벌리가 말했다. "그래서 자살했을지도 몰라. 그때의 마법을 어른이 된 후에는 쓸 수 없다는 걸 알고 말이야."

"지금도 쓸 수 있을지 몰라." 마이클이 말했다. "우리 여섯 명이 공유하고 있는 게 또 한 가지 있으니까. 너희들 중에 그게 뭔지 깨달은 사람이 있는지 궁금한데."

빌이 갑자기 입을 열었다가 이내 다물어 버렸다.

"말해 봐, 빌." 마이클이 말했다. "너도 알고 있는 것 같은데. 네 얼굴에 그렇다고 씌어 있어."

"확실하진 않아. 내 생각에는 우, 우리 모두 자식이 없다는 거야. 마, 맞아?"

일순 충격에 휩싸인 듯한 침묵이 흘렀다.

"그래, 바로 그거야." 마이클이 말했다.

"하느님 맙소사!" 에디가 격분하며 목청을 높였다. "그게 이번 일과 무슨 상관이지? 세상 사람들이 죄다 아이를 낳고 살아야 하는 건 아니잖아? 말도 안 되는 소리지!"

"너희 부부한테 애가 있어?" 마이클이 물었다.

"오랫동안 염탐을 했다니 애가 없다는 거야 네가 더 잘 알겠지. 하지만 분명히 말하지만 그런 말도 안 되는 소리는 그만 좀 했으면 좋겠어."

"아이를 가지려고 노력해 보기는 했어?"

"피임을 말하는 거야? 아니, 그런 건 구경해 본 일도 없어." 에디는 과장스러울 정도로 당당하게 말했지만, 얼굴은 붉게 달아올라 있었다. "아이가 없는 건 아내가……, 젠장, 너무 뚱뚱해서 그런 거야. 병원에 갈 때마다 의사가 그랬다는군. 살을 빼지 않으면 아이를 가질 수 없다고. 그래서 우리가 범죄자라도 된다는 거야, 뭐야?"

"진정해, 에즈." 리처드가 에디 쪽으로 몸을 굽히며 달래듯 말했다.

"에즈라고 부르지 말라니까! 그리고 제발 얼굴 좀 꼬집지 말란 말이야!" 에디가 소리 지르더니 리처드를 둘러보았다. "내가 싫어하는 줄 알잖아! 항상 싫어했다고!"

리처드는 눈을 끔뻑거리며 뒤로 물러나 앉았다.

"비벌리? 너희 부부는 어때?" 마이클이 물었다.

"없어. 우리 역시 피임은 하지 않았어. 톰은 아이를 원하고……, 물론 나도 마찬가지야." 비벌리는 서둘러 말을 마치고 눈치를 살폈다. 빌은 그녀의 눈빛이 멋진 연기를 끝내고 난 여배우의 눈빛과 비슷하다고 생각했다. "그냥 아직 애가 생기지 않았을 뿐이야."

"검사 같은 건 해 봤어?" 벤이 비벌리에게 물었다.

"엉? 물론 해 봤지."

그녀는 갑자기 키득키득 웃기 시작했다. 호기심과 통찰력을 타고난 사람들에게 종종 떠오르는 예감이라고 할까. 빌은 그 순간 비벌리와 "세상에서 가장 훌륭한 남편"이라는 톰 사이가 훤히 들여다보이는 느낌이었다. 비벌리는 불임 검사를 하러 갔을 것이다. 빌의 예상이 맞는다면 세상에서 가장 훌륭한 그녀의 남편은 신이 주신 자신의 고환 속에 아이를 만들 만한 정자가 없다는 사실을 인정하려 들지 않았을 것이다.

"빌, 자네는 어때?" 이번에는 리처드가 물었다. "노력은 하고 있나?"

모두들 호기심이 가득한 눈길로 빌을 바라보았다. 그들도 빌의 아내가 누구인지 정도는 잘 알고 있었다. 오드라가 세계적으로 가장 사랑받는 유명 여배우라고 할 순 없어도 20세기 후반부터 재능보다는 언론을 통해 급조되는 스타 시스템의 결과물임은 분명했다. 머리를 짧게 자른 사진을 《피플》에 실었고, (브로드웨이의 연극 무대 진출 계획이 좌절된 탓에) 뉴욕에서 한적한 시간을 보낼 때조차 소속사의 극구 반대를 무릅쓰고 《할리우드 스퀘어》에 일주일 내내 취재를 강행했다. 빌의 친구들에게 오드라는 너무도 잘 알려진 이방인이었다. 빌은 유독 비벌리가 무척 궁금한 표정을 하고 있다고 생각했다.

"지난 6년간 무진장 노력했지. 하지만 8개월 전부터는 그런 노력도 포기한 상태야. 우리 둘이 함께 준비해 온 「다락방」이라는 영화 때문이지."

"너도 알고 있는지 모르지만 매일 오후 5시 15분에서 30분까지 내가 공동으로 운영하는 연예 프로그램이 하나 있지." 리처드가 말했다. "「스타들은 지금」이라는 프로그램 말이야. 그런데 그 프로그램에서 지난주에 그 망할 영화를 다루었거든. 잉꼬부부가 함께 만든 행복한 영화, 뭐 그런 식으로 소개됐던 것 같아. 그때 너희 부부 이름을 들었지만, 전혀 너라고는 생각을 못 했어. 우습지 않아?"

"우습군. 어쨌든 오드라는 오히려 다행이라고 생각하고 있어. 영화를 준비하다가 덜컥 임신이라도 했으면 불편한 몸에 입덧까지 하면서 연기했을 거라면서 말이야. 하지만 우리 둘 다 아이를 원하고 있어. 노력도 많이했고."

"불임 검사는 받아 봤어?" 벤이 물었다.

"휴, 그래, 4년 전 뉴욕에서. 검진 결과 오드라의 자궁에서 작은 종양이 발견됐어. 의사들 말로는 그 때문에 임신에 문제가 있었던 건 아니지만 일찍 발견해서 천만다행이라고 하더군. 자칫 자궁 외 임신이 될지도 모르는 상황이었다면서 말이야. 아무튼 종양은 그때 제거했고, 우리 두 사람 모두 아이를 갖는 데 문제가 없다는 결과가 나왔어."

"어쨌든 아이 문제는 별개라고." 에디가 퉁명스럽게 말했다.

"하지만 일말의 단서가 될 수는 있을 거야." 벤이 중얼거리듯 말했다.

"아 참, 너는 밖에서 사고 치고 다닌 거 아냐, 벤?" 빌이 물었다. 그는 자기도 모르게 벤이라는 이름 대신 '노적가리'라고 부를 뻔했다는 사실이 놀랍고 기뻤다.

"난 결혼도 안 했고 항상 조심하는 편이지. 산부인과에 갈 일은 없을 것 같아. 그러니 달리 할 말이 없네."

"재미있는 얘기 하나 해 줄까?" 리처드가 웃으면서 말했지만 눈빛엔 웃음기가 없었다.

"좋지. 너는 항상 농담에 일가견이 있었으니까." 빌이 말했다.

"야, 꼬맹이, 내 똥꼬나 빠시지." 리처드는 아일랜드 경찰관의 목소리를 흉내 냈다. 기막힌 성대모사였다. 빌은 생각했다. '정말이지, 하나도 남김없이 갈고 닦았어. 장족의 발전이군, 리처드. 솔직히 어렸을 때는 아무리 네가 기를 써도 아일랜드 경찰관은 어림도 없었지. 물론 한 번인가……, 두 번 정도는 쓸 만했지…….

(죽음의 빛)

그게 언제더라?'

"내 똥꼬나 빠시지. 하지만 명심하라고, 똥침은 사양하겠어."

벤 한스컴은 갑자기 코를 움켜쥐더니 어린아이의 목소리로 냅다 소리를 질렀다. "삑삑, 경고, 경고, 리처드! 삑삑! 삑삑!"

잠시 후, 웃음을 터뜨리며 에디가 코를 잡고 삑삑 소리를 냈다. 비벌리도 곧바로 따라했다.

"알았어! 알았다고!" 리처드도 웃음을 띠며 손사래를 쳤다. "알았어, 항복! 제기랄!"

"진작 그러셔야지." 에디는 의자 깊숙이 등을 기댔고 너무 웃는 바람에 울부짖다시피 말했다. "그때는 정말 그랬어, 촉새. 그걸 생각해 내다니 역시 벤이야."

벤은 미소를 지었지만 약간 어리둥절해 보였다.

"삑삑." 비벌리는 여전히 키득거렸다. "나도 까맣게 잊고 있었어. 언제나 리처드에게 경고를 보내곤 했잖아. 삑삑."

"너희들은 진정한 재능을 알아보지 못했을 뿐이야." 리처드가 편안하고 여유로운 표정으로 말했다. 예전에도 그들은 곧잘 리처드에게 무안을 줬지만, 리처드는 그때마다 오뚝이 인형처럼 벌떡 일어섰다. "그러니 왕따 클럽이 될 수밖에 없었지. 안 그래, 노적가리?"

"글쎄, 듣고 보니 그런 것도 같은걸."

"오, 정말 대단하신 분이야!" 리처드는 경외감에 목소리까지 떨며 이슬람 교도식 인사를 하기 시작했고, 그때마다 머리가 찻잔에 부딪힐락 말락 했다. "오, 위대하신 분! 오, 신의 가호를, 위대하신 분!"

"삑삑, 리처드 또 경고야." 벤은 심각하게 말하다가 깊고 묵직한 웃음을 터뜨렸다. 어렸을 때 늘 불안하게 떨리던 음성과는 사뭇 달랐다. "리처드, 입심은 여전하구나."

"나는 아이가 있을까 없을까, 어디 사연 한번 들어 볼래? 뭐, 대단한 얘기는 아니고. 듣다가 아니다 싶으면 얼마든지 삑삑대도 좋아. 그래도 꿋꿋하게 받아 줄 테니까. 이래 봬도 오지 오스본_{유명}메탈 그룹 블랙 사바스의 보컬리스트였음과 인터뷰까지 하신 몸이라고."

"한번 읊어 봐." 빌은 리처드에게 얘기를 청하며 마이클의 안색을 살폈다. 마이클도 식사를 시작할 때보다 한결 편안해 보였다. 아주 자연스럽게 각자 예전의 역할로 돌아가는 모습, 보통 동창회에서는 쉽게 일어날 수 없는 광경을 목도하고 있기 때문일까? 빌은 그럴 거라고 생각했다. 마법을 사용하기 위한 필수 조건 같은 것이 있다면, 애써 찾지 않아도 그들은 그 조건이 무엇인지 저절로 깨달을지도 몰랐다. 그렇다고 빌은 위안을 느끼지 못했다. 오히려 유도 미사일 탄두에 매달려 날아가는 기분이 들었다.

삑삑, 정말 어디선가 경고음이 들려오는 것 같았다.

"그러니까 이야기를 길고도 슬프게 만들 수도 있고, 블론디와 대그우드신문 연재 만화 만화 판으로 들려줄 수도 있지만, 내 생각에는 그 중간쯤이 적당할 것 같군. 캘리포니아로 이주한 지 1년 뒤 여자 친구를 만나 서로 열렬히 사랑했지 뭐야. 동거를 시작했어. 그녀는 피임약 때문에 항상 속이 뒤틀렸던 모양이야. 결국에는 링을 사용하고 싶다기에 내가 길길이 날뛰었지. 그때 마침 자궁에 삽입하는 피임 장치들이 안전하지 못하다는 기사들이 신문에 실릴 때였어.

우리는 아이 얘기를 많이 했지만, 결혼을 하더라도 아이는 갖지 않기로 합의했어. 이처럼 지저분하고 위험하고 인구가 넘쳐 나는 세상에서 아이를 키울 수 없으며……, 어쩌고저쩌고 해서, 차라리 아메리카 은행의 남자 화장실에 폭탄을 설치하고 무허가 숙박소에 들어가 마약이나 복용하면서 마오쩌둥주의와 트로츠키주의의 차이점에 대해 토론하는 편이 낫겠다고 결론을 내렸지.

어쩌면 내가 우리 두 사람에게 너무 잔인했는지도 몰라. 젠장, 우리는 젊고 합리적인 이상주의자들이었으니까. 결국 내가 정관 수술을 했지. 비벌리힐스 사람들은 그걸 세련된 유행처럼 생각하더군. 수술은 잘됐고 후유증도 없었어. 후유증에 고생할 수도 있거든. 내 친구 중 한 놈은 1959년형 캐딜락 타이어만 하게 불알이 부어올랐으니까. 그래서 그 친구 생일 때 멜빵과 큼지막한 통 두 개를 선물할까 생각했지. 디자이너에게 맞춰 입은 옷처럼 말이야. 하지만 그전에 가라앉더군."

"역시 재치와 품위가 있는 말이군."

빌이 리처드를 향해 말하자 비벌리는 다시 웃음을 터뜨렸다.

리처드는 천진스러운 함박웃음을 지었다. "고마워, 빌. 그렇게 칭찬해 주다니. 최근에 나온 네 소설을 보니까 '엿 같다'라는 말이 206번이나 쓰였더군. 내가 다 세어 봤거든."

"삑삑, 촉새." 빌이 부루퉁한 표정으로 말했지만, 다른 이들은 모두 만면에 웃음이 가득했다. 빌은 10분 전까지만 해도 그 자리에서 아이들 살인 사건을 말하고 있었다는 것이 믿어지지 않았다.

"계속해 봐, 리처드. 시간이 남아도는 게 아니니까." 벤이 말했다.

"샌디와 나는 2년 반 동안 함께 살았어. 결혼까지 할 뻔한 것도 두 번이나 됐지. 결과적으로는 결혼까지 안 한 게 잘한 일이다 싶어. 서로 상처를 덜 주고, 부부의 공동 재산이니 하는 문제로 골머리를 썩지 않았으니까. 샌디는 워싱턴에 있는 합동 변호사 사무소에서 일해 보라는 제의를 받았고, 같은 시기에 나도 KLAD 방송국에서 주말 디제이 제의를 받았지. 대단한 제의는 아니지만 솔깃하더군. 샌디는 자신에게 절호의 기회이니 내가 발목을 잡는다면 미국에서도 가장 무식한 남성 우월주의자가 될 거라고 말했어. 게다가 어차피 캘리포니아에서 이미 마음이 떠났다는 거야. 그래서 나도 좋은 기회를 잡았다고 말했지. 우리 둘은 그 문제를 놓고 넌덜머리 날 정도로 떠들다가 결국 난장판 속에서 샌디가 떠나 버렸어.

그리고 1년쯤 지났을까, 나는 묶었던 정관을 다시 풀기로 마음먹었어. 특별한 이유가 있어서도 아니고, 복원 가능성도 들쭉날쭉하다고 어디선가 읽어서 알고 있었지. 하지만 난 웃기지 말라고 생각했어."

"그때 꾸준히 교제하는 사람이라도 있었나?" 빌이 물었다.

"아니. 그게 웃긴 부분이야." 리처드는 인상을 찌푸리며 말했다. "어느 날 아침에 눈을 떴는데……, 글쎄, 무작정 요놈의 망아지를 다시 풀어 주고 싶더라고."

"미쳤던 게 틀림없어." 에디가 말했다. "국부 마취가 아니라 전신 마취를 해야 하잖아. 수술하고, 그 후에 일주일 정도는 입원해야 하고."

"그래, 의사도 똑같은 말을 하더군. 그래서 나는 알아서 처리하고 수술이나 해 달라고 했지. 왜 수술을 하려고 했는지는 여전히 아리송했지만 말이야. 의사는 수술한 후 고통이 심하며 성공률도 50퍼센트밖에 안 된다고 말하더군. 나는 그래도 하겠다고 했지. 의사는 알았다며 언제 하겠냐고 물었어. 너희들도 상상하겠지만 나는 번갯불에 콩 구워 먹을 정도로 급했거든. 의사는 진정하라며 우선은 정자를 채취해 굳이 복원 수술을 할 만한지 알아봐야 한다는 거야. 그래서 나는 '돌아 버리겠네, 정관 수술할 때 이미 검사를 받았단 말이오. 애 만드는 데 아무 문제 없다고 합디다.' 했지. 그랬더니 의사 말이 묶였던 정관이 저절로 풀리는 수가 있다고 하더군. 나는 '엄마야! 그런 말은 처음 듣는데요.' 하고 말했지. 의사는 극히 낮은 확률이지만 수술 자체가 쉽게 할 수 있는 일이 아니므로 일단 검사부터 해 보자고 하더군. 그래서 나는 할리우드 도색 잡지를 하나 들고 남자 화장실에 처박혀 큼지막한 유리잔에다……."

"삑삑, 리처드." 비벌리가 경고를 보냈다.

"아참, 숙녀 분이 있었지. 솔직히 도색 잡지 부분은 거짓말이야. 그렇게 훌륭한 잡지를 의사 선생 방에서 찾아보기는 힘든 법이니까. 어쨌든 사흘 후에 의사에게 전화했더니, 그 양반 하는 말이 좋은 소식과 나쁜 소식이 있는데 어느 것부터 듣겠냐는 거야. 그래서 '좋은 뉴스부터 말해 주시죠.' 했지. 의사 선생 왈, '좋은 뉴스는 수술할 필요가 없다는 겁니다. 그리고 나쁜 뉴스는 최근 이삼 년 동안 선생과 잠자리를 한 여자들이 친자 소송을 걸어 올 경우 선생이 이길 확률이 없다는 겁니다.'

그래서 내가 '제가 지금 제대로 듣고 있는 거죠?' 하고 물었지.

'그러니까 아주 오랫동안 선생이 맹물만 쏜 게 아니란 얘기입니다. 선생의 정자 샘플에서 수백만 마리의 정충이 기운차게 움직이고 있더군요. 다시 말해 전에도 그랬고, 앞으로도 그렇고, 피임 없이 즐길 수 있는 기회가 없을 거라는 말입니다.'

나는 의사에게 고맙다고 말하고 전화를 끊었지. 그리고 워싱턴에 있는 샌디에게 전화를 걸었어.

'리처드, 당신이야!'"

리처드의 목소리는 갑자기 그들 중 아무도 만난 적 없는 샌디라는 여자의 음성으로 바뀌었다. 흉내를 내거나 비슷한 정도가 아니라 그 목소리 자체였다. 말로 그린 인물화에 가까웠다.

"'정말 반가워! 리처드, 나 결혼했어!'

'그거 잘됐네. 소식이라도 주지 그랬어. 결혼 선물로 믹서라도 보내 줬을 텐데.'

그녀가 계속 떠들더군. '역시 리처드답군. 입만 열었다 하면 우스갯소리니 말이야.'

그래서 나도 가만 있을 수 있나. '그럼, 재치 덩어리 리처드가 어디 가나. 그건 그렇고 샌디, 로스앤젤레스를 떠난 후 혹시 아이를 갖진 않았어? 혹시 아닌 밤중에 홍두깨 식으로 소파수술을 한 적은 없냐고?'

'그 말은 별로 재미없다, 리처드.' 그렇게 말하며 전화를 곧 끊을 것 같아서 나는 머릿속이 하얗게 비는 느낌이더군. 그래서 다짜고짜 무슨 일이 있었냐고 다시 물었지. 그녀는 하늘이 무너져라 웃어 댔어. 내가 말했던가, 우리가 어렸을 때 종종 그랬듯이 그녀도 미친 듯이 까르르 웃는 버릇이 있었다고. 나는 웃음소리가 좀 진정되기를 기다렸다가 무엇이 그리 우습냐고 물었지. '그냥 세상 살아 볼 일이다 싶어서. 당신을 놀려 줄 기회가 왔으니 말이야. 솔직히 요즘에야 웃기는 농담은 죄다 레코드 토저한테서 나오는 세상이잖아. 내가 동부로 떠난 후에 얼마나 많은 사생아를 싸질렀지, 리처드?'

'그럼 당신은 아직 엄마가 되지 않았다는 얘기로 들어도 되겠지?' 내가 물었어.

'7월이 산달이야. 또 궁금한 거 있어?'

'응, 한 가지만 더. 언제부터 이 더러운 세상에 아이들을 낳아서 불행하게 만들 생각을 하게 됐지?'

'드디어 더럽지 않은 남자를 만났구나 판단이 섰을 때였지.' 그러고는 전화를 끊어 버리더군."

빌이 웃음을 터뜨렸다. 그는 눈물까지 흘리며 웃었다.

"음, 샌디는 냉정하게 마지막 선을 긋고 싶었던 것 같은데, 한편으로는 하루 종일 전화를 기다렸을지도 몰라. 왜냐하면 칼자루는 내가 쥐고 있었으니까. 그래서 일주일 뒤 의사를 찾아가 정관이 저절로 풀리는 사례가 얼마나 되는지 물었지. 의사도 그 문제를 놓고 동료들과 얘기를 나눈 일이 몇 번 있다고 하더군. 1980년에서 1982년까지 3년 동안, 캘리포니아 의사 협회에 보고된 예가 스물세 건이었대. 그중 여섯 건은 수술을 잘못한 결과였지. 다른 여섯 건은 의사를 공갈 협박하려는 사기 사건이었대. 그래서……, 실제 정확한 사례는 열한 건이라는 거야."

"열한 건이라, 그럼 정관 수술을 한 경우는 통틀어 얼마나 되지?" 비벌리가 물었다.

"28,618건." 리처드는 덤덤하게 대답했다.

침묵이 흘렀다.

"아일랜드 경마 복권의 당첨 확률과 맞먹지." 리처드가 말했다. "물론 그걸 증명할 만한 아이는 아직 없지만. 어때, 이 정도면 재밌지 않아, 에즈?"

에디의 얼굴이 다시 굳어졌다. "여전히 아이 문제와 이번 일이 무슨 상관 있다는 증명이 안……."

"안 되지." 빌이 말했다. "아무것도 증명하진 못해. 하지만 확실히 어떤 연결 고리를 암시하긴 해. 문제는 이제 우리가 어떻게 해야 하는가, 그거야. 혹시 생각해 둔 게 있어, 마이클?"

"생각은 해 봤지. 하지만 예전처럼 우리가 모두 함께 모여 얘기를 할 때까지는 확신할 수 없었어. 말하기 전에 우선 다짐을 받아야 할 일이 있어. 너희들 모두 예전에 했던 것처럼 그 일을 다시할 생각이야? 그것과 다시 한번 맞서 싸우겠어? 아니면 뿔뿔이 흩어져서 지금까지의 일상으로 돌아가고 싶어?"

"그 말은······."

비벌리가 입을 열었지만 마이클이 손사래를 치며 제지했다. 미처 말을 다 끝내지 못했기 때문이다.

"우리가 성공할지는 결코 장담할 수 없어. 상황이 좋지 않아. 스탠리가 함께 왔다고 해도 상황이 그리 달라졌을 것 같지도 않고. 물론 스탠리가 있는 편이 한결 나았겠지만. 스탠리의 죽음으로, 그날 했던 집단의 서약이 깨지고 말았어. 이런 상황에서 그것을 끝장낼 수 있을지, 아니면 예전처럼 잠시 동안이라도 멀리 내쫓을 수 있을지는 알 수 없어. 그것에게 차례차례 아주 끔찍한 방식으로 우리 모두 죽임을 당할지도 모르지. 어렸을 때는 어떻게 그 완벽한 집단을 이루었는지 몰랐고, 지금도 마찬가지야. 우리가 이 일을 함께하기로 마음먹는다면 그때와 비슷할 정도의 응집력을 보여 주어야 할 거야. 그럴 수 있을지 미지수야. 다만 만약 우리가 나름대로 준비를 철저히한 상태에서 아무 소용 없다는 사실이 밝혀진다면 그땐······, 그땐 이미 너무 늦고 말아."

마이클은 대꾼한 눈과 피곤에 지친 갈색 얼굴로 친구들을 둘러보았다. "그래서 말인데 투표를 하는 게 좋겠어. 여기 남아 싸울 것인지, 아니면 집으로 돌아갈 것인지. 각자의 선택에 맡기는 거야. 너희들이 기억하지도 못할 오래전 약속을 빌미로 너희들을 여기로 불러 모으기는 했지만, 지금 이 자리에서는 그 약속을 강요하지 못하겠어. 약속에 못이겨 행한 결과가 훨씬 나쁠 수도 있으니까."

마이클은 빌을 바라보았다. 빌은 올 것이 왔다고 생각했다. 끔찍하지만 막을 수 없는 일이었다. 한편으로는 자살하기 위해 질주하는 자동차의 운전대에서 손을 놓고 두 눈을 가렸을 때의 후련함 같은 것을 느끼며, 그는 마이클의 제의를 받아들였다. 그들을 모두 한자리에 불러 모아 명료하게 상황을 준비해 놓았던 마이클……, 그는 이제 지도자의 망토를 벗어 던지려 하고 있었다. 그는 1958년 당시 그들을 이끌었던 장본인에게 그 망토를 넘겨주려고 하는 것이다.

"어떻게 할 거지, 빌. 결정하라고."

"그전에, 너희들 모, 모두 마이클의 질문을 이해하고 있는 건지 알고 싶어. 비벌리, 좀 전에 무슨 말인가 하려고 했잖아."

비벌리는 머리를 흔들었다.

"좋아. 우리 모두 여기 남아 맞서 싸울 것인지, 아니면 모든 걸 잊고 제자리로 돌아갈 것인지, 그게 문제겠지? 여기 남을 사람?"

5초 남짓, 아무도 꼼짝하지 않았다. 빌은 문득 물건값이 갑자기 뛰자 경매 가격이 치솟을까 봐 꼼짝없이 얼어붙은 경매장 분위기를 떠올렸다. 행여 가려운 곳을 긁거나 파리를 쫓고, 코끝을 만지는 바람에 경매인이 잘못 알고 5,000달러나 25,000달러까지 값을 올릴까 두려워하는 모습을 말이다.

빌은 조지를 떠올렸다. 누구에게 해코지 한번 한 일이 없고, 그저 홍수 때문에 일주일 내내 집 안에 갇혀 있다가 밖으로 나간, 천진난만한 기대감에 젖어 한 손에 신문지로 만든 종이배를 들고, 한 손으론 노란색 비옷의 허리띠를 붙잡은 채 형에게 고맙다고 말하던 조지를. 허리를 굽혀 열띤 형의 뺨에 뽀뽀하며 "형, 고마워. 정말 멋진 배야." 하던 조지를 떠올렸다.

빌은 오랜 분노가 꿈틀하는 것을 느꼈지만 그는 이제 성숙하고 시야도 넓어져 있었다. 그저 조지를 위한 일은 아니었다. 무참히 희생당한 이름들이 줄줄이 빌의 머릿속을 지나갔다. 땅바닥에 얼어붙은 시신으로 발견된 베티 립슨, 켄더스키그에서 낚싯바늘에 끌어올려진 셰릴 라모니카, 세발자전거에서 사라져 찢긴 시체로 나타난 매튜 클레멘츠, 하수구에서 발견된 아홉 살의 베로니카 그로건, 그리고 스티븐 존슨, 리자 앨브렛 등등. 신만이 얼마나 많은 아이들이 사라졌는지 알고 있을 것이다.

빌은 천천히 손을 들어 올리며 말했다. "그것을 끝장내자. 이번에는 완전히 숨통을 끊어 버리자고."

한동안 빌의 손은 반에서 혼자만 답을 알고 있는 아이처럼, 그리고 다른 아이들은 모두 그 아이의 치켜든 손에 분노를 느끼며, 그렇게 홀로 허공에 떠 있었다. 이윽고 리처드가 한숨을 쉬며 손을 들었다.

"제길. 오지 오스본과 인터뷰했을 때보다야 낫겠지, 뭐."

비벌리도 손을 들었다. 핏기가 다시 돌아온 얼굴이지만 광대뼈 부근에 홍조가 짙었다. 극도로 흥분하고 공포에 질린 표정이었다.

마이클이 손을 들었다.

벤이 손을 들었다.

에디 카스브랙은 그대로 몸뚱이가 녹아서 의자에 묻혀 사라져 버렸으면 하는 표정이었다. 갸름하고 섬세한 얼굴이 오른쪽과 왼쪽을 차례로 둘러보고 다시 빌 쪽으로 돌아왔다. 잠시 동안 빌은 에디가 자리를 박차고 일어나 뒤도 돌아보지 않고 방을 나갈 거라고 확신했다. 그러나 에디는 허공에 손 하나를 들어 올리고 다른 한 손으로 흡입기를 꽉 움켜쥐었다.

"역시 에즈야." 리처드가 말했다. "이번에는 정말 신나게 웃어 보자고. 그렇게 될 거야."

"삑삑, 경고야, 리처드." 에디가 떨리는 음성으로 말했다.

왕따들, 후식을 먹다

"자, 이제 네 생각을 말해 봐, 마이클."

빌이 물었다. 그러나 마침 로즈가 행운의 과자^{행운의 메시지를 담은 쪽지가 들어 있음} 접시를 들고 나타났다. 로즈는 허공에 올라간 손님들의 손을 지켜보면서도 짐짓 관심 없다는 정중하고 신중한 표정을 지어 보였다. 그들은 서둘러 손을 내리고 로즈가 나갈 때까지 한마디도 하지 않았다.

"간단해. 하지만 그만큼 위험할지 몰라." 마이클이 말했다.

"말해 보라니까." 리처드가 재촉했다.

"지금부터 각자 흩어져서 행동해야 할 것 같아. 각자 데리에서 가장 기억에 또렷한 곳을 찾아가는 거야……, 황무지를 제외하고 말이지. 아직 황무지에 갈 필요는 없다고 생각해. 도보 여행 같은 거라고 생각하면 될 거야."

"무슨 이유가 있을 것 아냐?" 벤이 물었다.

"솔직히 나도 정확히 모르겠어. 내가 직관에 많이 의지하고 있다는 사실을 이해해 주었으면 해……."

"하지만 직관이라도 장단을 알아야 춤을 출 것 아니냐고."

리처드의 말에 모두가 웃었다. 마이클은 웃지 않았다. 그는 고개를 끄덕였다.

"리처드의 말에도 일리가 있군. 직관에 따라 움직이는 것 자체가 장단에 맞춰 춤추는 일과 다를 바 없겠지. 어른이 된 후에는 직관을 사용하기 어려워지지만 그 때문에 우리에겐 최선의 방법일지 몰라. 아이들이라면 결과가 어떻든 80퍼센트 정도는 직관력을 사용할 수 있거든."

"그때의 상황으로 돌아가 보자는 얘기 같은데." 에디가 말했다.

"그래. 어쨌든 그게 내 생각이야. 마땅히 갈 곳이 떠오르지 않으면, 그냥 발길이 닿는 대로 걸어가면서 주변을 돌아보라고. 그런 다음 오늘 밤 도서관에 다시 모여 각자 경험한 일들을 말해 보는 거야."

"아무 일도 없으면 어쩌지." 벤이 말했다.

"아니, 무슨 일이든 일어날 거야." 마이클이 말했다.

"그 일이라는 게 어떤 거지?"

빌이 묻자, 마이클은 고개를 가로저었다.

"나도 몰라. 기분 좋은 일은 아닐 것 같아. 어쩌면 우리들 중 오늘 밤 도서관에 나타나지 않는 사람도 생길지 모르지. 딱히 설명할 수는 없지만……, 역시 직관이라는 말밖에 할 수 없군그래."

모두들 침묵으로 마이클의 제안을 받아들였다.

"그런데 왜 따로따로 가야 하는 거지? 어차피 힘을 합쳐야 하는 일인데 시작부터 흩어지라니 말이야. 마이클, 네 말대로 아주 위험한 일이 벌어질지도 모른다면서?" 비벌리가 마지막 궁금증을 털어놓았다.

"그 부분은 내가 답할 수 있을 것 같은데." 빌이 말했다.

"말해 봐, 빌."

"원래 이 모든 것은 각자 개별적으로 출발했어. 아직 전부를 기억할 수 없지만, 그런 확신이 들어. 에디가 니볼트 가 저택 현관에서 봤다는 문둥이. 마이클이 배시 공원의 운하 주변 잔디밭에서 봤다는 핏자국. 또 그 새……, 마이클, 새에 대한 것도 있었지?"

"그래, 아주 커다란 새였어."

"하지만 세서미 스트리트^{미국의 장수 유아 교육 프로그램}처럼 혼자 가도 재미있는 곳이 아니잖아." 리처드가 갑자기 목청을 높였다. "이 제임스 브라운^{리듬 앤 블루스 가수 겸 작곡가}에게 데리가 한 방 먹이겠군! 오, 우리에게 신의 가호를!"

"삑삑, 리처드."

마이클의 경고음에 리처드는 슬쩍 꽁무니를 뺐다.

"비벌리, 네 경우는 배수관에서 피가 나오고 목소리가 들려왔지. 그리고 리처드는……." 빌은 리처드를 바라보다 말꼬리를 흐렸다.

"내가 바로 예외적인 인간이지, 빌." 리처드가 말했다. "그해 여름이 이상야릇하게 꼬였을 때도 나는 특별히 이상한 경험을 한 일이 없거든. 그나마 가장 이상했던 건 조지의 방에서 너와 함께 사진을 본 것뿐이야. 그날 둘이서 너희 집에 가서 조지의 앨범을 뒤적였잖아. 운하 옆 센터 가를 찍은 사진이 움직이기 시작했지. 기억 안 나, 빌?"

"기억나. 하지만 그 일 말고 너 혼자 이상한 경험을 한 일이 없단 말이야, 리처드? 아무 일도?"

"글쎄……." 리처드의 눈동자에 순간 빛이 스쳤다. 그는 느릿느릿 말했다. "글쎄, 여름 방학이 가까웠을 무렵인가, 헨리 패거리에게 쫓기다 프리즈 백화점의 완구 매장까지 도망친 일이 있긴 해. 시의회 건물까지 갔다가 공원 벤치에 앉아 잠시 숨을 돌리다 무엇인가 본 것도 같고……. 아니, 그냥 착각이었던 것 같아."

"그게 뭐였지?" 비벌리가 물었다.

"아무것도 아니야." 리처드는 퉁명스러울 정도로 거칠게 말했다. "착각이었다니까. 정말이야." 리처드는 마이클을 바라보았다. "하지만 도보 여행은 괜찮아. 오후 시간을 죽일 수 있잖아. 예전에 살던 집도 한번 둘러보고."

"그럼 모두 마이클의 생각에 찬성하는 거지?" 빌이 물었다.

그들은 모두 고개를 끄덕였다.

"그럼 오늘 밤 도서관에서 만나기로 하지……. 몇 시가 좋을까, 마이클?"

"7시. 혹시 늦게 도착하는 사람은 벨을 누르라고. 아이들 여름 방학이 시작될 때까지는 평일 7시에 도서관 문을 닫으니까."

"좋아, 7시로 정하지." 빌은 사뭇 진지한 눈길로 좌중을 둘러보았다. "모두 조심들 하라고. 우리가 지금 무, 무엇을 하려는지 제대로 모르고 있다는 점, 명심해. 정찰이라고 해 두지, 뭐. 혹시 무슨 일이 생기더라도 싸울 생각 말고 무조건 도망쳐야 해."

"나는 만인의 연인이지, 싸움꾼은 아니라네." 리처드는 잠에 취한 듯한 마이클 잭슨의 목소리를 흉내 냈다.

"그래, 이왕 하기로 마음먹었으면 제대로 해 보자." 벤의 왼쪽 입가에 작은 미소가 떠올랐다. 그러나 씁쓸함에 가까운 미소였다. "솔직히 황무지를 제외하면 갈 곳이 막막하군그래. 너희들과 함께했던 그곳이 내겐 최고였으니까." 그는 잠시 비벌리를 바라보다 이내 시선을 떨구었다. "내겐 황무지처럼 의미 있는 곳도 드물어. 건물들이나 구경하며 몇 시간 이 주변을 배회하다 끝날 것 같아."

"야, 노적가리, 너도 갈 만한 곳이 생각날 테니까 걱정 마." 리처드가 말했다. "옛날에 군것질하느라 자주 갔던 가게에 들러 배도 좀 채울 수 있잖아."

"음, 나는 이미 결정했어." 에디가 말했다.

"잠깐만!" 모두 자리에서 일어서려는 순간, 비벌리가 소리쳤다. "행운의 과자는 먹고 가야지! 깜박 잊을 뻔했잖아!"

"그래, 어디 내 과자엔 뭐라고 적혀 있나 볼까." 리처드가 말했다. "얼마 안 있어 커다란 괴물한테 잡혀 먹을 운세, 하루 잘 보내시길. 이렇게 적혀 있는걸."

모두가 웃는 가운데 마이클은 행운의 과자가 담긴 접시를 마이클에게 건네주었다. 리처드는 과자 하나를 집더니 옆 사람에게 접시를 돌렸다. 빌은 다른 친구들에게 접시가 다 돌아갈 때까지 과자의 껍질을 벗기지 않았다. 이제 그들은 모자 모양의 과자를 탁자 위에 올려놓거나 손에 쥐고 있었다. 비벌리가 여전히 만면에 미소를 띠고 자신의 과자를 들어 올리자, 빌은 목구멍까지 올라온 다급한 외침을 느꼈다. '안 돼! 안 돼, 그러지 마. 다시 내려놔, 열어 보면 안 된다니까!'

하지만 이미 늦었다. 비벌리는 어느새 과자의 껍질을 벗겼고, 벤과 에디도 차례차례 과자를 집어 들었다. 곧바로 비벌리의 얼굴이 파랗게 질리자, 빌은 내심 이런 생각이 들었다. '그래, 어차피 행운의 과자를 확인도 않고 그냥 입속에 털어 넣는 사람은 없겠지. 그런다고 달라질 건 없지만, 그래도 곧바로 과자만 먹는 사람은 없을 거야. 어쨌든 우리는 여전히 찾아내야 할 기억들이 많아……. 전부 기억해 내야 할지도 모르니까.'

게다가 빌은 무감각한 무의식이야말로 무엇보다 가장 섬뜩한 진실임을 깨달았다. 그들 하나하나에 그것이 얼마나 깊고 또렷하게 영향을 미쳐 왔는지……, 마이클의 설명보다 더 분명한 깨달음이었다. 그것이 지금까지도 그들에게 영향력을 행사하고 있다는 사실.

절단된 동맥처럼 비벌리의 과자에서 핏줄기가 솟구쳤다. 핏줄기는 그녀의 손을 타고 흘러내려 이내 하얀 냅킨을 붉게 물들이고 다시 그녀의 손가락에 번졌다.

에디 카스브랙은 억눌린 비명을 토하며 의자가 뒤집힐 정도로 갑자기 사지를 버둥거리면서 탁자를 밀쳤다. 황갈색의 딱딱한 등껍질을 한 흉측한 벌레 한 마리가 누에처럼 과자에서 빠져나왔다. 새카만 눈알은 앞을 노려보고 있었다. 벌레가 꿈틀거리며 에디의 음식 접시 위로 올라가는 동안, 등딱지에서 과자 부스러기가 떨어졌다. 빌은 오후 늦게 잠깐 눈을 붙였을 때 시달렸던 악몽을 떠올렸다. 벌레가 뒷다리를 비비며 가느다란 마찰음을 내자 빌은 그것이 귀뚜라미의 돌연변이라고 생각했다. 벌레는 접시 가장자리까지 기어가더니 벌러덩 뒤집힌 자세로 식탁보에 떨어졌다.

"맙소사!" 리처드는 간신히 목멘소리로 말했다. "빌, 저것 좀 봐. 저 망할 놈의 눈알을 좀 보라니까……."

빌이 황급히 주위를 바라보자, 리처드는 자신이 선택한 과자를 쳐다보며 욕지기를 참듯 입술을 깨물고 있었다. 반지르르한 리처드의 과자 한쪽이 식탁보 위로 떨어지면서, 인간의 눈동자처럼 이글거리는 동공이 나타났다. 과자 부스러기가 휑한 갈색 홍채와 망막 주변에 흩어졌다.

벤 한스컴도 과자를 집어던졌지만 화들짝 놀라 진저리치는 사람의 동작과는 약간 달랐다. 그가 골라 낸 행운의 과자가 식탁 위로 데구루루 굴렀다. 빌은 그 과자 안쪽에서 이빨 두 개와 피가 엉겨 붙은 치근(齒根)까지 똑똑히 볼 수 있었다. 조롱박 속의 씨앗처럼 이빨이 서로 부딪혀 달그락거렸다.

빌은 비벌리를 바라보았다. 그녀는 곧 비명을 지를 것처럼 숨결이 격해져 있었다. 그녀의 눈은 에디의 과자에서 빠져나온 벌레에 못 박혀 있었고, 벌레는 뒤집힌 채 사지를 버둥대는 중이었다.

빌이 움직이기 시작했다. 어떤 생각을 해서가 아니라, 반사적인 행동이었다. 그가 자리를 박차고 일어나는데 난데없이 직관이라는 단어가 떠올라 비명을 지르려는 비벌리의 입을 틀어막았다. '그래, 직관대로 행동했으니, 마이클이 뿌듯해하겠군.'

비벌리의 입에서 비명 대신 억눌린 신음이 흘러나왔다. "으으으윽!"

에디가 씨근거렸는데, 빌은 그 숨소리를 이제 또렷이 기억해 냈다. '하지만 괜찮아, 허파 빨대가 있으니 에디는 문제없을 거야. 아주 튼튼하지.' 프레디 파이어스톤이라면 그렇게 말했을 것이다. 빌은 처음도 아니고 왜 그런 위급한 순간에 기이한 생각들이 떠오르는지 의아했다.

빌은 실내를 날카롭게 둘러본 후, 그해 여름에서 또 어떤 기억과 음향이 불쑥 나타나는지 확인해 보았다. "모두 끽소리도 내지 마! 한마디도 안 돼! 절대 비명을 지르면 안 돼!"

리처드는 손으로 입을 틀어막았다. 마이클의 안색은 잿빛으로 변해 있었지만 빌에게 고개를 끄덕였다. 모두 식탁에서 멀리 떨어져 있었다. 빌은 자신의 과자를 열어 보지 않았지만, 이미 과자 양쪽이 저절로 천천히 부풀어 올랐다가 가라앉고 다시 부풀었다가 가라앉는 모습을 지켜보았다. 자신의 심장처럼.

"으으으윽!" 비벌리가 다시 신음하자, 빌의 손바닥에 그녀의 숨결이 닿았다.

"비벌리, 조용히해." 빌은 비벌리의 입에서 손을 떼며 말했다.

그녀의 얼굴에 눈동자만 남아 있는 것 같았다. 입술이 일그러져 있었다. "빌……, 빌, 저거 봤어……?" 힐끔거리던 그녀의 눈동자가 벌레에 못 박혔다. 벌레는 죽어 가고 있는 것 같았다. 쭈글쭈글한 눈알이 그녀를 바라보자, 그녀의 입에서 신음소리가 흘러나왔다.

"그, 그만. 말하지 마. 식탁으로 돌아가 앉아." 빌이 험악하게 말했다.

"난 못해, 빌. 움직일 수……."

"할 수 있어! 해, 해야 해!"

빌은 구슬발 너머 복도 쪽에서 다가오는 가볍고 재빠른 발소리를 들었다. 빌은 주위를 살폈다. "너희들도 전부! 식탁에 앉아! 이제 말을 하라고! 자연스럽게!"

비벌리는 애원하는 눈빛으로 바라보았지만 빌은 고개를 저었다. 빌은 행운의 과자를 애써 외면하면서 자리에 앉아 의자를 바짝 끌어당겼다. 과자 속에 고름이 꽉 찼는지, 믿어지지 않을 정도로 부풀어 오른 상태였다. 그리고 여전히 심장 박동처럼 부풀었다가 가라앉기를 되풀이했다. '박살을 내 주겠어.' 빌은 어렴풋이 그 생각을 떠올렸다.

에디는 흡입기를 다시 목구멍에 들이대고 쏘고는, 오랫동안 폐로 헐떡이며 김을 들이마신 후 가녀린 비명을 토해 냈다.

"그래, 이번에는 어느 팀이 우승할 것 같아, 마이클?" 빌은 미친 듯한 미소를 띠고 마이클에게 물었다. 그때 마침 로즈가 구슬발 사이로 들어섰고, 무슨 일이라도 있는지 무언의 표정으로 묻고 있었다. 빌은 곁눈질로 비벌리가 탁자 앞에 바짝 다가앉는 모습을 확인했다. '역시 용감한 여자야.'

"내 생각에는 시카고 베어스가 괜찮아 보이더군." 마이클이 빌의 질문을 요령껏 받아넘겼다.

"모두 괜찮으신가요?" 로즈가 물었다.

"그, 그럼요." 빌은 에디를 향해 엄지손가락을 치켜세웠다. "저 친구가 천식 때문에 좀 고생했을 뿐입니다. 방금 치료를 했으니 괜찮아질 겁니다."

로즈는 근심스러운 표정으로 에디를 바라보았다.

"괜찮아요." 에디는 숨을 몰아쉬며 말했다.

"지금 식탁을 치워 드릴까요?"

"조금 있다가요." 마이클은 로즈를 향해 환한 웃음을 꾸며 보였다.

"식사는 만족하셨는지요?" 로즈는 다시 식탁을 둘러보았지만 이상한 구석은 조금도 발견할 수 없었다. 그녀의 눈에는 돌연변이 귀뚜라미도, 휑한 눈동자도, 혼자 숨쉬고 있는 빌의 과자도 보이지 않았다. 물론 식탁보 여기저기에 떨어져 있는 핏자국도 보일 리 없었다.

"정말 맛있게 먹었어요." 비벌리도 웃으며 말했는데 빌이나 마이클의 웃음보다 더 자연스러워 보였다. 그래서 요리나 서비스에 무슨 문제가 있다고 미심쩍어하던 로즈의 마음도 이내 사그라졌다.

'여자가 더 배짱이 두둑하다니까.' 빌은 내심 탄성을 자아냈다.

"운세는 다 좋으시던가요?" 로즈가 물었다.

"글쎄요." 리처드가 말했다. "다른 사람은 모르겠지만 저는 절세미인을 만날 운이라는군요."

빌은 무엇인가 갈라지는 소리를 들었다. 접시를 내려다보니, 행운의 과자에서 다리 하나가 불쑥 튀어나왔다.

'박살을 내 주고 말 거야.' 빌은 다시 마음을 다잡으면서도 입가에는 여전히 미소를 잃지 않았다. "저도 운세가 좋던데요."

리처드도 빌의 접시를 바라보았다. 큼지막한 잿빛 파리가 조금씩 빌의 과자에서 알을 까고 나오듯 꿈틀대고 있었다. 희미하게 윙 하는 날갯짓 소리도 들려왔다. 누르스름한 점액질이 과자에서 흘러내려 식탁보에 조그만 웅덩이처럼 고이기 시작했다. 병균에 감염된 상처에서 나는 악취가 풍겼다.

"음, 지금 당장 제가 도와드릴 일은 없는 것 같네요⋯⋯."

"지금 당장은 그렇습니다." 벤이 말했다. "정말 멋진 식사였어요. 아주⋯⋯, 특별했습니다."

"그럼, 담소 나누세요."

로즈는 허리를 굽혀 인사한 후 구슬발 뒤로 사라졌다. 구슬발이 아직 흔들리는 가운데, 그들은 자리를 박차고 탁자에서 물러섰다.

"저건 대체 뭐야?" 벤은 빌의 접시를 바라보며 쉰 목소리로 물었다.

"파리. 돌연변이인 것 같아. 조지 랭라한이 특별히 보냈는지도 모르지. 『플라이』라는 소설을 썼지. 영화로도 만들어졌지만, 그렇게 대단하진 않았어. 소설은 정말 무서웠는데 말이야. 아무튼 그것의 낡은 속임수일 뿐이야. 내가 줄곧 『로드벅스』라는 소설을 구상하느라 파리 생각을 해 왔거든. 그래서 그것이 수작을 부린 거지. 하지만 소설 제목이 어딘지 우, 우스꽝스러운 것 같아서……."

"잠깐만." 비벌리가 기어 들어가는 목소리로 말했다. "토할 것 같아."

다른 사람들이 뭐라고 하기 전에 비벌리는 방에서 뛰어나갔다.

빌은 냅킨을 흔들다가 이제는 새끼 참새만큼 커져 버린 파리 위로 집어던졌다. 조그마한 중국식 행운의 과자에서 그처럼 커다란 파리가 나오다니……, 그러나 사실이 그랬다. 파리는 냅킨을 뒤집어쓴 채 두 번인가 날개를 비비더니 이내 조용해졌다.

"제기랄." 에디가 겨우 입을 열었다.

"자, 일단 이 지랄 맞은 곳에서 나가야겠어. 비벌리는 홀에서 만나면 돼." 마이클이 말했다.

그들이 계산대에 모여 있는 동안, 비벌리는 여자 화장실에서 모습을 나타냈다. 그녀는 창백해 보였지만 진정된 모습이었다.

마이클이 계산을 끝내고 로즈의 뺨에 가볍게 입 맞춘 다음, 그들은 비 내리는 오후 속으로 걸어 나왔다.

"혹시 마음이 바뀐 사람 없지?" 마이클이 물었다.

"바뀔 것 같지는 않아." 벤이 말했다.

"나도." 에디가 말했다.

"뭘 바꾼다는 거야?" 리처드가 능청을 떨었다.

빌도 고개를 흔들면서 비벌리를 바라보았다.

"나도 그대로야. 빌, 그런데 아까 그것이 수작을 부렸다고 한 말이 무슨 뜻이지?" 비벌리가 말했다.

"벌레를 소재로 소설을 구상 중이거든. 랭라한의 소설이 자꾸 떠올랐어. 그런데 내 속마음을 읽기라도 한 듯 파리가 나타난 거야. 비벌리, 너는 피였지. 네가 마음속에 피를 생각하고 있었다는 얘긴데, 왜지?"

"아마 배수관에서 흘러 넘친 피 때문인 것 같아." 비벌리는 바로 답했다. "예전에 욕실 배수관에서 피가 흘러나온 적이 있거든. 그러니까 내가 열한 살 때였어." 하지만 그게 정말일까? 그녀는 그런 것 같지 않았다. 손가락 사이로 따뜻한 핏줄기가 솟구치기 직전, 깨진 향수병에 찔린 핏빛 발자국이 그녀의 뇌리에 스쳤기 때문이다. 그리고 톰과

(비벌리, 네가 정말 걱정스러울 때가 많아)

아버지를.

"에디, 너도 벌레를 생각하고 있었던 거야?" 빌이 에디에게 물었다. "왜지?"

"단순히 벌레는 아니야. 귀뚜라미였어. 우리 집 지하실에 있는

귀뚜라미. 20만 달러짜리 집에서 귀뚜라미를 끝내 쫓아낼 수 없더라고. 밤마다 그놈 때문에 미칠 지경이었어. 마이클이 전화하기 이틀 전인가, 악몽까지 꾸었거든. 아침에 일어나 보니 침대가 온통 귀뚜라미로 덮여 있는 꿈이었어. 흡입기를 총처럼 귀뚜라미한테 겨누었지만 찌륵찌륵 하는 소리만 들렸어. 침대가 온통 귀뚜라미로 뒤덮여 있다는 생각을 하는 순간 깼지."

"로즈라는 사람은 아무것도 안 보이는 모양이더군." 벤이 비벌리를 바라보며 말했다. "비벌리의 부모님이 욕실 사방에 묻어 있는 핏자국을 보지 못했을 때처럼 말이야."

"맞아."

그들은 부드러운 봄비 속에 그대로 서서 서로의 얼굴을 번갈아 보았다.

마이클이 손목시계를 바라보았다.

"20분쯤 지나면 버스가 올 거야. 아니면 꽉 끼긴 해도 네 명까지는 내 차로 갈 수 있지. 택시를 부를 수도 있고. 어떻게 하고 싶은지 말만 하라고."

"나는 좀 걷고 싶은걸." 빌이 말했다. "어디를 갈진 모르겠지만 지금은 신선한 공기를 마시는 걸로 충분할 것 같아."

"나는 택시를 부르겠어." 벤이 말했다.

"그럼, 난 벤이랑 택시를 타고 가다 중간에서 내리지, 뭐." 리처드가 말했다.

"좋아, 리처드, 넌 어디를 갈 생각인데?"

리처드는 어깨를 으쓱했다. "아직 결정 못했어."

나머지 사람들은 버스를 기다리기로 했다.

"오늘 밤 7시야." 마이클이 확인했다. "그리고 조심하라고, 너희들 모두."

모두들 그러겠노라 고개를 끄덕였지만, 빌은 무엇을 조심해야 하는지도 모르는 상황에서 과연 그 약속을 지킬 수 있을지 의문이었다.

빌은 속마음을 말하려다가, 문득 다른 친구들도 모두 똑같은 생각을 하고 있음을 깨달았다.

빌은 손을 흔든 뒤 발걸음을 옮기기 시작했다. 얼굴에 와 닿는 촉촉한 습기가 상쾌했다. 걸어서 마을까지는 꽤 먼 거리였지만 상관없었다. 생각할 것도 많았다. 재회의 모임도 파하고, 이제 그 일이 시작됐다는 사실이 기뻤다.

도보 여행

벤 한스컴, 뒤로 물러나다

택시를 탄 리처드 토저는 캔자스 가와 센터 가, 메인 가가 만나는 교차로에서 내렸고, 벤 한스컴은 업마일 언덕 꼭대기에서 내렸다. 택시 기사는 빌에게 예의 "점잖으신 신사 분"을 연호하던 사람이었지만 리처드나 벤이 그 사실을 알 리 없었다. 게다가 데이브는 이상할 정도로 내내 말이 없었다. 벤은 내심 리처드와 함께 내릴까 생각했지만 각자 따로 행동을 개시하는 편이 좋다고 마음먹었다.

벤은 캔자스 가와 댈트리 골목이 만나는 모퉁이에 서서 두 손을 호주머니 깊숙이 찔러 넣은 채, 분주한 차량 속으로 사라지는 택시를 바라보며 점심 식사의 끔찍한 결말을 떠올렸다. 그러나 빌의 접시에서 검은 파리가 날개를 비비며 기어다니던 모습 외에는 제대로 떠오르는 것이 없었다. 오싹한 이미지를 떨쳐 내려고 애썼지만, 5분만 지나면 다시 그 생각이 떠올랐다.

'나는 지금 그 일을 증명하고 싶은 거야.' 벤은 윤리적인 판단이 아니라 수학적인 의미에서 참과 거짓을 판단하고 싶었다. 건물은 일정한 자연법칙에 따라 세워지며, 자연법칙은 방정식으로 표현될 수 있다. 그리고 그 방정식은 반드시 증명을 필요로 한다. 그렇다면 30분 전에 벌어진 일을 무엇으로 증명할 수 있을까?

'그냥 내버려 두자.' 벤이 스스로에게 다짐한 것이 처음은 아니었다. '증명할 수 없다면 그냥 내버려 두는 거야.'

썩 괜찮은 조언이었다. 문제는 벤 스스로 그 조언을 받아들일 수 없다는 데 있었다. 그는 얼어붙은 운하에서 미라를 본 이후, 자신의 삶이 여느 때와 다름없이 흘러왔음을 기억해 냈다. 정체 모를 그림자가 내내 주변에서 서성였지만 그렇다고 삶이 멈추지는 않았다. 학교에 갔고 수학 시험을 봤으며, 방과 후면 도서관에 들렀고, 매 끼니를 맛있게 먹었다. 그는 운하에서 본 미라를 애써 부인하지 않고 삶의 과정에 자연스레 섞어 놓았을 뿐이며, 하마터면 그때 죽었을지도 모른다는 사실까지도 그랬다……. 하긴 아이들이란 늘 죽을 고비를 넘기는 법이다. 길가를 제대로 살펴보지도 않고 거리에 뛰어들고, 호수에서 고무 튜브를 타고 정신없이 물장구를 치다 순식간에 깊숙한 곳까지 멀어질 때면 깜짝 놀라 버둥거리며 뭍으로 돌아가기도 하고, 놀이 기구나 나무에서 거꾸로 떨어지는 일도 다반사다.

이제 벤은 1958년에 전당포였던(프래티 형제가 운영했을 텐데, 그때는 이중 창문마다 권총과 엽총, 면도칼과 기타 같은 것들이 낯선 야생 동물처럼 줄줄이 걸려 있었다) 트러스트워시 철물점 앞에서 가늘어지는 빗줄기를 바라보다, 아이들이 죽을 고비를 훨씬 잘 넘기며 미지의 현상을 삶 속에 잘 받아들인다고 생각했다. 그들은 은연중에 보이지 않는 세상을 믿었다. 기적이 지니고 있는 밝고 어두운 양면까지 이해했지만, 그렇다고 세상에 종말이 오지는 않았다. 열 살의 벤에게 갑자기 밀려든 아름다움과 공포는 가공할 만큼 격렬했지만, 점심 시간에 싸 온 도시락을 외면하게 만들지는 않았다.

그러나 어른이 되면서 모든 것이 바뀌고 만다. 침대에 몸을 곱송한 채 무엇인가 벽장 속에 숨어 있다거나 창문을 긁는 것 같아 밤잠을 설치지는 않지만⋯⋯, 실제로 그 비슷한, 논리적인 설명이 불가능한 일들이 벌어지면 한순간에 신경망이 마비돼 버린다. 신경 돌기마다 극한 흥분에 빠져 든다. 그러고는 횡설수설하기 시작하고, 이리저리 경황없이 뒤뚱거리다 자기가 만들어 낸 상상에 짓눌린다. 눈앞에서 벌어진 일을 삶 속에 자연스레 받아들이지도 못한다. 소화할 수 없는 대상이자 현상일 뿐이다. 실감개에서 실을 한 올 한 올 잡아채는 새끼 고양이처럼 자꾸 그 일을 떠올리며 정신을 갉다가⋯⋯, 결국에는 미치거나 죽는다.

'만약 그런 일이 벌어진다면 나도 감당하지 못할 거야. 우리 모두. 완전히.'

벤은 생각을 잠시 떨쳐 버리고, 캔자스 가를 따라 걸으며 눈길 가는 대로 거리의 풍경을 바라보았다. 불현듯 다시 떠오르는 생각이 있었다. '그때 은화로 무엇을 했더라?'

그는 여전히 기억할 수 없었다.

'벤, 그 은화는 말이야⋯⋯, 비벌리와 너의 생명까지 구했어. 너희들 모두의 생명까지⋯⋯. 특히 빌의 생명을. 비벌리가 그랬을 때는 정말이지 간이 콩알만 해져서⋯⋯, 뭐라고? 비벌리가 뭘 했는데? 그래서 어떻게 됐다는 거지? 비벌리가 그것을 내몰기 시작했고, 우리가 힘을 합쳐 그녀를 도왔지. 하지만 어떻게?'

무슨 말인가. 의미를 알 수 없고 그저 벤의 온몸을 단단히 옥죄는 말이 떠올랐다. '쿠드.'

벤은 보도를 내려다보다 거북이 모양의 흰 선을 접하고 아찔한 현기증을 느꼈다. 그러나 두 눈을 질끈 감았다가 다시 떴을 땐 거북이 모양이 아니었다. 아이들이 사방치기를 하느라 그려 놓은 선들이 빗방울에 반쯤 씻겨 있었다.

쿠드.

무슨 뜻일까?

"모르겠어." 벤은 자기도 모르게 큰 소리로 말했다가 이내 주위를 살펴보며 다른 사람들의 시선을 살폈다. 그는 어느새 캔자스 가에서 코스텔로 대로 쪽으로 접어들었다. 점심 시간, 그는 유년 시절 데리에서 유일하게 유쾌한 장소가 있었다면 황무지라고 말했지만……, 지금 생각해 보니 또 다른 곳이 있는 것 같았다. 어딜까? 잠재의식 덕분일까, 아니면 단순한 우연일까, 그는 바로 그곳, 데리 시립 도서관에 와 있었다.

그는 여전히 두 손을 호주머니 깊숙이 찔러 넣은 채 도서관 정문 앞에 한동안 서 있었다. 예전 그대로의 모습. 어린 시절과 다름없이 그는 건물의 곡선을 황홀감에 취해 바라보았다. 훌륭하게 설계된 대다수의 석조 건물이 그렇듯, 도서관 건물은 여전히 관찰자의 시선에 또렷한 대비감을 선사했다. 둥근 지붕과 날렵한 기둥의 섬세함이 석조물의 견고함과 조화를 이루고 있었다. 웅크린 듯 둔탁하면서도 세련되고 깨끗한 인상 그대로였다. (글쎄, 날렵함이란 특히 세기 전환기에 도시 곳곳에 세워졌던 건물과 유사하다는 의미며, 좁다란 쇠창살이 교차하는 창문들 역시 우아하고 유려

했다.) 그런 대비감 때문에 건물의 추한 부분이 상쇄됐고, 벤은 건물에서 밀려드는 애틋한 애정이 전혀 낯설지 않았다.

코스텔로 대로에서는 특별한 변화가 느껴지지 않았다. 거리를 쭉 훑어보니, 데리 시민 회관이 보였고 거리가 반원형으로 캔자스 가와 만나는 지점에선 아직도 코스텔로 상가가 건재한 것 같아 의구심이 들 정도였다.

벤은 부츠가 축축이 물기에 젖는 것도 모른 채 도서관 잔디밭을 지나 성인 도서관과 아동 도서관을 연결하는 유리 통로를 바라보았다. 늘어진 버드나무 가지 바로 옆에서 바라보는 그곳 역시 조금도 변함없었다. 그는 통로를 지나가는 사람들을 바라보았다. 오래전 즐거움이 그대로 되살아나, 벤은 오후 들어 처음으로 점심 식사 때의 광경을 잊을 수 있었다. 어렸을 때 지나치던 길목들, 겨울이면 장딴지까지 푹푹 빠지는 눈길을 헤치고 15분 정도 서 있던 자리까지 또렷하게 기억에 떠올랐다. 해 질 녘, 다시 도서관 밖으로 나오면 건물이 던져 주는 황홀한 대비감에 취해 손끝이 얼어붙고 녹색 고무 장화 속에 눈이 녹아드는 것도 모른 채 또 한동안 건물을 바라보던 기억들. 그가 서 있던 자리에 어둠이 내려앉으면 세상은 초겨울의 어스름에 자줏빛으로 변하고, 하늘은 동쪽에서 잿빛으로 서쪽에서 붉은빛으로 물들었다. 그가 서 있던 자리에 추위가 찾아오면 영하 10도쯤, 여느 때처럼 얼어붙은 황무지에서 바람이라도 불어올 때면 훨씬 더 추웠다.

그러나 거기, 그가 서 있는 자리에서 35미터도 안 떨어진 곳에서 사람들은 가벼운 티셔츠 차림으로 오갔다. 거기, 벤이 서 있는 곳에서 35미터도 안 떨어진 곳에서 유리 통로는 환한 형광등 불빛을 머금고 있었다. 삼삼오오 킬킬대며 걸어가는 아이들, 두 손을 맞잡은 고등학생 연인들(도서관 사서가 봤다면 주의를 줬을 테지만)이 유리 통로를 지나갔다. 너무 어려서 전기나 기름 난방 따위의 원리를 설명할 수 없던 그에게 유리 통로는 마법이었다. 빛으로 가득한 원통이 생명선처럼 어두운 건물 두 채를 이어 주는 마법이었고, 사람들이 어둠과 추위에 해를 입지 않고 어두운 눈밭을 가로질러 있는 그 속을 걸어가는 마법이었다. 유리 통로는 그곳을 지나는 사람들을 사랑스럽고 존엄한 존재로 만들었다.

아마 그때도 벤은 그런 상념에 잠겼다가 발걸음을 옮겼을 것이고(지금처럼), 건물을 빙 돌아 현관을 향해 걸어가다가(지금처럼) 성인 도서관 모퉁이에서 섬세한 돌출부로 꺾어지는 지점에서 또 한 번 뒤돌아서서 유리 통로를 바라보았을 것이다.

가슴을 감싸는 애잔한 향수의 통증을 느끼며, 벤은 드디어 성인 도서관으로 연결된 층계를 오르고, 한여름에도 서늘했던 기둥 안쪽 좁다란 베란다에서 발길을 멈추었다. 그리고 책 수거용 홈이 나 있는 철문을 열고 고요한 내부로 들어섰다.

부드러운 백열등 불빛 속으로 걸어가는 내내 기억의 힘은 아찔할 정도로 벤을 몰아세웠다. 물론 주먹질을 당하거나 따귀를 맞는 것처럼 물리적인 힘은 아니었다. 시간이 거꾸로 중첩되는 기묘한 느낌, 사람들이 기시감이라고 부르는 감정이 밀려들었다. 전에도 비슷한 기분을 느낀 적이 있지만 지금처럼 혼란스럽지 않았다. 실제로 그는 완전히 시간 감각을 상실하고 자신이 몇 살인지조차 분간할 수 없는 혼란에 빠져 들었다. 서른여덟 아니면 열한 살?

살랑대는 고요를 이따금 깨뜨리는 소곤거림, 책에 도장을 찍거나 반납 일이 지난 카드를 확인하는 사서의 나지막한 움직임, 잔물결처럼 잡지와 신문이 넘어가는 소리, 그 모든 것이 예전과 변함없었다. 그는 예전과 다름없는 햇살이 좋았다. 비 내리는 오후, 비둘기 날개처럼 잿빛으로 높다란 창문을 비스듬히 들어온 햇살은 나른하고 아득했다.

벤은 거의 닳아빠진 검붉은 리놀륨 바닥을 지나면서 예전처럼 발소리를 내지 않으려고 조심했다. 성인 도서관의 중앙은 반구 모양의 둥근 천장이라 조그만 소리를 내도 크게 부풀려졌다.

벤은 서가로 이어지는 나선형 철제 계단을 바라보았다. 조그마한 엘리베이터가 새로 설치된 것을 제외하고는 U자형으로 대출 창구 양쪽에서 올라간 모습도 예전 그대로였다. 숨막히는 혼란 속에 파고드는 무엇, 그것은 안도감이었다.

그는 침입자이자 타국에서 잠입한 첩자가 된 기분이었다. 대출 창구에 있는 사서가 돌연 고개를 들고, 그를 살펴보다 도서관의 침묵을 단번에 깨뜨릴 만큼 날카로운 경고를 보내올 것만 같았다. '당신! 그래요, 당신 말이오! 여기서 뭐하는 겁니까? 당신이 여기엔 뭐하러 왔느냐 말이웃! 당신은 외지인이오! 과거에서 온 사람이란 말이오. 냉큼 왔던 곳으로 돌아가시오. 어서 돌아가요, 경찰을 부르기 전에!'

실제로 젊고 아리따운 여자 사서가 고개를 들었다. 그녀의 옅은 푸른색 눈동자가 벤을 바라보는 순간, 환상이 현실로 드러나는 것은 아닐까 조마조마했다. 그러나 그녀의 눈빛은 무심히 그를 지나쳤고 그는 다시 걸음을 옮기기 시작했다. 첩자라면 발각

되지 않고 잠입에 성공한 셈이다.

아동 도서관으로 향하는 복도를 걷다가 놀랄 만큼 비좁고 가파른 철제 계단 밑을 지나칠 때, 어린 시절의 또 다른 추억이 떠올라 기분이 유쾌해졌다(물론 그때처럼 직접 행동한 후에야 기쁨을 맛보긴 했지만). 옛날처럼 그는 치마를 입은 여학생이 계단을 내려오지는 않을까 은근히 기대하며 위를 올려다보았다. 그가 여덟 살인가 아홉 살이던 어느 날(이제 기억이 더 분명해졌다), 무심코 그곳에서 위를 올려다보았다가 국방색 치마를 입은 예쁜 고등학생의 분홍색 속옷을 본 적이 있다. 1958년 여름방학 날, 햇빛에 번뜩이는 비벌리 마시의 발목 장식을 보고 사랑이나 애정보다 더 날카로운 본능을 깨달았을 때처럼, 여학생의 속옷을 보는 순간 그는 알싸한 통증을 느꼈다. 그날 그는 아동 도서관 열람실에 앉아 20분도 넘게 얼굴이며 이마가 화끈 달아오른 가운데『기차의 역사』라는 책을 펴들고 있었지만, 책의 활자는 간 곳이 없고 샅에서 딱딱하게 일어서는 음경과 그 뿌리가 뱃속 가득 퍼지는 느낌에 쩔쩔맸다. 머릿속에는 그 고등학교 여학생과 결혼해 교외 아담한 집에서 아직 알지도 못하는 즐거움에 빠져 행복하게 사는 상상의 나래가 펼쳐졌다.

달뜬 감정은 느닷없이 찾아왔듯 순식간에 사라져 버렸지만, 그날 이후 그는 그 계단 밑을 지날 때면 반드시 위를 올려다보게 되었다. 인상적이거나 흥미로운 것을 보지 못하는 날도 많았지만(언젠가 뚱뚱한 여자가 아슬아슬하게 계단을 내려오는 모습을 대하고는 화들짝 놀라 시선을 떨구며 범죄자가 된 기분을 느낀 일도 있듯이), 그 습관은 좀처럼 버리지 못했고 이제 어른이 된 후에도 마찬가지였다.

벤은 유리 통로를 천천히 걸어가다가 달라진 점을 발견했다. "우리가 에너지를 낭비하면 석유 수출 기구의 배만 불려 줍니다. 우리 모두 전기를 아낍시다!"라는 노란색 표지가 배전반 위에 붙어 있었다. 이윽고 아동 도서관에 들어서는 순간, 옹기종기 모여 있는 황동색 나무 책상과 의자며 높이 1미터 정도의 분수 급수대가 갑자기 작아진 세상처럼 느껴졌고, 벽면의 액자 사진 속에도 아이젠하워와 리처드 닉슨이 아니라 로널드 레이건과 조지 부시가 들어 있었다. 벤이 5학년을 마칠 즈음, 레이건은 「제너럴 일렉트릭 극장」_{1953년부터 1962년까지 CBS에서 일요일마다 방영한 영화 극장}의 주연으로 출연했고, 조지 부시는 서른 살도 채 안 된 나이였다는 사실이 떠올랐다.

그러나……

기시감과 비슷한 혼란이 다시 벤을 사로잡았다. 30분 남짓 흥겹게 물장구를 치다가 돌연 해안에서 아득히 멀어져 익사 직전에 내몰린 사람처럼 무력감과 둔중한 공포감에 짓눌려 버렸다.

동화를 읽어 주는 시간인지, 한쪽 구석에서 열 명 남짓한 아이들이 둘러앉아 귀를 쫑긋하고 있는 모습이 보였다.

"누가 내 다리 위를 종종걸음으로 건너고 있지?" 사서는 지그시 억누른 음성으로 괴물을 흉내 냈다. 벤은 곧 무슨 일이 벌어질지 눈에 선했다. 사서가 고개를 들어 올리는 순간, 데이비스 양, 물론 예전보다는 나이가 들었겠지만 분명 데이비스 양의 얼굴이 보이리라.

그러나 그녀가 고개를 드는 순간, 벤은 예전의 데이비스 양보다도 훨씬 젊은 여자의 얼굴을 보았다.

몇몇 아이들은 손으로 입을 가리고 키득거렸지만, 대부분의 아이들은 꿈속에서 들려오던 목소리를 실제로 대한 것처럼 사서를 심각하게 바라보았고, 하나같이 동화의 영원한 매력에 빠져 있는 눈빛이었다. 주인공이 괴물을 무찔렀을까……, 아니면 괴물에게 잡아먹혔을까?

"네 다리를 종종걸음쳐 지나는 분은 바로 그러프 숫염소님이시다."

벤은 아이들에게 계속 책을 읽어 주는 사서 옆을 지나쳤다. '동화까지 똑같다니 믿어지지가 않아. 그저 우연의 일치라고 말할 수 있을까? 나는 아직……, 젠장, 아직 모르겠어!'

벤은 분수 급수대에 머리를 숙였다. 리처드 토저의 이슬람식 인사를 하는 것처럼 몸을 많이 수그려야 했다.

'누구든 말을 걸 사람이 있으면 좋겠는데.' 그는 겁에 질려 있었다. '마이클……, 빌……, 누구라도 좋아. 과연 이곳에 과거와 현재가 공존하고 있는 건가, 아니면 단순한 착각인가? 내가 누구인지조차 모르겠으니 아무것도 확신할 수 없잖아. 나는…….' 그는 대출 창구를 바라보다 시간이 겹치는 혼란에 앞서 또 다른 충격에 빠졌다. 간단하고……, 너무도 익숙한 포스터.

야간 외출 금지 시간을 지킬 것.

오후 7:00

── 데리 경찰서

그 순간 모든 것이 분명해졌다. 깨달음은 오싹한 섬광처럼 찾아왔다. 손을 들어 투표하다니, 그것이 얼마나 어이없는 짓인지 깨달았다. 돌아갈 길목은 아예 예전부터 없었던 것이다. 그가 철제 계단 밑을 지날 때 올려다보게 만든 기억처럼 그들은 이미 운명적으로 예정된 길에 놓여 있었다. 데리에는 죽음의 메아리가 울려 퍼지고 있으며, 그들이 바랄 수 있는 유일한 희망은 살아서 벗어날 수 있도록 메아리가 바뀌는 것이었다.

"제기랄." 그는 지그시 신음하며 손바닥으로 한쪽 뺨이 얼얼해질 때까지 문질렀다.

"제가 도울 일이 있을까요, 선생님?"

누군가 팔꿈치를 살짝 치면서 묻는 바람에 그는 화들짝 놀라고 말았다. 납작한 베레모 비슷한 모자 아래 열일곱 살 정도로 보이는 고등학교 여학생의 얼굴이 나타났다. 사서 보조원인 것 같았다. 1958년에도 고등학생들이 사서 보조원으로 일하며 서가를 정리하고, 어린이에게 카드 도서 목록 사용법을 알려 주고, 숙제를 도와주거나 주석과 서지 문제로 난감해하는 학자들을 안내하기도 했다. 보수는 쥐꼬리만 했지만, 사서 보조원에 지원하는 학생들은 언제나 넘쳤다. 학생치고는 나쁘지 않은 일거리였던 것이다.

여학생의 상냥한 미소 한편에 의혹의 눈초리가 강하게 느껴지자, 그는 소인국에 온 거인처럼 완전한 이방인이라는 느낌을 떨칠 수 없었다. 그는 침입자였다. 그러나 성인 도서관에서 누가 쳐다보거나 말을 걸어 올까 봐 불편했던 것과 달리, 거기에서는 일종의 안도감을 느꼈다. 무엇보다 그가 어른이라는 사실, 그 여학생의 얇은 웨스턴 스타일 셔츠 밑으로 브래지어 없는 젖가슴이 느껴진다는 사실이 안도감을 주었다. 지금이 1958년이 아니라

1985년이라는 사실을 여실히 알려 주는 증거가 있다면, 여학생의 셔츠 밑으로 도드라진 젖꼭지였다.

"아니, 괜찮아요." 그는 말을 하다가 자기도 모르게 덧붙였다. "아들을 찾고 있었거든요."

"그러세요? 이름이 뭔가요? 제가 알지도 모르겠네요. 도서관에 오는 아이들을 거의 알고 있거든요." 여학생이 웃음 띤 얼굴로 말했다.

"벤 한스컴, 하지만 여기 없는 것 같군요."

"어떻게 생겼는지 말씀해 주시면, 제가 나중에 찾아서 말씀을 전해 드릴게요."

"흠." 이쯤 되자 벤은 마음이 불편해졌고, 애초에 아들을 찾는다는 말 따위를 꺼내는 것이 아니었다고 후회했다. "몸이 좀 건장한 편인데 나랑 좀 닮았어요. 하지만 중요한 일은 아니니까 신경 쓰지 마요. 혹시 나중에라도 보게 되면 아빠가 집에 가다 들렀더라고 전해 주세요."

"그러죠."

여학생은 여전히 상냥하게 웃어 보였지만 눈빛은 그렇지 않았다. 벤은 문득 그 여학생이 단순히 그를 도와주기 위해 아는 척한 게 아니라고 생각했다. 그 여학생은 지난 8개월 동안 아홉 명의 아이가 살해당한 마을의 아동 도서관에서 사서 보조원으로 일하고 있었다. 그곳에 아이들을 데려다 주거나 데려가려는 것도 아니고 그저 불쑥 들어온 낯선 남자가 이상하게 비춰지는 것은 당연했다. 당연히……, 의심을 받을 터였다.

"아무튼 고마워요." 그는 여학생을 안심시키려는 듯 미소를 띠고 이내 자리를 피해 버렸다.

복도를 따라 성인 도서관으로 돌아오다가 또 한 번 이해할 수
없는 충동에 이끌리듯 대출 창구로 향했다……. 하긴 그날 오후
는 이성보다 충동에 따르기로 하지 않았던가? 충동이 이끄는 대
로 몸을 맡기고 그 결과를 보자고 했으니까.

명패를 살펴보니 창구에 앉아 있는 젊고 아리따운 여자의 이름
은 캐럴 다너였다. 그녀 뒤로 불투명한 유리창이 달려 있는 문 하
나가 보였다. 마이클 핸론 도서관장실.

"도와드릴까요?" 다너 양이 물었다.

"네, 그래 주시면 고맙겠군요. 저 혼자 생각인데요. 그러니까
도서 대출 카드를 만들고 싶군요."

"생각 정말 잘하셨어요. 데리에 사시나요?" 그녀는 가입 양식
을 꺼내며 물었다.

"아니, 지금은 아닙니다."

"그럼 주소를 말씀해 주시겠어요."

"루럴 스타 2번지, 헤밍포드 홈, 네브래스카 주." 그는 잠시 말
을 멈추고 그녀의 멀뚱한 시선에 기분이 좋아져서 우편번호까지
덧붙였다. "59341."

"지금 농담하시는 건가요, 한스컴 씨?"

"그럴 리가 있나요."

"그럼, 데리로 이사 오실 계획인가요?"

"아니, 이사 계획은 없어요."

"책을 빌려 가기엔 너무 거리가 먼 것 같군요, 아닌가요? 네브
래스카에도 도서관이 있을 텐데요?"

"글쎄요, 감상적인 이유라고 할까요." 벤은 생면부지의 사람에게 그런 말을 해도 좋은지 멈칫했지만 딱히 안 될 것도 없다고 생각했다. "나는 데리에서 자랐소. 어렸을 때 이사 간 이후 오늘 처음으로 이곳을 다시 찾아온 겁니다. 이곳저곳을 돌아다니며 그동안 변한 것과 변하지 않은 것들을 둘러봤소. 그런데 문득 이런 생각이 들더군요. 세 살부터 열세 살까지 10년 동안 여기서 살았지만 기억하는 게 하나도 없다는 생각 말입니다. 우편엽서에 그려진 마을 사진보다도 못한 기억이지요. 언뜻 은화를 가지고 있던 기억이 나지만 그중 하나를 잊어버렸고 나머지는 친구에게 주었소. 그래서인지 유년 시절을 추억할 만한 기념품 하나를 갖고 싶다는 생각이 들었어요. 늦더라도 안 하는 것보다는 낫다는 말도 있잖소?"

캐럴 다너가 미소를 짓자 아름다운 얼굴이 더욱 환해졌다. "아주 좋은 생각인걸요. 15분 정도 도서관을 둘러보다 오시면 제가 원하시는 카드를 만들어 놓겠습니다."

벤은 히죽 웃었다. "수수료가 있을 것 같은데. 외지인이니까요."

"혹시 어렸을 때 대출 카드를 만드신 적 있나요?"

"그럼요. 내 친구들 다음으로 소중했던 게 바로 도서……."

그때 어떤 목소리가 날카로운 메스처럼 도서관 내부를 가르며 불렀다. "벤, 이리 좀 올라오실까?"

벤은 도서관에서 떠들다 부끄러운 책망을 듣는 사람처럼 움찔 소리 나는 쪽으로 돌아섰다. 아무도 보이지 않았다……, 그리고 고개를 들거나 깜짝 놀라 화낼 듯한 표정을 짓고 있는 사람도 없었다. 나이 지긋한 사람들은 여전히 《데리 뉴스》와 《보스턴 글러브》,《내셔널 지오그래픽》,《타임》,《뉴스위크》,《U.S 뉴스 앤드 월드 리포트》를 뒤적이고 있었다. 참고 열람실 한쪽 책상에서 종이 뭉치를 사이에 두고 머리를 맞대고 있는 두 명의 고등학교 여학생들도 조금 전과 그대로였다. 몇몇 사람이 "신간 소설 — 대출 기일 7일"이라고 적힌 서가에서 책을 꺼내 보고 있었다. 우스꽝스러운 운전모를 쓴 노인은 불 꺼진 담배 파이프를 물고 루이스 바가스의 스케치 작품집을 뒤적이고 있었다.

그는 다시 돌아섰고 캐럴 다너는 어리둥절한 표정이었다.

"혹시 뭐 잘못된 점이라도 있으신지?"

"아닙니다. 무슨 소리가 들린 것 같아서요. 아직 시차 적응이 제대로 안 됐나 봅니다. 뭐라고 하셨던 것 같은데요?"

"저, 말씀하시던 쪽은 선생님인데요. 어쨌든 그 전에 제가 말씀드린 건 선생님께서 여기 거주하실 때 대출 카드를 만들었다면 지금도 남아 있을 거라는 얘깁니다. 지금은 전부 마이크로필름으로 보관해 두거든요. 아마 그것도 예전과 달라진 점일 듯싶군요."

"그렇군요. 데리도 많이 변했지만⋯⋯, 그대로 남아 있는 부분도 많더군요."

"어쨌든 선생님 기록이 있나 확인해 보고 카드를 새로 만들어드릴게요. 무료입니다."

"거, 좋군요." 벤이 고맙다는 말을 덧붙이기도 전에 이번에는 훨씬 요란하고 불길한 음성이 또 한 번 침묵을 깨뜨렸다. "올라오라니까, 벤! 어서 올라와, 이 돼지 새끼야! 이게 바로 네 인생이지, 벤 한스컴!"

벤은 부러 목청을 가다듬어 보았다. "고맙습니다."

"별말씀을요. 바깥 날씨가 더운가 보죠?" 그녀는 벤을 힐끔 바라보면서 물었다.

"약간요. 그건 왜 묻죠?"

"선생님께서……."

"벤 한스컴 짓이야!" 목소리가 다시 울부짖었다. 위쪽 어딘가서가 쪽에서 들려오는 것 같았다. "벤 한스컴이 아이들을 죽였어! 저자를 잡아! 저놈을 붙잡으라니까!"

"땀을 흘리시고 계셔서요." 그녀가 말을 끝냈다.

"제가요?" 벤은 바보처럼 되물었다.

"아, 대출 카드는 곧바로 만들어 드릴게요."

"고맙소."

그녀는 책상 끄트머리에 놓여 있는 구식 타자기 쪽으로 몸을 돌렸다.

벤은 천천히 발걸음을 떼었지만 심장은 터질 듯 뛰어올랐다. 실제로 그는 땀을 흘리고 있었다. 이마며 겨드랑이에서 땀이 뚝뚝 떨어지고 가슴 털까지 축 젖는 느낌이었다. 얼굴을 들어 보니, 어릿광대 페니와이스가 나선형 계단 왼쪽 끝에 서서 그를 내려다보고 있었다. 얼굴이 분장으로 온통 번들거렸다. 입술엔 살인자의 미소처럼 시뻘건 립스틱이 칠해져 있었다. 눈 없는 눈구멍이 휑하기 짝이 없었다. 그는 풍선 다발과 책 한 권을 양손에 들고 있었다.

'아냐, 사람이 아니야. '그것'. 1985년 늦봄 오후, 데리 시립 도서관의 둥근 천장 아래 서서 훌쩍 커 버린 어른의 몸으로 어린 시절의 가장 끔찍했던 악몽을 마주하고 있는 셈이군. 그것과 마주

하고 있어.'

"올라오라니까, 벤. 해코지할 생각은 없어. 책을 주려는 거야! 책하고……, 풍선! 어서 올라와!" 페니와이스는 벤을 내려다보았다.

벤은 으름장을 놓을 생각으로 입을 벌렸다. '미친 놈 같으니, 네가 오란다고 내가 올라갈 성싶으냐?'

그러나 그렇게 윽박질렀다가는 사람들의 시선이 일제히 그에게 쏠릴 것이 분명했다. '웬 미친 사람이야?' 수군대면서 말이다.

"아, 네놈은 대답하지 못하겠군. 내가 사람 하나를 잠깐 동안 바보로 만들어 놨네그려. '죄송합니다. 선생, 혹시 파이프 담배 좀 가진 게 있소……? 그래요……? 그럼, 한 대만 주시오!' '죄송합니다, 마님, 냉장고가 획획 잘 돌아갑니까……? 그래요……? 그럼 돌아 버리기 전에 병원에 데려가세용?'"

페니와이스는 고개를 뒤로 젖히고 시끄럽게 웃었다. 검은 박쥐 떼가 한꺼번에 날아오르듯 둥근 천장이 쩌렁쩌렁 울렸고 벤은 두 손으로 귀를 막아야 했다.

"올라와, 벤. 얘기 좀 하자고. 중립 지대에서 말이야. 어때?"

'절대 안 올라가. 네놈 면상을 가까이서 보는 날이 제발 오지 않기를 빌어야 할 거다. 그땐 우리가 네놈을 죽일 테니까.' 페니와이스가 다시 비명소리처럼 웃었다. "나를 죽인다? 나를 죽여?" 느닷없이 리처드 토저의 목소리, 그가 원주민 아이를 흉내 내는 목소리가 흘러나왔다. "마님, 제발 죽이지 마세요, 이제부터 착하게 굴게요. 제발 이 불쌍한 흑인 아이를 죽이지 마세요, 노적가리 주인님!" 그리고 또 한 차례의 날카로운 웃음소리.

벤은 하얗게 질린 얼굴로 진저리를 치며 페니와이스의 음성이 쩌렁쩌렁 메아리치는 성인 도서관을 왔다 갔다 했다. 금방이라도 토할 것 같았다. 무조건 눈에 띄는 서가로 달려가 책 한 권을 뽑아 들었지만 손이 부들부들 떨렸다. 아무렇게나 책장을 넘기는 손가락 끝이 싸늘하게 얼어붙었다.

"기회가 그리 많지 않아, 노적가리!" 등 뒤에서 여전히 페니와이스가 떠들어 댔다. "마을을 떠나. 오늘 밤 안으로 어두워지기 전에 마을에서 사라지라고. 아니면 오늘 밤부터 너를 쫓아다닐 테니까……. 너와 다른 놈들 모두. 벤, 너희들은 나를 상대하기엔 너무 늙었어. 모두 늙어 버렸지. 이제 너희들이 할 수 있는 일이라곤 자살뿐이야. 떠나라, 벤. 오늘 밤 무슨 일이 벌어질지 궁금하지 않나?"

벤은 얼음장 같은 손에 책을 들고 천천히 돌아섰다. 보고 싶지 않았지만 보이지 않는 손이 그의 턱을 잡아당겨 위쪽으로 꺾어 세우는 느낌이었다.

페니와이스는 사라지고 없었다. 대신 그 자리에는 드라큘라가 서 있었다. 영화에 나오는 드라큘라가 아니었다. 드라큘라 역을 맡은 벨라 루고시, 크리스토퍼 리, 프랭크 랑겔라, 프랜시스 레더러, 레기 낼더와도 딴판이었다. 뒤엉킨 식물 뿌리 같은 얼굴을 하고 지독하게 나이 먹은 남자의 형체가 서 있었다. 소름 끼칠 정도로 창백한 얼굴과 핏빛 눈동자, 슬며시 드러난 입속엔 잇몸 대신 질레트 면도날이 날카로운 각도로 들어차 있었다. 김 서린 거울 앞에서 약간만 실수해도 몸뚱이 반쪽이 잘릴 정도로 무시무시했다.

"크으으악!" 드라큘라가 비명을 질렀고 턱이 딱 소리를 내며 닫혔다. 입에서 피가 검붉은 홍수처럼 흘러내렸다. 잘린 입술 살점들이 그것의 번쩍이는 하얀 예복 셔츠에 떨어져 달팽이가 지나간 듯한 피의 꼬리를 남기며 앞섶을 흘러내렸다.

"스탠리 유리스가 죽기 직전 무엇을 본 것 같나?" 흡혈귀는 피범벅이 된 입을 벌린 채 웃고 윽박질렀다. "서부 개척 시대를 풍미한 데이비 크로켓?알라모 전투에서 전사한 미국 개척 시대의 영웅. 아니면 뭘 봤을 것 같나, 벤? 너도 보고 싶나? 그가 뭘 봤을까? 무엇을 봤을까?"

찢어질 듯한 웃음소리, 벤은 자신도 더 이상 비명을 참을 수 없을 것 같았다. 계단 위에서 핏줄기가 빗물처럼 쏟아져 내렸다. 핏방울 하나가《월스트리트 저널》을 읽고 있던 노인의 주먹에 떨어졌다. 핏줄기가 노인의 손아귀를 지났지만 그는 전혀 보지도 느끼지도 못하는 모양이었다.

벤의 숨결이 격렬하게 솟구쳤고, 부드러운 봄비에 묻힌 도서관의 고요가 이내 칼날 같은……, 또는 입속 가득한 면도날 같은 그의 비명소리로 산산이 부서지기 직전이었다.

그러나 덜덜거리는 벤의 입에서 불쑥 튀어나온 말은 단말마의 비명이 아니라 숨죽인 기도 소리 같았다. "그래, 총알을 만들었어. 우리는 은화로 총알을 만들었던 거야."

운전모를 쓰고 바가스의 스케치 작품집을 뒤적이던 남자가 획 고개를 들어 올렸다. "말도 안 되는 소리." 그 남자의 목소리에 사람들이 일제히 고개를 들었다. 누군가 노인을 향해 화난 듯 "쉿!" 하는 경고를 보내기도 했다.

"미안합니다." 벤은 떨리는 목소리로 말했다. 얼굴에 비오듯 땀이 흘러내렸고 셔츠가 흥건히 젖어 몸에 착 달라붙는 느낌이었다. "생각하다 무심코 그만……."

"말도 안 되는 소리." 노인은 전보다 한층 커다란 목소리로 말했다. "은화로는 총알을 만들 수 없소. 싸구려 소설에나 나올 법한 얘기니까. 모두가 잘못 알고 있는 상식이지. 무엇보다 비중에서 문제가……."

돌연 다너 양이 모습을 드러냈다. "브록힐 씨, 조용히 좀 해 주세요. 다른 분들이 책을 읽고 있잖……."

"저 양반 어디 아픈가 봐요. 캐럴, 저 양반한테 아스피린이라도 좀 갖다 주구려." 브록힐이 불쑥 다너 양의 말을 자르고는 이내 책으로 고개를 돌려 버렸다.

캐럴 다너는 벤을 바라보다 몹시 근심스러운 표정이 되었다. "어디 편찮으세요, 한스컴 씨? 결례가 되는 말인 줄 알지만 안색이 너무 창백해 보이는군요."

"점심……, 점심때 중국 음식을 먹었소. 아무래도 그게 탈이 난 모양입니다."

"잠시 누워서 휴식을 취하고 싶으면, 핸론 씨 집무실에 간이 침대가 있으니까……."

"아니, 괜찮습니다. 괜찮아요."

그는 지금 눕는 게 문제가 아니라 한시라도 속히 그 지옥 같은 데리 시립 도서관을 빠져나가고 싶을 뿐이었다. 계단 위를 바라보았다. 페니와이스는 없었다. 흡혈귀도 사라진 후였다. 그러나 계단 난간에 풍선 하나가 매달려 떠 있었다. 풍선에 이렇게 적혀 있었다. "즐거운 하루 보내시길! 오늘 밤에 죽을 테니까!"

"곧 도서 카드를 만들어 드릴게요." 그녀는 주저하며 벤의 팔을 살짝 붙잡았다. "혹시 생각이 변하신 건 아니시죠?"

"그럼요, 고맙습니다." 벤은 깊은 한숨을 내쉬었다. "괜히 신경 쓰이게 해서 미안합니다."

"식중독이 아니었으면 좋겠는데요."

"그건 말도 안 돼." 브록힐 씨는 바가스의 스케치 작품집에서 눈을 떼지 않은 채 불 꺼진 파이프를 그대로 물고 말했다. "싸구려 잡지에나 나오는 수작이지. 그랬다간 총알이 발밑으로 툭 떨어지고 말걸."

이번에도 벤은 자기도 모르게 말했다. "총알이 아니라 구슬을 말한 겁니다. 저희도 은화로 총알을 만들 수 없다는 건 금세 알았으니까요. 제 말은, 우린 그때 어린아이였습니다. 그러니까……."

"쉬잇!" 어디선가 조용히 하라는 경고가 흘러나왔다.

브록힐은 약간 놀란 눈빛으로 벤을 바라보다 무슨 말인가 하려고 했지만 이내 스케치 작품집으로 말없이 시선을 떨구었다.

캐럴 다너는 맨 위에 데리 시립 도서관이라는 직인이 찍힌 작은 적황색 카드를 벤에게 건네주었다. 벤은 어른이 된 후 처음으로 도서 대출 카드를 만들었다는 사실에 약간 기분이 좋아졌다. 어렸을 때는 밝은 황색 카드였다.

"정말 잠시 쉬지 않아도 되겠어요, 한스컴 씨?"

"한결 가뿐해졌습니다. 아무튼 고맙소."

"정말 괜찮으신 거죠?"

"그럼요." 빌은 가까스로 미소를 지어 보였다.

"제가 보기에도 좀 나아지신 것 같군요." 그러나 그녀는 예의상 그렇게 말했을 뿐 실제로 벤의 안색이 좋아졌다고 생각하는 눈치는 아니었다.

그녀가 마이크로필름 장치에 책을 놓고 대출 사항을 기록하는 동안, 벤은 발작적인 기쁨을 맛보았다. '페니와이스가 원주민 아이를 흉내 낼 때 경황없이 집어든 책이군. 아마 내가 빌리고 싶어서 가져왔다고 생각하는 모양이지. 25년 만에 처음으로 데리 시립도서관에서 책을 빌리는 셈인데, 정작 저 책의 제목이 뭔지도 모르고 있으니 우습잖아. 솔직히 상관없어. 여기서 나갈 수만 있으면 되잖아? 그것으로 족해.'

"고맙습니다." 벤은 책을 집어들며 말했다.

"고향에 오신 걸 진심으로 환영합니다, 한스컴 씨. 그런데 아스피린이라도 한 알 드시는 편이 낫지 않을까요?"

"정말 괜찮습니다. 혹시 스타렛 부인은 어떻게 지내는지 압니까? 바바라 스타렛 말입니다. 아동 도서관 관장으로 계셨는데요."

"돌아가셨어요. 3년 전에요. 심장마비였답니다. 정말 안된 일이죠. 아직 한창 나이셨는데……, 쉰여덟인가 아홉이었으니까요. 핸론 씨는 장례식 날 하루 도서관을 휴관했지요."

"아……." 벤은 가슴 한편에 구멍이 뚫리는 기분이었다. 유행가 가사처럼 과거로 돌아온 사람이 한 번씩 겪는 일이리라. 케이크의 겉은 달콤하지만 그 속의 재료는 쓰다고 해야 할까. 사람들이 기억 속에서 사라지거나 죽고, 머리카락과 이가 빠진 모습으로 나타난다. 때론 아무것도 기억하지 못하는 식물인간을 마주할 때도 있을 것이다. 아, 살아남았다는 사실이 얼마나 대단한가 말이다. 소년 시절이여, 이제 작별이다.

"유감이군요. 그분을 많이 좋아하셨나 봐요."

"아이들 모두 스타렛 부인을 좋아했답니다." 벤은 어느새 눈가가 시큰해짐을 느꼈다.

"선생님, 혹시⋯⋯."

그녀가 한 번만 더 괜찮냐고 묻는다면, 벤은 그대로 울어 버릴지도 몰랐다. 아니면 비명을 지르거나. 태연하게 있지는 못했을 것이다.

벤은 부러 시계를 바라보며 말했다. "어이쿠, 이거 뛰어가야겠는걸요. 여러 모로 정말 고마웠습니다."

"즐거운 시간 보내세요, 한스컴 씨."

'그럼요. 오늘 밤 죽을 테니까요.'

벤은 그녀를 향해 손가락을 들어 올리려다 뒤로 훌쩍 물러났다. 브록힐 씨가 날카로운 의혹의 눈초리로 그를 힐끔거렸다.

벤은 왼쪽 나선형 계단 쪽을 올려다보았다. 풍선 하나가 여전히 계단 난간에 묶여 떠 있었다. 그러나 풍선에 씌어진 글자는 바뀌어 있었다.

내가 바바라 스타렛을 죽였다!
──어릿광대 페니와이스

벤은 시선을 외면했지만 귓가를 오르내리는 심장 소리가 위태로웠다. 황망히 밖으로 나오다 오후의 햇살에 깜짝 놀랐다. 먹구름이 어느새 걷히고 살짝 얼굴을 드러낸 5월 말의 태양 아래 잔디밭은 몹시 푸르고 풍성해 보였다. 벤은 갑자기 가슴이 허전해짐을 느꼈다. 도서관에다 버거운 짐 하나를 남겨두고 온 듯한 느낌……, 그러나 생각지도 않게 빌려 온 책을 바라보다 그만 이를 악물었다. 스티븐 W. 메더가 쓴 『불도서』, 공교롭게도 헨리 바워스와 그 패거리를 피해 황무지로 도망갔던 날 도서관에서 빌린 책이었다.

게다가 헨리 바워스의 작업화 발자국이 책표지에 그대로 남아 있었다.

벤은 떨리는 손으로 책장을 뒤적이다 맨 뒷장을 펼쳐 보았다. 도서관 업무의 자동화를 입증하듯 바코드가 찍혀 있었다. 그러나 도서 대출 카드를 집어넣는 종이 주머니도 뒷장에 여전히 붙어 있었다. 대출 카드에는 사서의 확인 도장과 함께 책을 빌려 간 사람들의 이름이 줄줄이 적혀 있었다.

대여자 성명	반납일
찰스 N. 브라운	58년 5월 14일
데이비드 하트웰	58년 6월 1일
조셉 브레넌	58년 6월 17일

그리고 카드 맨 마지막 줄에 연필로 꾹꾹 눌러 쓴 벤의 이름이 보였다.

벤 한스컴	58년 7월 9일

카드와 책 귀퉁이를 가로질러 몇 번씩 눌러 찍은 붉은색 잉크 도장은 딱 한마디, '말소'라는 단어였다.

"이럴 수가……." 벤은 혼란스러운 심정을 어떻게 표현해야 할지 알 수 없었다. "이럴 수가……."

그는 맑게 갠 하늘을 바라보며, 문득 다른 친구들에겐 어떤 일이 벌어지고 있을지 궁금해졌다.

에디 카스브랙, 잡힐 뻔하다

에디가 버스에서 내린 곳은 캔자스 가와 코서스 가의 교차로였다. 코서스는 400미터 정도 되는 내리막길로, 그 끝에서 경사가 갑자기 급해지며 황무지로 이어진다. 하지만 에디는 자신이 여기 내린 까닭을 몰랐다. 코서스 가에 대해 딱히 떠오르는 일도 없었고 그 주변의 캔자스 가에도 아는 사람이 없었다. 하지만 이곳이라는 생각이 들었다. 그게 전부였지만 현재로서는 그 정도만 알아도 충분해 보였다. 비벌리는 그보다 앞서 손을 흔들어 보인 후 로어 메인 가 정류장에서 내렸다. 마이클은 자신의 차를 타고 도서관으로 돌아갔다.

에디는 작고 우스꽝스럽게 생긴 메르세데스 버스의 꽁무니를 바라보며, 그 시간 그를 걱정하느라 눈물짓고 있을 마이라에게서 800킬로미터나 떨어진 낯선 도시의 낯선 거리 모퉁이에서 과연 무엇을 하려는 것인지 난감할 뿐이었다. 그는 통증에 가까운 현기증을 느끼고 급히 호주머니를 뒤적였지만, 다른 약들과 함께 멀미 예방약을 타운 하우스에 놔두고 온 사실이 떠올랐다. 그러나 아스피린은 가지고 있었다. 바지를 안 입고 나오는 한이 있어도 아스피린은 꼭 챙기는 그였으니까. 그는 두어 번 마른기침을 뱉고 캔자스 가를 따라 발걸음을 옮기기 시작했지만, 데리 시립 도서관으로 가려는 것인지, 코스텔로 가를 지나치려는 것인지 여전히 확신이 없어 보였다. 어쩌면 데리에 있는 두 개의 근사한 주거 지역 중 하나인 웨스트 브로드웨이를 따라 걸으며 빅토리아 풍 저택을 구경해도 좋을지 몰랐다. 어렸을 때는 종종 산책 삼아 웨스트 브로드웨이를 따라 걸으며 그곳 어딘가의 아는 사람을 찾아가는 시늉을 하곤 했다. 위챔 가와 웨스트 브로드웨이가 만나는 모퉁이 부근에 위치한 뮬러 저택은 양쪽 모서리에 작은 탑이 달려 있고 정문 앞에 울타리가 있었다. 뮬러 집안의 정원사는 에디가 지나갈 때마다 의심스러운 눈초리로 빤히 노려보곤 했다.

뮬러 저택에서 아래쪽으로 다섯 번째가 보위의 집으로, 에디는 초등학교에서 유난히 그레타 보위와 샐리 뮬러가 친하게 지내는 이유 중 하나가 서로 집이 가깝기 때문이라고 생각했다. 보위 저택은 녹색 널로 지붕을 이고, 뮬러 저택과 마찬가지로 작은 탑이 건물 양쪽에 있지만……, 뮬러 저택의 탑이 사각형으로 돌출해 있는 반면 보위 저택은 고깔 모양이어서 에디의 눈엔 바보 모자친[*] <small>원추형의 종이 모자로 성적이 나쁜 학생에게 벌로 씌움</small>처럼 보였다. 여름이면 보위 저택의 잔디밭에 노란색 방울 무늬 파라솔이 달린 탁자와 버들의자, 그물 침대 등이 나타나곤 했다. 크로케 장비도 있었다. 물론 에디가 크로케 경기에 초대된 적은 없었다. 태연하게(아는 사람을 찾아온 표정으로) 그 길을 걷다 보면 따악 하는 크로케 공 때리는 소리와 웃음소리, 볼을 헛치고 투덜거리는 소리가 들려왔다. 언젠가 한 손에 레몬 주스, 한 손에 크로케 타구 망치를 든 그레타를 직접 본 일도 있었다. 당시 그녀의 모습은 시인의 언어로도 표현하지 못할 만큼 날씬하고 아름다웠다(아홉 살이던 에디에게 햇빛에 그을린 그레타의 어깨마저 눈부시게 아름다웠다). 그때 그레타가 잘못 때린 공을 찾아 나무 틈 사이로 나타나는 바람에 에디의 눈에 띈 것이다.

에디는 그날 그레타에게 연정을 느꼈다. 시원한 파란색 드레스와 함께 어깨까지 드리워진 빛나는 금발을 보는 순간 가슴이 두근거렸다. 그레타는 잠시 주변을 두리번거리다가 에디를 본 것같았다. 그러나 에디가 수줍게 손을 들어 인사를 건네는데도 그녀는 그냥 공을 다시 쳐낸 후 냉큼 그 뒤를 따라간 것으로 보아 그를 못 봤는지도 모른다. 에디는 그레타가 아는 척을 하지 않았다거나(그를 보지 못했다고 믿었으므로), 토요일 오후 크로케 시합을 하자며 자신을 초청하지 않았다고 해서 기분 나쁘지 않았다. 그레타 보위처럼 어여쁜 아이가 자기와 같은 아이를 초대할 이유가 있을까? 새가슴에 천식이나 앓고 얼굴은 물에 빠진 생쥐 모양을 하고 있는 아이를 말이다.

에디는 정처 없이 캔자스 가를 따라 걸으며 생각했다. '그래, 웨스트 브로드웨이에 가서 그 저택들을 다시 한번 보는 거야……. 뮬러와 보위의 저택, 헤일 박사의 집, 트래커 형제…….' 에디는 마지막 이름을 되뇌다 소스라치게 놀랐고 어느새 트래커 형제의 트럭 차고지 앞까지 와 있었던 것이다.

"아직도 그대로 있군." 에디는 큰 소리로 말하며 웃었다. "나, 참, 싱겁기는!"

웨스트 브로드웨이의 그 저택은 필과 토니 트래커의 소유로,

두 사람 모두 평생 독신으로 살았다. 아마 인근의 대저택들 가운데 가장 아름답다고 할 만한데, 티끌 하나 없이 깨끗한 흰색 빅토리아풍 외벽과 푸른 잔디, 봄과 여름 동안 화려하게 만발한 화단이 일품이었다. 저택 현관에서 길가에 이르는 보도는 가을마다 새롭게 단장돼 새카만 거울처럼 반들거렸고, 슬레이트 지붕 널은 항상 갓 칠해진 초록빛으로 잔디 색깔과 기막힌 조화를 이루었으며, 세월의 숨결과 멋진 디자인이 어우러진 창살 창문을 사진에 담기 위해 이따금 저택 앞에 걸음을 멈추는 사람들도 있었다. "두 남자가 집을 저렇게 꾸미고 관리하다니 호모가 분명해." 에디의 어머니가 언젠가 툭 내뱉듯이 말했지만, 에디는 그게 무슨 뜻인지 물어보지 못했다.

트럭 차고지는 웨스트 브로드웨이의 트래커 저택 바로 맞은편에 있었다. 야트막한 벽돌 건물로서 벽돌이 오래되고 군데군데 금이 갔고, 칙칙한 주황빛도 건물 밑동에 이르면 검은색으로 바뀌었다. 배차 사무소의 아래쪽 창문에 반원형으로 닦인 부분을 제외하고 다른 창문들은 하나같이 지저분하기 짝이 없었다. 에디와 다른 아이들보다 앞서 다녀간 아이들은 배차 사무실 책상 위에 놓인《플레이보이》의 누드 달력을 보느라 그쪽 창문만 유독 깨끗하게 닦아 놓았다. 차고지 뒤쪽 공터에 야구하러 오는 아이들은 누구나 제일 먼저 배차 사무실에 들러 창문을 야구 글러브로 닦아 내고 달마다 바뀌는 누드 사진을 확인하는 게 순서였다.

차고지는 삼면이 버려진 자갈밭으로 둘러싸여 있었다. 장거리 운송 트럭들(지미 피트, 켄워스, 리오스 따위)엔 전부 "트래커 형제 운송 회사, 데리-뉴턴-프로비던스-하트포드-뉴욕"이라는 글자가 비뚤비뚤 적혀 있었다. 트럭이 차체 그대로 있을 때도 있지만, 운전석이나 적재함만 따로 분리돼 뒷바퀴와 버팀목에 의지해 덩그러니 놓여 있기도 했다.

트래커 형제가 트럭들을 가급적 차고 건물 한쪽으로 몰아 놓은 이유는 둘 다 열렬한 야구광이라 아이들이 그곳에서 노는 것을 좋아했기 때문이다. 필 트래커는 직접 트럭을 몰았으므로 아이들이 그를 본 적이 드물었지만, 우람한 팔뚝에 배불뚝이였던 토니 트래커의 경우 회계와 경리를 맡아서 에디의 눈에도 자주 띄었다. (에디는 야구를 해 본 일이 한번도 없었다. 만약 그랬다면 그의 어머니는 심약한 폐 속에 먼지를 한껏 빨아 마시고, 다리가 부러질지, 뇌진탕이 걸릴지, 온갖 재난이 닥칠지 모르는 경솔한 행동을 했다며 길길이 날뛰었을 것이다.) 토니 트래커는 여름 붙박이장이나 다름없었고, 야구 시합이 벌어질 때면 어김없이 그의 목소리가 들리게 마련이었다. 아무튼 거구에 유령 같은 모습이었던 토니 트래커는 여름 어스름이 깔리고 반딧불이가 빛의 향연을 펼칠 때면 흰색 셔츠를 번쩍이며 외치곤 했다. "야, 빨갱이, 봉을 잡기 전에 미리 위치를 잡아야지……. 봉을 끝까지 보라니까, 한주먹! 야, 자식아, 봉도 안 보고 휘두르기만 한다고 맞을 것 같아! 야, 멍게, 슬라이딩을 해야지! 2루수한테 발을 번쩍 치켜들고 들어가야 태그를 안 당하지, 멍청아!"

에디의 기억으로는 그가 아이들의 이름을 부른 적은 한번도 없었다. 어이 빨갱이, 어이 노랑머리, 어이 네눈박이, 어이 한주먹, 늘 그런 식이었다. 야구 볼도 언제나 봉으로 발음했다. 야구 방망이는 봉잡이로 둔갑해서, "봉잡이를 짧게 잡지 않으면 죽어도 못

친다, 멍게야!" 하는 식이었다.

에디는 히죽 웃으며 차고지 쪽으로 좀더 다가서다가……, 이내 얼굴에서 웃음기가 싹 가시고 말았다. 예전에 트럭을 고치고 각종 부품들이 보관되어 있던 기다란 벽돌 건물이 이제 음침한 침묵에 휩싸여 있었다. 자갈 사이로 잡초가 무성했고 트럭의 모습은 어디에도 없이……, 그저 화물 적재함이 녹슨 옆구리를 내보이고 뒹굴 뿐이었다.

좀더 가까이 다가서자 부동산 중개업자가 창문에 붙여 놓은 "팝니다"라는 표지가 눈에 띄었다.

'트래커 형제의 사업이 망했나 보군.' 문득 떠오르는……, 누군가 죽었을 때처럼 슬픈 느낌이 들자 에디 자신도 깜짝 놀랐다. 하지만 웨스트 브로드웨이까지 걸어갈 필요가 없을 것 같아 마음이 가벼워지는 것도 사실이었다. 만약 트래커 형제가 망했다면 그 영원할 것만 같던 트래커 형제가 어렸을 때 종종 기분 좋게 걸어가던 거리는 또 어찌되었을까? 그는 알고 싶지 않았다. 먹고 마실 뿐 꼼짝도 하지 않아 엉덩이와 다리에 뒤룩뒤룩 살이 찌고, 머리는 희끗희끗해졌을 그레타 보위를 보고 싶지 않았다. 차라리 가까이 가지 않는 편이 안전하다는 생각이 들었다.

'그래, 우리는 이곳에서 떠나야 했어. 솔직히 이곳엔 아무 볼일도 없잖아. 고향으로 돌아온다는 것이 그 염병할 요가처럼 발을 입속에 처넣고 자기 자신을 집어삼켜 결국에는 아무것도 남지 않는 짓이나 다를 바 없지. 그럴 순 없어. 정신이 제대로 박힌 사람이라면 그럴 수 없다는 사실에 기뻐해야 할 테니까……. 그런데 토니와 필 트래커 형제는 어떻게 됐을까?'

토니 트래커는 심장마비에 걸렸을지 몰랐다. 그는 적어도 몸에다 35킬로그램의 살덩어리를 더 붙이고 다녔으니까 말이다. 그쯤되면 심장에 어떤 일이 벌어질지 미리부터 신경 써야 하는 법이다. 시인들은 무너진 가슴이니 하는 낭만적인 시어를 만들고, 그비슷한 가사로 노래를 부른 배리 매닐로를 에디 역시 좋아하지만 (그와 마이라는 배리 매닐로의 음반을 죄다 사 모았다), 매년마다하는 심전도 검사에 훨씬 더 믿음이 갔다. 토니의 심장에 이상이생기는 바람에 사업도 내리막길로 접어든 것이 분명했다. 그렇다면 필 트래커는? 아마 고속도로에서 봉변을 당했을지 모를 일이다. 운전으로 먹고사는 형편인지라(요즘에는 유명 인사를 태우는일이 아니면 대부분 책상 앞에 앉아 지내기는 하지만), 에디도 고속도로에서 언제고 찾아들지 모르는 불운을 잘 알고 있었다. 필 트래커는 뉴 햄프셔에서 강도의 칼에 찔렸거나, 메인 주 북부 헤인스빌 우드의 얼어붙은 노면에서 미끄러졌거나, 봄비가 내리는 가운데 데리 남부의 긴 내리막길에서 브레이크 고장으로 헤이븐까지 그대로 돌진했을지도 모른다. 이런 일들은 카우보이 모자를눌러쓰고 외로움을 달래는 트럭 운전사를 주제로 한 컨트리 송에도 이따금 등장하곤 한다. 책상 앞에 앉아 있는 일도 때론 외롭지만 에디는 운전석에 앉아 있을 때 훨씬 짙은 고독감을 맛보았다. 계기반 위에 올려놓은 흡입기의 방아쇠 부분이 유령처럼 차창에비출 때면(조수석 물품 보관함에는 온갖 약들을 하나 가득 집어넣고), 외로움이란 이슬비에 젖은 아스팔트에 비추는 앞차의 미등처럼 눅진한 붉은 빛깔이라는 생각이 들었다.

"젠장, 세월이 유수로다." 에디 카스브랙은 한숨처럼 혼잣말을 내뱉었지만, 자신이 꽤 큰 소리로 말했다는 사실은 깨닫지 못했다.

달콤하면서도 불행한, 뜻밖에 너무도 익숙하게 느껴지는 기분에 잠겨 에디는 건물을 빙 돌아 야구 시합이 벌어졌던 공터를 바라보았다. 그 시절엔 세상 사람 중 90퍼센트가 아이들이라고 생각했었다.

공터는 많이 변하지 않았지만, 야구 시합은 이제 벌어지지 않는 것 같았다. 그 역시 전통이라고 할 수 있다면 세월의 어느 시점에서 소멸된 것이리라.

1958년의 공터에는 석회가 아니라 뛰고 달리던 아이들의 발자국으로 내야가 그려져 있었다. 주루 베이스도 없어서 그곳에서 야구를 하는 아이들이(대부분 왕따 클럽의 아이들보다 나이가 많았고, 스탠리 유리스가 이따금 야구 시합에 꼈었다. 타격 실력은 그만그만했지만, 외야 수비를 할 때 날렵하게 뛰어다니는 모습은 천사처럼 우아해 보일 정도였다) 네 개의 지저분한 헝겊을 벽돌 건물 뒤의 적재함 밑에 숨겨 놓고, 아이들이 다 모이면 고이고이 꺼냈다가 날이 저물어 더 이상 시합을 할 수 없을 때가 되면 다시 고이고이 접어, 있던 곳에 갖다 놓았다.

하지만 지금 에디는 발자국으로 만들어진 내야의 흔적을 찾아볼 수 없었다. 자갈 사이로 무성한 잡초뿐이었다. 부서진 탄산 음료와 맥주병이 여기저기 뒹굴었다. 예전에는 부서진 유리 조각이 눈에 띄는 즉시 경건하게 치워졌다. 유일하게 그대로 남아 있는 것은 공터 뒤편에 철조망 울타리였다. 높이가 3.5미터 정도의 녹슨 철망은 말라붙은 핏자국을 떠올렸다. 철조망 울타리는 하늘을 다이아몬드 모양의 면들로 틀지웠다.

'저기가 바로 홈런 구역이었지.' 주머니에 손을 집어넣고 에디는 27년 전 홈플레이트였던 곳에서 추억에 잠겼다. '저 울타리를 넘으면 황무지로 곧바로 연결되지. 타구가 울타리를 넘으면 자동 홈런이라고 했던가.' 그는 소리 내서 웃다가 초초하게 주위를 두리번거렸다. 웃고 있는 사람이 60달러짜리 바지를 입고 어느 때보다도 굳건해진……, 강해진 사내가 아니라 유령 같아서였다.

'집어치워, 에즈.' 어디선가 리처드의 목소리가 들려오는 것 같았다. '너는 전혀 강해지지 않았잖아. 게다가 요 몇 년 사이 죽어라 웃어 본 일도 없을걸, 안 그래?'

"그래, 맞아." 에디는 나지막이 말하면서 발밑의 돌멩이를 툭툭 찼다.

에디가 그 철조망 울타리를 넘어가는 공을 본 것은 딱 두 차례였고, 두 번 모두 같은 아이가 때린 타구였다. 트림쟁이 허긴스. 트림쟁이는 열두 살 때 이미 키가 180센티미터가 넘어 우스울 정도로 껑충해 보였고, 몸무게는 80킬로그램쯤 됐던 것 같다. 트림쟁이라는 별명은 지독히도 길고 요란하게 트림을 했기 때문에 붙여졌다. 황소개구리와 매미의 중간 정도 되는 소리를 내기도 했다. 때로는 트림을 하면서 입가에 손바닥을 갖다 대면 목쉰 인디언의 음성이 튀어나오기도 했다.

트림쟁이는 거구였지만 그리 뚱뚱한 편이 아니었고, 에디가 지금 생각해 보니, 신도 열두 살짜리 아이에게 지나치게 기이한 몸집을 주려고 생각하지는 않았던 것 같다. 그가 그해 여름에 죽지 않았다면, 지금쯤 키가 185센티미터 이상은 됐을 것이고 자기보다 작은 사람들이 사는 세상에서 어떻게 하면 효과적으로 살아갈지 나름대로 방법도 터득했을지 모른다. 심지어 신사다운 행동거지도 배웠을지 모르는 일이다. 그러나 열두 살 때의 트림쟁이는 볼썽사납고 비열했으며, 동작 하나하나가 기막힐 정도로 투박하고 서툴러 보였다. 한마디로 스탠리의 우아하고 율동적인 동작과는 천지 차이였다. 트림쟁이의 육체는 두뇌의 명령을 받는 것이 아니라 느릿한 천둥의 세계에서 따로 노는 꼴이었다. 에디는 어느 날 저녁, 외야 수비를 맡은 트림쟁이를 향해 긴 궤적을 그리며 천천히 날아가던 타구를 기억했다. 트림쟁이는 그 자리에 꼼짝도 않고 서서 글러브를 들었지만, 공은 글러브가 아니라 그의 머리로 떨어져 '딱!' 하는 소리를 냈다. 공이 3층 높이에서 포드 자동차의 지붕 위로 떨어지는 것 같았다. 공은 트림쟁이의 머리에서 1미터 넘게 튀어 올랐다가 그의 글러브 속으로 사뿐히 빨려 들었다. 딱 하는 소리를 듣고 크게 웃었던 운 나쁜 아이는 오웬 필립스였다. 트림쟁이는 그 아이한테 걸어가 냅다 엉덩이를 차 버렸고, 필립스는 바지에 구멍이 난 채 엉엉 울며 집으로 가야 했다. 그 외에는 아무도 웃지 않았다……, 적어도 그 자리에서는 웃지 않았다. 만약 리처드 토저가 거기 있었다면 미친 듯이 웃다가 트림쟁이에게 반쯤 죽도록 맞고 병원에 실려 갔을지 모른다. 트림쟁이는 타석에 들어갔을 때도 동작이 굼떴다. 삼진을 당하기 일쑤였고 겨우 공을 쳐 내는 경우도 있긴 했지만 그때는 아무리 둔한 내야수라도 손쉽게 1루에서 그를 아웃시킬 수 있었다. 그러나 기적처럼 공이 아주 멀리, 멀리 날아가는 일도 벌어졌다. 그가 울타리 너머로 보낸 두 번의 홈런 타구에 에디는 경악할 정도였다.

처음으로 울타리를 넘어간 공은 열 명의 아이들이 황무지로 향하는 비탈길까지 이 잡듯이 뒤졌지만 끝내 찾아내지 못했다.

두 번째 공은 다행히 찾아냈다. 그 공은 어느 6학년 아이의 것인데(에디는 그 아이의 이름이 가물가물했고, 다만 늘 감기에 걸려 있어서 아이들이 코찡찡이라고 부르던 기억만 났다), 1958년 늦봄에서 초여름까지 그 공 하나로 야구를 했다. 그 결과, 흰색 말가죽에 붉은 실밥이 박힌 공의 모습은 자취를 감추었다. 공은 닳아 빠지고 풀물이 든 데다 자갈길을 수없이 굴러서 군데군데 실밥이 터져 있었다. 에디는 천식이 그리 심하지 않은 날에는 파울볼을 주워 주기도 했던지라(공을 던져 줄 때마다 아이들이 별 생각 없이 던지는 "고맙다, 꼬맹이!" 하는 소리가 왜 그리 듣기 좋았든지), 조만간 공에 테이프라도 붙이지 않으면 몇 주 못 갈 거라고 생각했다.

그러나 야구공의 생명이 다하기 직전, 스트링어 데드햄인지 뭔지 하는 중학교 1학년 아이가 "환상적인 변화구"라며 자신만만하게 트림쟁이를 향해 공을 던졌다. 트림쟁이는 투수가 공을 던지는 순간을 완벽하게 잡아냈고(굼벵이들한테 속도를 놓고 장난 치다간 봉변을 당하는 수가 있는 법), 너무 세게 치는 바람에 코찡찡이의 공에서 가죽이 벗겨져 하얀 나방처럼 2루 베이스 부근에 떨어졌다. 그러나 벌거벗은 공은 어슴푸레한 창공을 향해 끝없이 솟구쳤고, 공을 쫓던 아이들은 이내 얼이 빠지고 말았다. 공은 철조망 울타리를 넘어 계속해서 날아갔다. 스트링어 데드햄은 기어들어가는 목소리로 "제기랄!" 하며 욕을 뱉었다. 나머지 아이들은 창공을 날아가는 공에서 풀린 실의 그림자까지 본 느낌이었다. 에디는 그때 불쑥 흘러나온 토니 트래커의 너털웃음과 탄성을 기억했다. "양키 스타디움까지 넘어갈 정도야! 내 말 들려? 저 정도면 양키 스타디움까지 넘어간다니까!"

피터 고든이라는 아이가 공을 찾아낸 곳은 왕따 클럽이 3주 후쯤에 댐을 만들게 될 황무지 부근이었다. 남아 있는 부분은 지름이 5센티미터도 되지 않았다. 야구공 속의 실 묶음이 터진 적은 한번도 없었으므로 기적 같은 일이었다.

아이들이 코찡찡이의 공을 찾아 토니 트래커에게 가져오자, 그는 묵묵히 일부만 남아 있는 공을 살펴보았다. 배불뚝이 거구의 사내를 아이들이 빙 둘러싼 광경을 멀리서 바라봤다면, 무슨 중대한 종교 의식이라도 치르고 있다고 생각했을지 모른다. 트림쟁이 허긴스는 그때까지 베이스를 돌지도 않았다. 다른 아이들과 마찬가지로 대체 무슨 일이 벌어졌나 싶은 표정으로 멍하니 서 있을 뿐이었다. 그날 토니 트래커는 테니스 공보다 작은 야구공을 트림쟁이에게 건네주었다.

에디는 소용돌이치는 기억에서 방향을 잃고 홈플레이트가 있는 곳에서 투수 마운드(아니, 마운드라고 하기엔 그와 정반대였다. 자갈을 치워 오히려 주변보다 움푹 패었으니까)를 지나 유격수 지역까지 걸어갔다. 그는 잠깐 멈칫하더니 이내 철조망 울타리로 걸어갔다. 울타리는 지독히 녹슬고 흉한 담쟁이로 뒤덮여 여전히 거기 서 있었다. 철조망 너머 매우 가파른 비탈길과 위협적인 녹색의 기운이 느껴졌다.

황무지는 밀림이 떠오를 만큼 울창했고, 에디는 난생 처음으로 그토록 생명력이 왕성한 곳을 왜 황무지라고 불렀을까 의아해했다. 실제로 황무지가 많지만 그곳은 달랐다. 왜 광야라고 하지 않앉을까? 밀림은 또 어떤가?

황무지.

불길하고 음산한 이름, 황폐하고 아무것도 없다는 의미와 정반대로 나무와 덤불이 지나치게 울창해 햇빛을 놓고 서로 치열하게 다투는 곳. 하지만 무엇보다 황무지에서 떠오르는 이미지는 끝없이 움직인다는 모래 언덕이며, 지반과 사막에서 뻗어나온 잿빛 석판이었다. 불모의 땅. 마이클의 말대로 그들 모두 자식이 없다는 점을 떠올리면 그 의미는 충분해 보였다. 일곱 명 모두 자식이 없으니까. 가족 계획에 민감한 시대적 상황을 따져 보아도, 그들의 경우는 이상하다고밖에 할 수 없었다.

에디는 다이아몬드 형태의 녹슨 철망을 바라보며, 멀리 캔자스 가를 지나는 자동차 소리와 어디선가 물 떨어지는 소리를 들었다. 봄의 햇살 속에 유리 잔처럼 반짝이는 물방울까지 똑똑히 눈앞에 보이는 느낌이었다. 녹색을 좀먹는 균류처럼 칙칙한 흰색의 대나무 숲은 여전히 울창했다. 그 너머 켄더스키그 하천을 경계 짓는 늪지대가 있을 터이고, 거기 있다는 진흙 수렁도 변함없을 것이다.

'저 밀림 같은 곳에서 가장 행복한 유년 시절을 보냈어.' 에디는 갑자기 진저리를 쳤다.

그가 막 돌아서려는데, 무엇인가 눈길을 사로잡았다. 육중한 놋쇠 뚜껑이 덮인 시멘트 기둥이었다. "몰록의 입구." 벤은 한껏 웃으며 그렇게 말했지만 그때마다 눈빛에선 웃음이 보이지 않았다. 기둥 높이가 허리춤까지 왔는데(아이를 기준으로), "데리 상하수도과"라는 금속 글자가 새겨져 있었다. 기둥 속 깊숙한 곳에서 물소리가 들려왔다. 기계가 윙윙대는 소리와 함께.

몰록의 입구.

'저곳을 통과한 적이 있어. 8월이었지. 8월 말. 우리 모두 벤이 이름 붙인 몰록의 입구로 들어가 하수도까지 내려갔지만, 얼마쯤 지나자 그곳은 하수도의 모습이 아니었어. 뭐였지……, 뭐였더라?

패트릭 헉스테터가 거기 있었어. 그것이 그 아이를 잡아가기 전, 비벌리는 그 아이가 안 좋은 짓을 하는 걸 목격했지. 그녀는 소리 내서 웃었지만 그 결과는 나빴어. 헨리 바워스와 관련된 일이었어, 아닌가? 그런 것 같아. 그리고…….

에디는 갑자기 뒤돌아서서 버려진 차고지를 향해 성큼성큼 걸어가기 시작했다. 더 이상 황무지를 내려다보고 싶지도 않았고, 그와 함께 떠오르는 잡념들도 떨쳐 버리고 싶었다. 그저 마이라와 함께 집에 있었으면 좋겠다는 생각뿐이었다. 그는 솔직히 데리에 오고 싶지 않았다. 그는…….

"잡아, 꼬맹이!" 공이라도 그쪽으로 날아온다는 소리일까, 에디는 소리 나는 철조망 울타리 쪽으로 돌아섰다. 무엇인가 자갈밭에 떨어져 튀어 올랐다. 에디는 손을 뻗어 그것을 붙잡았다. 자기도 모르게 정말 우아한 동작으로 깔끔하게 잡아챘다는 생각이 들었다.

손에 쥔 것을 바라보던 에디의 내부가 차갑게 흔들렸다. 야구공의 일부분이었다. 가죽이 벗겨져 그저 실이 감긴 둥그런 형체에 불과했다. 실이 풀어헤쳐져 있었다. 그러나 풀린 실이 거미줄처럼 울타리를 넘어 이내 사라져 버리는 것이었다.

'맙소사, 젠장, 여기 있잖아. 이게 어떻게 여기에.'

"이리 내려와서 야구나 한 게임 하지, 에디." 울타리 너머에서 들려오는 목소리, 에디는 1958년 8월 데리의 지하 터널에서 살해 당한 트림쟁이 허긴스의 목소리를 떠올리며 어렴풋한 공포감에 사로잡혔다. 그런데 지금 트림쟁이가 실제로 나타나 울타리를 넘어오려고 안간힘을 쓰고 있었다.

트림쟁이가 입고 있는 세로줄 무늬의 뉴욕 양키스 유니폼은 군데군데 낙엽과 함께 녹색 풀물이 들어 있었다. 그는 트림쟁이였지만 동시에 축축한 무덤 속에서 숱한 세월 동안 흉측하게 변해 버린 문둥이의 모습이었다. 얼굴은 온통 썩어 가는 줄기와 덩굴에 묻혀 살점이 너널너덜했다. 한쪽 눈구멍이 텅 비어 있었다. 머리카락 사이에서 끊임없이 무엇인가 꿈틀거렸다. 한쪽 손에는 이끼 낀 야구 글러브를 끼고 있었다. 그는 썩어 문드러진 오른쪽 손가락을 철조망 사이로 쿡쿡 쑤셨다. 철조망이 휘는 오싹한 소리에 에디는 미칠 것 같았다.

"양키 스타디움도 너끈히 넘어갈 만한 타구였지." 트림쟁이는 히죽 웃으며 말했다. 징글맞게 생긴 흰색 두꺼비가 그의 입속에서 툭 떨어져 땅바닥에 나뒹굴었다. "내 말 들려? 양키 스타디움도 너끈히 넘어갈 만한 타구였다니까! 아, 그리고 옛날 생각이 나는군. 에디 한번 빨아 줄까? 10센트에 해 줄게. 기분이다. 공짜로 해 주마."

트림쟁이의 얼굴이 변했다. 코가 떨어져 나간 자리에 끈적끈적하고 시뻘건 두 개의 콧구멍이 그대로 드러났다. 에디가 꿈속에서 본 적 있는 모습이었다. 관자놀이 뒤로 넘긴 푸석푸석한 머리카락은 흰색 거미줄 같았다. 이마의 찢어진 상처가 벌어져 그 속의 뼈마디가 희미한 탐조등처럼 빛났다. 트림쟁이는 사라지고 없었다. 그것은 니볼트 가 29번지 저택 현관 아래 있던 문둥이였다.

"보비가 10센트에 내 걸 빨아 줬어." 그것은 울타리를 기어오르며 중얼거렸다. 버둥댈 때마다 살점이 떨어져 철조망에 그대로 달라붙었다. 울타리가 사납게 이리저리 흔들렸다. 거의 꼭대기까지 올라왔을 즈음, 덩굴식물 같은 잡초의 색깔이 갑자기 새카맣게 변해 버렸다. "보비는 말만 하면 언제든지 해 줬어. 시간 초과면 15센트였지."

에디는 비명을 지르고 싶었다. 그러나 메마르고 의미 없는 괴성만 흘러나왔다. 허파가 세상에서 가장 오래되고 녹슨 피리 같았다. 손에 쥔 야구공의 실밥에서 피가 새어 나왔다. 피가 자갈에 떨어졌다가 운동화에 튀었다.

그는 공을 집어던지고 휘둥그레진 눈으로 물러서며 셔츠에 손을 문질렀다. 문둥이가 울타리 위까지 기어올랐다. 머리가 이리저리 흔들리며 핼러윈의 호박등핼러윈데이 전야에 집 안팎에 밝혀 놓은 등처럼 부풀어 올라 지평선에 기괴한 그림자를 드리웠다. 축 늘어진 혀는 1미터도 넘었다. 히죽 웃고 있는 문둥이의 입에서 빠져나온 혀가 뱀처럼 울타리 밑을 더듬었다.

1초 정도의 시간이 지났을까……, 사라져 버렸다.

영화 속의 유령처럼 슬며시 사라진 것이 아니었다. 눈 깜짝할 사이에 사라지고 없었다. 그러나 에디는 샴페인 뚜껑에서 나는 '펑!' 하는 소리를 분명히 들었다. 문둥이가 사라진 공간에 공기가 한꺼번에 밀려드는 소리였을까.

그는 돌아서서 달리기 시작했지만 3미터도 못 갔을 때 버려진 벽돌 건물의 화물 적재함 밑에서 네 개의 형체가 불쑥 튀어나왔다. 처음에는 박쥐인 줄 알았지만 머리 위를 뒤덮는 물체에 그만 비명을 질렀다. 그것은 사각형의 헝겊이었다. 아이들이 야구 시합을 할 때 주루 베이스로 사용했던 헝겊 말이다.

공기가 소용돌이쳤다. 에디는 헝겊을 피해 몸을 웅크렸다. 헝겊은 순식간에 예전의 베이스 자리를 찾아갔고, 홈, 1루, 2루, 3루, 자리를 잡을 때마다 살짝 먼지가 피어올랐다.

에디가 숨을 헐떡이며 홈플레이트로 전력 질주하는 동안, 입이 뒤틀리고 얼굴은 하얗게 질려 있었다.

따악! 유령의 공이 방망이에 부딪히는 소리. 그리고…….

에디는 두 발에서 힘이 모두 빠져나가 신음하며 멈추어 섰다. 거대한 두더지가 땅을 파듯, 홈플레이트에서 1루까지 직선으로 땅바닥이 뒤집히기 시작했다. 양쪽으로 자갈이 튀어 올랐다. 1루 베이스까지 땅이 갈라지자 헝겊이 허공으로 솟았다. 얼마나 강한 충격으로 빠르게 날아갔는지, 구두닦이 소년이 기분 좋을 때 헝겊으로 내는 팡 하는 소리가 들렸다. 이번에는 1루에서 2루까지 똑같은 땅파기 경주가 시작됐다. 2루 베이스도 하늘로 솟구쳤다가 3루에서 홈플레이트까지 땅이 뒤집히는 순간 제자리에 내려앉았다.

홈플레이트가 솟구쳤다가 다시 제자리에 내려앉기 직전 땅속에서 무엇인가 다른 형체가 튀어 올랐다. 토니 트래커였다. 두개골에 아직 새카만 살점이 붙어 있고, 흰색 셔츠는 갈가리 찢겨 있었다. 그는 홈플레이트 땅 밑에서 허리까지 빠져나와 기괴한 벌레처럼 앞뒤로 흔들거렸다.

"봉잡이를 짧게 잡는 건 이제 문제가 아니야." 토니 트래커의 입에서 자갈 씹히는 소리가 들려왔다. 드러난 치아에는 잇몸이 없었다. "야, 쌕쌕이, 그건 문제가 아니라니까. 널 잡고 말 거야. 너와 친구 놈들 전부. 봉을 잡을 거란 말씀이야!"

에디는 비틀거리며 비명을 내질렀다. 누군가 그의 어깨를 움켜잡았다. 그는 화들짝 그 손길을 뿌리쳤다. 처음에 우악스레 느껴지던 손길도 이내 스르르 물러났다. 그는 돌아섰다. 그레타 보위였다. 그녀는 죽었다. 얼굴 반쪽이 사라지고 없었다. 남아 있는 반쪽의 벌건 속살 속으로 구더기가 기어 다녔다. 그녀는 한 손에 풍선을 들고 있었다.

"교통 사고였어." 그녀는 반쯤 남아 있는 입으로 말하고 씩 웃었다. 그녀가 웃음을 짓자 무엇인가 찢어지는 소리가 들려왔고, 에디는 그녀의 얼굴에서 가죽 끈처럼 움직이는 힘줄을 똑똑히 볼 수 있었다. "에디, 나는 고작 열여덟 살이었어. 술에 취해 빨간 신호등을 못 봤어. 너희 친구들도 여기 있어, 에디."

에디는 뒤로 물러서며 두 손으로 얼굴을 가렸다. 그녀가 다가왔다. 피가 떨어져 그녀의 다리에 기다란 얼룩으로 말라붙었다. 그녀는 싸구려 운동화를 신고 있었다.

그녀의 뒤로, 에디는 가장 격렬한 공포와 마주했다. 패트릭 헉스테터가 외야를 가로질러 그쪽으로 발을 질질 끌며 다가오고 있었다. 그도 역시 뉴욕 양키스의 유니폼을 입고 있었다.

에디는 달렸다. 그레타가 다시 그를 움켜잡는 바람에 셔츠가 찢어지고 섬뜩한 액체가 목덜미에 느껴졌다. 토니 트래커는 완전히 땅속에서 빠져나온 모습이었다. 패트릭 헉스테터는 줄기차게 비틀거리며 다가왔다. 에디는 어디를 향하는지도 모른 채 무작정 달렸다. 달리는 도중 입가에서 무슨 말인가 자꾸 흘러나왔는데, 그레타 보위가 들고 있던 풍선에 적혀 있던 글이었다.

천식 약은 폐암의 원인이 됩니다!
── 센터 가 약국에서 알림

에디는 달렸다. 미친 듯이 달렸고, 매캐런 공원에 도착했을 때는 숨이 멈춰 그대로 죽을 것 같았다. 아이들이 그를 보는 순간 재빨리 길을 비켜 도망쳤다. 아이들의 눈에는 에디가 알코올중독자 아니면 희귀 전염병에 걸린 사람처럼 보였을 것이다. 심지어 연쇄 살인범으로 비춰져, 그중 몇몇은 경찰에 신고할까 수군댔지만 실제로 그렇게 하지는 않았다.

비벌리 로건, 화장실에 가다

비벌리는 데리 시민 회관에서 청바지와 느슨한 블라우스 차림으로 바꿔 입고 메인 가를 따라 무심히 걷고 있었다. 어디로 갈지 딱히 정한 곳은 없었다. 그저 이런 생각이 들었다.

너의 머릿결은 겨울의 불꽃
1월의 불씨
내 마음도 함께 타올라.

그녀는 그 우편엽서를 속옷 넣어 두는 서랍장 밑에 숨겨 놓았었다. 어머니가 본 것도 같지만, 그렇다고 문제될 것은 없었다. 아버지는 결코 그 서랍 밑바닥을 보지 못했을 거라는 점이 중요했다. 만약 아버지가 봤다면, 친근하게, 그대로 얼어붙을 것 같은 시선으로 노려보며 사근사근 물었을 것이다. "해서는 안 되는 짓을 한 건 아니겠지, 비벌리? 혹시 남자 애들이랑 무슨 일이라도 있는 거야?" 그녀가 예, 아니오 중에서 어느 쪽으로 대답하든, 아버지는 순식간에 그녀의 뺨을 때렸을 것이다. 그의 손찌검은 몹시 빠르고 강해서 처음에는 고통조차 느끼지 못하다가 진공 상태처럼 멍한 상황이 흐른 뒤에야 통증이 그 공백을 메울 터였다. 그런 다음에 아버지는 또다시 예의 그 나긋나긋한 목소리로 물을 터였다. "정말 걱정스럽구나. 도무지 마음이 놓이질 않아. 이제 철 좀 들어야 하지 않겠니?"

그녀의 아버지는 여전히 데리에 살고 있을지 몰랐다. 데리에 산다는 마지막 소식을 전해 듣긴 했지만……, 그게 언제였더라? 10년 전인가? 어쨌든 톰과 결혼하기 한참 전이었다. 그때 아버지에게서 우편엽서를 받았다. 시 따위가 적힌 일반적인 엽서도 아니고, 시청 앞에 있는 폴 버니언의 끔찍한 플라스틱 동상이 그려진 엽서였다. 그 동상은 50년대에 세워져 그녀의 유년 시절에 또렷한 흔적이 남을 법했지만, 어찌된 영문인지 아버지가 보낸 엽서를 보면서도 떠오르는 향수나 기억은 전혀 없었다. 차라리 세인트루이스의 게이트웨이 아치나 샌프란시스코의 금문교가 더 낫다는 생각뿐이었다.

건강하게 잘살기를 바란다. 여유가 있다면 내게 도움을 주었으면 좋겠구나. 너도 알겠지만, 나는 가진 게 별로 없어. 사랑한다, 비벌리. 아빠가.

엽서에는 그렇게 적혀 있었다.

아버지가 그녀를 사랑했다는 말은 사실일지 모르며, 그 때문에 비벌리가 1958년 여름에 절박하리만큼 빌 덴브로를 사랑했는지 모를 일이다. 빌 덴브로는 아이들 중에서도 유독 아버지를 떠올릴 만큼 권위가 있었지만……, 아버지와 달리 빌은 다른 이의 이야기를 들어주는 권위의 소유자였다. 아버지는 권위를 내세워서 사람들은 애완 동물처럼 아껴 주는 한편 엄히 훈련시켜야 한다고 생각했다. 그러나 빌의 눈빛이나 행동에서는 아버지의 권위와 닮은 구석을 전혀 발견할 수 없었다.

이유야 어쨌든 그해 7월, 빌이 자연스럽게 완벽한 하나의 집단 의식을 만들어 내는 첫 만남이 있은 직후부터 비벌리는 빌에게 맹목적이고 격정적인 연정을 품었다. 그녀에게 그때의 사랑은 롤스로이스의 바퀴가 네 개라는 사실만큼이나 확실한 감정이었다. 그녀는 빌과 함께 있는 경우에도 실없이 말을 많이하거나 웃지 않았고, 얼굴이 붉어지지도 않았으며, 그렇다고 나무나 키스 다리의 벽면에 그의 이름을 남몰래 적어 놓지도 않았다. 그저 가슴속 깊숙이 빌의 얼굴을 담아 두고, 숨쉴 때마다 달콤하고도 아릿한 통증을 느꼈을 뿐이다. 그녀는 그를 위해서라면 기꺼이 목숨을 바쳐도 좋다고 생각했다.

지금까지 확증은 없었지만……, 비벌리는 우편엽서에 시를 적어 보낸 사람이 빌이기를 바랐으므로 실제로 그렇게 믿을 만도 했다. 아니, 그녀는 누가 시를 보내 왔는지 알고 있었다. 혹시 나중에라도 그 장본인이 그녀 앞에서 시인하지는 않았을까? 그랬다. 벤은 그녀에게 말한 적이 있었다(아직까지 그녀는 벤이 언제 어느 상황에서 그런 속내를 밝혔는지 기억하지 못했다). 그녀를 향한 벤의 사랑 역시 빌을 향한 그녀의 사랑처럼 깊숙이 숨겨져 왔지만

(아니, 비벌리, 너는 빌에게 사랑한다고, 진실로 사랑한다고 고백한 적이 있어)

그런 사실을 모르는 사람은 없었다. 벤이 비벌리와 일정한 거리를 유지하려고 애쓰는 행동이나, 비벌리와 팔이나 손을 맞잡을 때 숨도 제대로 못 쉬고, 옷을 입을 때는 항상 그녀를 의식했다는 것 정도는 누가 봐도 표가 났다. 소중하고 사랑스러운 뚱보 벤.

난감하기만 했던 사춘기 시절의 삼각 관계는 어떤 식으로든 결말을 맺었지만, 비벌리는 그 끝이 어떻게 됐는지 여전히 기억하지 못했다. 비벌리는 벤이 언젠가 연서를 보냈다고 고백하지 않았던가 하는 생각이 들었다. 또 그녀 자신이 빌에게 사랑한다고, 영원히 그 마음이 변치 않을 거라고 고백한 사실도 떠올랐다. 그 두 사람의 고백이 결국 그들의 목숨을 구한 것은 아닐까? 역시 기억은 희미할 뿐이었다. 지금의 기억들은(아니면 기억하기 위한 또 하나의 기억일지 모른다. 그들의 과거에 가까이 다가서는 과정 말이다) 물위로 솟구친 산호초 하나만 제외하면, 여러 조각으로 떨어뜨릴 수 없다는 사실만 제외하면, 섬 아닌 섬이었다. 그녀가 물속 깊숙이 잠수해 들어가 나머지 부분을 보려고 시도할 때마다 여러

이미지가 뒤죽박죽 눈앞을 가로막았다. 봄이면 뉴잉글랜드로 찾아온다는 찌르레기가 전신주와 나무와 지붕에 떼 지어 앉아 밀치락달치락하다가, 포근해지는 3월 말의 대기를 향해 시끄럽게 울부짖는 모습도 떠올랐다. 그 생경하고 혼란스러운 광경이 끝없이 떠오르는 바람에, 난시청 지역에서 듣고 싶은 라디오 방송을 못 들어 발을 동동 구르는 심정이었다.

비벌리는 자신이 불현듯 클린 클로즈 자동 세탁소 앞에 서 있는 것을 알았다. 그녀와 스탠리 유리스와 에디와 벤이 함께 6월의 어느 날 오후 그들 눈에만 보이던 핏자국을 지우기 위해 걸레를 빨던 곳이었다. 여전히 창문들은 뿌연 색깔이었지만, 문간에 "팝니다. 주인 직거래."라고 손으로 쓴 표지가 붙어 있었다. 창문을 슬쩍 닦아 내고 안쪽을 들여다보니, 세탁기가 놓인 자리를 대신해 누런 벽면이 휑하니 나타났고 물건은 모두 치워진 상태였다.

'집으로 가야겠지.' 비벌리는 침울한 마음이었지만 발길을 멈추지는 않았다.

이웃의 풍경은 그리 변하지 않았다. 다만 느릅나무를 비롯해 나무 몇 그루가 병 때문에 뽑힌 것 같았다. 집들은 전보다 허름해 보여서 어렸을 때보다 집집마다 깨진 창문들이 더 많았다. 유리창 대신 판자로 막아 놓은 창문들도 적지 않았다. 물론 아예 유리창이 깨진 채 놔둔 집들도 있기는 했지만.

그녀는 로어 메인 가 127번지 아파트 앞에 서 있었다. 아파트는 변함이 없었다. 칠이 벗겨졌던 흰색 페인트는 이제 고동색으로 바뀌었지만 역시 군데군데 칠이 벗겨져 있었다. 그러나 페인트 색깔이 바뀌었다고 해도 그곳은 분명 비벌리의 기억 속에 있는 그녀의 집이었다. 주방으로 보이는 곳의 창문이나 그녀의 침실 창문도 그대로였다.

(짐 도욘, 어서 찻길에서 나오지 못해! 썩 나와, 차에 치여 죽으려고 환장했어?)

그녀는 두 팔로 가슴을 감싸 안으며 몸서리를 쳤다.

'아빠는 여전히 여기서 살고 계실지 몰라. 아, 그러고도 남지. 특별한 일이 없는 한 데리를 떠나시지 않았을 테니까. 비벌리, 저기 우편함을 봐. 예전처럼 세 개의 아파트마다 하나씩 세 개의 우편함이 달려 있잖아. 만약 그중에 마시라고 적힌 우편함이 있다면, 그 집의 초인종을 누르는 거야. 그럼 슬리퍼 끄는 소리가 나며 문이 열릴 테고, 붉은 머리칼과 왼손잡이와 디자인 능력을 준 정자의 주인공, 네 아버지의 얼굴이 나타나겠지…… 아버지는 디자인 능력이 있었던가? 그래, 아버지는 마음 내키면 무엇이든 그랬어. 마음만 동하면 일사천리였지. 걱정거리가 많으셨나 봐. 하지만 아버지가 그림을 그릴 때면 나는 몇 시간이고 앉아서 고양이와 개와 말과 황소를 지켜보았고, 입에서 삐죽 흘러나온 풍선 그림 속에 음매 하는 글자를 바라보곤 했잖아. 함께 웃다가 아버지는 네가 직접 해 봐라 하시며 내 손을 이끌고 다시 황소나 개나 웃고 있는 남자를 그리곤 했지. 그때마다 아버지의 화장품 냄새가 풍겼고 따뜻한 살이 느껴졌어. '더 위쪽으로 비벌리.' 그래, 생각나. 아버지는 그렇게 말씀하셨지. 아버지는 나이 들어 주름진 얼굴과 그나마 남아 있는 치아가 죄다 누렇게 변한 모습으로 나타나겠지. 그러고는 아니, 이거 비벌리 아냐, 늙은 아비를 보려고 집에 왔구나, 어서 오너라, 정말 반갑구나 하실 거야. 너를 얼마

나 걱정했다고. 그러니 이 얼마나 반가운 일이냐 하시며 말이지.'

그녀가 천천히 걷는 동안, 갈라진 콘크리트 벽 사이에 난 잡초가 청바지 가랑이에 스쳤다. 1층 창문을 유심히 살펴보았지만 창문마다 커튼이 처져 있었다. 우편함을 확인했다. 3층, 스타크 웨더. 2층 버크. 그리고 그녀는 숨을 참고 1층, 마사라는 글자를 읽어 내렸다.

'하지만 초인종을 누르고 싶진 않아. 아버지를 보고 싶지 않아. 초인종은 싫어.'

단호한 결심이었다. 그렇게 결심함으로써 그녀는 남은 일생에서 단호하게 살아갈 수 있는 첫 관문을 연 셈이다. 그녀는 되돌아갈 것이다. 다시 도심으로! 데리 시민 회관으로! 짐을 싸고! 택시를 부르고! 쏜살처럼 날아서! 톰에게 꺼지라고 말하자! 멋지게 사는 거야! 행복하게 죽는 거야!

초인종이 울렸다.

거실에서 나는 익숙한 소리, 언제나 중국인 이름이 떠오르는 딩동 하는 소리. 그러나 인기척이 없었다. 그녀는 한차례 발을 구르다가 문득 오줌이 마려웠다.

'집엔 아무도 없어.' 그녀는 안도감을 느꼈다. '이제 가도 되겠지.'

하지만 그녀는 다시 한번 초인종을 눌렀다. 딩동! 역시 인기척이 없었다. 그녀는 벤의 아름다운 시를 떠올리며, 언제 어떻게 무슨 이유로 벤이 그 시를 쓴 사람을 고백했는지 기억하려고 애썼다. 갑자기 처음으로 달거리를 한 날이 떠올랐다. 월경이 시작된 게 열한 살 때였던가? 그해 겨울 가슴에 통증을 느끼기 시작했지만 월경은 정확하지 않았다. 왜일까……, 그러나 또다시 전신주와 지붕 위에 몰려와 봄날 하늘을 향해 지저귀는 찌르레기의 모습이 떠올랐다.

'이젠 갈 거야. 두 번이나 초인종을 눌렀잖아. 충분해.'

그러나 그녀는 다시 한번 초인종을 누르고 말았다.

딩동!

인기척, 그녀가 상상했던 바로 그 슬리퍼 끌리는 소리가 들려왔다. 잠에서 깬 늙은이의 투덜거림. 그 순간 그녀는 주변을 둘러보며 안절부절못했다. 시멘트벽 모퉁이에 숨어 있으면 혹시 아버지가 아이들 장난이겠거니 하고 다시 들어가지 않을까? 어이, 파이프 담배 좀 가진 것 있소……?

그녀는 일순 묵직한 한숨을 쉬며 박장대소할 만큼 짙은 안도감을 느꼈다. 아버지가 아니었다. 문간에 서서 그녀를 바라보고 있는 이는 칠십대 후반의 키 큰 노파였다. 치렁치렁한 흰 머리칼 군데군데 금발의 흔적이 약간 남아 있었다. 무테 안경 너머 짙은 파란색 눈동자가 드러났다. 자줏빛의 물결 무늬 드레스 차림이었다. 초췌해 보였지만 어딘지 위엄이 느껴지는 모습. 주름진 얼굴이 온화해 보였다.

"무슨 일이죠, 아가씨?"

"죄송합니다." 비벌리는 웃음을 거두며 말했다. 그녀는 노파의 목에 걸린 카메오^{마노나 조개 껍데기 따위에 조각한 장신구} 보석을 보았다. 보일락 말락 하게 금빛 테두리로 장식한 상아색 보석이었다. "집을 잘못 찾았나 봐요." '아니면 일부러 다른 집 초인종을 눌렀나 봐.' 그녀는 속마음을 숨기고 덧붙였다. "마시라는 분을 찾아왔거든요."

"마시?" 노파의 이마가 약간 찌푸려졌다.

"네, 혹시 아시는……."

"마시라는 사람은 없다우."

"하지만……."

"혹시……, 앨빈 마시를 말하는 건가요?"

"네, 맞아요! 제 아버님이세요!"

노파는 손을 들어 카메오 목걸이를 만지작거렸다. 자세히 살피는 노파의 시선에 비벌리는 우스울 정도로 자신이 어려진 기분이 들었다. 지금 자신이 한 손 가득히 걸스카우트 과자를 들고 있거나 데리 고등학교 타이거스 팀을 상징하는 리본이라도 달고 있어야 할 것 같았다. 노파의 미소는……, 온화하면서도 슬퍼 보였다.

"아가씨, 왜 그리도 오랫동안 연락을 끊고 지냈어요. 내가 이런 소식 전해서 안됐지만 부친은 5년 전에 돌아가셨다우."

"하지만 초인종 위에는……." 그녀는 다시 쳐다보았고, 정확히 웃음이라 할 수 없는 작고 당황한 소리를 내었다. 동요와 무의식 중에 늙은 아버지가 여전히 여기 있을 거라 믿어 의심치 않은 탓에 커시를 마시로 읽었을 뿐이다.

"커시 부인이시죠?"

그녀는 아버지 소식에 놀랐지만, 자신이 저지른 실수에 웃지도 울지도 못할 기분이었다. 노파는 그녀가 글자를 제대로 읽지 못한다고 생각할 터였다.

"커시, 맞아요."

"할머니께서……, 저의 아버님을 알고 계시나요?"

"아주 조금밖에 모른다우."

커시 여사의 목소리가 「제국의 역습」에 나오는 요다와 약간 닮은 것 같아 비벌리는 하마터면 웃음을 터뜨릴 뻔했다. 이처럼 감정이 이중으로 겹쳐져 격렬하게 흔들렸던 적이 또 언제였더라? 당장은 기억할 수 없지만……, 얼마 안 있어 기억나리라는 예감이 두려웠다.

"그 양반이 나한테 1층 아파트를 세놨다우. 며칠 후 이사 올 때 서로 얼굴을 한번 봤지. 그분은 로워드 소로로 이사했우. 거기가 어딘지 알죠?"

"네."

로워드 소로는 로어 메인 가에서 몇 블록 밑으로 내려온 지역으로 아파트 건물이 하나같이 작고 허름한 곳이었다.

"그 후론 코스텔로 상가에서 몇 번인가 마주친 적이 있우. 그리고 자동 세탁소가 문을 닫기 전에도 거기서 한번 뵈었지. 이따금 안부 전화도 했고. 그러니……. 이봐요, 아가씨. 안색이 창백하네. 늙은이 정신 좀 보게. 안으로 들어와서 차라도 한잔 들어요."

"아니, 괜찮습니다." 비벌리는 기어 들어가는 목소리로 말했지만, 얼굴은 실제로 창백하게 질려 있었다. 차라도 한잔 마시며 앉아서 쉬면 좋을 것 같았다.

"어렵게 생각 마요. 안 좋은 소식을 전해 미안한데, 그 정도도 못할까."

비벌리는 자기도 모르는 사이 이미 노파를 따라 음침한 복도를 걸어가고 있었다. 전보다 훨씬 작아진 느낌이지만, 어느 때보다 안전하게 느껴졌다. 거의 모든 것이 달라졌기 때문이다. 분홍색 식탁보와 세 개의 의자 대신 둥그런 작은 탁자와 꽃병이 놓여 있었다. 맨 위 부분이 둥그스름한 구형 냉장고(제대로 돌아가려면 아버지가 늘 손을 봐야 했다)도 사라지고, 구릿빛 신형 냉장고가 자리를 차지하고 있었다. 전기난로는 작은 것이지만 꽤 성능이 좋아 보였다. 전자레인지도 있었다. 밝은 푸른색 커튼이 드리워진 창문 너머 화분들이 보였다. 어릴 때 리놀륨이었던 장판도 목재 장판으로 바뀌어 있었다. 부지런히 쓸고 닦는지 바닥이 반짝반짝했다.

커시 여사는 난로에 주전자를 올려놓으며 비벌리를 돌아보았다. "여기서 자랐나요?"

"네. 하지만 많이 변했군요……. 훨씬 깨끗하고 말쑥해져서……, 정말 멋지게 변했어요!"

"어이구, 이런 고마운 칭찬이 다 있나." 미소 때문인지 커시 여사의 얼굴이 한순간 훨씬 젊어 보였다.

"아가씨도 눈치 챘겠지만, 나는 별로 돈이 없우. 연금으로 근근이 먹고 살 만하지. 스웨덴에서 자랐우. 이 나라에 들어온 게 1920년이니까 열네 살 때였나. 가난한 어린아이가 돈의 소중함을 깨닫는 방법이 뭐가 있었겠우, 무슨 말인지 알죠?"

"그럼요."

"병원에서 일했지. 1925년부터 꽤 오랫동안 일했다오. 관리 과장까지 올랐지. 열쇠는 전부 내 손에 있었으니까. 남편이 벌어들인 돈을 제대로 투자했지요. 지금은 약간 사람들을 멀리하고 있지만, 아이고, 내 정신 좀 봐. 물이 끓잖아."

"아니, 저는 됐어요."

"부탁이우, 아가씨……. 내 맘이 무거워서 그래요. 괜찮다면 집

안이라도 둘러보고 있어요."

비벌리는 커시 여사의 말대로 하기로 했다. 부모님의 침실은 이제 커시 여사가 사용하고 있었고, 그 방의 변화 역시 만만찮았다. 전보다 훨씬 밝고 통풍도 잘되는 느낌이었다. R. G.라는 머리 글자가 새겨져 있는 커다란 삼나무 장롱에서 은은한 향기가 풍겨 나왔다. 커다란 이불이 침대 위에 펼쳐져 있었다. 이불 위에 물 긷는 아낙들과 성 주변을 뛰노는 아이들, 볏단을 쌓는 남자들의 모습이 그려져 있었다. 정말 멋진 이불이었다.

비벌리의 방은 재봉실로 바뀌어 있었다. 조명 램프가 있는 철제 책상 위에 검은색 재봉틀이 놓여 있었다. 벽에 걸린 그림들은 예수와 존 F. 케네디 대통령의 사진이었다. 미려한 책장 하나가 케네디 사진 아래 서 있고, 그 속엔 도자기를 대신해 책들이 빼곡히 들어 있었지만 나름대로 운치 있어 보였다.

그녀는 제일 마지막으로 욕실을 둘러보았다.

장밋빛으로 바뀐 욕실은 천박하지 않고 은은할 정도로 색깔이 옅었다. 욕조며 세면대 전부 새것이었지만, 그녀는 세면대에서 예전의 악몽이 되살아날까 봐 조바심이 났다. 배수 구멍을 바라보고 있으면 속삭임이 들려오고 금방이라도 핏줄기가 솟구칠 것 같았다.

그녀는 거울 속에 비친 창백한 자신의 얼굴과 어두운 눈길을 엿보며 세면대로 몸을 웅크리고 배수 구멍을 노려본 채, 속삭임과 웃음소리, 신음소리, 그리고 언제 솟구칠지 모를 핏줄기를 기다렸다.

27년 전의 음향과 핏줄기를 기다리느라 얼마나 오랫동안 그곳에 웅크리고 있었던 것일까. 그녀는 시간의 흐름을 깨닫지 못했다. 커시 여사의 음성이 들려왔을 때에야 그녀는 몽롱한 기다림에서 깨어났다.

"아가씨, 차 마셔요."

그녀는 선잠에서 깨어나듯 화들짝 몸을 일으키고 곧바로 욕실에서 나왔다. 만약 배수구 밑에 사악한 악령이 있다 해도 지금은 사라졌거나……, 잠들어 있는 것 같았다.

"어머, 이러실 필요까지 없는데!"

커시 여사는 살며시 웃으며 환한 표정으로 비벌리를 올려다보았다. "아가씨, 요즘 내가 얼마나 적적했는지 몰라서 그런 소릴 하는 게지. 글쎄, 뱅고어 전력 회사에서 전기 검침을 나오는 양반한테는 이보다 대접이 더 융숭한걸. 그 양반, 내 덕분에 살이 많이 올랐지!"

둥근 탁자에 파란색 테두리를 한 깨끗한 흰색 잔과 쟁반이 놓여 있었다. 사탕 과자 옆에서 양은 주전자가 향긋한 냄새를 풍기며 부드러운 김을 모락모락 피워 올렸다. 기분이 한결 유쾌해진 비벌리는 딱 한 가지 빠진 것이 있다면 빵 가장자리를 잘라 낸 작은 샌드위치라고 생각했다. 아줌마샌드위치, 비벌리는 그 샌드위치들을 항상 한 단어로 생각했다. 전형적인 아줌마샌드위치 세 가지는 크림 치즈와 올리브, 물냉이, 달걀 샐러드 샌드위치였다.

"어서 앉아요, 아가씨. 차를 따라 줄 테니까."

"저는 아가씨가 아닌걸요." 비벌리는 왼손을 들어 결혼반지를 보여 주었다.

커시 여사는 여전히 미소를 띠며 흥 하고 코웃음 치듯 가볍게 손사래를 쳤다. "젊은 여자 분은 모두 아가씨라고 부르는 게 버릇이 돼서. 오해는 마시구려."

"오해라뇨, 그럴 리가 있나요." 그러나 비벌리는 딱히 말할 순 없어도 마음 한구석이 거북했다. 무엇인가를 자꾸 떠오르게 하는 노파의 미소……, 그게 뭘까? 불쾌감? 가장? 다 안다는 미소? 하지만 그건 웃기는 생각이다. 그렇지 않은가?

"집을 정말 잘 꾸며 놓으셨네요."

"진심이우?"

커시 여사는 차를 따랐다. 차는 끈적끈적한 흑색이었다. 비벌리는 왠지 차를 마시기가 꺼림칙했고……, 문득 그 집에 조금이라도 더 있고 싶은 건지 갈피를 잡을 수 없었다.

'가만, 초인종 밑에 마시라고 적혀 있었잖아.' 비벌리는 문득 떠오르는 생각에 온몸이 얼어붙는 느낌이었다.

커시 여사가 그녀에게 찻잔을 건네주었다.

"감사합니다."

차 색깔은 끈적끈적한 흑색이었지만 향기만은 기막히게 좋았다. 한 모금 살짝 맛을 보았다. 아주 맛있었다.

'이제 의심 따위는 집어치워.' 그녀는 내심 자신을 책망했다.

"특히 저 삼나무 장롱이 아주 근사하네요."

"진기한 골동품이라우!"

커시 여사는 활짝 웃었다. 비벌리는 노파의 아름다운 미소에서 딱 한 가지, 북부 지역에서 전형적으로 나타나는 흠 하나를 발견했다. 치아가 겉으론 멀쩡해 보였지만 몹시 지저분했다. 하나같이 누런색이었고, 앞니 두 개는 서로 어긋나 있었다. 송곳니는 코끼리의 상아를 떠올릴 만큼이나 길었다.

'모두 흰색이었어……. 문 앞에서 미소 지을 때 치아가 얼마나 희던지 내심 감탄까지 했는데.'

그녀는 이제 놀라는 정도에서 끝나지 않았다. 그곳에서 속히 나가고 싶었고, 그래야 할 것 같았다.

"정말 오래된 물건이지!" 커시 여사는 탄성을 지르며 벌컥벌컥 차를 단숨에 들이켰다. 그녀는 비벌리를 향해 히죽 웃어 보였지만, 비벌리는 노파의 눈빛도 이미 바뀌었음을 깨달았다. 늙수그레한 누런 각막은 시뻘건 모세 혈관으로 채워져 있었다. 머리카락이 눈에 띄게 빠진 상태였다. 영양분이라곤 전혀 없이 푸석푸석한 머릿결, 금발의 흔적이 남아 있는 흰 머리칼이 아니라 그저 잿빛이었다.

"아주 오래 됐지." 커시 여사는 빈 찻잔을 앞에 두고 회상에 잠겼지만 누런 눈동자로 비벌리를 연신 힐끔거리는 것 같았다. 뻐드렁니를 드러낸 입가의 미소에서 오싹함이 확 끼쳤다. "고국에서부터 가져온 거라우. RG라는 글자 봤우? 못 봤우?"

"봤어요." 비벌리는 마지못해 대답했지만 머릿속은 다른 생각으로 소용돌이쳤다. '내가 이상한 낌새를 눈치 챘다는 티만 내지 않으면, 아직까진 위험하지 않아. 노파가 의심하지 않도록 각별히 조심해야겠어…….'

"핫바지께서." 커시 여사가 아버지를 핫바지라고 발음하는 바람에 비벌리는 그녀를 바라보았다. 이제 보니 옷까지 바뀌어 있었다. 옷 색깔이 거칠고 색 바랜 검정색이었다. 카메오 보석은 해골 모양으로 변해 사악한 표정으로 턱을 쩍 벌린 채 매달려 있었다. "함자가 로버트 그레이인데, 보브 그레이 또는 춤추는 어릿광대 페니와이스로 더 잘 알려진 분이우. 페니와이스가 이름일 리야 없지만, 핫바지께서는 그 별명을 좋아하셨지."

그녀가 다시 웃었다. 이빨 몇 개가 옷 색깔처럼 새카맣게 변해 있었다. 주름이 더 깊게 패었다. 우윳빛 피부는 어느새 황달기가 느껴지는 칙칙한 색깔로 변했다. 손가락에는 갈고리 손톱이 나와 있었다. 노파는 히죽 웃어 보였다. "뭘 좀 먹지그래, 귀염둥이?"

반 옥타브 정도 높게 갈라져 버린 노파의 목소리는 돌쩌귀에 진흙이 말라붙은 지하실 문짝을 막무가내로 밀어붙이는 소리 같았다.

"괜찮아요." 비벌리는 자신의 목소리가 '이크, 이제 가 봐야 해요.'라고 칭얼대는 아이의 말투처럼 들렸다. 자신의 의지와 상관없는 말이었다. 부지불식간에 내뱉은 말이 자신의 귀 속으로 파고들어 그런 말이 아니었다고 후회하는 느낌이라고 할까.

"정말 안 들라우?" 마녀가 다시 히죽거렸다. 그러고는 갈고리 손톱으로 접시를 휘젓더니 얇은 당밀 과자와 케이크를 두 손으로 움켜쥐고 입에 밀어 넣었다. 끔찍한 이빨을 드러낸 채 입이 게걸스럽게 벌어졌다가 닫히고, 벌어졌다가 닫혔다. 기다랗고 지저분한 손톱이 사탕 과자 속으로 푹 박히고, 과자 부스러기가 뼈만 앙상한 턱 밑으로 떨어졌다. 오래된 동물의 주검을 파헤쳤을 때 몰칵 달려드는 썩은 내처럼 지독한 악취가 노인의 숨결에서 뿜어졌다. 마녀는 소름 끼치게 웃었다. 머리카락이 더 빠져 있었다. 뭉텅뭉텅 머리칼이 빠진 자리마다 비듬이 가득했다.

"우리 핫바지께서는 농담을 정말 좋아하셨지! 아가씨, 지금부터 내가 우스갯소리 하나 해 줄 양이니 그냥 한번 들어 보우. 나를 낳은 양반은 핫어미가 아니라 핫바지였지. 똥구멍으로 나를 낳으셨우! 히! 히! 히!"

"이제 가 봐야겠어요." 혼잣말처럼 중얼거리는 비벌리의 목소리는 마치 처음 가 본 파티에서 몹시 당황해 울부짖는 말투였다. 다리에 힘이 하나도 없었다. 찻잔에 든 것이 차가 아니라 도시 하수도에서 퍼낸 똥물이라는 느낌이 들었다. 살짝 입에 댄 정도지만, 아무튼 그 똥물을 먹은 셈이니, 아, 신이여, 예수님 제발……

노파는 이제 비벌리의 눈앞에서 점점 오그라들더니 가늘어졌다. 사과 인형의 얼굴을 한 쪼그랑할멈이 몸을 앞뒤로 흔들어 대며 낄낄거리다가 쉿소리를 퍼붓기 시작했다. "아, 핫바지와 나는 일심동체야. 내가 바로 핫바지고, 핫바지가 바로 나란 말씀. 네년이 조금이라도 똑똑하다면 당장 네가 있던 곳으로 돌아가는 게 상책이야. 여기 있다간 차라리 죽는 게 나을 정도로 험한 꼴을 당할 테니까. 데리에서 죽은 사람 치고 실제로 송장이 된 사람은 없어. 전에도 한 번 경험했을 테고 지금이라고 달라지진 않았단 말씀이야."

비벌리는 천천히 일어섰다. 외부에서 또 다른 비벌리가 자신이 일어나 탁자에서 뒷걸음쳐 마녀에게서 도망치는 모습을 바라보고 있는 느낌이었다. 공포와 의혹으로 몸부림치며, 특히 말끔하게만 보이던 식탁이 이제 보니 참나무가 아니라 사탕 과자로 만들어졌다는 사실 때문에 더 더욱 그녀는 충격에 빠졌다. 비벌리가 보고 있는 동안에도, 마녀는 여전히 낄낄대며 누르스름한 눈으로 방 한쪽을 곁눈질하더니 느닷없이 식탁 한쪽을 잘라 내어 입속에 우적우적 처넣었다.

찻잔은 파란색 물감으로 테두리 장식을 한 흰색 나무줄기에 불과했다. 예수와 존 F. 케네디의 사진은 거의 솜사탕처럼 변했다. 비벌리를 향해 예수는 혀를 쭉 내밀고 케네디는 능글맞은 윙크를 보냈다.

"우리 모두 너를 기다리고 있어!" 마녀는 비명처럼 고함을 질렀고, 손톱으로 식탁을 긁는 바람에 표면에 깊은 자국이 패었다. "그럼, 그렇고말고!"

천장에 달려 있던 전구는 딱딱한 사탕이었다. 벽은 캐러멜 사탕으로 만들어져 있었다. 발치를 내려다보니, 초콜릿으로 된 바닥에 발자국이 찍혀 있었다. 사탕 냄새에 숨이 막힐 지경이었다.

'아, 이건 헨젤과 그레텔이야. 내가 그처럼 무서워했던 마녀, 아이들을 잡아먹는 마녀가 지금 눈앞에 있다니.'

"네년과 친구들! 네년과 친구들! 가마솥에 처넣어 버릴 거야! 그 속에 처넣고 펄펄 끓여 버릴 테다!"

마녀가 깔깔대는 동안, 비벌리는 현관을 향해 달음박질쳤지만 마음과 달리 동작이 너무 굼뜨게만 느껴졌다. 마녀의 웃음소리가 박쥐 떼처럼 비벌리의 머릿속을 휘돌았다. 비벌리는 비명을 질렀다. 복도에는 설탕과 누가와 사탕, 흐물흐물한 딸기까지 뒤섞인 악취가 진동했다. 들어올 때는 분명 크리스탈이었던 손잡이가 이제 설탕으로 만든 다이아몬드로 변해 있었다.

"네가 걱정스럽구나, 비벌리…… 마음 편할 날이 없어!"

비벌리가 붉은 머리칼을 출렁거리며 뒤를 돌아보자, 마녀의 검은 드레스와 해골 카메오를 걸친 아버지가 비틀비틀 그녀를 향해 복도를 걸어오고 있었다. 밀가루 반죽 같은 얼굴에서 살이 축축 늘어지고, 흑석처럼 새카만 눈동자를 번뜩이며, 두 손을 휘적거리는 모습인데, 입은 헤 벌어져 있었다.

"너를 갖고 싶어서 때린 거야, 비벌리. 내가 원하는 건 딱 하나 너와 그 짓을 하는 거야. 너를 먹고 싶었어, 너의 거기를 먹고 싶었단 말이다. 너의 음핵을 잘근잘근 씹고 싶었어. 음음, 비벌리, 아아아아, 정말 꿀맛이군. 너를 가마솥에 집어넣고…… 펄펄 끓이고 싶었다…… 너의 음부를 느끼고…… 그 봉긋한 거웃…… 먹기 좋게 봉긋해지면…… 먹으려고…… 먹으려고 했단 말이야……."

비벌리는 비명을 지르며 끈적끈적한 손잡이를 돌려 아몬드와 과자로 장식된 복도로 뛰쳐나갔다. 아득한 소용돌이처럼 차들이 지나다니고, 한 여자가 코스텔로 상가에서 산 식료품을 쇼핑 수레에 하나 가득 담고 걸어오는 모습이 보였다.

'거리로 나가야 해.' 비벌리는 정신을 수습하려고 이를 악물었다. '저 현실 세계로 나가야 해. 보도까지만 뛰어갈 수 있으면…….'

"도망쳐 봐야 소용없다, 비벌리." 아버지가

(핫바지가)

말하며 웃음을 터뜨렸다. "우리가 이 순간을 얼마나 오랫동안 기다려 왔다고. 정말 볼 만하겠군. 정말 꿀맛이겠는걸."

비벌리가 돌아보자, 이미 고인이 된 아버지는 마녀의 검은 드레스가 아니라 커다란 적황색 단추가 달린 광대 옷을 입고 있었다. 1958년에 유행했던 너구리 가죽 모자를 쓰고 있었는데, 그 모자는 데이비 크로켓의 일대기를 그린 디즈니 만화에서 페스 파커가 쓰고 나와 선풍을 일으킨 바 있었다. 한 손에는 풍선 다발이 들려 있었다. 다른 한 손에는 닭튀김 다리처럼 아이의 다리 하나를 붙잡고 있었다. 풍선마다 "그것은 외계에서 왔다"는 말이 적혀 있었다.

"친구들에게 가서 전해라. 이 몸이 바로 죽어 가는 인류의 마지막 생존자라고." 그것이 복도를 따라 비벌리에게 다가오면서 말했다. "멸종 위기에 처한 지구의 마지막 생존자라고 말이야. 모든 여자를 겁탈하고…… 모든 남자를 범하고…… 페퍼민트 라운지^맨_{해튼의 술집으로 트위스트를 즐기며 밤을 새우는 장소로 유명했음}에서 트위스트를 출 거라고 전하란 말이다."

그것은 풍선 다발과 피가 뚝뚝 떨어지는 아이의 다리를 양손에 든 채 미친 듯이 트위스트를 추기 시작했다. 광대 옷이 이리저리 뒤틀리며 휘날렸지만 비벌리는 바람 한 점 느끼지 못했다. 비벌리는 다리가 엉켜 보도에 넘어지면서 충격을 줄이느라 두 손으로 바닥을 짚었지만 충격은 고스란히 어깨로 전해졌다. 쇼핑 수레를 끌고 오던 여자가 멈추더니 이상한 눈초리로 비벌리를 살펴보다가 이내 종종걸음치기 시작했다.

광대가 그녀에게 다가오며 손에 쥔 다리를 집어던졌다. 잔디밭에 내려서는 순간 기이한 발소리가 들렸다. 비벌리는 보도에 한동안 널브러진 채, 문득 내부 깊숙한 곳에서 그것이 현실이 아닌 꿈이라고 외치고……

그러나 광대의 흰 갈고리 손톱이 그녀의 몸에 닿자 그것은 분명 현실이 되었다. 그녀를 죽일 수도 있는 현실이었다. 아이들을 죽인 것처럼.

"찌르레기들이 네 이름을 알고 있어!" 그녀는 불쑥 고함을 질렀다. 그것은 멈칫했다. 비벌리는 붉게 칠한 그것의 입가에 떠오르는 고통과 분노……, 공포의 그림자를 보았다. 자신의 상상일 뿐이었으나, 그녀는 왜 화급한 순간에 그런 미친 소리를 지껄였는지 알 수 없었다.

그녀는 일어서서 달리기 시작했다. 브레이크 밟는 소리가 찢어질 듯 대기를 갈랐고, 여기저기서 깜짝 놀라고 분노한 외침들이 떠돌았다. "눈은 왜 달고 다니는 거야, 이 멍청한 년아!"

제빵 트럭이 그녀를 칠 뻔하며 어렴풋이 그녀의 눈가를 스쳤지만, 그녀는 고무공을 주우러 거리로 뛰어든 아이처럼 정신없이 내달려 숨을 헐떡이며 가까스로 반대편 보도에 올라섰다. 왼쪽 옆구리가 화끈거렸다. 제빵 트럭은 로어 메인 거리를 따라 그대로 사라져 갔다.

광대는 사라지고 없었다. 광대가 들고 있던 아이의 다리도 보이지 않았다. 고향집은 여전히 그녀 앞에 버티고 있었지만, 이제 허물어지고 버려져 창문마다 판자로 막히고 현관 계단은 다 부서진 모습으로 변해 있었다.

'정말 저 집에 들어갔던 것일까, 아니면 한갓 꿈이었을까?'

그러나 그녀의 청바지는 더럽혀져 있었고, 노란색 블라우스에도 여기저기 먼지가 묻어 있었다.

그리고 손가락에 묻은 초콜릿.

그녀는 손가락을 청바지에 쓱쓱 문지르고 발길을 서둘렀다. 얼굴이 화끈거리고 등에 연신 식은땀이 흘러내렸고, 다급한 심장 박동에 따라 동공이 커졌다 작아졌다 했다.

'우리는 그것의 상대가 못 돼. 그것의 정체가 무엇이든, 우린 놈을 이길 수 없어. 놈은 심지어 우리가 덤벼 주기를 바라고, 예전의 패배를 만회하려고 벼르고 있는 거야. 그것은 결단코 이번만은 승부를 내려고 들 거야. 이곳에서 어서 빠져나가야 해……, 떠나야 해.'

앙증맞은 고양이의 발톱 같은 것이 그녀의 종아리를 가볍게 스치고 지나갔다.

그녀는 단말마의 비명을 지르며 뒤로 물러섰다. 그녀는 발치를 내려다보며 한 손으로 입을 틀어막았다.

그녀의 블라우스 색깔처럼 노란 풍선이었다. 풍선 위에서 파란색 글자가 번쩍였다. "그것은 요정, 웨빗." _{웨빗은 토끼 모양의 만화 캐릭터임.}

그녀는 늦은 봄 미풍에 실려 거리를 달음질쳐 가는 풍선을 물끄러미 바라보았다.

리처드 토저, 도망치다

'흠, 여름 방학이 시작되기 전, 헨리와 그 패거리가 나를 쫓아온 적이 있지…….'

리처드는 아우터 커넬 가를 따라 배시 공원을 지나치고 있었다. 그는 호주머니에 손을 찔러 넣은 채 잠시 멈추어 서서 키스 다리를 바라보았지만 딱히 눈에 들어오는 것은 없었다. '프리즈 백화점에서 그놈들을 피해 도망치다가…….'

친구들과의 점심 식사가 끔찍한 결말로 끝난 후, 리처드는 정처 없이 걸으며 행운의 과자에서 튀어나온……, 아니면 그랬다는 착각이 드는 괴물들을 잊으려고 애썼다. 그는 과자에서 아무것도 나오지 않았다고 생각했다. 귀신 같은 얘기만 하다 보니 집단 환각 상태에 빠졌던 것이다. 무엇보다 로즈가 그 오싹한 광경들을 전혀 눈치 채지 못했다는 사실만 봐도 설득력이 있어 보였다. 물론 예전에 비벌리의 부모님도 욕실의 핏자국을 보지 못했다지만 그때와는 상황이 달랐다.

달라? 뭐가?

"우리 모두 지금은 성인이 됐잖아." 그는 혼잣말을 중얼거리면서도 자신의 말에 전혀 설득력이나 논리가 느껴지지 않았다. 차라리 아이들이 줄넘기하며 부르는 노래 가사처럼 우스갯소리가 더 그럴듯해 보였다.

리처드는 다시 걷기 시작했다.

'시민 회관까지 가서 공원 벤치에 한동안 앉아 내가 본 것을 생각……'

그러나 그는 이내 인상을 찌푸리며 다시 멈춰 섰다.

뭘 봤지?

'그냥 꿈이었겠지.'

그는 왼쪽으로 시선을 돌려 유리와 벽돌과 철근으로 이루어진 거대한 건물을 바라보았다. 1950년대 당시에는 매우 현대적이었지만 지금은 낡고 초라한 건물에 지나지 않았다.

'그래 결국은 이곳에 왔군. 염병할 시민 회관도 다시 보게 됐으니까. 또 다른 환각. 아니면 꿈. 아니면 정체를 알 수 없는 무엇.'

다른 친구들은 리처드를 여전히 어릿광대에다 골치 아픈 개구쟁이라고 생각했고, 리처드 역시 예전의 역할을 자연스럽게 되찾은 느낌이었다. 후, 우리 모두 예전의 역할로 자연스럽게 돌아간 거야, 안 그래? 하지만 그렇다고 조금이라도 이상한 구석이 있던 가? 10년이나 20년 만에 열리는 동창회에 참석해 보면 그 비슷한 일들이야 무시로 벌어지는 법이다. 명물 코미디언으로 통하다 대학 시절에 성직자의 길을 천직으로 받아들였다는 녀석도 술 두 잔만 걸치면 예전의 코미디언 기질을 유감없이 발휘했다. 또 영문학 수재였다가 제너럴 모터스 트럭의 판매 부장까지 오른 녀석은 느닷없이 존 어빙이나 존 치버두 사람 모두 미국의 소설가를 주제로 장광설을 늘어놓았다. 그뿐인가. 토요일 밤이면 밴드를 이끌고 연주하러 다니다 코넬 대학에서 수학 교수가 된 녀석도 술만 들어가면 느닷없이 기타를 메고 무대로 뛰어나가 「글로리아」나 「서핑 버드」를 불러 대지 않던가 말이다. 브루스 스프링스틴의 가사에서 뭐라고 했더라? "그대여, 물러나지 마요, 굴복하지도 마요……." 술 한두 잔이나 멋진 파나마 레드 칵테일 몇 잔이면 흘러간 노래 가사들이 구구절절 옳다는 사실을 쉽게 깨닫게 된다.

그러나 리처드는 데리에서의 재회가 현재의 삶이 아니라 과거의 삶으로 역전되는 환각이라고 생각했다. 아이들은 미래의 아버지이기도 하지만, 아버지와 아들은 종종 서로 전혀 다른 관심사를 지니며, 닮은 구석도 점점 사라진다. 그들은…….

'하지만 너는 지금, 이미 어른이 됐으니 모두 말도 안 되는 소리라고 말하고 싶은 거잖아. 아이가 옹알이하는 것도 아니고 무슨 말인지 종잡을 수 없다는 얘기라고. 왜지, 리처드? 왜지?

데리는 언제 봐도 이상한 곳이니까. 그냥 떠나면 되잖아, 안 그래?'

만사가 그리 간단하게 돌아가진 않는다. 그게 이유였다.

어렸을 때 그는 게으르고 방정맞은 아이였고, 때론 우스꽝스러운 코미디언 역할도 마다하지 않았지만, 그것은 헨리 바워스 같은 아이들한테 괴롭힘을 당하거나 따분하고 외로운 일상에 미쳐버리지 않으려는 방법이었을 뿐이다. 그는 이제 숱한 문제들이 자신에게서 비롯됐으며, 또래 아이들보다 열 배나 스무 배는 빨랐던 두뇌 회전이 문제였다고 생각했다. 아이들은 그의 엉뚱한 행동 때문에 그를 낯설고 기이하며, 애써 위험을 자초하는 구제불능 정도로 생각했을지 모르지만, 사실 정신적 과부하가 문제였을 뿐이다. 아무튼 계속해서 정신적으로 혹사당하고 있었다는 사실은 분명했다.

어쨌든 한동안은 자제력의 문제처럼 비춰지기도 했다. 예를 들어 변태 스테레오 방송이나 버포드 키스드리벨로 대변되는 리처드의 경우, 자제력을 얻거나 다른 출구를 발견함으로써 문제를 해소할 수 있었다. 리처드는 우연히 대학 방송부에 들렀다가 그 출구를 발견했고, 마이크 앞에 앉은 지 일주일 만에 그가 원하는 모든 것을 포착해 냈다. 처음에는 생각처럼 잘 해내지 못했다. 잘하기 위해 너무 흥분한 탓이었다. 그러나 자신의 잠재력이 그저 잘 해내는 정도가 아니라 탁월하다는 것을 깨달았고, 그 순간은 마약의 황홀경에 취해 달까지 뛰어오르는 기분이었다. 깨달음과 동시에 그는 세계를 움직이는 법칙, 적어도 직업과 성공의 세계를 어떻게 움직이는지 간파했다. '네 몸속의 광인을 끄집어내고, 너 스스로를 무참히 조롱하라. 몸속의 광인을 극단까지 몰아붙이고 지배하라. 그러나 죽일 정도로 심하게 다그치지는 말라.' 아니, 웬 끔찍한 말씀. 그 형편없는 인간한텐 죽음이 오히려 자비일 텐데 말이야. '광인의 머리에 고삐를 쥐어틀고 밭을 갈아라. 일단 광인을 길들이는 데 성공하면 기막힐 정도로 일을 잘 해내니까. 이제 광인은 네게 돈다발을 안겨 줄 것이다. 지천에 널린 게 돈이 다. 그것으로 충분하다.'

리처드가 성공의 법칙을 깨달은 후, 그는 실제로 매 순간 사람들에게 웃음을 선사해 왔고, 결국에는 웃음 이면에 숨겨진 악몽까지도 극복할 수 있었다. 아니면 그 혼자만의 생각일지도 몰랐다. 적어도 오늘이 오기까지, 어른이 됐다는 사실이 그의 귓가를 얼얼하게 울리던 순간까지는 그랬다. 하지만 이제 처리해야 할 다른 문제가 생겼고, 적어도 생각은 할 필요가 있었다. 시민 회관 앞에는 여전히 우스꽝스럽기 짝이 없는 폴 버니언의 거대한 동상이 남아 있었다.

'내가 바로 예외적인 인간이지, 빌.'

'정말 아무 일도 없었단 말이야, 리처드? 아무 일도?'

'시민 회관에서……, 무엇인가를 본 것 같긴 한데…….'

그날 두 번째의 날카로운 통증이 눈 속으로 파고들자 리처드는 엉겁결에 눈을 감싸고 신음했다. 그러나 통증은 이내 사라졌다. 하지만 무슨 냄새가 나는 것 같았다. 그곳에 실재하지는 않지만, 줄곧 그곳에 남겨진 어떤 존재에 이끌리듯 그의 뇌리에

(리처드, 나 여기 있어. 내 손을 잡아. 잡을 수 있겠어?)

마이클 핸론이 떠올랐다. 눈에 통증을 주고 눈물까지 흘리게 한 장본인은 연기였다. 27년 전에도 그들은 그 연기 속에서 숨을 몰아쉰 적이 있었다. 결국에는 마이클과 리처드만 남았고 주위를

둘러보니…….

연기는 사라지고 없었다.

리처드는 폴 버니언의 플라스틱 동상 앞으로 다가가면서 그 크기에 압도당했던 어린 시절처럼 이제는 그 천박함에 깜짝 놀라고 말았다. 전설적인 인물 폴은 6미터 높이로 2미터의 받침대 위에 서 있었다. 동상은 시민 회관 잔디밭에서 아우터 커넬 가로 이르는 길가의 차량과 행인들을 미소 띤 얼굴로 내려다보았다. 시민 회관은 1945년에서 1955년까지 마이너리그 농구팀 창단을 기념하기 위해 설립됐지만, 정작 농구팀 창단은 성사되지 않았다. 데리 시의회는 1956년 말 동상 건립에 필요한 예산 심의를 통과시켰다. 이 문제는 시 공청회와 《데리 뉴스》의 '편집자에게 보내는 편지'를 통해 열띤 논쟁을 불러일으켰다. 동상이 아주 아름답기 때문에 지방의 관광 명소가 되리라 기대하는 사람들도 많았다. 한편 일부에서는 천박하고 우스꽝스러운 플라스틱 동상은 당치도 않다며 극구 반대하는 분위기였다. 리처드의 기억에는 데리 고등학교의 미술 교사가 《데리 뉴스》에 기고한 편지에서 만약 그 끔찍한 동상이 들어선다면 곧바로 폭파해 버리겠다고 한 적도 있었다. 리처드는 빙그레 웃으며 아직도 그 순진한 교사의 생각이 변하지 않았을까 떠올려 보았다.

지금 생각해 보면 (대도시에서는 별일 아니겠지만, 데리 같은 소도시에서는 일대 풍파를 일으켰던) 그때의 논쟁은 6개월가량 지속됐지만 무의미한 설전일 뿐이었다. 논쟁에 앞서 이미 동상을 구입한 상태였던 것이다. 시의회는 동상을 구입해 떡하니 모셔 놓고도 딴청을 부리며 뉴잉글랜드 특유의 엉뚱한 짓을 한 셈이었다. 게다가 동상은 조각품이 아니라 오하이오 주 어느 플라스틱 공장에서 주형에 부어 만든 것으로, 6개월의 논쟁 끝에 범선의 돛처럼 흰 천에 싸인 모습으로 슬그머니 예정된 자리에 세워졌다. 동상의 제막식은 1957년 5월 13일, 합병된 도시 데리의 설립 기념을 기해 행해졌다. 인파의 한편에서는 분노의 야유를 보냈고, 또 한편에서는 환영의 박수 소리가 요란했다.

천이 벗겨지자 가슴받이가 달린 작업복에 흰색과 붉은색 체크 무늬가 있는 셔츠 차림의 폴이 모습을 드러냈다. 텁수룩한 턱수염이 나무꾼다운 절묘한 분위기를 연출했다. 세상에서 가장 컸을 법한 플라스틱 도끼를 한쪽 어깨에 짊어진 채, 폴은 북쪽 하늘을 향해 영원한 미소를 보냈고, 그날의 창공은 폴의 이름 높은 동료 베이브의 살갗처럼 파란색이었다(그러나 제막식 당일에는 베이브가 모습을 드러내지 않았다. 당시 분위기를 고려할 때, 파란색 황소까지 폴 옆에 세웠다가는 비난을 감당하기 힘들었을 테니까).

제막식에 참석했던 아이들은(수백 명의 아이들 중에 아버지를 따라온 열 살짜리 리처드 토저의 모습도 있었다) 플라스틱 거인 앞에서 마냥 즐거워 환호를 보냈다. 몇몇 부모들이 이제 막 걸음마를 배운 아이들을 동상 발판 위에 올려놓고 사진을 찍었고, 아이들이 아장아장 폴의 큼지막한 검정 부츠(수정한다. 큼지막한 검정색 플라스틱 부츠) 위를 올라가는 모습을 지켜보며 즐거움과 걱정이 뒤섞인 표정을 지었다.

리처드가 겁에 질려 헐레벌떡 그 동상 앞의 벤치에 쓰러지듯 도착한 것은 다음해 3월이었다. 바워스와 크리스와 허긴스가 데리 초등학교에서부터 도심을 가로질러 그곳까지 리처드를 쫓아왔던 것이다. 그는 프리즈 백화점의 완구 매장에서 겨우 헨리 일당을 따돌릴 수 있었다.

프리즈 백화점 데리 지점은 뱅고어의 으리으리한 백화점에 비해 형편없는 수준이었지만, 리처드는 일촉즉발의 쫓기는 상황에서 그런 일까지 신경 쓸 겨를이 없었다. 헨리 바워스가 바로 등 뒤까지 바짝 따라붙었고, 리처드는 거의 탈진해 있었다. 리처드는 마지막 탈출구처럼 백화점의 회전문으로 뛰어들었다. 회전문의 원리를 전혀 이해하지 못했던 헨리는 리처드가 잽싸게 몸을 돌려 내부로 들어가는 순간 목덜미를 낚아채려다 손가락이 잘릴 뻔했다.

셔츠 자락을 펄럭이며 아래층으로 내려가면서 리처드는 텔레비전 영화의 총성처럼 회전문이 돌아가는 소리를 듣고 헨리 일당이 여전히 뒤쫓고 있음을 깨달았다. 계단을 내려가는 내내 리처드의 얼굴은 함박웃음을 띤 것처럼 보였지만 사실은 얼굴에 경련이 일어난 것이었다. 그는 올무에 갇힌 토끼처럼 완전히 겁에 질려 있었다. 이번에야말로 붙잡혔다가는 단단히 경을 칠 게 뻔했다(그로부터 10주쯤 지날 때까지도 리처드는 그들 패거리, 특히 헨리가 살인 같은 짓을 저지를 거라고는 상상도 하지 못했다. 그러나 그해 7월에 벌어진 처절한 돌싸움에서 보여 준 헨리의 행동을 미리 알았다면 충격으로 하얗게 질렸을 것이다). 그 모든 게 정말이지 멍청한 사건 때문에 벌어진 일이었다.

리처드를 비롯해 5학년 아이들이 체육관으로 들어가고 있었다. 6학년 아이들 중에서 헨리 바워스는 암소 무리에 끼어든 수소처럼 덩치가 유난히 커 보였다. 헨리는 유급을 당하는 바람에 여전히 5학년이었지만, 체육관에 갈 때는 6학년 틈에 끼어들곤 했다. 천장의 수도관에서 또 물이 샜지만, 그때까지 파지오 씨의 "주의! 바닥이 젖었음!"이라는 표지판은 보이지 않았다. 헨리는 바닥에서 미끄러져 엉덩방아를 찧고 말았다.

아차 하는 순간 이미 촉새의 입에서 자살 공격이 시작된 후였다.

"아이고, 고소해라, 바나나 신발을 신으셨네!"

헨리의 반 아이들과 리처드의 입에서는 폭소가 터졌지만, 천천히 일어서던 헨리의 얼굴은 전혀 웃음기 없이 갓 구운 벽돌처럼 벌겋게 달아올라 있었다. "나중에 보자, 네눈박이." 헨리는 그 말을 남기고 걸어가 버렸다.

웃음소리가 순식간에 사라졌다. 아이들은 리처드를 송장 보듯 했다. 헨리는 아이들의 반응을 살피기 위해 걸음을 멈추지 않았다. 그는 넘어질 때 다쳐 발개진 팔꿈치와 흥건히 젖은 엉덩이를 그대로 드러내고 곧장 앞으로 걸어갔다. 그 젖은 엉덩이를 바라보다가 리처드의 방정맞은 입이 또 한 번 위기를 자초할 뻔했다. 그러나 다행히 이번에는 혀끝을 깨물 정도로 서둘러 입을 막아 버렸다.

'뭐, 금방 잊어버리겠지.' 리처드는 체육복을 갈아입으며 어색하게 혼잣말로 위로했다. '그래, 잊어버릴 거야. 돌대가리 헨리의 기억력이란 게 뻔하잖아. 설명서가 없으면 똥도 제대로 못 누는 놈이니까, 하하.'

하하.

"너 이제 죽었다, 촉새야." 빈센트 '코딱지' 탤리엔도가 시든 땅콩만 한 고추를 조몰락거리며 말했다. 그리고 자못 애처롭다는 말투로 덧붙였다. "너무 상심하지 마, 네 무덤에다 꽃을 갖다 놓을 테니까."

"네 아가리를 찢으면 양배추 꽃이 될 테니까, 그걸 가져와."

리처드의 재치 있는 말에 모두 웃음을 터뜨렸다. '코딱지' 탤리엔도까지 누군들 웃지 못할 이유는 없었다. 그 아이들이야 집에 가서 미키 마우스를 보고 낄낄대거나 「아메리칸 밴드스탠드」를 틀어 놓고 프랭키 라이먼^{1950년대 활동한 십대 가수}의 「나는 비행 청소년이 아니에요」를 따라 부르면 그뿐이었다. 바로 그 시간에 리처드는 여성 속옷과 철물점 사이에서 곡예를 하며 백화점까지 달리고 있었다. 식은땀이 등줄기를 타고 엉덩이 사이로 흘러들었고 겁에 질린 불알이 위까지 솟아올라 배꼽에 붙은 느낌이었다. 물론 아이들이 웃지 못할 이유는 없었다. 하, 하, 하, 하.

헨리는 잊지 않았다. 리처드는 학교 건물 끝에 딸린 유치원 문가로 접어들었지만, 헨리가 이미 그곳에다 트림쟁이 허긴스를 보내 놓은 상태였다. 하, 하, 하, 하.

리처드가 트림쟁이를 먼저 보지 못했다면 아마 그 요란한 경주 시합도 벌어지지 않았을 것이다. 트림쟁이는 한 손에 담배를 들고 한 손은 바지 뒷주머니에 찔러 넣은 채, 몽롱한 표정으로 데리 공원 방향을 바라보고 있었다. 두근거리는 가슴으로 리처드가 재빨리 놀이터를 가로질러 차터 가를 다 내려왔을 즈음, 트림쟁이의 고함소리가 들려왔다. 곧바로 헨리와 빅터가 나타났고, 그때부터 쫓고 쫓기는 경주가 시작됐다.

완구 매장은 섬뜩하리만큼 썰렁했다. 점원의 모습도 보이지 않아, 사태가 그처럼 엉망이 될 때까지 어른이 개입할 여지가 없었다. 리처드의 귓가로 멸종 위기에서 살아남은 세 마리 공룡이 다가오는 소리가 들려왔다. 리처드는 더 이상 달릴 수 없었다. 숨을 쉴 때마다 왼쪽 옆구리에 바늘로 콕콕 찌르는 듯한 통증이 느껴졌다.

리처드는 "비상구! 경보가 울립니다!"라고 씌어진 문 하나를 뚫어지게 바라보았다. 가슴 한편에서 희망이 되살아났다.

리처드는 도널드 덕의 도깨비 상자와 일제 미 육군 탱크, 론 레인저서부 영화나 텔레비전에 등장하는 캐릭터로 치안을 담당함의 장난감 딱총과 태엽장치 로봇이 가득한 통로를 달려갔다. 있는 힘껏 비상구를 밀쳤다. 문이 열리면서 3월 중순의 시원한 미풍이 불어왔다. 귀에 거슬리는 경고음이 울리기 시작했다. 리처드는 잽싸게 몸을 숙이고 다른 복도를 향해 엉금엉금 기어갔다. 비상구가 다시 닫히기 전에 복도 쪽으로 접어들 수 있었다.

헨리와 트림쟁이와 빅터가 질풍처럼 완구 매장으로 뛰어들었을 때, 비상구가 찰칵 닫히면서 경고음이 멎었다. 그들은 비상구로 달려들었고 앞장선 헨리의 얼굴이 험상궂게 일그러져 있었다.

마침내 점원이 모습을 나타내더니 곧장 달려왔다. 닳아 빠진 스포츠 점퍼 위에 파란색 나일론 덧옷을 걸친 모습이었다. 안경 테는 흰 토끼의 눈처럼 분홍색이었다. 점원의 얼굴이 피퍼스 씨1952년 방영된 텔레비전 연속물 역을 맡은 월리 콕스와 닮았다는 생각이 들자 리처드는 역적 같은 주둥이가 느닷없이 웃음을 터뜨릴까 봐 팔뚝으로 서둘러 입을 막았다.

"이놈들!" 피퍼스 씨를 닮은 점원이 고함을 질렀다. "거기 가면 못써! 거기는 비상구야! 이놈들! 야야! 이놈들아!"

빅터가 약간 움찔하며 점원을 힐끔거렸지만, 헨리와 트림쟁이가 그대로 달려가는 바람에 이내 그 뒤를 따랐다. 경고음이 다시 울렸고, 이번에는 그들이 좁은 통로로 한꺼번에 몰려드는 동안 좀처럼 멈추질 않았다. 리처드는 경보가 멈추기 전에 일어나서 여성용 속옷 매장 쪽으로 종종걸음쳤다.

"여기는 어린애가 올 곳이 아냐!" 점원의 고함소리가 들렸다.

리처드가 슬쩍 돌아보며 수다쟁이 할멈의 목소리를 흉내 냈다. "이봐, 총각, 피퍼스 씨를 꼭 빼다 박았다는 소리 혹시 못 들어 봤남?"

리처드는 그렇게 백화점에서 탈출했다. 그리고 1.5킬로미터쯤 떨어진 시민 회관에 도착해서……, 이제 위험은 얼추 넘겼겠거니 생각했다. 잠시 동안이라도 그랬으면 하는 마음이 간절했다. 지칠 대로 지쳐 있었다. 폴 버니언 동상 왼쪽에 있는 벤치에 앉아 기력을 되찾을 때까지만이라도 헨리 패거리가 나타나지 않기를 바랐다. 조금만 쉬었다가 집으로 달려갈 생각이었지만, 오후의 햇살 아래 앉아 있는 그 순간이 더없이 좋았다. 아침만 해도 금방 비가 내릴 것처럼 선선하고 침침했지만, 지금은 완연한 봄날이 그대로 묻어나는 날씨였다.

멀리 잔디 너머로 시민 회관의 차양이 보였고, 그 위에 산뜻하고 큼지막한 파란색 글자가 리처드의 눈길을 잡아끌었다.

청소년 여러분! 3월 28일을 기대하세요!
어니 '우우' 긴스버그 로큰롤 쇼!
제리 리 루이스

펭귄스
프랭키 라이먼과 틴에이저스
진 빈센트와 블루 캡스
프레디 '붐붐' 캐넌

건전한 오락의 밤!

무척 보고 싶은 콘서트였지만 그런 기회가 올 것 같지는 않았다. 어머니가 생각하는 건전한 오락의 기준에서 보면 미국 청소년을 향해 "아가씨를 헛간으로 데려갔네. 누구의 헛간인지, 무슨 헛간인지 몰라도 그곳은 내 헛간이었지."라고 쏘아 대는 제리 리루이스는 불합격이었다. 사정이 그렇다 보니 "탤러하시 아가씨의 육체는 고감도"라는 프레디 캐넌은 그야말로 인간 말종에 속했다. 물론 리처드의 어머니도 소녀 시절에는 프랭크 시나트라(나중에는 '개망나니 프랭키'라고 불렀지만)만 나오면 괴성을 지르며 발을 동동 굴렀다고 스스럼없이 인정하기도 했지만, 빌 덴브로의 어머니와 마찬가지로 로큰롤이라면 질색했다. 그래서 척 베리라면 몸서리를 쳤고, 십대와 초등학생까지 리틀 리처드로 추앙하는 리처드 페니맨리틀 리처드의 본명에 이르면 "젖비린내에 욕지기가 난다"며 공공연하게 적개심을 드러냈다.

리처드는 한번도 "젖비린내에 욕지기가 난다"는 말이 무슨 뜻인지 물어보지 못했다.

리처드의 아버지는 로큰롤에 대해서 가타부타 특별한 의견이 없는 편이라 말만 잘하면 리처드의 편을 들어줄 것도 같았지만,

결국에는 어머니의 입김이 결정적인 영향을 미칠 게 뻔했고(리처드가 열예닐곱 살이 될 때까지는 달라질 상황이 아니었다) 당시에는 로큰롤 열풍이 곧 사라지리라는 어머니의 확고한 신념을 깨뜨리기가 어려워 보였다.

그러나 그 문제에 대해서라면 어머니보다 대니 앤 주니어스[1955년 대니 랩을 중심으로 결성된 로큰롤의 대표적 4인조 그룹]의 생각이 더 합당해 보인다는 것이 리처드의 결론이었다. "로큰롤은 절대로 사라지지 않는다." 비록 채널 7번의 「아메리칸 밴드스탠드」와 깊은 밤 보스턴에서 날아드는 음악 방송을 통해 강신회에 불려 온 유령처럼 흔들리는 어니 긴스버그의 열정적인 목소리를 접하는 것이 전부였지만, 리처드 자신도 로큰롤을 무척 좋아했다. 로큰롤의 리듬에 빠져 있으면 행복 이상의 기분을 느낄 수 있었다. 커지고 강해지는 느낌이라고 할까. 프랭키 포드가 「시 크루즈」를 부르거나 에디 코크란이 「서머타임 블루스」를 부를 때면 리처드는 마냥 즐거웠다. 노래에서 힘이 느껴졌고, 비쩍 마른 아이든, 뚱보든, 못생긴 아이든, 숫기 없는 아이든, 한마디로 왕따들까지 그 힘을 소유할 수 있다는 느낌이 좋았다. 죽이고 살리는 강렬한 힘과 황홀한 전류가 로큰롤 속에 흘렀다. 특히 패츠 도미니오(벤 한스컴마저도 그와 비교하면 홀쭉이에 속할 정도였다)와 리처드처럼 안경을 쓴 버디 홀리, 풍문에 따르면 콘서트마다 관에서 튀어나오는 스크리밍 제이 호킨스, 흑인들처럼 기막히게 춤을 잘 추는 도벨스가 리처드의 우상이었다.

'흠, 로큰롤이라면 뭐든 좋아.'

리처드는 좋아하는 로큰롤을 마음껏 들을 수 있는 날이 언젠가는 오리라 생각했다. 어머니가 체념하고 리처드를 뜯어말리지 않을 때까지 로큰롤은 존재할 거라고……. 하지만 그날이 1958년 3월 28일이나……, 1959년은 아닐 테고……, 그것도 아니면…….

리처드의 시선은 시민 회관 차양에서 툭 떨어졌고……, 글쎄……, 그러고는 존 것 같았다. 그래야 이치에 맞았다. 그 다음에 벌어진 일은 꿈이라고밖에 설명할 수 없기 때문이다.

지금 리처드 토저는 드디어 원하는 로큰롤을 모두 소유한 모습으로 그곳에 다시 나타났다. 하지만 여전히 그의 행복엔 채워질 부분이 많았다. 그의 시선은 시민 회관의 차양 앞으로 향해져 끔찍한 우연처럼 파란색 활자를 읽고 있었다.

6월 14일 헤비메탈의 향연

주다스 프리스트

아이언 메이든

입장표 구입 문의: 시민 회관이나 공연장 매표소

'세월이 많이 흘러서일까, 건전한 오락이라는 문구가 빠져 있긴 하지만 내가 보기에 별 차이는 없군.'

싸구려 라디오에서 흘러나온 대니 앤 더 주니어스의 노랫소리가 기다란 복도를 지나오듯 아득하게 들렸다. "로큰롤은 사라지지 않아, 나는 끝까지 이 길을 걸어가겠어……. 역사에 길이 남으리, 내 친구들만 봐도 알 수 있으니……."

리처드는 데리의 수호자 폴 버니언 동상을 바라보았다. 구전되는 이야기에 따르면, 강을 따라 흐르던 통나무들이 멈추는 곳이라고 해서 데리라는 명칭이 생겼다. 봄이 되면 페노브스콧과 켄더스키그 하천 양쪽에 단단한 통나무들이 햇살 아래 새카만 껍질을 반짝이며 떠다니던 시절이 있었다. 걸음이 빠른 남자라면 '지옥의 땅뙈기'에 있는 '월리 별천지'에서 브루스터의 '램퍼스'까지 장화에 물 한번 묻히지 않고 통나무를 밟고 건너갈 정도로 통나무가 즐비했다. 리처드가 어린 시절에 심심찮게 듣곤 하던 이야기들 속에는 폴 버니언이 어떤 식으로든 늘 등장하게 마련이었다.

'폴 할아버지, 제가 없는 동안 이곳에서 무슨 일을 하셨나이까? 강둑을 새로 만들어, 지친 몸을 이끌고 도끼를 질질 끌며 그곳을 지나 집으로 가셨나이까? 아니면 목까지 물이 차 목욕도 넉넉히 할 만한 호수라도 하나 더 만드셨나이까? 혹시 저한테 했듯 더 많은 꼬맹이들을 놀래지는 않으셨나이까?'

갑자기 모든 기억이 되살아나며, 입속에 빙빙 돌기만 하던 단어가 불현듯 또렷하게 떠오르는 느낌이었다.

리처드는 3월의 부드러운 햇살 아래 꾸벅꾸벅 졸며 이제라도 집에 돌아가면 「밴드스탠드」를 볼 수 있지 않을까 생각했다. 갑자기 후끈한 바람이 얼굴에 닿았다. 머리카락이 뒤로 훌렁 넘어갈 정도였다. 옆에 있는 폴 버니언 동상을 올려다보자 모든 것을 다 삼켜 버리는 영화의 스크린보다도 훨씬 큰 얼굴이 나타났다. 갑작스런 강풍은 폴 동상에서 불어온 것 같았지만……, 가만히 살펴보니 폴의 얼굴 같지 않았다. 이마가 툭 불거져 나왔고 주정뱅이처럼 새빨간 코에서 철사로 만든 털들이 삐죽 솟아 있었다. 두 눈은 충혈 되고 한쪽 눈동자는 슬며시 어딘가를 바라보는 느낌이

들었다.

도끼는 어깨에서 내려와 있었다. 폴은 도끼 자루에 기댄 상태였고, 도끼의 둔탁한 끝이 콘크리트 보도의 홈에 푹 박혀 있었다. 여전히 미소는 변함없었지만 어디에서도 유쾌한 기분은 느껴지지 않았다. 큼지막한 누런 이빨 사이로 한여름에 덤불 속의 작은 동물이 썩어 가는 냄새가 풍겼다.

"너를 먹을 테다." 거인 폴이 으르렁대듯 말했다. 지진 때문에 지반이 흔들리는 소리 같았다. "내 닭과 하프, 금 자루를 돌려주지 않으면 뼈까지 잘근잘근 씹어 먹을 테다."

폴의 입에서 쏟아지는 입김 때문에 리처드의 옷자락이 폭풍 속의 돛단배처럼 심하게 펄럭거렸다. 리처드의 눈이 휘둥그레졌고, 머리카락이 쭈뼛 선 상태로 의자에 몸을 웅크리고는 악취에 숨이 막혀 입가를 틀어막았다.

폴이 웃음을 터뜨렸다. 테드 윌리엄스_{미국 야구 팀 보스턴 레드삭스의 전설적인 외야수}의 타격 자세처럼 도끼 자루(뼈다귀라고 해도 틀리지는 않다)를 두 손으로 움켜쥐고는 콘크리트 보도의 홈에서 끌어올렸다. 도끼 날이 허공으로 치솟았다. 흉포한 소리가 대기를 갈랐다. 리처드는 그 도끼날에 찍혀 반 토막이 날 것만 같았다.

그러나 리처드는 꼼짝도 할 수 없었다. 흐느적거리는 무력감에 온몸에서 힘이 다 빠진 느낌이었다. '어쨌든 상관없잖아? 졸다가 꿈을 꾼 것일 뿐이니까. 자동차 경적 소리만 들려도 곧 잠이 깰 테니까.'

"맞아, 네놈은 지옥에서 잠을 깰 거야." 폴이 또 으르렁댔다. 도끼가 허공 한가운데 똑바로 일어서서 부르르 떨리는 순간, 리

처드는 그것이 꿈이 아니라고……, 행여 꿈이라면 자신을 죽일
수도 있는 꿈이라고 생각했다.

숨이 막혀 비명도 지르지 못하고 리처드는 벤치에서 굴러 동상
주변의 자갈밭으로 떨어졌다. 조금 전까지 동상의 발이 놓여 있
던 자리에 커다란 쇠나사 두 개만 불쑥 솟아 있었다. 도끼가 기이
한 속삭임처럼 허공을 가르고 세상은 온통 그 음향으로 채워지는
것 같았다. 동상의 얼굴은 살인자의 스산한 미소를 머금고 있었
다. 입 꼬리가 무섭도록 치켜 올라가는 바람에 새빨간 플라스틱
잇몸이 오싹한 빛을 발했다.

도끼가 날아든 곳은 방금 전까지 리처드가 앉아 있던 벤치 한
복판이었다. 도끼날이 워낙 날카로운 탓에 끽소리 하나 없었지만
벤치는 완전히 두 쪽 난 상태였다. 두 쪽 난 벤치가 양쪽으로 푹
쓰러지고, 녹색 페인트를 칠한 나무의 속살이 섬뜩한 흰색을 드
러냈다.

리처드는 등을 대고 나자빠져 있었다. 여전히 비명을 지르려고
기를 쓰며 뒤꿈치로 땅을 박차 움직이려고 버둥댔다. 목덜미와
엉덩이 밑으로 자갈이 뒹굴었다. 폴이 그 앞에 버티고 선 채 맨홀
뚜껑만 한 눈동자로 리처드를 내려다보았다. 겁에 질려 자갈밭에
서 버둥대는 꼬마 아이, 그러나 그를 바라보는 폴의 시선은 너무
도 냉혹해 보였다.

폴이 리처드를 향해 성큼 한발을 내딛었다. 검은색 장화가 내
려서는 순간, 땅이 흔들렸다. 자갈이 뭉텅 옆으로 치솟았다.

리처드는 몸을 굴려 일어서려고 했다. 균형을 잡기도 전에 뛰
어가려다가 다시 고꾸라졌다. 폐부에서 쌔근거리는 소리가 흘러

나왔다. 머리카락이 눈 속을 찔렀다. 여느 때처럼 커넬 가와 메인 가를 오가는 차량들, 그러나 어느 누구도 지금 폴 버니언이 살아나 동상 받침대에서 훌쩍 뛰어내린 후 이동 주택만 한 도끼를 휘두르는 광경을 보지 못하는 것 같았다. 아니면 보고도 모른 척하는 것인지도.

햇빛을 가로막는 그림자가 있었다. 리처드는 사람 모양의 그림자에 갇혀 그대로 누워 있었다.

그는 무릎을 짚고, 옆으로 다시 쓰러질 듯하다가 겨우 몸을 일으켜 죽어라 달리기 시작했다. 무릎이 가슴팍까지 올라오고 두 팔은 피스톤처럼 무섭게 오르내렸다. 등 뒤에서 여전히 묵직한 속삭임이 들려왔지만, 소리라기보다는 피부와 고막을 짓누르는 압력처럼 느껴졌다. 스스스으윽!

땅이 흔들렸다. 리처드의 치아가 요란하게 맞부딪쳤다. 뒤를 돌아보지 않아도 발꿈치 바로 뒤쪽에 도끼가 푹 박혀 있을 터였다.

우습게도 머릿속에는 도벨스의 노래가 떠올랐다. '오, 브리스틀의 아이들은 총처럼 날렵하지, 브리스틀 춤을 출 때면……'

리처드는 마침내 거대한 그림자 속에서 빠져나왔고, 프리즈 백화점의 계단을 내려설 때처럼 웃음 아닌 웃음을 지었다. 다시 욱신거리는 옆구리에, 숨을 몰아쉬며 슬그머니 뒤를 돌아보았다.

폴 버니언 동상이 예전 그대로 받침대 위에 서서 도끼를 어깨에 짊어진 채, 전설 속의 영웅에게 어울릴 법한 영원한 미소를 하늘에 보내고 있었다. 두 쪽 난 벤치도 예전 그대로 덩그러니 놓여 있었으니, 옳다구나, 고마운 일이었다. 거인 폴('그대는 나의 전부라네', 아네트 퍼니첼로가 리처드의 머릿속에서 한껏 목청을 뽑았고)의 발치에 깔린 자갈밭은 언제 리처드가 거기서 뒹굴며 거인의 손아귀에서 벗어나려고 버둥댔냐는 듯이 흐트러짐 하나 없었다. 콘크리트 보도에도 발자국이나 도끼날에 팬 흔적이 없었다. 그저 덩치 큰 아이들에게 쫓겨 온 아이 하나가 서 있을 뿐, 결국 리처드는 스쳐 지나가는 덧없는, 그러나 실체가 있는 꿈속에서 살인에 굶주린 거인……, 거인이 된 헨리 바워스의 모습을 본 것일 뿐이었다.

"쳇!" 리처드는 목소리를 약간 떨면서 묘한 웃음소리를 냈다.

리처드는 그 자리에 못 박힌 채 혹시 동상이 다시 움직이는지, 윙크라도 하고 도끼를 다른 어깨로 옮기거나 받침대에서 내려와 그를 쫓아오지는 않을까 살펴보았다. 하지만 그런 일은 벌어지지 않았다.

당연하지.

뭐, 내가 걱정된다고? 하, 하, 하, 하.

깜박 졸았을 뿐, 그뿐이야.

에이브러햄 링컨 아니면 소크라테스 아니면 그런 누군가가 한번 말했듯, 그거면 충분했다. 집에 가서 달랠 시간이었다. 「77센셋 스트립」에 나오는 등장인물 쿠키처럼 흉내 내고 정신을 차려 식사 준비를 할 때였다.

시민 회관을 가로질러 가는 편이 빨랐지만 리처드는 그렇게 하지 않았다. 동상에 다시 가까이 가고 싶지 않았다. 그래서 그날 저녁 먼길을 돌아 집으로 돌아갔고, 얼마 후 그 일을 거의 잊었다.

지금까지는.

'지금 여기, 로데오 드라이브의 가장 값비싼 상점에서 산 복고

풍 스포츠 재킷을 입은 남자가 앉아 있어. 가죽 구두와 캘빈 클라인의 속옷으로 엉덩이를 감싼 남자. 착용감이 좋은 소프트 콘택트렌즈를 끼고 앉아 있어. 뒤에 과일 무늬가 그려진 아이비리그 셔츠와 정장 구두가 유행의 첨단이라고 믿던 어느 소년의 꿈을 기억하면서. 여전히 늙은 동상을 바라보며, 어이, 폴, 거인 폴, 내 내 안녕하신가, 지랄 맞을 정도로 나이를 먹지 않았네그려 하고 말하는 남자가 있어.'

그것이 꿈이었다는 예전의 변명은 지금도 그의 마음속에서 유효했다.

마음만 고쳐먹으면 괴물이었다고 생각했을 수도 있다. 괴물이란 별것 아니니까. 방송국 스튜디오나 신문에서 이디 아민(우간다의 악명 높은 전직 대통령)과 짐 존스(가이아나 인민 사원의 집단 자살 사건을 일으킨 사이비 교주) 같은 녀석들이 맥도널드 햄버거 가게에 앉아 있는 사람들을 모두 폭탄으로 날려 버렸다는 말을 들어 오지 않았던가? 성냥이 아까울 정도로 똥물에나 튀겨 죽일 놈들, 괴물은 원래 싸구려잖아! 35센트짜리 신문이나 공짜 라디오에 숱한 괴물들이 나오는 판에 누가 5달러를 주고 영화를 보겠어? 그래서 마음만 먹었다면 한동안은 짐 존스의 아류나 마이클 핸론식 괴물 정도로 기억했을지 모른다. 외계에서 날아왔으니 나름대로 기구한 사연이 있는 괴물일 수도 있고, 그래서 어느 누구도 그 괴물에게 책임감 따위는 느끼지 않아도 됐을 일이다. 완구점의 고무 마스크(그중 하나를 갖고 싶다면 얼마든지! 하지만 열 개들이 묶음으로 사면 싸게 살 수 있으니 유념하시라)처럼 흔한 괴물 중 하나로 지목해도 좋았고, 이 경우 약간의 논란이 예상되지만……, 6미터짜리 동상이 받침대에서 내려와 플라스틱 도끼로 아이를 해치려 했다는 것은 말이 될까? 그저 설익은 농담일 뿐이었다. 에이브러햄 링컨, 소크라테스 등등 또 한 번 가라사대, 그만하면 족해. 그러니 끼니마다 생선도 먹고 고기도 먹고 양껏 들게나. 하지만 리처드는 식욕이 없었다. 그저 먹고 싶지 않았다.

다시 느닷없이 눈 속을 바늘로 찌르는 듯한 고통이 달려들었고 리처드는 외마디 비명까지 질렀다. 이번에는 더 고통스러운 데다 쉽게 사라지지도 않아 덜컥 겁부터 났다. 그는 눈을 감싸 쥐고, 눈 밑을 손가락으로 더듬거리며 콘택트렌즈를 빼려고 했다. '눈병에 걸렸나, 젠장. 그런데 왜 이렇게 아픈 거야!'

눈꺼풀을 밑으로 잡아당기고, 눈을 깜박거려 렌즈를 빼려는데 (앞으로 15분간은 자갈밭을 뒤지며 떨어진 렌즈를 찾아야겠지만 하느님이 뭐라시든 당장은 눈 속에 손톱이 들어간 느낌이었다), 통증이 사라졌다. 누그러진 것이 아니라 완전히 사라져 버렸다. 한순간의 고통과 평온. 눈물이 찔끔거리다가 이내 멈추었다.

두 손을 천천히 내리면서 그는 가슴을 졸이고 혹시 또 고통이 달려들면 곧바로 렌즈를 뺄 태세였다. 통증은 오지 않았다. 그러나 문득 공포 영화의 한 장면이 떠올랐다. 안경과 눈에 신경을 곤두세웠기 때문에 더욱 무서웠던 것 같다. 그 영화는 포레스트 터커가 주연한 「벌레가 옴실대는 눈」이었다. 썩 잘된 영화는 아니었다. 다른 아이들은 비명을 지르는 대신 웃느라 정신이 없었지만 리처드는 웃지 않았다. 리처드는 오한까지 느끼며 하얗게 질려 있었다. 영국 영화의 안개 낀 무대 속에서 젤라틴으로 덮인 더듬이 눈알이 튀어나와 섬유질의 더듬이를 흔들어 댔기 때문이다.

눈알의 모습이 하도 끔찍해서 숱한 미지의 공포와 불안을 그것 하나로 뒤섞어 놓은 것 같았다. 그로부터 얼마 지나지 않은 어느 날 밤, 꿈속에 거울을 들여다보며 커다란 사진 한 장을 눈 속에 찔러 넣자, 얼얼한 느낌과 함께 눈 가장자리에 피가 고이기 시작했다. 깜짝 놀라 잠에서 깨어 보니 침대에 오줌을 싼 기억이 지금에야 또렷이 떠올랐다. 그 꿈이 얼마나 오싹했던지 오줌을 쌌다는 사실이 창피하다기보다는 오히려 안도감을 느낄 정도였다. 아직 온기가 남아 축축한 이불을 끌어안았고 눈앞에 보이는 것들이 그렇게 고마울 수 없었다.

"아이고, 골치야." 리처드 토저는 묵직한 한숨을 쉬며 자리에서 벌떡 일어섰다.

타운 하우스로 돌아가 잠시 눈이라도 붙일 생각이었다. 그날 내내 경험한 일들이 기억의 오솔길이라면 차라리 출퇴근 시간에 로스앤젤레스 거리에서 차를 모는 편이 낫겠다 싶었다. 눈의 통증도 그저 피로와 시차 적응 때문에 생겼을 테고, 게다가 한꺼번에 예전의 친구들을 만났던 긴장감도 무시 못할 일이었다. 충격은 그 정도로 충분했고 탐사도 할 만큼은 했다는 생각이 들었다. 피터 가브리엘의 노래가 뭐였더라? 「쇼크 더 몽키」. 그래, 이 원숭이도 충격을 꽤나 받았단 말씀이다. 이제 잠깐이라도 눈을 붙이면 한결 머리가 맑아지겠지.

리처드는 벤치에서 일어서며 다시 한번 시민 회관의 차양을 바라보았다. 그리고 단번에 다리에서 힘이 빠져 그대로 다시 주저앉고 말았다. 숨이 막혔다.

리처드 토저, 천의 목소리를 지닌 사나이
천 가지 춤으로 데리 길을 다시 걷다

축, 백방으로 설치는 공포의 촉새 귀향
시민 회관이 자신 있게 추천하는 멋진 쇼
리처드 토저의 '시체들'의 로큰롤 쇼

출연 : 버디 홀리, 리치 발렌스, 빅 보퍼
프랭키 라이먼, 진 빈센트, 마빈 게이

하우스 밴드
리드 기타 지미 헨드릭스
리듬 기타: 존 레넌
베이스: 필 리놋
드럼: 케이스 문

특별 초청: 보컬리스트 짐 모리슨

리처드, 고향에 오신 걸 환영합니다!
너도 시체야!

누군가 그의 숨통을 조르는 것 같았고……, 피부와 고막을 짓
누르며 살기 어린 속삭임이 들려오는 듯했다. 스스스으윽! 그는
벤치에서 굴러떨어지며 이것이 필시 기시감이라는 착란 상태일

거라고 생각했다.

그는 자갈밭에 나뒹굴며 폴 버니언 동상을 올려다보았다. 아니, 이젠 폴 버니언이 아니었다. 페인트로 그려진 우스꽝스럽기 짝이 없는 미소와 함께 키가 6미터에다 형광 안료가 칠해져 반들반들하고 기이한 동상은 광대였다. 배구공만 한 적황색의 플라스틱 단추가 앞쪽에 줄줄이 달려 있었다. 손에는 도끼 대신 엄청나게 큰 풍선 다발을 들고 있었다. 풍선마다 이런 글자가 눈에 띄었다. "역시 로큰롤이 최고, 리처드 토저와 함께하는 시체들의 로큰롤 쇼."

리처드는 벌렁 나자빠진 채 발뒤꿈치와 손바닥을 써서 뒤로 움직였다. 엉덩이에 자갈이 배겼다. 로데오 드라이브에서 사 입은 스포츠 재킷의 겨드랑이 부분이 뜯어졌다. 몸을 굴려 엉거주춤 일어서며 뒤를 돌아보았다. 광대가 그를 내려다보고 있었다. 눈구멍 속에서 축축한 눈동자가 이리저리 굴러다녔다.

"이봐, 나 때문에 놀랐나?" 천둥처럼 쩌렁쩌렁한 목소리였다.

그리고 리처드는 얼어붙은 머릿속과 상관 없이 자기 입이 말하는 소리를 들었다. "광대 씨, 내 차 짐칸에 있는 싸구려 공포물이구먼. 고작 그뿐인데."

광대는 이를 들러내고 히죽이고는 예상치 못했다는 듯 고개를 끄덕였다. 붉은 입술 사이로 면도날처럼 날카로운 이빨이 번뜩였다. "마음만 먹으면 당장 너를 죽일 수 있어. 하지만 빨리 끝내기엔 너무 재미있군."

"나한테도 너무 재미있는걸." 리처드는 자기 입이 나불대는 소리를 들었다. "가장 재밌는 건 우리가 네놈의 모가지를 날려 버릴 때지, 귀염둥이."

광대의 미소가 점점 더 커졌다. 광대가 흰 장갑 낀 손을 들어 올리자 리처드는 27년 전의 어느 날처럼 이마에 훅 끼치는 바람을 느꼈다. 광대의 집게손가락이 그를 가리키고 있었다. 손가락 하나가 대들보처럼 큼지막했다.

'대들보만 하잖아…….' 리처드는 생각하다가 또 통증을 느꼈다. 녹슨 대못이 부드러운 망막에 푹 박히는 느낌이었다. 그는 비명을 지르며 얼굴을 감싸 쥐었다.

"그대의 눈에서 티끌을 빼내기 전에, 그대의 갈비뼈부터 빼내야 할지니." 광대는 시를 읊듯 목소리까지 떨었고 리처드는 몰칵 풍기는 썩은 악취에 치를 떨었다.

리처드는 광대를 올려다보며 사지에 바짝 힘을 주었다. 광대가 상체를 구부리자, 장갑 낀 손이 화려한 색상의 바지 무릎께까지 늘어졌다.

"좀더 놀아 보실까, 리처드? 네놈의 자지를 만져 주면 전립선 암에 걸릴 텐데, 어때? 아니면 머리를 어루만져 뇌종양을 선사해 줄까? 원래 네 몸의 머릿속은 종양으로 가득 찼으니, 하나 더 보태 주는 것밖에 안 되겠지. 네놈의 입을 만져 혓바닥에서 고름이 질질 흐르게 해 줄 수도 있지. 정말이라니까, 리처드. 직접 보고 싶나?"

그것의 눈동자가 점점 더 부풀어 올랐고, 소프트볼 공만 한 새카만 동공 속에서 리처드는 우주의 끝에나 놓여 있을 광기의 어둠을 보았다. 차라리 미쳐 버리는 편이 나을 듯싶었다. 그리고 그것이 말한 대로 무슨 짓이든 하고도 남겠다는 생각이 스쳤다.

그러나 리처드는 자기도 모르게 무슨 말인가를 내놓았다. 자신의 목소리도, 과거나 현재를 통틀어 성대모사로 시도해 본 일이 없는 목소리였다. 나중에 그는 그 목소리가 흑인 허풍선이의 새로운 성대모사였다고 의기양양하게 목청을 높였다.

"내 눈앞에서 썩 꺼지지 못해, 이 싸구려 광대 놈아!" 리처드는 고래고래 소리 지르며 갑자기 웃기까지 했다. "내가 눈 하나 깜짝할 것 같으냐, 이 얼뜨기야! 나는 이렇게 걷고 말하고, 엄청나게 껄떡대는 자지를 달고 있는 몸이다! 시간도 남아돌고 의욕도 넘치니 네놈이 똥을 원한다면 얼마든지 똥물에 튀겨 줄 용의가 있단 말씀이야! 귓구멍이 막혔냐, 밀가루 반죽 같은 놈아?"

리처드는 광대의 움찔하는 기색을 알아챘지만, 애써 그 표정을 살피고 싶지는 않았다. 그가 옷자락을 휘날리며 냅다 달리기 시작하자, 그때 마침 아이와 함께 폴 동상을 감상하던 남자가 리처드를 미친 사람 보듯 했다. '여러분, 솔직히 말해 나도 미쳤다는 생각이 든다 이거요. 아, 이 무슨 신의 장난인지. 역사상 가장 기막힌 마술이지만, 어쨌든 이건 속임수예요. 어쨌든⋯⋯.'

광대의 목소리가 천둥처럼 리처드의 등 뒤에서 쫓아왔다. 꼬마의 아버지는 아무 소리도 듣지 못했지만, 이제 막 걸음마를 떼기 시작한 아이의 얼굴은 갑자기 울상이 되더니 곧바로 엉엉 울음을 터뜨렸다. 아버지는 어리둥절한 표정으로 아이를 안고 달래기 시작했다. 리처드는 겁에 질린 채 아버지와 아이가 연출하는 막간극을 유심히 바라보았다. 광대의 음성은 분노와 즐거움이 한데 엉켜 있었지만 그저 격분해 있다는 느낌도 들었다.

"여길 봐, 리처드⋯⋯. 내 말 안 들려? 이 굼벵이 녀석 같으니.

도망칠 생각이 아니면 이 도시의 지하로 내려와 큼지막한 눈알에 대고 안부 인사라도 해야지! 언제든 와서 보라고. 네가 편한 시간에 언제든지. 내 말 들리나, 리처드? 올 때 요요를 가져와라. 비벌리한테는 속옷을 다섯 벌 정도 껴입고 긴 치마를 입고 오라고 일러라. 목에는 결혼반지를 걸고 오라고 말이야! 에디한테는 캐주얼슈즈를 신고 오라고 해. 치고 받고 난타전이나 한번 벌려 보자, 리처드! 미친 듯이 날뛰어 보자고!"

보도에 이르자, 리처드는 가까스로 용기를 내어 뒤를 돌아보았지만 결코 안심이 될 만한 광경은 아니었다. 폴 버니언도 광대도 모두 사라지고 없었다. 그 자리에는 6미터짜리 버디 홀리의 플라스틱 동상이 서 있었다. 그는 격자무늬의 스포츠 재킷을 입고 있었고, 그 옷깃에 달린 단추에 글이 적혀 있었다. "리처드 토저와 함께하는 시체들의 로큰롤 쇼."

버디의 안경테 한쪽에 접착 테이프가 붙어 있었다.

꼬마 아이는 여전히 신경질적으로 흐느꼈다. 아이 아버지는 징징대는 아이의 손을 이끌고 서둘러 도심 쪽으로 걸어가기 시작했다. 그들의 뒷모습이 점점 리처드에게서 멀어졌다.

리처드는 걸음을 내딛으며

(이제는 발을 움직일 수 있어)

방금 벌어진 일을

(미친 듯이 날뛰어 보자고!)

머리에서 떨쳐 내려고 애썼다. 데리 타운 하우스로 돌아가 한숨 눈을 붙이기 전에 스카치 한잔을 해야겠다는 생각만 떠올렸다.

술 생각(흔하디흔한 보통 술 한잔)에 기분이 한결 가뜬해졌다.

다시 한번 어깨 너머를 흘깃하니, 하늘을 향해 미소 짓고 어깨에 플라스틱 도끼를 짊어진 폴 버니언이 돌아와 있었으므로 더욱 마음이 가벼워졌다. 리처드는 발길을 재촉하며 동상과 멀어지기 시작했다. 이때 눈 속을 후벼 파는 듯한 고통이 달려들어 거칠게 비명을 토하면서도 이 역시 착각은 아닐까 의심이 들었다. 앞에 걸어가던 아름다운 아가씨가 멍한 표정으로 그를 돌아보더니 주뼛하며 말을 건넸다.

"아저씨, 괜찮으세요?"

"콘택트렌즈 때문이에요. 빌어먹을 렌즈, 아야, 아파 죽겠어!"

리처드는 눈을 찌를 것처럼 재빨리 집게손가락을 눈으로 가져갔다. 그는 아래쪽 눈꺼풀을 잡아 내리며 생각했다. '렌즈를 뺄 수 없을 거야. 지금 벌어지는 게 그거라고. 난 렌즈를 빼지 못할 테고, 아프고 아프고 아프다가 마침내 눈이 멀고 멀어서…….'

그러나 한번 눈을 깜박여 털어 버릴 때마다 늘 그랬듯 렌즈가 하나씩 빠져나왔다. 날카롭고 명백한 세계, 난시가 교정되어 사람들의 얼굴이 또렷하기만 했던 세계가 순식간에 사라졌다. 파스텔 색조의 흐릿한 세계가 그 자리를 대신했다. 리처드와 마음씨 착한 고등학교 여학생이 15분 가까이 주변을 이 잡듯 뒤졌지만 렌즈를 하나도 찾아내지 못했다.

리처드는 머리 뒤에서 광대의 웃음소리가 들리는 것 같았다.

빌 덴브로, 유령을 보다

빌은 그날 오후 페니와이스를 보지 못했다. 그 대신 유령을 보았다. 진짜 유령이었다. 그 당시 빌은 그것을 유령이라고 생각했고 이후에도 그 생각은 변하지 않았다.

그는 위챔 가를 따라 걷다가, 1957년 10월의 어느 비 오는 날, 조지가 최후를 맞았던 배수구 옆에 잠시 발걸음을 멈추었다. 쪼그리고 앉아 연석을 깎아 낸 배수구 안을 뚫어지게 바라보았다. 심장이 격하게 뛰어올랐지만 애써 무시했다.

"나와, 어서." 그는 굵은 목소리로 말했다. 자신의 목소리가 어둠과 축축한 통로를 흐르면서 더 커다란 메아리로 변해, 이끼 낀 돌벽과 오래전에 고장난 기계 장치에 부딪혀 튀어 오르는 느낌이 전혀 이상하지 않았다. 목소리는 칙칙한 물위를 지나 도시 전체의 수많은 배수구 곳곳을 떠다니는 것 같았다. "나와, 그렇지 않으면 우리가 들어가 너를 해, 해치우겠어."

그는 야구 경기의 포수처럼 가랑이 사이에 손을 늘어뜨린 채 초조하게 응답을 기다렸다. 응답은 없었다.

그가 막 자리에서 일어서려고 할 때 묵직한 그림자가 다가왔다.

빌은 마음을 다잡고 재빨리 올려다보았지만……, 상대는 열 살 정도 먹은 어린아이였다. 색 바랜 보이스카우트 옷은 무릎 부분이 다 해어져 있었다. 아이는 한 손에 아이스크림, 다른 손엔 무릎만큼이나 너덜너덜한 스케이트보드를 들고 있었다. 아이스크림은 주황색이었고 스케이트보드는 녹색이었다.

"항상 그렇게 배수구에 대고 말씀하세요, 아저씨?" 꼬마가 물었다.

"데리에서만 그렇단다."

아이와 빌은 서로 심각한 얼굴로 바라보다가 이내 약속이나 한 듯 웃음을 터뜨렸다.

"멍청한 지, 질문 하나 해도 될까?"

"그럼요."

"혹시 이런 배수구에서 아무 소리라도 드, 들은 적 없니?"

아이는 여차하면 도망칠 태세로 빌을 바라보았다.

"아, 아니다. 내 말에 시, 신경 쓰지 마라."

그는 발길을 돌려 언덕 쪽으로 십여 발자국 걸어가며 고향 집이나 한번 가 볼까 생각했다. 그때 "아저씨." 하는 아이의 목소리가 들려왔다.

빌은 돌아섰다. 윗옷은 손가락에 끼워 어깨에 걸쳤다. 셔츠의 단추가 몇 개 풀어져 있고 넥타이도 느슨했다. 소년은 더 얘기하기로 마음먹은 것을 벌써 후회라도 하는 양 유심히 그를 뜯어보았다. 그러고 나서 어깨를 으쓱했는데, '도대체 왜 그래요?' 하고 말하는 듯했다.

"있어요."

"있어?"

"네."

"뭐라고 하든?"

"모르겠어요. 외국어 같았어요. 황무지에 있는 급수탑 주변에서 들었거든요. 땅에서 파이프 같은 것들이 밖으로 비어져 나와 있는데, 그중 하나에서……."

"무슨 말인지 알겠다. 아이 목소리였니?"

"처음에는 그랬지만 나중에 남자 어른으로 바뀌었어요. 무척 겁이 났어요. 집으로 도망쳐 아빠한테 말했죠. 아빠는 파이프에서 항상 그런 소리들이 울린다고 하셨어요."

"너도 그런 것 같니?"

아이는 아주 귀여운 웃음을 지었다.

"리플리의 『믿거나 말거나』라는 책에서 봤는데요, 이빨로 음악을 연주하는 사람이 있대요. 그게 사실이라면 뭐든 믿을 수 있어요."

"아, 그럼 그 목소리도 진짜라고 믿겠구나?"

아이는 망설이다 고개를 가로저었다.

"그 목소리를 또 들은 적 있니?"

"목욕할 때 한 번이오. 여자 아이의 목소리였어요. 울기만 하던데요. 아무 말도 안 하고. 목욕을 다 끝내고도 혹시 그 아이가 밑에서 물에 빠져 죽을까 봐 욕조의 고무 마개를 빼기 무서웠어요."

빌은 고개를 끄덕여 보였다.

아이는 이제 조금도 의심하는 기색 없이 두 눈을 반짝이며 신나서 말하기 시작했다. "아저씨도 그런 목소리를 들어 보셨어요?"

"그래. 아주 오래 전 일이야. 애야, 혹시 이 근처에서 죽었다는 아, 아이에 대해 들어 본 일 있니?"

아이의 눈빛이 대번에 달라졌다. 경계하며 불안해하는 눈빛이었다. "아빠가 낯선 사람과 말하지 말랬어요. 누가 살인자일지 모른다면서요."

아이는 주춤주춤 뒷걸음치더니 빌이 27년 전 자전거를 타고 부딪혔던 느릅나무 그늘까지 멀어졌다. 빌은 그곳에서 넘어지는 바람에 자전거 핸들이 휘어졌더랬다.

"아저씨는 살인자가 아니야. 넉 달 동안 영국에 가 있었거든. 어제 데리에 왔지."

"그래도 아저씨와 얘기할 필요는 없을 것 같아요."

"그럼, 여기는 자, 자, 자유 국가니까."

아이는 잠시 머뭇거리다가 말했다. "조니 퓨어리라는 아이와 여기에서 함께 논 적이 있어요. 정말 좋은 아이였어요. 그래서 너무 슬펐어요."

아이는 말을 멈추고 아이스크림을 한입에 빨아먹었다. 그러고는 잊어버릴 뻔했다는 듯이, 주황색으로 변한 혓바닥을 날름거리며 팔에 떨어진 아이스크림 방울까지 핥았다.

"배수구나 하수구 주변에서 놀지 마라. 공터나 사람들이 안 가는 곳도 위험해. 차량 기지도 그래. 하지만 제일 위험한 곳은 배수구와 하수구 주변이야." 빌은 차분한 음성으로 말했다.

아이는 눈을 반짝였지만 한동안 아무 말이 없었다. 이윽고 아이가 말했다. "아저씨? 재미있는 얘기 해 드릴까요?"

"좋지."

"상어가 사람들을 먹어 치우는 영화 아세요?"

"그걸 모르는 사람이 있을라고. 조, 조, 조스."

"혹시 아실지 모르는데요, 친구가 한 명 있거든요. 이름이 토미 비카낸자인데, 머리가 좀 나쁜 아이죠. 꼴통이오, 제 말 무슨 뜻인지 아세요?"

"그럼, 알지."

"그 아이가 운하에서 상어를 봤대요. 일주일 전인가, 배시 공원까지 혼자 갔다가 그곳에서 상어 지느러미를 봤다지 뭐예요. 길이가 3미터 가까이 된다고 했어요. 지느러미 길이만 말이에요, 아시죠? 그 아이가 '조니와 다른 아이들을 죽인 게 바로 그 상어야. 조스 말이야. 내 눈으로 봤다니까.' 하는 거예요. 그래서 제가 '운하는 너무 오염돼서 아무것도 살 수 없는걸, 멍청아.' 하고 쏘아붙였죠. 하지만 그 애는 계속해서 영화의 마지막 장면처럼 상어가 물위로 튀어나와 자기를 물어뜯으려고 하기에 잽싸게 도망쳤다고 하더라고요. 정말 우습지 않아요, 아저씨?"

"정말 우습구나."

"정말 멍청한 아이죠?"

빌은 약간 머뭇거렸다. "애야, 운하 주변에도 가지 마라. 알겠니?"

"그럼, 아저씨는 그 아이 말을 믿으세요?"

빌은 또 머뭇거렸다. 그냥 어깨를 으쓱해 보일까 하다가 고개를 끄덕였다.

아이는 한숨을 폭 쉬었다. 머리를 주억거리는 표정이 몹시 부끄럽다고 생각하는 모양이었다. "예. 저도 이따금 멍청해지는 것 같아요."

"무슨 말인지 알겠다." 빌이 아이를 향해 다가가자 아이는 표정이 굳어졌지만 굳이 피하려고 하지는 않았다. "스케이트보드를 타다가 무릎이 온통 깨졌나 보구나."

아이는 지저분한 무릎 주위를 내려다보더니 빙그레 웃었다. "예, 큰일 날 뻔한 적도 몇 번 있거든요."

"내가 타 봐도 될까?"

아이는 처음에 어리둥절한 표정으로 빌을 바라보다가 이내 웃음을 터뜨렸다. "그거 재밌겠네요. 어른이 스케이트보드 타는 걸 한번도 못 봤거든요."

"스케이트보드를 빌려 주는 대가로 15센트를 주마."

"아빠가 그러셨어요……."

"낯선 사람한테는 돈이나 사탕을 절대로 받으면 안 된다고 말이지. 아빠 말씀이 옳아. 하지만 그래도 아저씨는 너한테 15센트를 주고 싶은걸. 어때? 쟤, 잭슨 가 모퉁이까지만 타는 걸로 하자."

"15센트는 필요 없어요." 아이는 다시 큰 소리로 웃었다. 그 천진난만한 웃음에서 활력이 느껴졌다. "돈은 필요 없어요. 2달러나 있는걸요. 이래 봬도 부자라고요. 하지만 아저씨가 타는 걸 구경하고 싶어요. 어디 다치셔도 전 몰라요."

"걱정 마라. 이래 봬도 보험에 들어 있으니까."

빌은 스케이트보드의 바퀴를 손가락으로 굴려 보다가 그 회전 속도에 기분이 좋아졌다. 바퀴 속에 엄청나게 많은 쇠구슬이 들어 있는 것 같았다. 듣기 좋은 소리였다. 빌의 가슴속에서 무엇인가 꿈틀댔다. 소망처럼 부드럽고 사랑처럼 달콤한 욕망이라고 할까. 빌은 웃었다.

"무슨 생각 하세요?"

"내가 죽으려고 화, 환장했다는 생각."

빌과 아이는 서로를 바라보며 기분 좋게 웃었다.

빌은 보도에 스케이트보드를 내려놓고 한쪽 발을 올려놓았다.

시험 삼아 앞뒤로 굴려 보았다. 아이가 호기심 어린 눈빛으로 바라보았다. 빌은 마음속으로 위챔 가를 달려 잭슨 가까지 녹색 스케이트보드를 타고 질주하는 모습을 떠올렸다. 옷자락이 휘날리고 태양 아래 대머리가 반짝일 테고, 초보 스키 인처럼 구부린 무릎을 덜덜 떨지도 모른다. 머릿속에서는 이미 한 차례 넘어지는 광경이 떠올랐다. 그 아이라면 그토록 서툴게 타지는 않을 것이다. 그 아이라면

(번개처럼)

죽음도 불사하고 내달릴지 몰랐다.

기분 좋은 상념은 어느새 사그라져 버렸다. 이제 그는 발밑에서 빠져나간 스케이트보드가 아이들이나 좋아할 법한 유치한 녹색을 번뜩이며 막힘 없이 미끄러지는 모습이 눈에 선했다. 그는 엉덩방아를 찧고 그대로 대자로 널브러져 버린다. 곧이어 천천히 떠오르는 광경은 데리 홈 병원의 일인용 입원실인데, 언젠가 팔이 부러진 에디를 병문안 갔던 상황과 별반 다를 것이 없다. 빌 덴브로는 온몸에 붕대를 친친 감은 상태로 한쪽 발은 허공에 매달려 있다. 의사가 진료 차트를 들고 나타나 빌을 바라보며 말한다. "덴브로 씨, 두 가지 실수를 저질렀군요. 첫째, 스케이트보드를 제대로 다루지 못했습니다. 둘째, 나이가 마흔을 바라본다는 사실을 잊으셨군요."

빌은 스케이트보드를 집어 들어 아이에게 도로 건네주었다. "그만두는 게 낫겠다."

"겁보 아저씨." 하지만 아이의 음성에 비꼬는 기색은 없었다.

빌은 겨드랑이 사이에 엄지손가락을 끼워 넣고 팔꿈치로 홰치

는 시늉을 해 보였다. "꼬꼬댁 꼬꼬."

아이는 소리 내어 웃었다. "이제 집에 가 봐야겠어요."

"조심해서 가렴."

"조심하면서 스케이트보드를 탈 수는 없다고요." 아이는 빌이 아주 멍청해 보인다는 표정으로 말했다.

"하긴 그렇구나. 조스 이야기도 잘 들었다. 하지만 무엇보다 배수구와 하수구 주변엔 얼씬 마라. 항상 친구들과 함께 다니고."

아이는 고개를 끄덕였다. "조금만 가면 집이에요."

'내 동생도 그랬지.' 빌은 생각했다. "아무튼 살인 사건은 곧 끝날 거야."

"그럴까요?"

"아저씨는 그렇게 믿어."

"그럼 나중에 봬요……, 겁보 아저씨!"

아이는 스케이트보드에 한 발을 올려놓고 힘차게 발을 굴렀다. 스케이트보드가 굴러가자 마저 한발도 올려놓고 빌이 보기엔 자살하려는 속도로 거리를 쏜살같이 질주했다. 그러나 아이는 빌의 예상대로 탔다. 엉덩이를 이리저리 흔들어 대는 동작이 우아하기까지 했다. 아이에 대한 애정과 유쾌한 기분이 샘솟았고, 숨 막히는 두려움을 느끼면서도 다시 어린아이로 돌아가고 싶다는 소망이 절절해졌다. 아이에게는 죽음이나 어른이 된다는 사실 따위가 안중에도 없는 것 같았다. 국방색 보이스카우트 복장과 닳아 빠진 운동화 차림에 양말을 신지 않아 지저분하게 맨살을 드러낸 채 머리칼을 휘날리며 달려가는 모습, 그 아이는 영원히 그 모습으로 남아 있을지 몰랐다.

'조심해라, 애야. 모퉁이를 돌아야 하잖아!' 빌은 가슴이 철렁 내려앉았지만, 아이는 브레이크 댄스를 추듯 엉덩이를 재빨리 흔들며 발가락을 회전하더니 가뿐하게 모퉁이를 돌아 거침없이 잭슨 가로 뛰어들었다. '애야, 항상 그렇게 쉽지는 않을 거다.'

빌은 고향 집까지 걸어갔지만 거기서 멈추지는 않았다. 그저 걷는 속도를 늦추었을 뿐이다. 잔디밭에 어머니로 보이는 여자가 갓난아이를 보듬고 앉아, 한창 배드민턴을 치고 있는 여덟 살과 열 살 정도의 두 아이를 바라보고 있었다. 좀 전에 내린 비로 잔디는 아직 축축했다. 둘 중에서 어려 보이는 사내아이가 아슬아슬하게 네트 위로 셔틀콕을 넘기자 어머니는 "잘했다, 숀!"하고 응원을 보냈다.

집은 예전처럼 진녹색이었고 문에 달린 부채꼴 채광창도 여전했지만, 빌의 어머니가 가꾸던 화단은 사라지고 없었다. 아버지가 못 쓰는 쇠파이프를 이용해 뒤뜰에 만들어 놓은 정글짐도 그대로 있는 것 같았다. 그 꼭대기에서 조지가 떨어져 이빨이 부러진 일이 떠올랐다. 얼마나 울고불고 난리를 쳤던지!

빌은 이것저것(예전과 그대로인 것과 사라진 것들)을 살펴보며 갓난아이를 안고 있는 여자에게 말이라도 붙여 볼까 생각했다. '안녕하세요, 저는 빌 덴브로라고 합니다. 이곳에서 살았죠.' 그러면 여자는 이렇게 대답할 것이다. '그러세요?' 그 밖에 또 무슨 말을 할 수 있을까? 혹시 다락방 대들보에 그려 놓고, 동생과 함께 다트의 표적으로 삼았던 얼굴 그림은 그대로 있는지 물어볼까? 아니면 열대야 때문에 잠 못 드는 여름밤, 댁의 아이들이 뒤뜰에 모기장을 쳐 놓고 지평선에서 넘실대는 천둥 없는 번개를 바라보며 두런두런 얘기를 나누다 잠들지는 않느냐고 물어봐도 좋을까? 그 정도는 이야기해도 좋을 것 같았지만 상대방에게 호감을 주려고 애쓰다가 결국 심하게 말을 더듬을까 두려웠고……, 무엇보다 자신이 정말 그런 시시콜콜한 일들이 궁금한 것인지 알 수 없었다. 조지가 죽은 후 집안엔 냉기가 가득했고, 데리에 돌아온 이유가 무엇이든 적어도 그 집 때문만은 아니었다.

그래서 그는 모퉁이를 돌아 고향 집을 두 번 다시 돌아보지 않았다.

얼마 후 그는 캔자스 가를 따라 도심으로 돌아가고 있었다. 보도의 난간 앞에 잠시 멈추어 서서 황무지를 바라보았다. 난간은 금방이라도 무너질 듯한 흰색 나무 울타리 그대로였고, 황무지의 풍경 역시 딱히 달라진 것 없이……, 그저 예전보다 더 널찍해 보인다는 차이 정도만 있었다. 물론 쓰레기 매립지의 경계를 표시하듯 늘 자욱했던 검은 연기가 사라지고(매립지는 지금 현대적인 폐기물 처리장으로 바뀌었다), 우거진 수풀 위로 유료 고속도로의 연장선인 기다란 고가도로가 나 있었다. 그러나 잡초와 덤불이 왼쪽 늪지대를 따라 비탈을 이루는 것하며 온갖 잡목들이 오른쪽으로 울창한 숲을 형성하는 모습 등등, 그해 여름 마지막으로 봤을 때처럼 모든 것이 익숙하게 다가왔다. 그들이 대나무라고 불렀던 4미터 높이의 은백색 줄기도 여전했다. 언젠가 리처드는 그 나무에 불을 붙여 담배처럼 피우면 음악인들이 즐기는 환각 상태를 맛볼 수 있다고 장담했다. 리처드가 맛본 것은 메스꺼움이 전부였다.

빌은 무수한 실개천을 흘러가는 시냇물의 지절거림을 들었고,

켄더스키그 지류 너머 일광 신호기처럼 번뜩이는 햇살을 보았다. 매립지가 사라졌다고는 하지만 냄새는 아직 남아 있었다. 신록의 계절을 맞아 만물이 성장하는 싱긋한 냄새가 인간이 버린 쓰레기와 배설물 냄새까지 덮지는 못했다. 희미해도 분명히 냄새가 배어 있었다. 부패의 냄새, 훅 불어왔다가 깊숙이 숨어드는 냄새였다.

전에 한 번 결말을 본 곳, 그리고 이번에도 또 다른 결말을 봐야 할 곳, 빌은 진저리를 쳤다. 저곳에서……, 도시의 땅 밑에서.

그는 한동안 더 지켜 서서, 이제 곧 자신이 데리에 돌아와 상대하려는 악의 전조를 보게 되리라 확신했다. 그러나 아무것도 보이지 않았다. 물 흐르는 소리와 곳곳에서 감지되는 봄날의 생명력을 대하니, 언젠가 황무지에 댐을 세웠던 일이 떠올랐을 뿐이다. 나무와 수풀이 미풍에 살랑거렸다. 그 밖에는 아무것도 없었다. 흔적이나 조짐도 없었다. 그는 발걸음을 옮기며 손에 묻은 페인트 먼지를 떨어냈다.

빌은 반쯤 기억에 잠기고 반쯤 꿈에 취해 도심으로 걷다가 또 한 명의 꼬마 아이를 만났다. 열 살 정도의 여자 아이인데, 허리 위까지 바짝 추켜올린 코듀로이 바지와 색 바랜 붉은색 블라우스 차림이었다. 한 손으로 공을 조몰락거리고 다른 손으론 인형의 금발 머리카락을 붙잡고 있었다.

"안녕!" 빌이 인사를 건넸다.

아이가 그를 올려다보았다. "옛?"

"데리에서 가장 좋은 가게가 어디니?"

여자 아이는 그에 대해 곰곰 생각했다. "제가 좋아하는 가게요, 아니면 모두 좋아하는 가게요?"

"네가 좋아하는 가게."

"세컨드핸드 로즈, 세컨드핸드 클로즈." 아이는 거리낌없이 대답했다.

"다시 말해 줄래?" 빌이 말했다.

"뭘 다시 말해 드려요?"

"내 말은 그게 가게 이름이냐는 말이다."

"그럼요." 아이의 눈빛은 빌이 어딘지 모자라 보인다는 의심을 담고 있었다. "세컨드핸드 로즈, 세컨드핸드 클로즈. 엄마는 싸구려 가게라고 하지만, 저는 그곳이 좋아요. 옛날 물건들이 많거든요. 처음 들어 보는 레코드도 얼마나 많게요. 엽서도 가득해요. 다락방 냄새가 나는 곳이에요. 이제 집에 가 봐야겠어요, 안녕."

아이는 뒤도 안 돌아보고 여전히 공을 조몰락거리며 인형 머리칼을 움켜잡은 채 걸어가기 시작했다.

"애야!" 빌이 아이를 불러 세웠다.

아이는 폴짝 돌아보았다. "왜요?"

"가게 말이다! 어디 있지?"

아이는 고개만 돌린 채 대답했다. "그 길로 쭉 가시면 돼요. 업마일 언덕 바로 끝이에요."

빌은 갑자기 과거의 시간이 겹쳐져 밀려오는 것 같았다. 사실 그 여자 아이에게 아무것도 물어볼 생각이 없었다. 가게가 어디냐는 물음은 그저 샴페인의 코르크 마개처럼 입밖으로 불쑥 튀어나온 말이었다.

빌은 업마일 언덕을 따라 시내 쪽으로 내려왔다. 어린 시절에는 그 음산한 벽돌 건물의 지저분한 창문마다 고기 비린내가 풍겨 나왔던 창고와 통조림 공장의 대부분이 사라지고, 아모 앤드 스타 쇠고기 통조림 공장만 남아 있었다. 그러나 예전의 햄프힐 은 흔적도 없이 사라졌고, 이글 비프와 코셔 미트가 있던 자리에 는 드라이브 인 은행과 제과점이 눈에 띄었다. 그리고 트래커 형 제의 별채가 있던 자리에서 눈에 띈 케케묵은 간판에 여자 아이 말대로 "세컨드핸드 로즈, 세컨드핸드 클로즈"라고 씌어 있었다. 붉은 벽돌에 칠해진 노란색 페인트는 십여 년 전에는 산뜻했을지 모르지만, 지금은 오드라의 표현을 빌리자면 오줌처럼 누런 색깔 로 변해 있었다.

빌은 가게를 향해 천천히 다가서며 다시 한번 소용돌이치는 시 간의 겹을 느꼈다. 나중에 그는 그때부터 이미 유령을 만나리라 예감했다고 말했다.

세컨드핸드 로즈, 세컨드핸드 클로즈의 진열장은 지저분하기 짝이 없었다. 지독할 정도로 불결했다. 매력적이고 앙증맞은 침 대와 인디애나 주의 장식장, 암암리에 인기를 끈 대공황 시기의 각종 용품 따위가 진열된 메인 주의 여느 골동품 가게와 차원이 달랐다. 빌의 어머니가 '양키 전당포'라고 경멸해 마지 않던 유의 가게였다. 물건들은 여기저기 아무렇게나 쌓여 있었다. 옷가지는 옷걸이 밖으로 비어져 나왔다. 기타는 목 부분을 매달아 사형수 같았다. 상자 가득 들어 있는 분당 45회전짜리 레코드는 한 장에 10센트, 열두 장에 1달러라는 가격표와 함께 "앤드루 시스터스, 페리 코모, 지미 로저스 등등"이라는 표지가 붙어 있었다. 아동복 과 끔찍하게 생긴 신발 앞에는 "가격은 중고, 품질은 정품, 한 짝 에 1달러"라는 글자가 씌어 있었다. 먹통으로 보이는 텔레비전 수

상기 두 개도 눈에 띄었다. 텔레비전 화면에서 금방이라도 거리로 튀어나갈 것 같은 브래디 번치1970년대 미국 텔레비전 시리즈물의 어렴풋한 모습도 보였다. 대부분 표지가 찢긴 헌 책들이 한 상자 가득 담겨 (2권에 25센트, 10권에 1달러, 안쪽에 더 있음, '화끈한' 내용 포함) 큼지막한 라디오 위에 놓여 있고, 라디오는 뿌옇게 먼지 낀 흰색 곽과 함께 괘종시계만 한 주파수 다이얼이 달려 있었다. 조화 몇 다발이 너덜너덜한 식탁 위의 꽃병에 꽂혀 있었다.

그런 혼란스러운 광경에서 이내 빌의 눈길을 단번에 사로잡는 물건이 있었다. 그는 우두망찰하여 휘둥그레 눈을 뜨고 그 물건을 바라보았다. 온몸에 소름이 돋았다. 이마가 뜨겁게 달아오르고 손이 얼음처럼 싸늘해지면서, 일순 기억의 녹슨 자물쇠가 풀리고 일시에 문들이 전부 활짝 열리는 느낌이었다.

진열장 오른쪽에 실버가 놓여 있었다.

예전과 다름없이 받침 살은 떨어져 나간 상태였고, 앞뒤 바퀴의 흙받이는 온통 녹슬었지만, 핸들에 달린 경적은 고무 부분이 찢기고 닳았을 뿐 익숙한 모습 그대로였다. 빌은 경적을 항상 반짝반짝하게 닦아 놓았지만 지금은 투미해져 얽은 자국까지 눈에 띄었다. 리처드가 애용하던 평평한 짐칸이 아직 뒷바퀴 위에 남아 있지만, 찌그러진 채 나사 하나에 대롱대롱 매달려 있었다. 모조 호랑이 가죽으로 만든 안장 덮개는 심하게 닳아서 줄무늬를 알아보기 힘들 정도였다.

실버.

빌은 빈손을 들어 천천히 뺨을 타고 흐르는 눈물을 닦아 냈다. 손수건으로 좀더 깨끗이 닦아 낸 후 그는 가게에 들어섰다.

가게에 들어서자마자 케케묵은 냄새가 달려들었다. 여자 아이의 말대로 다락방 냄새였다. 하지만 괜찮은 다락방에서 느낄 수 있는 기분 좋은 냄새는 아니었다. 낡은 탁자에 살짝 칠한 아마인유 냄새도, 무명이나 벨벳에 먹인 기름 냄새도 아니었다. 그곳에는 책의 곰팡내와 지난여름 내내 뜨거운 햇빛에 반쯤 눌어붙은 비닐 소파 냄새, 먼지와 쥐똥 냄새가 섞여 있었다.

창가의 텔레비전에서 브래디 번치가 연신 방정맞게 떠들어 댔다. 텔레비전과 경쟁이라도 하듯 뒤쪽 어디선가 라디오 소리가 들려왔다. "여러분의 친구, 보비 러셀"이라고 자신을 소개한 디스크자키는 「비버는 해결사」에서 월리 역을 맡은 배우가 누구인지 전화로 맞추는 애청자에게 프린스의 새 앨범을 선물하겠다고 알리는 중이었다. 빌은 그 정답이 토니 도라는 아역 배우라는 사실을 알고 있었지만, 프린스의 새 앨범을 타고 싶은 마음은 전혀 없었다. 라디오는 높다란 선반 위에 올려져 있었고, 그 주위로 19세기 초상화가 무수히 걸려 있었다. 마흔 살가량으로 보이는 주인 남자가 청바지와 그물 무늬 티셔츠 차림으로 선반 밑에 앉아 있었다. 머리는 매끈하게 뒤로 넘겼지만 피골이 상접할 정도로 깡마른 모습이었다. 그는 장부와 낡은 금고가 대부분을 차지하고 있는 책상 위에 두 다리를 올려놓고 있었다. 그가 읽고 있는 문고판 소설은 빌이 보기에 퓰리처 상 후보에는 절대 오르지 못할 작품이었다. '노동판의 색마'라는 제목이었다. 책상머리 바닥에 놓인 이발소의 네온사인에서 줄무늬가 끝없이 위로 소용돌이쳤다. 네온사인 밑 부분에서는 닳아 빠진 전기 코드가 맥 빠진 뱀처럼 구불구불 콘센트까지 이어져 있었다. 가격표에는 "품절! 250달러"라고 적혀 있었다.

문에 달린 종에서 딸랑딸랑 소리가 나자, 주인 남자는 읽고 있던 책의 갈피에 성냥을 끼워 넣으며 얼굴을 들었다. "찾는 물건이라도?"

"그렇소." 빌은 대답하고 진열장에 있는 자전거에 대해 물어보려고 했다. 그러나 입을 열기도 전에 머릿속에 기이한 문장이 소용돌이치는 바람에 다른 생각을 할 수 없었다.

'그는 주먹으로 기둥을 후려치며 아직도 유령이 보인다고 소리친다.'

대체 이 무슨 해괴한 말인가?

(후려치며)

"정하고 온 물건이라도 있소이까?" 가게 주인의 말은 정중했지만 눈길은 빌을 자세히 훑어보고 있었다.

'나를 살펴보고 있군그래.' 빌은 조바심이 나면서도 한편으로 흥미가 동했다. '요즘 음악하는 친구들이 대마초를 피운다더니, 저 사람도 나를 그렇게 보는 눈치잖아.'

"네, 사, 사, 사고 싶은 물건이⋯⋯."

(주먹으로 기둥을 후려치며)

"저 기, 기, 기둥처럼 생긴⋯⋯."

"이발소 네온사인 말씀이오?" 빌은 경황이 없는 상황이었지만 가게 주인의 눈빛에서 자신이 유년 시절부터 또렷이 기억하고 증오하고 있는 흔적을 볼 수 있었다. 어쩌다 말더듬이와 말을 주고받아야 하는 상황에서 상대방이 불쌍한 인간을 배려한다는 마음으로 말을 낚아채 대신 끝내 주려고 안달하는 모습 말이다. '하지

만 나는 말을 더듬지 않아! 오래전에 고쳤으니까! 나는 버벅이가
아니란 말이야! 나는······.'

(아직도 소리친다)

그 말은 너무나 또렷해서 누군가 머릿속에 들어와 지껄이는 것
같았고, 성서 속의 악령 들린 남자가 바로 자신은 아닐까 싶은 생
각이 들 정도였다. 외계의 존재에게 육신과 정신을 모두 빼앗긴
남자. 그러나 그 목소리가 분명 자신의 것이라는 사실 정도는 알
수 있었다. 얼굴에 뜨뜻한 땀줄기가 흘러내렸다.

"기분만 좋으면

(유령이 보인다고)

팔 수도 있습니다만. 솔직히 250달러를 받아도 밑지는 물건이
오. 170달러에 드립죠. 어떠세요? 이 가게에서 유일하게 골동품
이라고 할 만한 물건입니다."

(기둥)

"기둥." 빌이 고함을 지르다시피 말하자 가게 주인이 움찔했
다. "내가 사고 싶은 물건은 그 기둥이 아니에요."

"어디 편찮으시오, 선생?" 가게 주인의 걱정스러운 목소리와
잔뜩 경계하는 눈빛이 묘한 대조를 이루었고, 빌은 가게 주인의
왼손이 슬며시 책상에서 떨어지는 모습을 지켜보았다. 뭔가가 번
쩍였는데, 그것은 진정 직감이라기보다는 귀납적 추리에 가까웠
다. 빌은 책상 너머 열린 서랍에 권총 같은 무기류가 있고, 주인
남자의 왼손이 그 위에 올려져 있으리라 확신했다. 강도를 당할
까 봐 걱정하는 것 같기도 하고, 아무튼 단순한 경계심은 아니었
다. 가게 주인은 호모가 분명해 보였고, 그곳 데리라는 도시에서

는 에이드리언 멜론 같은 호모도 마을의 십대 아이들에게 잡혀 물속에 처박혀 죽는 상황이니 경계하는 것이 당연할지도 몰랐다.

(그는 주먹으로 기둥을 후려치며 아직도 유령이 보인다고 소리친다)

그 문장 때문에 또다시 머릿속이 굳어 버린 느낌이 들었다. 미친다는 게 이런 거지 싶었다. 그 해괴한 말은 대체 어디에서 튀어나오는 것일까?

(후려치며)

반복, 또 반복.

있는 힘을 다해 빌은 그 문장을 파고들었다. 우선 그 기이한 문장을 프랑스 어로 번역해 보려고 노력했다. 학교에 다닐 때도 말더듬을 고치려고 똑같은 방법을 사용했다. 단어나 문장들이 사고의 영역에 떠오르면 그 말을 프랑스 어로 바꾸었고……, 어느 순간부터 말더듬이 가라앉기 시작했다.

가게 주인이 아까부터 무슨 말인가를 연신 지껄이는 것 같았다.

"뭐, 뭐라고 했나요?"

"발작이 일어날 것 같으면 밖에 나가서 해 달라 이 말입니다. 가게 안에서 소란이 일어나는 건 정말 질색이오."

빌은 깊숙이 심호흡을 해 보았다. "다, 다시 말씀 드리죠. 제가 좀 전에 이곳에 드, 들어왔죠."

"누가 아니랍니까. 방금 들어오셨어요. 그래서 묻는 거요, 무슨 일 때문에 오셨나 하고." 가게 주인도 빌의 말에 딱히 반박할 생각은 없는 것 같았다.

"진열장에 있는 자, 자전거 말이오. 가격이 얼마입니까?"

"20달러입니다." 주인은 한결 평온을 되찾은 모양이지만 왼손은 여전히 책상 뒤에 가려져 있었다. "옛날에는 멋진 스윈 자전거였지만, 지금은 폐물이 되다시피 했지요." 그의 눈빛이 빌을 가늠해 보았다. "자전거가 큰 편이라 손님이 타셔도 될 것 같구려."

빌은 좀 전에 녹색 스케이트보드를 타려다가 그만둔 일을 떠올리며 말했다. "자전거를 타고 다닐 만한 나, 나이는 아닌 것 같군요."

가게 주인은 어깨를 으쓱해 보였다. 그의 왼손이 마침내 책상 위로 모습을 드러냈다. "아드님한테 사 주시려고?"

"그, 그래요."

"몇 살입니까?"

"열한 살이오."

"열한 살짜리 아이가 타기에는 좀 클 것 같은데."

"여행자 수표인데 괜찮겠습니까?"

"물건을 10달러 이상 구입할 경우에 한해 괜찮습니다."

"20달러짜리로 지불하죠. 아, 참, 전화 좀 써도 될까요?"

"시내 전화라면 괜찮습니다."

"시내전화예요."

"네, 그럼 써도 됩니다."

빌은 데리 시립 도서관으로 전화를 걸었다. 마이클이 받았다.

"빌, 지금 어디야? 별일 없지?" 마이클은 숨도 돌리지 않고 말했다.

"응, 별일 없어. 다른 친구들은 어때?"

"몰라, 오늘 밤에 만나기로 했으니까."

짧은 침묵이 흘렀다.

"모두 오늘 밤에 오겠지, 뭐. 그런데 무슨 일이야, 빌?"

"자전거를 사려는데, 너희 집으로 가져가도 괜찮겠어? 차고도 괜찮고 다른 장소도 좋으니까, 자전거를 둘 만한 곳이 있을까?"

마이클은 아무 대답이 없었다.

"마이클? 여보세요……."

"응, 듣고 있어. 실버야?" 마이클이 말했다.

빌은 주인을 바라보았다. 그는 다시 책을 읽고 있었다……, 아니면 건성으로 들여다볼 뿐 빌의 대화에 귀를 쫑긋 세우고 있는지 모를 일이었다.

"맞아."

"지금 어디야?"

"세컨드핸드 로즈, 세컨드핸드 클로즈."

"알았어. 우리 집은 팔머 소로 61번지니까, 메인 가까지 와서……."

"찾아갈 수 있을 거야."

"좋아, 그럼 집에서 만나자. 저녁 식사라도 같이할래?"

"그거 좋지. 근무 시간일 텐데?"

"걱정 마. 캐럴 양이 나 대신 해 줄 거야." 마이클이 다시 머뭇거렸다. "캐럴 양이 그러는데, 내가 도서관에 돌아오기 한 시간 전쯤 누군가 왔다 갔다는 거야. 도서관을 나갈 때 귀신 같은 표정이었다는군. 생김새를 물어봤지. 벤이었어."

"확실해?"

"응. 그리고 그 자전거. 그 자전거도 이번 일의 한 부분이야,

그렇지?"

"내 생각에는 그래." 빌은 줄곧 주인에게서 눈을 떼지 않은 채 말했는데, 그는 여전히 독서에 몰두한 모습이었다.

"그럼, 집에서 보자. 61번지. 까먹지 말라고."

"알았어. 고마워, 마이클."

"조심해. 빌."

빌은 전화를 끊었다. 가게 주인은 기다렸다는 듯이 책을 덮었다. "자전거를 둘 만한 장소는 찾으셨나요, 선생?"

"그래요."

빌은 20달러짜리 여행자 수표를 꺼내 서명했다. 주인은 두 개의 서명을 꼼꼼히 비교했으므로, 그처럼 경황이 없지 않았다면 빌은 꽤나 불쾌하게 생각했을 것이다.

이윽고 주인은 영수증을 써 주고 여행자 수표를 낡은 금고에 집어넣었다. 그는 자리에서 일어나 기지개를 펴더니 가게 앞으로 걸어갔다. 빌은 온갖 잡동사니와 중고 물품 사이를 기막힐 정도로 날렵하게 지나가는 주인의 모습을 멍하니 바라보았다.

가게 주인은 자전거를 집어 올려 휙 돌려서 진열장 끝으로 끌고 왔다. 빌이 도와줄 생각으로 핸들을 잡는 순간 온몸에 전율이 스쳐 지나갔다. 실버. 또 한 번 그 자전거와 인연을 맺은 셈이다. 그는 지금 실버의 핸들을 잡고

(주먹으로 기둥을 후려치며 아직도 유령이 보인다고 소리친다)

기이한 감정에 휘말리게 하는 그 문장을 떨쳐 버리려고 애썼다.

"뒷바퀴의 바람이 좀 빠졌네."

가게 주인은 점잖게 말한 셈이고 실제로는 떡처럼 타이어가 납

작해진 상태였다. 앞바퀴는 그런대로 팽팽했지만 타이어 여기저기 닳아 빠진 곳이 많았다.

"괜찮을 것 같군요."

"여기서부터 끌고 갈 생각입니까?"

(예전엔 멋지게 조종할 수 있었지. 지금은 모르겠어)

"그럴 생각이오. 아무튼 감사합니다."

"별말씀을. 혹시 이발소 네온사인을 사고 싶으면 또 들러요."

가게 주인이 문이 닫히지 않게 잡아 주었다. 빌은 자전거를 끌고 왼쪽으로 돌아 메인 가를 향했다. 바람 빠진 뒷바퀴에 툭 튀어나온 녹슨 경적이 달린 큼지막한 자전거를 끌고 가는 대머리 사내 빌을 여기저기 사람들이 호기심 어린 시선으로 힐끔거렸지만 정작 빌 자신은 그런 사실을 눈치 채지 못했다. 자전거 손잡이가 어른이 된 자신의 손아귀에 여전히 딱 들어맞는 사실이 놀라울 뿐이었고, 예전에는 손잡이에 여러 색깔의 비닐 끈을 매달아 휘날리며 달리고 싶었다는 생각까지 떠올랐다. 하지만 그 생각을 실천에 옮기지는 못했다.

빌은 센터 가와 메인 가의 모퉁이에 있는 '미스터 페이퍼백'이라는 서점 앞에서 멈추었다. 자전거를 건물 벽에 세워 놓고 웃옷을 벗었다. 바퀴에 바람 빠진 자전거를 끌고 가기가 여간 고역이 아닌 데다 오후 날씨가 꽤 무더웠다. 옷을 짐바구니 속에 던져 넣고 다시 걸음을 옮겼다.

'체인이 많이 녹슬었군. 어떤 자가 주인 행세를 했는지 몰라도

(이 친구를)

이 자전거를 제대로 관리하지 못했어.'

그는 잠시 걸음을 멈추고, 미간을 잔뜩 찌푸린 채 그동안 실버에게 생긴 변화를 살펴보기 시작했다. 내가 실버를 팔았던가? 아니면 그냥 버렸나? 혹시 잃어버리지는 않았을까? 도통 기억나지 않았다. 그 대신에 또 그 우스꽝스러운 문장이

(그는 주먹으로 기둥을 후려치며 아직도 유령이 보인다고 소리친다)

전쟁터의 안락의자처럼, 난로 속의 전축처럼, 시멘트 보도에 일렬로 늘어선 연필처럼 너무도 낯설고 기이하게 머리를 채웠다.

빌은 머리를 흔들었다. 문장이 연기처럼 흩어졌다가 사라져 버렸다. 그는 마이클의 집을 향해 실버를 끌고 갔다.

마이클 핸론, 수수께끼를 풀다

그러나 그는 먼저 저녁 식사를 준비했다. 기름에 살짝 볶은 버섯과 양파와 시금치 샐러드를 넣어 햄버거를 만들었다. 그때쯤엔 실버를 손질하는 일이 끝났고 그들은 몹시 허기진 상태였다.

마이클의 집은 굴뚝이 달린 아담한 목조 단층집으로 흰색 외벽과 초록색 장식이 산뜻한 분위기를 자아냈다. 마이클이 집에 막 도착했을 때, 빌은 팔머 소로를 따라 실버를 끌고 오는 중이었다. 마이클은 차체가 녹슬고 후면 차창에 금이 간 고물 포드 자동차에 앉아 있었고, 빌은 문득 점심 시간에 마이클이 담담한 어조로 지적한 사실을 떠올렸다. 데리를 떠난 여섯 사람은 이제 따돌림을 당하거나 패배자로 움츠러들지 않았다. 반면 마이클은 자신의

말처럼 데리에 끝까지 홀로 남아 여전히 음울한 과거에 갇혀 있는지 몰랐다.

빌은 실버를 마이클의 차고에 갖다 놓았다. 바닥에 밴 기름때와 몇 가지 잡동사니를 제외하면 여기만 봐도 집 안이 얼마나 깨끗할지 짐작이 갈 정도였다. 연장들은 못걸이에 가지런히 걸려 있고, 전구마다 원뿔 모양의 갓등이 씌워져 있어 당구장에 들어선 느낌이었다. 빌은 자전거를 벽에 기대어 놓았다. 두 사람은 주머니에 손을 찔러 넣은 채 별다른 말 없이 실버를 바라보았다.

마이클이 마침내 입을 열었다. "실버 맞군. 네가 잘못 봤을 거라고 생각했거든. 하지만 분명히 실버 맞아. 이 녀석으로 뭘 할 작정이지?"

"글쎄, 모르겠어. 타이어에 바람을 넣어야겠어. 혹시 펌프 있어?"

"응. 땜질 도구도 어디 있을 거야. 튜브가 없는 타이어지?"

"전에는 그랬는데." 빌은 몸을 숙여 납작해진 타이어를 살펴보았다. "응, 튜브가 없어."

"다시 탈 생각이야?"

"물론 아, 아니지." 빌이 예민하게 대답했다. "바람 빠진 채 버려진 모습이 싫어서 그래."

"그래, 너 하고 싶은 대로 해, 빌. 너는 우리 대장이니까."

빌은 그 말에 날카롭게 돌아봤지만, 마이클은 이미 차고 구석으로 가서 벽에 걸린 펌프를 내리고 있었다. 곧이어 캐비닛에서 땜질용 도구 상자를 꺼내 빌에게 건네주었고, 빌은 상자를 이리저리 들여다보았다. 어렸을 때 빌이 가지고 있던 조그마한 양철 상자와 생김새가 똑같았다. 표면이 밝고 거칠다는 점만 빼면, 담배를 직접 말아 피우는 사람들이 들고 다니는 상자와도 생김새나 크기가 흡사했다. 땜질을 하기 전에 구멍 난 타이어 주변을 문질러 주는 도구가 들어 있었다. 최근에 새로 샀는지 7달러 20센트라는 가격표가 그대로 붙어 있었다. 어렸을 때는 1달러 25센트 정도면 살 수 있었던 것 같았다.

"심심풀이로 이걸 사지는 않았을 텐데." 빌의 말투에 딱히 물어볼 의도는 없어 보였다.

"맞아. 사실은 지난주에 산 거야. 쇼핑 몰에서."

"혹시 집에 자전거가 따로 있어?"

"없어." 마이클이 빌의 눈을 바라보며 말했다.

"우연히 샀단 말이지?"

"사야 할 것 같아서." 마이클은 여전히 빌을 응시하며 말을 이었다. "아침에 일어났을 때, 문득 그 도구 상자가 있어야 할 것 같더군. 하루 종일 그 생각이 나는 거야. 그래서……, 산 거야. 그래서 네가 지금 쓰게 된 거고."

"이걸 쓰려고 여기까지 온 셈이네. 삼류 소설도 아니고 대체 무슨 조화 속인지 모르겠어, 안 그래?"

"다른 친구들한테 물어보자고. 오늘 밤에."

"전부 다시 모일까?"

"그야 알 수 없지." 마이클은 잠시 입을 다물었다가 덧붙였다. "전부 다 오기는 어려울지 몰라. 한두 명은 슬며시 데리를 빠져나갈 수도 있으니까. 아니면……." 마이클은 어깨를 으쓱해 보였다.

"만약 그렇게 되면 어쩌지?"

"나도 모르겠어." 마이클은 양철 상자를 가리키며 말했다. "그래 봬도 7달러나 주고 산 물건이라고. 그냥 쳐다보고만 있을 거야?"

빌은 자전거 짐 바구니에서 웃옷을 꺼내 벽걸이에 걸었다. 실버를 뒤집어 세우고 그 옆에 주저앉아 뒷바퀴를 조심스레 돌려 보았다. 녹슨 회전축에서 나는 끽끽대는 소리가 거슬렸고, 아이의 스케이트보드에서 멋지게 돌아가던 쇠구슬이 문득 떠올랐다. '기름을 발라 주면 금방 좋아지겠지. 체인에도 미리 발라 놓아야겠어. 정말 녹투성이군그래……. 카드도 바꿔 줘야겠는걸. 바퀴살엔 카드가 제격이지. 마이클의 집에 카드가 있을 거야. 괜찮은 카드 말이지. 코팅을 해서 너무 빳빳하고 미끄러워 처음 몇 번은 섞을 때마다 손에서 빠져나가 바닥에 흩어지는 카드야말로 자전거엔 안성맞춤이지. 카드랑 고정시킬 빨래집게가 있어야겠는데…….'

빌은 멈칫하며 냉기를 느꼈다.

'지금 내가 무슨 생각을 하고 있는 거지?'

"왜 그래, 빌?" 마이클이 조용히 물었다.

"아무 일도 아니야."

빌의 손가락 끝에 조그맣고 동그란 물체가 만져졌다. 그 밑에 손톱을 넣고 잡아당겼다. 타이어에서 조그만 압정이 빠져나왔다.

"이놈이 마, 말썽이었군." 그는 말하면서도 머릿속엔 그 기이하면서도 집요한 문장이 떠올랐다. '그는 주먹으로 기둥을 후려치며 아직도 유령이 보인다고 소리친다.' 분명히 자신의 목소리였고, 뒤따라서 어머니의 음성이 들려왔다. '한 번만 더 해 보렴, 빌. 전에는 곧잘 했잖아.' 그리고 가이 메디슨의 짝패인 징글스 역할을 했던 앤디 디바인이 소리친다.^{서부 영화「와일드 빌 히콕의 모험」의 등장인물들} '어이, 터프가이 빌, 기다리라고!'

빌은 몸서리를 쳤다.

(기둥)

빌은 머리를 흔들었다. '지금도 그 문장을 더듬거리는구나.' 빌은 문득 그 문장의 의미를 이해할 수 있을 것 같았다. 그러나 미처 깨닫기도 전에 사라지고 말았다.

빌은 땜질용 도구 상자를 열고 일을 계속해 나갔다. 제대로 손 볼 때까지는 꽤 시간이 걸렸다. 마이클은 셔츠 소매를 걷어 올리고 넥타이를 느슨하게 푼 채 오후 햇살과 함께 벽에 기대어 휘파람을 불었고, 빌도 나중에는 그 곡명이 「그녀의 논리에 눈멀었지」라는 사실을 알았다.

타이어에 바른 접착제가 마르는 동안 빌은 다른 할 일을 찾다가 체인과 톱니바퀴, 회전축에 기름을 발랐다. 그런다고 해서 생김새가 달라지진 않겠지만, 바퀴를 돌릴 때 끽끽대는 소리가 나지 않는 것만으로도 마음이 흡족해졌다. 실버는 사람으로 치자면 미인 선발 대회에 나가서 입상할 만한 외모는 아니었다. 유일한 미덕이라면 번개처럼 빠르다는 것이었다.

어느덧 시간은 5시 30분, 빌은 마이클이 곁에 있다는 사실조차 잊고 있었다. 자전거 고치는 일이야 사실 대수롭지 않지만 빌은 뿌듯한 보람까지 느끼며 그 일에 몰두해 있었다. 펌프의 노즐을 뒷바퀴 타이어 밸브에 끼우고, 어림짐작과 감으로 적당한 압력까지 공기를 주입하기 시작했다. 땜질을 제대로 한 것 같아 기분이 좋았다.

이제 됐다 싶어 펌프의 노즐을 빼내고 실버를 똑바로 세우려는 순간, 등 뒤에서 타다닥 하는 카드 섞는 소리가 들려왔다. 그가 휙 돌아보는 바람에 실버가 넘어질 뻔했다.

마이클의 한 손에 뒷면이 파란 카드 한 벌이 들려 있었다. "이게 필요하지?"

빌의 한숨 소리가 길게 떨려 나왔다. "빨래집게도 가져왔겠군?"

마이클은 셔츠 주머니에서 빨래집게 네 개를 꺼내더니 빌에게 내밀었다.

"이것도 우연이겠지?"

"그렇다고 해야겠지." 마이클이 말했다.

빌은 건네받은 카드를 뒤섞기 시작했다. 손이 떨려서 카드가 사방으로 흩어졌다. 여기저기 카드가 나뒹굴었지만……, 앞면이 나온 것은 단 두 장이었다. 빌이 카드를 바라보다 황급히 마이클을 향해 얼굴을 들었다. 마이클의 시선은 그 두 장의 카드에 못 박혀 있었다. 입을 쩍 벌린 채였다.

그 두 장의 카드는 모두 스페이드 에이스였다.

"이럴 수가……, 방금 포장을 뜯은 거야. 봐." 마이클은 차고 문의 바로 안쪽에 있는 휴지통을 가리켰고, 빌도 셀로판 포장지를 볼 수 있었다. "어떻게 카드 한 벌에 스페이드 에이스가 두 장이나 들어 있는 거지?"

빌은 몸을 굽혀 그것들을 주워들었다. "카드 한 벌을 바닥에 쏟아 놨을 때, 두 장만 앞면이 나올 확률이 얼마나 될까? 아니 빙빙 돌려 말할 필요도 없지……."

빌은 두 장의 카드를 뒤집어 본 후 마이클에게 들어 보였다. 한

장은 뒷면이 파란색이었고, 다른 한 장은 붉은색이었다.

"맙소사. 마이클, 우리를 어디로 끌어들인 거지?"

"그 카드는 어쩔 생각인데?" 마이클이 망연자실한 음성으로 물었다.

"바퀴살에 달아야지." 빌은 느닷없이 웃기 시작했다. "그게 내가 하기로 되어 있던 일 아니겠어? 마법을 사용하기 위한 전제 조건들이 있다면, 그것은 필연적으로 저절로 준비된다, 맞지?"

마이클은 대답하지 않았다. 그저 빌이 실버의 뒷바퀴에 카드를 다는 모습을 묵묵히 지켜보기만 했다. 빌은 그때까지도 손을 떨고 있어서 시간이 좀 걸리기는 했지만 겨우 카드를 매단 후 한숨을 내쉬더니 뒷바퀴를 돌리기 시작했다. 기관총처럼 바퀴살에서 나는 요란한 소리가 차고의 정적을 단번에 깨뜨렸다.

"이제 들어가자고. 뭘 좀 먹어야지." 마이클이 차분한 음성으로 말했다.

둘은 햄버거를 게걸스레 먹어 치우고 담배를 피우며 뒤뜰에 앉아 어스름이 내려앉는 광경을 바라보았다. 빌은 지갑에서 손에 잡히는 명함 한 장을 꺼내, 그 위에 세컨드핸드 로즈, 세컨드핸드 클로즈에서 실버를 발견한 후 줄곧 집요하게 떠올랐던 문장을 적었다. 명함을 마이클에게 건네주자 그는 입술에 침까지 묻히며 뚫어지게 살펴보았다.

"무슨 말인지 알겠어?" 빌이 물었다.

"'그는 주먹으로 기둥을 후려치며 아직도 유령이 보인다고 소리친다.' 무슨 말인지 알겠어." 마이클이 고개를 끄덕였다.

"그럼 말해 봐. 설마 이번에도 혼자 알아내라는 둥, 허, 헛소리를 지껄일 생각은 아니겠지?"

"아니야, 이건 말해 줘도 괜찮을 것 같아. 오래전에 영국에서 만들어진 문장이야. 혀짤배기 소리를 하거나 말을 더듬는 사람들의 혀를 풀어 주는 데 쓰였대. 그해 여름, 너희 어머님도 이 문장으로 꾸준히 연습하라고 너한테 신신당부하셨지. 너는 항상 이 말을 중얼대며 다녔어."

"그랬어?" 빌이 말했다. 그러고는 천천히 자기 말에 대답했다. "그랬지."

"너는 어머니를 기쁘게 해 드리려고 무척이나 애쓴 게 틀림없어."

빌은 돌연 울음이 나올 것 같아 묵묵히 고개만 끄덕였다. 목이 메어 아무 말도 할 수 없었다.

"하지만 한번도 완벽하게 끝낸 적은 없었지." 마이클이 말했다. "내 기억에는 그래. 너는 무진장 애를 썼지만 혀가 자꾸 꼬이는 것 같더라."

"제대로 발음한 적이 있긴 있어." 빌이 대꾸했다. "딱 한 번."

"언제?"

빌은 주먹이 아플 정도로 간이 탁자를 내리쳤다. "생각이 나질 않아!" 빌은 울부짖었다. 그러고 나선 힘없이 똑같은 말을 되뇌었다. "생각이 나질 않는다고."

세 명의 불청객

마이클 핸론이 친구들에게 전화하고 그 다음 날, 헨리 바워스의 귓가에 여러 개의 목소리가 들리기 시작했다. 그 목소리들은 하루 종일 그에게 지껄여 댔다. 한동안 헨리는 그 목소리들이 달에서 들려오는 거라고 생각했다. 그날 오후, 밭에서 호미질을 하다 말고 올려다보니 한낮의 푸른 하늘에 작고 창백한 달이 떠 있었다. 유령의 달이었다.

그래서 헨리는 그에게 말을 거는 것이 달이라고 생각했다. 그것이 유령의 달이라면 옛 친구들의 목소리와 아주 오래 전 황무지에서 놀던 꼬맹이들의 목소리 등등, 그 유령 같은 지껄임도 설명될 수 있을 터였다. 그 밖에 다른 목소리……, 그 목소리만은 정체를 알 수 없었다.

제일 먼저 달에서 말을 건 녀석은 빅터 크리스였다. '헨리, 그 녀석들이 돌아왔어. 전부 다 말이야. 그 녀석들이 데리로 돌아왔다니까.'

이어서 트림쟁이 허긴스가 달의 어두운 부분에서 속삭였다. '이제 너뿐이야, 헨리. 우리 중에 너만 남았어. 나와 빅터를 대신해서 놈들을 끝장내 버려. 그런 꼬맹이들한테 당할 순 없잖아. 이래 봬도 나는 소싯적에 트래커 차고에서 홈런을 때린 몸이야. 그

때 토니 트래커가 그러더군. 양키 스타디움도 넘길 만한 타구라고 말이야.'

헨리는 호미질을 하다 말고 하늘에 떠 있는 유령의 달을 올려다보았다. 어느새 포가티가 다가와 목덜미를 후려쳤고 헨리는 땅에 그대로 얼굴을 처박았다.

"잡초를 뽑으랬지 누가 콩까지 뽑으랬냐, 이 꼴통 새끼야."

헨리는 일어나서 얼굴과 머리카락에 묻어 있는 흙을 떨어냈다. 거구의 포가티는 흰색 점퍼와 흰색 바지 차림으로 배를 내밀고 헨리 앞에 서 있었다. 감시인들(이곳 제니퍼 힐에서는 '상담원'으로 통했다)이 곤봉을 휴대하는 것은 금지되어 있어서 그들 대다수(그중에 특히 포가티, 아들러, 쿤츠는 악질 중의 악질이었다)는 25센트짜리 동전을 꿰어 만든 사슬을 가지고 다녔다. 그들은 거의다 목덜미 한 곳만 골라 때렸다. 25센트짜리 동전을 휴대하지 말라는 법은 없었다. 시드니에서 가까운 오거스타 교외에 위치한 정신 병원, 제니퍼 힐에서는 동전을 꿰어 만든 사슬 정도는 끔찍한 무기로 여기지 않았다.

"잘못했습니다, 포가티 씨."

헨리가 히죽 웃자 들쑥날쑥한 누런 치아가 드러났다. 흙가를 에워싼 울타리의 말뚝 같았다. 헨리는 이미 열네 살 무렵부터 이가 빠지기 시작했다.

"그럼, 당연히 잘못했지. 또 한 번 내 눈 밖에 났다가는 잘못했다는 말 정도로 어림없을 줄 알아, 헨리."

"명심하겠습니다, 포가티 씨."

포가티는 다른 곳으로 걸어가 버렸고, 그가 지나간 웨스트 가든의 흙바닥에 큼지막한 갈색 발자국이 꼬리를 물었다. 포가티가 등을 돌린 틈을 놓칠세라 헨리는 주위를 힐끔거렸다. 날씨가 맑은 날이면 블루 병동에 수용된 환자들은 죄다 밭으로 나와 호미질을 해야 했다. 과거에는 블루 병동에 '극히 위험'한 환자들이 수용됐지만, 지금은 환자 전원이 '다소 위험'하다는 판정을 받고 있었다. 실제로 제니퍼 힐에 수용된 환자들은 누구든 다소 위험한 인물들이었다. 어찌 됐든 정신 질환자로 판정받은 범죄자들이 수용되는 시설이었으니 말이다. 헨리 바워스는 1958년 늦가을, 친부 살해 혐의로 유죄 판결을 받고 여기에 수용됐다. 그해는 살인 사건 재판으로 유명했다. 한마디로 살인 사건 재판으로 점철된 한 해였다.

물론 사람들은 헨리가 친부만 살해했다고 생각하지 않았고, 만약 그 때문에 유죄 판결을 받았다면 육체적인 구속과 약물 치료에 시달리며 오거스타 주립 정신 병원에서 20년 동안 갇혀 있지 않았을 것이다. 경찰 당국은 그가 아버지뿐 아니라 적어도 나머지 살인 사건, 그 일부의 범인이라고 믿었다.

헨리의 유죄 판결 직후 《데리 뉴스》는 1면에 "데리의 기나긴 밤이 끝나다"라는 제하의 사설을 실었다. 사설에 드러난 몇 가지 사항은 꽤 내용이 독특했다. 헨리의 책상 서랍에서 행방불명된 패트릭 혁스테터의 허리띠가 발견됐고, 헨리와 단짝 친구로 알려진 트림쟁이 허긴스와 빅터 크리스라는 실종자 이름이 적힌 교과서 몇 권이 헨리의 옷장 속에 팽개쳐져 있었다는 부분이 그랬다. 무엇보다 섬뜩한 내용은 헨리의 침대 사이에서 팬티 몇 장이 발견됐는데, 팬티에 달려 있는 세탁소 꼬리표를 확인한 결과, 살해

된 베로니카 그로건의 것으로 판명됐다는 점이다.

《데리 뉴스》는 1958년 봄부터 여름까지 데리 전역을 공포의 도가니로 몰고 간 괴물이 바로 헨리 바워스라고 단언했다.

그러나 《데리 뉴스》가 12월 6일자 1면을 통해 데리의 기나긴 밤이 끝났다고 선언했음에도, 헨리 같은 멍청이조차 데리의 밤이 결코 끝나지 않았음을 알고 있었다.

경찰은 헨리를 둘러싸고 손가락질하며 강압적인 분위기에서 심문했다. 경찰서장은 두 차례에 걸쳐 그의 뺨을 후려갈겼고, 로트맨 형사는 그의 복부를 강타하며 어서 불라고 윽박질렀다.

"이봐, 지금 밖에는 서슬 시퍼렇게 너를 기다리는 사람들이 깔려 있어. 데리에서 폭력 사건이 일어난 것은 오래전이지만, 이번에 그 기록이 깨질 것 같다고."

헨리는 경찰에서 끝까지 물고 늘어질 거라고 생각했다. 그들 중 누구도 데리의 선량한 시민들이 경찰서에 난입해 헨리를 끌고 나가 말라죽은 사과나무에 매달 거라고는 생각하지 않았지만, 누구나 공포와 피로 얼룩진 그해 여름의 사건 기록을 속히 덮어 버리고 싶었기 때문이다. 그러나 헨리는 경찰이 물고 늘어질 기회를 주지 않았다. 헨리는 시간을 끌어 경찰의 품위를 훼손시킬 마음이 없었다. 얼마 지나지 않아 헨리는 경찰에서 모든 혐의를 그에게 뒤집어씌우려고 한다는 사실을 깨달았다. 그래도 상관없었다. 하수도에서 그 끔찍한 공포와 맞닥뜨린 후에는, 트림쟁이와 빅터에게 그런 일이 벌어진 후에는 될 대로 되라는 심정이었다. 그는 아버지를 죽였다고 순순히 시인했다. 그것은 사실이었다. 빅터 크리스와 트림쟁이 허긴스의 살해 혐의도 시인했다. 적어도 그들이 살해당한 터널 속으로 그들을 데려간 장본인이 헨리라는 점에서는 그 역시 사실일 수 있었다. 그는 패트릭도 자신이 죽였다고 시인했다. 베로니카의 경우도 "네."라고 대답했다. 그것도 "네.", 저것도 "네."였다. 사실이 아니었지만 헨리에겐 상관 없었다. 누군가 책임질 사람이 필요했다. 그래서 헨리가 목숨을 연명할 수 있었는지 모른다. 만약 끝까지 부인했다면…….

패트릭의 허리띠는 설명할 수 있었다. 4월 어느 날 패트릭에게서 허리띠를 빼앗았지만 몸에 맞지 않아 책상 서랍에 처박아 놓았다. 교과서도 별일 아니었다. 늘 셋이 붙어 다니며, 학기 중에도 그랬으니 여름 방학 보충 수업 교재야 더 더욱 눈에 들어올 리 없었고, 그들이 교재가 어디에 굴러다니는지 신경 쓴다면 굼벵이가 탭댄스를 추고 남을 일이었다. 꽤 많은 헨리의 책이 빅터와 허긴스의 방에 쌓여 있었고 그런 사정을 경찰도 알고 있었다.

팬티……, 아니, 헨리도 어떻게 베로니카 그로건의 팬티가 그의 침대까지 오게 됐는지는 도통 짐작할 수 없었다.

그러나 누가 또는 무엇이 그런 짓을 했을지 짚이는 구석은 있었다.

물론 그런 말은 입도 뻥긋하지 않은 편이 나았다.

잠자코 입 다물고 있는 게 상책이었으니까.

결국 헨리는 오거스타로 보내졌고 1979년에 제니퍼 힐로 옮겨졌다. 처음에는 아무도 그를 이해해 주지 않아 말썽이 잦았다. 헨리의 야간등을 끄려고 드는 사람도 있었다. 야간등은 조그만 밀짚모자를 벗고 있는 도널드 덕을 본뜬 모양이었다. 그에게 도널드는 한밤의 수호자였다. 어둠과 함께 그것들이 몰려들었다. 굳게 잠긴 철창도 쇠창살도 그들을 막을 수 없었다. 그것들은 안개처럼 나타났다. 말을 하다가 웃기도 하고……, 이따금 담배도 피웠다. 털이 부슬부슬한 것, 미끈거리는 것, 눈이 달린 것. 1958년 8월, 그 아이들을 쫓아 데리의 지하 터널로 들어갔을 때 빅터와 트림쟁이를 죽인 것과 똑같은 것들이었다.

헨리는 주변을 두리번거리다 블루 병동에 함께 수용된 동료들을 발견했다. 조지 데빌, 그는 1962년 겨울밤에 아내와 네 명의 자식을 살해했다. 조지는 머리를 숙인 채 묵묵히 일하고 있었는데, 허연 머리칼을 산들바람에 내맡기고 콧물이 줄줄 흐르거나 말거나였고 호미질을 할 때마다 목에 건 커다란 나무 십자가가 춤을 추었다. 그리고 지미 던린이라는 사내가 있었다. 요란했던 신문 기사에 따르면 그는 1965년 포틀랜드에서 모친을 살해했다지만, 그가 시체를 처리하기 위해 혁신적인 실험을 시도했다는 사실은 신문에도 빠져 있었다. 경찰이 그의 집에 도착했을 때, 그는 뇌 조직을 포함해 모친의 사체를 반 이상 먹어 치운 상태였다. "그 덕분에 형량이 두 배로 늘었지." 그는 어느 날 밤 소등 시간이 지난 후 헨리에게 사연을 털어놓았다.

지미의 뒤쪽에서 미친 듯이 호미를 휘두르며 여느 때처럼 똑같은 노래 가사만 되풀이하는 왜소한 체구의 사내는 베니 볼리외라는 프랑스 인이었다. 그는 상습적인 방화범이었다. 그가 호미질을 하며 도어스_{짐 모리슨이 결성한 밴드}의 노래 중 줄기차게 되풀이하는 가사는 "밤을 불태워요, 밤을 불태워요, 밤을 불태워요, 밤을……." 이었다.

그 노랫소리를 잠시만 듣고 있어도 신경이 곤두섰다.

베니의 바로 뒤에 있는 프랭클린 드크루즈. 그는 뱅고어의 테라스 공원에서 바지를 내린 채 검거되기까지 쉰 명이 넘는 여자를 강간했다. 그에게 겁탈당한 희생양은 세 살짜리 아이부터 여든한 살의 노파까지 나이를 불문했다. 프랭클린 드크루즈는 별다른 특징이 없는 사내였다. 그의 뒤에 멀찍이 떨어져 있는 이는 알렌 웨스턴인데, 그는 호미질하는 시간보다 호미를 몽롱한 눈빛으로 바라보는 시간이 더 많았다. 포가티와 아들러와 쿤츠는 웨스턴의 굼뜬 동작을 바로잡겠다는 명분으로 동전 사슬을 교묘하게 사용했고, 어느 날 쿤츠에게 심하게 폭행당한 웨스턴은 코와 귀에서 피를 쏟다가 급기야 그날 밤 경련까지 일으키고 말았다. 그리 심각하지 않은 가벼운 경련이었다. 그러나 그 후 알렌은 자신의 음침한 내부 속으로 자꾸만 움츠러들었고, 이제는 세상과의 소통이 완전히 단절된 채 회복 불능의 상태로 접어들었다. 그리고 알렌 뒤에는…….

"계속 농땡이칠 거야? 내가 좀 도와주랴, 헨리?"

포가티가 버럭 고함을 질렀다. 헨리는 다시 호미질을 시작했다. 그는 경련 따위를 일으키고 싶지 않았다. 알렌 웨스턴의 전철을 되풀이하고 싶지 않았다.

곧바로 그 목소리들이 다시 들려왔다. 그러나 이번에는 다른 사람의 목소리, 자신을 지금의 비참한 신세로 전락시킨 아이들의 목소리가 유령의 달에서 속삭였다.

'나 같은 뚱보도 못 잡다니, 쯧쯧, 바워스. 지금 나는 부자가 되었는데, 너는 콩밭이나 매고 있구나. 하하, 그래도 싸지, 개새끼야!'

꼬맹이 중 하나가 속삭였다.

'바, 바워스, 네놈은 가, 감기도 거, 걸리지 아, 않았잖아! 그, 그곳에 있는 동안 채, 책 좀 마, 많이 읽었냐? 나는 책을 많이 써, 썼거든! 나는 부, 부, 부잔데, 너는 제, 제니퍼 힐에서 갇혀 있군! 하하, 쌤통이다. 멍청한 개자식아!'

"입 닥쳐."

헨리는 유령의 목소리에게 속삭였다. 호미질이 격렬해지는 바람에 잡초와 새로 심은 콩 줄기까지 뿌리째 뽑혔다. 땀방울이 눈물처럼 뺨을 타고 흘러내렸다.

"그때 네놈들을 죽일 수 있었어, 죽을 수 있었다고."

'그러나 정작 너를 그곳에 처박아 놓은 건 우리야, 꼴통아, 나를 열심히 쫓아오더니 결국 잡지 못했지. 나도 부자가 되었단다! 거 참, 꼴좋네, 바나나 구두야하고 굽이 높은 싸구려 신발를 신은 양반!'

"닥치지 못해." 헨리는 중얼댔고 호미질은 더 빨라졌다. "닥치란 말이야!"

'헨리, 내 팬티 속으로 들어오고 싶지 않니?' 또 다른 목소리가 비아냥대기 시작했다. '아이고, 가엾어라! 다른 아이들은 모두 내 팬티 속을 구경했걸랑. 전에는 푼수 떠는 여자 애였지만 지금은 부자가 돼서 모두 한자리에 다시 모였지, 예전처럼 재미 좀 볼 생각인데 이거 어쩌나, 너도 끼어 주고 싶다만 네 물건은 서지도 않으니 말이야. 하하, 자업자득이야, 헨리, 하하, 정말 고소해 죽겠어……'

헨리의 미친 듯한 호미질에 잡초와 흙덩이와 콩 줄기가 사방으로 튀어 올랐다. 유령의 달에서 들리는 유령의 목소리는 한층 요란해져 그의 머릿속에서 메아리치며 휘돌았다. 포가티가 달려오며 고함을 질렀지만 헨리는 그 소리를 듣지 못했다. 그의 귓가엔 유령의 목소리들만 가득했다.

'나 같은 검둥이도 잡지 못했냐?' 또 다른 목소리가 조롱조로 흥얼흥얼 속삭였다. '우리가 돌싸움에서 네놈들을 끝장냈지! 너희들을 골로 보냈단 말씀이야! 하하, 멍청한 놈! 하하, 그 꼬락서니 정말 맘에 든다, 요놈아!'

이윽고 목소리들이 한데 뒤엉켜 왁자지껄 떠들고 웃어 대며, 헨리를 바나나 구두라고 비웃고, 레드 병동에 끌려가 받은 충격 요법이 마음에 들더냐고 묻는가 하면 제, 제니퍼 힐의 생활이 불편하지는 않은지 묻는 등, 묻다가 웃고 웃다가 묻는 통에 헨리는 결국 호미를 내던지고 푸른 하늘의 유령 달을 향해 비명을 질렀다. 격분해서 울부짖는 동안 달은 광대의 얼굴로 변했다. 얽은 자국에 썩어 문드러진 희멀건 낯짝과 검은 눈구멍, 소름 끼칠 정도로 천진한 핏빛 웃음을 보면서 헨리의 절규는 분노가 아니라 공포로 바뀌기 시작했다. 그때부터 유령의 달에서 광대의 목소리가 들려왔다. '돌아가라, 헨리. 돌아가서 일을 매듭 지어라. 데리로 돌아가 놈들을 모두 죽여 버려! 나를 위해서, 그리고……'

한편 포가티는 헨리 옆에서 2분가량 고함을 쳤는데, 그동안 다른 수용자들은 각자 맡은 밭이랑에서 장승처럼 일어나 호미를 우스꽝스러운 남근처럼 움켜쥐고 있었다. 무슨 일인가 호기심 어린 표정이 아니라 한결같이 생각에 골몰한 모습으로 웨스트 가든에서 벌어진 헨리의 느닷없는 절규가 그들 모두를 정신 병동으로 이끈 모종의 수수께끼와 깊은 관련이 있고, 법적인 문제 이상의 의미를 지니고 있음을 간파한 표정들이었다. 포가티는 소리 지르기도 지쳤는지 헨리를 향해 동전 사슬을 힘껏 후려쳤고, 헨리는 벽돌 더미가 무너지듯 고꾸라졌다. 광대의 목소리는 계속해서 헨리를 끔찍한 암흑의 소용돌이 속에 빠뜨렸다. '그놈들을 모두 죽여, 헨리. 모두 죽여, 모두 죽여, 모두 죽여 버려.'

헨리 바워스는 눈을 뜨고 누워 있었다.

유령의 달이 사라졌으니 다행이라고 생각했다. 밤에 뜨는 달은 음산하지 않았고, 여느 때와 다름없었다. 언덕과 들판과 숲 속에 드리워진 평범한 달빛에서마저 또다시 그 끔찍한 광대의 얼굴을 보았다면, 그는 겁에 질려 죽고 말았을 것이다.

헨리는 옆으로 누워 야간등을 바라보았다. 도널드 덕은 전구의 수명이 다한 지 오래였다. 그래서 폴카를 추는 미키마우스와 미니마우스로 바꾸어 달았더랬다. 그 다음에는 세서미 스트리트에 등장하는 오스카 그라우치의 얼굴이 녹색으로 빛나며 전구를 대신했고, 작년 말에 그 오스카도 곰 인형의 얼굴로 교체됐다. 헨리는 커피 스푼의 수가 아니라 바꿔 긴 야간등의 숫자로 유폐의 세월을 헤아렸다.

5월 30일 새벽 2시 4분 정각에 헨리의 야간등이 꺼졌다. 그는 작은 소리로 신음했다. 악질 중에서도 악질인 쿤츠가 그날 밤 야간 당직이었다. 그는 그날 오후 고개도 가누지 못할 정도로 헨리를 두들겨 팬 포가티보다도 악랄했다.

주위에 블루 병동의 환자들이 잠들어 있었다. 베니 볼리외는 고무 밧줄에 묶인 채였다. 그는 밭에서 돌아와 병실 텔레비전으로 「비상 사태」의 재방송을 봐도 좋다는 허락을 받았지만 6시경부터 예의 "밤을 불태워요! 밤을 불태워요!"를 울부짖기 시작했다. 진정제 덕분에 네 시간 정도 잠잠하다가, 약효가 떨어진 11시부터 축 처진 성기를 피가 날 정도로 문질러 대면서 "밤을 불태워요!"를 고래고래 연발했다. 그래서 감시인들이 몰려들어 다시 진정제를 투여하고 고무 밧줄로 묶어 버린 것이다. 그의 작고 수척한 얼굴은 희미한 불빛 아래 아리스토텔레스처럼 엄숙해 보였다.

뒤척이며 코를 골고 잠꼬대하는 소리에 이따금 방귀 소리도 들렸다. 침대가 다섯 칸이나 떨어져 있지만 지미 던린의 숨소리도 들을 수 있었다. 급하고 약하게 가르랑대는 숨소리를 듣고 있으면 헨리는 무슨 까닭인지 재봉틀을 떠올리고는 했다. 복도 너머에서 쿤츠가 틀어 놓은 텔레비전 소리가 가늘게 웅얼거렸다. 쿤츠는 간단한 요기를 겸해 텍사스 드라이버를 마시며 채널 38의 심야 영화를 보고 있을 터였다. 그는 땅콩버터를 두껍게 바르고 버뮤다 양파를 곁들인 샌드위치를 특히 좋아했다. 언젠가 그 말을 전해 듣고 헨리는 몸서리치며 생각했다. '그래서 미친 사람들은 전부 정신 병원에 수용돼 있다고 생각하는 거군.'

그때 목소리가 다시 들려왔다. 이번에는 달에서 나온 것이 아니었다.

침대 밑이었다.

헨리는 그게 누구의 목소리인지 단번에 알아차렸다. 빅터 크리스, 27년 전 데리의 지하 어딘가에서 머리가 갈가리 찢겨 죽은 그의 목소리였다. 그를 갈가리 찢은 것은 프랑켄슈타인이었다. 헨리는 그 광경을 지켜보았다. 괴물은 눈을 돌려 축축하고 누르스름한 눈으로 헨리를 노려봤다. 그렇다, 프랑켄슈타인이 빅터를 죽이고 트림쟁이까지 해치웠지만, 여기에 빅터가 다시 나타난 것이다. 대통령이 대머리이고 뷰익 자동차에 기묘한 창문이 달려 있던 1950년대, 그 시절 텔레비전에 재방송되는 흑백 프로그램처럼 홀연히 돌아온 것이다.

목소리가 현실처럼 또렷이 들려오자 헨리는 오히려 차분해지고 대담해졌다. 안도감까지 느껴졌다.

"헨리."

"빅터! 그 밑에서 뭐하는 거야?" 헨리가 외쳤다.

베니 볼리외가 코를 골면서 잠꼬대를 했다. 지미의 절묘한 코골이 재봉틀에서 숨소리가 들려왔다 멈췄다. 복도 쪽에서 소형 소니 텔레비전의 소리가 줄어들었다. 쿤츠가 고개를 한쪽으로 까딱이며 한 손으로 텔레비전 소리를 죽이고, 다른 한 손으로 흰색 제복 호주머니에 불룩한 동전 꾸러미를 만지작거리는 광경이 눈앞에 선했다.

"그렇게 큰 소리로 말하지 않아도 돼, 헨리. 네가 생각만 해도 나는 들을 수 있으니까. 게다가 내 목소리는 다른 사람들한테는 안 들리거든."

'바라는 게 뭐야, 빅터?' 헨리가 소리 내지 않고 속으로 물었다.

오랫동안 대답이 없었다. 그는 빅터가 가 버렸다고 생각했다. 쿤츠의 텔레비전 소리가 다시 커졌다. 그때 침대 밑에서 긁는 소리가 들려왔다. 용수철이 살짝 삐걱대더니 검은 그림자가 불쑥 모습을 드러냈다. 빅터가 바닥에서 히죽 웃으며 그를 올려다보았다. 헨리도 어색하게 웃어 보였다. 빅터는 프랑켄슈타인과 모습이 비슷했다. 목에 난 밧줄 자국이 문신 같았다. 헨리는 그것이 목을 다시 붙이고 꿰맨 자국일 거라고 생각했다. 회청색 눈동자가 괴괴했고, 각막은 점액질 물질 위에 둥둥 떠 있는 것처럼 보였다.

빅터는 여전히 열두 살이었다.

"네가 바라는 것, 나도 그걸 원해. 놈들한테 복수하는 거 말이야."

'복수……' 헨리 바워스는 꿈결처럼 속으로 되뇌었다.

"복수하려면 먼저 여길 빠져나가야 해. 데리로 돌아가야 한다고. 네 도움이 필요해, 헨리. 우리한테는 네가 있어야 해."

'그놈들은 이제 너를 해치지 못할 텐데.' 헨리는 문득 빅터가 아닌 다른 누군가와 이야기하고 있다는 생각이 들었다.

"놈들이 반만 믿는다면 나를 해치울 수 없어! 하지만 징조가 좋지 않아, 헨리. 그때에도 녀석들한테 당할 거라고는 생각하지 못했으니까. 하지만 그 뚱보 녀석은 황무지에서 너를 보기 좋게 따돌렸어. 영화관에서였던가, 그때도 뚱보와 촉새 같은 놈, 거기에 계집애까지 우리를 물 먹였잖아. 게다가 돌싸움을 할 때는 놈들이 그 검둥이를 구해서……."

"그 따위 소리 집어치워!"

헨리가 버럭 고함을 지르자 예전에 두목 노릇을 했을 때의 냉혹함이 목소리에 묻어 나왔다. 하지만 이내 움찔하며, 빅터에게 도리어 당하는 것은 아닌가 걱정됐지만(솔직히 빅터는 유령이었으므로 무슨 짓이든 할 수 있을 것이다) 빅터는 그저 히죽 웃기만 했다.

"그놈들이 반만 믿고 있으면 나 혼자서도 상대할 수 있어. 하지만 너는 살아 있어, 헨리. 놈들이 믿든 안 믿든 너라면 얼마든지 놈들을 해치울 수 있단 말이야. 하나씩 골라잡아도 되고, 단번에 전부를 요절낼 수도 있어. 제대로 복수할 수 있는 건 너뿐이야."

'복수.' 헨리는 그 말을 되뇌었다. 그러고는 다시 미심쩍은 눈길로 빅터를 바라보았다. '하지만 여길 빠져나갈 수 없어, 빅터. 창마다 창살로 막혀 있고 오늘 밤은 쿤츠가 당직이니까. 쿤츠는 지독한 악질이야. 내일 밤이라면 모를까……'

"쿤츠 따위는 걱정 마!" 빅터가 일어서며 말했다. 죽던 날 입은 청바지 차림 그대로였고 하수도의 구정물이 아직도 뚝뚝 떨어졌다. "쿤츠는 내게 맡겨." 빅터는 한 손을 쭉 내밀었다.

곧바로 헨리는 그 손을 잡았다. 그와 빅터는 블루 병동의 출입문과 텔레비전 소리가 나는 쪽으로 걸어갔다. 문 앞에 거의 다 왔을 때, 어머니의 머리를 먹어 치운 지미 던린이 불쑥 눈을 떴다. 그는 꼭두새벽에 헨리를 찾아온 방문객을 보고는 눈이 휘둥그레졌다. 그의 어머니였다. 예전처럼 속치마를 손톱 길이만큼 살짝 드러낸 모습이었다. 그녀의 머리 윗부분은 사라지고 없었다. 그녀가 시뻘건 눈동자를 부라리며 히죽 웃어 보이자, 지미는 늘 그랬듯이 그녀의 누런 이빨에 묻은 립스틱 자국을 볼 수 있었다. 지미는 비명을 지르기 시작했다. "싫어, 엄마! 그만해, 엄마! 싫다니까, 엄마!"

텔레비전 소리가 뚝 그치더니 누군가 몸을 뒤척이기도 전에 쿤츠가 출입문을 확 열어젖히곤 으름장을 놓았다. "매를 버는구나, 이 등신 새끼, 골통을 박살내 주마. 이젠 정말이지 돌아 버리겠다."

"싫어, 엄마! 싫어, 엄마! 부탁이야, 엄마! 싫어, 엄마……"

쿤츠가 병실로 뛰어들었다. 그가 헨리를 먼저 보았다. 껑충한 키에 불룩한 올챙이배를 하고 환자복을 입은 헨리의 모습은 기막힐 정도로 희극적이었고, 복도 불빛에 드러난 피부는 밀가루 반죽처럼 희멀건했다. 곧이어 그는 헨리의 왼쪽을 바라보다가 폐부를 유리 조각으로 들쑤시는 듯한 비명을 두 차례 질렀다. 헨리 옆에 광대 옷을 입은 형체가 서 있었다. 줄잡아도 키가 2미터는 훨씬 넘었다. 옷은 은색이었다. 앞에 적황색의 큼지막한 단추가 줄줄이 달려 있었다. 구두는 지나치게 커서 우스꽝스러워 보였다. 그러나 그 머리는 인간도 광대도 아닌 도베르만 핀셔^{독일산 맹견}였다. 신의 축복이 깃든 푸른 지구에서 쿤츠가 유일하게 무서워하는 동물이 있다면 바로 도베르만 핀셔였다. 눈동자가 시뻘겠다. 매끈한 주둥이가 들썩이더니 커다란 흰색 이빨이 드러났다.

감각을 잃은 쿤츠의 손에서 동전 사슬이 툭 떨어져 구석까지 굴러갔다. 다음 날 늦은 시간까지 세상모르게 잠들었던 베니 볼리외는 그 동전 꾸러미를 발견해 사물함에 숨겨 놓았다. 그 정도 동전이면 한 달 내내 입맛에 딱 맞는 담배를 사서 피울 수 있을 것 같았다.

쿤츠가 다시 비명을 지르려고 숨을 획 들이켜는 순간 광대가 갑자기 그에게 몸을 기울였다.

"서커스 시간이다!" 광대가 으르렁대는 목소리로 비명을 질렀고, 흰 장갑을 낀 광대의 손이 쿤츠의 어깨를 움켜잡았다.

손은 손인데, 장갑 속의 손은 갈고리 발톱같았다.

그 길게만 느껴지는 날, 케이 매콜은 세 번째 전화를 걸었다.

이번에는 전보다 수화기를 좀더 오랫동안 들고 있었다. 이번에는 상대방이 수화기를 들고 활달한 아일랜드 경찰관의 목소리로 "6번 거리 경찰서, 오배넌 경위입니다. 무엇을 도와드릴까요?" 하는 부분까지 듣고 전화를 끊었다.

'아냐, 잘하고 있는 거야. 그래, 여덟 번이나 아홉 번째에는 이름 정도는 밝힐 수 있겠지.'

그녀는 주방으로 가서 약한 스카치 소다를 만들었지만 이미 버번 위스키를 먹은 뒤라 별로 좋은 생각 같지 않았다. 대학가 카페에서 즐겨 부르던 노래 가사가 불현듯 떠올랐다. "위스키를 머릿속 가득, 진을 뱃속 가득 들이켜. 의사가 죽는다고 했지만 언제인지는 말해 주지 않아." 그녀는 키득키득 웃었다. 간이 바 위에 거울이 달려 있었다. 그녀는 거울 속에 비친 자신의 모습을 바라보다 갑자기 웃음을 멈추었다.

'저 여자가 누구더라?'

한쪽 눈꺼풀이 덮일 정도로 부어 있었다.

'저토록 얻어터진 여자가 누구지?'

30년 넘게 싸구려 술집을 전전하며 고주망태가 되도록 술을 퍼마신 술주정뱅이처럼 코도 벌겋게 부풀어 올랐다.

'일 년 열두 달, 날이면 날마다 남편의 매질을 견디다 못해 겁에 질리거나, 눈 딱 감고 용기를 내거나, 그도 아니면 아예 미친 다음에야 가정 폭력 상담소에서 마련해 준 여성의 쉼터를 찾아온 여자처럼 몰골이 처참한 저 사람은 과연 누구일까?'

한쪽 뺨에 사닥다리처럼 할퀸 자국이 눈에 띄었다.

'저 여자가 누구지, 케이?'

한쪽 팔은 어깨부터 감은 붕대에 매달려 있었다.

'누구야? 저게 너야? 너 맞아?'

"여기 있는 저 여인은……, 미스 아메리카."

그녀는 거칠고 냉소적인 목소리로 노래를 부르려고 애썼다. 처음에는 마음먹은 대로 됐지만, 일곱 번째 음절에서 가늘게 떨리더니 여덟 번째 음절은 갈라진 음색으로 변해 버렸다. 겁에 질린 목소리였다. 그녀는 자신이 겁에 질려 있음을 분명히 알았다. 전에도 겁에 질려 있었고, 그것을 극복하느라 오랫동안 발버둥쳐야 했다. 그리고 이번 일을 극복하기 위해 다시 또 오랫동안 몸부림쳐야 할 것이다.

집에서 800미터쯤 떨어진 성모 병원의 응급실에서 그녀를 진찰해 준 의사는 젊고 얼굴도 밉상은 아니었다. 다른 상황이었다면 빈둥거리며 (아니 그렇게 빈둥거리지는 않고) 그 의사를 집에 데려가 그 짓이나 즐길까 생각했을지 모른다. 그러나 그때는 성욕을 전혀 느낄 수 없었다. 고통이 성욕을 거세해 버렸다. 두려움도 마찬가지였다.

게핀이라는 의사가 뚫어지게 살피는 눈길에도 그녀는 상관하지 않았다. 그는 조그만 흰색 종이컵을 개수대로 가져가 반쯤 물을 채운 후, 책상 서랍에서 담배 한 갑을 꺼내 그녀에게 내밀었다.

그녀가 담배 한 개비를 꺼내들자, 그가 불을 붙여 주었다. 그녀의 손이 부들부들 떨리는 바람에 성냥불이 몇 차례 어긋났다. 그는 종이컵에 성냥을 집어던졌다. 피시식.

"놀라운 버릇이죠. 맞죠?" 의사가 말했다.

"구강기적 고착증이죠." 케이가 답했다.

의사는 고개를 끄덕이고는 한동안 말이 없었다. 그는 그녀를 빤히 바라보았다. 마치 금방이라도 눈물을 쏟을 거라고 짐작하는 눈빛이었고, 케이는 정말 울어 버릴 것 같아 미칠 지경이었다. 그녀는 누군가에게 감정을 들키는 일에 매우 민감했고, 특히 상대가 남자일 때는 더욱 심했다.

"남자 친구였나요?" 이윽고 의사가 입을 열었다.

"그 부분은 말하고 싶지 않군요."

"흠." 그는 담배를 피우며 여전히 그녀를 바라보았다.

"사람을 빤히 쳐다보는 게 무례한 행동이라고 어머니께서 늘 말씀하지 않던가요?"

따끔하게 말하고 싶었지만 실제 목소리는 애원에 가까웠다. '그렇게 쳐다보지 마. 내 몰골이 어떤지는 나도 잘 아니까.' 문득 또 다른 생각이 떠올랐다. 비벌리는 그런 일을 수도 없이 당했을 것이며, 가장 모진 폭력의 잔흔은 바로 그녀 내부에 남아 영혼의 출혈이라고 불러도 좋을 고통에 내내 시달려 왔을 거라는 점이다. 그렇다, 케이도 자신의 몰골이 어떤지 알고 있었다. 더 심각한 것은, 자신의 감정이 어떤지도 알고 있다는 점이었다. 그녀는 겁에 질려 있었다. 비참했다.

"한 번만 말씀드리죠." 게핀의 음성은 차분하고 유쾌했다. "응급실에서 근무했을 때 폭행을 당해 실려 온 여자들이 일주일에 스무 명도 넘었어요. 수련의들이 치료한 여자가 또 스무 명이 넘었고요. 봐요, 책상 위에 전화가 놓여 있습니다. 무료예요. 6번 가 경찰서에 전화를 걸어 당신의 이름과 주소를 말한 다음 무슨 일이 벌어졌으며 누가 그랬는지 말하세요. 그리고 전화를 끊을 즈음, 내가 저기 캐비닛 속에 보관해 두는 버번 한 병을 갖다 주겠어요. 엄격히 말해 치료용이니까요. 함께 한잔하는 겁니다. 왜냐하면 순전히 개인적인 생각이긴 하지만, 세상에서 여자를 때리는 놈은 매독 걸린 쥐새끼만도 못하니까요."

케이는 힘없이 웃었다. "말씀 고맙게 받아들이겠어요. 하지만 당분간은 묻어 두고 싶어요."

"흠. 하지만 집에 가면 거울에 비친 모습을 찬찬히 들여다보세요, 매콜 씨. 누군지는 모르겠지만 정말이지 끔찍한 짓을 당신한테 저질렀으니까요."

그때 그녀는 울음을 터뜨렸다. 더 이상 참을 수 없었다.

비벌리가 무사히 떠나는 모습을 배웅하고 돌아온 날, 정오 무렵 톰 로건이 전화를 걸어 비벌리와 연락한 일이 있는지 물었다. 목소리만 들어서는 차분하게 진정된 것 같았고 조금도 불쾌한 기색이라곤 느껴지지 않았다. 케이는 근 2주일 동안 비벌리를 한번도 만나지 못했다고 말했다. 톰은 고맙다며 전화를 끊었다.

1시쯤 그녀는 서재에서 초인종 소리를 들었다. 그녀는 현관으로 걸어갔다.

"누구세요?"

"꽃 배달입니다, 부인." 문 뒤에서 남자가 큰 소리로 말했다. 그러나 톰이 목소리를 꾸몄을 거라고 왜 의심하지 못했는지, 왜 톰이 그처럼 쉽게 포기할 거라고 믿었는지, 왜 문을 열기 전에 체인까지 풀었는지, 정말 한심한 일이었다.

톰이 집 안으로 들어서는 순간에도 그녀는 고작 이렇게밖에 말하지 못했다. "내 집에서 나가지 못……."

느닷없이 그녀의 오른쪽 눈으로 톰의 주먹이 날아들었고 머릿속 전체가 끔찍한 통증으로 채워졌다. 그녀는 복도를 따라 뒷걸음치며 넘어지지 않으려고 아무거나 붙잡았다. 장미 한 송이가 꽂혀 있던 꽃병이 바닥으로 떨어져 산산조각 났고 옷걸이가 쓰러졌다. 톰이 현관문을 닫고 다가오는 동안, 그녀는 발을 헛디뎌 넘어졌다.

"여기서 나가지 못해!" 그녀는 악을 썼다.

"비벌리가 어디 있는지만 말하면 그렇게 하지."

톰은 천천히 복도를 따라 그녀에게 다가왔다. 톰의 몰골이 끔찍할 정도로 형편없다는 사실을 알아채자 희미하지만 격렬한 기쁨이 섬광처럼 그녀의 몸을 지나갔다. 톰이 비벌리에게 무슨 짓을 했는지는 몰라도, 비벌리가 그 몇 배로 갚아 주었다는 점만은 분명했다. 하루 종일 제대로 걷지도 못한 것 같았고, 아직까지 병원 신세나 지고 있어야 할 몰골이었다.

하지만 그는 더욱 비열해지고 격분해 있었다.

케이는 넘어진 채 슬금슬금 뒤로 도망치며, 우리에서 도망친 야생 동물을 보듯 톰에게서 눈을 떼지 않았다.

"못 봤다고 말했잖아. 정말이야. 경찰을 부르기 전에 썩 나가."

"둘이 만났잖아."

톰의 부어터진 입술에 능글맞은 미소가 떠올랐다. 드러난 치아가 이상할 정도로 비뚤어져 보였다. 앞니 몇 개가 부러져 있었다.

"내가 전화해서 비벌리가 어디 있는지 모르겠다고 말했지. 그런데 너는 2주 동안 만난 적이 없다고 잘라 말했어. 무슨 일이냐고 한마디도 묻지 않더군. 걱정하는 기색도 전혀 없더란 말이야. 나라는 인간을 송충이 보듯 하는 거 다 아니까 어서 불어, 비벌리가 어디 있냐고, 쌍년아. 말해."

케이는 몸을 돌려 복도 끝으로 달렸다. 응접실로 들어가 마호가니 문 안으로 숨은 다음 문을 걸어 잠글 생각이었다. 톰보다 그곳까지 먼저 달려가기는 했지만(톰은 절뚝거렸다) 그녀가 미처 문을 닫기 전에 톰이 문틈에 몸을 들이밀었다. 그녀는 다시 달리기 시작했다. 그러나 드레스 자락이 톰의 손아귀에 잡혀서 목덜미에서 허리까지 일직선으로 찢어졌다. '네 마누라가 만든 옷이야, 이 개자식아.' 엉뚱한 생각이 떠올랐고, 그러고 나서 그녀는 몸을 획 비틀었다.

"어디 있어?"

케이가 있는 힘껏 톰의 뺨을 후려치자, 그 충격에 머리까지 돌아갔던 톰의 뺨에서 피가 흐르기 시작했다. 그는 그녀의 머리칼을 움켜쥐고 잡아당기면서 얼굴에 주먹을 휘둘렀다. 그녀는 코뼈가 으깨진 느낌이 들었다. 비명을 지르다 피를 토했다. 그녀는 완전히 겁에 질렸다. 세상에 그토록 무서운 일이 있을 수 있다는 사실을 그녀는 그때까지 알지 못했다. 미친놈이 그녀를 죽이려 드는 상황이었다.

그녀가 연신 비명을 질러 대자, 이번에는 복부로 주먹이 날아들었고 그녀는 숨이 막혀 고통스럽게 헐떡거렸다. 기침이 쏟아지고 계속 숨이 막히는 것이 이러다가 질식해 죽을지 모른다는 공포감이 엄습했다.

"어디 있어?"

케이는 고개를 흔들었다. "몰라……. 만난 적 없어. 경찰…….
너는 감옥에 갈 거야……, 개자식……." 그녀는 숨을 몰아쉬며 말
했다.

그는 갑자기 그녀의 발을 걸어 넘어뜨렸다. 그녀는 바닥에 부
딪히면서 어깨에 극심한 통증을 느꼈다. 너무 아파서 욕지기가
났다. 그는 그녀를 돌려 눕히더니 한쪽 팔을 등 뒤로 꺾어 올렸
다. 그녀는 입술을 깨물며 다시는 비명을 지르지 않겠다고 결심
했다.

"어디 있어?"

케이는 고개를 흔들었다.

그가 다시 한번 팔을 꺾는 바람에 그녀는 관절에서 나는 으드득
하는 소리까지 들었다. 그의 후끈한 숨결이 그녀의 귓가에 뿜어
졌다. 그녀의 주먹 쥔 오른손이 왼쪽 어깨 밑에 깔려 더욱 고통스
러웠고, 어깨가 눌리면서 너무 아파 다시 비명을 지르고 말았다.

"어디 있어?"

"몰……."

"뭐라고?"

"몰라!"

그는 팔을 놓으면서 그녀를 밀쳤다. 바닥에 쓰러진 그녀는 코
피를 흘리며 흐느꼈다. 갑자기 불협화음 같은 소리가 들려서 돌
아보니, 톰이 그녀를 향해 상체를 구부리고 있었다. 크리스털 꽃
병 하나를 또 박살낸 뒤였다. 그는 깨진 꽃병 조각을 들고 있었
다. 날카롭게 잘린 꽃병이 그녀의 얼굴 바로 앞에서 흔들거렸다.
그녀는 최면에 걸린 듯 그것을 바라보았다.

"너한테 알려 줄 게 있어." 약간 헐떡이는 듯한 톰의 음성이 후 끈한 입김과 함께 토해졌다. "그년이 어디에 있는지 말해. 안 그 러면 마룻바닥에다 네년의 얼굴 살점을 발라서 뿌려 놓겠어. 3초 를 주지. 아니 그보다 짧을 수도 있어. 나는 제정신이 아닐 때 숫 자를 빨리 세거든."

내 얼굴. 케이가 결국 굴복하게 된 이유는 자신의 얼굴 때문이 었다. 굴복이든 항복이든 뭐라고 해도 좋았다. 그 괴물 같은 인간 이 실제로 그녀의 얼굴을 갈가리 찢어 놓을 거라는 생각이 너무 도 두려웠을 뿐이다.

"고향에 갔어. 데리. 메인 주에 있는 데리." 케이는 흐느끼며 말했다.

"어떻게 갔지?"

"버, 버스를 타고 밀워키까지 갔어. 그곳에서 비행기를 탔을 거 야."

"요런 쌍년을 봤나!" 톰은 버럭 고함을 지르며 일어섰다. 그는 이리저리 왔다 갔다 하면서 머리칼을 마구 쥐어뜯었다. "쌍년, 가 랑이를 찢어 죽일 년!"

그는 남녀의 정사 장면이 섬세하게 조각된 목상(케이가 스물두 살 때부터 지니고 있던 목상)을 벽난로 속에 집어던져 산산조각 냈 다. 그리고 벽난로 위의 거울 속에 자신의 얼굴을 비추며 귀신이 라도 본 것처럼 눈이 휘둥그레졌다. 그러나 이내 다시 그녀에게 달려들었다. 그는 자신의 윗옷 주머니에서 문고판 소설을 꺼내들 었다. 붉은색 글자로 이루어진 제목과 멀리 강가에 서 있는 젊은 사람들의 그림을 빼고 표지는 거의 새카만색이었다. 제목은 『검은 급류』였다.

"이 새끼 누구야?"

"뭐? 뭐 말이야?"

"덴브로. 덴브로." 그는 책을 그녀의 얼굴 앞에 신경질적으로 흔들다가 느닷없이 그 책으로 뺨을 후려갈겼다. 얼굴이 얼얼하고 화끈거렸다. "그놈이 누구냐고?"

그녀는 그제야 이해할 수 있었다.

"친구였어. 어렸을 때. 둘 다 데리에서 자랐대."

그는 또 한 번 책으로 그녀의 다른 쪽 뺨을 후려쳤다.

"제발, 이제 좀 그만해, 톰." 그녀는 흐느끼며 애원했다.

그는 호리호리하고 우아한 다리가 달린 식민지 시대풍의 의자를 그녀 앞으로 끌고 와 그 위에 털썩 주저앉았다. 핼러윈의 호박 초롱 같은 얼굴이 그녀를 내려다보았다.

"내 말 잘 들어. 이 톰 삼촌의 말을 잘 들으란 말이야. 그렇게 할 거지, 이 여성 해방 거지 발싸개 같은 년아?"

그녀는 고개를 끄덕였다. 찝찔하고 뜨거운 적갈색 핏덩어리가 목구멍으로 넘어왔다. 어깨가 불에 덴 듯 화끈거렸다. 관절이 삐었을 뿐 부러진 것이 아니었으면 했다. 그러나 그게 최악의 상황은 아니었다. '얼굴, 저 자식은 내 얼굴을 그어 버릴 거야.'

"만약 네가 오늘 일을 경찰에 신고한다고 해도 나는 모든 사실을 부인할 거야. 너는 아무것도 입증할 수 없어. 파출부도 쉬는 날이니까 증인도 없을 테고. 물론 뭐든 갖다 붙여 나를 체포할 수는 있겠지, 안 그래?"

그녀는 자신이 지금 꼭두각시 인형처럼 머리를 끄덕이고 있음을 깨달았다.

"못할 것 없겠지. 그렇게 되면 내가 할 일은 형을 다 살고 감옥에 나오는 즉시 이리로 찾아오는 거겠지. 경찰은 네년의 젖꼭지가 주방 식탁에 올려져 있고 눈알은 어항 속에 담겨 있는 걸 발견하겠지. 무슨 말인지 알지? 이 톰 삼촌의 말을 알아듣겠지?"

케이는 갑자기 소리 내서 울음을 터뜨렸다. 하지만 그녀의 머리에 매달린 실은 아직도 효과가 있었다. 그녀는 연신 머리를 끄덕이고 있었으니까.

"왜지?"

"뭐라고? 난……, 난 몰라……."

"정신 차려, 이 등신아! 그년이 왜 고향에 갔느냔 말이야."

"몰라!" 케이는 비명처럼 울부짖었다.

그는 깨진 꽃병 조각을 흔들어 보였다.

"몰라." 그녀는 사그라진 목소리로 말했다. "부탁이야. 나한테도 말 안 했어. 제발 내 몸에 손대지 마."

그는 꽃병 조각을 휴지통에 던지고 의자에서 일어섰다.

그리고 뒤도 한번 돌아보지 않고 머리를 숙인 채 느릿느릿한 인간 곰인 양 집을 떴다.

그녀는 곧바로 현관으로 뛰어가 문을 걸어 잠갔다. 다시 주방으로 뛰어 들어가 그 문도 걸어 잠갔다. 잠시 후, (복부에 달려드는 고통을 달래며 최대한 빨리) 위층으로 기다시피 올라가 2층 베란다 문을 잠갔다. 기둥을 타고 올라와 그 문으로 다시 쳐들어올지 모를 일이었다. 그도 다친 몸이었지만, 그보다는 미쳐 있어서 걱정이었다.

그녀는 전화기를 들었다가 상대방이 무슨 말을 했는지도 기억 못 할 정도로 곧바로 끊어 버렸다.

'형을 다 마치고 감옥에서 나오는 즉시 이리로 찾아오는 거겠 지……. 네년의 젖꼭지가 주방 식탁에 올려져 있고 눈알은 어항 속에 담겨 있는 걸 발견하겠지.'

그녀는 전화기를 떨어뜨렸다.

그녀는 욕실로 가서 토마토처럼 부어올라 피가 뚝뚝 떨어지는 코와 멍든 눈을 살펴보았다. 그녀는 울지 않았다. 울 수도 없을 정도로 수치심과 공포가 컸다. '오, 비벌리, 나는 할 만큼 했어. 하지만 내 얼굴……, 그놈이 그랬어. 내 얼굴을 갈가리 찢어 놓겠 다고…….'

구급함에 진통제와 신경 안정제가 들어 있었다. 그녀는 무엇을 먹을까 망설이다가 한 알씩 동시에 삼켰다. 그리고 성모 병원을 찾아가 그 유명하다는 게핀 박사를 만났으며, 지금은 지구상에서 쓸어 버리고 싶지 않은 유일한 얼굴이 있다면 게핀 박사의 얼굴 이라고 생각했다.

그리고 성모 병원에서 집까지 다시 터벅터벅 발을 끌며 돌아 왔다.

그녀는 침실 창가에서 밖을 내다보았다. 태양은 어느새 지평선 까지 낮게 가라앉았다. 동부 해안은 곧 어스름에 휩싸일 것 같았 고, 메인 주는 7시를 막 지나고 있을 시간이었다.

'경찰에는 어찌할지 나중에 결정하자. 지금 가장 시급한 일은 비벌리에게 알리는 거야.

비벌리, 네가 어디로 갈지 말해 줬다면 훨씬 일이 쉬워졌을 텐

데, 사랑스러운 비벌리. 너 자신도 몰랐겠지.'

그녀는 2년 전에 담배를 끊었지만, 만약을 대비해 책상 서랍에 한 갑을 준비해 놓았다. 재빨리 그 담배 한 개비를 꺼내 불을 붙이고는 이내 얼굴을 찌푸렸다. 담배를 마지막으로 피운 게 1982년이었고, 이제는 일리노이 주 의회에서 가결된 남녀평등 헌법 수정안보다 담배 맛이 훨씬 지독하게 느껴졌다. 매캐한 담배 연기에 한쪽 눈이 저절로 감겼고 나머지 눈은 부어올라 감을 필요도 없었다. 톰 로건에게 감사할 일이었다.

그녀는 왼손으로(그 빌어먹을 자식이 어깨뼈를 잡아 빼놓다시피 했기 때문이다) 메인 주 전화번호 안내에 전화를 걸어 데리에 있는 호텔과 모텔의 전화번호를 모두 알려 달라고 했다.

"고객님, 그건 좀 시간이 걸립니다." 전화 안내원이 이상하다는 투로 말했다.

"아가씨, 아마 시간이 훨씬 더 걸릴지도 몰라요. 왼손으로 받아 적어야 하니까. 내 충실한 오른팔은 지금 장기 휴가 중이거든요."

"그래도 일반적인 경우가 아니라서……."

"내 말 잘 들어요. 지금 이곳은 시카고예요. 지금 나는 남편에게서 도망쳐 고향이라는 데리로 돌아간 친구를 찾고 있어요. 그 친구의 남편이 그녀가 어디 있는지 알아냈어요. 나를 죽도록 두들겨 패서 알아낸 거죠. 그 남자는 정신병자예요. 그가 갈 거라고 친구한테 알려야 해요."

한참 동안 침묵이 흐른 후, 안내원은 단호하면서도 훨씬 인간적인 음성으로 말했다. "그렇다면 데리 경찰서 전화번호가 더 필요하실 것 같습니다."

"좋아요. 그 전화번호도 알려 줘요. 하지만 그 친구한테도 직접 알려 줘야 해요. 그리고……." 그녀는 톰의 찢어진 뺨, 이마와 관자놀이에 튀어나온 혹, 절뚝거리는 다리와 끔찍히 부어터진 입술을 떠올렸다. "그 친구가 남편이 찾아갈 거라는 사실만 미리 알아도 충분해요."

또다시 긴 침묵이 흘렀다.

"여보세요, 안내원?"

"알링턴 모터 여관, 643~8146. 배시 공원 여인숙, 648~4083. 버니언 모터 코트……."

"좀 천천히 불러 주실래요?" 케이는 서둘러 받아 적다가 안내원에게 부탁했다.

그녀는 재떨이를 찾다가 결국에는 책상 위의 메모지에 담배를 눌러 껐다. "이제 됐어요. 계속 불러 주세요."

"클라렌던 여인숙……."

다섯 번째 전화만에 행운의 절반이 찾아왔다. 비벌리 로건은 데리 타운 하우스에 묵고 있었다. 하지만 비벌리가 외출 중이서 행운은 절반에서 끝났다. 케이는 이름과 전화번호를 남겨놓고, 늦어도 좋으니 비벌리가 들어오는 대로 전화해 달라고 꼭 전해 줄 것을 부탁했다.

프런트 직원은 그녀의 말을 되풀이하며 맞는지 확인했다. 케이는 2층으로 올라가 신경 안정제를 한 알 더 먹었다. 그리고 누워서 잠들기를 기다렸다. '미안해, 비벌리.' 그녀는 약에 취해 어둠을 응시하며 되뇌었다. '그 자식이 내 얼굴을 망가뜨리겠다고 하는 바람에……. 그건 참을 수 없었어. 제발 속히 전화해 주렴, 비벌리. 제발 속히. 그리고 너와 결혼한 그 미친놈을 조심해.'

비벌리와 결혼한 그 미친놈은 미국 민간 항공의 중심지인 오헤어에서 비행기를 탔으므로, 전날의 비벌리보다 훨씬 효과적인 수단을 이용할 수 있었다. 비행기에서 그는 『검은 급류』 끝에 나와 있는 작가의 약력을 읽고 또 읽었다. 약력에 따르면, 빌 덴브로는 뉴잉글랜드에서 태어나 세 권의 소설을 발표했다(친절하게도 나머지 세 권의 책을 어디서 구입할 수 있는지도 설명해 놓았다). 덴브로와 영화 배우인 오드라 필립스는 캘리포니아에 살았다. 현재 그는 새로운 소설을 집필 중이라고 적혀 있었다. 톰은 『검은 급류』의 초판이 1976년에 발행됐다는 사실을 알아내고, 다른 소설들은 그 이후에 썼을 거라고 생각했다.

오드라 필립스……, 영화에서 본 적이 있는 것 같은데? 톰은 여배우에 대해서는 잘 몰랐지만(톰이 생각하는 좋은 영화란 범죄나 미스터리, 괴기 장르에 국한돼 있었다) 오드라만은 비벌리와 많이 닮았다는 사실 때문에 기억할 수 있었다. 붉은빛의 긴 머리, 초록색 눈, 불룩한 젖가슴.

그는 자세를 약간 고쳐 앉고, 책으로 다리를 가볍게 두드리며 두통과 입가의 고통을 잊으려고 애썼다. 확신이 섰다. 오드라 필립스는 괜찮은 젖가슴과 빨강 머리의 소유자였다. 클린트 이스트우드의 영화에서도 본 적 있고, 그로부터 1년쯤 지나서는 「묘지에 뜨는 달」이라는 공포 영화에 나오기도 했다. 그 영화를 비벌리와 함께 보고 영화관에서 나오며 그는 주연 여배우가 비벌리와 많이 닮았다고 말했으니까. "아니야. 나는 그 여배우보다 키가 클 뿐이지, 그녀가 훨씬 예쁜걸. 머리칼도 나보다 훨씬 더 붉은색이던데." 그게 전부였다. 그 후 지금까지 그 여배우 생각은 까맣게 잊고 있었다.

'덴브로와 영화 배우인 아내, 오드라 필립스…….'

톰은 어렴풋이 심리학적인 측면을 떠올렸다. 하기야 결혼 생활 내내 심리를 교묘히 활용해서 비벌리를 마음대로 주물러 온 화려한 전적의 소유자였으니 말이다. 하지만 지금은 집요할 정도의 불쾌감만이 그를 괴롭혔다. 정리하자면 비벌리와 덴브로는 어린 시절을 함께 보냈고, 덴브로는 톰 로건의 아내와 놀라울 정도로 빼닮은 여자와 결혼한 셈이다. 물론 비벌리가 그런 게 아니라고 항변해도 톰이 생각을 바꿀 확률은 없었다.

어린 시절, 덴브로와 비벌리는 함께 무슨 놀이를 했을까? 우체국 놀이? 병 돌리기 놀이?^{탁자에 술병을 놓고 돌려 병 주둥이가 가리키는 사람이 술래가 됨.}

다른 게임을 하고 놀았을까?

톰은 계속해서 책으로 다리를 두드렸고, 관자놀이 부분이 욱신대기 시작했다.

뱅고어 국제 공항에 도착한 후 톰은 곧장 렌터카 사무실을 찾았다. 여직원들(노란색, 붉은색, 녹색 등등 각양각색의 옷을 입고 있는 여자들)은 불안한 기색으로 지독하게 망가진 그의 얼굴을 힐끔거리더니(시간이 지날수록 더 불안해져서) 대기 중인 차가 없다며 죄송하다고 말했다.

톰은 신문 가판대로 가서 뱅고어 지역 신문을 한 부 샀다. 지나가는 사람들의 시선엔 아랑곳없이 '생활 광장란'에서 세 개의 광고를 추렸다. 일진이 괜찮은지 두 번째 전화에서 입질이 왔다.

"1976년형 왜건을 판다는 광고를 보고 전화했소. 1,400달러라고 돼 있군요."

"맞아요."

"일단은……." 톰은 호주머니에 든 지갑을 만져 보았다. 현금으로 두둑한 지갑에는 6,000달러 정도 들어 있었다. "공항으로 차를 가지고 나오면 그 자리에서 계약할 생각이오. 나한테 자동차와 함께 매매 계약서와 차량 소유 등록증을 넘겨주시오. 나는 현찰로 대금을 지불할 테니."

상대방 남자는 잠시 머뭇거리더니 말했다. "번호판은 내가 써야 하는데요."

"그렇게 하시오."

"선생님을 어떻게 알아보죠? 성함이……."

"바. 바요." 톰은 공항 로비 건너편에 반짝이는 "바 하버 항공은 여러분에게 새로운 뉴잉글랜드를 열어 줍니다. 새로운 세상이 함께 열립니다!"라는 간판을 바라보며 '바'라는 이름을 천연덕스럽게 갖다 댔다. "공항 출입구 주변에 서 있을 거요. 내 얼굴이 정상이 아니니까 금방 알아볼 수 있을 거요. 집사람과 어제 롤러스케이트를 타다가 크게 다쳤거든요. 하마터면 대형 사고를 당할 뻔했소. 얼굴만 다쳤으니 그나마 다행이지."

"저런. 안 됐군요, 바 씨."

"곧 괜찮아질 거요. 선생은 차만 갖고 나오면 됩니다."

그는 전화를 끊고 5월 밤의 포근한 향기를 맡으며 출입구 쪽으로 걸어갔다.

10분 만에 LTD 왜건이 늦봄의 석양 속에서 모습을 나타냈다. 차를 팔겠다던 사람은 알고 보니 풋내기였다. 어쨌든 두 사람은 일사천리로 자동차 매매 계약을 주고받았다. 풋내기는 매매 계약서를 휘갈겨 썼고 톰은 그것을 무표정한 얼굴로 호주머니에 쑤셔 넣었다. 곧이어 톰은 LTD 왜건의 메인 주 번호판을 열심히 떼어내는 풋내기의 모습을 지켜보았다.

"그 스크루 드라이버를 3달러에 사고 싶은데." 풋내기가 번호판을 다 떼어 내자 톰이 말했다.

풋내기는 잠시 미심쩍은 눈초리로 톰을 바라보다가, 이내 어깨를 으쓱해 보이며 스크루 드라이버와 톰이 내민 3달러를 맞바꾸었다. '내 알 바 아니지.' 풋내기의 표정은 그런 의미였다. 톰은 내심 '그래, 역시 머리가 잘 돌아가는군, 꼬맹이 친구.' 하고 생각하며 풋내기가 택시 타는 모습을 지켜본 후 왜건에 올랐다.

돌덩어리 같은 변속기, 온갖 소음, 덜컥거리는 차체, 헐거운 브레이크 등 왜건은 완전히 고철 덩어리였다. 톰은 아무래도 좋았다. 장기 유료 주차장을 찾아내 주차증을 끊고 안으로 차를 몰았다. 그는 장기 주차와는 거리가 멀어 보이는 스바루_{일본제 소형 승용차} 옆에 차를 세웠다. 그리고 스크루 드라이버로 스바루의 번호판을 떼어 왜건에 갖다 붙였다. 줄곧 콧노래를 흥얼거리면서.

밤 10시쯤 톰이 2번 국도를 따라 동쪽으로 모는 차의 조수석에는 메인 주 도로 지도가 펼쳐져 있었다. 왜건의 라디오가 고장나서 차 안은 조용했다. 나쁘지 않았다. 어차피 생각할 일이 많았으니까. 예를 들어 비벌리를 찾아낸 다음 어떻게 해 줄 것인지 생각만 해도 짜릿했다.

톰은 비벌리가 멀지 않은 곳에 있다고 확신했다.

담배를 피우면서.

'오, 예쁜이, 이 톰 로건과 살을 섞는 순간부터 너는 사람을 잘못 고른 거야. 이제 문제는 딱 하나, 내가 너한테 어떻게 해 줄까 하는 거지.'

왜건은 전조등을 앞세워 밤을 헤쳐 나갔고, 뉴포트에 접어들었을 즈음 톰에게 영감이 떠올랐다. 대로변에 있는 잡화점 한 군데에서 아직 불빛이 새어 나왔다. 그는 가게로 들어가 카멜 담배 한 갑을 샀다. 가게 주인은 편안한 밤 보내라고 인사까지 건넸다. 톰도 똑같은 인사로 답례했다.

그는 조수석에 담배를 던져 놓고 다시 차를 몰았다. 7번 국도를 천천히 달리면서 간선 도로를 찾았다. 3번 국도, 마침내 "헤이븐 21, 데리 15"라는 표지판을 발견했다.

그는 방향을 틀었고 왜건은 그때부터 속력을 높이기 시작했다. 슬쩍 담뱃갑을 바라보다가 히죽 웃음이 나왔다. 찢어지고 부어오른 그의 얼굴은 계기반의 녹색 조명을 받아 송장 먹는 귀신처럼 보였다.

'비벌리, 너를 위해 담배를 한 갑 사 왔어.' 왜건이 시속 100킬로미터로 소나무와 전나무 사이를 달려 데리로 향하는 동안 톰은 생각했다. '그럼, 당연하지. 한 갑을 통째 사 왔잖아. 너를 위해서 말이야. 네년을 보자마자 이 담배부터 하나씩 씹어 먹게 해 주겠어. 그리고 덴브로라는 녀석도 필요하다면 교육을 좀 시켜야지.

문제없다고, 비벌리. 전혀 문제없어.'

비벌리가 기습적으로 그를 두들겨 패고 도망친 후, 처음으로 톰은 유쾌한 기분을 느꼈다.

오드라 덴브로는 브리티시 항공 DC 10의 일등석에 앉아 메인 주를 향해 날고 있었다. 히스로를 출발한 것이 오후 6시 10분, 그 후부터 그녀는 줄곧 태양을 바라보았다. 태양은 점점 사위었지만 (이미 고개를 떨구었지만) 그렇다고 문제될 건 없었다. 그녀는 운 좋게도 런던에서 로스앤젤레스로 향하는 브리티시 항공 23편이 연료 공급을 위해 뱅고어 국제 공항을 경유한다는 사실을 알아낸 것이다.

그날 하루는 악몽의 연속이었다. 「다락방」의 제작자, 프레디 파이어스톤은 당연히 빌부터 찾았다. 오드라를 대신해 계단에서 굴러떨어지기로 한 스턴트우먼 때문에 문제가 생긴 것이다. 스턴트 연기자들 사이에도 노조가 결성돼 있는 것 같았고, 그 스턴트우먼은 그 주에 맡겨진 대역 연기를 이미 끝낸 상태였다. 노조 측에서는 출연료를 추가해 주든가 다른 스턴트우먼을 알아보라고 프레디에게 통고했다. 문제는 그 스턴트우먼 외에 오드라의 몸매와 비슷한 연기자를 물색하기 어렵다는 점이었다. 프레디는 노조위원장에게 적절한 여자 연기자가 없으니 남자를 오드라 대역으로 출연시키자고 제의했다. 사실 계단 추락 장면이므로 브래지어와 팬티가 중요할 까닭이 없었다. 붉은색 가발과 적당한 의상을 입히고 여자처럼 분장하면 충분할 것 같았다. 엉덩이 패드에다 필요하다면 생리대까지 할 수도 있었다.

하지만 노조 위원장의 의견은 달랐다. 여성에게 할당된 배역을 남자 연기자가 대신하는 것은 노조 규정에 위배된다는 얘기였다. 성차별에 해당된다는 것이다.

영화 사업에서만큼은 프레디도 융통성 있는 인물로 통했지만, 그 순간은 평정을 잃고 말았다. 그는 뚱뚱한 노조 위원장에게 칼만 안 들었지 날강도나 다름없다고 몰아붙이고 말았다. 노조 위원장은 프레디에게 입조심하지 않으면 영화 「다락방」에서 더 이상 스턴트맨을 찾아볼 수 없을 거라고 응수했다. 그러더니 엄지와 집게손가락을 비벼 대며 약간의 웃돈을 요구하는 몸짓을 하는 바람에 프레디는 완전히 격앙되고 말았다. 노조 위원장은 거구였지만 대부분 비곗살이었다. 반면 프레디는 여전히 시간이 날 때마다 미식축구를 즐기고 언젠가는 크로케에서 100점을 기록하는 등 큰 몸집에다 다부졌다. 프레디는 노조 위원장을 사무실 밖으로 집어던진 후, 잠시 생각에 잠겨 있다가 20분쯤 뒤에 밖으로 나와 다급히 빌을 찾기 시작했다. 시나리오 전체를 고치고 계단 추락 장면도 삭제할 생각이었다. 어쩔 수 없이 오드라는 프레디에게 빌이 지금 런던에 없다고 말해야 했다.

"뭐요?" 프레디의 입이 벌어졌다. 그는 미친 사람 보듯 오드라를 바라보고 있었다. "대체 무슨 소리를 하는 거요?"

"미국에서 전화를 받고 떠났어요. 저도 그것밖에는 몰라요."

프레디가 그녀를 움켜잡을 것처럼 두 팔을 내뻗는 바람에 오드라는 약간 겁에 질려 물러났다. 프레디는 자신의 손을 내려다보다 이내 주머니에 집어넣더니 물끄러미 그녀를 바라보았다.

"죄송해요. 프레디. 정말 죄송해요." 그녀의 목소리는 점점 기어 들어갔다. 그녀는 자리에서 일어나 프레디의 커피 보온기에서 커피 한 잔을 따랐다. 손이 약간 부들거렸다. 그녀가 커피 잔을 들고 막 자리에 앉는 순간, 프레디는 스튜디오 확성기에 대고 쩌렁쩌렁한 목소리로 오늘 촬영이 취소됐으니 모두 숙소에 가서 쉬든가 술이나 한잔씩 하라고 알렸다. 오드라의 얼굴이 어두워졌다. 가만히 앉아서 그날 하루에만 최소 1만 달러를 날릴 상황이었다.

프레디는 스튜디오 인터컴을 끄고 자리에서 일어나 커피 한 잔을 따랐다. 자리로 돌아온 그는 담배 한 개비를 오드라에게 내밀었다.

오드라는 고개를 흔들었다.

프레디는 내뿜은 담배 연기 사이로 그녀를 힐끔거렸다. "무척 심각한 문제군요, 그렇죠?"

"맞아요." 오드라는 침착해지려고 애썼다.

"무슨 일이오?"

그녀는 진심으로 프레디를 좋아하고 신뢰했으므로, 알고 있는 사실을 전부 털어놓았다. 프레디는 심각한 얼굴로 귀를 기울였다. 이야기를 다 끝내는 데 그리 오래 걸리지 않았다. 그때까지도 여기저기 문이 닫히고 자동차 시동 거는 소리가 밖에서 들려왔다.

프레디는 한동안 말없이 창 밖을 응시했다. 이윽고 오드라를 향해 고개를 돌렸다. "신경 발작 같소."

오드라는 고개를 흔들어 보였다. "아니에요. 그런 게 아니에요. 전혀. 사장님도 그이 모습을 봤다면 아셨을 텐데." 오드라는 꿀꺽 마른침을 삼켰다.

프레디의 얼굴에 일그러진 미소가 떠올랐다. "어른이 돼서 어렸을 때 한 약속을 지키려고 애쓰는 사람은 드물어요. 당신도 빌의 작품을 읽어 봤을 테니 잘 알 거요. 유년 시절에 얽힌 이야기가 많고 정말 뛰어난 작품이지요. 방금 전의 얘기들처럼 아주 생생해요. 까맣게 잊고 지냈던 기억이 하루아침에 되살아났다니 그건 말이 안 돼요."

"그이 손에 난 흉터 말이에요. 전에는 없었어요. 오늘 아침에 갑자기 생긴 거란 말이에요."

"말도 안 돼! 당신도 오늘 아침까지 흉터가 있는지 몰랐던 거요."

그녀는 힘없이 어깨를 으쓱해 보였다. "제가 몰랐을 리 없어요." 그녀는 자신의 말을 프레디가 믿지 않는다는 사실을 깨달았다.

"이제 어쩔 생각이오?" 프레디의 질문에 오드라는 고개만 절레절레 흔들어 보였다. 프레디는 줄담배를 피웠다. "일단 노조 책임자를 구슬려 보겠소. 지금 당장은 스턴트맨을 제공하는 게 문제가 아니라 나를 잡아 죽이고 싶은 심정일 테니, 내가 직접 나서지는 못할 거요. 테디 로랜드를 대신 보낼 생각이오. 테디가 생긴 건 그래도 뒷수습하는 데는 일가견이 있으니까. 하지만 문제는 그 다음이오. 촬영 일정이 4주밖에 남지 않았는데, 당신 남편은 지금 메사추세츠에 있다니……."

"메인 주예요."

프레디는 손사래를 쳤다. "어디든, 지금 이곳에 없잖소. 남편이 없어도 잘 해낼 수 있겠소?"

"저……."

프레디는 오드라에게 바투 다가앉았다. "오드라, 나는 당신을 좋아하오. 진심으로. 빌도 좋아해요. 일을 이 지경으로 만들기는 했지만 말이오. 어쨌든 우린 잘 해낼 수 있을 거요. 시나리오를 손볼 필요가 있다면 내가 직접 하겠소. 예전에 짜깁기부터 별의별 짓을 다해 봤으니까……. 나중에 빌이 화낼지도 모르지만 누구를 탓할 입장은 아닐 거요. 나는 빌이 없어도 해낼 자신이 있지만 당신이 없으면 힘들어요. 당신이 남편을 따라 미국으로 줄행랑을 치지 않았으면 좋겠소. 그리고 당신이 능력을 최대한 발휘하도록 내가 지닌 역량을 총동원할 생각이오. 어때요, 할 수 있겠소?"

"모르겠어요."

"나도 몰라요. 하지만 이 점만은 잊지 마요, 오드라. 만약 당신이 흔들림 없이 맡은 역할을 충실하게 해낸다면 한동안, 아니 촬영이 끝날 때까지 별다른 문제없이 넘어갈 수 있을 거요. 하지만 당신도 여기를 떠난다면 나 혼자서는 사태를 수습할 수 없소. 그래도 당신이 떠난다면 나야 망신을 톡톡히 당하겠지만 천성적으로 남에게 보복하는 일엔 관심이 없는 성격이라, 앞으로 영화판에서 당신의 얼굴을 두 번 다시 보지 않겠다는 식의 말은 하지 않겠소. 하지만 이 바닥에서 당신에 대한 평가도 달라질 테고, 그대가는 당신 스스로 감당해야 할 거요. 이거 원, 삼촌처럼 말을 하고 있군. 혹시 내 말투가 거슬리나요?"

"아니에요." 그녀는 초조했다. 솔직히 그런 문제에 신경 쓸 겨를이 없었다. 그녀의 머릿속은 온통 빌 생각뿐이었다. 프레디는 좋은 사람이지만 그녀를 이해하지 못했다. 특히 마지막 말만 보아도 그는 결국 자신의 영화에만 관심 있을 뿐이었다. 그는 빌의 눈빛이 어떠했는지⋯⋯, 그가 어떻게 말을 더듬었는지 알지 못했다.

"좋아요. 헤어에 함께 가서 기분 전환이나 합시다. 우리 둘 다 술 한잔이 필요한 것 같소." 프레디가 자리에서 일어서며 말했다.

그녀는 고개를 흔들었다. "술은 다음 기회에 해도 늦지 않을 것 같군요. 지금은 숙소에 가서 생각을 정리하고 싶어요."

"택시를 불러 주겠소."

"아니에요, 기차를 타겠어요."

그는 전화기를 집어 들다가 그녀를 빤히 바라보았다. "결국 빌을 따라갈 생각이군요. 오드라, 돌이킬 수 없는 실수가 될 거라고 이미 말했소. 아마 빌의 모자 속에 벌이 윙윙거릴지는 몰라도 그 밖에는 별다른 문제가 없을지 모르오. 모자를 털어 벌을 쫓아낸 후 다시 돌아올 거요. 만약 빌이 당신과 함께 가고 싶었다면 그렇다고 말했을 테니까."

"아직 결정한 건 아무것도 없어요." 하지만 그녀는 이미 모든 걸 결정한 상태였다. 그날 아침 스튜디오로 오기 전부터 이미 결정이 나 있었다.

"오드라, 잘 생각해요. 나중에 후회할 일은 하지 마시오."

그 순간 오드라는 프레디에게서 인간적인 부담감을 느꼈고, 이쯤에서 마음을 바꿔 맡은 역할에 충실하면서 빌이 돌아오기만을 기다리겠노라 약속해야 할 것 같았다. 그래서 빌이 돌아온 후에도 또다시 그 과거의 블랙홀 속으로 불쑥 빠져 들어갈 때까지 기다리고만 있겠노라고.

그녀는 프레디의 뺨에 가볍게 입을 맞추었다. "나중에 봬요, 프레디."

그녀는 숙소로 돌아와 브리티시 항공사에 전화를 걸었다. 데리라는 메인 주의 작은 도시로 가는 비행기 편이 있는지 물었다. 얼마 동안 침묵을 대신해 컴퓨터 자판 소리만 들려왔다. 그리고 천사의 목소리처럼 BA 23편이 뱅고어를 경유하며, 뱅고어에서 데리까지는 80킬로미터도 안 된다는 음성이 들려왔다.

"부인, 비행기를 예약해 드릴까요?"

오드라는 두 눈을 질끈 감았고, 그 순간 우락부락하고 정직한 프레디의 얼굴이 나타나 이렇게 말했다. '오드라, 잘 생각해요. 나중에 후회할 일은 하지 마시오.'

프레디는 그녀가 가는 걸 원치 않았다. 빌도 원하지 않았다. 하지만 그녀의 심장만은 그녀가 가야 한다고 울부짖고 있으니 어찌된 일인가? '젠장, 이젠 끝장인 것 같아…….'

"부인? 제가 하는 말 듣고 계신가요?"

"예약해 주세요." 오드라는 말해 놓고 약간 멈칫했다. '오드라, 잘 생각해요…….' 자고 싶었다. 그녀 자신과 광기의 거리를 조금은 넓혀 놓고 싶었다. 그녀는 지갑을 뒤져 아메리칸 익스프레스 카드를 꺼내 들었다. "내일. 자리가 있다면 일등석, 하지만 좌석은 상관없어요."

'그래, 생각이 바뀌면 취소하면 돼. 그렇게 될지도 몰라. 일단 한숨 자고 일어나면 맑은 정신으로 판단할 수 있을 테니까.'

그러나 다음 날 아침에도 정신은 맑아지지 않았고, 여전히 어서 떠나야 한다는 심장의 울부짖음만 들려왔다. 잠을 잤지만 그 안은 악몽으로 그려진 광기의 벽화 같았다. 그녀는 내키지 않았지만 심적인 부담 때문에 프레디에게 전화했다. 자세한 얘기를 하진 않았지만 그녀는 지금 이 순간 빌에게 자신이 꼭 필요할지 모른다는 심정을 암시적으로 전달하고 싶었다. 찰칵, 전화가 끊어지는 부드러운 단절음이 프레디가 전달한 반응의 전부였다. 전화 받을 때 "안녕하시오."라고 한 인사말 외에 프레디는 전화를 끊을 때까지 한마디도 하지 않았다.

하지만 몇 마디 말보다 찰칵 하는 소리 하나로 프레디의 심중은 분명히 전달된 셈이었다.

비행기는 동부 서머 타임 7시 9분에 뱅고어에 착륙했다. 뱅고어에서 내린 승객은 오드라 한 사람뿐이었고, 다른 승객들은 호기심 어린 시선으로 골프도 치지 못할 만큼 작은 촌구석에 내리는 오드라를 힐끔거렸다. 오드라는 그들 시선에 대고 이렇게 말하고 싶었다. '남편을 찾느라고요. 이곳에서 멀지 않은 작은 마을에 갔거든요. 어렸을 때 친구한테서 전화를 받고, 남편 자신도 기억하지 못하는 약속을 지키기 위해서 말입니다. 그 전화를 받고서야 20년도 넘게 죽은 동생 생각을 까맣게 잊고 지낸 걸 깨달았대요. 아, 참, 말도 다시 더듬게 되었고……, 손바닥에 우스꽝스러운 흉터도 다시 생겼답니다.' 그랬다가는 승강용 통로에 서 있는 사무원이 호각을 불어 구급 요원들을 불렀을 것이다.

그녀는 (쓸쓸히 수화물 컨베이어에 실려 다가오는) 단출한 가방 하나를 집어 들고, 톰 로건이 한 시간 뒤에 들어서게 될 렌터카 사무실을 찾았다. 하지만 톰보다는 그녀가 운이 좋았다. 닷선 승용차 한 대가 남아 있었으니까.

오드라는 여직원이 건넨 서류에 서명했다.

"그분 맞죠? 사인 좀 받을 수 있을까요?" 여직원은 쑥스러운 기색으로 말했다.

오드라는 사무실에 비치된 서류 뒷면에다 사인해 주며 생각했다. '사인을 받고 얼마 동안 좋아할지 모르겠군요, 아가씨. 프레디 파이어스톤의 말이 맞는다면 아마 지금부터 5년 동안은 낙서만도 못한 대접을 받을 테니까요.'

15분쯤 뒤에 메인 주를 달리는 사이, 그녀는 다시 미국인이 된 듯한 기분에 약간 유쾌해졌다.

그녀는 지도도 얻었고, 연예인에 목맨 여자인지는 알 수 없지만 아무튼 그 여직원은 데리로 가는 지름길까지 상세히 알려 주었다.

10분 뒤, 그녀는 운전하면서 교차로를 지날 때마다 만약 길을 잃어도 무조건 좌회전만 하면 아스팔트 도로에서 벗어나진 않는다는 점을 마음에 되새겼다.

그리고 시간이 지날수록, 평생 그때처럼 두려운 적이 처음이라는 사실을 새삼 깨달았다.

운명의 장난인지, 우연의 일치인지는 몰라도(사실 데리에서는 이런 일이 더 빈번하게 벌어지지만) 톰은 아우터 잭슨 가의 코알라 모텔에 묵었고 오드라는 홀리데이 모텔에 여장을 풀었다. 두 모텔은 나란히 붙어 있고 야트막한 콘크리트 보도를 경계로 주차장이 분리돼 있었다. 더욱이 오드라가 빌린 닷선과 톰이 구입한 왜건은 보도를 사이에 두고 코를 맞댄 채 세워져 있었다. 그들은 모두 잠들었고, 오드라는 옆으로 누워 조용하게, 톰은 똑바로 누워 부어터진 입술을 떨며 코까지 골았다.

　헨리는 그날 9번 국도 주변에 숨어 있었다. 간간이 눈도 붙였다. 이따금씩 잠에서 깨어 사냥개처럼 경찰이 들쑤시고 다니지는 않는지 망도 보았다. 왕따 클럽이 한자리에 모여 점심을 먹는 동안, 헨리는 달에서 흘러나온 목소리들을 들었다.

　그리고 어둠이 깔리자 그는 도로로 나가 엄지손가락을 치켜세웠다.

　잠시 후 어느 얼간이가 다가와 차 문을 열어 주었다.

IT

데리: 세 번째 삽화

길 위에 날아든 한 마리 새
내가 보는 줄도 모르고
지렁이를 쪼아
그대로 삼키는구나.

— 에밀리 디킨슨, 「길 위에 날아든 새」—

1985년 3월 17일

블랙 스폿 화재는 1930년 늦가을에 발생했다. 아버지가 가까스로 빠져나온 그 화재를 기점으로 1929년에서 1930년 사이에 벌어진 일련의 살인과 실종 사건이 끝났다는 것이 내 생각이다. 25년 전에 발생한 철공소 폭발 사고가 한 주기를 마감했듯이 말이다. 이 도시에 작용하는 어떤 가공할 만한 무서운 힘을 잠재우기 위해서는 한 주기의 마지막에 엄청난 희생이 필요한지도 모른다. 그것을 사반세기가량 잠재우기 위해서.

한 주기를 마감하기 위해 그러한 희생이 필요하다면 매 주기가 시작될 때에도 비슷한 사건이 필요할지 모른다.

그런 이유로 나는 브래들리 갱단 사건에 주목했다.

그들이 처형된 곳은 커넬 가와 메인 가, 캔자스 가가 만나는 삼거리(빌과 리처드가 1958년 6월에 움직였다고 말하는 사진 속의 장소에서 멀지 않은 곳)였고, 시기적으로는 1929년 10월이므로 블랙 스폿 화재보다 13개월가량 앞선 셈이다. 그리고 처형이 있은 지 얼마 지나지 않아 대공황이 발생했다.

블랙 스폿 화재의 경우처럼, 데리 시민들의 대다수는 그날의 일까지 기억 속에서 지워 버린 모양이었다. 아니면 그날따라 모두 마을을 벗어나 친척집이라도 방문했는지 모를 일이다. 그도 아니면, 모두 낮잠을 자고 있어서 밤에 라디오에서 뉴스를 듣기 전까지는 아무것도 모르고 있었을 수도 있고. 그마저 아니라면 사람을 면전에 두고 새빨간 거짓말을 한다고 생각할 수밖에.

당일 근무 일지를 보면 설리번 보안관은 마을에 없었던 것으로 되어 있지만(알로이시오 넬은 뱅고어에 위치한 폴슨 양로원의 테라스 의자에 앉아 내게 이렇게 말했다. "분명하게 기억해. 설리번은 그날 비번이라 웨스턴 메인에 새 사냥을 갔네. 그가 돌아왔을 때 그들은 이미 시트에 덮여 옮겨진 후였지. 설리번이 비 맞은 암탉처럼 길길이 날뛰던 모습이라니, 허허."), 깡패들에 관한 참고 서적인『혈서와 악인들』에 나오는 시체 안치소 사진을 보면 총알받이가 되어 너덜너덜해진 알 브래들리의 시체 곁에 서서 웃고 있는 사람이 있는데, 그 사람이 설리번 보안관이 아니라면 그의 쌍둥이 형제란 말인가.

나는 킨 씨로부터 마침내 가장 믿을 만한 사건의 전모를 들을 수 있었다. 노버트 킨. 그는 1925년에서 1975년까지 센터 가 약국을 운영한 인물이었다. 그는 내게 기꺼이 이야기를 꺼냈지만 베티 립슨의 아버지와 마찬가지로 이야기를 시작하기 전에 먼저 녹음기를 끄라고 했다. 그러나 지금까지도 그의 가녀린 목소리가 귓전에 울리는 듯하다. 저주받은 마을 합창단의 아카펠라 가수 같은 음성.

"말 못 할 것도 없지." 하고 그는 말을 시작했다. "사건을 글로 남길 사람도 없겠지만 설사 그렇게 해도 누가 그 이야길 믿겠는가." 그는 구식 약제 단지를 내밀었다. "감초 사탕 하나 먹겠나? 내 기억에 자네는 붉은색에 편견이 있었던 것 같은데, 마이클."

나는 사탕 하나를 집어 들었다. "설리번 보안관도 그때 거기에 있었나요?"

킨 씨는 웃으며 자신도 감초 사탕을 하나 집었다. "자네는 그게 궁금한 게로군, 그렇지?"

"네, 궁금합니다."

나는 붉은색 감초 사탕을 씹으며 고개를 끄덕였다. 감초 사탕은 어릴 때 이후로 처음 먹는 것이었다. 그 시절엔 계산대 너머로 지금보다 훨씬 젊고 활기 있는 킨 씨에게 돈을 건네곤 했는데 말이다. 예전이나 지금이나 그 맛만은 변함없었다.

"자네는 너무 어려서 기억하지 못하겠지만 1951년 플레이오프 경기에서 자이언츠의 보비 톰슨이 홈런을 쳤네." 킨 씨는 말을 이었다. "자네는 그때 고작 네 살이었지. 그래! 사람들은 몇 년이 지나 그 시합에 대한 기사를 썼고 거의 100만이나 되는 뉴욕 시민들이 그날 경기장에 갔다고 주장했지." 킨 씨가 감초 사탕을 질경질경 씹자 입가에서 시커먼 액이 흘러나왔다. 그는 신경질적으로 입가를 훔쳤다. 우리는 약국 안쪽의 사무실에 앉아 있었고 여든다섯 살인 킨 씨는 이미 10년 전에 은퇴했지만 손자를 위해 아직 장부를 써 오고 있었다.

"브래들리 갱단의 경우와는 정반대의 상황이지!" 그는 갑작스레 큰 소리로 말했다. 그는 웃고 있었지만 썩 유쾌해 보이지 않았다. 냉소적이고 차갑게 과거를 회상하는 사람의 얼굴이었다. "그 당시 데리 시의 인구는 2만 명 정도 되었지. 메인 가와 커넬 가는 벌써 4년 전에 포장된 상태였지만 캔자스 가는 여전히 길이 험했어. 여름에 날린 먼지들이 3월과 11월이 되면 흙탕물로 고이기 일쑤였으니까. 매년 6월이면 주민들이 업마일 언덕에 기름칠을 하고 7월 4일^{미국 독립 기념일}이면 시장이 캔자스 가를 포장하겠다고 열변을 토했지만 결국 1942년이 되어서야 포장이 되었지. 그런데……, 내가 무슨 얘기를 하고 있었더라?"

"당시 도시의 인구가 2만 명이었다는 말씀이오."

"아, 그래. 그런데, 그 2만 명이나 되는 사람들이 그때 이후로 절반이나, 아니 그보다 더 많이 죽어 버렸네. 50년이란 긴 세월이긴 하지. 게다가 이곳 데리에서는 사람들이 젊은 나이에 이상하게 죽어 버려. 아마 공기 탓일 게야. 그나마 남아 있는 사람들 중에서도 브래들리 갱단 녀석들이 황천길에 오르던 날 마을에 있었다고 하는 사람은 열 명 남짓이 고작일걸세. 저기 정육점의 버치 로덴이라면 순순히 실토할걸. 가게 벽에 보면 브래들리 갱단이 타고 있던 자동차 사진이 걸려 있거든. 자동차는 형체를 알아볼수 없이 망가진 상태지. 샤롯 리틀필드도 기분이 좋을 때 찾아가면 한두 가지 정도는 알려 줄 걸세. 그녀는 고등학교에서 학생들을 가르치는데, 당시에 열 살이나 열두 살 정도였을 테니까 꽤 많은 것을 기억하고 있을 거야. 칼스노……, 오브리 스테이시……, 에븐 스템넬……, 그리고 우스꽝스러운 그림 나부랭이를 그리는 노인네, 밤새도록 윌리 별천지에서 술을 퍼마시는 노인네 말일세, 이름이 픽맨이라든가. 아무튼 모두 거기에 있었지……."

그는 말꼬리를 흐리며 손에 든 감초 사탕을 바라보았다. 나는 이야기를 재촉하려다 그만두었다.

이윽고 그가 다시 입을 열었다. "그 밖에 사람들은 모두 거짓말을 할 걸세. 내 말은 사람들이 보비 톰슨이 홈런을 치던 날 경기장에 있었다고 거짓말을 하는 것과 마찬가지일 거라는 말이야. 단지 경기장에 있었다고 거짓말을 하는 건 자신들이 그곳에 있었기를 간절히 바라는 마음에서이고, 데리에 관한 건 그 반대의 경우라는 게 다를 뿐이지. 자네, 무슨 말인지 이해하지?"

나는 고개를 끄덕였다.

"나머지 얘기도 꼭 듣고 싶겠지?" 킨 씨가 내게 물었다. "몸을 너무 꼿꼿이하고 있는 거 아닌가, 마이클?"

"아뇨, 이게 편합니다. 늘 이런 자세인걸요."

"좋아." 킨 씨는 온화하게 말했다. 오늘은 유난히 과거의 기억들이 되살아났다. 그가 구식 약제 단지 속에 든 감초 사탕을 건넸을 때, 나는 갑자기 어린 시절 부모님이 즐겨 들으시던 라디오 프로그램이 생각났다. 킨 씨는 고인들을 떠올리는 안내자였다.

"설리번도 그날 그곳에 있었지, 분명해. 새 사냥을 가려 했지만 랄 매켄이 들어와 오후에 알 브래들리 일당을 기다릴 거라고 하자 금세 마음을 바꾼 거지."

"매켄 씨는 그 사실을 어떻게 알았죠?"

"흠, 그 자체가 하나의 교훈이지." 킨 씨의 얼굴에 다시금 냉소적인 미소가 떠올랐다. "브래들리 일당은 연방 수사국 리스트에 올라 있는 일급 범죄자는 아니었지만, 어쨌든 1928년 이후로 검거 대상이었지. 일종의 본보기를 보여 주기 위한 대상이라고 해야 할까. 알 브래들리와 그의 형 조지는 미드웨스트에 있는 은행 일곱 군데를 털고 돈을 요구하기 위해 은행장을 납치했지. 그들은 요구한 대로 당시에는 거금인 3만 달러를 받았어. 그런데 놈들은 돈을 받고도 은행장을 죽인 거야.

그 당시 미드웨스트는 갱들에게 인기를 끌기 시작했어. 그래서 알과 조지 패거리들이 요란한 자동차를 몰고 여기를 지나 북동쪽으로 향했지. 그러고는 뉴포트의 한 마을에서 큰 농장을 하나 빌렸어. 그러니까 지금의 룰린 농장에서 그리 멀지 않은 곳이지.

그러니까 1929년 7월이나 8월, 아니면 9월 초 즈음, 몹시 무더운 시기였어⋯⋯. 언제인지는 정확하지 않아. 일당은 여덟 명이었지. 알 브래들리, 조지 브래들리, 조 컨클린과 그의 동생인 칼, 아서 말로이라는 아일랜드 놈, 근시인데도 꼭 필요한 경우가 아니면 안경을 쓰지 않아 '굼벵이' 말로이라고 불렸지. 또 패트릭 코디라고 시카고 출신의 젊은 녀석은 진짜 미친놈이었지만 얼굴만은 아도니스그리스 신화에 나오는 미소년만큼 잘생겼어. 그리고 여자 두 명이 더 있었네. 키티 도나휴는 조지 브래들리의 마누라나 다름없었고 마리 하우저는 코디의 여자였는데 나중에 들은 바에 따르면 가끔 다른 놈들과도 관계를 맺었다더군.

그들에게는 한 가지 찜찜한 점이 있었어. 안전한 인디애나 주에서 너무 멀리 떨어져 있다는 거였지.

그들은 한동안 쥐 죽은 듯이 보냈어. 그런데 얼마 후 갑갑증이 도지자 사냥을 가기로 한 거야. 탄약은 충분했지만 무기가 좀 부족했지. 그래서 10월 7일에 차 두 대에 나누어 타고 데리에 온 거야. 패트릭 코디는 여자들을 데리고 쇼핑을 가고 나머지 녀석들이 매켄이 운영하는 스포츠 용품점에 들렀다네. 키티 도나휴는 프리즈 백화점에서 드레스를 하나 샀지만 이틀 후에 그 옷을 입고 죽었지.

랄 매켄은 혼자서 그들을 맞았어. 그 사람은 1959년에 죽었어. 엄청나게 뚱뚱한 사람이었지. 늘 뚱뚱했으니까. 그래도 눈은 좋아서 알 브래들리가 가게 안으로 들어오는 순간 누구인지 알아챘다고 하더군. 그리고 나머지도 어느 정도 파악이 되었지만 말로이만은 그가 유리 진열대 안에 있는 칼들을 살펴보기 위해 안경을 걸쳤을 때에야 비로소 알아보았다고 했네.

알 브래들리가 그에게 다가와 이렇게 말했다지. '무기를 좀 사고 싶소.'

랄 매켄이 말했네. '자자, 바로 잘 찾아오셨습니다.'

브래들리가 종이를 건넸고 랄은 받아서 읽어 보았지. 어쨌든 내가 알기로 그 종이는 사라지고 없지만 랄은 그 종이를 보았다면 심장이 얼어붙었을 거라고 했다네. 지금은 단종된 38구경 500자루, 50구경 60자루와 짐승이나 새 모두를 잡을 수 있는 엽총 탄알, 그리고 22구경 권총과 장총을 각각 1,000자루씩 원했지. 게다가 45구경 기관총 탄알을 16,000개나."

"맙소사, 말도 안 돼요!" 내가 말했다.

킨 씨는 냉소적인 미소를 머금은 후, 내게 감초 사탕을 권했다. 나는 처음에는 고개를 젓다가 맘을 바꿔 하나 꺼내 들었다.

"'여기 씌어진 게 진짜 구입 목록인가요?' 랄이 물었네.

'이것 봐, 알.' 굼벵이 말로이가 말했지. '이런 촌구석에서는 물건을 구할 수 없을 거라고 했잖아. 뱅고어로 가자고. 거기서도 힘들지 모르지만 일단 가 보자고.'

'아, 잠깐만.' 랄이 아주 침착하게 입을 열었지. '이거야말로 끝내 주는 주문인데 뱅고어에 있는 유대인 녀석에게 빼앗길 수야 없죠. 22구경은 지금 당장 드릴 수 있습니다. 그리고 엽총 탄알은 절반, 38구경과 45구경도 100자루씩은 드릴 수 있어요. 나머지도 구할 수 있을 겁니다……' 여기서 랄은 반쯤 눈을 감고 손가락으로 턱을 톡톡 두들기며 뭔가를 계산하듯 했겠지. '어때요?' 하고.

브래들리는 뒤통수가 쪼개지는 듯한 미소를 띠더니 아주 좋다고 했네. 칼 컨클린은 여전히 뱅고어에 가는 게 낫다고 했지만 받아들여지지 않았지. '물건을 제대로 구하지 못할 것 같으면 지금 당장 이야기하는 게 좋을 거요.' 알 브래들리가 랄에게 말했지. '난 아주 착한 놈이지만 한번 꼭지가 돌면 나랑 상대하고 싶지 않을걸. 할 수 있겠소?'

'있습죠. 원하는 무기를 모두 구해 놓겠습니다. 성함이?' 랄이 말했네.

'레이더.' 브래들리가 말했네. '리처드 D. 레이더요. 철자는 알아서 쓰쇼.'

알이 손을 내밀자 랄은 내내 싱글거리며 그의 손을 잡고 씩씩하게 흔들었지. '정말 고맙습니다, 레이더 씨.'

그러고 나서 브래들리는 자신과 친구들이 몇 시쯤 들러 물건을 가져가면 좋겠냐고 물었고 랄 매켄은 곧바로 오후 2시경이 어떠냐고 제안했지. 그들은 좋다고 했어. 그리고 밖으로 나갔네. 랄은 그들이 나가는 모습을 지켜보았지. 랄은 코디도 알아볼 수 있었어."

킨 씨는 눈을 빛내며 나를 바라보았다. "그러고 나서 랄이 어떻게 했을 것 같은가? 경찰에 신고했을까?"

"아닐 것 같은데요." 내가 대답했다. "그 다음에 일어난 일을 보면……, 저라면 전화기로 달려가다 다리가 부러졌을 테지만요."

"그래, 자네라면 그랬을 수도 있지. 아닐 수도 있고." 킨 씨는 눈을 반짝이며 예의 냉소적인 웃음을 띠었다. 나는 그의 말에 소름이 돋았다. 그의 말이 무슨 뜻인지 알았고……, 킨 씨도 내가 알아들었다고 생각했을 것이다. 일단 무거운 물체가 구르기 시작하면 멈출 수 없다. 넓은 평지에 다다라 구르려는 관성이 모두 소멸될 때까지는. 구르는 물체 앞에 서 있어 봤자 깔릴 뿐……, 그것을 멈출 수는 없다.

"그랬을 수도 있고 아닐 수도 있지." 킨 씨는 다시 한번 되풀이했다. "어쨌든 매켄이 한 행동에 관해서는 말해 줄 수 있어. 그날과 그 다음 날 내내 가게에 아는 사람들이 오면 뉴포트와 데리 경계선 부근의 숲에서 누가 사슴 사냥을 하고 있는지 알고 있다며 떠벌렸고 그들이 어떤 일을 벌일지에 대해선 누구도 장담할 수 없다고 한 거야. 그리고 그들이 바로 브래들리 일당이라고. 그들을 똑똑히 알아보았으므로 확실하다고 했어. 랄은 브래들리와 그의 일당들이 다음 날 2시께 나머지 물건을 찾으러 온다는 사실도 말했어. 그들에게 원하는 무기를 모두 구해 주겠다고 약속했는데, 그 약속을 꼭 지킬 생각이라고 했지."

"몇 명이나 됐죠?" 내가 물었다. 나는 그의 번쩍이는 눈 때문에 최면에라도 걸릴 듯한 기분이 들었다. 갑자기 뒷방에서 퀴퀴한 냄새가 풍겨 왔다. 기침 물약을 비롯한 여러 가지 조제 약물과 분말 냄새였다. 갑자기 약물 냄새에 질식할 것 같았지만 죽기 전까지 숨을 참고 있는 수밖에 별다른 도리가 없었다.

"랄이 몇 명한테 말을 전했냐고?" 킨 씨가 물었다.

나는 고개를 끄덕였다.

"확실히는 모르네." 킨 씨가 말을 이었다. "거기 서서 일일이 보초를 선 건 아니니까. 아마 자신이 믿을 만한 사람들에게만 얘기했을 테지."

"믿을 만한 사람이라." 내가 되뇌었다. 목소리가 약간 쉬어 있었다.

킨 씨가 말했다. "그러니까, 자네도 알겠지만 데리에서 소문이란 게 얼마나 빨리 퍼지는가. 꼭 방정맞은 여자들 탓만 할 수 없다고." 킨 씨는 그렇게 말하며 껄껄 웃었다.

"나는 브래들리가 다녀간 다음 날 10시경에 랄의 가게에 갔지. 랄은 내게도 그 얘기를 하며 무슨 일로 왔냐고 묻더군. 나는 그저 지난번 맡긴 사진이 나왔나 알아보러 간 거였거든. 그 당시 매켄의 가게에서는 코닥 필름과 카메라를 취급했으니까. 난 사진을 받은 후 내게도 원체스터 소총에 쓸 탄약이 좀 필요하다고 했지.

'사냥하게?' 랄은 탄피를 건네며 묻더군.

'못된 버러지 몇 마리 좀 잡으려고.' 나의 말에 우리 둘은 낄낄거리며 웃었네."

이렇게 말하며 킨 씨는 그 말이 그의 생애 최고의 농담인 양 비쩍 마른 자신의 다리를 손으로 탁탁 치며 유쾌하게 웃었다. 그는 몸을 앞으로 숙이며 내 무릎까지 톡톡 두드렸다. "이보게, 그러니까 내 말은 소문이라는 건 필요한 만큼은 퍼지게 마련이라는 거야. 사람을 잘 골라 얘기를 전하면 저절로 퍼지게 되어 있지…… 무슨 말인지 알지? 감초 사탕 하나 더 먹겠나?"

나는 뻣뻣해진 손가락으로 감초 사탕을 하나 집었다.

"너무 많이 먹으면 살쪄." 킨 씨는 낄낄 웃으며 말했다. 그가 갑자기 늙어 보였다……. 몹시 야윈 콧등 위로 흘러내린 안경, 살집이라곤 전혀 찾아볼 수 없이 팽팽히 당겨져 주름조차 펼 여유가 없는 깡마른 얼굴.

"다음 날 나는 소총을 가지고 출근했지. 보브 테너가 나를 도와주고 있었는데, 그처럼 열심히 일하는 조수는 그 후 만나지 못했어. 그 친구는 아버지의 권총을 가지고 왔더군. 11시경에 그레고리 콜이 탄산 소다수를 사러 들렀을 때 어김없이 허리춤에 45구경 콜트 권총을 차고 있었네.

'그걸로 자네 쌍방울을 날리진 말게, 그레고리.' 내가 말했지.

'딱 한 자루 남은 이 총을 구하려고 밀포드에서 숲길을 걸어왔단 말이야.' 그레고리가 말했네. '해가 지기 전에 어떤 녀석의 쌍방울을 날려 버릴 것 같은 기분인걸.'

1시 30분경, 나는 가게 문에 '잠시 외출 중'이라는 팻말을 걸어 놓고 소총을 들고서 리처드 골목으로 통하는 뒷문을 나섰네. 내가 보브 테너에게 함께 가겠냐고 물었더니 그는 에머슨 부인의 처방 약을 마저 조제해야 하니 나중에 보자고 하더군. '한 놈이라도 살려 두십쇼, 킨 씨.' 그가 말했지. 어려울 것 같다는 말을 차마 할 수 없어 그러겠다고 했네.

커넬 가에는 행인도 차량도 거의 보이지 않았네. 이따금 배달 트럭이 지나가긴 했지만 그게 전부였어. 나는 자크 피네트가 길을 건너오는 것을 보았지. 그는 양손에 소총을 들고 있었네. 그는 엔디 크리스와 만나서 의자가 있는 곳으로 걸어갔지. 전쟁 기념관 자리에 있던 의자 말일세. 자네도 알다시피 지금 그 아래로 운하가 지나가고 있잖은가.

페티 바네스와 알로이시오 넬과 지미 고든은 법원 층계참에 앉아 있었지. 그들은 도시락 통에서 샌드위치와 과일을 꺼내 먹고 있었어. 서로 좋아 보이는 음식을 주거니 받거니 먹는 모습이 꼭 소풍 나온 아이들 같더군. 그들은 모두 무장하고 있었지. 지미 고든은 1차 세계 대전 때 쓰인 스프링필드를 들고 있었는데, 총이 사람보다 크더군.

나는 한 아이가 업마일 언덕 쪽으로 걸어가는 것을 보았지. 자크 덴브로라고, 자네 불알 친구 중에 작가가 되었다는 아이의 아버지였을 거야. 케니 볼튼이 신학교 도서관 창에서 말했지. '얘야, 여기서 빨리 나가는 게 좋을 거야, 총격전이 있을 거니까.' 자크는 그의 얼굴을 한번 보더니 미친 듯이 줄행랑을 치더군.

사방이 사내들로 가득했지. 무장한 사내들이 문 앞에 서 있거나 층계참에 앉아 있기도 하고 창 밖을 내다보고 있기도 했지. 그레고리 콜은 길 아래쪽 현관에 앉아 있었네. 그는 무릎에 45구경 총을 올려놓고, 옆에는 스물네 발 정도 되는 탄환들을 장난감 병정처럼 세워 놓았더군. 브루스 재거메이어와 스웨덴 인 올라프 세라메니우스는 그늘에 서 있었지."

킨 씨의 눈은 나를 향하고 있었지만 전혀 다른 곳을 바라보는 눈빛이었다. 눈에서는 이전의 총기가 사라지고 없었다. 추억에 잠겨 몽롱해진 눈빛은 자신의 일생에서 가장 행복했던 시간을 기억하는 사람의 나른함을 담고 있었다. 최초로 홈런을 날렸을 때나 처음으로 간직할 만한 커다란 송어를 낚아 올렸던 때, 아니면 괜찮은 여자와의 첫 경험 같은 기억 말이다.

"나는 바람 소리를 기억하네." 그는 꿈꾸듯 얘기했다.

"바람 소리와 2시를 알리는 법원의 시계 소리를 들었지. 보브 테너가 내 뒤로 다가왔어. 난 신경을 곤두세우고 있던 터라 하마터면 그 사람 머리를 날려 버릴 뻔했지.

그는 내게 고개를 숙여 보이더니 건너편 베낙이 운영하는 옷가게 쪽으로 그림자를 드리우며 걸어갔네.

2시 10분이 되어도 아무 일이 없었어. 2시 15분, 20분이 되었지. 그쯤 되면 사람들이 자리를 털고 일어서 돌아갔을 거라고 생각하겠지, 그렇지 않나? 그런데 전혀 그렇지 않았어. 사람들은 변함없이 자신의 자리를 지키고 있었지. 왜냐……."

"그들이 올 거라고 확신했기 때문이죠, 아닌가요?" 내가 물었다. "조금도 의심하지 않으셨던 거죠."

그는 마치 선생님이 학생들의 대답에 기뻐하듯 눈을 반짝이며 나를 바라보았다. "바로 그거야! 우리는 알고 있었어. 굳이 말할 필요도 없었지. 이런 말도 할 필요가 없었어. '자 이제, 20분까지 기다려 봅시다. 그래도 나타나지 않으면 일하러 돌아가야지.' 그저 아무 일도 일어나지 않고 조용히 시간이 흘렀지. 그리고 25분경에 그 두 대의 자동차가, 붉은색과 군청색 차가 업마일 언덕을 내려와서 교차로에 들어섰지. 컨클린 형제와 패트릭 코디, 마리 하우저가 한 팀이었고, 브래들리 형제와 말로이, 키티 도나휴가 또 한 팀으로 다른 차에 타고 있었지.

그들은 교차로를 아무 일 없이 지나치다가, 알 브래들리가 갑자기 브레이크를 밟는 바람에 코디의 차와 부딪칠 뻔했지. 거리가 너무 조용하다는 걸 브래들리가 알아챈 거지. 그 녀석은 짐승만도 못한 놈이지만 4년 동안 옥수수 밭의 족제비처럼 쫓기다 보니 동물적인 육감이 발달한 거야.

그는 차 문을 열고 문 아래의 발판 위에 잠시 동안 서 있더군. 주위를 둘러보더니 코디를 향해 손으로 '후진' 신호를 보내는 거야. 코디가 '뭐야, 대장?' 하는 소리를 난 분명히 들었어. 그리고 그 말이 그날, 내가 그들로부터 들은 유일한 말이었어. 그때 햇빛이 반사되어 한 번 번쩍거렸어. 그것도 기억나. 화장용 콤팩트의 거울이 반사한 거였지. 하우저라는 여자가 코에 분을 칠하고 있었던 거야.

그때 랄 매켄과 그의 조수, 비프 말로가 매켄의 가게 밖으로 뛰어나왔어. '손들어, 브래들리, 너는 포위됐다!' 랄이 소리쳤어. 브래들리가 돌아보기도 전에 랄의 총구가 불을 뿜었어. 처음에는 사정없이 여기저기 쏘아 대어 빗나가나 싶더니 브래들리의 어깨에 한 방 맞더군. 거기에서 시뻘건 피가 바로 솟구쳤어. 브래들리는 차 문을 잡고 다시 차에 몸을 실었지. 그가 차에 기어를 넣자 일제히 사격이 시작된 거야.

사오 분 정도 만에 모든 게 끝났지만 굉장히 긴 시간처럼 느껴졌지. 피터와 알, 지미 고든은 법정 계단에 앉아 컨클린 형제의 자동차를 향해 사정없이 사격을 가했지. 보브 테너가 한쪽 무릎을 꿇고 앉아 미친 사람처럼 낡은 소총의 방아쇠를 당기더군. 재거메이어와 세라메니우스는 극장 차양 아래서 브래들리의 자동차 오른편을 향해 총을 쏴 댔고, 그레고리 콜은 도로 가에 난 도랑에서 양손에 45구경 자동 소총의 방아쇠를 똥줄 빠지게 당겼어.

대략 쉰에서 예순 명 정도의 사내들이 동시에 사격을 가했을 거야. 일이 끝난 후 랄 매켄은 가게의 벽돌 벽에서 서른여섯 개나 되는 탄환을 빼냈다더군. 사흘 후에 기념으로 간직하겠다며 마을 사람들이 한꺼번에 들이닥쳐 하나씩 빼 갔지. 소총 사격으로 매켄의 가게 창문들은 모조리 박살나 버렸어.

브래들리가 차를 반쯤 돌렸고 천천히 돌린 것도 아니었지. 하지만 그땐 벌써 바퀴 네 개가 모두 구멍나 있었어. 양쪽 전조등은 박살났고 차창도 날아가 버렸지. 굼벵이 말로이와 조지 브래들리는 각각 뒷좌석 창문에서 권총을 쏘았어. 총알 하나가 말로이의 목 위를 뚫고 지나면서 목이 크게 찢겨 나가는 게 보였지. 그는 총을 두 방 더 쏘더니 창 밖으로 팔을 늘어뜨리며 쓰러졌네.

코디는 차를 돌려 브래들리의 차 뒤로 움직이려고 했어. 그런데 그게 오히려 그들이 완전히 옴짝달싹하지 못할 상황으로 만들어 버렸네. 코디의 차 앞 범퍼가 브래들리의 차 뒤 범퍼와 맞물려 움직일 공간이 없어졌으니까.

조 컨클린은 뒷좌석에서 나와 교차로 중앙에 엉거주춤 서더니 양손에 들고 있던 권총을 마구 쏘아 댔어. 제이크 피네트와 앤디 크리스를 향해 쏘는 거였어. 그 둘은 앉아 있던 벤치에서 굴러 내려와 잔디 위에 엎드렸고 앤디가 소리쳤어. '나 죽어! 나 죽어!' 계속 외쳤지만 정말로 죽는소리 같지는 않더군. 둘 다 말이야.

조 컨클린은 멀쩡한 상태에서 양손에 총을 들고 총알을 다 쏠 수 있었지. 외투는 뒤로 젖혀지고 바지는 마치 어디선가 보이지 않는 여자가 꿰매 버리기라도 한 것처럼 뒤틀려 있었어. 쓰고 있던 밀짚모자가 날아가 가르마가 보였네. 그는 겨드랑이에 총 하나를 낀 채 다른 총에 총알을 장전하다가 누군가 그의 다리를 거는 바람에 몸을 가누지 못하고 넘어지고 말았네. 케니 볼튼은 자신이 그런 거라고 우겼지만 누가 그랬는지 전혀 알 길이 없었지. 어느 누구라고 해도 말일세.

컨클린의 형 칼은 동생이 쓰러지자 밖으로 뛰어나왔어. 머리에 큰 구멍이 생긴 채 벽돌 더미처럼 무너지더군.

마리 하우저도 밖으로 나왔어. 그녀는 항복하려는 것 같기도 했지만 알 수야 없지. 그녀의 오른손에는 코에 바르던 콤팩트가 여전히 들려 있었어. 그 여자는 소리를 지르는 것 같았어. 총알이 마구잡이로 날아들었고 그녀의 손에 들려 있던 콤팩트가 날아가 버렸지. 그녀는 차 안으로 다시 들어가려 했지만, 그때 총알 하나가 그녀의 엉덩이에 맞았어. 어쨌든 가까스로 기어 차 안으로 들어갈 수는 있었네.

알 브래들리는 간신히 차를 다시 움직였어. 그렇게 4미터 남짓 끌고 가다가 그만 범퍼가 떨어져 나갔어.

사내들은 그곳에 집중적으로 사격을 가했지. 차창이 모조리 박살나고 깔창 하나가 길거리로 나뒹굴고 죽은 말로이의 시체가 차창 밖으로 늘어졌어. 브래들리 형제는 그때까지도 살아 있었지. 조지는 뒷좌석에서 총을 쏘고 있었고, 그 옆에는 그의 애인이 눈알이 하나 튀어나온 채 죽어 있었지.

알 브래들리는 큰 교차로로 향했어. 그러나 자동차가 그만 오르막에서 멈춰 버리고 말았어. 그는 운전대를 놓고 밖으로 나와 커넬 가를 향해 뛰었어. 곧 총탄 세례를 받고 말았지만.

패트릭 코디는 차 밖으로 나와 잠시 동안은 항복하려는 것 같더니 겨드랑이에서 38구경 권총을 꺼내 들었어. 그리고 세 번 정도 격렬하게 방아쇠를 당기다가 이내 가슴팍에서 불길이 솟구치며 셔츠가 뒤로 젖혀졌네. 차 옆으로 미끄러지다가 차 문 아래 발판에 걸터앉았더군. 그리고 총을 한 방 더 쏘았지. 내가 알기로는 그 총알이 우리편을 맞춘 유일한 거였네. 한 번 뭔가에 퉁겨진 총알이 그레고리 콜의 손등을 스치고 지나간 거야. 그레고리는 손등에 남은 흉터를 술만 마시면 뽐내곤 했어. 결국에는 누군가(아마도 알로이시오 넬이었을걸)의 손에 끌려가 브래들리 일당에 관한 이야기는 입밖에 내지 않는 게 좋을 거라는 핀잔을 들어야만 그쳤으니까.

하우저라는 여자가 차 밖으로 나왔을 때는 분명 항복하려는 것 같았네. 손을 들고 있었거든. 누구도 그 여자를 일부러 죽이려 했던 건 아닐 거야. 다만 그 여자가 한참 교전 중일 때 뛰어든 게 불운이었지.

조지 브래들리는 전쟁 기념관 옆의 벤치 있는 곳까지 뛰어갔지만 누군가 녀석의 뒤통수를 총으로 날려 버렸지. 그는 바지에 오줌을 지리며 쓰러져 죽었네."

나는 나도 모르게 단지에서 감초 사탕을 하나 꺼내 들었다.

"사람들은 그 후에도 1분 정도 두 대의 차에 총알 세례를 퍼부었고 점차 총소리가 잦아졌지." 킨 씨가 말을 이었다. "사내들의 피는 한번 끓어오르면 좀처럼 사그라지지 않는 법이거든. 나는 그제야 주위를 둘러보았고 법원 계단 참에서 넬과 다른 사내들 뒤에 설리번 보안관이 한바탕 총을 난사하는 모습을 봤지. 누군가 자네에게 설리번이 그날 그곳에 없었다고 하면, 노버트 킨이 똑똑히 증언해 주겠다고 하더라 으름장을 놓게.

총격이 끝났을 때 두 대의 자동차는 유리 파편 사이에 널브러진 고철 덩어리에 지나지 않았지. 사내들은 고철 덩어리를 향해 다가갔어. 아무도 입을 열지 않았네. 그저 바람 소리와 유리 밟는 발소리만 들릴 뿐이었어. 사진은 그때 찍은 거지. 사진이 찍히는 순간 이야기도 끝난 셈이야."

킨 씨는 의자를 흔들며 슬리퍼 차림으로 바닥을 두드렸다.

나는 《데리 뉴스》에는 그에 대해 전혀 언급이 없다'는 말밖에 달리 할 말이 없다. 그날 머리기사는 "연방 수사국, 브래들리 갱단과 치열한 교전 끝에 전원 사살"이었다. 또 그 밑에는 "주립 경찰이 지원하다"라는 내용도 있었다.

"물론 사실이 아니지." 킨 씨는 유쾌하게 웃었다. "난 그 신문사의 발행인인 맥 로린이 직접 조 콜린에게 두 차례 사격하는 모습을 목격했네."

"세상에." 내가 중얼거렸다.

"감초 사탕은 충분히 먹었나?"

"충분히요." 나는 입술을 핥았다. "어떻게 그런 일이……, 그렇게 큰 사건이……, 은폐될 수 있었나요?"

"은폐된 것이 결코 아니네." 그는 꾸밈없이 놀란 표정으로 나를 바라보았다. "어느 누구도 그 사건에 관해 이야기할 생각이 없었을 뿐이야. 그리고 사실, 누가 상관하겠나? 대통령과 영부인이 죽었다면 모를까. 언제 사람에게 덤벼들지 모르는 미친개들을 쏴 죽인 거나 별반 다를 게 없으니까."

"그렇지만 그 여자들은요?"

"창녀 둘이지." 그는 무심하게 내뱉었다. "게다가 사건은 데리에서 일어난 거야. 뉴욕이나 시카고가 아니라는 거지. 사건이 발생한 장소가 어딘가에 따라 뉴스 거리가 될 수도, 안 될 수도 있다는 말일세. 한 사람이 시골 마을에서 3,000명의 사람을 죽이는 것보다 로스앤젤레스에서 지진으로 열두 명이 죽은 것이 더 큰 뉴스 거리지."

'게다가 사건은 데리에서 일어났다.'

예전에도 그런 이야기를 들은 적이 있으며 추측컨대, 내가 그 문제를 제기하는 한 언제고 다시금……, 반복해서……, 들을 것이다. 사람들은 마치 정신적인 결함이 있는 사람에게 참을성 있게 일러주듯 반복해서 그 말을 되뇌곤 한다. 그들은 마치 내가 그들에게 걸어다닐 때 어떻게 땅에 붙어 있을 수 있냐고 물으면 중력 때문이라고 당연하게 말하듯 그렇게 말하는 것이다. 그것이 누구나 다 알고 있는 자연 법칙이라도 되듯이 말이다. 그리고 무엇보다 가장 심각한 것은 나 자신도 그 사실을 잘 이해하고 있다는 점이다.

나는 킨 씨에게 한 가지 물어볼 말이 있었다.

"사격이 시작된 후에 혹시 못 보던 사람은 있던가요?"

킨 씨가 곧바로 한 대답 때문에 나는 심장이 얼어붙었다. 아니, 적어도 그렇게 느껴졌다. "그 어릿광대 말인가? 그자에 대해서 자네가 어떻게 알았지?"

"아, 어디선가 들은 것 같아서요."

"나는 그저 슬쩍 봤을 뿐이지. 일단 한 가지 일에 열이 오르면 그 일에만 몰두하거든. 딱 한 번 주위를 둘러보았을 때, 그자가 길 위쪽 스웨덴인들 맞은편에 서 있는 걸 보았지." 킨 씨가 말을 이었다. "광대 복장이나, 뭐 그런 비슷한 차림을 하고 있진 않았네. 농부들이 입는 작업복과 면 셔츠를 입고 있었지. 그런데 얼굴에는 분명 광대들이 칠하는 흰색 유성 물감을 칠하고 입가에 붉은색으로 특유의 웃는 입 모양이 그려져 있었어. 그리고 머리에는 광대들의 더벅머리 가발을 쓰고 있었네. 적황색이고 좀 우스꽝스러운.

랄 매켄은 그런 사람을 본 적이 없다고 하는데 비프는 봤다더군. 그런데 비프가 좀 착각한 것이, 아파트의 어느 창문에서 보았다는 거야. 왼편의 어딘가 창문이라고 했지만, 나중에 진주만에서 죽은 지미 고든에게 물었더니 그 사람은 전쟁 기념관 뒤에 서 있는 걸 보았다고 하더군." 킨 씨는 약간 웃는 얼굴로 고개를 저었다. "그런 상황에서 사람들이 어떤 일을 경험하는가 하는 것도 재미나지만 그 후에 그것을 어떻게 기억하는지는 더 우습지. 저마다 하는 얘기가 다르고 어느 누구의 이야기도 같은 게 없으니 말일세. 광대, 그자가 가지고 있었다는 총만 해도 그렇지."

"총이오? 그 사람도 총을 쏘았나요?" 내가 물었다.

"그래." 킨 씨가 말했다. "내가 그자를 언뜻 보았을 땐 윈체스터를 가지고 있는 것 같았어. 하지만 나중에 알고 보니 내가 가진 총이 그거라서 그렇게 생각했나 봐. 비프 말로는 그자가 레밍턴을 가지고 있었던 것으로 기억하는데, 그게 바로 자신이 지닌 총과 같은 거라네. 지미에게도 같은 질문을 했더니 지미도 그자가 자신의 것과 같은 구식 스프링필드를 쏘았다는 거야. 우습지 않은가, 그렇지?"

"재밌네요." 나는 가까스로 입을 열었다. "킨 아저씨……, 아저씨들은 도대체 그 어릿광대가 그것도 농부의 작업복을 입고서 왜 거기에 있었는지 이상하게 생각하지 않으셨나요?"

"물론 그랬지." 킨 씨가 말했다. "별로 문제될 건 없었지만 그래도 이상하게 생각하긴 했지. 우리는 그자가 그 축제에 참가하고는 싶지만 얼굴이 알려지고 싶지 않은 위인일 거라고 생각했지. 시의원 같은 사람 말일세. 홀스트 뮬러나 당시 시장이었던 트레이스 노글러일 수도 있지. 그도 아니면 얼굴이 알려지기 싫은 전문직 종사자였을 수도 있고. 의사나 변호사 같은 사람 말이야. 그런 분장이라면 우리 아버지라도 알아보지 못할 테니까."

그는 슬며시 웃음을 지었고, 나는 그에게 뭐가 우습냐고 물었다.

"진짜 어릿광대였을 수도 있네." 그가 말했다. "옛날 이삼십년대에는 에스티의 시골장이 지금보다 훨씬 빨리 섰고, 브래들리 갱단이 최후를 맡던 즈음은 장이 한창일 때였지. 시골장에는 어릿광대들이 있어. 그들 중 하나가 우리들만의 작은 카니발을 알아채고 축제에 참가하러 내려왔을 수도 있어."

그는 나를 보며 메마른 웃음을 지었다.

"나도 들은 얘기이긴 한데, 자네에게 한 가지 더 얘기해 줌세. 자네가 너무 진지하게 들으니까 하는 얘긴데 일이 있은 지 16년이 지난 어느 날, 비프 말로가 뱅고어에 있는 파일롯 가게에서 맥주를 한잔하며 해 준 걸세. 분명 맨 정신이었지. 그 어릿광대는 창밖으로 몸을 내밀고 있었대. 비프는 그자가 창 밖으로 떨어지지 않는 게 신기할 정도였다고 하더군. 머리와 어깨만이 아니라 팔도 완전히 밖으로 나와 있었다고 했어. 무릎을 꿇은 채 몸을 밖으로 내밀고, 그러니까 공중에 뜬 채 얼굴에는 예의 시뻘겋게 커다란 웃음을 지으며 브래들리 일당의 차에 총을 쏘고 있었다는 거야. '그자는 핼러윈의 호박등처럼 기분 나쁜 수작을 부리는 것 같았어.'라고 비프가 그 모습을 설명하더군."

"공중에 떠 있었다고요?" 내가 말했다.

"그래." 킨 씨가 수긍했다. "비프는 이상한 점이 또 있다고 했어. 그 후로도 몇 주 동안 그를 괴롭힌 뭔가가 있었다는 거야. 뭔가 입속에서 맴돌기만 할 뿐 좀처럼 떠오르지 않는. 얼굴에 모기가 내려앉았을 때, 아니면 콧속에 재채기가 날 듯 말 듯할 때의 근질거림 같은 불쾌함이라고나 할까. 어느 날 밤, 그 사람은 잠에서 깨어 오줌을 누다 불현듯 그 정체를 깨달았다더군. 변기에 서서 아무 생각 없이 오줌 줄기를 뿌리다가. 사격이 시작된 시각이 오후 2시 25분이었고 분명 해가 떠 있었는데, 광대에겐 그림자가 없었다는 사실 말이지. 그림자가 전혀 없었다 이 말이야."

IT

제4부 1958년 7월

나를 감싸고 불을 기다리는, 그대 나른함이여,
나는 그대의 아름다움에,
그대의 아름다움에 갈 곳을 잃었네.

— 윌리엄 칼로스 윌리엄스, 「패터슨」—

. . . .

내가 태어나던 날
의사는 내 볼기짝을 때리며 말했지.

"큰일 하겠구나. 귀여운 아가."

— 시드니 사이먼, 「마이 툿 툿」—

돌싸움 대격돌

빌이 먼저 와 있다. 그는 열람실 안의 등받이 의자에 앉아 책을 대출하는 마이클의 모습을 지켜보고 있다. 괴기스러운 표지의 책들을 한 아름 안은 노부인과 남북전쟁에 관한 두꺼운 역사서를 들고 있는 남자, 비닐 책표지 한 귀퉁이에 7일간이라는 대출 딱지가 붙은 소설책을 집어 든 깡마른 소년, 빌은 그 소설이 자신의 최신작이라는 사실에도 대수롭지 않게 바라보고 있다. 그는 더 이상 어떤 일에도 놀라지 않으며 신기한 것처럼 보이는 것도 결국 자신이 만들어 낸 한낱 꿈일 뿐이라고 믿는다.

한 어여쁜 소녀가 커다란 금제 안전핀으로 고정시킨 치마를 입고('세상에, 참으로 오랜만에 보는군. 복고풍이 부나?' 하고 빌은 생각한다) 복사기 앞에서 대출 창구 너머의 커다란 괘종시계를 바라본다. 도서관 특유의 조심스럽고 안정감 있는 음향들. 붉은색과 검은색이 어우러진 리놀륨 바닥에 발바닥과 발뒤꿈치가 끌리는 마찰음과 똑딱똑딱 정확하게 무의미한 매 초의 흐름을 알리는 시계 소리, 고양이의 울음을 떠오르게 하는 복사기의 웅웅거림 같은 음향들.

소년은 빌 덴브로의 소설을 들고 복사기 앞의 소녀에게 다가간다. 소녀는 복사를 마치고 다른 쪽을 야무지게 펼쳐 든 참이다.

"복사한 것은 책상 위에 두렴, 메리." 마이클이 말한다. "내가 치우마."

그녀는 감사의 미소를 짓는다. "고맙습니다, 핸론 선생님."

"잘 가라. 빌리도 잘 가라. 너희 둘 다 곧장 집으로 가야 한다."

"그렇지 않으면 부기맨이 잡아갈 테니……, 조심……해!" 빌리라는 말라깽이 소년은 노랫가락을 흥얼거리며 소녀의 가느다란 허리를 자연스럽게 감싸 안는다.

"글쎄, 너희들 같은 못난이들을 잡아가려는지는 모르지만 그래도 늘 조심해야지." 마이클이 말한다.

"그럴게요, 핸론 선생님." 메리는 진지하게 대답하며 소년의 어깨를 가볍게 툭툭 친다. "가자, 못난아." 그녀는 까르르 웃는다. 그 순간, 소녀는 모범생 같은 예쁘장한 고등학생의 모습에서 열한 살짜리 말괄량이 소녀, 비벌리 마시의 모습으로 변한다. 그들이 지나칠 때 빌은 소녀의 아름다움에 놀라고……, 거의 두려움마저 느낀다. 그는 소녀에게 다가가 누군가 말을 걸면 돌아보지 말라고 진심으로 일러주고 싶다.

"스케이트보드를 타면서 조심할 수는 없다고요, 아저씨." 정체 모를 목소리가 귓가를 떠돌고, 빌은 가엾은 어른의 미소를 지을 따름이다.

빌은 소년이 소녀를 위해 문을 열어 주는 모습을 지켜보고 있다. 그들은 현관을 나서며 더욱 꼭 달라붙는다. 그는 빌리라는 소년이 옆구리에 끼고 있는 책의 이름을 걸고 바깥문을 열어 주기 전에 소녀에게 기습 뽀뽀를 할 거라고 확신한다. '그렇지 않으면 더 놀려 줄 거야, 빌리, 이 녀석아.' 빌은 생각한다. '그러니 여자

친구를 안전하게 집까지 데려다 주렴. 기필코 집까지 안전하게 데려다 줘야 해!'

마이클이 빌을 부른다. "곧 갈게, 빌. 이것만 정리하면 돼."

빌은 고개를 끄덕이고 다리를 꼬고 자세를 고쳐 앉는다. 무릎 위에 놓여 있던 종이 가방이 부스럭거린다. 가방 안에는 버번 한 병이 들어 있으며, 빌이 그토록 절실하게 술을 마시고픈 생각이 든 것도 그때가 처음이다. 마이클에게서 얼음까지는 아니어도 물을 조금 얻을 수 있을 것이고 지금 같아서는 그 정도로 충분할 듯하다.

그는 파머 소로에 있는 마이클의 집 차고 벽에 기대어 놓은 실버를 생각한다. 그때부터 그의 상념은 자연스럽게(마이크를 제외한) 그들이 황무지에서 만난 날로 향한다. 현관 아래의 문둥이, 얼음 위를 걷는 미라, 배수구에서 흘러나온 피, 급수탑에서 죽은 아이들, 움직이는 사진, 인적이 드문 길목에서 어린아이들을 쫓던 늑대 인간.

그들은 황무지 깊숙하게 들어갔으며, 지금 생각해 보니 그날은 7월 4일 바로 전날이었다. 마을은 몹시 무더웠지만 켄더스키그의 동쪽 제방에 드리워진 울창한 그늘 밑은 시원했다. 그는 그곳에서 멀지 않은 콘크리트 원기둥에서 방금 전 어여쁜 여고생을 위해 웅웅대던 복사기와 비슷한 소리가 났다고 기억해 낸다. 그리고 이야기가 끝났을 때 모두들 어떤 눈빛으로 자신을 바라보았는지도.

그들은 모두, 그들이 해야 할 일과 방법을 빌이 알려 주기를 바랐지만 빌 자신도 몰랐다. 그 막막함에 그는 절망했다.

검은 판자를 댄 참고 도서 열람실 벽에 점차 커지는 마이클의 그림자를 보면서 빌은 갑작스레 확신이 생긴다. 그들이 만난 7월 3일 오후에는 그들이 완전하지 않았기에 알 수 없었던 것이다. 그러나 얼마 후 쓰레기 매립장 너머에서 그 완전함이 이루어졌다. 그곳에서는 쉽게 캔자스 가나 메리트 가 쪽으로 기어올라 황무지를 벗어날 수 있었다. 지금 그 부근엔 각 주를 연결하는 도로가 들어서 있다. 쓰레기 매립장의 자갈밭은 특별히 정해진 이름이 없었다. 양쪽에 잡초와 수풀이 우거져 있었다. 거기에는 무기가 많았다. 무시무시한 돌싸움을 벌이기에 지나칠 정도로 많은.

그러나 그 일이 있기 전 켄더스키그의 제방 위에서는 무슨 말을 해야 할지, 그들이 무슨 이야기를 듣고 싶어하는지 알 수 없었다. 그가 무슨 말을 하고 싶은 건지도. 그는 차례로 바라보던 그들의 얼굴을 기억한다. 벤, 비벌리, 에디, 스탠리, 리처드, 그리고 음악 소리도 떠오른다. 리틀 리처드. "룸밤바 룸밤……."

음악. 낮은 소음. 화살같이 눈을 파고들던 햇살. 그는 그 햇살을 기억한다. 왜냐하면

리처드가 트랜지스터 라디오를 자신이 기대고 서 있는 나무에 걸어 놓았다. 그들은 그늘에 있었지만 켄더스키그의 수면에서 반짝이는 햇살이 라디오의 크롬 도금에 반사되어 빌의 눈을 파고들었다.

"그, 그것 좀 내려놔, 리, 리처드, 누, 눈이 부셔." 빌이 말했다.

"알았어, 빌." 리처드는 별다른 말장난 없이 곧장 대답하고는 라디오를 나뭇가지에서 내려놓았다. 게다가 전원마저 꺼 버렸는

데, 빌은 그렇게까지는 원하지 않았다. 주위가 조용해지면 물결 소리와 하수 처리 펌프가 돌아가는 희미한 소리만 유난히 크게 들릴 테니 말이다. 모두 그를 바라보고 있었지만, 빌은 그들에게 다른 곳을 보라고 말하고 싶었다. 자신의 얼굴을 보며 무슨 생각을 하는 거냐고? 주근깨가 많다는 생각?

그러나 그는 그 말을 입밖에 내지 못했다. 그들은 단지 그에게서 무엇을 해야 할지 듣고 싶을 뿐이었다. 그들은 엄청난 사실을 알았고 그 해결책을 그에게서 구하고 있는 것이다. '왜 나야?' 빌은 그들에게 소리치고 싶었지만 자신도 이유를 잘 알고 있었다. 좋든 싫든 자신이 그 자리에 선택되었기 때문이다. 자신이 아이디어를 제공하는 사람이고 그것이 무엇인지는 몰라도 놈에게 동생을 잃었기 때문이다. 그러나 무엇보다도 자기도 모르게 그는 대장이 되어 있었기 때문이다.

그는 비벌리의 눈을 바라보다 그녀의 눈 속에서 조용한 신뢰를 느끼고 눈길을 돌려 버렸다. 비벌리를 바라보면 명치끝이 울리는 뭔가가 느껴졌다. 짠한 그 무엇⋯⋯.

"우린 겨, 경찰서에도 갈 수가 어, 없어." 빌이 마침내 입을 열었다. 빌은 자신의 목소리가 쉰 데다 유난히 크게 들린다고 생각했다. "부, 부모님한테도 가, 갈 수 없고⋯⋯, 그렇지 않으면⋯⋯." 그는 기대에 찬 눈으로 리처드를 바라보았다. "너희 어, 엄마 아빠는 어떠시니? 아, 아주 평범한 분들이신 것 가, 같은데."

"그럼요, 주인 어른." 리처드는 영국 집사 투들스의 말투를 흉내 냈다. "주인 어른께서는 저의 어머님과 아버님이 어떤 분들인지 잘 모르십니다. 그분들은⋯⋯."

"제대로 얘기해, 리처드." 벤의 옆에 있던 에디가 말했다. 에디는 그늘이 많이 생긴다는 단순한 이유로 벤의 옆에 앉아 있었다. 에디의 작고 여윈 얼굴이 근심 때문인지 노인처럼 보였다. 그의 오른손에는 흡입기가 들려 있었다.

"부모님은 내가 정신 병원에라도 가야 한다고 생각하실 거야." 리처드가 말했다. 그는 오늘 낡은 안경을 끼고 있었다. 일전에 리처드가 피스타치오 아이스크림을 사 들고 가게를 나설 때, 헨리 바워스의 친구 중 하나인 가드 재거메이어가 불쑥 나타난 일이 있었다. "잡았다. 이제 네가 술래야." 리처드보다 몸무게가 20킬로그램은 더 나가는 재거마이어라는 녀석이 냅다 고함을 지르더니 깍지 낀 두 손으로 등을 후려쳤다. 리처드는 그대로 고꾸라지는 바람에 안경과 아이스크림을 바닥에 떨어뜨렸다. 왼쪽 안경알이 깨진 탓에 리처드의 어머니는 그의 설명에도 아랑곳없이 불같이 화를 냈다.

"네가 엄청나게 바보 짓을 했다는 얘기밖에 더 되니? 야, 이 녀석아, 너는 어디 안경 나무라도 있어서 네 녀석이 안경을 부숴 먹을 때마다 하나씩 따서 쓰면 되는 줄 알아?"

"하지만 엄마, 걔가 밀었단 말이에요. 뒤에서 그 덩치 큰 놈이 밀어서……." 리처드는 그쯤에 거의 울먹이고 있었다. 어머니의 이해를 구할 수 없다는 사실이 한심했고, 여름 보충 수업도 포기한 재거메이어 같은 녀석한테 떠밀려 넘어진 것도 분하기 짝이 없었다.

"더 이상 변명은 듣고 싶지 않다." 매기 토저는 단호히 말했다. "하지만 네 아버지가 내리 사흘 밤늦게까지 일하고 들어오시는 모습을 보면 너도 뭔가 느끼는 게 있을 거다. 잘 생각해 봐."

"하지만 엄마……."

"그만하라고 했잖아."

어머니의 목소리는 쌀쌀맞고 단호했다. 아니, 울음소리에 가까웠다. 어머니가 방을 나간 다음 텔레비전 소리가 더욱 커졌다. 혼자 남겨진 리처드는 부엌 탁자에 침울하게 앉아 있었다.

그 기억 때문에 리처드는 다시 고개를 흔들었다. "우리 부모님은 괜찮긴 하지만 그런 이야기라면 절대 믿지 않으실 거야."

"너, 너희들은 어, 어때?"

아이들은 주위를 둘러보았다. 빌은 몇 년이 지난 후에야 그들이 그곳에 없는 누군가를 찾고 있었던 것은 아닐까 하고 떠올릴 터이다.

"누구?" 스탠리가 의뭉스럽게 물었다. "믿을 만한 다른 사람이 전혀 생각나지 않아."

"그, 그러니까, 뭐……". 빌이 당황하자 잠시 침묵이 흘렀다. 아이들은 빌이 준비하고 있을 말을 묵묵히 기다렸다.

누군가 물었다면 벤 한스컴은 헨리 바워스가 왕따 클럽의 다른 누구보다도 자신을 가장 미워한다고 말했을 것이다. 왜냐하면 벤은 헨리와 함께 캔자스 가에서 황무지로 데굴데굴 구르기도 했고, 리처드, 비벌리와 같이 알라딘에서 보기 좋게 그를 골탕 먹이기도 했지만, 무엇보다 시험 때 답을 알려 주지 않아 헨리가 여름 보충 수업을 듣게 되어 미치광이 부치 바워스의 분노를 샀을 테니까 말이다.

　누군가 물었다면 리처드 토저는 헨리가 다른 누구보다도 자신을 가장 미워한다고 말했을 것이다. 왜냐하면 자신이 헨리와 두 명의 졸개들을 골탕 먹인 일이 있으니까.

　스탠리 유리스도 헨리가 무엇보다 자신을 가장 미워한다고 말할 수밖에 없었다. 왜냐하면 그는 유대인이었으니까. 스탠리가 3학년이고 헨리가 5학년이었을 때 한번은 헨리가 스탠리의 얼굴을 피가 나도록 눈송이로 문지른 적이 있었다. 스탠리는 아프고 두려워서 미친 듯이 비명을 질렀다.

　빌 덴브로는 헨리가 자신을 가장 미워한다고 믿었다. 왜냐하면 자신은 말더듬이에다 항상 옷을 말쑥하게 차려입는 걸 좋아하니까. "저, 저, 빌어먹을 놈의 기생 오, 오라비 좀 봐!" 4월 학교에서 '진로 학습의 날'인가, 빌이 넥타이를 매고 온 모습을 보고 헨리가 소리쳤다. 그날 해 질 무렵 그 넥타이는 마구 찢겨 차터 가의 나뭇가지에서 펄럭였다.

　헨리는 분명 네 명의 아이들을 모두 미워했지만, 헨리가 가장 증오한 소년은 뜻밖에도 7월 3일 당시에는 왕따 클럽의 구성원이 아니었다. 그 대상은 마이클 핸론이라는 흑인 소년으로 바워스 농장 끝자락에서 400미터쯤 떨어진 곳에 살고 있었다.

　명성처럼 어느 모로 보나 미친 것이 분명한 헨리의 아버지는 부치 바워스였다. 부치 바워스는 뭉뚱그려 말하자면 핸론 일가와 관련된 일 때문에 재정적, 육체적, 정신적 쇠락의 길을 걷고 있었고, 특히 마이클의 아버지에게 감정이 좋지 않았다. 바워스는 몇 안 되는 친구들과 아들에게 윌리엄 핸론이 까짓 병아리 죽은 일 때문에 자신을 감옥에 처넣었다고 떠벌리곤 했다. "그런 식으로 놈은 보험금을 타 먹은 거야, 알아?"라며 부치는 해적선의 선장처럼 호전적인 눈길로 상대방을 쏘아보았다. "친구들을 몇 명 동원해 거짓말을 해서 결국 내 머큐리까지 팔아 치우게 만들었어."

"누가 거짓말을 해 주었나요, 아버지?" 여덟 살짜리 헨리는 아버지에게 가해진 부당함에 치를 떨며 물었다. 헨리는 어른이 되면 마이클의 아버지와 짜고 거짓말한 사람들을 찾아가 서부 영화처럼 그들의 몸에 벌꿀을 발라 개미굴에 처넣겠다고 다짐했다.

아들이 언제나 경청하는 덕분에(그에게 묻는다면 당연히 그래야 하는 것 아니냐고 하겠지만) 부치 바워스는 자신의 증오심과 불운을 아들의 귀에 못이 박히도록 말했다. 바워스는 아들에게 검둥이는 모두 멍청하지만 그중에 교활한 놈들도 있어서 내심 백인들을 미워하고 백인 여자들과 그 짓을 하고 싶어 안달한다고 일러 주었다. 부치 바워스는 결국 보험금이 문제가 아니었을 것이라고 말했다. 핸론은 병아리를 죽였다고 덤터기를 씌웠지만, 실제 이유는 부치가 길 아래편에서 농산물 직판장을 하고 있어서였다는 것이다. 어쨌든 그 음모를 실행에 옮겼고, 부치 바워스의 말에 따르면 앉은자리에서 똥 싸는 것보다 수월하게 진행되었다. 핸론은 마을에서 검둥이들을 동정하는 사람들에게 거짓말을 획책하여, 병아리 값을 변상하지 않으면 감옥에 가두어 버리겠다고 협박까지 했다는 것이다. "뻔하잖아, 응?" 부치는 눈을 동그랗게 뜨고 목에 때가 꾀죄죄한 모습으로 말없이 듣고 있는 아들에게 묻곤 했다. "왜 아니겠어? 이 아비는 나라를 위해 일본 놈들과 싸운 사람이야. 나 같은 사람은 수없이 많지만 마을에서 검둥이는 그놈

뿐이거든."

닭 몰살 사건 후로 나쁜 일이 연이어 일어났다. 트랙터가 망가졌고 북쪽 들에서는 성능 좋은 쇄토기가 부서졌다. 목에 생긴 종기에 염증이 생겨 칼을 댔지만, 덧나서 또다시 수술로 제거해야 했다. 검둥이 놈은 부당하게 챙긴 돈으로 부치보다 싼값에 농작물을 팔아 댔고 부치는 손님을 잃었다. 모든 것이 검둥이의 탓이었다. 검둥이는 근사한 2층짜리 흰색 저택에서 난로에 기름을 때고 사는 반면, 부치와 그의 아내와 아들은 타르 종이를 붙인 헛간 같은 집에 살아야 했다. 부치가 농사만으로는 생계가 어려워 종종 산에 나무를 하러 가야 하는 것도 검둥이 탓이었다. 1956년에 자신의 집 우물이 말라 버린 것도 검둥이 탓이었다.

그해 하반기에, 당시 열 살이던 헨리는 마이클의 개 칩스에게 오래된 개 뼈다귀와 감자를 주기 시작했다. 그렇게 해서 칩스는 헨리가 부를 때마다 꼬리를 흔들며 달려오게 되었다. 그리고 개가 헨리에게 익숙해져 그의 명령에 따르자, 헨리는 어느 날 개에게 살충제를 묻힌 햄버거를 주었다. 살충제는 창고 선반에 있던 것을 사용했고 코스텔로 상가에서 고기를 사기 위해 꼬박 석 주 동안 돈을 모아야 했다.

칩스는 약이 든 고기를 반쯤 먹다 말았다.

"어서 먹어, 다 먹으란 말이야, 검둥이 개새끼야." 헨리가 말했다.

칩스는 꼬리를 끊어져라 흔들어 댔다. 헨리가 처음부터 개를 검둥이 개새끼라고 불렀기 때문에 개는 그것이 자기의 또 다른 이름인 줄 알고 있었다. 헨리는 고통스러워하는 칩스의 목을 천으로 묶고 집으로 달아나지 못하게 자작나무에 매달았다. 그런 후에 햇빛에 달구어진 평평한 돌덩이 위에서 턱을 괴고 앉아 개가 죽어 가는 모습을 지켜보았다. 상당히 더디게 진행되었지만 헨리는 시간이 무척 잘 간다고 느껴졌다. 마침내 칩스가 경련을 일으키더니 턱 사이로 녹색 거품이 흘러나왔다.

"맛이 어떠냐, 검둥이 개새끼야?" 헨리의 목소리가 들리자 칩스는 죽어 가는 눈으로도 헨리를 바라보며 꼬리를 흔들려고 애썼다. "점심 식사가 맘에 들어, 똥개 새끼야?"

개가 죽자, 헨리는 줄을 풀고 집으로 들어가 아버지에게 자신이 한 일을 알렸다. 부치 바워스는 그 당시에 이미 완전히 미친 상태였다. 1년 뒤 그의 아내는 죽을 정도로 매를 맞고는 집을 나가 버렸다. 헨리 역시 아버지를 무서워하고 때론 살의를 느낄 정도로 미워했지만 사랑하는 마음도 있었다. 그리고 그날, 아버지에게 그 사실을 전하고 마침내 아버지의 사랑을 얻을 수 있는 방법을 터득했던 것이다. 아버지는 헨리의 등을 두드리고(너무 세차게 두들겨 넘어질 뻔했다) 거실로 데려가 맥주를 권했다. 헨리가 맥주를 마신 생애 최초의 날이었고, 그는 일평생 이때의 맥주 맛을 잊을 수 없었다. 그것은 승리와 사랑의 맛이었다.

"오늘 일을 자축하며, 건배." 헨리의 미치광이 아버지가 말했다. 그들은 갈색 맥주병을 부딪히고 맥주를 들이켰다. 헨리가 아는 한 검둥이 가족은 아직까지도 누가 개를 죽였는지 모르지만 의심은 하고 있을 터였다. 헨리가 바라는 바이기도 했다.

왕따 클럽 아이들은 마이클의 얼굴을 알고 있었다. 마을에서 유일한 흑인 소년이었기 때문에 모르는 게 이상했다. 그러나 마이클은 데리 초등학교 학생이 아니었으므로 그 이상은 알지 못했다. 어머니가 독실한 침례 교도였기 때문에 마이클은 니볼트 가 교회 학교에 다녔다. 지리와 독서, 산수 수업 사이에 성경 공부 시간이 있어 신이 부재한 세상에서 십계명이 갖는 의미라든지 일상생활에서 도덕적인 문제(예를 들면 친구가 도둑질하는 것을 보았을 때나 선생님이 신의 이름을 욕되게 하는 것을 들었을 때 어떻게 하나)에 대해 그룹 토의를 하기도 했다.

마이클은 교회 학교가 괜찮다고 생각했다. 막연하게나마 또래의 친구들을 사귈 기회가 제한되는 것은 아닐까 생각하기도 했지만, 고등학교에 가면 그런 문제는 해결될 것이므로 그때까지 기꺼이 기다리기로 마음먹었다. 물론 자신의 살빛 때문에 약간 걱정되기도 했지만 아버지, 어머니가 마을 사람들에게 잘 대접받는 걸 보면서, 자신도 사람들에게 깍듯하게 굴면 똑같이 대접받을 수 있다고 믿었다.

물론 예외가 있는 법이며 그가 바로 헨리 바워스였다. 되도록 헨리와 접촉하는 일이 없도록 애썼지만 마이클은 끊임없이 헨리의 테러를 무방비로 당해야 했다. 1958년 당시에 마이클은 호리호리하고 다부진 체격에 빌만큼은 아니어도 스탠리 유리스보다는 키가 컸다. 그의 빠른 발과 민첩성이 몇 차례나 그를 헨리의 주먹 세례에서 구해 주기도 했지만, 다른 학교에 다닌다는 것이 가장 주요한 방패막이였다. 학교가 다른 데다 학년도 틀렸기 때문에 둘이 길에서 마주칠 기회가 거의 없었던 것이다. 마이클은 그럭저럭 위기를 모면했다. 그래서 역설적이게도 데리에서 헨리가 가장 미워하는 아이가 마이클임에도 마이클은 헨리에게 가장 피해를 적게 입었다.

아니, 크게 한번 당한 일이 있기는 했다. 마이클의 개가 죽고 난 어느 봄날, 마이클이 도서관에 가는데 관목 숲에서 헨리가 불쑥 튀어나왔던 것이다. 3월 말의 따뜻한 날씨여서 자전거를 타기에 좋았지만, 위챔 가는 바워스 농장 넘어선 지점부터 진흙길로 바뀌어 자전거를 타고 다니기에 적당치 않았다.

"안녕하신가, 검둥이." 숲 속에서 불쑥 나타난 헨리가 씩 웃었다.

마이클은 뒤로 주춤 물러서며 양 옆을 살펴 달아날 기회를 노렸다. 마이클은 헨리의 발을 묶어 놓고 달아나면 앞설 수 있음을 알고 있었다. 헨리는 덩치가 크고 힘도 셌지만 또한 느렸다.

"날 진창 속에 빠뜨려 꼼짝못하게 하려고?" 헨리는 자신보다 작은 소년 앞으로 성큼 다가섰다. "완전히 까만 건 아니군. 내가 시커멓게 만들어 주지."

마이클은 잽싸게 왼쪽으로 몸을 틀었다. 헨리도 놓칠세라 그쪽으로 달려들었지만 너무 동작이 급해서 균형을 잡지 못했다. 마이클은 민첩하면서도 자연스럽게 방향을 바꿔 오른쪽으로 뛰었다(그는 고등학교 2학년 때 미식 축구팀의 러닝백을 맡았고, 4학년 때 시즌의 절반을 다리 골절로 쉬지만 않았다면 틀림없이 개교 이래 최고의 득점을 기록했을 것이다). 진창만 아니었어도 그는 쉽사리 헨리의 손아귀에서 벗어날 수 있었다. 미끄러운 진창 탓에 그만 넘어지고 만 것이다. 미처 일어나기도 전에 헨리가 쫓아왔다.

"검둥이검둥이검둥이!"

마이클이 진흙 바닥에 구르는 동안 헨리는 종교적 광희에 빠진 사람처럼 소리쳤다. 진흙이 마이클의 셔츠 등허리를 타고 바지 뒤로 흘러내렸다. 신발 속으로 진흙이 스며드는 것이 느껴졌다. 헨리가 얼굴 전체에 진흙을 바르고 양쪽 콧구멍을 막아 버리자 마이클은 울기 시작했다.

"이제야 완전히 까맣게 되셨군." 헨리는 마이클의 머리칼에 진흙을 문지르면서 환호했다. "이젠 진짜 깜둥이야!"

헨리는 마이클의 재킷과 안쪽의 티셔츠를 들추고 배꼽에 진흙 찜질을 했다.

"이젠 완전히 밤중에 탄갱 속에 있는 것처럼 까만걸!" 헨리는 기세 좋게 고함지르며 마이클의 양쪽 귀를 진흙으로 막아 버렸다. 그는 뒤로 물러서서 진흙 범벅인 양손을 허리띠 안쪽으로 찔러 넣고 소리쳤다. "내가 네놈의 개새끼를 죽였다. 검둥이 새끼야!"

그러나 진흙으로 귀가 막혔으므로 마이클은 헨리의 목소리도, 겁에 질린 자신의 울음소리도 들을 수 없었다.

헨리는 마지막으로 마이클에게 진흙 한 덩어리를 걷어차고는 뒤도 돌아보지 않고 집으로 가 버렸다. 잠시 후에 마이클은 자리에서 일어나 울며 집으로 향했다.

당연히 마이클의 어머니는 격분했다. 그녀는 남편이 보턴 서장을 앞세우고 해가 지기 전에 바워스의 집에 가야 한다고 다그쳤다. "전에도 마이클을 쫓아온 적이 있다니까요." 마이클은 잠자코 어머니의 말을 듣고 있었다. 그는 욕조에, 부모님은 부엌에 있었다. 두 번째 목욕이었다. 처음에는 욕조에 앉자마자 물이 시커멓게 변했다. 마이클의 어머니는 흥분해서 빠르게 텍사스 사투리를 구사했기 때문에 마이클은 거의 알아들을 수가 없었다. "법대로 해야 해요, 여보! 아비랑 새끼 둘 다요. 감옥에 집어넣으라고요, 듣고 있어요?"

윌리엄은 아내의 말을 듣고 있었지만 그녀의 말대로 하지는 않았다. 그날 밤 마이클이 잠들어 두 시간쯤 지나서야 마침내 아내는 흥분을 가라앉혔고, 윌리엄은 아내에게 세상 이치를 다시 한 번 되뇌었다. 보턴 서장은 설리번과 다른 인물이었다. 만일 닭 독살 사건이 발생했을 때, 보턴이 설리번 대신 그 자리에 있었다면 윌리엄은 200달러의 변상을 결코 받을 수 없었을 것이고, 그저 자신의 처지에 만족하며 살아야 했을 것이다. 세상에는 우리편에 서 있는 사람도 있지만 그렇지 않은 사람도 있다. 보턴은 그렇지 않은 사람에 속한다. 보턴이라는 사람은 원칙이 없는 사람이다는 것이 그의 요지였다.

"마이클이 그 아이와 전에도 그런 일이 있었다는 것은 사실이지." 윌리엄은 아내 제시카에게 말했다. "그렇지만 아주 심한 경우는 아니잖소. 마이클이 항상 헨리 바워스를 피해서 조심하고 있으니. 이번 일로 더욱 조심할 거요."

"그러니까 당신은 이번 일을 그냥 덮어 두겠다는 건가요?"

"바워스가 자기 아들에게 나와의 일을 얘기한 것 같소. 그러니 그 아들은 우리 셋을 미워할 거요. 게다가 바워스는 아들에게 사내라면 당연히 검둥이를 미워해야 한다고 일렀을 거요. 그런 모든 것이 원인이 되었겠지. 내가 여기 앉아서 당신에게 헨리가 우리 아들의 피부색이 검다는 이유로 괴롭히는 일은 다시없을 거라고 말할 수 없는 것처럼 우리 아들이 흑인이라는 사실 또한 바꿀 수 없소. 마이클은 일평생 자신이 흑인이라는 것을 나처럼 받아들이고 살아야 하고 당신도 마찬가지요. 왜냐고? 당신이 그렇게 열심인 기독교인 학교에서조차 선생이 마이클과 학생들에게 흑인은 백인보다 열등하다고 가르치고 있소. 노아가 술에 취해 벌거벗고 있을 때 다른 두 아들은 눈을 피했지만 햄만은 똑바로 아버지를 바라보았기 때문이라고 말이오. 그래서 햄의 자식들은 벌을 받아 항상 나무를 패거나 물을 긷게 되었다고 가르친다는 거요. 마이클은 선생님이 그 이야기를 하면서 자신을 빤히 쳐다보더라고 했소."

그녀는 비참한 눈으로 말없이 남편을 바라보았다. 두 눈에서 두 줄기의 눈물이 주르륵 흘러내렸다. "벗어날 길이 전혀 없다는 건가요?"

그의 대답은 상냥했지만 단호했다. 당시는 아내가 그들의 남편을 믿던 때였고, 제시카는 남편인 윌리엄의 말을 의심할 까닭이 없었다.

"없어요. 지금으로선 검둥이라는 말을 피할 방법이 전혀 없소. 당신과 내가 살아가야 할 이 세상에서는. 메인 출신의 시골 검둥이도 검둥이는 검둥이지. 난 가끔 내가 이곳 데리에 온 이유가, 이곳만큼 그 사실을 뼈저리게 느끼게 해 주는 곳이 없기 때문이라는 생각을 해요. 여하튼 녀석에게는 내가 얘기해 보리다."

다음 날 윌리엄은 마이클을 헛간 밖으로 불러냈다. 윌리엄은 써레 자루에 앉아 옆자리를 툭툭 털며 아들을 위해 자리를 마련했다.

"헨리 바워스가 다니는 길로 다니기 싫지?" 윌리엄이 말했다.

마이클은 고개를 끄덕였다.

"그 애의 아버지는 미쳤다."

마이클은 다시 고개를 끄덕였다. 마이클도 마을에서 그런 이야기를 많이 접해 왔던 것이다. 몇 번인가 바워스 씨를 언뜻 본 후론 떠도는 소문들을 더욱 믿게 되었다.

"내 말은 약간 돈 정도가 아니라는 거야." 윌리엄은 집에서 만 버글러 담배에 불을 붙이며 아들을 바라보았다. "정신 병원에 가야 할 정도지. 전쟁에서 돌아왔을 때 벌써 그 지경이었다."

"제 생각엔 헨리도 미친 것 같아요." 마이클이 말했다. 그의 목소리는 나지막하지만 확고했고, 그것이 윌리엄의 마음을 든든하게 했다……. 그랬음에도, 블랙 스폿이라는 허름한 막사의 불구덩이 속에서 살아남은 것을 비롯해 파란만장한 인생 역정을 살아온 그에게도, 헨리 같은 어린아이가 미칠 수 있다는 말은 믿기지 않았다.

"글쎄, 헨리는 자기 아버지의 이야기를 곧이곧대로 들은 거야. 아들이니까 당연한 일이지." 윌리엄이 말했다. 그러나 그 점에 관해서는 아들의 의견이 진실에 가까웠다. 헨리 바워스는 지속적인 아버지의 영향 때문이든 다른 이유 때문이든, 천천히 그러나 분명하게 미쳐 가고 있었던 것이다.

"나는 네가 더 이상 도망 다니는 삶을 살지 않길 바란다." 아버지가 말했다. "그렇지만 넌 흑인이기 때문에 앞으로 종종 어려운 일에 부딪힐 거야. 내 말이 무슨 말인지 알지?"

"네, 아빠." 마이클은 학급 친구 보브 고티어를 떠올리며 대답했다. 그 애는 늘 마이클에게 검둥이라는 단어가 나쁜 말이 아니라는 사실을 설명하려고 애썼다. 자신의 아버지가 늘 그 단어를 사용하기 때문이라며. 사실 보브는 진심으로 그 말이 좋은 말이라고 했다. 「금요일 밤의 결투」에서 엄청나게 두들겨 맞고도 버티고 서 있는 사람을 보면서 보브의 아버지는 "저놈의 대가리는 검둥이 놈만큼 돌대가린가 보군."이라고 얘기하고, 누군가 정말로 열심히 자신의 일에 열중하는 모습을 보면(고티어 씨는 마을에서 대단한 불평가였다) "검둥이처럼 일한다."고 또 툴툴댔다. "게다가 우리 아빠는 너희 아빠처럼 기독교인이셔."라며 보브는 말을 끝맺었다. 마이클은 싸구려 방한복의 꾀죄죄한 모피 속에 파묻힌 깡마른 보브 고티어의 얼굴을 보면서 분노가 아니라 서글픔 때문에 울고 싶었다. 보브의 얼굴에서 솔직함과 선의를 발견했지만, 그래서 더욱 자신과 그 아이 사이에서 외로움과 거리감, 그리고 쓸쓸한 공허감을 느꼈다.

"네가 내 말뜻을 잘 알아들었으리라 믿는다." 윌리엄은 아들의 머리를 어루만지며 말했다. "요는 너의 입지를 세울 때 항상 신중해야 한다는 게다. 헨리 바워스와 문제를 일으킬 가치가 있는지 냉정하게 판단해야 해. 그럴 가치가 있니?"

"아뇨." 마이클이 말했다. "아뇨, 그럴 가치가 없는 것 같아요." 그의 대답은 그가 마음을 바꾸기까지만 유효했다. 실제로 그는 1958년도 7월 3일에 마음을 바꾸었다.

헨리 바워스, 빅터 크리스, 트림쟁이 허긴스, 피터 고든, 그리고 약간 지능이 모자란 스티브 새들러라는 이름의 고등학생(알키 만화책에 나오는 등장 인물의 이름을 따서 무스라고도 불렸다)이 차량 기지에서 800미터 정도 떨어진 황무지 쪽으로 도망치는 마이클 핸론을 뒤쫓고 있을 때, 빌과 나머지 왕따 클럽 아이들은 여전히 켄더스키그의 제방 위에 앉아 그들의 악몽 같은 골칫거리를 놓고 고심 중이었다.

"그, 그것이 어, 어디에 있는지 아, 알 것 같아." 빌이 마침내 침묵을 깨고 입을 열었다.

"하수관이지." 스탠리가 말했다. 그때 갑작스레 거칠게 쉭쉭하는 소리가 들려 와 모두 기겁하며 놀랐다. 에디는 미안한 듯 웃는 얼굴로 흡입기를 다시 무릎 위에 올려놓았다.

빌이 고개를 끄덕였다. "내가 며, 며칠 전 밤에 아, 아버지께 여, 여쭈어 봤어."

자크 덴브로는 아들에게 이렇게 말했다. "원래 이 지대는 전부 습지였다. 마을의 선조들은 가장 심한 습지대에 지금의 도심을 건설한 거야. 센터 가와 메인 가 아래를 통과해서 배시 공원으로 연결된 운하는 켄더스키그를 끼고 도는 배수로에 지나지 않았다. 이 배수로는 1년 중 비어 있는 날이 대부분이지만 배수량이 많아지는 봄이나 홍수가 날 때에는 아주 중요한 역할을 하는데……." 자크는 여기서 잠시 말을 멈추었다. 아마도 지난가을 홍수 때 잃어버린 막내 생각이 난 모양이었다. "펌프 시설 덕분이지." 빌의 아버지는 말을 끝맺었다.

"퍼, 퍼, 펌프라고요?" 빌은 정색을 하며 물었다. 빌은 파열음을 더듬거리며 발음할 때마다 침을 튀겼다.

"양수 펌프다." 빌의 아버지가 말했다. "펌프는 황무지에 있지. 땅 위로 1미터 정도 솟아 있는 기둥 모양의……."

"베, 벤 하, 하, 한스컴은 그것들을 모, 몰록의 입구라고 불러요." 빌은 씩 웃으며 말했다.

자크도 싱긋 웃었다······. 그러나 그의 미소는 전과 달리 허깨비에 지나지 않았다. 둘은 자크의 작업실에 있었는데, 자크는 무덤덤하게 의자의 못을 돌렸다. "사실은 배수 펌프라고 해야 옳지, 얘야. 깊이가 3미터에 달하는 원기둥을 박고 하수를 펌프로 퍼내어 지면이 돌출하거나 경사가 급한 곳의 배수를 원활하게 해 주거든. 너무 낡아서 새 펌프로 교체해야 하지만, 시의회에는 예산 심의 때 이 안건이 올라오기만 하면 늘 돈이 없다는 타령만 늘어놓지. 그 아래로 내려가 무릎까지 차는 똥물 속에서 모터의 전선을 교체할 때마다 25센트씩만 받았어도······, 이런 얘기는 별로 재미 없을 게다. 빌. 가서 텔레비전이나 보지 그러니? 오늘 밤에 「슈거풋」이 방영되는 것 같던데?"

"더, 더 듣고 싶어요." 빌이 말했다. 단순히 데리의 아래쪽 어딘가에 무시무시한 것이 도사리고 있다는 생각 때문은 아니었다.

"무엇 때문에 하수 펌프 같은 것에 관심을 가지는 거지?" 자크가 물었다.

"하, 학교 수, 숙제예요." 빌이 다급하게 말했다.

"방학이잖아."

"다, 다음 학기 거요."

"아니, 그렇게 시시한 걸 가지고? 선생님을 졸게 해서 낙제 점을 받을 텐데. 봐라, 여기가 켄더스키그다." 자크는 얇게 톱밥이 내려앉은 탁자 위에 곧게 선을 그었다. 탁자에는 띠톱이 끼워져 있었다. "여기가 황무지지. 여기 도심지는 주거지보다, 그러니까 캔자스 가라든가 올드케이프, 웨스트 브로드웨이 같은 곳보다 지대가 낮아. 그러니까 도심지에서 나온 오수는 대부분 펌프로 끌어올려 하천으로 흘려보내야 해. 가정에서 흘러나온 오수는 많은 양이 저절로 황무지로 흘러들고. 알겠니?"

"네, 네."

빌은 그려진 선을 자세히 보기 위해 아버지 쪽으로 가까이 갔다. 너무 가까이 가서 빌의 어깨가 아버지의 팔에 닿을 정도였다.

"언젠가는 펌프로 오수를 끌어올려 하천으로 버리는 일을 중단할 거고 그렇게 되면 더 이상 문제될 것도 없겠지. 그러나 현재로서는 펌프가……, 친구들이 뭐라고 부른다고?"

"몰록의 입구요." 빌은 더듬지 않고 또렷이 발음했지만 아버지도 빌 자신도 의식하지 못했다.

"그래. 어쨌든 그런 이유 때문에 몰록에 펌프가 있는 거다. 비가 너무 많이 와서 홍수가 나지만 않는다면 그래도 꽤 쓸 만한데 말이야. 왜냐하면 자연 배수로와 펌프로 끌어올리는 하수관이 별도의 기관이긴 하지만 실제로는 전 지역에 걸쳐 교차하고 있거든. 알겠니?" 아버지는 켄더스키그를 나타내는 선에서 사방으로 이어지는 'X' 자를 그려 보였고 빌은 고개를 끄덕였다.

"배수 시설에 대해 분명히 알아야 할 점은 물이 어디든 갈 수 있다는 거야. 수위가 높아지면 하수관뿐만 아니라 자연 배수로에도 물이 차지. 배수로의 물이 펌프에까지 차오르면 전선에 문제가 생기고 이 아빠한테 성가신 일이 생기지. 내가 고쳐야 하니까."

"아빠, 하, 하수관이랑 배수로가 어, 얼마나 크죠?"

"관의 지름을 말하는 거냐?"

빌이 고개를 끄덕였다.

"주요 하수관은 아마도 직경 2미터 남짓 될 거다. 주거지에 있는 제2하수관은 1미터 정도 되고. 몇 개는 그보다 약간 더 큰 것도 있지. 빌, 아빠가 해 준 말이니 믿고 친구들에게 그대로 얘기해도 돼. 하지만 절대로 장난이든 배짱이든, 그 어떤 이유로도 관 내부에는 들어가지 마라."

"왜요?"

"1885년경부터 시작된 하수관 사업은 열두 번이나 주 정부가 바뀌면서 진행되었지. 대공황 시기에는 WPA미국 공사 기획청에서 제2차 배수 처리 시설과 제3차 하수 처리 시설 공사를 대대적으로 시행했다. 당시에는 공공시설에 투자할 자금이 넉넉했으니까. 그런데 그 사업을 추진하던 사람이 제2차 세계 대전 때 전사하고 말았어. 그 후 5년여가 지났을 때 상하수도과는 시설의 설계도가 대부분 사라진 걸 알았지. 1937년에서 1950년 사이에 사라진 설계도만 해도 무게가 4킬로그램에 달해. 그러니까 내 말은 그 망할 놈의 배수로와 하수관이 어떤 식으로 연결되어 있는지, 그렇게 만든 이유가 무엇인지 알고 있는 사람이 하나도 없다는 거야.

펌프가 제대로 작동할 경우엔 아무도 그런 문제에 관심을 갖지 않아. 그러다가 문제가 생기면 데리의 상하수도과 직원 서너 명이 내려가 어떤 펌프에서 물이 새는지, 아니면 막힌 건지 알아봐야 해. 그 아래로 내려갈 때는 특히 점심 도시락을 신경 써서 준비해야 하지. 어두운 데다 냄새도 고약하고 쥐까지 득실거리니까. 그 런저런 이유 때문이기도 하지만 무엇보다 길을 잃을 수도 있다는 것이 가장 심각한 문제다. 전에 그런 일이 실제로 있었어."

데리의 지하에서 길을 잃는다. 하수구 안에서 길을 잃는다. 어둠 속에서 길을 잃는다. 생각만으로도 너무나 오싹하고 섬뜩해서 빌은 순간적으로 할 말을 잃었다. 빌이 다시 입을 열었다.

"지도를 그리기 위해 사람을 보, 보낸 적은 없나요?"

"작업을 마저 끝내야겠다." 자크는 갑자기 말을 접으며 등을 돌리고 걸어갔다. "집에 들어가서 텔레비전이나 보렴."

"그, 그렇지만 아, 아, 아빠……."

"어서, 빌."

자크의 말에 빌은 다시금 차가운 냉기를 느꼈다. 그런 차가움은 저녁 식사를 일종의 고문으로 만들었고 아버지는 말없이 전기에 관한 잡지를 뒤적이고(아버지는 내년에 승진을 바라고 계셨다), 어머니는 끝도 없이 이어지는 영국 추리 서적을 읽을 따름이었다. 그런 냉기 속에서 식사를 하다 보면 전혀 맛을 느낄 수 없었다. 오븐 근처에는 얼씬도 안 한 것처럼 얼음장 같은 저녁을 먹기 일쑤였다. 그런 후면 방에 들어가 침대에 누워 쥐어짜는 듯한 배를 움켜쥐고 이런 생각을 되뇌곤 했다. '그는 주, 주먹으로 기, 기둥을 후려치며 아, 아직도 유령이 보, 보인다고 소리친다.' 조지가 죽은 후에, 빌은 2년 전 어머니가 가르쳐 준 이 문장을 더욱 자주 머릿속에 되뇌었다. 그것이 무슨 주술적인 효험이라도 있는 것처럼 여겨졌기 때문이다. 언젠가 어머니 앞으로 다가가 어머니의 눈을 똑바로 쳐다보면서 조금도 더듬거리지 않고 이 문장을 술술 말한다면 그러한 냉기가 사라지리라는. 어머니는 눈을 빛내며 말할 것이다. '멋지구나, 빌? 정말 잘했다! 정말 훌륭해!'

물론 어느 누구에게도 입밖에 낸 적은 없었다. 임금님 아니라 그 할아비가 온대도 하지 않을 것이다. 어떤 고문도 어떤 달콤한 유혹도 그의 마음속 깊은 곳에 자리 잡은 그 비밀스러운 상상을 포기하게 만들 순 없을 것이다. 토요일 아침이면「와일드 빌 히콕의 모험」에 나온 가이 메디슨과 앤디 드바인을 보고 있는 빌과 조지에게 어머니께서 종종 가르쳐 주시던 이 문장을 말할 수만 있다면, 왕자의 키스를 받은 잠자는 공주처럼 어머니를 냉랭한 꿈 속에서 깨워 따뜻한 세상으로 인도할지 몰랐다.

'그는 주, 주먹으로 기, 기둥을 후려치며 아, 아직도 유령이 보, 보인다고 소리친다.'

그러나 빌은 7월 3일, 친구들에게 속내까지 말하지는 않았다. 단지 아버지가 말해 준 데리의 하수관과 배수로 체계에 대한 것만 얘기했다. 빌에게 창조적 발상은 (때로는 있는 그대로의 사실을 이야기하는 것보다 쉬울 정도로) 떼려야 뗄 수 없는 것이므로, 그가 그려 보인 장면은 실제 대화가 일어났던 상황과 많이 달라져 있었다. 상황은 빌이 아버지와 함께 텔레비전을 보며 커피를 마시고 있었던 것으로 변했다.

"너희 아버지는 커피를 마시게 해 주셔?" 에디가 물었다.

"무, 물론이지." 빌이 대답했다.

"와, 우리 엄마는 절대 못 마시게 하거든. 카페인이 몸에 나쁘다면서." 에디는 잠시 멈추었다 말했다. "그러면서 엄마는 엄청나게 마셔."

"무엇 때문에 그것이 하수관에 있을 거라고 확신하니?" 리처드는 시선을 빌에게서 스탠리 유리스에게로, 그리고 다시 빌에게로 옮기며 물었다.

"모, 모든 것들이 과, 관련되어 이, 있으니까." 빌이 말했다. "비, 비벌리가 모, 목소리를 드, 들은 곳이 배, 배수구잖아. 그리고 어, 어릿광대가 우리를 쪼, 쫓아왔을 때도 그 저, 적황색 단추들이 하, 하수관 옆에 있었고 조, 조지도……."

"어릿광대가 아니라니까, 빌." 리처드가 말했다. "말했잖아. 정신 나간 소리 같지만 늑대 인간이었다고." 리처드는 변명하듯 다른 아이들을 쳐다보았다. "맹세코, 봤어."

빌이 말했다. "너, 너, 너한테는 늑대 인간으로 나타난 거야."

"뭐?"

"모, 모르겠어? 너, 너는 아, 알라딘에서 그 머, 멍청한 영화를 보았기 때문에 느, 늑대 인간으로 보, 보인 거라고."

"이해가 안 돼."

"난 알 것 같아." 벤이 나지막이 말했다.

"도, 도서관에 가서 차, 찾아봤어. 글, 글……." 빌은 잠시 멈추고 목청을 가다듬었다. "글래머(glamour)라는 거야."

"글래머(glammer)?" 에디가 이상하다는 듯 되물었다.

"그, 그, 글래머." 빌은 철자를 불러 주었다. 그리고 아이들에게 그것에 관해 백과사전에 씌어진 내용과 『밤의 진실』이라는 책에서 본 내용을 얘기해 주었다. 그의 말에 따르면 글래머는 데리에 출몰하는 존재를 나타내는 게일 어라고 했다. 다른 시대에 사는 종족이나 문화에 따라 그것을 지칭하는 단어는 다양했다. 평지의 인디언들은 그것을 마니투라고 부르는데 때로는 퓨마의 모습을 하고 있기도 하고, 큰사슴이나 독수리의 모습으로 나타나기도 한다는 것이다. 이 인디언들은 마니투의 영혼이 자신들의 육체에 들어온다고 믿었고, 당시엔 구름이 자신들의 가문 이름이 유래한 동물의 모습으로 변할 수 있다고 생각했다. 히말라야 인들은 그것을 탈루스나 타에루스라고 불렀다. 사악한 마법의 존재라는 뜻으로 사람의 마음을 읽어 그 사람이 가장 두려워하는 존재로 나타난다는 것이다. 중앙 유럽에서는 버더락의 형제, 에이락이라 하며 흡혈귀 정도의 의미였다. 프랑스에서는 루가루라고 하는데 형상이 변한다는 의미에서 늑대 인간 정도로 대충 번역하며, 빌의 설명(빌은 루가루를 루프가루라고 발음했다)에 따르면 루가루는 그 어떤 것으로도 변신이 가능했다. 늑대, 매, 양, 심지어 벌레로까지.

"네가 읽은 내용 중에 글래머를 물리치는 방법도 있었니?" 비벌리가 물었다.

빌은 고개를 끄덕였지만 표정은 어두웠다. "히, 히말라야 사람들은 그, 그것을 물리치는 의, 의식을 거행하고 있다는데 너, 너무 끄, 끔찍해서."

아이들은 듣고 싶은 얘기는 아니지만 들어야 한다는 의무감으로 빌을 바라보았다.

"쿠, 쿠드 의식이라는 건데." 빌은 설명을 시작했다. 히말라야의 성직자라면 타에루스를 찾아간다. 타에루스가 혀를 내민다. 성직자도 혀를 내민다. 둘의 혀를 붙여 서로 꽉 물린 상태에서 서로의 눈을 바라본다.

"웩, 역겨워서 토할 것 같아." 비벌리가 바닥에 등을 구부리며 말했다. 벤이 가볍게 그녀의 등을 토닥거리고는 누군가 자신의 행동을 보고 있지나 않은지 살피듯 주위를 둘러보았다. 그러나 모두들 최면에라도 걸린 듯 빌을 바라보고 있었다.

"그런 다음에?" 에디가 물었다.

"그, 그러니까, 조, 좀 이상하게 들리겠지만 채, 책에 나오기는, 그, 그런 다음 네가 농담이나 수, 수수께끼를 내는 거야."

"뭐라고?" 스탠리가 물었다.

빌은 직접적인 대답을 하지 않고 스스로 알아서 생각하라는 듯 그냥 고개만 끄덕였다. 들은 이야기를 그대로 전할 뿐이라는 표정이었다. "마, 맞아. 먼저 타, 타에루스 괴물이 하, 하나를 얘기하고 네, 네가 하나를 하면서 버, 번갈아 가며 계, 계속 진행하는 거지."

비벌리가 다시 몸을 일으키고는 무릎을 끌어안았다. "서로 혀를 물고 있다면서 어떻게 이야기한다는 거야? 서로 혀를 꽉 물고 있다며……."

리처드가 곧바로 혀를 내밀어 손가락으로 꽉 잡고는 말했다. "우리 아빠는 똥 퍼요!" 어린애들이나 하는 유치한 농담에 모두 한바탕 웃음을 터트렸다.

"그, 그러니까 무슨 테, 텔레파시 가, 같은 건가 봐. 어쨌든 서, 성직자가 먼저 우, 웃게 되면 아, 아……."

"아파도 말야?" 스탠리가 물었다.

빌은 고개를 끄덕였다. "그러면 타에루스가 그, 그를 죽이고자, 잡아먹어. 내 생각엔 영혼을 말이야. 그러나 서, 성직자가 먼저 타에루스를 우, 웃게 만들면 그, 그것은 배, 백 년 동안 사라지지."

"그 책에 이야기의 출처가 밝혀져 있니?" 벤이 물었다.

빌은 고개를 흔들었다.

"넌 그 이야기를 믿어?" 스탠리가 물었다. 빌을 비웃고 싶지만 딱히 그럴 만한 이유를 찾지 못한 듯한 음성이었다.

빌은 어깨를 으쓱하더니 대답했다. "거, 거의 믿어."

빌은 뭔가 더 말하려는 듯하다가 고개를 흔들고 입을 다물었다.

"의문점이 좀 풀렸어." 에디가 천천히 말을 꺼냈다. "어릿광대, 문둥이, 늑대 인간 같은 것들……." 그는 스탠리를 쳐다보았다. "죽은 아이들에 관한 것들도 그렇고."

"소식통에 따르면 이 일이야말로 리처드 토저를 위한 것이라고 합니다." 리처드는 뉴스 영화의 아나운서 흉내를 내며 말했다. "천 가지 농담과 6,000개도 넘는 수수께끼를 꿰고 있는 사나이."

"대표로 네가 나가면 우린 모두 죽은 목숨이나 다름없지. 엄청난 고통 속에서 천천히 말이야." 벤이 빈정거리자 다시금 웃음바다가 되었다.

"그래서 우리가 어떻게 해야 한다는 거야?" 스탠리의 물음에, 빌은 또다시 고개를 젓기만 했으나……, 어쩐지 해답을 알듯한 기분이었다. 스탠리가 일어섰다. "다른 곳으로 가자. 엉덩이가 배겨."

"난 여기가 좋아." 비벌리가 말했다. "그늘도 지고 좋잖아." 그녀는 스탠리를 바라보았다. "너 또 어린애들처럼 쓰레기 더미에 가서 돌멩이로 병을 깨고 싶어서 그러는 거지?"

"나도 병을 깨고 싶어." 리처드도 일어나 스탠리 옆에 섰다. "내 안에 제임스 딘이 들어왔나 봐, 자기야." 리처드는 옷깃을 세우더니 「이유 없는 반항」에 나오는 제임스 딘처럼 걷기 시작했다. "그들이 내게 상처를 주었어." 이렇게 말하며 리처드는 우울한 얼굴로 가슴을 쳤다. "알잖아. 성공에 대한 것처럼. 부모님. 학교. 사회. 모두들. 날 마구 조여, 자기야. 그건……."

"집어치워." 비벌리가 한숨을 쉬며 말했다.

"나한테 폭죽이 있어."

스탠리가 뒷주머니에서 폭죽 묶음을 꺼내 보이자 아이들은 글래머, 마니투, 리처드의 설익은 제임스 딘 흉내 따위는 순식간에 잊어버렸다. 심지어 빌까지도 폭죽에 감격했다.

"세, 세상에. 스, 스탠리. 어, 어디서 났어?"

"가끔 유대 교회에 같이 가는 뚱보한테서. 『슈퍼맨과 리틀 룰루』라는 만화책하고 바꿨어." 스탠리가 대답했다.

"터뜨려 보자!" 리처드는 기쁨에 겨워 소리쳤다. "터뜨려 보자, 스탠리. 이제부턴 너랑 너희 아버지가 예수님을 죽였다고 애들한테 떠들고 다니지 않을게, 약속해. 어쩔래? 네 코가 작다고 얘기할게. 네가 할례를 하지 않았다고 할게."

이 말에 비벌리는 자지러지듯 웃음을 터뜨리더니 너무 웃어 경련이 이는 듯 몸을 비틀며 손으로 얼굴을 감쌌다. 빌이 웃음을 터뜨리자 에디도 웃기 시작했다. 그리고 잠시 후엔 스탠리마저 웃음에 감염되었다. 그들의 웃음소리가 7월 4일 전날, 켄더스키그의 얕고 넓은 강물 너머로 퍼져 나갔다. 수면 위로 튀어오르는 햇살만큼 환한 여름의 소리였다. 그러나 그 어느 누구도 그들 왼편의 가시나무와 불모의 검은 딸기나무 덤불 숲 사이로 그들을 바라보고 있는 적황색 눈을 보지 못했다. 이 가시덤불은 10미터가량 제방 전체를 따라 피어 있었으며, 그 중심부에 벤이 말한 몰록이 있었다. 콘크리트 원기둥이 박힌 그곳에서 각각 직경이 60센티미터에 달하는 두 개의 눈동자가 그들을 응시하고 있었다.

마이크가 헨리 바워스의 패거리와 맞닥뜨린 것은 순전히 그날이 독립 기념일 전날이었기 때문이다. 마이클은 교회 학교 밴드에서 트럼본을 맡았고, 기념일 때 교회 밴드는 「공화국 찬가」나 「전진하라 기독교 병사들아」, 「아름다운 나라, 미국」 같은 곡들을 연주하며 연례 기념 행사로 시가 행진을 해 왔다. 마이클은 벌써 한 달 전부터 이날을 손꼽아 기다렸다.

그런데 최종 예행 연습이 있는 날 자전거의 체인이 고장 났기 때문에 줄곧 학교까지 걸어가야 했다. 예행 연습은 2시 30분에 시작될 예정이었지만 마이클은 1시에 집을 떠나 학교 음악실에 놓아둔 트럼본을 반짝반짝 윤나게 닦아 놓을 생각이었다. 그의 트럼본 연주 실력은 리처드의 성대모사만큼이나 형편없었지만 마이클은 자신의 악기를 애지중지했다. 기분이 우울할 때 수자100곡 이상의 행진곡을 남긴 음악가의 행진곡이나 찬송가, 애국가 같은 곡들을 반시간쯤 크게 불고 나면 한결 마음이 후련해졌다. 국방색 셔츠 주머니 안에는 새들러의 가게에서 산 광택약 한 개가 들어 있었고, 청바지 뒷주머니에는 깨끗한 천 조각이 두서너 장 삐죽 튀어나와 있었다. 헨리 바워스 생각은 꿈에도 하지 않았다.

니볼트 가로 향하면서 한 번만 슬쩍 돌아보았어도 학교로 가는 걸음을 더욱 재촉하였을 것이다. 헨리와 빅터, 트림쟁이, 피터 고든, 무스 새들러가 그의 뒤쪽에 진을 치고 있었으니까. 헨리 패거리가 헨리의 집을 5분 만 늦게 떠났어도 마이클이 다음 언덕을 넘어간 후라 그의 모습을 보지 못했을 것이다. 그러면 치열한 돌싸움이고 뭐고 일어나지 않았을 것이고, 이어지는 일련의 사건들도 다르게 진행되거나 아예 일어나지 않았을지 몰랐다.

그러나 몇 년이 흐른 뒤, 마이클은 그들 중 어느 누구도 그해 여름에 일어난 사건들에 전적으로 책임져야 할 사람은 없다고 생각하게 되었다. 운명과 자유의지가 함께 역할을 하는 것이라면 자신들의 역할은 아주 미미한 것이었다고 할 수밖에 없었다. 마이클은 재회의 점심 식사 모임에서 그러한 생각을 입증할 만한 수많은 우연들에 관해 얘기했지만 자신도 몰랐던 것이 적어도 한 가지는 있었다. 황무지에서의 만남이 이루어졌을 때, 스탠리 유리스가 폭죽을 꺼내 들었고 왕따 클럽 아이들이 폭죽을 발사하기 위해 쓰레기 매립장으로 갔다는 사실 말이다. 그리고 헨리 패거리가 헨리의 농장에 간 까닭도 헨리가 폭죽과 체리 폭탄, M80폭탄(이러한 것들은 몇 년 뒤에 법으로 소지가 금지된다)을 가지고 있어서였다는 사실도. 그 덩치 녀석들은 차량 기지로 내려가 헨리의 보물들을 실험해 볼 생각이었던 것이다.

패거리 중 누구도, 심지어 트림쟁이까지도 평상시에는 바워스 농장에 찾아가지 않았다. 주로 헨리의 미치광이 아버지 때문이었지만, 항상 헨리가 하는 여러 가지 잡다한 일들을 도와야 했기 때문이다. 잡초 뽑기며 끝도 없는 자갈 줍기, 장작 나르기, 물 긷기, 건초 쌓기, 그 시기에 수확해야 할 농작물, 가령 콩이라든지 오이, 토마토, 감자 같은 것들을 따는 일 등등. 녀석들이 특별히 일하기 싫어 안달인 것은 아니었지만, 굳이 헨리의 별난 아버지를 위해 땀 흘려 일하지 않아도 자신들의 집에서도 할 일은 많았다. 헨리의 아버지는 닥치는 대로 사람을 패는데 한번은 길가의 진열대로 옮기던 토마토 바구니를 빅터가 떨어뜨렸다고 해서 장작을 들고 설친 일도 있었다. 몽둥이찜질을 당한다는 것만으로도 끔찍한 일이었지만 더욱 괴로운 것은 몽둥이를 휘두르며 그가 내뱉는 말들이었다. "쪽발이 놈들은 모조리 박살낼 테다! 쪽발이 개자식들은 내가 다 죽여 버릴 거야!"

아둔한 트림쟁이 허긴스가 그러한 심정을 가장 적절하게 표현한 일이 있었다. "미친개는 피하는 게 상책이지." 2년 전 어느 날, 트림쟁이가 빅터에게 이렇게 말하자 빅터도 웃으며 그 말에 수긍했다.

그러나 그들도 폭죽의 유혹만큼은 거부하기 힘들었다.

"그럼 이렇게 하자, 헨리. 1시쯤에 차량 기지 석탄 구덩이에서 만나는 거야. 어때?" 빅터는 그날 아침 9시경에 헨리의 전화를 받고 그렇게 제안했다.

"네가 석탄 구덩이에 1시에 나타나도 날 만날 순 없을 거다." 헨리가 답했다. "할 일이 너무 많아서 말이야. 3시쯤이면 만날 수 있을 거야. 그리고 첫 번째 M80이 네가 햇볕에 그을린 자국으로 곧장 날아갈 거다, 빅터."

빅터는 잠시 머뭇거리더니 가서 일을 돕겠다고 말했다.

다른 패거리들도 그런 식으로 모여들었고, 그들 덩치 5인방은 절친한 친구인 양 바워스네 일을 거들어 이른 오후에 일을 마칠 수 있었다. 헨리가 아버지에게 외출 허락을 구하자 바워스는 아들을 향해 귀찮다는 듯 손을 내저었다. 부치는 오후에 뒤쪽 현관에 자리를 잡고 1리터들이 우윳병에 독한 사과주를 넣어 흔들의자 옆에 두고 휴대용 라디오를 현관 난간에 올려놓았다(오후에 레드 삭스와 워싱턴 세네터스의 경기가 있을 예정이었다. 그러나 날씨가 너무 추웠기에 정신 병자가 아니라면 경기가 진행되리라 생각하지 못할 터였다). 부치의 무릎에는 칼집에서 꺼낸 일본 검이 놓여 있었다. 부치는 그 검을 타라와 섬에서 전사한 일본군의 몸에서 뽑아 온 전리품이라 떠들고 다녔다(사실은 호놀룰루에서 버드와이저 여섯 병과 조이스틱 세 자루를 주고 바꾼 것이었다). 그 즈음 부치는 술만 취하면 검을 들고 밖으로 나갔다. 모두들, 심지어 헨리조차도 부치가 그 검을 누군가에게 사용하리라는 것을 암암리에 확신하고 있었으므로, 무릎 위에 검이 놓여 있는 날은 그를 멀리하는 것이 상책이었다.

아이들이 길거리로 나서서 몇 걸음 가지 않았을 때, 헨리는 마이클 핸론이 앞서 걸어가는 것을 발견했다. "검둥이잖아!" 헨리의 눈은 크리스마스 전날 밤 산타 할아버지를 떠올리는 어린아이처럼 빛났다.

"검둥이?" 트림쟁이 허긴스가 의아한 얼굴로 물었다. 핸론 가족을 본 적이 거의 없었지만 이내 그의 얼굴에도 생기가 돌았다. "아, 맞아! 검둥이! 저놈을 잡자, 헨리!"

트림쟁이는 요란하게 쿵쿵거리며 뛰기 시작했다. 나머지 아이들도 뛰어나가려는 순간, 헨리가 트림쟁이를 잡아끌었다. 마이클 핸론을 뒤쫓는 일이라면 헨리가 다른 아이들보다 경험이 많았기 때문이다. 헨리가 보기에도 검둥이는 뜀박질엔 선수였다.

"잰 우릴 보지 못했어. 눈치 채지 못하게 빨리 걸어서 쫓아가자. 조금씩 거리를 좁히는 거야."

아이들은 헨리의 말대로 했다. 누군가 그들의 모습을 지켜봤다면 굉장히 흥미로웠을 것이다. 다섯 명의 아이들이 올림픽 경보 대회라도 펼치는 것 같았다. 무스 새들러의 불룩한 배가 데리 고등학교 티셔츠 아래서 출렁출렁 들썩거렸다. 트림쟁이의 얼굴에서는 땀이 줄줄 흘러내리며 금세 시뻘겋게 변했다. 그렇게 마이클과 헨리 패거리의 거리는 조금씩 좁혀졌다. 180미터, 130미터, 100미터. 지금까지는 꼬마 검둥이 녀석이 뒤를 돌아보지 않았다. 패거리의 귀에 꼬마가 부는 휘파람 소리가 들렸다.

"잡아서 어떻게 할 건데, 헨리?" 빅터가 작은 소리로 물었다. 언뜻 신나 있는 것처럼 들렸지만 실은 걱정이 되었다. 최근에 헨리가 점점 더 그를 불안하게 만들었기 때문이다. 헨리가 마이클을 흠씬 두들겨 패라고 하거나 녀석의 옷을 벗기거나 바지나 팬티를 나뭇가지에 걸어 두는 것 정도만 되어도 문제될 게 없겠지만, 헨리의 마음속에 뭐가 도사리고 있는지 확신할 수 없었다. 올해만 해도 벌써 몇 번째 헨리가 "작은 개자식들"이라 부르는 데리 초등학교 아이들과 불미스러운 사건이 있었다. 전에는 헨리가 "작은 개자식들"을 위협하고 괴롭혔지만 3월 이후론 그들에게 당하는 일이 몇 차례 반복되었다. 헨리와 패거리들이 그들 중 하나인 네눈박이 토저를 쫓아 프리즈 백화점 완구 매장까지 갔다 놓쳐 버려 수모를 겪은 일도 있었다. 그리고 학기 마지막 날엔 벤 한스컴에게……

그러나 빅터는 그런 일은 생각하고 싶지 않았다.

그가 걱정하는 것은 단순했다. 헨리가 너무 지나칠 수도 있다는 것이다. 너무 지나치다는 것이야말로 빅터가 생각하고 싶지 않은 문제였지만……, 불편한 마음이 평소처럼 똑같은 질문을 하게 만들었다.

"저놈을 잡아서 석탄 구덩이에 끌고 가야 해. 신발 속에 폭죽을 넣고 놈이 춤추는 꼴을 지켜보자."

"M80은 안 돼, 헨리. 그렇지?"

만약 헨리가 정말로 그런 짓을 할 생각이라면 빅터는 줄행랑을 칠 작정이었다. M80을 신발 속에 넣고 터뜨려 검둥이의 발을 날려 버리는 것은 너무나 지나친 일이었다.

"그건 네 개밖에 없는걸." 헨리는 마이클 핸론의 등에서 시선을 떼지 않고 대답했다. 이제 거리는 60미터 정도로 좁혀져 있어서 아주 작은 소리로 말해야 했다.

"저 깜씨 자식에게 두 개나 낭비해야겠냐?"

"안 되지, 헨리. 안 되고말고."

"녀석의 신발에다가 블랙캣 두 개 정도면 될 것 같아. 그런 다음 놈을 홀딱 벗겨 옷을 황무지에 버리는 거야. 옷을 찾으러 가다 덩굴나무 덤불에서 헤매라고 말이야." 헨리가 말했다.

"또 놈을 석탄 구덩이에 굴릴 수도 있지." 트림쟁이는 흐릿한 눈동자를 반짝반짝 빛냈다. "그렇게 하자, 헨리? 신나지?"

"죽이는데." 헨리는 빅터가 찜찜하게 여기는 심드렁한 태도로 대답했다. "석탄 속에 굴리는 거야. 지난번에 진흙탕 속에 굴렸던 것처럼." 헨리는 열두 살에 벌써 빠지기 시작한 이빨을 드러내고 씩 웃었다. "게다가 놈에게 해 줄 말도 있고. 전에 얘기했을 때는 못 들은 것 같으니까."

"그게 뭔데, 헨리?" 피터가 물었다. 피터 고든은 그저 단순한 이유로 상황을 흥미롭게 즐기고 있었다. 그 애는 데리에서 알아주는 '명문가'의 자손이었다. 그는 웨스트 브로드웨이에서 살다가 2년 후에 그로톤에 있는 예비 학교에 갈 예정이었다. 적어도 7월 3일 이전까지는 그렇게 믿었다. 피터는 빅터보다 똑똑하긴 했지만 어울린 지 얼마 되지 않았기 때문에 헨리의 상태가 점차 나빠지고 있다는 사실을 몰랐다.

"곧 알 테니까, 지금은 입 닥치고 있어. 점점 가까워지고 있잖아." 헨리가 말했다.

이제 마이클과의 거리는 20미터 정도였고 헨리가 막 공격 명령을 내리려는 찰나, 무스 새들러가 그날의 첫 번째 폭죽을 터뜨리고 말았다. 전날 밤, 구운 콩을 세 접시나 먹어 치운 무스의 방귀 소리는 총소리만큼이나 컸다.

마이클이 뒤를 돌아보았다. 헨리는 마이클의 눈이 휘둥그레지는 것을 바라보았다.

"잡아!" 헨리가 악을 썼다.

마이클은 순간 멈칫하다가 땅을 박차고 죽을힘을 다해 달리기 시작했다.

왕따 클럽의 아이들은 황무지의 대나무 숲을 일렬로 걸어가고 있었다. 빌, 리처드. 그리고 그 뒤를 따르는 비벌리는 청바지에 흰색 민소매 블라우스를 입고 발에는 샌들을 신은 모습이 날씬하고 예뻤다. 그녀의 뒤에서 벤은 너무 거세게 숨을 헐떡이지 않으려 애썼다(27도가 넘는 무더위였지만 벤은 긴소매의 운동복 차림이었다). 다음에 스탠리가 따랐고, 그 뒤에 있는 에디의 오른쪽 바지 주머니에서 흡입기 주둥이가 삐죽 나와 있었다.

빌은 '정글 사파리' 상상 놀이에 빠져 있었다. 이곳을 지날 때면 빌이 즐겨 하는 놀이였다. 높이 솟은 백색의 대나무 숲이 그들이 지나온 길을 시야에서 가려 주었다. 땅은 거무죽죽하니 질퍽했고 곳곳이 웅덩이여서 신발에 진흙을 묻히지 않으려면 피해 다니거나 건너뛰어야 했다. 웅덩이의 흙탕물에는 묘하게 탁한 무지갯빛이 서려 있었다. 공기 중에 풍기는 퀴퀴한 악취에 습한 곰팡내와 채소가 부패하는 냄새가 섞여 있었다.

빌은 켄더스키그로 향하는 모퉁이를 하나 남겨 놓은 상태에서 걸음을 멈추더니 뒤쪽의 리처드를 바라보았다. "앞에 호, 호랑이가 있다. 토, 토저."

리처드는 고개를 끄덕이고는 비벌리에게로 몸을 돌려 "호랑이."라고 속삭였다.

"호랑이." 비벌리가 벤에게 전했다.

"사람을 잡아먹는 호랑이다." 벤이 스탠리에게 중얼거리자 스탠리가 에디에게 돌아섰다. 에디의 창백한 얼굴이 홍분으로 붉게 물들었다.

그들은 금세 대나무 숲 사이로 몸을 숨겼고 숲을 휘감고 있는 거무죽죽한 길은 마술처럼 텅 비었다. 호랑이가 그들 앞을 지나치는 모습을 모두 지켜볼 수 있었다. 200킬로그램은 됨 직한 육중한 호랑이의 얼룩 호피 아래 근육이 우아하고 힘차게 꿈틀거렸다. 아이들은 모두 호랑이의 초록 눈과 산 채로 잡아먹힌 이름 모를 전사의 핏자국이 주둥이에 얼룩져 있는 것을 볼 수 있었다.

대나무가 살짝 흔들리며 율동적이면서도 으스스한 소리를 내더니 다시 정적이 찾아들었다. 그것은 여름날 미풍의 숨결이었을 수도 있고······, 황무지 옆의 올드케이프를 향해 가고 있는 아프리카 호랑이의 소리였을지도 모른다.

"갔어." 빌이 말했다. 그는 참았던 숨을 몰아쉬며 다시 발걸음을 내딛었다. 나머지 아이들도 뒤를 따랐다.

아이들 중에서 리처드만 유일하게 무장을 하고 있었다. 리처드는 깨진 손잡이 부분을 테이프로 감아 놓은 장난감 권총을 지니고 있었다.

"빌, 네가 손짓만 까닥했어도 놈을 한 방에 날려 버릴 수 있었는데." 리처드가 강단지게 말하며 총구로 안경을 콧잔등에 밀어 올렸다.

"여, 여기 근방에 와, 와투시스 족이 있어. 하, 함부로 총을 쏘면 아, 안 돼. 고, 곧바로 우리한테 다, 달려들걸."

"아하!" 리처드는 미처 몰랐다는 듯이 탄성까지 자아냈다.

빌이 따라오라는 손짓을 하자 아이들은 다시 길을 걷기 시작했다. 길은 대나무 숲 끝에 다다르자 좁아졌다. 아이들은 켄더스키그의 제방 위로 올라섰다. 강에는 건너편까지 이어지는 징검다리가 놓여 있었다. 벤이 아이들에게 징검다리 놓는 방법을 알려 준 것이다. 큰 돌을 가져와 물속에 던져 넣은 후에 두 번째 돌을 가져와 처음 놓았던 돌 위에 서서 강으로 던져 넣는다. 다음에 세 번째 돌을 가져와 두 번째 돌 위에 서서 물속에 넣는다. 이런 식으로 해서 강을 건널 때까지 징검다리를 놓으면(1년 중 이맘때 강의 깊이는 발도 채 잠기지 않을 정도였고 황갈색의 모래톱으로 둔덕을 이루었다) 발에 물을 묻히지 않고 다리를 놓을 수 있었다. 방법이라는 것이 실로 간단해서 유치할 정도였지만 벤이 그 사실을 일깨워 주기 전에는 아무도 생각하지 못했다. 벤은 그런 일에 밝았지만 아이들에게 방법을 일러주거나 할 때에는 상대방이 기분 상하지 않도록 배려했다.

아이들은 일렬로 제방을 내려가 자신들이 심어 놓은 징검다리의 메마른 표면을 딛고 강을 건너기 시작했다.

"빌!" 비벌리가 급히 빌을 불러 세웠다.

빌은 뒤돌아보지 않고 팔을 뻗은 채 딱 멈추어 섰다. 그 주위를 물이 키득거리며 가늘게 흘러갔다.

"왜?"

"여기 강물 속에 피라니아가 있어! 이틀 전에 놈들이 소를 통째로 먹어 치우는 걸 봤어. 소가 강물에 빠진 지 1분 정도가 지나자 뼈만 남더라니까. 그러니까 빠지지 마!"

"맞아. 조심해, 애들아." 빌이 말했다.

아이들은 비틀비틀 몸의 중심을 잡으며 징검다리를 건넜다. 에디가 절반쯤 건넜을 때 제방 위의 철로에서 연료를 보충한 화물열차가 갑작스레 기적을 울리는 바람에 그는 균형을 잃고 비틀거렸다. 물속을 바라보자 한순간, 실제로 수면에서 반사되어 튀어오르는 눈부신 햇살들 사이로 유유히 헤엄치는 피라니아 떼가 보였다. 빌의 정글 사파리 놀이에 등장하는 가상의 존재가 아니었다. 에디는 그것을 확신했다. 그가 본 것은 붕어나 매기의 엄청나게 흉한 턱을 가진 지나치게 커다란 금붕어같이 생긴 물고기였다. 두툼한 입술 사이로 톱날 같은 이빨이 삐죽 튀어나왔고 주황빛을 띠었다. 서커스의 어릿광대들이 입는 옷에 달린 큼지막한 단추 같은 적황색.

놈들은 얕은 물속에 동그랗게 모여서 이를 갈고 있었다.

에디는 균형을 잡으려고 팔을 크게 휘저었다.

'빠지겠어. 물에 빠져 놈들에게 산 채로 먹히겠어.' 에디가 생각했다.

그때 스탠리가 에디의 손목을 꽉 잡아 주었다.

"큰일 날 뻔했지. 물에 빠졌다간 너희 엄마한테 죽을 거야." 스탠리가 말했다.

그때만은 에디에게 어머니 생각이 전혀 들지 않았다. 다른 아이들은 벌써 강 건너에서 화물차의 칸 수를 세고 있는 중이었다. 에디는 강렬한 눈빛으로 스탠리를 바라보고는 다시 물속으로 눈길을 돌렸다. 감자 칩 과자 봉지가 하나 흘러가고 있을 뿐 다른 것은 보이지 않았다. 에디는 다시 고개를 들어 스탠리를 바라보았다.

"스탠리, 난 봤어."

"뭘?"

에디는 고개를 흔들었다. "아냐, 아무것도 아닌 것 같아. 그냥 조금

(하지만 분명히 놈들이 나를 산 채로 잡아먹었을 게 틀림없어)

신경이 예민해져서. 호랑이 때문인가 봐. 어서 가자."

이곳 켄더스키그의 서쪽 제방(올드케이프 방면)은 장마철이나

봄철 강물이 범람할 때는 진흙 습지였지만, 지금은 데리에 2주 이상 큰비가 오지 않아 땅이 말라서 쩍쩍 갈라져 있었다. 그곳에 시멘트 원통이 몇 개 박혀 음산하게 그림자를 드리우고 있었다. 15미터 정도 떨어진 곳에도 켄더스키그 하천 위로 시멘트 기둥이 솟아 있었고, 그곳에서는 칙칙한 암갈색 물줄기가 끊임없이 하천으로 흘러들었다.

벤이 조용히 입을 열었다. "왠지 으스스해." 다른 아이들도 고개를 끄덕였다.

빌이 아이들을 이끌고 마른 제방 위로 올라가 울창한 관목 숲으로 들어갔다. 그곳에는 벌레가 윙윙 날아다니고 진드기 유충이 살갗을 파고들었다. 이따금 새가 날아가며 육중한 날개를 퍼덕였다. 다람쥐가 쪼르르 달려갔고, 5분 후쯤 아이들이 구릉 밑의 구불구불한 길을 걷고 있자니 커다란 쥐 한 마리가 수염에 셀로판 종이 조각을 붙이고 빌 앞을 지나 어디론가 달려갔다.

쓰레기 더미의 냄새가 나는가 싶더니 금세 코를 찔렀다. 검은 연기 기둥이 하늘로 피어올랐다. 가느다랗게 난 길을 빼고는 온통 잡목이 우거진 땅 여기저기에 쓰레기가 떨어져 있었다. 빌은 그것들을 "쓰레기 비듬"이라 명명했고 리처드는 그 말을 굉장히 재미있어했다. 웃다가 나중엔 비명을 지를 정도였다.

"그건 꼭 기록해 둬야겠어, 빌. 정말 걸작이야." 리처드가 말했다.

나뭇가지에 걸린 종이 조각들이 가격 할인 홍보용 깃발처럼 펄럭였다. 여기선 은빛 여름 햇살이 녹음 울창한 분지 바닥의 양철 캔 표면에서 반사되고, 저기선 태양 빛이 깨진 맥주병에 더 뜨겁

게 튀어올랐다. 비벌리는 아기 인형을 발견하였다. 인형의 인조
피부가 너무나 환한 분홍빛을 띠고 있어서 녹아 내릴 것처럼 보
였다. 비벌리는 인형을 집어 들었다가 곧바로 자그마한 비명을
지르며 던져 버렸다. 인형의 곰팡이 핀 치마 밑으로 회백색의 딱
정벌레가 스멀스멀 기어가고 있었던 것이다. 비벌리는 손가락을
청바지에 비벼 닦았다.

아이들은 산마루에 올라 아래쪽의 쓰레기 매립장을 바라보았다.

"아, 이런." 빌이 양손을 바지 주머니에 찔러 넣으며 말했고 아
이들은 빌의 주위로 모여들었다.

그날은 북쪽 끝을 태우는 날이었다. 그런데 이곳에서 매립장
관리인(그는 아르만도 파지오로서 친구들에겐 맨디로 통했고, 데리
초등학교 수위의 동생이었다)은 소각을 위해 쓰레기를 한곳으로
옮길 때 사용하는 2차 대전 시절의 D9 불도저를 서툰 솜씨로 손
보고 있었다. 그는 윗통을 벗은 채였고 천막 차양 아래 불도저에
놓인 커다란 휴대용 라디오에서는 레드 삭스와 세네터스의 시범
경기가 중계되고 있었다.

"내려갈 수 없겠는걸." 벤도 빌의 말에 수긍했다.

맨디는 나쁜 사람은 아니었지만 쓰레기 매립장에 아이들이 있
는 것을 보면 즉시 쫓아냈다. 쥐뿐만 아니라 쥐를 잡기 위해 정기
적으로 뿌리는 쥐약도 문제였고 베이거나 넘어지거나 화상을 입
을 염려가 있기 때문이기도 했지만……, 무엇보다도 매립장은 아
이들이 있을 만한 곳이 못된다는 생각 때문이었다. "착하게 굴어
야지?" 맨디는 병(또는 쥐나 갈매기 따위를)을 맞추기 위해 22구
경 장난감 권총을 가지고 온 아이들이나 '쓰레기 뒤지기'라는 색

다른 즐거움을 맛보기 위해 나타난 아이들을 발견하면 그렇게 소리치곤 했다. '쓰레기 뒤지기'를 통해 고장 나지 않은 장난감이나 소굴에 가져가 고쳐 쓸 만한 의자나 고물 텔레비전 같은 것들을 얻을 수 있었다. 텔레비전 브라운관에 돌을 던지면 꽤 볼 만한 폭발이 일어났다. "착하게 굴어야지?" 맨디는 크게 소리 지르곤 했다(화를 내는 것이 아니라 약간 가는귀가 먹은 데다 보청기를 착용하지 않은 탓이었다). "너희 엄마아빠도 착하게 굴라고 하지 않든? 착한 아이들이 쓰레기 더미에서 놀면 쓰나. 놀이터에 가야지. 도서관에 가서 공부도 하고. 마을 회관에 가서 박스 하키나 한 게임 하든지. 착하지, 응?"

"틀렸어. 쓰레기 매립장은 포기해야겠어." 리처드가 말했다.

아이들은 잠시 그 자리에 앉아 맨디 아저씨가 불도저를 고치는 모습을 바라보았다. 마음속으로 아저씨가 고치는 걸 포기하고 가주길 바랐지만, 실제로 그런 일이 벌어지기는 힘들었다. 라디오가 있는 걸 보면 그는 오후 내내 있을 모양이었다. 빌은 상당히 난감한 상황에 처한 느낌이었다. 폭죽을 터뜨리는 데 쓰레기 더미만 한 곳도 없었다. 양철 깡통 아래에 폭죽을 놓고 터뜨려 깡통을 하늘 높이 날려 보내기도 하고 폭죽의 도화선에 불을 붙인 후 병 속에 집어넣고 삼십육계 줄행랑을 칠 수도 있었다. 그러면 항상 그런 것은 아니지만 대부분은 병이 폭발했다.

"M 80이 있으면 좋을 텐데." 리처드는 앞으로 얼마나 빨리 그것이 자신의 머리를 향해 날아들 줄도 모르고 한숨 지었다.

"우리 엄만 늘 자신이 가진 것에 만족해야 한다고 하셨어." 에디가 아주 엄숙하게 말했기 때문에 모두들 웃음을 터뜨렸다.

웃음이 사그라지자 아이들은 또다시 일제히 빌을 바라보았다.

빌은 골똘해 있다가 입을 열었다. "한 구, 군데 있긴 해. 화, 황무지 끝의 차, 차량 기지 옆에 예전에 서, 석탄 저장소였던 곳이 있어."

"맞아. 나도 어딘지 알아. 넌 정말 천재야, 빌." 스탠리가 몸을 벌떡 일으키며 말했다.

"거기서는 메아리도 굉장해." 비벌리도 빌의 의견에 찬성했다.

"그럼, 어서 가자." 리처드가 말했다.

여섯 명의 아이들은, 마법의 숫자에서 한 사람이 부족한 채로 쓰레기 매립장을 감아 도는 언덕마루를 따라 걸었다. 맨디 파지오가 고개를 들었을 때 사냥 파티로 향하는 인디언들처럼 파란 하늘을 배경으로 일렬로 걸어가는 아이들의 그림자가 보였다. 잠깐 아이들에게 소리를 지를까(쓰레기 매립장은 아이들이 놀 만한 장소가 아니라고)도 생각해 보았지만 그냥 고개를 돌려 자신의 일에 열중했다. 적어도 자신이 관리하는 쓰레기 더미에서 노는 것은 아니니 말이다.

마이클 핸론은 교회 앞에서 멈추지 않고 곧장 니볼트 가 위의 데리 차량 기지 쪽으로 내달렸다. 니볼트 교회 학교에 수위 아저씨가 있긴 했지만 워낙 나이가 많은 데다 맨디 파지오보다 더 심각하게 귀를 먹었다. 또한 여름철에는 작동을 멈춘 조용한 보일러 옆의 지하실에서 오래되고 낡은 긴 의자 위에 몸을 뻗고 무릎에는 《데리 뉴스》 신문을 올려놓은 채 잠들어 있기 일쑤였다. 아저씨를 깨워 문을 열어 달라고 소리치다가는 헨리 바워스에게 잡혀 곱슬머리를 다 뽑히기 십상이었다.

그래서 마이클은 곧장 내달렸다.

그러나 무작정 전속력으로 달리기만 한 것은 아니었다. 어느 정도 속도를 조절해서 숨을 고르며 힘을 다 빼지 않으려 애썼다. 헨리와 트림쟁이, 무스 새들러는 문제가 아닌 듯 보였다. 그리 지친 것도 아닌데 다친 황소처럼밖에 뛰지 못했다. 그러나 빅터 크리스와 피터 고든은 훨씬 빨랐다. 마이클은 빌과 리처드가 어릿 광대(또는 늑대 인간)를 목격했다는 저택을 지나치며 흘끗 돌아보다가 피터 고든이 바짝 추격하고 있는 모습을 보고 깜짝 놀랐다. 피터는 무척 재미있다는 듯이 웃고 있었는데 마이클이 보기엔 장애물 경주나 절정에 달한 폴로 경기, 아니면 「명랑 오락 쇼」에서나 볼 수 있는 웃음이었다.

'날 잡으면 어떤 일이 벌어질지 알고 저렇게 웃는 건지 모르겠군⋯⋯. 잡았다, 이제 네가 술래다 하고 도망가는 놀이 정도로 생각하는 걸까?'

차량 기지 입구에 "사유지임. 접근 금지. 침입자는 처벌함"이라고 씌어진 간판이 점점 가까이 시야에 들어오자 마이클은 있는 힘을 다해 달리기 시작했다. 아직 고통스럽지는 않았다. 숨이 가빠지긴 했지만 지금까지는 조절 가능한 상태였다. 그렇지만 이런 식으로 계속 달리다가는 오래지 않아 상황이 달라질 터였다.

문은 반쯤 열려 있었다. 마이클은 다시 한번 흘끗 뒤를 돌아보았고 피터와 어느 정도 거리가 생긴 것을 알았다. 피터보다 열 걸음쯤 뒤에 빅터가 따라오고 있었고 다른 아이들은 30미터 정도 떨어져 있었다. 잠시 돌아본 짧은 순간에도 마이클은 헨리의 얼굴에서 서슬 퍼런 분노를 읽을 수 있었다.

마이클은 문을 재빨리 지나 쾅 닫았다. 빗장이 걸리는 새된 소리가 철컹 들려왔다. 잠시 후에 피터 고든이 철조망에 부딪혔고 곧이어 빅터 크리스가 뒤따라와 피터의 옆에 섰다. 피터의 얼굴에서 웃음이 가시고 못마땅한 듯 부어오른 표정이 되었다. 피터는 빗장을 찾기 위해 손잡이를 잡았지만 당연히 그 자리에 없었다. 빗장은 안쪽에 있었다.

분하다는 표정으로 피터가 말했다. "뭐야, 꼬마. 문을 열어. 비겁하잖아."

"뭐가 비겁하다는 거야? 다섯 명이 한 명한테 덤비는 게 비겁한 거 아냐?" 마이클이 숨을 헐떡이며 대답했다.

"정정당당하게 하자!" 피터는 마이클의 말을 전혀 듣지 못한 양 같은 말을 반복했다.

마이클은 빅터를 바라보았고, 그의 눈에서 곤혹스러운 표정을 보았다. 마이클이 뭔가 말하려 할 때 나머지 아이들이 문에 도착했다.

"열어, 검둥이!" 헨리가 이를 갈며 으름장을 놓았다. 헨리가 지나치게 격분하여 철망을 흔들자 피터는 깜짝 놀라 헨리를 바라보았다.

"열어! 지금 당장 열어!"

"싫어." 마이클이 조용히 말했다.

"열어. 열란 말이야, 검둥이 새끼야!" 트림쟁이가 소리쳤다.

마이클은 문에서 물러났고 가슴은 세차게 방망이질했다. 마이클은 이렇게까지 극심한 공포와 분노를 느껴 본 적이 없었다. 헨리 패거리는 철망 반대편에서 열을 가다듬고 고함치며 마이클은 상상조차 하지 못했던 별의별 욕설들을 쏟아냈다. 마이클은 헨리가 주머니에서 뭔가를 꺼내 엄지손톱으로 나무 성냥개비에 불길을 댕기는 것을 미처 알아차리지 못했다. 그저 철망 너머로 붉은 색의 물체가 날아오는 바람에 본능적으로 움찔 물러섰다. 마이클의 왼쪽에서 체리 폭탄이 먼지를 일으키며 터졌다.

펑 하는 소리에 일순 침묵이 흘렀다. 마이클은 믿을 수 없다는 듯이 철망 너머의 아이들을 바라보았고 그들도 마이클을 바라보았다. 피터는 완전히 충격 받은 얼굴이었고 트림쟁이조차 넋 나간 듯이 보였다.

'저들도 헨리를 두려워하고 있어.' 갑자기 마이클에게 그런 생각이 떠올랐고 낯선 목소리가 머릿속에 들려왔다. 그 소리는 거슬릴 정도로 어른스러웠다. '저들도 헨리를 두려워해. 그러나 그렇다 해도 막지는 못할 거야. 도망쳐야 해, 마이클. 그렇지 않으면 뭔가 일이 벌어질 거야. 설사 저들이 원치 않는다 해도 말이야. 빅터나 피터 고든은 원치 않겠지. 그렇지만 헨리를 막을 길은 없어. 그러니 도망쳐. 죽을힘을 다해 달리는 거야.'

마이클은 두세 걸음 더 물러섰다. 그때 헨리 바워스가 말했다. "내가 바로 네놈의 개를 죽였다, 검둥아."

마이클은 볼링 공으로 배를 강타당한 것 같은 기분으로 자리에 얼어붙었다. 마이클은 헨리의 눈을 보며 그가 분명한 사실을 말하고 있음을 알았다. 헨리가 칩스를 죽인 것이다.

그 깨달음의 순간이 마이클에게는 영원처럼 느껴졌다. 헨리의 땀에 젖은 흐릿한 눈과 분노로 검붉게 변한 얼굴을 바라보며 마이클은 처음으로 엄청나게 많은 것들을 깨달은 것 같았다. 헨리가 자신이 생각했던 것보다 훨씬 더 심각하게 미쳐 있다는 사실은 그런 깨달음 중에서도 아주 사소한 것이었다. 무엇보다 세상이 그리 우호적이지 않다는 것을 안 것이다. 그것은 헨리가 개를 죽였다는 사실보다 더욱더 분노를 자아냈고, 급기야 마이클은 목청껏 소리를 질렀다. "이 비열한 새끼야!"

헨리는 고함을 지르며 무시무시한 기세로 철망을 기어오르기 시작했다. 마이클은 자신의 내부에서 들려오는 어른의 목소리가 진짜인지를 살피기 위해 잠시 멈칫했다. 그랬다. 실제로 그의 내부에서 들려온 소리였다. 잠시 우물쭈물하는 것 같더니 나머지 아이들도 흩어져 각자 철망을 기어오르기 시작했다.

마이클은 몸을 돌려 다시 뛰기 시작했다. 차량 기지를 전력 질주하는 동안, 잔뜩 웅크린 그림자도 숨 가쁘게 달렸다. 왕따 클럽 아이들이 보았던 화물 열차는 이미 오래전에 사라지고 없었다. 지금은 귓가에 전해지는 자신의 숨소리와 헨리 패거리가 울타리를 기어오르면서 내는 철망 소리뿐, 사위는 조용했다.

마이클은 트랙의 삼중 선로 위를 건너다가 두 번째 선로에 발이 걸려 기우뚱하는 바람에 발목이 시큰거렸다. 마이클은 다시 몸을 일으켜 뛰었다. 헨리가 철조망 꼭대기에서 뛰어내리는지 쿵 하는 소리가 들려왔다.

"널 골탕 먹이려고 여기까지 왔다, 검둥아!" 헨리가 부르짖었다.

마이클에게는 황무지가 유일한 희망이었다. 그곳에 가기만 하면 관목 숲이나 대나무 숲에 몸을 숨길 수도 있고……, 최악의 경우에는 하수관 속에 들어가 숨어 있을 수도 있었다.

아마도 가능할 것이다……, 그러나 그의 가슴 한편에서는 분노가 이글거렸다. 헨리가 기회만 있으면 자신을 쫓아다니는 것은 이해할 만했다. 그러나 강아지 칩스는……? 내 개를 죽였다고? '내 개는 검둥이가 아니야. 이 나쁜 새끼야!' 그렇게 생각하자 분노가 걷잡을 수 없이 커졌다.

마음속에 또 다른 목소리가 들려왔다. 이번엔 아버지의 목소리였다. '난 네가 도망 다니면서 사는 걸 원치 않아. 결국 가장 염두에 두어야 할 것은 네 입장을 표시하려 할 땐 아주 신중해야 한다는 거다. 헨리 바워스의 경우도 그 녀석과 충돌해 골치 썩일 가치가 있는지 스스로에게 물어봐야 해……'

마이클은 차량 기지를 똑바로 가로질러 저장소를 향해 달렸다. 간이 저장소 뒤에 차량 기지와 황무지의 경계를 구분 짓는 철조망이 하나 더 있었다. 원래는 철망을 기어올라 황무지로 뛰어내릴 생각이었다. 그러나 마이클은 갑자기 오른쪽으로 몸을 돌려 자갈 구덩이 쪽으로 달렸다.

이 자갈 구덩이는 1935년경까지 탄갱으로 사용되던 곳이었다. 데리 들판을 달리던 열차가 이곳에서 연료를 보충했다. 그 후에 디젤이 생겨나고 다음에 전기가 동력으로 이용되었다. 석탄 시절이 가고 오랜 세월이 흐르면서(남아 있던 석탄은 대부분 석탄 아궁이를 쓰던 사람들에게 도난당했다) 지역 건축업자가 이곳에서 자갈을 파내기 시작했지만, 1955년에 그 업체가 도산한 뒤로 줄곧 버려진 채였다. 구덩이 주변을 돌아 나가는 철도 분기선이 아직까지 남아 있지만 철길은 이미 녹슬고 무뎌진 상태였고 침목 사이로 잡초가 우거져 있었다. 이런 잡초는 구덩이 속이라 해서 예외는 아니었고, 키 큰 해바라기가 경쟁이라도 하듯 무성하게 피어 있었다. 잡초 사이에는 아직도 작은 석탄 덩어리들이 남아 있었고 사람들은 그것을 "쇠똥"이라고 불렀다.

마이클은 이곳으로 내달리며 셔츠를 벗었다. 구덩이 가장자리에 도착한 마이클은 뒤를 돌아보았다. 헨리가 철길을 가로지르는 모습이 보였고 다른 녀석들도 헨리 주변에 흩어져 있었다. 이 정도면 충분할 것이다. 아마도.

최대한 몸을 민첩하게 움직여 셔츠를 침낭처럼 만들고 딱딱한 놈으로 쇠똥을 대여섯 개 정도 집어넣었다. 그런 다음 셔츠를 팔에 걸고 철망 울타리가 있는 곳으로 되돌아갔다. 철조망에 다다른 마이클은 그것을 기어오르는 대신 철망 울타리를 등지고 섰다. 셔츠에서 석탄 덩어리를 꺼내 쌓고는 등을 굽혀 두 개를 집어들었다.

헨리는 석탄을 보지 못했다. 단지 검둥이 놈이 철망 때문에 오도 가도 못 하고 있는 것으로만 생각했다. 헨리는 고함을 내지르며 마이클에게 몸을 날렸다.

"이건 내 개 대신이다, 나쁜 놈아!" 마이클이 소리쳤다. 절규에 가까운 고함을 지르며 죽어라 헨리 쪽으로 석탄을 집어던졌다. 석탄은 곧장 날아갔다. 그리고 퍽 하는 요란한 소리를 내며 헨리의 이마를 정통으로 가격하고는 공중으로 튕겨 나갔다. 헨리는 비틀거리며 무릎을 꿇으면서 두 손을 이마로 가져갔다. 마술처럼 순식간에 그의 손가락 사이로 피가 새어 나왔다.

뒤이어 달려와 미끄러지듯 헨리의 옆에 선 아이들은 한결같이 멍한 표정이었다. 헨리는 고통으로 비명에 가까운 괴성을 내지르며 여전히 머리를 감싸 쥔 채 주저앉았다. 마이클은 다른 한 손에 남아 있던 석탄을 마저 던졌다. 헨리가 머리를 숙여 피했다. 헨리가 서서히 마이클을 향해 걸어가기 시작할 때 세 번째 석탄이 날아들었고 헨리는 찢어진 이마에서 손을 거두어 거의 무의식중에 그것을 옆으로 쳐냈다. 헨리는 웃고 있었다.

"이런, 엄청나게 놀랐겠군. 개새끼!" 헨리는 뭔가 더 말하려 했지만 그르렁대는 소리만 입에서 흘러나왔다.

마이클이 던진 또 다른 석탄이 이번엔 목구멍에 박힌 것이다. 헨리의 무릎이 다시 꺾였다. 피터 고든의 입이 쩍 벌어지고 무스 새들러의 이마에 깊은 주름이 잡혔다. 엄청나게 어려운 수학 문제를 푸는 듯한 표정이었다.

"뭐하고 있는 거야?" 헨리가 아이들에게 다그쳤다. 헨리의 손가락 사이로 피가 새어 나오고 있었다. 헨리의 목소리는 쉬어서 낯설게 들렸다. "저놈을 잡아! 저 피라미 새끼를 잡아!"

마이클은 아이들이 명령에 따르는지 살피는 데 시간을 허비하지 않았다. 셔츠를 버려 두고 철망에 뛰어올랐다. 꼭대기로 올라가려고 할 때 거친 손이 발목을 부여잡았다. 아래를 보자 피와 석탄으로 얼룩진 헨리의 일그러진 얼굴이 시야에 들어왔다. 마이클은 발을 위로 홱 잡아끌었다. 운동화가 헨리의 손안에 남겨진 채 벗겨졌다. 마이클이 헨리의 얼굴 위로 사정없이 발길질을 날리자 뭔가 우지직 하는 소리가 났다. 헨리가 다시 비명을 지르며 비틀비틀 물러서면서 이번엔 코피가 터진 코를 움켜쥐고 있었다.

트림쟁이의 손이 재빨리 마이클의 바짓가랑이를 잡고 늘어졌지만 마이클은 가까스로 빠져나왔다. 한 발을 철조망 위로 넘기는 찰나 뭔가가 엄청난 힘으로 날아와 마이클의 옆얼굴을 후려쳤다. 뜨뜻한 것이 볼을 타고 흘러내렸다. 다음엔 엉덩이, 팔뚝, 허벅지를 차례로 맞혔다. 헨리 패거리들이 석탄을 집어던지고 있었다.

마이클은 재빨리 손으로 매달렸다가 뛰어내려 두 번 데굴데굴 굴렀다. 비탈면에 자라 있는 관목 덕분에 생명을 구할 수 있었는지 모른다. 헨리는 다시 철조망으로 다가가 이번에는 철조망 너머로 M80 하나를 던져 넣었다. 폭탄은 쾅 하는 엄청난 폭발음을 내며 터졌다. 폭발음과 함께 풀숲에 커다란 공터가 생겨났다.

마이클은 귀청이 찢어지는 듯한 멍멍함 속에서 고꾸라지듯 비틀거리며 쓰러졌다. 황무지의 가장자리에 난 장대풀 속이었다. 마이클은 손으로 오른쪽 볼을 훑어 피를 닦았다. 피 때문에 특별히 겁먹지는 않았다. 어차피 말짱하게 그 상황을 빠져나올 수 있을 거라 기대하지도 않았으니까.

헨리가 체리 폭탄을 던졌지만 이번엔 그 모습을 지켜보고 있었으므로 일단 몸을 피할 수 있었다.

"놈을 잡아!" 헨리가 고함을 지르며 울타리를 기어오르기 시작했다.

"제길, 헨리, 난 잘 모르겠어……." 피터 고든는 처음 겪는 일이었다. 피를 보는 일은 없어야 했다. 그것도 같은 편이 피를 흘리다니. 더구나 자기편이 주도권을 쥔 상황에서 말이다.

"이제부터 잘 알아두라고." 헨리는 중간까지 올라간 상태에서 뒤돌아 피터에게 말했다. 헨리는 마치 인간의 형상을 한 독거미

같은 모습으로 철조망에 매달려 있었다. 그는 극악한 눈으로 피터를 노려보았다. 양쪽 눈가에 핏방울이 맺힌 채. 마이클의 발길질로 코가 부러졌는데도 헨리는 아직까지 그 사실을 깨닫지 못한 상태였다. "이젠 알아야 한다고, 바보 얼간이 같은 놈아! 그렇지 않으면 네놈을 쫓아가 요절낼 테니."

나머지 아이들도 철망을 기어오르기 시작했다. 피터와 빅터는 주저하고, 트림쟁이와 무스는 전처럼 맹목적으로 흥분한 모습이었다.

마이클은 더 이상 우물쭈물할 수 없었으므로 뒤돌아서 관목 숲을 향해 달렸다. 헨리가 뒤에 대고 고함을 내질렀다.

"도망가 봤자 소용없어, 검둥아! 널 찾아낼 테다!"

왕따들은 자갈 채취장 한쪽 끝 가장자리에 다다랐다. 마지막으로 자갈이 실려 나간 지 3년이 흐른 지금은 잡초가 무성하고 지구위의 거대한 곰보 자국에 지나지 않았다. 아이들은 모두 스탠리주변에 둘러서서 폭죽 상자 위로 경외의 눈길을 보내고 있었다. 그때 첫 번째 폭발음이 들렸다. 에디는 깜짝 놀라 펄쩍 뛰었다. 그는 자신이 실제로 보았다고 믿는 피라니아 물고기 때문에 아직도 얼이 빠져 있는 상태였다(에디는 실제로 피라니아를 본 적이 없었지만 절대로 이빨 있는 커다란 금붕어처럼 생기지는 않았을 거라고 확신했다).

"만만디, 에디." 리처드는 중국인 노동자의 목소리를 흉내 냈다. "다른 애들이 폭죽을 터뜨린 것뿐이라 해."

"그, 그만둬. 써, 썰렁해, 리처드." 빌의 말에 모두가 웃었다.

"나도 노력하는 중이라고, 빌." 리처드가 말했다. "언젠가 멋지게 성공하면 그대의 사랑을 받을 날이 있으리다." 리처드는 숙녀처럼 공중에 키스를 날렸다. 빌이 손으로 총을 만들어 리처드에게 겨누는 시늉을 했고, 벤과 에디는 미소를 띤 채 나란히 서 있었다.

"난 너무 어리고 당신은 너무 늙었어요." 스탠리 유리스는 기이할 정도로 똑같이 폴 앵카^{1950년대 선풍적인 인기를 모은 가수}의 목소리로 느닷없이 꽥꽥 노래를 시작했다. "이 사람이 내가 전에 말했던 내 사랑이라오……."

"노래를 할 줄 압니다요!" 리처드는 원주민 아이의 째지는 듯한 목소리로 말했다. "이것 좀 보시렵니까. 조만 한 아이가 노래를 할 줄 안답니다!" 그러고는 뉴스 영화 아나운서의 목소리가 뒤를 이었다. "여기, 점선으로 표시된 곳에 사인하면 된다는 소식입니다, 어린 학생." 리처드는 스탠리의 어깨에 한 팔을 툭 던지며 어마어마하게 함박웃음을 짓고 친한 척했다. "머리를 좀 길러야겠구나, 애야. 기타도 하나 사 주고. 또……."

빌은 리처드의 어깨를 가볍게 툭툭 쳤다. 모두들 폭죽을 터뜨린다는 기대감으로 벅차 있었다.

"빨리 열어 봐, 스탠리. 성냥은 나한테 있어." 비벌리가 말했다.

아이들은 다시 스탠리의 주변에 모여들어 조심스럽게 폭죽 포장을 뜯었다. 검은색 상표 위에 이국적인 중국어와 함께 영어로 흔한 경고 문구도 눈에 띄었다. 리처드는 키득거리며 경고문을 읽었다. "'도화선에 불을 붙인 후에는 손에 들고 있지 마시오.'

이렇게 알려 주니 좋군. 예전엔 불을 붙인 후에도 들고 있었거든. 그래서 망할 놈의 손톱이 다 날아가 버렸지."

천천히 스탠리가 붉은색 셀로판 종이를 벗기고 파란색, 빨간색, 녹색의 종이 상자를 경건할 정도로 조심스레 손바닥 위에 올려놓았다. 폭죽의 도화선은 중국인들의 변발처럼 땋여 있었다.

"내가 풀 테니까……." 스탠리가 말하는 동안 훨씬 더 큰 폭발음이 들렸다. 메아리가 천천히 황무지를 가로질러 퍼져 나갔다. 쓰레기 매립장의 동쪽 편에서 갈매기 떼가 날아오르며 끼룩끼룩 울부짖었다. 이번엔 아이들 모두 놀라 펄쩍 뛰었다. 스탠리는 폭죽을 떨어뜨렸다.

"다이너마이트야?" 비벌리가 신경을 곤두세우며 물었다. 그녀는 빌을 바라보았고, 빌은 고개를 위로 향한 채 눈을 동그랗게 뜨고 있었다. 그 모습이 비벌리에겐 그 어느 때보다 잘생겨 보였지만 빳빳하게 쳐든 얼굴은 잔뜩 굳어 있었다. 마치 불길을 감지하기 위해 쳐든 사슴의 머리처럼.

"M80인 것 같아." 벤이 조용히 말했다. "지난해 7월 4일날 공원에 갔을 때, 고등학생들이 그걸 두 개 가지고 있었거든. 그중하나를 양철통에 넣고 터뜨리니까 꼭 저런 소리가 났어."

"혹시 통에 구멍이 났어, 노적가리?" 리처드가 물었다.

"아니, 그렇지만 터질 것처럼 부풀어 올랐어. 사람들 중에서 누군가가 폭죽을 안에 던져 넣었어. 그러고는 모두들 옆으로 도망쳤지."

"폭발음이 더 가까운 곳에서 들렸어." 에디가 다시 빌을 흘끗쳐다보며 말했다.

"폭죽을 터뜨릴 거야, 말 거야?" 스탠리가 물었다. 스탠리는 폭죽 한 상자를 풀고 나머지는 다음 번을 위해 밀봉된 봉지 속에 가지런히 집어넣었다.

"물론 해야지." 리처드가 말했다.

"다, 당장 치워."

아이들은 모두 빌을 의아한 눈으로 바라보았다. 그들은 빌의 말 때문이 아니라 그의 갑작스런 어조에서 느껴지는 불안감 때문에 조금 겁이 났다.

"어, 어서 치우라니까." 빌은 같은 말을 되뇌었다. 말을 하느라 얼굴이 잔뜩 일그러져 있었다. 입에서 침이 튀었다. "무, 무슨 일이 새, 생길 것 같아."

에디는 입술을 핥았고 리처드는 땀 때문에 콧잔등에 흘러내린 안경을 엄지손가락으로 밀어 올렸다. 벤은 무의식중에 비벌리에게 더 가까이 다가섰다.

스탠리가 입을 열고 뭔가 말하려 할 때 또 한 번, 이번에는 좀 더 작은 소리로 체리 폭탄이 터졌다.

"도, 돌멩이." 빌이 말했다.

"뭐라고, 빌?" 스탠리가 물었다.

"도, 돌멩이 말이야. 무, 무기."

빌은 돌멩이를 주워 주머니가 불룩할 정도로 채워 넣었다. 다른 아이들은 빌이 미친 게 아닌가 아연한 눈으로 바라보고 있었다. 에디는 이마에 식은땀이 흐르는 것을 느꼈다. 에디는 문득 말라리아의 습격을 받으면 어떻게 될지 알 것 같았다. 에디는 빌과 함께 벤을 만났던 날도 그랬고(에디를 제외한 다른 아이들은 그 당시 이미 벤을 노적가리라고 여기고 있었다) 헨리 바워스가 자신의 코를 피범벅으로 만들었던 날도 비슷한 느낌을 받았다. 그러나 지금은 그보다 훨씬 심각했다. 황무지에 히로시마 폭탄이 터진 것과 맞먹을 정도였다.

벤이 돌을 줍기 시작했다. 그 다음으로 리처드가 이번엔 아무 말 없이 빨리 움직였다. 안경이 죽 흘러내려 바닥의 자갈밭에 떨어졌다. 리처드는 무심하게 안경을 접어 셔츠 안에 집어넣었다.

"왜 안경을 집어넣은 거야?" 비벌리가 물었다. 가느다란 목소리에 긴장감이 가득했다.

"글쎄, 나도 모르겠네, 자기야." 리처드는 이렇게 대답하며 계속해서 돌을 주웠다.

"비벌리, 너는 저기, 잠시 쓰레기 매립장 쪽에 가 있는 게 좋을 것 같아." 벤이 말했다. 그의 손에도 어느새 돌멩이가 가득 들려 있었다.

"엿 같아." 비벌리가 말했다. "모든 게 엿 같아, 벤 한스컴!" 그녀는 몸을 구부리고 돌을 줍기 시작했다.

스탠리는 아이들이 신들린 농부처럼 열심히 돌을 주워 모으는 모습을 찬찬히 바라보았다. 그리고 자신도 묵묵히 돌을 줍기 시작했다.

목구멍이 바늘구멍만큼 좁아질 때 느껴지는 익숙한 압박감이 에디에게 밀려들었다. '제길, 하필 이런 때에.' 에디는 순간 그런 생각이 들었다. '친구들을 도와야 할 때는 제발 참아다오. 비벌리의 말처럼 정말 엿 같네.'

그 역시 돌을 모으기 시작했다.

헨리 바워스는 지나치게 덩치가 컸으므로 평소에는 빠르고 민첩한 것과 거리가 멀었지만, 이때는 평소와 다른 상황이었다. 고통과 분노로 거의 제정신이 아니었으므로 여느 때라면 상상할 수도 없을 천부적인 운동 선수의 재질을 발휘할 수 있었다. 아무것도 생각하지 않았다. 그의 마음은 늦여름 황혼 녘의 들불처럼 온통 시뻘겋게 타오르며 잿빛 연기로 들어차 있었다. 그는 붉은 깃발을 향해 돌진하는 투우처럼 마이클 핸론을 뒤쫓았다. 마이클은 쓰레기 매립장으로 연결된 거친 숲길을 따라 달렸지만 주변 풍경에 마음 쓸 여유는 조금도 없었다. 무조건 풀숲으로 달렸고, 얼굴이며 목, 팔뚝으로 달려드는 잔가지와 가시나무에도 아랑곳하지 않았다. 곱슬곱슬한 흑인 소년의 머릿속에는 오직 한 가지 생각, 헨리 패거리가 점점 가까이 따라붙는다는 것뿐이었다. 헨리는 M80 폭탄을 오른손에, 성냥을 왼손에 움켜쥔 상태였다. 그는 검둥이를 붙잡는 순간 M80 신관에 불을 붙여 팬티 속에 처박아 줄 생각이었다.

마이클은 헨리와 그 패거리의 속력이 점점 빨라져 바로 발치까지 따라왔다는 사실을 깨달았다. 이를 앙다물고 속력을 내 보았다. 겁에 질린 나머지 기를 쓰지 않는다면 바로 까무러칠지도 몰랐다. 발목을 접질린 부분이 생각보다 심각해서 점점 더 절룩거리며 미끄러지는 상황이었다. 점점 가까워지는 헨리의 광기 어린 발소리 때문에 살인 훈련을 받은 개나 성난 곰에게 쫓기는 듯한 섬뜩한 기분이 들었다.

숲길이 탁 트이는 지점에서 마이클은 쓰러지다시피 자갈 채취장으로 뛰어들었다. 넘어졌다가 다시 일어서서 얼마쯤 갔을까, 갑자기 여섯 명의 아이가 나타났다. 일렬로 죽 서 있는 아이들의 얼굴 표정은 하나같이 기이하게 느껴졌다. 마이클은 나중에야 그때의 광경을 곱씹으며 그들의 표정이 왜 그토록 이상했는지 깨달았다. 마치 그곳에서 마이클을 기다리고 있었던 듯한 표정이었기 때문이다.

"도와줘." 마이클은 절룩거리며 그들을 향해 다가갔다. 본능적으로 그중에서 가장 키 크고 머리칼이 붉은 소년에게 애원했다. "아이들이……, 덩치 큰 아이들이……."

바로 그때 헨리가 자갈 채취장에 불쑥 나타났다. 무턱대고 달려오다가 여섯 명의 아이를 발견하고는 화들짝 멈춰 섰다. 그는 잠시 어리둥절한 표정으로 뒤를 힐끔거렸다. 자기 소대원들이 따라온다는 사실을 확인하고 다시 왕따 클럽의 아이들을 바라봤을 때는 씩 웃고 있었다. 마이클은 이제 빌 덴브로의 약간 뒤쪽에 서서 숨을 헐떡이고 있었다.

"어이, 이게 누구신가, 꼬맹이." 헨리는 빌을 응시하며 말했다. 그리고 슬쩍 리처드를 쳐다보았다. "너도 아는 놈이군. 안경은 괜찮아, 네눈박이?" 리처드가 뭐라고 말하기도 전에 헨리는 벤을 바라보고 말했다. "이런, 개새끼! 유대인과 뚱보가 한자리에 있다니! 어이, 이 아이가 네 거시기를 빨아 주는 애인이냐, 뚱보?"

벤은 궁둥이라도 찔린 것처럼 폴짝 뛰어올랐다.

피터 고든이 헨리 옆으로 달려왔다. 곧이어 모습을 드러낸 빅터도 헨리의 다른 쪽에 버티고 섰다. 트림쟁이와 무스 새들러는 나중에 도착했다. 그들이 각각 피터와 빅터 옆으로 나란히 서자 양측 진영이 서로 얼굴을 맞대고 대치하는 형국이 되었다.

여전히 가쁜 숨을 헐떡이며 헨리는 인간 황소처럼 말했다. "너희들한테도 볼일이 아주 많지만 오늘은 관두기로 하지. 검둥이만 내놔. 그리고 너희들은 발바닥에 땀나도록 여기서 꺼지라고."

"말대로 해!" 트림쟁이가 잽싸게 헨리를 거들었다.

"저 아이가 내 강아지를 죽였어! 자기가 그랬다고 했어!" 마이클이 부들부들 떨리는 목소리로 울부짖었다.

"좋은 말 할 때 당장 이리 뛰어와라. 그럼 죽이지는 않을 테니." 헨리가 말했다.

마이클은 떨면서 꼼짝도 하지 않았다.

빌이 조용하면서도 또렷한 음성으로 말했다. "화, 황무지는 우리 구역이야. 너, 너희들은 여, 여기서 나가."

헨리의 눈이 휘둥그레졌다. 느닷없이 따귀를 맞은 사람처럼. "누가 나랑 맞붙고 싶어 안달이지? 너, 버벅이냐?"

"우, 우리 모두. 우리가 너를 손봐, 봐줄 생각이야, 바, 바워스. 여기서 나, 나가라."

"이런 버벅이 병신 새끼가." 헨리는 머리를 수그린 채 곧바로 달려들 태세였다.

빌은 돌을 한 움큼 들고 있었다. 마이클과 돌멩이 하나만 들고 있던 비벌리를 제외하곤 모두 한 움큼씩 돌을 준비해 둔 상태였다. 빌은 서두르지 않고 정확하게 헨리를 겨냥해서 돌을 던지기 시작했다. 첫 번째 돌은 빗나갔다. 두 번째 돌은 헨리의 어깨에 날아들었다. 만약 세 번째 돌이 빗나갔다면 헨리는 빌을 붙잡아 바닥에 내리꽂았을지 모른다. 그러나 돌은 헨리의 얼굴 아래쪽을 정확히 가격했다.

헨리는 갑작스러운 통증에 비명을 지르며 고개를 들었고……, 네 개의 돌멩이가 더 날아들었다. 리처드 토저가 던진 돌멩이는 작은 연애 편지처럼 헨리의 가슴에, 에디의 돌은 어깨뼈에, 스탠리 유리스의 돌은 정강이에, 비벌리의 돌은 복부를 맞혔다.

그는 멍한 표정으로 왕따들을 바라보았다. 갑자기 허공은 돌멩이 미사일로 가득했다. 헨리는 여전히 어리둥절해했고, 고통과 분노로 한껏 일그러진 얼굴로 고함질렀다. "애들아! 저 새끼들 밟아 버려!"

"노, 놈들을 겨냥해." 빌은 굵직한 목소리로 말한 후, 아이들이 채 준비도 하기 전에 먼저 뛰어나갔다.

아이들은 곧바로 빌을 뒤따르며 헨리뿐만 아니라 그 패거리를 겨냥해 돌을 던지기 시작했다. 덩치 큰 악동들은 다급히 바닥에서 돌멩이를 집으려고 허둥댔지만, 쏟아지는 돌멩이 속에서 그건 쉬운 일이 아니었다. 피터 고든은 벤이 던진 돌에 광대뼈를 맞고는 피를 질질 흘리며 울부짖었다. 그는 물러서서 두세 개의 돌을 던지며 반격하는가 싶더니 곧바로 줄행랑을 쳤다. 그에게는 그 정도로 끔찍한 경험이었다. 웨스트 브로드웨이에서는 상상도 하지 못할 만큼.

헨리는 정신없이 바닥을 휘젓더니 돌멩이를 한 움큼 집어 들었다. 대부분 조그만 조약돌이었으므로 왕따들에게는 천만다행이었다. 헨리는 그중 커다란 돌멩이를 던져 비벌리의 팔을 맞혔다. 비벌리는 비명을 질렀다.

격분한 벤이 곧장 헨리에게 달려들었다. 헨리는 벤의 움직임을 빤히 보고 있었지만 제때 몸을 피하지 못했다. 헨리는 휘청거렸다. 벤의 몸무게는 나날이 불어 72킬로그램을 눈앞에 둔 상태였다. 결과는 뻔했다. 헨리는 허공을 붕 날다가 땅바닥에 등을 부딪혔다가 미끄러졌다. 벤이 다시 헨리에게 돌진할 때 트림쟁이 허긴스가 던진 골프공만 한 돌에 귀를 정통으로 맞았다. 그러나 벤은 귓가에서 흐르는 뜨뜻한 액체와 둔중한 통증을 어렴풋이 느낄 뿐이었다.

헨리가 비틀거리며 상체를 일으키는 순간, 벤이 쫓아와 냅다 엉덩이를 차 버렸다. 헨리는 벌러덩 나자빠졌다. 그는 불똥이 튀는 눈빛으로 벤을 올려다보았다.

"여자 아이한테 돌을 던지면 안 되지!" 벤이 소리쳤다. 그때처럼 화난 경우는 평생 한번도 없었다. "여자 아이한테……."

그 순간, 벤은 헨리가 성냥불을 켜자마자 그의 손에서 확 일어나는 불꽃을 보았다. 헨리는 M80의 신관에 불을 붙이더니 벤의 얼굴로 집어던졌다. 벤은 반사적으로 배드민턴하듯 손바닥으로 폭탄을 쳐냈다. 폭탄이 뒤로 튀어 올랐다가 헨리를 향해 다시 날아들었다. 헨리의 눈이 화등잔만 해졌고 그는 비명을 지르며 옆으로 몸을 굴렸다. 순식간에 폭탄이 터지면서 헨리의 셔츠 뒷자락이 시커멓게 찢어졌다.

잠시 후 벤은 무스 새들러의 일격을 받고 주저앉았다. 혀를 깨무는 바람에 피가 흘렀다. 멍멍한 가운데 주위를 훑어보았다. 나가떨어진 벤을 향해 무스가 다가왔지만, 그 전에 빌이 그의 등 뒤로 돌아와 돌을 던지기 시작했다. 무스는 돌아서면서 소리쳤다.

"뒤에서 공격하다니, 이 비겁한 새끼! 지저분한 새끼 같으니!" 무스가 악다구니를 썼다.

무스는 반격 태세를 취했지만 리처드까지 빌에게 가세해 돌을 포탄처럼 집어던졌다. 리처드는 비겁한 행동 운운하는 무스의 말을 무시했다. 덩치는 산만 한 놈들이 다섯 명씩 떼지어 겁에 질린 아이 하나를 쫓아다니는 꼴을 아서 왕과 원탁의 기사라고 할 수는 없는 노릇이었다. 리처드가 던진 돌멩이 하나가 무스의 왼쪽 눈썹을 찢어 놓았다. 무스는 악을 썼다.

에디와 스탠리 유리스도 곧바로 빌과 에디를 지원했다. 비벌리도 그 뒤를 따랐고, 한쪽 팔에 피를 흘리면서도 비벌리의 눈빛은 이글거렸다. 돌멩이가 허공을 갈랐다. 트림쟁이 허긴스는 팔뚝에 돌을 맞았는지, 팔꿈치를 감싼 채 이리 뛰고 저리 뛰기 시작했다. 헨리는 간신히 자리에서 일어섰다. 셔츠 자락이 너덜거렸지만 기적같이 상처는 거의 입지 않았다. 헨리가 돌아서기 직전, 벤 한스컴이 던진 돌멩이에 뒤통수를 맞고 다시 무릎을 꿇었다.

그날 왕따 소대에 가장 피해를 많이 준 이는 빅터 크리스였는데, 그가 동네 야구에서 강속구 투수라는 점이 한몫했다. 그러나 무엇보다 역설적이게도 가장 감정적으로 흥분하지 않았다는 이유가 더 컸다. 그는 점점 더 여기 있기가 싫어졌다. 그는 돌싸움을 하다가 중상을 입을 수 있다는 사실을 잘 알았다. 아이들 같으면 머리가 깨지거나 이가 뭉텅이로 부러질 수도 있고, 심지어 장님이 될 수도 있었다. 그러나 그는 그 현장에 있었으므로 돌싸움에 말려들 수밖에 없었다. 그는 위험 거리를 나누기로 마음먹었다.

그래서 빅터 크리스는 상대적으로 침착하게 30초의 여유를 두고 큼지막한 돌멩이를 긁어모을 수 있었다. 그는 그쯤에서 각개 전략을 구사하며 흩어져 있는 왕따 소대원 중에서 에디를 겨냥했다. 돌멩이는 에디의 턱을 강타했다. 에디는 주저앉아 피를 흘리며 비명을 질렀다. 벤이 에디를 도와주려고 돌아섰지만 에디는 이미 자리에서 일어서고 있었다. 에디의 창백한 피부와 가느다란 눈 때문에 피가 섬뜩하게 빛났다.

빅터는 리처드의 가슴을 향해 돌을 던졌다. 리처드가 곧바로 반격했지만, 빅터는 쉽사리 머리를 홱 숙여 피하더니 옆으로 빌 덴브로에게 돌을 던졌다. 빌은 재빨리 머리를 돌려 봤지만 이미 한발 늦었다. 돌멩이는 그의 뺨을 깊숙이 찢어 놓았다.

빌은 빅터를 정면으로 바라보았다. 눈길이 마주치자, 빅터는 말도 제대로 못하는 애송이의 눈빛에서 오싹한 공포를 느꼈다. 바보같이, '물려 줄게!' 하는 말이 입술 뒤에서 떨렸다……, 그런 보잘것없는 꼬마 녀석에게 결코 할 것 같지 않은 말이었다. 친구들에게 바보 취급을 받기로 작정하지 않는 한, 그런 말을 할 수는 없었다.

빌은 빅터를 향해 걸어갔고, 빅터도 그를 향해 다가오기 시작했다. 둘 사이에 텔레파시 신호가 떨어진 것처럼 동시에 상대방에게 돌을 던지며 거리를 좁혀 갔다. 아이들이 모두 동작을 멈춘 채 그들을 바라보았다. 헨리도 그들 쪽으로 고개를 돌렸다.

빅터는 잔뜩 몸을 웅크리고 이리저리 돌을 피하면서 접근했지만, 빌은 전혀 방어 자세를 취하지 않았다. 빅터가 던진 돌멩이는 빌의 가슴과 어깨와 배에 날아들었다. 귓가를 스친 돌멩이도 있었다. 그러나 빌은 조금도 흔들리는 기색이 없었고, 묵묵히 돌멩이에 살인적인 힘을 실어 하나씩 던졌다. 빌이 던진 세 번째 돌멩이가 퍽 소리와 함께 빅터의 무릎에 맞았다. 빅터는 억눌린 신음을 질렀다. 빅터는 수중에 돌멩이가 다 떨어지고 없었다. 빌에게 하나가 남아 있었다. 표면이 매끄러운 흰색 돌인데, 석영이 뒤섞여 햇빛에 반짝였고, 크기는 오리 알만 했다. 빅터 크리스에게는 그 돌이 아주 딱딱해 보였다.

빌은 1미터 50센티미터 정도의 거리를 두고 빅터를 바라보았다.

"여기서 다, 당장 나가. 아니면 네놈 머리통을 바, 박살내 주겠어. 거, 거짓말 아니야."

빌의 눈을 바라보며, 빅터는 그 말이 거짓이 아니라는 사실을 깨달았다. 빅터는 아무 말 없이 돌아서서 피터 고든이 꽁무니를 뺀 방향으로 걸어가기 시작했다.

트림쟁이와 무스 새들러는 어쩔 줄 몰라하며 주위를 두리번거렸다. 새들러의 입가에서 피가 흘러내렸고 트림쟁이의 머리에서 쏟아진 피는 얼굴 한쪽을 뒤덮었다.

헨리의 입술이 옴짝거렸지만 아무 말도 흘러나오지 않았다.

빌은 헨리를 향해 돌아섰다. "꺼, 꺼져."

"싫다면?" 헨리는 거칠게 들리려고 애썼지만 빌은 헨리의 눈빛에서 다른 것을 읽었다. 그는 겁에 질려 있었고 곧 꽁무니를 뺄 터였다. 그것은 빌에게 만족감을, 심지어 승리감조차 불러일으켜야 했을 테지만, 그는 피로하기만 했다.

"시, 싫다면, 우, 우리가 한꺼번에 너한테 다, 달려들 생각이야. 우리 여, 여섯이 네놈을 벼, 병원에 보내 주겠어."

"일곱이야." 마이클 핸론이 다가서며 소리쳤다. 양손에 야구공만 한 돌을 하나씩 쥐고 있었다. "한번 해보자, 바워스. 정말 해보고 싶어."

"이 검둥이 새끼!"

불쑥 튀어나온 헨리의 목소리가 울 것처럼 떨렸다. 그 목소리를 듣고 트림쟁이와 무스는 마지막 전의마저 잃고 말았다. 그들은 쭈뼛쭈뼛 물러서며 손아귀에서 돌멩이를 떨어뜨렸다. 트림쟁이는 자신이 어디에 있는지도 모르는 사람처럼 주위를 두리번거렸다.

"여기서 나가." 비벌리가 말했다.

"시끄러, 이 쌍년아. 너 이년……." 헨리가 채 말을 끝내기도 전에 돌멩이 네 개가 각기 다른 부위에 쏟아졌다. 그는 비명을 지르며 뒷걸음쳤다. 찢어진 셔츠 자락이 펄럭거렸다. 그는 애늙은이의 험상궂은 표정으로 다그치듯 트림쟁이와 무스를 쏘아보았다. 그러나 누구도 그를 도와주겠다고 나서지 않았다. 무스는 창피를 무릅쓰고 헨리의 얼굴을 외면해 버렸다.

헨리는 부러진 코 사이로 흐느끼듯 칭얼대는 소리를 냈다. "너희들 모조리 죽을 줄 알아." 그러고는 돌연 달리기 시작했다. 순식간에 뒷모습이 사라졌다.

"가, 가라니까. 꺼, 꺼져. 그리고 다, 다시는 이곳에 어, 얼쩡거리지 마. 화, 황무지는 우, 우리 거야." 빌은 트림쟁이에게 말했다.

"헨리가 가만 있을 것 같아? 가자, 무스." 트림쟁이가 말했다.

그들은 머리를 떨군 채 뒤도 한번 돌아보지 않고 그대로 사라져 버렸다.

일곱 명의 아이들은 느슨한 원 모양으로 둘러서서 저마다 몇 군데씩 피를 흘리고 있었다. 대격돌은 40분 남짓에 걸쳐 벌어졌지만, 빌은 숨 한번 돌리지 않고 2차 세계 대전을 치른 느낌이었다.

에디의 씨근거림이 침묵을 깨고 있었다. 벤은 에디에게 돌아섰다가, 황무지로 오면서 먹은 세 개의 샌드위치와 네 개의 동그랑땡이 뱃속에서 요동치는 바람에 곧바로 에디를 지나쳐 덤불 속으로 들어갔다. 그는 그곳에서 되도록 은밀하고 조용하게 먹은 것을 게웠다.

에디에게 다가간 이는 리처드와 비벌리였다. 비벌리는 가녀린 에디의 허리를 감쌌고, 리처드는 그의 호주머니에서 흡입기를 꺼내 주었다. "실컷 먹으라고, 에디." 리처드가 흡입기의 방아쇠를 당기자 에디는 새된 소리로 헐떡이더니 힘껏 숨을 들이쉬었다.

"고마워." 에디가 마침내 간신히 말했다.

벤은 붉게 달아오른 얼굴로 눈가에 맺힌 눈물을 닦으며 덤불에서 걸어왔다. 비벌리는 벤에게 다가가 두 손을 맞잡았다.

"나를 지켜 줘서 고마워." 비벌리가 말했다.

벤은 고개를 끄덕이며 더러워진 운동화를 내려다보았다. "언제든지 그렇게 할 거야."

그들은 차례차례 검은 피부의 마이클을 바라보았다. 모두들 조심스러우면서도 상냥한 눈빛이었다. 마이클은 그들의 호기심 어린 눈길을 익숙하게 받아들이며(솔직히 그런 눈길에서 벗어난 적이 한번도 없었다) 꾸밈없는 표정으로 마주보았다.

빌의 눈길이 마이클에서 리처드에게 옮겨졌다. 리처드도 빌을 바라보았다. 빌은 찰칵 하는 소리와 함께 기계의 마지막 부품이 딱 맞춰지는 느낌을 받았다. 그들이 알 수 없는 의지로 이루어진 기계. 그리고 등에 갑자기 얼음 조각을 뿌려 놓은 것처럼 서늘한 느낌도 들었다. '이제 모두 모인 셈이야.' 빌은 그 생각이 너무도 강렬하고 당연하게 느껴져 한순간 큰 소리로 말할 뻔했다. 그러나 굳이 말할 필요가 없었다. 리처드의 눈빛에도, 벤의 눈빛에도, 에디와 비벌리와 스탠리의 눈빛에도 이미 빌과 같은 생각이 담겨 있었으니까.

'이제 모두 모인 셈이야.' 빌은 다시 생각했다. '아, 하느님, 저희를 도와주세요. 이제 그 일이 정말 시작됐습니다. 부디, 저희를 도와주세요.'

"얘, 이름이 뭐니?" 비벌리가 물었다.

"마이클 핸론."

"혹시 폭죽 놀이 좋아해?" 스탠리가 묻자 마이클은 씩 웃었고, 그것으로 대답은 충분했다.

앨범

곧 밝혀지듯 빌 혼자만 술을 가져온 것은 아니다.

빌은 버번을 가져왔고, 비벌리는 보드카와 오렌지 주스를, 리처드는 여섯 개들이 맥주 한 상자, 벤 한스컴은 와일드 터키 한 병을 가져왔다. 마이클도 직원 휴게실의 조그만 냉장고에 맥주를 준비해 둔 모양이다.

드디어 에디 카스브랙도 작은 갈색 가방을 들고 나타난다.

"대체 그 속에 가져온 게 뭐지, 에디? 새콤달콤 자렉스 아니면 쿨에이드?"

에디는 어색하게 웃으면서 진 한 병과 자두 주스를 차례차례 꺼내 놓는다.

벼락이라도 맞은 듯한 침묵이 흐른 후 리처드가 조용히 말했다.

"누가 흰 가운 입은 사람들 좀 불러와야겠어. 에디 카스브랙이 드디어 정신이 나가 버렸어."

"진과 자두 주스를 섞어 마시면 몸에 아주 좋대." 에디는 변명하듯 말하고……, 왁자지껄한 웃음소리가 조용한 도서관을 메아리치다 성인 도서관과 아동 도서관을 연결하는 유리 통로를 따라 오르내렸다.

"무덤을 파는구나, 에디." 벤은 찔끔거리는 눈물을 닦으며 간신히 말을 잇는다. "잘하고 있는 거야, 에디. 내가 장담하는데, 좋은 결과가 있을 거야."

에디는 머쓱한 미소를 띤 채 종이컵의 4분의 3 정도를 자두 주스로 채운 다음 약간의 진을 섞는다.

"오 에디, 너를 정말 사랑해." 비벌리의 말에 에디는 놀란 표정이지만 웃어 보인다. 그녀가 탁자를 한 차례 훑는다. "너희 모두를 사랑해."

"우, 우리는 너를 사랑해, 비, 비벌리." 빌이 말한다.

"그래, 우리도 너를 사랑해, 비벌리." 벤의 눈이 약간 커졌고 그는 웃음을 터뜨린다. "우린 여전히 모두 서로를 아끼고 있는 것 같구나⋯⋯. 그게 얼마나 보기 드문 일인지 알아?"

잠시 침묵이 흐른다. 그리고 마이클은 리처드가 안경을 쓰고 있다는 사실에 약간 놀란다.

"콘택트렌즈가 말썽을 부리기 시작해서 빼 버렸어." 리처드는 마이클이 묻자 짤막하게 대답한다. "자, 이제 본론으로 들어갈까?"

자갈 채취장에서처럼 그들은 모두 빌을 바라본다. 마이클은 생각한다. '그들은 여전히 이끌어 줄 사람이 필요할 땐 빌을 바라보고 길잡이가 필요할 때는 에디를 찾는구나. 본론으로 들어가자니 정말 섬뜩한 말이군. 아이들의 시체가 발견됐고, 성폭행 흔적은 없고 시체의 훼손 역시 정확히 토막 살인이라기보다는 부분적으로 뜯어 먹힌 상태를 의미한다고 말해야 할까? 또한 내가 광부용 헬멧 일곱 개를 준비해 보관하고 있으며, 그중 하나는 이 자리에 나타나지 못할 스탠리 유리스의 것이라는 말도 해야겠지? 아니면 내일이나 늦어도 내일 밤까지는 모든 것이 끝날 테니까, 그것이 죽든 우리가 죽든 둘 중 하나겠지만, 마음 편히 집에 돌아가 잠이나 푹 자라고 말하는 것으로 충분하지 않을까?'

아마 그런 말을 할 필요는 없을 것이다. 여전히 그들은 서로 사랑하기 때문이다. 지난 27년 동안 많은 것이 변했지만 놀랍게도 서로에 대한 그들의 애정은 변함없다. 마이클의 생각에는 그것만이 그들의 유일한 희망이지 싶다.

이제 남은 일은 어려움을 헤치고 계속 나아가며, 속히 상황을 정확히 이해하고 과거와 현재를 단단히 연결시킴으로써 동력이든 추진력이든 힘을 이끌어 내는 것이다. '그래, 바로 그거야.' 마이클은 혼자 고개를 끄덕인다. '오늘 할 일은 추진력을 끌어 내는 것이고, 내일은 그 효과를 직접 확인하게 될 거야…… 어른의 몸을 한 아이들이 곤경과 황무지에서 벗어나 원하는 바를 얻을 수 있을지 알게 되리라.'

"혹시 생각나는 것 또 없어?" 마이클이 리처드에게 묻는다.

리처드는 맥주를 들이켜며 고개를 젓는다. "네가 새에 대해 얘기한 부분이 기억나고……, 아, 그래, '연기 구덩이'도 생각나." 리처드는 갑자기 히죽 웃으며 말을 잇는다. "오늘 밤 비벌리와 벤과 함께 걸어온 것도 생각나지. 나 참, 이 무슨 염병할 공포 디너 쇼도 아니고……."

"삑삑, 리처드 경고야." 비벌리가 웃으며 말한다.

"흠, 너는 알잖아." 리처드는 여전히 웃음을 띠고 안경을 추켜올린다. 그 순간 누가 봐도 어린 시절의 리처드가 으스스하게 되돌아온 느낌이다. 그는 마이클에게 윙크를 보낸다. "너와 나는 알고 있어, 안 그래, 마이클?"

마이클은 피식 웃으며 고개를 끄덕인다.

"스컬릿 아씨! 스컬릿 아씨! 연기 구덩이가 점점 뜨거워지는 뎁쇼. 스컬릿 아씨!" 리처드는 원주민 아이의 목소리로 비명을 지른다.

"그것도 여기 벤 한스컴이라는 탁월한 기술자이자 건축가의 작품이었지." 빌은 껄껄 웃으며 말한다.

"그래, 마이클, 네가 아버지의 앨범을 황무지로 가져왔을 때인가, 우리는 한창 아지트를 파고 있었잖아." 비벌리도 기억나는지 고개를 끄덕인다.

"이런, 세상에! 그 사진……." 빌은 갑자기 상체를 벌떡 일으키며 소리친다.

리처드가 심각하게 고개를 끄덕인다. "조지의 방에서 일어난 속임수와 똑같았어. 마이클이 가져온 사진은 우리 모두 봤다는 것만 다를 뿐."

벤이 말한다. "나는 은화로 무슨 일을 했는지 기억해 냈어."

모두 몸을 돌려 그를 바라본다.

"은화 세 개는 이곳으로 오기 전에 친구한테 줬어." 벤의 음성은 차분하다. "자식들에게 갖다 주라고 말이야. 그리고 나머지 은화 한 개는 어찌 됐을까 줄곧 생각해 봤지만, 도무지 모르겠더란 말이지. 그런데 이제 알겠어." 그는 빌을 바라본다. "은화로 은구슬을 만들었던 거야, 안 그래? 너와 나, 리처드 셋이서. 처음에는 은으로 탄환을 만들려고 했지만……."

"벤, 너는 자신 있다고 했어. 하지만 결국에는……."

리처드가 벤의 말에 동의한다.

"거, 겁이 났던 거야." 빌은 천천히 고개를 끄덕인다. 기억이 원래 자리로 돌아오는 느낌, 어디선가 예의 나지막하고 희미한 '찰칵!' 소리가 난다. 그는 이제 서서히 다가서고 있다고 생각한다.

"니볼트 가에 갔지. 우리 모두." 리처드가 말한다.

"그때 네가 내 목숨을 구해 줬어, 빌." 벤이 불쑥 말하자 빌은 고개를 젓는다. "정말이야. 네가 구해 줬잖아." 벤이 다시 한번 고집스레 말하자, 이번에는 빌도 고개를 젓지 않는다. 빌은 벤의 말이 맞을지 모른다고 여기면서도 어떻게 그를 구했는지 기억할 수 없다……. 아니, 정말 벤을 구하기는 한 건가 다시 갸우뚱한다. 어쩌면 비벌리였는지 모른다고……. 그러나 여전히 아무 확신도 들지 않는다. 아직까지는.

"잠깐만, 냉장고에서 맥주 좀 가져올게." 마이클이 말한다.

"내 걸 마시면 되잖아." 리처드가 말한다.

"핸론 씨는 백인이 주는 맥주는 안 마시지. 특히 네 녀석 맥주는 무조건 사양이야. 촉새야."

"삑삑, 마이클 경고야." 리처드가 부루퉁하게 말하자, 마이클은 친구들의 웃음을 뒤로하고 맥주를 가지러 간다.

그가 휴게실에 불을 켜자 볼품없는 의자가 줄지어 있는 작은 방과 지저분한 벽면, 게시판이 모습을 드러낸다. 게시판은 철 지난 각종 공고문이며 임금 및 근로 시간표, 누렇게 변색되고 가장자리가 말려 올라간 《뉴요커》의 만화 따위로 가득하다. 그는 조그만 냉장고 문을 열다가 그만 충격에 사로잡혀 뼈 속까지 사늘하게 얼어붙고 만다. 늦봄과 어울리지 않는 2월의 냉기가 몸속 깊이 파고든다. 파란색과 적황색 풍선 수십 개가 한꺼번에 냉장고에서 쏟아지는 것이 망년회 파티에 온 느낌이다. 그는 완전히 겁에 질린 채 '이제「올드 랭 사인」만 요란하게 울려 퍼지면 되겠구나.' 하며 엉뚱한 생각을 떠올린다. 풍선은 그의 얼굴을 스치더니 휴게실 천장으로 솟아오른다. 그는 비명을 지르려다가 지르지 못하고, 그것이 풍선 너머 맥주 바로 옆, 냉장고에서 튀어나오는 모습을 본다. 쓸모없는 친구들이 시답잖은 얘기나 실컷 지껄이다가 고향 아닌 고향 마을의 빌린 숙소로 돌아간 후 먹을 야참인 양.

마이클은 뒤로 한 발짝 물러나며 손으로 눈앞을 가린다. 그러나 의자에 걸려 넘어질 뻔하는 바람에 그나마 시야를 가렸던 손마저 쑥 내려간다. 그것이 아직 냉장고에 있다. 마이클의 버드 라이트 맥주 옆자리를 떡하니 차지하고 있는 스탠리 유리스의 잘린 머리 말이다. 열한 살 소년의 얼굴로. 소리 없는 비명을 지르듯 입이 쩍 벌어져 있지만, 마이클의 눈에는 치아나 혀 대신 입속 하나 가득 채워진 깃털만 보인다. 깃털은 연한 갈색이며 엄청나게 크다. 마이클은 그것이 어떤 새의 깃털인지 단번에 알아챈다. 당연하다. 어찌 모르겠는가. 그는 그 새를 1958년 5월에 봤고, 그해 8월 초에는 친구들과 함께 또 한 번 그 새와 맞닥뜨렸다. 게다가 수년이 흐른 후, 병상에 있는 아버지를 간병하는 동안 아버지 역시 블랙 스폿 화재에서 목숨을 구한 직후 그 새를 봤노라 전해 들었다. 스탠리의 찢긴 목에서 피가 흘러내려 냉장고 아래 칸에 웅덩이처럼 고이기 시작한다. 냉장고 불빛 아래 홍옥처럼 검붉은 핏물이 유난히 번뜩인다.

"억…… 억…… 억……." 마이클은 그저 불완전한 음절만 뱉는다. 그때 잘린 머리에서 번쩍 열린 눈동자는 어릿광대 페니와이스처럼 밝은 은색이다. 눈동자가 마이클을 향해 움직이더니 곧이어 입속 가득한 깃털이 밖으로 뿜어진다. 무엇인가 말을 할 듯 말 듯, 그리스 연극의 예언자처럼 예언이라도 들려줄 모양이다.

'그냥 너희들과 함께하고 싶어서 온 거야, 마이클. 내가 빠지면 안 되잖아. 내가 없으면 이길 수 없다는 거, 너도 알지? 내가 온전한 모습으로 나타났다면 좋았을걸. 하지만 완전히 미국인이 돼 버린 이 머리통 하나만으로는 서 있기도 힘들어. 내가 무슨 말 하는지 알겠지, 부드러운 아저씨? 너희 여섯만 가지고는 예전에 했던 일의 일부분을 되풀이하는 게 고작이고, 결국은 모두 죽을 거야. 그래서 좋은 방법을 알려 주려고 온 거야. 방법, 무슨 소린지 알지, 마이클? 어때, 친구야? 알아듣냐고, 더러운 검둥이 새끼야.'

'너는 헛거야!' 마이클의 고함소리는 머릿속에서만 쩌렁쩌렁 울릴 뿐 음량을 최대한 낮춘 텔레비전 같다.

뜻밖에, 섬뜩하게, 잘린 머리가 마이클에게 윙크한다.

'나는 허상이 아니야. 빗방울처럼 또렷한 실체란 말씀. 내가 무슨 말을 하는지 알잖아. 마이클. 너희 여섯이 무슨 짓을 하든, 그건 착륙 장치 없이 이륙하는 비행기나 다름없지. 내려오지 못한다면 아무리 높이 오른들 무슨 소용이 있어? 오르지 못한다면 내려온들 아무 의미도 없다는 말씀. 수수께끼 놀이를 하고 농을 치려면 제대로 해야지. 너는 죽었다 깨어나도 나를 웃기진 못할 거야, 마이클. 봐, 비명 지르는 방법도 잊어버렸잖아. 삑삑, 정신 차려, 마이클. 어때? 그 새 기억하시나? 참새에 지나지 않지만, 허허, 아주 대단하게 보였지? 창고처럼 커다랗고, 꼬맹이나 주눅 들게 하는 시시한 일본 영화의 괴물처럼 무서웠을 거야. 새를 쫓아

버릴 수 있는 시절도 다 지나갔어. 내 말 잘 들어, 마이클. 머리가 제대로 돌아갈 때 속히 이곳에서, 데리에서 빠져나가는 게 좋아. 머리가 벌써 굳었다면, 할 수 없지, 내 머리 꼴 나는 거지, 뭐. 인생이라는 거대한 도로에서 표지판을 만나기도 어려운 법이니까, 기회를 놓치지 말란 말이야, 우리 착한 순둥이.'

스탠리의 머리가 빙그르르 돌더니(입에 든 깃털에서 뜯어지는 듯한 불쾌한 소리가 들리고) 냉장고 밖으로 굴러 떨어진다. 그러고는 곧바로 볼링공처럼 데구루루 마이클을 향해 구르며, 피 범벅이 된 머리칼과 히죽 웃는 얼굴이 번갈아 돌고돈다. 머리가 지나온 자리에 끈적끈적한 핏줄기와 깃털이 점점이 박혀 있다.

'삑삑, 경고한다, 마이클!' 머리통이 울부짖자, 마이클은 황급히 도망치며 저리 가라는 듯 두 손을 내젓는다. '삑삑, 삑삑, 삑삑!'

곧이어 싸구려 샴페인에서 코르크 마개가 튀어오를 때처럼 펑 하는 소리가 들린다. 어느새 스탠리의 머리는 사라지고 없다('진짜야.' 마이클은 욕지기를 느낀다. 어쨌든 펑 하는 소리는 거짓이나 착각이 아니었다. 갑자기 빈 자리를 찾아 쇄도하는 소리……. 실제, 정말이지, 실제 소리였다). 핏방울이 미세한 입자처럼 떠오르다가 그대로 떨어져 버린다. 그러나 휴게실 바닥을 애써 닦을 필요는 없을 것이다. 캐럴은 내일 출근해도 피를 볼 수 없을 뿐 아니라 뜨거운 모닝커피를 먹기 위해 풍선을 헤치고 다녀야 한다는 사실도 모를 것이다. '거참, 편리해서 좋군.' 마이클은 갑자기 낄낄대기 시작한다.

위쪽을 바라보자 예상대로 풍선은 아직 허공에 떠 있다. 파란색 풍선에 이렇게 적혀 있다. "데리의 검둥이, 새를 잡다." 적황색 풍선에서 다른 글이 눈에 띈다. "왕따들 아직도 갈팡질팡하다. 그러나 스탠리 유리스만은 예외다."

내려오지 못하면 아무리 높이 오른들 무슨 소용이며, 오르지 못한다면 내려온들 또 무슨 의미가 있나. 잘린 머리가 또다시 설득하듯 말하는 것 같다. 특히 마지막 부분 때문인지, 마이클은 다시 한번 광부용 헬멧을 떠올린다. 사실일까? 불현듯 돌싸움 직후 처음으로 황무지에 갔던 날이 떠오른다. 7월 6일, 독립 기념일 행진이 있은 지 이틀 후……, 처음으로 어릿광대 페니와이스와 직접 맞닥뜨린 날로부터 이틀이 지난 후였다. 처음으로 황무지에 간 날, 아이들의 이야기를 듣고 나서 자신도 망설이며 이야기를 털어놓았다. 그는 집으로 돌아와 아버지에게 앨범을 봐도 되는지 여쭈었다.

마이클은 무엇 때문에 7월 6일 황무지에 갔던 것일까? 그곳에서 친구들을 만날 줄 이미 알고 있었던 것일까? 그랬다는 생각이 든다. 황무지에 그들이 있다는 것뿐 아니라 정확히 그들이 어디에 있는지까지 알고 있었다. 아이들은 아지트에 대한 이야기를 많이 했지만, 마이클은 딱히 아지트니 뭐니 하는 말들이 현실적으로 들리지 않았다. 왜냐하면 아이들 자신도 어떻게 설명해야 하는지 모르고 있었기 때문이다.

마이클의 눈길은 여전히 풍선을 향해 있지만, 머릿속은 그 무더웠던 날을 자세히 기억해 내려고 애쓰고 있다. 그날 무슨 일이 벌어졌으며, 자신의 마음 상태는 어떠했는지 등등, 미묘한 차이까지 제대로 기억해 내는 일이 갑자기 중요하게 느껴졌기 때문이다.

그 시점이 바로 사건의 출발점이었다. 그전부터 다른 친구들은 이미 그것을 죽이는 문제에 대해 의견을 나눠 왔지만 실제적인 행동이나 계획도 없는 상태였다. 마이클이 나타남으로써 마법의 원이 완성되고 바퀴가 구르기 시작했다. 그날 오후, 빌과 리처드와 벤은 도서관으로 가서 빌이 그전부터 궁리했다는 방법을 진지하게 연구했다. 그때가 바로 모든 일의 시작이며…….

"마이클?" 리처드가 참고 문헌 열람실에서 큰 소리로 마이클을 찾는다. "거기서 죽었냐?"

'거의 그럴 뻔했지.' 마이클은 풍선과 냉장고 안의 피와 깃털을 바라보며 혼자 중얼거린다.

마이클이 대답한다. "모두 이리 좀 와 보는 게 좋겠어."

그는 친구들이 의자 끄는 소리와 웅성거리는 소리를 듣는다. "맙소사, 대체 무슨 일이야?" 리처드의 목소리가 들리자, '기억의 귀'를 쫑긋거리던 마이클은 불현듯 자신이 무엇을 찾고 있었는지, 나아가 왜 그 기억이 좀처럼 떠오르지 않았는지 깨닫는다. 그날 그가 황무지에서도 가장 어둡고 그늘지고 울창한 개간지로 접어들었을 때……, 다른 이들은 아무 반응도 없었다. 아이들은 놀라지 않았고, 그들을 어떻게 찾아냈는가도 대수롭지 않다는 듯 궁금해하지 않았다. 벤은 샌드위치를 먹는 중이었고, 비벌리와 리처드는 담배를 피웠으며, 빌은 팔베개를 하고 누워 하늘을 바라보았고, 에디와 스탠리는 1미터 50센티미터 정도의 정사각형 모양으로 말뚝이 박혀 있는 공간을 갸우뚱하며 살펴보고 있었다.

놀람도, 질문도 없었다. 마이클은 불쑥 나타나 그들의 일부가 되었다. 그들은 분명 마이클을 기다리고 있었지만, 그런 사실을 알지는 못했다. 제3의 귀, 기억의 귓가로 얼마 전과 똑같이 원주민 아이를 흉내 내는 리처드의 음성이 들린다. "클로디 아씨, 지금 막……

새카만 아이가 왔답니다! 에구에구, 저 아이가 왜 왔는지는 소인도 모릅죠! 이크, 징글맞게 뽀글뽀글한 머리 좀 봐요, 빌 형님!" 그러나 빌은 눈길 한번 주지 않고 흘러가는 한여름의 뭉게구름만 멍하니 바라보았다. 나름대로 중요한 질문을 혼자 생각하고 있었던 것이다. 리처드는 무시당했다고 속상해하지 않았다. 그는 앞으로 다가서며 또 한 차례 지껄였다. "저 징글징글한 곱슬머리 좀 보라니까요. 속이 울렁거려 박하사탕을 몇 개 더 먹어야겠습니다요. 시원한 베란다에라도 나가서 이 복잡한 마음을 좀……."

"뻑뻑, 리처드." 벤이 입속 가득 샌드위치를 물고 말했다. 비벌리가 웃음을 터뜨렸다.

"안녕." 마이클이 얼뜬 목소리로 인사를 건넸다. 가슴이 점점 두근거렸지만 그대로 물러서고 싶지도 않았다. 그는 갚아야 할 빚이 있었고, 아버지의 말씀처럼 빚은 이자가 올라가기 전에 하루라도 빨리 갚는 게 상책이었다.

스탠리가 주위를 둘러보았다. "안녕." 그렇게 말하고는 이내 개간지 한가운데 그려진 선을 바라보았다. "벤, 이게 확실히 효과 있을까?"

"그럴 거야." 벤이 말했다. "안녕, 마이클."

"담배 피울래? 두 개비 남았거든." 비벌리가 담배를 권했다.

"고맙지만 괜찮아." 마이클은 심호흡을 한 뒤 말했다. "전에 도와줘서 정말 고마워. 그 아이들한테 크게 다칠 뻔했거든. 너희들 중에도 다친 아이가 있는 것 같던데, 나 때문에 미안하다."

빌은 됐다는 듯이 손사래를 쳤다. "시, 신경 쓰지 마. 그 녀석들은 저, 전부터 우리를 자, 잡아먹지 못해 아, 안달이었으니까." 그는 상체를 일으키며 마이클을 바라보다 갑자기 호기심이 동한 모양이었다. "무, 물어보고 싶은 게 있어. 괘, 괜찮아?"

"그래." 마이클은 조심스러운 표정으로 바닥에 앉았다. 그런 식으로 운을 떼다가 뻔한 질문이 나온다는 것쯤은 벌써 경험으로 알고 있었다. 덴브로라는 아이는 필시 검둥이로 사는 게 어떤지 물어볼 터였다.

그런데 대신에 빌은 이렇게 말했다. "2년 전에 라, 라슨이 월드 시, 시리즈에서 노, 노히트 노런을 기록했잖아. 너는 그게 우, 운이라고 생각하냐?"

리처드는 담배 연기를 깊숙이 빨아들이더니 기침을 해 댔다. 비벌리는 리처드의 등을 두들겨 주며 점잖은 충고를 잊지 않았다. "너는 왕 초보야, 리처드, 더 배워야 한다니까."

"내 생각에는 무너질 것 같아, 벤." 에디는 여전히 정방형의 공간을 바라보며 근심스럽게 말했다. "저 안에서 생매장될 걸 생각하면 정말 끔찍해."

"생매장될 일 없으니까 걱정 마. 설령 그런 일이 벌어져도, 너는 흡입기를 빨면서 구조될 때까지 기다리면 되잖아."

벤이 한 말이 스탠리에게는 무척이나 재미있었던 모양이다. 그는 팔꿈치에 의지해 몸을 뒤로 기대고 하늘을 향해 고개를 젖히고는 에디가 입 다물라고 정강이를 걷어찰 때까지 웃어 댔다.

이윽고 마이클이 빌의 질문에 대답했다. "운이 좋아서. 노히트 노런이 나오려면 실력도 실력이지만 운도 따라야 하니까."

"내 새, 생각도 그래." 빌이 말했다. 마이클은 혹시 또 다른 질 문이 있을지 몰라 기다렸지만, 빌은 그것으로 만족하는 눈치였 다. 그는 다시 벌렁 드러눕더니 아까처럼 팔베개를 하고 다시 구 름을 바라보았다.

"근데 지금 뭐하고 있는 거야?" 마이클은 말뚝이 박혀 있는 정 방형의 공간을 바라보았다.

"아, 이번 주부터 시작한 노적가리 군의 대공사라고나 할까. 저 번에는 황무지를 물바다로 만들었는데, 괜찮은 작품이었지. 하지 만 이번에 성공하면 더 멋진 일이 될 거야. 이름하여 너 자신의 아지트를 파라. 그게 이번 달의 프로젝트라고 보면 돼. 그리고 다 음 달에는……." 리처드가 말했다.

"베, 벤을 자꾸 노, 놀림감으로 사, 삼지 마. 자, 잘될 거야." 빌 은 여전히 하늘을 바라보며 말했다.

"아서라, 빌, 난 그냥 농담하는 거라고."

"노, 농담이라지만 이따금 지, 지나칠 때가 있어. 리, 리처드."

리처드는 군말 없이 빌의 나무람을 받아들였다.

"아직 이해가 안 돼." 마이클이 말했다.

"흠, 간단해. 다른 아이들은 나무 위에다 집을 짓자고 했어. 어 려운 일은 아니야. 하지만 사람들은 나무에서 떨어지면 뼈가 부 러지기 십상이야. 그래서……."

"이봐……, 이봐……, 나한테 뼈 좀 빌려 줘." 스탠리가 혼자 말하고 역시 혼자 웃음을 터뜨리려는데, 다른 아이들은 당황해서 바라보기만 했다. 스탠리는 유머 감각이 그리 뛰어난 편이 아닌데다 그나마 아주 독특했다.

"에구에구, 나리, 미치신 게 아닙니까. 아님 멕시코 춤이라도 추시렵니까." 리처드가 익살을 떨었다.

"어쨌든 우리는 1미터 50센티미터 정도 밑으로 파 들어갈 생각이야. 지하수 때문에 그 이상은 들어갈 수 없거든. 특히 이곳은 지하수와 가까운 지역이야. 그래서 일단 가장자리부터 파 보면서 문제가 없는지 살펴보려고." 벤은 의미심장한 눈길로 에디를 바라보았지만, 에디는 걱정하는 표정이었다.

"그 다음에는?" 마이클이 흥미로워하며 말했다.

"지붕을 얹어야지."

"엉?"

"구덩이를 파내고 그 위를 판자로 덮는 거야. 판자에다 잠수함 해치 같은 뚜껑 문을 만들면 드나들 수 있거든. 원한다면 창문도 만들 수……."

"피, 피, 필요한 물건들이 있을 거야." 빌은 여전히 구름을 바라보고 말했다.

"레이놀스 철물점에서 구하면 돼." 벤이 말했다.

"요, 용돈을 모, 모아야 할걸."

"나한테 5달러가 있어. 아기 봐주고 모은 돈이야." 비벌리가 말했다.

리처드는 즉시 두 손 두 발로 엎드려 비벌리를 향해 기었다. "사랑합니다, 비벌리." 그는 강아지 같은 눈을 하고 말했다. "저와 결혼해 주시겠어요? 솔나무로 엮은 방갈로에서 우리 함께 평생을……."

"뭐라고?" 비벌리가 묻는 동안, 벤은 근심, 즐거움, 관심이 이상하게 뒤섞인 눈빛으로 그들을 지켜보았다.

"솔방울을 한 아름 따올게요. 5달러면 충분합니다, 내 사랑. 당신과 나, 그리고 예쁜 아기, 그렇게 셋이서 살기에는……."

비벌리는 발그레 웃음 띤 얼굴로 질겁하며 리처드에게서 떨어졌다.

"우리 모두 조, 조금씩 돈을 내는 게 좋겠어. 그래서 우리가 동아리를 만든 거잖아." 빌이 말했다.

벤이 말을 계속했다. "그래, 판자에 구멍을 내서 지붕을 만든 다음에 강력 접착제를 쏟아 붓는 거야. 그리고 그 위에 잔디 뗏장을 올리면 돼. 솔잎도 뿌리면 더 좋겠지. 헨리 바워스 같은 애들은 그 위를 지나가면서도 우리가 밑에 있는 줄 꿈에도 모를걸."

"네가 생각한 거야? 와, 정말 멋지다!" 마이클이 탄성을 질렀다.

벤은 씩 웃었다. 그러다 이내 얼굴이 붉어졌다.

빌이 갑자기 자리에서 일어나며 마이클을 바라보았다. "너도 도, 도와줄래?"

"어……, 물론이지. 정말 재밌겠는걸." 마이클은 아이들 사이에 한순간 스쳐 지나가는 표정을 보았다. 눈으로 보이고, 가슴으로 느껴졌다. '이제 일곱 명이구나.' 마이클은 문득 그렇게 생각하다 기묘한 전율을 느꼈다. "언제부터 땅을 팔 거지?"

"지, 지금 다, 당장." 빌이 말했다. 마이클도 빌이 말하는 게 벤

혼자만의 지하 아지트가 아니라는 사실을 '알았다'. 벤 또한 알았다. 리처드도, 비벌리도, 에디도 알고 있었다. 스탠리 유리스도 이제 웃음을 그쳤다. "우리는 1초라도 빠, 빨리 일을 시, 시작할 생각이야."

한순간의 침묵, 마이클은 돌연 두 가지 사실을 깨달았다. 그들이 무엇인가 마이클에게 해 주고 싶은 말이 있고……, 어렴풋한 느낌이긴 했지만 마이클 자신도 할 이야기가 있다는 생각이 들었다.

벤은 막대기 하나를 집어 들더니 고개를 숙인 채 땅에 뭔가를 그리기 시작했다. 리처드는 새카매진 손톱을 열심히 물어뜯었다. 빌 혼자만 마이클을 뚫어져라 바라보았다.

"갑자기 무슨 일이야?" 마이클이 어색한 표정으로 물었다.

빌은 아주 느릿느릿하게 말했다. "우, 우리는 트, 특별한 모임을 만들었어. 워, 원한다면 너도 우리 모임에 끼, 낄 수 있어. 하지만 비, 비밀을 꼬, 꼭 지켜야 해."

"아지트를 말하는 거야? 흠, 그거라면……." 마이클은 전보다 더 불편한 느낌이 들었다.

"또 다른 비밀도 있지, 꼬마 신사." 리처드는 여전히 마이클을 보지 않은 채 말했다. "대장 빌 말로는, 우리 모두 이번 여름에 지하 아지트를 파는 일보다 더 중요한 일을 해야 한다는군."

"얘 말도 맞아." 벤이 덧붙였다.

갑자기 가쁜 숨소리가 들려왔다. 마이클은 깜짝 놀랐다. 에디였다. 에디는 미안한 표정으로 마이클을 바라보며 어깨를 으쓱하더니 고개를 끄덕였다.

"자, 괜히 맘 졸이게 하지 말라고. 얘기해 봐." 마이클이 마침내 말했다. 빌은 다른 아이들을 바라보고 있었다. "마, 마이클이 우리 모임에 들어오는 걸 바, 반대하는 사람?"

아무도 싫다고 하거나 손을 올리지 않았다.

"그럼 누, 누가 대신 좀 마, 말해 줄래?"

다시 긴 침묵이 흘렀고, 이번에는 빌도 그 침묵을 깨지 않았다. 마침내 비벌리가 한숨을 쉬더니 마이클을 올려다보았다.

"계속해서 아이들이 죽고 있잖아. 우리는 범인을 알고 있어. 사람이 아니야."

아이들은 한 명씩 마이클에게 이야기를 해 주었다. 빙판 위의 어릿광대, 현관 밑의 문둥이, 욕실 배수구에서 솟구친 피와 목소리, 급수탑에서 죽은 아이들. 리처드는 빌과 함께 니볼트 가에 갔을 때 경험한 일을 말했고, 맨 마지막으로 빌이 얼마 전 저절로 움직였다는 앨범과 그가 건드렸다는 사진 이야기를 꺼냈다. 빌은 자신의 동생을 죽인 범인이 그것이며, 왕따 클럽 전원은 그것을 죽이기로 힘을 모았다고……, 그것이 어떤 괴물이든 기필코 없애기로 결심했다는 말로 끝을 맺었다.

그날 밤 집에 돌아간 마이클은 황무지에서 있었던 일을 떠올렸다. 그는 두려움과 말 못할 불신감을 느끼고 뒤도 한번 돌아보지 않고 아이들에게서 도망칠 뻔했다. 흑인을 싫어하는 백인 아이들 틈에 잘못 걸려들었으며, 그 여섯 아이들은 모두 미쳐 그들 사이에서 으스스한 독기가 느껴졌다고.

그러나 마이클은 도망치지 않았다. 몹시 두려웠지만 한편으로 이상할 정도로 편안했기 때문이다. 위안이라고 해야 할까, 깊고도 강렬한 무엇, 마치 집으로 돌아갈 때의 기분처럼. 빌이 이야기를 끝냈을 때, 마이클은 '이제 일곱 명이 모였구나.' 하는 생각을 다시 떠올렸다.

마이클도 입을 열었지만 자신이 무슨 말을 하는지도 몰랐다.

"어릿광대를 봤어."

"뭐라고?"

리처드와 스탠리가 동시에 물었고, 비벌리는 고개를 획 돌리는 바람에 땋은 머리가 왼쪽 어깨에서 오른쪽으로 넘어갔다.

"독립 기념일에 봤어." 마이클은 주로 빌을 바라보며 천천히 입을 열었다. 빌의 눈빛이 예리하게 반짝이며 어서 말해 보라는 듯 재촉했다. "그래, 7월 4일 독립 기념일이었어……."

마이클은 말꼬리를 흐리고 잠시 생각에 잠겼다. '하지만 아는 사람이었어. 전에도 본 적 있으니까. 뭔가 이상한 것을 본 것도 그날이 처음은 아니야.'

마이클은 그 새를 떠올렸으며, 5월 이후 악몽을 꾼 경우를 제외하고 애써 새의 모습을 떠올린 것은 그때가 처음이었다. 새를 떠올리기만 해도 미칠 거라고 생각해 왔으니까. 미치지 않아 다행이다 싶긴 했지만……, 그것은 여전히 서늘한 안도감이었다. 마이클은 바싹 말라붙은 입술에 침을 묻혔다.

"계속해 봐. 어서." 비벌리가 안달 난 표정으로 재촉했다.

"그러니까 나도 독립 기념일 행진에 참가했거든. 내가……."

"너를 봤어. 색소폰을 연주했잖아." 에디가 불쑥 말했다.

"으응, 정확히 말하면 트롬본이야. 니볼트 교회 연주단에 속해 있거든. 어쨌든, 그때 광대를 봤어. 광대가 시내 삼거리에서 아이들한테 풍선을 나눠 주고 있더라고. 벤과 빌이 말한 모습과 똑같았어. 은색 옷에 적황색 단추, 흰색 분장, 웃는 모습으로 큼지막하게 그려진 빨간 입술. 립스틱이나 분장을 했는지 모르겠지만 내가 보기엔 피 같았어."

다른 아이들은 고개를 끄덕이며 흥분한 표정이었지만 빌은 마이클을 뚫어져라 쳐다보았다. "더, 덥수룩한 머리카락도 저, 적황색이었어?" 빌은 자신의 머리를 가리키며 마이클에게 물었다.

마이클은 고개를 끄덕였다. "그런 것 같아……. 그래서 더 무서웠어. 내가 바라보는데, 그 광대가 내 마음을 알아채기라도 한 듯 나를 향해 돌아서는 거야. 그래서……, 너무 무서웠어. 영문도 모른 채, 너무 무서워서 트롬본을 연주하는 것도 잠시 잊어버렸을 정도야. 입속에서 침이 다 말라붙어……." 마이클은 비벌리를 흘끔거렸다. 이제 모든 것이 또렷이 떠올랐다. 트롬본과 자동차에 반사되는 햇살이 얼마나 눈부셨는지, 음악 소리는 또 얼마나 요란하고 하늘은 새파랬는지. 광대는 흰색 장갑을 낀 손을 들어 올리더니(다른 손에는 풍선 다발이 들려 있었다) 피처럼 붉은 입술로 함박웃음을 지으며 어서 오라는 듯 손짓했다. 마이클은 비명조차 지를 수 없었다. 불알이 파르르 떨리는가 싶더니, 곧바로 뜨거운 느낌과 함께 축 처지는 것이 금방이라도 오줌을 지릴 것 같았던 기분이 생생하게 떠올랐다. 하지만 그런 말을 비벌리 앞에서 할 수는 없는 노릇이었다. 여자 아이 앞에서 '쌍년'이나 '개새끼'라는 욕은 할 수 있어도 차마 할 수 없는 말이 있는 법이다. "그냥 무섭다는 생각만 들었어."

마이클은 갑자기 맥 빠지는 기분이었지만 딱히 나머지 이야기를 설명할 방법도 없었다. 그러나 아이들은 이해한다는 듯 고개를 끄덕였고 마이클은 형용하기 힘든 안도감을 느꼈다. 아무튼 광대가 바라보며 핏빛 웃음을 띠고 흰색 장갑을 천천히 흔드는 모습이란……, 헨리 바워스와 그 패거리에게 쫓기는 것보다 훨씬 끔찍한 경험이었다. 소름이 끼칠 만큼.

"그때 행렬이 막 광대를 지나쳤어. 우리는 메인 가 언덕까지 행진했어. 그런데 그곳에서도 광대가 아이들에게 풍선을 나누어 주고 있는 거야. 하지만 대부분의 아이들은 풍선을 받으려고 하지 않았어. 엉엉 우는 아이들도 있었으니까. 솔직히 광대가 그렇게 빨리 그곳까지 왔다는 게 이상했어. 그래서 광대가 둘이구나, 둘이 똑같은 옷을 입고 있구나 생각했지. 같은 팀처럼. 하지만 광대가 나를 향해 손짓하자 방금 전의 그 광대라는 사실을 깨달았어. 똑같은 사람 말이야."

"사람이 아니야." 리처드가 말했고 비벌리는 몸을 부르르 떨었다. 빌은 잠시 비벌리를 안아 주었고, 비벌리는 고맙다는 눈빛으로 그를 바라보았다.

"광대는 나한테 손을 흔들더니……, 윙크를 하더라고. 우리 둘이 무슨 비밀 얘기라도 한 것처럼. 아니면……, 내가 자기를 알아봤다는 걸 눈치 챘나 봐."

빌은 비벌리의 어깨를 놓으며 말했다. "아, 알아봤다니 무, 무슨 말이야?"

"그런 생각이 들었어. 몇 가지 따져 봐야 좀더 정확히 말할 수 있겠지만. 아버지한테 사진이 몇 장 있어⋯⋯. 사진을 모으시거든⋯⋯. 너희들, 이곳에 자주 오지?"

"응. 그래서 아지트를 지으려는 거야." 벤이 말했다.

마이클은 고개를 끄덕였다. "내 생각이 맞는지 한번 확인해 볼게. 맞는다면 사진을 갖다가 보여 줄게."

"오, 오래전의 사, 사진?" 빌이 물었다.

"응."

"또 다, 다른 일은 없었어?" 빌이 다시 물었다.

마이클은 입을 열었다가 이내 다물었다. 그는 쭈뼛쭈뼛 아이들을 둘러보다가 말했다. "내가 미쳤다고 생각할 거야. 미쳤거나 거짓말한다고."

"너, 너는 우리가 미, 미쳤다고 생각해?"

마이클은 고개를 저었다.

"우리는 미치지 않았어. 나한테 여러 문제가 있기는 해도, 정신병자는 아니란 말이야, 절대." 에디가 말했다.

"그래, 나도 네가 미쳤다고 생각하지 않아." 마이클이 말했다.

"흠, 우, 우리도 마이클 네가 미쳤다고 새, 생각하지 않아."

마이클은 아이들을 한 번 더 훑어본 다음 목청을 가다듬었다. "새를 봤어. 두세 달 전에. 새를 봤지."

스탠리 유리스가 마이클을 바라보았다. "무슨 새지?"

마이클은 전보다 더 주저하는 낯빛으로 겨우 입을 열었다. "참새처럼 생긴 것 같기도 하고 울새처럼 생긴 것 같기도 해. 가슴이 적황색이었어."

"근데 그 새가 어쨌다는 거지? 데리에는 새가 많잖아." 벤은 담담하게 말했지만 스탠리를 바라볼 때는 마음이 거북해졌다. 스탠리는 급수탑에서 생긴 일과 새의 이름을 외치며 위기에서 탈출한 광경을 떠올리는 모양이었다. 벤은 마이클이 새 이야기를 꺼낼 때까지 스탠리가 한 말을 거의 잊고 있었다.

"그 새는 이동 주택보다 더 컸어."

마이클은 화들짝 놀란 아이들의 표정을 물끄러미 바라보았다. 배꼽을 쥐고 웃어 댈 줄 알았지만 아무도 웃지 않았다. 특히 스탠리는 벽돌에라도 얻어맞은 듯 멍한 표정이었다. 그의 안색은 11월의 힘없는 햇살만큼이나 창백했다.

"정말이야. 선사 시대로 보이는 괴물 영화에 나오는 새들처럼 엄청나게 큰놈이었어."

"그래, 「거대한 발톱」이라는 영화에도 그런 새가 나오지." 리처드가 말했다. 물론 영화 속에 등장하는 새가 가짜라는 것 정도는 알고 있지만, 알라딘 극장 2층 발코니에서 팝콘을 먹다가 그 새가 뉴욕 시를 덮치는 광경에서는 찢어져라 비명을 질러 댔다. 폭시 폭스워스가 알았다면 그 자리에서 내쫓았을지 모르지만, 그 당시만 해도 영화가 무서워 오금이 저릴 정도였다. 무서움에 떨며 꼼짝도 못할 때가 있는 반면, 대장 빌의 말처럼 맞서서 이겨낼 때도 있는 법이라고 리처드는 생각했다.

"하지만 생김새가 선사 시대의 괴물 같지는 않아." 마이클이 말했다. "그리스 로마 신화나 전설에 나오는 것과도 달라, 왜 그……"

"로, 록?"^{아랍 전설에 나오는 괴조.}

"그래, 그런 것 같아. 아무튼 그런 괴물 새들과도 달랐어. 그냥 울새하고 참새를 섞어 놓은 모습이라고 할까. 두 새는 무척 흔한 종류인데 말이야." 마이클은 약간 거칠게 웃었다.

"어, 어디서?"

"말해 줘." 비벌리도 재촉하자 마이클은 잠시 생각을 정리한 후 말을 계속했다. 의심하거나 비웃는 것이 아니라 점점 걱정하고 불안해하는 아이들의 모습을 바라보며 마이클은 가슴이 후련해지는 느낌이었다. 벤이 봤다는 미라나 에디가 말한 문둥이나 스탠리가 마주친 익사한 아이들처럼, 어른이었다면 미치고 말았을 끔찍한 광경을 목격한 사람이 마이클 혼자만은 아닌 셈이었다. 만약 어른들이었다면 그 말도 안 되는 광경이 너무도 생생해서 미쳐 버리거나, 아무 설명도 할 수 없다는 사실에 정신을 잃었을 것이다. 야훼가 베푼 사랑의 빛에 얼굴이 까맣게 그슬렸다는 예언자 엘리야의 경우처럼, 마이클은 그런 얘기를 종종 책에서 접하기도 했다. 물론 엘리야는 어른이었을 때 그 일을 당했다는 점이 다르긴 했지만. 성경에도 꼬맹이들이 천사와 한판 대결을 벌인다는 이야기가 있지 않던가?

마이클은 그 새를 보았지만 살아남았다. 그때의 기억과 세계관이 자연스레 합해진 셈이다. 마이클은 세상이 아주 넓게만 느껴질 만큼 어린 아이였다. 그러나 그날의 기억은 마음속 어두운 구석에 숨어들어, 이따금 괴물 새에게 쫓기는 악몽을 통해 어두운 그림자를 드리우곤 했다. 기억나는 꿈이 있는가 하면 전혀 그렇지 못한 꿈도 있지만, 그때의 기억은 분명 마음속에 자리 잡고 저절로 움직이는 그림자가 되었다.

기억이 얼마나 집요했는지, 그 때문에 또 얼마나 힘들었는지 모른다(아버지를 돕고, 학교에 가고, 자전거를 타고, 엄마의 심부름을 하거나 방과 후에 「아메리칸 밴드스탠드」에 흑인 밴드가 나오기를 기다릴 때도 기억의 그림자는 늘 그를 따라붙었다). 마이클은 다른 아이들과 함께 나누는 안도감을 통해서 힘들었던 시간을 깨달았다. 그래서일까, 어느 날 아침, 운하에서 발견한 이상하게 끌린 자국과……, 핏자국까지 기억에 떠올랐다.

마이클은 철공소에서 새를 보고, 어떻게 굴뚝 속으로 뛰어들어 도망쳤는지 말했다. 그날 오후, 세 명의 왕따 클럽 아이들(벤과 리처드와 빌)은 데리 시립 도서관을 향해 갔다. 벤과 리처드는 줄곧 바워스와 그 패거리가 나타날까 봐 신경을 곤두세웠지만, 빌은 그저 생각에 골몰한 채 보도를 걸어갔다. 마이클은 이야기를 끝내고 한 시간쯤 지나, 4시까지 집에 가서 아버지가 배 따는 일을 도와야 한다며 황무지를 떠났다. 비벌리도 장을 보고 아버지의 저녁 식사를 준비해야 한다고 말했다. 에디와 스탠리도 각각할 일이 있었다. 그러나 뿔뿔이 집으로 흩어지기에 앞서, 벤의 생각이 맞다면 그들의 지하 아지트가 될 곳의 땅 파기를 시작했다. 빌에게 땅을 파는 일 자체가 상징적인 행동으로 느껴졌다. 그의 생각엔 그들 모두 그랬을 것 같았다. 그 일을 시작한 것이다. 하나로 뭉쳐 과연 그들이 무엇을 할지는 몰랐지만, 어쨌든 그 일을 시작한 셈이었다.

벤은 빌에게 마이클 핸론의 이야기를 믿느냐고 물었다. 그들이 데리 시민 회관을 지나자, 바로 앞쪽에 느릅나무의 그늘에 편안히 파묻혀 있는 데리 시립 도서관의 직사각형 석조 건물이 나타 났다. 그 느릅나무는 나중에 네덜란드 느릅나무 병에 걸려 시들 시들 메말라 갈 터이다.

"응, 저, 정말인 것 같아. 미, 미친 소리 같지만 사실일 거야. 너는 어때, 리, 리처드?"

리처드는 고개를 끄덕였다. "그래, 믿기는 싫지만 나도 사실이 라고 생각해. 새의 헛바닥에 대해 말한 부분 생각나?" 빌과 벤은 고개를 끄덕였다. 적황색 털로 뒤덮여 있더라는 얘기였다. "그게 좀 마음에 걸려. 만화에 나오는 악당 같거든. 렉스 루더나 조커,^렉 _{스 루더는 「슈퍼맨」, 조커는 「배트맨」의 악당.} 그런 악당들 말이야. 놈들은 항상 자기 만의 표식을 남겨 놓고 다니잖아."

리처드가 말하자 빌은 생각에 골몰한 표정으로 고개를 끄덕였 다. 듣고 보니 만화에 나오는 악당과 흡사했다. 그런 식으로 생각 해서일까? 그렇게 생각하고 싶어서일까? 그럴지도 몰랐다. 아이 들다운 생각이지만, 또 한편 그 괴물이 먹고사는 것도 아이들의 생각일지 몰랐다.

그들은 거리를 지나 도서관 쪽으로 접어들었다. 빌이 말했다.

"스, 스탠리한테 무, 물어봤어. 그런 새에 대해 드, 들어 본 적 있는지. 그 저, 정도로 큰놈은 아니라도 비, 비슷한……."

"진짜 새 말이야?" 리처드가 빌을 대신해 말했다.

빌은 고개를 끄덕였다. "남아메리카 아니면 아, 아프리카에 그 런 새가 이, 있을지 모르는데. 하지만 우리 주, 주변에는 어, 없다고 하더군."

"스탠리는 믿지 않는구나, 그렇지?" 벤이 물었다.

"아니, 스, 스탠리도 미, 믿는다고 했어." 그리고 빌은 스탠리의 자전거가 있는 곳까지 함께 걸어가면서 들은 이야기를 꺼냈다. 스탠리는 마이클이 그 이야기를 하기 전까지는 아무도 그 새를 보지 못했을 거라고 생각했다. 다른 모습을 봤을지는 몰라도 새는 아닐 거라고 했다. 왜냐하면 그 새는 마이클 핸론에게만 해당되는 괴물이니까. 그러나 이제는……, 왕따 클럽 아이들 모두에게도 그 새가 괴물이 된 것은 아닐까? 앞으로 그들 중에서 새를 보는 사람이 나타날지 몰랐다. 똑같은 모습은 아니어서, 빌은 까마귀를, 리처드는 매를, 비벌리는 대머리 독수리를 떠올릴지 모르지만, 스탠리가 자신 있게 말할 수 있는 부분은 그것이 이제 새의 모습으로 그들에게 나타날 거라는 사실이었다. 빌은 스탠리에게 그 말이 사실이라면 앞으로 문둥이와 미라와 죽은 아이들까지 보게 될지 모르겠다고 말했다.

"그건 우리가 뭔가를 할 생각이라면 빨리 해야 한다는 뜻이야. 놈은 알고 있어……." 스탠리는 말했다.

"뭐, 뭘?" 빌이 날카롭게 물었다. "우리가 알고 있는 것 말이야?"

"만약에 놈이 그 정도까지 알고 있다면 우린 끝장이야. 하지만 분명한 건 우리가 놈을 알고 있다는 사실을 놈도 눈치 채고 있다는 거야. 그래서 우리를 함정에 빠뜨릴지 몰라. 아직도 어제 우리가 했던 얘기를 생각 중이구나?"

"응."

"너랑 같이 갈 수 있으면 좋을 텐데."

"베, 벤과 리, 리처드가 같이 갈 거야. 벤은 진짜 영리한 아이고, 리처드도 제정신일 때는 꽤 쓸 만하니까, 걱정 마."

이제, 도서관 밖에 서서 리처드는 빌에게 계획이 정확히 무엇이냐고 물었다. 빌은 자신의 생각을 천천히 말했으므로 이번에는 그리 더듬지 않았다. 2주 동안 줄곧 해 온 생각이었지만, 마이클의 이야기를 듣고서야 구체적인 계획이 섰던 것이다.

새를 없애려면 어떻게 해야 할까?

흠, 총을 쏘면 완벽할 거야.

괴물을 없애려면 어떻게 해야 할까?

흠, 영화에서 보면 은으로 만든 총알이 효과 만점이잖아.

벤과 리처드는 빌의 말에 아주 진지하게 귀 기울였다. 그러고 나서 리처드가 물었다. "그런데 은총알을 어떻게 구할까요, 대장? 구하러 사람을 보낼깝쇼?"

"아주 재, 재밌는 생각이 하나 있어. 우리가 지, 직접 마, 만드는 거야."

"어떻게?"

"우리가 도서관에서 찾으려는 게 그거 같은데." 벤이 말했다.

리처드는 고개를 끄덕이면서 안경을 콧잔등 위로 추켜올렸다. 안경 뒤에 예리하고 신중한 눈빛이 스쳤지만……, 어딘지 미심쩍어하는 것 같다고 빌은 생각했다. 빌 자신도 의심스러웠다. 어쨌든 리처드의 눈빛에 어리둥절한 느낌은 없었고, 그 정도면 맞는 방향으로 발걸음을 뗀 셈이다.

"빌, 너희 아빠의 권총을 사용하려고? 예전에 니볼트 가에 가져왔던 것 말이야?" 리처드가 물었다.

"응."

"은으로 총알을 만들 수 있다고 해도, 은을 또 어디서 구한담?" 리처드가 말했다.

"그 문제는 내가 한번 생각해 볼게." 벤이 조용히 말했다.

"휴……, 좋아. 노적가리가 고민 좀 하게 놔두지. 그 다음에는? 다시 니볼트 가에 가려고?" 리처드가 말했다.

빌이 고개를 끄덕였다. "니, 니볼트 가에 다, 다시 갈 거야. 이번에는 노, 놈의 머리를 나, 날려 버리는 거야."

그들은 엄숙한 눈빛으로 서로를 바라보다가 도서관 안으로 들어갔다.

"어럽쇼! 흑인 친구가 또 나타나셨네!" 리처드가 아일랜드 경찰관의 목소리로 소리쳤다.

일주일이 지났다. 7월 중순, 아지트가 완성되기 직전이었다.

"꼭두새벽부터 나오느라 수고 많았소, 핸론 선생! 아주 날씨가 짱짱한 것이, 우리 모친 말씀을 빌리자면 감자가 무럭무럭 자라기 좋은 날씨인데……."

"꼭두새벽은 아주 이른 시간을 말하는 걸로 알고 있는데, 리처드." 벤이 구덩이에서 불쑥 얼굴을 내밀고 말했다. "그런데 지금은 벌써 오후 2시란 말씀이야."

벤과 리처드는 구덩이 가장자리에 판자를 대고 있었다. 날씨는 무덥고 일은 만만찮은지라 벤은 운동복까지 벗어 던진 상태였다. 회색 러닝셔츠가 땀에 젖어 가슴에 착 달라붙었고 아랫배가 불룩 튀어나와 있었다. 벤은 자신이 어떤 모습으로 비칠까 신경도 쓰지 않는 눈치지만, 마이클 생각에는 만약 먼발치에서 비벌리가 다가오는 소리만 들려도 벤은 아이들이 풋사랑이니 어쩌고 놀려 대는 것도 아랑곳하지 않고 잽싸게 후줄근한 운동복을 뒤집어쓸 것 같았다.

"너무 까다롭게 굴지 말라고. 꼭 사나이 스탠리 같잖아." 리처드가 말했다. 리처드는 휴식 시간이니까 담배나 한 대 피우겠다고 5분 전에 미리 땅 위로 올라와 있었다.

"담배를 안 가지고 왔다고 했잖아." 벤이 리처드에게 말했다.

"맞아. 그렇다고 정해 놓은 휴식 시간을 어길 수는 없는 법."

그때 마이클은 아버지의 앨범을 겨드랑이에 끼고 있었다.

"다른 아이들은?" 마이클은 주위를 둘러보며 물었다. 빌의 실버 옆에다 자신의 자전거를 세워 두고 오는 길이라, 빌이 주변 어딘가에 있을 거라고 짐작했다.

"빌과 에디는 30분쯤 전에 쓰레기 매립장에 갔어. 판자가 더 필요하거든." 리처드가 말했다. "스탠리와 비벌리는 경첩을 사러 레이놀스 철물점에 갔고. 아무튼 나는 아직도 노적가리 씨의 꿍꿍이속이 뭔지 모르겠단 말씀이야. 마이클, 너는 알겠어? 몰라도 괜찮아, 어차피 결과가 시원찮을 테니까. 아이들이 자랄 때는 항상 누군가 지켜봐야 하는데, 노적가리가 문제긴 문제야. 아 참, 너는 회비를 안 냈잖아, 마이클. 경첩을 사는 데 돈을 모으기로 했으니까 23센트 내면 돼."

마이클은 앨범을 왼쪽 겨드랑이로 옮긴 후 주머니를 뒤적였다. 23센트를 세서(10센트 동전 하나 달랑 남겨 둔 채) 리처드에게 건넸다. 그리고 구덩이 가장자리로 다가가 밑을 바라보았다.

놀랍게도 더 이상 구덩이가 아니었다. 흙벽이 말끔하게 다듬어 져 있었다. 흙벽마다 판자까지 두른 후였다. 판자들은 원래 크기 가 각각이었지만 벤과 빌과 스탠리가 자크 덴브로의 작업실에서 가져온 연장으로 말끔하게 크기를 맞춰 잘라 놓은 것이다(그 때문 에 빌은 밤마다 연장을 제자리에 갖다 놓느라 곤욕을 치르고 있었 다). 판자 사이에 가로대를 놓고 못을 박은 사람은 벤과 비벌리였 다. 아직 에디의 불안을 완전히 씻어 주지는 못했지만, 그것은 구 덩이 때문이 아니라 에디의 타고난 천성 때문이었다. 한쪽에는 정사각형으로 자른 뗏장이 놓여 있었고, 얼마 후면 그것으로 지 붕 판자를 덮을 터였다.

"야, 너희들 솜씨 한번 좋구나." 마이클이 말했다.

"당연하지. 그런데 가져온 건 뭐야?" 벤이 앨범을 가리키며 물 었다.

"데리 시를 찍어 놓은 아버지의 사진 앨범이야. 마을 사진과 기 사 조각들을 모으는 게 취미거든. 이틀 전에, 그러니까 너희들한 테 광대를 봤다고 말한 날, 사진을 자세히 살펴봤어." 마이클은 아버지 몰래 가져왔다는 말까지는 하지 못했다. 허락을 구했다가 는 괜한 오해를 받을까 봐, 아버지가 서쪽 밭에서 감자를 심고, 어머니가 뒤뜰에서 빨래를 너는 사이 도둑고양이처럼 몰래 훔쳐 온 것이다. "너희들도 한번 봐 둬야 할 것 같아서."

"그래, 어디 한번 보자." 리처드가 말했다.

"다른 아이들이 모두 돌아올 때까지 기다리는 게 좋겠어."

"좋아." 리처드는 솔직히 데리의 사진을 본다고 해도 더 이상 놀 랄 것 같지 않았다. 조지의 방에서 이상한 경험을 한 후로는 그리

무서울 게 없었던 것이다. "벤이랑 내가 판자 대는 일 도와줄래?"

"당연히." 마이클은 날리는 먼지를 뒤집어쓰지 않게끔 충분히 떨어진 곳에 아버지의 앨범을 조심스럽게 내려놓았다. 그리고 벤의 삽을 잡았다.

"이쪽을 쭉 파면 돼." 벤이 흙벽 밑 부분을 가리키며 말했다. "30센티미터 정도만. 그런 다음 내가 판자를 그 밑에 집어넣고, 양쪽에서 리처드와 내가 잡고 있을 테니까, 너는 판자가 넘어지지 않게 다시 흙을 집어넣는 거야."

"기막힌 생각이야, 친구." 리처드가 구덩이 가장자리에 걸터앉아 두 발을 대롱대롱 흔들며 말했다.

"어디 아파?" 마이클이 리처드에게 물었다.

"다리에 가시가 박혔나 봐." 리처드가 기분 좋게 말했다.

"빌하고의 계획은 잘돼 가?" 마이클은 천천히 셔츠를 벗고 땅을 파기 시작했다. 황무지의 땅 속도 무더위를 피해 가진 못했다. 귀뚜라미가 숲 속의 여름 시계처럼 나른하게 울었다.

"으응……, 그럭저럭." 리처드가 말하자 마이클은 벤의 얼굴에 살짝 스치는 경계의 표정을 알아차렸다.

"라디오나 듣자, 리처드." 벤이 말했다. 그는 마이클이 파 놓은 도랑에 판자를 넣고 그대로 붙잡고 있었다. 리처드의 트랜지스터 라디오가 전에 봤을 때처럼 두꺼운 나뭇가지에 끈으로 매달려 있었다.

"건전지가 떨어졌어. 네가 경첩 사는 데 25센트를 보태라고 협박하는 바람에 빈털터리가 됐단 말씀이야. 잔인한 녀석, 피도 눈물도 없는 노적가리 씨. 경첩이 네게 줄 수 있는 마지막 선물이야. 게다가 이곳에서는 WABI 방송밖에 안 잡히고, 야한 노래만 나오잖아."

"뭐라고?" 마이클이 물었다.

"노적가리는 토미 샌즈와 팻 분이 로큰롤 가수라고 생각하는 아이야. 약간 맛이 갔거든. 앨비스의 노래가 바로 로큰롤인데 말이지. 어니 케이 도가 부르는 게 로큰롤이라고. 캐럴 퍼킨스가 부르는 게 로큰롤이야. 바버 다린, 버디 홀리. '아아, 페기 슈……, 페기 슈우…….'"

"리처드 그만 좀 해라." 벤이 말했다.

"또 있지." 마이클이 삽에 기대고 말했다. "패츠 도미노, 척 베리, 리틀 리처드, 셉 더 라임라이츠, 라베르니 베이커, 프랭키 라이먼과 틴에이저스, 행크 발라드와 미드나이터스, 코스터스, 아일리 브라더스, 크레스트, 쿠드, 스틱 머기……."

리처드와 벤이 입이 떡 벌어진 얼굴로 쳐다보고 있는 바람에 마이클은 웃음을 터뜨렸다.

"네가 리틀 리처드 다음으로 내 정신을 쏙 빼놨어." 리처드는 말했다. 그는 리틀 리처드를 좋아했지만, 그해 여름 남몰래 마음 속에 담아둔 로큰롤 우상은 제리 리 루이스였다. 제리 리가 「아메리칸 밴드스탠드」에 나와 한창 공연을 펼치는데 어머니가 불쑥 거실에 나타났다. 제리 리가 머리카락을 출렁이며 신들린 듯 피아노 연주를 하는 순간이었다. 그는 「고교 일급 비밀」을 부르고 있었다. 리처드는 그때 어머니가 기절하는 줄 알았다. 그녀는 기절은 안 했지만 상당한 충격을 받았고, 그날 저녁 식사 때 여름방학 동안 리처드를 군대식 수련회에라도 보내자는 말을 꺼냈다.

그런데 지금 리처드는 머리카락을 흔들어 대며 노래를 부르기 시작했다. "오, 그대여. 고등학교에 있는 고양이들은 전부……."

벤은 구덩이 가장자리까지 비틀비틀 걸어가더니 커다란 배를 움켜잡고 갑자기 토하는 시늉을 해 보였다. 마이클도 코를 잡기는 했지만, 너무 웃어 대는 바람에 눈물까지 찔끔거렸다.

"왜들 이러시나?" 리처드가 다그쳤다. "너희들 뭘 잘못 먹었니? 거참 잘됐군. 정말 쌤통이야!"

"어이, 야아." 마이클은 좀처럼 웃음이 그치지 않아 말을 하기도 힘들었다. "정말 웃긴다. 정말 웃겨."

"하여튼 검둥이들은 취미가 없다니까. 성경에도 그런 말이 나올걸." 리처드가 말했다.

"너희 엄마 말이야." 마이클은 전보다 더 낄낄거렸다. 리처드는 어리둥절한 표정으로 마이클이 무슨 소리를 하는 거냐고 솔직히 물어보았다. 마이클은 아예 철퍼덕 주저앉아 배를 잡고 데굴데굴 구르며 비명을 질러 댔다.

"내가 질투하는 거라고 생각하나 보지? 내가 검둥이가 되고 싶어서 환장한 것으로 보이나 보군." 리처드가 말했다.

그쯤 되자 벤까지 주저앉아 몹시 웃기 시작했다. 온몸을 떠는 것이 금방이라도 간질을 일으킬 것 같았다. 눈까지 불룩 튀어나왔다. "그만해, 리처드." 벤이 가까스로 말했다. "이러다 바지에다 똥 싸겠어. 안 멈추면 나 죽는다……."

"나는 검둥이가 되고 싶지 않다고. 누가 분홍색 팬티를 입고 보스턴에서 피자를 한 조각씩 사고 싶겠냐고? 나는 스탠리처럼 유대인이 되고 싶어. 전당포를 차리고 사람들한테 잭나이프와 플라스틱 개껌과 중고 기타 따위를 팔면 얼마나 근사할까."

벤과 마이클은 웃음과 함께 실제로 비명을 지르고 있었다. 그들의 웃음소리는 황무지라고 잘못 명명된 녹색의 무성한 골짜기 사이로 울려 퍼져 새와 다람쥐를 깜짝 놀랬다. 싱싱하고 활기 넘칠 뿐 아니라 천진난만하고 자유로운 소리였다. 그 소리가 미치는 범위 안에서 거의 모든 생물들은 제각기 반응을 보였지만, 커다란 콘크리트 하수관에서 나와 켄더스키그 하천 상류에 텀벙 떨어진 물체는 살아 있지 않았다. 전날 오후, 돌연한 폭우가 데리에 두세 시간 동안 억수 같은 빗줄기를 쏟아 부었다. (미래의 아지트는 별로 영향 받지 않았다. 땅 파는 일을 시작하면서부터 벤이 저녁마다 다 떨어진 방수천 조각으로 정성 들여 그 위를 덮어 놓았기 때문이다. 방수천은 에디가 '윌리 별천지' 뒤쪽에서 주워 온 것으로 페인트 냄새가 고약했지만 꽤 쓸모 있었다.) 그 불쾌한 형체를 태양 아래로 밀어내 파리 떼를 불러들인 것도 전날의 폭우로 불어난 물이었다.

그것은 지미 컬럼이라는 아홉 살 난 남자 아이의 시신이었다. 코를 제외하곤 얼굴은 형체를 알아볼 수 없을 지경이었다. 시신은 그저 형체 없는 살덩어리로 남아 물살에 휘돌았다. 살 속 깊숙이 남아 있는 검은 자국이라면, 스탠리 유리스만은 그 정체를 알 수 있을지도 몰랐다. 매우 커다란 부리에 쪼아 먹힌 듯한 흔적이었다.

흙탕물이 흠뻑 밴 지미 컬럼의 국방색 바지 위로 물이 흘러갔다. 허연 손은 죽은 물고기처럼 떠 있었다. 심한 편은 아니지만 손에도 역시 부리에 쪼인 흔적이 남아 있었다. 부드러운 면셔츠가 부풀었다가는 꺼지고 또 부풀었다가는 꺼지면서 물고기의 부레를 연상시켰다.

빌과 에디는 쓰레기 매립장에서 주워 온 판자를 가득 짊어진 채, 지미 컬럼의 시체에서 35미터 남짓 떨어진 징검다리를 따라 켄더스키그 하천을 건너갔다. 그들은 리처드와 벤과 마이클의 웃음소리를 듣고 싱긋 미소를 떠면서 무엇이 그리 재미있을까 궁금한 마음에 보이지 않는 지미 컬럼의 시체를 지나 발걸음을 서둘렀다.

빌과 에디가 판자를 짊어지고 땀을 뻘뻘 흘리면서 개간지에 들어선 순간까지 웃음소리는 그치지 않았다. 원래부터 안색이 하얗게 질려 있는 에디의 얼굴마저 발그레 달아올라 있었다. 그들은 거의 바닥 난 재료 더미 위에 새로 공수해 온 판자들을 쌓아 놓았다. 벤은 구덩이에서 올라와 판자들을 살펴보았다. "훌륭해! 이야! 정말 훌륭해!"

빌은 땅바닥에 털썩 주저앉았다. "지금 시, 심장마비를 이, 일으킬까, 아니면 나, 나중에 일으킬까?"

"나중에." 벤은 넋을 잃고 대답했다. 그는 황무지로 가져온 연장을 집어 들더니 조심스럽게 못과 나사 따위를 빼냈다. 쪼개진 판자 하나를 옆으로 치워 놓았다. 다시 판자를 톡톡 두들기면서 세 군데 이상에서 퉁퉁 하고 둔탁한 소리가 나는 판자들도 옆으로 빼놓았다. 에디는 폐품 더미 위에 앉으며 벤이 일하는 모습을 지켜보았다. 에디가 흡입기를 들이마실 때 벤이 장도리로 판자에서 녹슨 못을 빼냈다. 작은 동물을 밟았을 때처럼 찌이익 하는 고약한 소리를 내며 못이 빠졌다.

"녹슨 못에 찔리면 파상풍에 걸릴 수 있어." 에디가 벤에게 주의를 주었다.

"뭐? 포상품? 걸리면 좋은 병 같은데." 리처드가 말했다.

"하여튼 너는 새대가리야. 파상풍, 포상품이 아니라. 입이 굳는 병이야. 그 병을 일으키는 병균은 녹슨 것에서 자라는데, 상처가 나면 몸속으로 들어와 신경을 망가뜨린대." 에디의 안색이 검붉게 변하더니 다급히 또 한 차례 흡입기의 방아쇠를 당겼다.

"입이 굳어, 아이구야. 정말 끔찍한 소리네." 리처드는 에디의 말이 꽤 신경 쓰이는 모양이었다.

"끔찍하고말고. 처음에는 턱이 굳어서 입을 벌리지도 못하고 음식도 못 먹어. 그 병균들은 얼굴에다 구멍을 뚫어서 피를 빨아먹고 산대."

"맙소사." 마이클이 구덩이 속에서 몸을 일으켰다. 휘둥그레진 눈과 흰자위가 검은색 피부와 또렷한 대조를 이루었다. "정말이야?"

"엄마가 그러셨어. 그리고 목이 굳어 버리면 아무것도 먹지 못해 굶어 죽는대."

아이들은 아무 소리 없이 그 무시무시한 병을 곰곰 생각했다.

"치료 방법도 없대." 에디가 더 부풀려 말했다.

더한 침묵.

"그러니까 녹슨 못이나 그런 것들을 항상 조심해야 해. 파상풍 예방 주사도 맞았는데 얼마나 아픈지 몰라." 에디가 빠른 말투로 덧붙였다.

"그렇게 무섭다면서 왜 빌하고 쓰레기 매립장에 가서 이 판자들을 주워 온 거지?" 리처드가 물었다.

에디는 묵묵히 미래의 아지트를 바라보고 있는 빌의 얼굴을 힐끔거렸으며, 그 눈빛에 나타난 더없는 애정과 존경만으로도 대답은 충분했다. 그러나 에디는 작은 소리로 이렇게 말했다. "위험을 무릅쓰고라도 꼭 해야 하는 일이 있잖아. 엄마가 그런 말씀을 하신 적은 없지만, 처음으로 나 혼자 깨달은 중요한 사실이 있다면, 바로 그걸 거야."

좀더 오랜 침묵이 흘렀지만 전처럼 불편하고 불안한 느낌은 아니었다. 곧이어 벤은 다시 녹슨 못을 빼내기 시작했고 마이클 핸론도 그를 도왔다.

리처드의 트랜지스터 라디오는 소리를 잃고(용돈을 받거나 잔디를 깎아 부수입을 얻을 때까지는 사정이 달라지지 않을 터이다) 나뭇가지에 매달려 미풍에 흔들거렸다. 빌은 줄곧 생각에 잠겨 그해 여름 그들이 이곳에 모여든 것이 얼마나 기이하면서도 운명처럼 느껴지는지 떠올리고 있었다. 그 즈음에는 데리의 많은 아이들이 친척집에 놀러간 후였다. 빌이 아는 아이들 중에도 여름 방학을 맞아 캘리포니아의 디즈니랜드나 케이프코드에 놀러간 경우가 많았고, 어떤 아이는 그스타드라는 기묘하면서도 그럴듯한 지명처럼 보이는 머나먼 곳으로 여행을 떠나기도 했다. 교회 수련회나 보이스카우트 캠프에 참가한 아이들도 있고, 수영이나 골프를 배울 수 있는 캠프, 테니스 경기에서 상대방이 죽일 듯 강한 서브를 날려 간담이 서늘한 상황에서도 '젠장!' 대신에 '이봐, 멋지군!'을 말하도록 배우는 캠프에 참가한 부자 아이들도 있었다. 아이들의 부모는 간단히 말해 그들을 멀리 데려갔다. 빌은 그것을 이해할 수 있었다. 그해 여름, 부기맨 같은 괴물이 데리에 서성이고 있다며 도망치고 싶어 안달하는 아이들도 많았지만, 어쩌면 부기맨을 더 무서워하는 이는 그들의 부모일지 몰랐다. 이번 방학에는 집에서 보내기로 마음먹었던 사람들도 갑자기 마음을 바꿔 아이들을 데리고

(그스타드? 스웨덴의 어디? 또는 아르헨티나? 스페인은 어떨까?)

데리를 떠난 것이다. 1956년 소아마비 공포가 데리 전역을 휩쓸 때와도 분위기가 약간 비슷했다. 당시 네 명의 아이들이 데리에 있는 오브라이언 메모리얼 수영장에서 놀다가 소아마비에 걸렸다. 어른들은(빌은 아버지와 어머니를 어른이라는 말과 동의어로 생각했다) 지금처럼 아이들을 데리고 데리를 떠나는 편을 선택했다. 더 안전한 곳으로. 정작 문제를 해결할 만한 사람들이 앞장서서 데리를 떠난 것이다. 빌은 그런 '떠남'을 이해했고, '그스타드' 같은 환상적이고 경이로운 말들을 좋아했다. 그러나 경이로움은 욕망과 비교할 때 반갑지 않은 위로였다. 그스타드는 떠남이며 데리는 욕망이었다.

'우리들은 아무도 떠나지 않았구나.' 빌은 생각에 골몰한 표정으로 벤과 마이클이 판자에서 녹슨 못을 빼내고, 에디가 가까운 수풀에서 오줌 싸는 모습을 바라보았다("오줌보가 너무 부풀기 전에 미리미리 싸 두는 편이 건강에 좋아." 에디가 언젠가 빌에게 말했다. 그러나 빌은 에디에게 옻나무를 조심하라고 말해 주고 싶었다. 불알에 옻이 오르지 않으려면). '우리는 모두 데리에 남았어. 캠프

에 가지도 않고, 친척집에도 안 가고, 어디론가 떠나지도 않았어. 모두 남은 거야. 남아서 책임을 지기 위해.'

"매립장에 문짝이 하나 있던데." 에디가 바지 지퍼를 올리며 말했다.

"잘 털어야지, 에즈. 오줌 싸고 나서 항상 제대로 털지 않으면 암에 걸린대. 우리 엄마가 그러셨어." 리처드가 말했다.

에디는 깜짝 놀라 불안한 표정을 짓다가 리처드의 웃는 모습을 보고서야 장난인 줄 깨달았다. 에디는 애들이란 할 수 없어 하는 표정으로 리처드를 무시해 버리고(그렇게 보이려고 애쓰면서) 말했다. "너무 커서 빌과 둘이서 가져오기가 힘들었어. 하지만 빌의 말대로 우리 모두 달라붙으면 가져올 수 있을 거야."

"하기야 오줌을 쌀 때마다 완벽하게 털 수는 없겠지만, 어느 지혜로운 위인께서 내게 해 준 말이 생각나는군. 에즈, 한번 들어 볼래?" 리처드는 쉽게 포기하지 않았다.

"아니, 관심 없어. 그리고 에즈라고 부르지 말랬잖아, 리처드. 정말 싫대도. 내가 언제 너를 딕이라고 부르든? 내가 '껌이나 씹을래, 딕?' 하고 말하지는 않잖아. 그런데 왜 너는 자꾸……."

"그 위인 말씀이 '아무리 열심히 털어도 마지막 두 방울은 팬티에 묻노라.' 하셨어. 그래서 이 세상에 암이 그렇게 많은 거야. 알겠지, 에디, 자기야."

"이 세상에 암이 많은 건, 너와 비벌리 마시처럼 덜 떨어진 애들이 담배를 피우기 때문이야." 에디도 질세라 리처드의 말을 받아쳤다.

"비벌리는 덜 떨어지지 않았어. 그리고 너 촉새, 입 좀 조심해." 벤이 험악한 목소리로 말했다.

"뻑뻑, 모두 겨, 경고야. 그리고 비, 비벌리 얘기를 하자면 그 애는 저, 정말 힘이 자, 장사야. 무, 문짝을 날라올 때 비, 비벌리가 꼭 있어야 할걸." 빌의 목소리는 덤덤했다.

벤은 어떤 문짝이냐고 물었다.

"마, 마호가니 같아."

"마호가니 문을 버리는 사람도 있어?" 벤은 놀라는 표정이었지만 의심하는 것 같지는 않았다.

"사람들은 뭐든 버리지. 저기 쓰레기 매립장 말이지? 사람들이 마구 버리는 걸 생각하면 정말 화가 나서 못 참겠어." 마이클이 말했다.

"맞아." 벤이 맞장구쳤다. "하지만 그곳에 있는 물건들은 조금만 손보면 쓸 만한 게 많아. 게다가 중국이나 남아메리카 같은 곳에는 그런 물건조차 하나 없어서 사람들이 어렵게 산대. 어머니께서 그러셨어."

"메인 주, 데리 이곳에도 그런 사람들이 있지." 리처드가 심각한 표정으로 말했다.

"그, 그건 뭐지?" 빌은 마이클이 가져온 앨범을 가리켰다. 마이클은 스탠리와 비벌리가 경첩을 사서 돌아오는 대로 광대 사진을 보여 주겠다고 말했다.

빌과 리처드의 눈길이 마주쳤다.

"왜 그래? 네 동생의 방에서 벌어졌다는 일 때문에 그래, 빌?" 마이클이 물었다.

"으응." 빌은 더 이상 말하지 않았다.

그들이 교대로 아지트 속에서 작업하는 동안, 스탠리와 비벌리가 경첩이 든 누런 종이 가방을 들고 돌아왔다. 마이클이 앨범 이야기를 하는 동안, 벤은 양반다리를 하고 기다란 판자를 이용해서 유리창이 필요 없는 들창 문을 만들고 있었다. 빌만이 벤의 손길이 얼마나 빠르고 능숙한지 알아차렸다. 외과의사의 손가락처럼 해야 할 일을 훤히 꿰뚫고 있는 능숙한 손놀림. 빌은 진심으로 감탄했다.

　　"100년도 넘은 사진들도 있대." 마이클은 앨범을 무릎에 올려놓고 말을 이었다. "그런 사진들은 대부분 중고품점이나 사람들이 개인적으로 파는 것들을 아버지께서 산 거래. 아버지가 수집하신 물건들과 맞바꾼 사진들도 있고. 또 입체 사진도 있는데, 기다란 카드에 똑같은 사진을 붙여서 쌍안경 같은 걸로 들여다보면 한 장의 사진처럼 보여. 영화 「밀랍의 집」이나 「해양 괴물」처럼 3차원으로 보이거든."

　　"너희 아버지는 왜 이런 걸 모으셨다니?" 비벌리가 물었다. 그녀는 리바이스 청바지를 입고 있었지만, 바지 자락을 접어 밝은색 모직물을 10센티미터 정도 덧대 놓아서 선원들이 입는 옷처럼 보였다.

　　"음, 내 생각엔 데리에서 평생을 살다 보니 너무 따분해서일 거야." 에디가 말했다.

　　"글쎄, 잘은 모르겠지만, 아버지의 고향이 데리가 아니기 때문일지 몰라." 마이클이 자신 없는 말투로 말했다. "뭐라고 할까, 아버지한테는 모든 것이 다 새로워 보이셨나 봐. 왜 있잖아, 영화가 한창 상영 중일 때 들어가는 느낌……."

"마, 맞아. 그럴 때는 영화를 처, 처음부터 보고 싶다는 생각이 들잖아." 빌이 말했다.

"그래, 데리는 역사가 깊은 곳이니까. 나도 그 점이 마음에 들어. 게다가 이곳의 역사와 그 괴물, '그것'이라고 불러도 좋다면, '그것'과도 관련 있는 것 같아."

마이클은 빌을 바라보았고, 빌은 웅숭깊은 눈빛으로 고개를 끄덕였다.

"그래서 7월 4일이 지나서 사진을 자세히 살펴보았어. 광대를 그전에도 본 것 같았거든. 자, 이걸 봐." 마이클은 앨범을 오른쪽에 앉아 있던 벤에게 건넸다.

"마, 만지지 마!" 빌이 버럭 소리를 지르는 바람에 아이들은 모두 자리에서 펄쩍 뛸 정도로 깜짝 놀라고 말았다. 빌은 조지의 앨범을 만지다가 베인 적이 있는 손을 불끈 쥐고 있었다. 주먹을 쥐어서 손가락을 보호하려는 듯이.

"빌의 말이 맞아." 리처드가 평소와 달리 침착한 목소리로 말하자 강한 설득력마저 느껴졌다. "조심해. 스탠리의 말대로 빌과 내가 경험한 일이니, 너희들한테도 벌어질 거야."

"너희들도 느껴질 거야." 빌이 심각한 표정으로 덧붙였다.

낡은 다이너마이트에서 니트로글리콜(다이너마이트의 재조 원료)이라는 액체가 흘러나올까 봐 전전긍긍하는 모습처럼, 그들은 조심스레 앨범의 가장자리를 붙잡고 돌려보았다.

앨범은 다시 마이클에게 돌아왔다. 그는 첫장을 펼쳤다. "이 사진은 날짜를 정확히 알 수 없지만 아버지는 1700년대 중반 무렵일 거라고 말씀하셨어. 아는 분의 띠톱을 고쳐 주고 그 대가로 낡은 사진과 책이 들어 있는 상자를 받아 오셨대. 이 사진도 그 상자에 있던 거야. 지금 팔면 40달러 이상은 받을 수 있다고 하셨어."

그 사진은 목판 사진인데 크기가 대형 우편엽서만 했다. 빌은 다시 앨범 쪽을 바라보며, 비닐 케이스에 사진을 넣는 앨범이라는 사실을 알고 안도감을 느꼈다. 그는 사진을 보며 무엇에 홀린 느낌이었다. '맞아. 나는 그를 보고 있어……, 아니면 '그것.' 정말로 보고 있어. 저게 적의 얼굴이야.'

사진에는 우스꽝스럽게 생긴 남자가 진창길 한복판에 서서 볼링 핀만 한 물건으로 재주를 부리고 있었다. 길 양쪽에는 집이 듬성듬성 들어서 있고, 당시에는 상점이나 거래소 따위로 불렸을 법한 건물도 몇 채 보였다. 그러나 운하를 제외하면 지금의 데리와 딴판이었다. 운하 양쪽으로 제방을 대신해 말끔하게 쌓아 올린 자갈 둔덕이 눈에 띄었다. 운하 멀리 당나귀 떼가 거룻배를 끌고 있었다.

여섯 명 정도의 아이들이 우스꽝스럽게 생긴 남자의 주변에 모여 있었다. 밀짚모자를 쓴 아이도 있었다. 어떤 아이는 굴렁쇠와 막대를 들고 있는 모습이었다. 요즈음 굴렁쇠와 함께 파는 막대랑 달랐다. 그냥 나뭇가지 같았다. 빌은 막대에서 잘라 낸 나뭇가지의 옹이까지 똑똑히 볼 수 있었다. '굴렁쇠를 들고 있는 아이가 대만이나 한국 아이 같지는 않은데.' 빌은 200년쯤 전에 태어난 자신의 모습이었을 그 아이를 넋 빠진 표정으로 바라보았다.

그 남자는 함박웃음을 짓고 있었다. 부러 분장한 흔적은 없지만(하지만 빌은 그 얼굴 자체가 꾸며 낸 것이라고 생각했다), 뿔처럼 양쪽으로 귀를 덮은 두 가닥 머리칼과 대머리라는 점을 빼면 영락없는 광대였다. '200년도 더 됐는데.' 돌연 공포와 분노와 흥분이 거친 파도처럼 빌의 온몸을 훑고 지나갔다. 그는 27년이 지난 후 데리 시립 도서관에 앉아 그 앨범을 떠올리며, 오래전에 느꼈던 감정을 또렷하게 기억해 낼 것이다. 늙은 식인 호랑이의 새로운 발자국을 발견한 사냥꾼의 흥분이라고 할까. '200년 전……, 신만이 그게 얼마나 오랜 시간인지 알 거야.' 이 생각을 하다 보니, 페니와이스의 영이 얼마나 오랫동안 데리에 머물러 왔는가 놀라웠다. 하지만 그것은 그가 정말로 계속하고 싶지 않은 생각이었다.

"나도 좀 보자, 빌!"

리처드가 옆에서 재촉했지만 빌은 한동안 앨범의 사진을 뚫어져라 바라보며, 이제 곧 움직이리라는 생각에 긴장하고 있었다. 이제 곧 볼링 핀으로(당시 볼링을 했는지 모르겠지만) 재주를 부리던 남자가 폴짝폴짝 뛰어오르며 공중제비를 돌 것이고, 아이들은 신나게 웃으며 박수를 칠 것이다. 물론 그중에는 무서워서 비명을 지르며 도망가는 아이들도 있겠지만. 그리고 거룻배를 끌던 당나귀들도 어느 순간 사진 밖으로 사라져 버릴지 몰랐다.

그러나 그런 일은 벌어지지 않았다. 빌은 앨범을 리처드에게 넘겼다.

앨범이 다시 마이클의 손에 돌아왔을 때, 그는 다른 사진을 찾아 앨범을 뒤적거렸다. "여기 있군. 이 사진은 1856년, 링컨이 대통령이 되기 4년 전에 찍은 거래."

앨범이 다시 이 손에서 저 손으로 넘겨졌다. 그것은 만화처럼 보이는 컬러 사진인데, 어느 술집 앞에 술 취한 사람들이 모여 있

고, 갈비에 붙은 고깃살처럼 구레나룻을 기른 뚱뚱한 정치가가
두 개의 큰 드럼통에 걸쳐 놓은 판자에 올라가 있었다. 정치가는
거품이 차 있는 맥주 잔을 한 손에 치켜든 모습이었다. 판자가 밑
으로 휜 모습을 보니 정치가의 몸무게가 꽤 무거운 듯했다. 멀찍
이 모자를 쓴 여자들이 그 모습을 지켜보며 역겹다는 표정으로 얼
굴을 잔뜩 찌푸리고 있었다. 사진 제목은 이랬다. "데리에서 정치
를 하다 보면 항상 목이 마르지요, 가드너 상원 의원의 말."

"아버지가 그러셨는데, 남북 전쟁이 일어나기 20년 전에는 이
런 사진들이 한창 유행했대. '바보 카드'라고 하면서 사진을 주고
받고 했다는 거야.《매드》에 실리는 유머 같은 거겠지, 아마."

"푸, 풍자."

"맞아, 바로 그거야. 그런데 이 구석을 보라고."

그 사진은 어떤 면에선《매드》같았다. 그 잡지의 영화를 흉내
낸, 커다란 모트 드러커미국의 풍자 만화가 패널화처럼 묘사가 자세하고
작은 농담들이 곁들여 있었다. 사진에는 뚱뚱한 남자가 개의 주
둥이에 맥주 잔을 쏟아 붓는 모습도 있었다. 진흙 웅덩이에 엉덩
방아를 찧는 여자의 모습, 두 명의 말썽꾸러기들이 부유해 보이
는 사업가의 구두 뒤꿈치에 불붙인 성냥을 집어넣으려는 모습,
느릅나무 가지에 걸터앉아 다리를 흔들며 속옷을 훤히 내보이고
있는 여자 아이 등등, 엉뚱하고 복잡한 사진이었지만 아이들은
그 속에서 광대의 모습을 놓치지 않았다. 광대는 요란한 체크무
늬 조끼를 걸치고 술 취한 벌목꾼들을 상대로 야바위판을 벌이고
있었다. 그는 그중에서 깜짝 놀라 입을 쩍 벌리고 있는 벌목꾼에
게 눈을 찡긋해 보이는데, 그 벌목꾼은 돈이 들어 있다는 컵을 잘

못 고른 모양이었다. 광대의 한 손은 실수한 벌목꾼의 동전을 이미 움켜쥐고 있었다.

"또 나타났어. 100년도 넘었잖아?" 벤이 말했다.

"그 정도 됐지. 그리고 이건 1891년에 찍은 사진이야." 마이클이 말했다.

그 사진은 《데리 뉴스》의 1면에서 오려 낸 것이었다. "축하! 철공소 완공!"이라는 제목 아래 "마을은 지금 축제 분위기"라는 설명이 적혀 있었다. 사진엔 키치너 철공소에서 완공식 기념 테이프를 자르는 모습이 담겨 있었다. 빌은 자기 집 주방에 어머니가 걸어 둔 석판 인쇄 사진을 떠올렸지만 그만큼 품위 있는 느낌은 아니었다. 모닝코트 차림에 중절모를 쓴 남자가 기념식 테이프에 커다란 가위를 대고 있고 500명 정도의 군중이 그 모습을 지켜보고 있었다. 그 왼쪽에서 광대 하나가 아이들을 위해 공중제비를 도는 모습도 보였다. 광대가 물구나무선 상태일 때 사진을 찍는 바람에 특유의 미소 띤 얼굴이 거꾸로 비명을 지르는 형상이 되었다.

빌은 다급히 리처드에게 앨범을 건네주었다.

다음 사진은 그 밑에 윌리엄 핸론이 직접 이렇게 적어 놓았다. "1933년: 금주법 철폐를 맞이한 데리의 모습." 아이들은 금주법이나 그 철폐에 대해서는 아는 바가 없었지만, 사진만 봐도 금주법 철폐에 사람들이 얼마나 들떠 있는지 금방 알아챌 수 있었다. 사진의 배경은 '지옥의 땅뙈기'에 있는 월리 별천지 주변이었다. 월리 별천지 앞에는 그야말로 발 디딜 틈도 없이 사람들이 꽉 들어차 있었다. 대부분 흰색 셔츠 앞섶을 풀어헤치고 밀짚모자를 쓴 모습이었고, 벌목꾼의 작업복과 티셔츠와 은행원의 제복을 입은 사람들도 적지 않았다. 모두들 술잔과 술병을 높이 치켜들고 있었다. 창문에는 큼지막하게 써 붙인 글씨도 보였다. "맥주 선생의 귀향을 축하하며!"라는 글자가 있는가 하면, "오늘 하루 맥주 공짜"라는 표지도 있었다. 지상 최고의 멋쟁이처럼 한껏 멋을 부린 광대가(백구두에 각반을 차고 갱들이 입는 바지를 입었다), 자동차에 발을 걸쳐 놓고는 하이힐에 샴페인을 따라 들이켜고 있었다.

"이건 1945년도 사진이야." 마이클이 말했다.

이번에도 《데리 뉴스》에서 오려 낸 사진이었다. 기사 제목은 "일본 항복 종전! 신의 뜻으로 전쟁 끝나다!"라고 씌어 있었다. 뱀처럼 꾸불꾸불한 행렬이 메인 가에서 업마일 언덕까지 이어져 있었다. 그리고 역시 뒤편에서 모습을 드러낸 광대는 적황색 단추가 달린 은색 옷을 입고 신문에 실린 사진에 나타나게 마련인 인쇄 점선에 맞춰 떡하니 정지된 모습이었다. 그 모습이 마치 (적어도 빌에게는) 아무것도 끝나지 않았고 승자도 패자도 없으며, 무(無)가 여전히 규칙이고, 공(空)이 관습임을 암시하는 듯했다. 무엇보다 모든 것이 여전히 방황하고 있다고 암시하는 듯했다.

빌은 냉기와 함께 목마름을 느꼈고, 무엇보다 두려웠다.

그런데 돌연 사진에 나타난 인쇄 점선들이 사라지더니 사진이 움직이기 시작했다.

"어어……." 마이클이 소리 질렀다.

"저, 저걸 봐." 빌이 말했다. 말소리가 녹다 만 얼음 조각 같았다. "저, 저걸 보라니까!"

아이들이 한꺼번에 빌 주변으로 몰려들었다.

"이런 세상에." 비벌리가 억눌린 신음소리를 냈다.

"'그것'이야!" 리처드가 비명처럼 고함을 지르며 몹시 흥분한 표정으로 빌의 등을 두들겼다. 가뜩이나 하얀 에디의 얼굴은 백지장처럼 질려 있었고, 스탠리는 그 자리에서 얼어붙은 얼음 조각 같았다. "조지의 방에서 본 것과 똑같아! 우리가 본 것과……."

"쉬잇!" 벤이 말했다. "들어 봐." 그리고 거의 흐느끼는 소리. "저 소리들이 들리지? 맙소사, 사진 속에서 소리가 들리지?"

미풍만 살랑이는 침묵 속에 그들은 모두 그 소리를 들었다. 아득히 멀리서 밴드가 연주하는 군가, 멀리 떨어져 있기 때문일까……, 아니면 시간의 거리 때문일까……, 아무튼 아주 희미한 소리였다. 군중들의 환호성은 주파수가 안 맞는 라디오 소리 같았다. 손가락을 마주치듯 딱 하는 소리도 희미하게 들려왔다.

"폭죽. 폭죽이야, 안 그래?" 비벌리가 떨리는 손으로 눈가를 훔치며 말했다.

아무도 대답하지 않았다. 그들은 사진을 지켜보았고, 눈들이 얼굴을 집어삼키기라도 할 것처럼 커졌다.

행렬이 점점 그들을 향해 쇄도하는 것 같더니, 행렬의 선두가 거의 사진 앞에 이르는 순간, 사진에서 빠져나와 13년 후의 미래 속으로 뛰어들려는 순간, 갑자기 나타난 모퉁이를 돌아가듯 홀연히 시야에서 사라져 버렸다. 파이 접시 같은 이상한 헬멧을 쓴 묘한 표정의 1차 세계 대전 참전 군인들이 "데리 시 재향 군인회는 용감한 젊은 용사들을 환영합니다."라는 현수막을 들고 행렬 선두에 섰고, 뒤를 이어 보이스카우트, 키와니스 사교 클럽, 양로원 협회, 데리 기독교 성가대가 줄줄이 나타났고, 주인공이라고 할 수 있는 데리 출신의 2차 세계 대전 참전 용사들이 고등학교 밴드의 호위를 받으며 사진 앞까지 다가왔다가 이내 사라져 버렸다. 행렬에 따라 군중들도 움직였다. 도로에 줄지어 선 건물마다 종이 테이프와 색종이가 휘날렸다. 광대가 행렬의 옆을 따라오며 공중제비를 돌다가, 저격수 흉내를 내는가 하면, 차려 자세로 경례를 붙이는 시늉을 해 댔다. 빌은 문득 사람들이 광대를 외면하고 있다는 사실을 깨달았다. 하지만 광대의 얼굴을 볼까 두려워서라기보다는 무엇인가 지독한 악취를 피해 고개를 돌리고 있는 느낌이었다.

오직 아이들만이 광대를 똑바로 쳐다보았다가 이내 움츠러들었다.

빌이 조지의 방에서 그랬듯 벤이 사진에 손을 뻗었다.

"아, 안 돼!" 빌이 비명을 질렀다.

"괜찮을 거야, 빌. 이걸 봐." 벤은 사진 위에 놓인 비닐 케이스에 잠시 손을 댔다가 뗐다. "하지만 이 비닐을 벗기면……."

그때 비벌리가 찢어질 듯 비명을 질렀다. 벤이 비닐 케이스에서 손을 떼는 순간, 광대가 익살맞은 동작으로 갑자기 왼쪽으로 몸을 돌린 것이다. 광대는 얼굴 가득 핏빛 미소를 띠고 낄낄거리며 곧장 그들을 향해 뛰어들었다. 빌은 뒤로 움찔했지만 앨범을 떨어뜨리지는 않았다. 군악대와 보이스카우트와 캐딜락에 올라탄 1945년도 데리의 여왕처럼 광대도 이내 시야에서 사라질 거라고 생각했던 것이다.

그러나 광대는 행렬처럼 사진 가장자리의 모퉁이에서 사라지지 않았다. 그 대신 소름 끼칠 만큼 우아한 동작으로 뛰어오르더니, 사진의 왼쪽 가장자리에 서 있는 가로등까지 솟구쳤다. 그러고는 원숭이처럼 가로등을 오르다가 사진에 씌운 비닐에 얼굴을 들이밀었다. 비벌리가 다시 비명을 질렀고, 곧이어 에디도 씨근대는 숨소리에 억눌린 비명을 내질렀다. 비닐이 불룩 튀어나왔고, 아이들은 모두 나중에 그 모습을 똑똑히 봤다고 말했다. 빌은 유리창에 얼굴을 대고 짓눌렀을 때처럼 납작해진 광대의 붉은 코를 바라보았다.

"너희들을 모조리 죽여 버리겠어! 나를 방해했다가는 뼈도 못 추릴 줄 알아! 네놈들을 미치게 만든 다음 모조리 죽일 거야! 누구도 나를 막지 못해! 나는 생강빵 괴물이다! 나는 늑대 인간이다!"

일순 광대는 늑대 인간으로 변하더니, 둥그스름한 은색 얼굴을 쭉 내밀고 이빨을 흰히 드러낸 채 그들을 노려보았다.

"나를 막지 못해, 나는 문둥이다!"

이제 광대는 온통 얽은 얼굴에 고름을 질질 흘리며 살아 있는 시체처럼 그들을 바라보았다.

"나를 막지 못해, 나는 미라다!"

썩어 가는 문둥이의 얼굴에 쭉쭉 금이 가기 시작했다. 살갗이 벌어지더니 붕대가 튀어나와 얼굴을 친친 감았다. 벤은 뒤로 옹송그리고 하얗게 질린 채 한 손으로 목과 귀를 틀어쥐었다.

"나를 막지 못해, 나는 죽은 아이들이다!"

"아니야!" 스탠리 유리스가 버럭 고함을 질렀다. 멍처럼 퍼렇게 변한 눈가 위로 튀어나올 듯 불룩한 눈동자, 빌은 스탠리의 모습에서 '공포의 피사체'라는 말을 떠올렸고, 27년 후 자신의 소설에 사용할 터이다. 물론 그 표현이 어디서 떠올랐는지는 몰랐고 그저 언어의 미궁에 빠져 든 순간 외계에서

(또 다른 시공에서)

홀연히 찾아온 축복 같은 표현이라고 생각했을 뿐이다.

스탠리는 앨범을 낚아채더니 서둘러 덮어 버렸다. 그는 앨범을 덮은 후에도 손목과 팔뚝에 힘줄이 돋을 정도로 한동안 있는 힘껏 두 손에 힘을 주었다. 그리고 미친 사람 같은 눈빛으로 주위를 둘러보았다. "아니야." 스탠리는 다급하게 말했다. "아니야. 아니라니까."

그러나 빌은 그 순간 스탠리의 아니라는 부정의 말에 더욱 신경이 곤두섰고, 광대가 원하는 것이 바로 그런 반응은 아닐까 하는 생각이 들었다. 왜냐하면…….

'왜냐하면 놈은 우리를 무서워하고 있으니까……. 그토록 오래 살아왔으면서 처음으로 두려움을 느꼈을 테니까.'

빌은 스탠리를 움켜잡고 그의 어깨를 쥔 채 세차게 두 번 흔들었다. 스탠리는 이빨을 덜덜거리며 앨범을 떨어뜨렸다. 마이클은 질겁하며 앨범을 집어 한쪽으로 치워 버렸다. 그러나 그 앨범은 분명 아버지의 것이었고, 아버지는 그들이 목격한 광경을 한번도 보지 못했을 거라 생각했다.

"아니라니까." 스탠리는 조용하게 말했다.

"맞아." 빌이 말했다.

"아니라니까." 스탠리가 다시 말했다.

"맞아. 우리 모, 모두……."

"아니야."

"모, 모두 또, 똑똑히 봤잖아, 스탠리." 빌은 다른 아이들을 바라보았다.

"맞아." 벤이 말했다.

"맞아." 리처드가 말했다.

"맞아. 오, 맙소사. 사실이야." 마이클이 말했다.

"맞아." 비벌리가 말했다.

"맞아." 에디가 막힌 목구멍으로 가쁜 숨을 쥐어짜며 가까스로 말했다.

빌은 스탠리를 보았고, 눈빛으로 자기를 돌아보라고 다그쳤다. "노, 놈의 속임수에 거, 걸려들면 안 돼. 너도 부, 분명히 봤어."

"그런 건 보고 싶지 않아!" 스탠리가 울부짖었다. 이마에 맺힌 땀방울이 번들거렸다.

"하지만 너, 너도 봤어."

스탠리는 다른 아이들을 차례차례 바라보았다. 그러고는 짧은 머리칼을 쓸어올리면서 깊은 한숨을 내쉬었다. 미쳤을까 봐 빌이 몹시 걱정했던 스탠리의 눈빛은 이제 깨끗해져 있었다.

"그래." 스탠리가 말했다. "그래. 맞아. 그래. 그 소리를 듣고 싶은 거니? 그래, 봤어."

빌은 생각했다. '우리는 아직 함께야. 놈도 우리를 막지 못해. 우리는 아직 놈을 죽일 수 있어. 그것을 죽일 수 있어……, 용기를 잃지 않으면.'

빌이 다른 아이들을 둘러보니, 쌍쌍이 두 눈마다 스탠리처럼 발작을 일으킬 듯한 표정이 담겨 있었다. 아주 나쁠 정도는 아니었지만 분명 있었다.

"돼, 됐어." 빌은 스탠리에게 웃어 보였다. 곧바로 스탠리도 웃음을 보냈고, 그때까지 얼굴에 남아 있던 끔찍한 충격의 그림자도 완전히 사라졌다. "내가 바, 바라는 건, 너, 너희들 바지에다 오, 오줌은 싸지 마, 말라는 거야."

"삑삑, 잘못 봤어, 얼간아." 스탠리의 말에 모두 웃음을 터뜨렸다. 쫓기듯 성마르고 날카로운 웃음이었지만, 그렇게라도 웃는 편이 낫다고 빌은 생각했다.

"자, 자." 빌이 말했다. 누군가는 무슨 말이든 해야 할 상황이었다. "지, 지금부터 아지트를 마, 마, 마무리 짓자. 어때?"

빌의 말에 아이들은 한결같이 고마운 눈치였다. 하지만 그들의 고마움도 빌 자신의 두려움을 덜어 주지는 못했다. 아니, 빌은 아이들의 고마워하는 눈빛이 싫었다. 그들을 하나로 이어 주는 끈은 언제든지 끊어질 수 있었으므로, 그 끈을 붙잡고 있으려면 빌 자신만은 언제까지나 두려움을 혼자서 삭여야 한다는 말인가? 아니, 그런 생각을 한다는 것 자체가 그릇된 일일까? 왜냐하면 어떤 면에서는 빌이 친구들을 이용해서 그들의 목숨을 담보로 동생의 죽음을 앙갚음하려는 것일 수도 있으니까. 그래서 본전이라고? 아니, 조지는 이미 죽었다. 복수한다고 해서 살아 돌아올 수는 없었다. 만약 진정한 복수를 하려면 조지가 살아 있는 상태에서만 가능하다고 빌은 생각했다. 그래서 어쩌란 말인가? 이기적이고 보잘것없는 장난감 칼을 휘두르며 아서 왕처럼 보이고 싶은가?

'맙소사, 이런 게 바로 어른들의 고민이라면 죽어도 어른이 되고 싶지 않아.' 빌은 혼자서 끙끙거렸다.

그의 결심은 여전히 단호했지만, 그것은 쓰디쓴 결심이었다.

쓰디쓴.

연기 구덩이

리처드 토저는 안경을 콧잔등 위로 추켜올린다(20년 동안 콘택트렌즈를 착용해 왔어도 그 동작이 전혀 어색하지 않다). 그는 마이클이 철공소에서 봤다는 새와 움직였다는 아버지의 사진 이야기를 하는 동안 실내 분위기가 바뀐 것에 약간 놀란다.

리처드는 활력처럼 열띠고 흥겨운 느낌이 실내에 팽배해짐을 느꼈다. 지난 이삼 년 동안 주로 파티에서 코카인을 입에 댄 적이 열 번 정도 있는데, 거물급 디스크자키라면 집 안에서 편안히 뒹굴며 코카인을 흡입할 만한 입장이 아니었다. 지금의 느낌은 코카인을 흡입했을 때와 비슷하면서도 어딘지 다르다. 좀더 순결해지고 더 많은 마약을 주사한 느낌이라고 할까. 어렸을 때는 날마다 그런 기분을 느끼면서도 그저 당연하게만 여겼다. 설령 어린 시절에 그 활력의 좀더 깊은 근원까지 생각해 볼 수 있었다고 해도(그런 적이 있기는 했는지 사실 기억할 수 없지만), 아마 그것이 눈동자 색깔이나 지금도 보기 싫은 기형적인 발가락처럼 어쩔 수 없는 일상의 한 부분이라고 여겼을 것이다.

물론 아직까지 정확하게 입증된 것은 없다. 어린 시절 맹목적일 정도로 갈망하고 이끌렸던 힘과 활력은 저절로 소진된 것이 아니라, 열여덟에서 스물네 살 사이 슬그머니 어디론가 자취를 감춘 것인지도 모른다. 그리고 그 자리는 훨씬 둔감해지고 마약처럼 공허한 무엇이 여전히 힘과 활력이라는 이름을 하고 대신 채워 왔을 것이다. 그것은 열광적인 광고업자의 말마따나, 목표 의식이나 삶의 지향점 등등 다른 이름으로 불릴 수도 있다. 대단 할 것도 없는 얘기다. 펑 소리와 함께 단숨에 벌어지는 일이 아니 니까. 리처드는 그래서 무섭다고 생각했다. 광대의 풍선 속임수처럼, 펑 하는 폭발음과 함께 단숨에 어린아이로 돌아가야 한다 니 어떻게 그걸 막을 수 있을까. 타이어의 바람처럼 우리 몸속에서 아이의 모습이 슬그머니 새어 나갔는지 모른다. 그래서 어느 날 거울 속에서 어른이 된 자신을 발견하는 것이다. 계속해서 청 바지를 입고, 브루스 스프링스틴과 보브 시거의 콘서트에 가며, 머리를 물들일 수도 있지만 거울 속에 유년의 얼굴은 존재하지 않는다. 잠자는 사이 이빨 요정의 방문이라도 받은 것처럼 어느새 우리는 어른이 되어 있다.

'아니, 이빨 요정은 아니야. 나이 요정이라면 모를까.' 리처드는 문득 떠오른 엉뚱한 생각에 큰 소리로 웃으며 그를 바라보는 비벌리에게 아무것도 아니라고 손사래를 친다. "자기, 신경 꺼. 아무것도 아니니까. 그냥 나에 대해 생각 중이거든."

그러나 지금 그때의 활력이 되살아나 있다. 아니, 아직은 예전 그대로라고 할 수 없지만, 아무튼 계속해서 활력이 되살아나고 있다. 리처드 자신뿐 아니라 방 안 전체에서 느껴진다. 마이클은 끔찍한 점심 식사를 한 후 처음으로 리처드에게 유쾌한 표정을 지어 보인다. 리처드는 로비에 들어서는 순간, 벤과 에디와 함께 앉아 있는 마이클을 보고 깜짝 놀랐다. 미쳐서 자살 직전에 있는 남자가 그곳에 있었던 것이다. 하지만 마이클의 표정은 이제 달라져 있다. 다른 표정 뒤로 숨은 것이 아니라 완전히 사라졌다. 리처드는 바로 옆에서 새와 앨범 이야기를 재현하는 마이클의 얼굴에서 어두운 그림자의 마지막 흔적을 살피고 있다. 마이클은 활력이 넘쳐 보인다. 모두들 마찬가지다. 얼굴 표정이나 목소리, 몸짓에서도 활력이 느껴진다.

에디는 진과 자두 주스를 또 한잔 들이켠다. 빌은 버번 위스키를 한 모금 들이켜고 마이클도 캔 맥주 하나를 또 비운다. 비벌리는 빌이 책상 위의 마이크로필름 녹음기에 매달아 놓은 풍선을 올려다보다 단숨에 칵테일 잔을 비운다. 그들은 너나 할 것 없이 열정적으로 마셔 대지만 누구도 취하지 않는다. 리처드는 지금 생생하게 느껴지는 활력이 어디서 왔는지 알 수 없지만 단순히 술기운 때문은 아니라고 확신한다.

데리의 검둥이들이 새를 잡다: 블루.

왕따들은 여전히 길을 잃고 헤매지만, 스탠리 유리스는 한발 먼저 세상을 떠났다: 오렌지.

젠장, 리처드는 캔 맥주를 따면서도 상념을 떨쳐 버리지 못한다. '그것이 훨씬 끔찍한 괴물이라고 해도, 그것이 우리의 공포를 먹고 산다고 해도 최악의 상황은 아니야. 로드니 데인저필드[미국의 희극적인 영화 배우]가 이미 그걸 입증했으니까.'

에디가 침묵을 깬다. "놈이 지금 우리가 하고 있는 일을 얼마나 알 거라고 생각해?"

"놈은 여기 있었지, 안 그래?" 비벌리가 묻는다.

"그게 큰 의미가 있는지 모르겠어." 에디가 답한다.

빌이 고개를 끄덕인다. "그것들은 이미지일 뿐이야. 놈이 우리를 볼 수 있는지, 또 우리가 무엇을 하려는지 알아낼 수 있을지는 모르겠어. 우리는 텔레비전에서 뉴스 해설자를 볼 수 있지만 그 사람은 우리를 못 보거든."

"저 풍선들이 그저 이미지일 뿐이라고 할 순 없잖아." 비벌리는 엄지손가락으로 풍선을 가리킨다. "저건 엄연한 현실이야."

"하지만 진실은 아니지." 리처드의 말에 모두들 그를 쳐다본다. "이미지 자체는 현실이야. 분명히 존재하니까. 이미지는……."

돌연 무엇인가 방 안으로 슬며시 들어온다. 실체가 분명히 느껴져서 리처드는 귀에 손까지 갖다 댄다. 안경 뒤에서 그의 눈동자가 휘둥그레진다.

"맙소사!" 리처드가 갑자기 고함을 지른다. 그는 반쯤 일어서서 탁자를 더듬다 무엇에 떠밀린 것처럼 다시 의자에 털썩 주저앉아 캔 맥주를 들이켠다. 그가 마이클을 쳐다보는 동안 다른 사람들은 깜짝 놀라고 근심스러운 표정으로 그를 바라본다.

"불!" 리처드는 비명을 지르다시피 한다. "눈 속에 불이 났단 말이야! 눈이 타 들어가고 있어……."

마이클은 희미한 미소를 지으며 고개를 끄덕인다.

"리, 리처드? 왜, 왜 그래?" 빌이 묻는다.

하지만 리처드는 빌의 목소리를 알아듣지 못한다. 거센 파도처럼 달려드는 기억에 휩쓸려, 리처드는 뜨겁고 차가운 물결을 오르내리다가 문득 그런 기억들이 왜 단계적으로 되살아나는지 이해하게 된다. 모든 기억이 한꺼번에 되살아난다면, 아마 관자놀이에 대고 총을 쏜 것과 맞먹는 심리적 충격이 일어날 테니까. 그래서 머리가 몽땅 날아가 버릴지도 모른다.

"우리 모두 그것을 봤어!" 리처드는 마이클을 향해 말한다. "놈이 여기에 온 걸 봤다고, 안 그래? 너도 나도……, 아니면 나 혼자만 본 걸까?" 그는 탁자 위에 놓인 마이클의 손을 움켜잡는 다. "너도 봤지, 마이클, 아니면 정말 나만 본 거야? 봤어? 산불 을 봤어? 분화구 말이야."

"봤어." 마이클은 조용히 말하며 리처드의 손을 더욱 힘차게 잡아 준다. 리처드는 눈을 질끈 감고, 평생 그처럼 강렬한 안도감 은 처음이라고, 그가 탑승했던 로스앤젤레스발 샌프란시스코행 제트 여행기가 활주로에서 이탈했는데 아무도 다치거나 죽지 않 았을 때보다 더 따뜻하고 짙은 안도감을 느꼈다고 생각한다. 그 비행기 사고 때 머리 위에서 가방 몇 개가 떨어진 게 다였다. 그 는 노란색 비상 구역을 뛰어넘어 곤경에 처한 여자를 도와 비행 기에서 멀리 빠져나왔다. 그녀는 수풀 속에 가려진 작은 둔덕에 걸려 넘어지는 바람에 발목을 삐었다. 그녀는 웃으며 말했다. "내 가 살아 있다니 믿어지지 않아요. 정말 믿을 수 없어." 리처드는 한 손으로 그녀를 부축하고, 다른 한 손으로 소방관들을 향해 손 을 흔들며 소리쳤다. "좋아요, 당신은 죽었소. 죽었단 말이에요. 이제 좀 기분이 좋아졌소?" 소방관들은 미처 비행기에서 내리지 못한 승객들을 향해 어서 내려오라고 재촉했다. 리처드와 그녀는 서로 얼굴을 바라보다 격렬하게 웃었다. 안도의 웃음이었다…… 그러나 지금의 안도감은 그때보다 훨씬 깊고 강렬하다.

"대체 무슨 얘기들을 하고 있는 거야?" 에디는 이리저리 두리 번거리며 묻는다.

리처드가 바라보자 마이클은 머리를 흔들어 보인다. "리처드, 계속 말해 봐. 내가 오늘 할 이야기는 다 끝났거든."

"나머지 사람들은 먼저 떠났기 때문에 모르거나 기억하지 못하는 거야." 리처드는 친구들을 향해 말한다. "나와 마이클은 '연기 구덩이'에 마지막까지 숨어 있었으니까."

"'연기 구덩이', 연기가 나는 구덩이라는 말인가." 빌이 혼잣말처럼 중얼거린다. 눈동자가 먼 곳을 응시하듯 아득해지면서 푸른 빛을 띤다.

"눈이 타 들어가는 느낌." 리처드가 말한다. "콘택트렌즈를 착용했을 때 말이야. 마이클이 캘리포니아로 전화했을 때 처음 느꼈어. 그때는 몰랐는데, 이제는 알겠어. 그건 연기야. 27년 전의 연기." 그는 마이클을 바라본다. "심리적인 측면이라고 해야겠지? 정신에 지배된다고 해야 할까? 무의식적인 그런 거 말이야."

"글쎄, 내 생각에는 아닌 것 같아, 리처드." 마이클이 조용히 대답한다. "저기 있는 풍선이나 내가 냉장고에서 본 머리, 또 에디가 봤다는 토니 트래커의 시체, 그런 맥락이 아닐까 싶은데, 어때, 리처드?"

"마이클이 아버지의 앨범을 황무지에 가져오고 사흘인가 닷새가 지난 다음이었을 거야. 7월 중순쯤이겠지. 아마, 우리들의 아지트도 다 지은 후였을걸. 하지만……, 연기 구덩이 말이야, 아, 그건 노적가리의 아이디어였지, 아마. 책에서 봤다고 네가 말했잖아."

리처드의 말에 벤은 보일락 말락 미소를 지으며 고개를 끄덕인다.

리처드는 생각에 잠긴다. '그날은 잔뜩 찌푸린 날이었어. 바람 한 점 없었지. 천둥 소리가 났어. 한 달 후인가, 우리가 시냇물 속에 빙 둘러서서 스탠리가 콜라 병 조각으로 손을 그었던 날처럼 말이지. 공기가 무겁게 내려앉은 느낌이 금방이라도 무슨 일이 벌어질 것 같았어. 그리고 나중에 빌이 말하기를 계획된 일이 아니기 때문에 그처럼 빨리 상황이 안 좋아졌다고 했지.

7월 17일, 맞아, 바로 그날, 연기 구덩이를 만들었어. 1958년 7월 17일, 여름 방학이 시작된 지 한 달쯤 지나고 왕따 클럽의 핵심 멤버인 빌, 에디, 벤을 중심으로 황무지에 우리들만의 공간을 만들었을 때니까. 27년 전 그날 나는 하늘을 올려다보며 날씨를 살피다 전에 어디선가 읽은 적 있는 내용을 아이들한테 말해 주었어. 즉 리처드 토저, 일명 위대한 영혼의 스승이 가라사대, 공기가 뜨겁고 눅눅한 걸 보니 뇌우가 내릴 징조. 그러니까 연기 구덩이에 내려가 있는 동안 날씨를 잘 살펴야 하느니 하고 말이야.

지미 컬럼의 시체가 발견된 건 그로부터 이틀 후였어. 넬 아저씨가 다시 황무지에 나타나 우리 아지트인 줄도 모르고 그 위에 앉아 있었던 날 다음 날이었지. 사실 그때쯤에는 이미 아지트에 지붕을 올리고 벤이 뗏장까지 꼼꼼하게 덮어 놔 어지간해서는 아무도 눈치 챌 수 없었으니까. 납작 엎드려서 기어 다니지 않으면 아지트의 정체를 알 수 없었지. 예전의 댐처럼 벤이 만든 아지트는 대성공이었어. 넬 아저씨도 댐을 만들었을 때와 달리 아무것도 눈치 채지 못하셨지.

넬 아저씨는 조심스럽게 우리에게 질문하면서 검은색 수첩에다 기록까지 했지만, 우리가 말해 줄 수 있는 건 거의 없었어. 특히 지미 컬럼에 대해서는 더 그랬지. 넬 아저씨는 얼마 후 우리에게서 절대 혼자 황무지에서 놀지 않겠다는 다짐을 받고 돌아갔어. 그때 나는 만약 데리 경찰서가 (다른 희생자들을 포함해) 컬럼이 실제로 황무지에서 죽었다고 판단했다면, 넬 아저씨는 무조건 우리를 황무지에서 내쫓았을 거라고 생각했지. 하지만 경찰도 잘 알고 있었지. 황무지는 상수도와 하수도가 끝나는 지점일 뿐이었거든.

넬 아저씨는, 그래, 7월 16일에 다녀간 게 틀림없고, 그날도 뜨겁고 습기가 많았지. 그리고 다음 날인 17일은 잔뜩 찌푸려 있었고.'

"리처드, 말해 줄 거야, 말 거야?" 옅은 장밋빛 립스틱이 칠해진 비벌리의 입술에 희미한 미소가 떠오르고 두 눈은 호기심에 반짝인다.

"어디서부터 시작할까 생각 중이었어."

리처드는 안경을 벗어 셔츠에 닦다가 불현듯 적당한 이야기의 출발점을 찾아낸다. 그와 빌의 발밑에서 땅이 벌어졌던 이야기부터 출발하면 좋을 성싶다. 물론 아지트에 대해서도 알고 있지만 (빌과 나머지 친구들도 아지트는 기억할 것이다), 갑자기 어둠이 살짝 열렸다는 것을 빼곤 아직 기억이 가물가물하다.

리처드는 빌과 함께 실버를 타고 캔자스 가의 익숙한 거리를 지나가 작은 다리 밑에 그 자전거를 숨겨 둔 것을 기억한다. 그리고 둘이서 개간지로 난 길을 따라 걷다가 간혹 무성한 덤불 때문에 방향을 틀던 기억도 난다. 한여름이었고, 황무지의 온갖 생명력이 최고조에 달했을 때였다. 그는 귓가에 달려드는 모기 떼를

쫓으며 빌이 했던 말까지 기억한다(아, 바로 어제 일들처럼 이토록
선명하다니. 아니, 지금 이 순간 벌어지고 있는 일처럼).

"자, 자, 잠깐만,

리, 리처드. 네 모, 목덜미에 어, 엄청 큰 놈이 있어."

"젠장." 리처드는 모기라면 질색이었다. 날아다니는 작은 흡혈
귀처럼 느껴졌다. "빌, 잡아 죽여."

빌은 리처드의 목덜미를 냅다 후려갈겼다.

"아야!"

"보, 보여?" 빌은 리처드 코앞에 손을 들이밀었다. 손바닥 한
가운데 피에 짓이겨진 모기 한 마리가 달라붙어 있었다. '아까운
내 피, 어이쿠, 빌, 너하고 다른 사람을 대신해 내가 희생한 거잖
아.' 리처드는 빌의 손을 밀어냈다.

"웩, 저리 치워."

"괘, 괜찮아. 이놈은 끄, 끝장났으니까."

그들은 계속 걸어갔지만, 땀 냄새를 맡고 달려드는 모기 떼를
쫓느라 여간 고역이 아니었다. 몇 년 후에는 모기 떼를 유인하는
물질이 페로몬이라는 분비물로 밝혀지긴 했지만 어쨌든 지독히도
몰려들었다.

"빌, 아이들한테 은으로 만든 탄환 얘기는 언제 할 거야?" 리
처드는 개간지에 가까워질 즈음 그렇게 물었는데, 당시 '아이들'
이란 비벌리와 에디, 마이클, 스탠리를 말했다. 물론 그때는 이미
스탠리도 빌과 리처드가 데리 시립 도서관에서 연구한 일들을 눈

치 채고 있을 거라는 생각이 들기는 했다. 이따금 리처드는 스탠리가 너무 똑똑해서 탈이라고 생각했다. 마이클이 아버지의 앨범을 황무지로 가져왔을 때도 스탠리는 유독 불안한 모습을 보였다. 그래서 리처드는 스탠리가 다시는 황무지에 나타나지 않을 것이고, 왕따 클럽은 6인조로 굳어지겠거니 예상했다(리처드는 6인조라는 단어를 무척 좋아했다). 그러나 스탠리는 다음 날 어김없이 황무지에 모습을 나타냈고 리처드는 더욱 그가 괜찮은 아이라고 생각했다. "오늘 말할 거야?"

"오, 오늘은 아, 안 돼." 빌이 말했다.

"효력이 없을까 봐 그러는 거지, 응?"

빌은 어깨를 으쓱했고, 오드라 필립스가 나타나기까지 누구보다 빌을 가장 잘 이해했던 리처드는 빌이 말더듬이 심하지 않을 때를 기다려 이야기를 꺼낼 거라고 생각했다. 솔직히 은으로 탄알을 만든다는 이야기는 아이들 책이나 만화책 같은 데서 나오는 이야기라……, 한마디로 헛소리나 다름없었다. 위험한 헛소리 말이다. 물론 한번쯤 시도는 할 수 있을지 몰랐다. 벤 한스컴이라면 실제로 만들어 낼지도 몰랐다. 영화에서는 분명 효력이 있었다. 하지만…….

"그럼 언제?"

"새, 생각 중이야. 좀더 정확해질 때까지. 하지만 일단은 비, 비벌리가……."

"비벌리가 뭐?"

"아, 아니야." 그리고 빌은 더 이상 그 문제에 대해 입을 열지 않았다.

둘은 개간지에 다다랐다. 자세히 살펴봤다면 그 주변의 풀들이 약간 헝클어져 있는 걸 눈치 챘을지 모른다. 누군가 그 풀들을 사용했다는 느낌이라고 할까. 흩어진 잎사귀와 뗏장에 섞인 솔잎을 보면, 누군가 일부러(계획적으로) 만들었다는 생각도 들었다. 빌은 도시락 포장지(벤의 것이 분명했다)를 집어 들더니 무심코 주머니 속에 집어넣었다.

리처드와 빌이 개간지 한가운데를 가로지르는 동안……, 길이 25센티미터에 폭 8센티미터 정도의 지면이 삐거덕대는 경첩 소리를 내며 움직이더니 눈꺼풀처럼 살짝 위로 벌어졌다. 새카만 틈 사이로 몇 개의 눈동자가 밖을 내다보는 것 같아 리처드는 순간 오싹했다. 그러나 그것은 에디 카스브랙의 눈동자였다. 일주일 후면 병원에 입원해 있을 에디가 툭 던지듯이 말했다. "누가 내 다리 위를 종종걸음으로 건너는 게냐?"

아래서 킥킥대는 웃음소리. 손전등 불빛의 번쩍거림.

"저희들은 지나가는 농부입니다요, 나리." 리처드는 쪼그리고 앉아 있지도 않은 턱수염을 쓰다듬으며 판초 바닐라의 목소리로 말했다.

"그래? 그럼 신분증을 보여라." 비벌리가 아래서 말했다.

"신문이라굽쇼? 우린 그런 고약한 것을 읽지 않는다오!" 리처드는 신나서 소리까지 질러 댔다.

"지옥에나 가라, 판초야." 에디는 큼지막하게 열려 있던 눈꺼풀을 닫아 버렸다. 땅속에서 또다시 낄낄대는 웃음소리가 들려왔다.

"모두 손 들고 나와!" 빌이 느닷없이 자못 위협적인 어른의 명령조로 소리쳤다. 그러고는 뗏장으로 덮인 아지트의 지붕 위를 쿵쿵 밟았다. 쿵쾅대며 발을 구를 때마다 좀 전에 열렸던 땅덩어리가 오르락내리락했지만 눈에 들어올 정도는 아니어서 아지트를 제대로 짓기는 한 것 같았다. "기회는 한 번뿐이다!" 빌은 로스앤젤레스 경찰청의 겁 없는 형사 조 프라이데이^{경찰 드라마 「드래그넷」의 등장인물}처럼 퉁명스럽게 말했다. "어서 나오지 못해, 조무래기들! 그렇지 않으면 모두 사살하겠다!"

빌은 그 자리에서 펄쩍펄쩍 뛰어올랐다. 땅속에서는 비명소리와 웃음이 뒤엉켰다. 리처드는 그런 빌의 모습을 조용히 바라보았다. 그러나 빌은 그의 눈길을 알아채지 못하고 연신 웃고 있었다. 그 순간 리처드의 눈길은 아이를 바라보는 어른의 눈빛이었다.

'빌은 지금 자기가 말을 더듬지 않는다는 걸 모르고 있어.' 리처드는 그런 생각을 했다.

"이제 들여보내 주자, 벤. 이러다가 지붕을 다 부숴 놓겠어." 비벌리의 목소리가 들리고 얼마 지나지 않아, 잠수함의 해치처럼 생긴 뚜껑 문이 열렸다. 벤이 밖을 내다보았다. 얼굴이 붉게 달아올라 있었다. 리처드는 단번에 그 속에서 벤이 비벌리 바로 곁에 앉아 있었음을 알아차렸다.

빌과 리처드는 뚜껑 문으로 내려갔고, 벤이 다시 문을 닫았다. 모두 모인 셈이었다. 무릎을 끌어안고 판자 벽에 몸을 기대앉은 아이들의 얼굴이 벤의 손전등 불빛에 어렴풋이 드러났다.

"무, 무슨 작당들을 하고 이, 있었던 거지?" 빌이 물었다.

"대단한 건 아니야." 벤이 말했다. 리처드의 예상대로 벤은 비벌리 바로 곁에 앉아서 얼굴에 핀 붉은 홍조만큼이나 행복한 표정이었다. "그냥……."

"말해, 벤." 에디가 불쑥 끼어들었다. "그 이야기를 해 주라니까! 의견을 들어 보자고."

"천식 환자한테는 별로 해당 사항이 없을 텐데." 역시 그중에서 최고의 실용주의자답게 스탠리가 에디를 향해 일침을 가했다.

리처드는 마이클과 벤 사이에 앉아 두 손을 깍지 껴 무릎을 끌어안았다. 땅속은 기분 좋을 정도로 시원하고 은밀했다. 아이들 얼굴을 돌아가며 비추는 손전등 불빛을 바라보면서, 리처드는 1분 전에 밖에서 얼마나 놀랐는지 까맣게 잊어버렸다. "대체 무슨 얘기긴데 그래?"

"으응, 벤이 인디언 의식에 관한 얘기를 했거든." 비벌리가 말했다. "하지만 스탠리 말이 맞아. 에디의 천식에는 별로 도움이 되지 않을 테니까."

"괜찮을지도 모른다, 뭘." 에디의 목소리에선 약간의 불편함만 전해졌다. "불안하고 초조할 때만 천식이 심해지거든. 어쨌든 나도 한번 해 보고 싶어."

"해 본다니, 뭐, 뭘 말이야?" 빌이 에디에게 물었다.

"연기 구덩이 의식 말이야." 에디가 대답했다.

"그, 그게 뭐, 뭔데?"

벤의 손전등 불빛이 위로 향했고, 리처드의 시선은 그 불빛을 따라갔다. 불빛은 무언의 설명처럼 나무 지붕을 비추며 이리저리 흔들렸다. 사흘 전, 그러니까 지미 컬럼의 시체가 발견되기 바로 전날, 일곱 명이 모두 쓰레기 매립지로 가서 마호가니 문짝 하나를 들고 왔고, 그것을 판자로 짜개어 지붕을 만든 것이다. 리처드가 기억하는 지미 컬럼은 체구가 작고 조용한 아이로 자기처럼 안경을 썼고 비 오는 날이면 낱말 맞추기 놀이를 좋아했다. '더 이상 낱말 맞추기 놀이는 할 수 없겠구나.' 리처드는 그 생각을 하다가 약간 몸서리쳤다. 어둠침침해서 그가 떠는 모습을 본 사람은 없지만, 어깨를 맞댄 마이클 핸론만은 무슨 일이냐는 눈빛으로 그를 바라보았다.

"음, 지난주에 도서관에서 이 책을 빌렸거든." 벤이 입을 열었다. "『대초원의 유령』이라는 책인데, 150년 전쯤 서부에 살았다는 인디언 부족에 관해 씌어 있어. 파이우투 족, 포니 족, 카이오와 족, 오트 족, 코만치 족 같은 부족들 말이야. 정말 재미있는 책이지. 언젠가 그 인디언들이 살았다는 곳에 꼭 가 볼 생각이야. 아이오와, 네브래스카, 콜로라도, 유타……."

"그건 됐고, 연기 구덩이 의식이나 말해 보라니까." 비벌리가 벤의 옆구리를 꾹 찌르며 말했다.

"알았어. 그럴게." 벤의 대답을 듣다가, 리처드는 비벌리가 '자, 이제 독약을 마셔 봐, 벤, 괜찮지?' 하고 옆구리를 찔러도 벤은 역시 좋다고 하겠구나 생각했다.

"그러니까 그 인디언 부족들마다 특별한 의식이 하나씩 있다는데, 그 생각을 하다가 우리 아지트를 떠올린 거야. 부족들이 중요한 결정을 할 때마다, 그러니까 예를 들어서 버펄로 무리를 사냥하거나 물을 찾아 다른 곳으로 이주하거나 적들과 싸워야 할지 말지, 뭐 그런 결정 말이지, 그럴 때마다 땅속에 커다란 웅덩이를 파고 나뭇가지로 덮은 다음 조그만 구멍 하나만 만들어 놓았대."

"그게 여, 연기 구덩이이군." 빌이 말했다.

"어이쿠, 우리 빌 나리의 명석한 두뇌에 늘 감탄한단 말씀이야." 리처드가 짐짓 진지한 소리로 말했다. "퀴즈 쇼에라도 나가시지. 아마 찰스 반 도렌^{브리태니커 백과서전 편집장을 역임한 학자}도 꼼짝못할걸."
빌이 팔을 들어 때리는 시늉을 하자, 리처드는 급히 몸을 피한답시고 움찔하다 버팀목에 머리를 부딪혔다. "아이고!"

"거참, 새, 쌤통이다." 빌이 씩 웃으며 말했다.

"이 썩을 놈의 외국 놈, 기필코 결딴을 내주마." 리처드가 불분명한 성대모사로 떠들어 댔다. "아이고, 나리, 뭣하러 그런 지독한 걸 읽으려고……."

"두 사람, 조용히 좀 해 봐." 비벌리가 말했다. "아주 재미있는 얘기라니까." 비벌리는 이내 따뜻한 미소로 벤을 바라보았고, 리처드는 지금쯤 노적가리의 귓구멍에서 후끈한 김이 모락모락 피어오를지도 모르겠다고 생각했다.

"좋아, 베, 벤, 마, 말해 봐." 빌이 말했다.

"알았어." 벤의 쉰 목소리가 착 가라앉아 있었다. 그래서인지 목청을 가다듬고 다시 말을 이었다. "연기 구덩이를 다 만들면 그 속에 불을 지핀대. 연기가 자욱해지라고 녹색 나무를 사용하지. 그리고 부족 중에서 용기 있는 사람들이 전부 그 구덩이 속으로 들어가 불가에 빙 둘러앉는대. 구덩이 속은 곧 연기로 가득 차지. 책에는 그게 종교적 의식이라고 씌어 있지만 시합 같은 건지도 몰라, 무슨 말인지 알겠지? 반나절쯤 지나면 대부분의 사람들이 연기를 못 참고 밖으로 나오고 한두 사람만 끝까지 구덩이 속에 남는다는 거야. 남은 사람들에게는 환영이 떠오른대."

"하긴 대여섯 시간 동안 연기를 들이마시다 보면 별의별 헛것이 떠오르겠지." 마이클의 말에 아이들은 모두 웃음을 터뜨렸다.

"그 환영은 부족이 앞으로 해야 할 일을 알려 준대. 그 말이 사실인지는 모르겠지만 책에 씌어 있는 대로라면, 그 환영은 거의 다 들어맞는다는 거야." 벤이 말했다.

침묵이 흘렀고 리처드는 빌을 바라보았다. 아이들의 시선이 일제히 빌에게 쏠려 있었고, 리처드는 벤의 이야기가 단순히 책에 있는 내용이 아니라 과학 실험이나 마술처럼 직접 한번 해 볼만한 일이라고 생각했다. 빌도, 다른 아이들도 모두 그렇게 생각하는 모양이었다. 누구보다 벤이 잘 알고 있을지 몰랐다. 그 의식을 반드시 치러야 한다는 사실 말이다.

'남은 사람들에게 환영이 떠오른대……. 그 환영은 거의 다 들어맞는다는 거야.'

리처드는 생각했다. '만약 벤에게 그 책을 어떻게 읽게 됐냐고 물으면, 아주 우연히 그렇게 됐다고 답할 게 분명해. 누군가 벤에게 그 책을 읽고 우리들에게 연기 구덩이 의식에 대해 알려 주라고 시킨 느낌이 들어. 여기에도 부족이 있잖아? 맞아, 우리가 그 부족이야. 우리도 앞으로 무슨 일이 벌어질지 알아두어야 해.'

리처드의 생각은 꼬리에 꼬리를 물었다. '이렇게 될 거라고 정해져 있는 걸까? 나무 위에 집을 짓는 대신 지하에 아지트를 만들자고 벤이 말했을 때부터 미리 정해져 있었던 걸까? 우리 스스로 생각한 부분은 얼마나 되지? 그리고 그 생각들 중에서 우리에게 좋은 결과를 주는 건 얼마나 될까?'

어쨌든 나쁘진 않다고 리처드는 생각했다. 자기들보다 크고 영리한 어떤 존재가 이거 해라, 저거 해라 하면서 그들 대신 생각해 준다니 오히려 마음이 놓였다. 식사를 준비하고 빨래를 해 주고 시간표를 짜 주고 하는 어른들처럼 말이다. 리처드는 어떤 존재가 아이들을 한데 불러 모아서 벤을 전령 삼아 스모크홀에 대해 말하게 했다고 생각했고, 그것이 아이들을 죽이는 존재는 아니라고 확신했다. 어쩌면 사악한 힘과

(굳이 말한다면)

'그것'과 싸우는 존재가 그들의 편을 들어주고 있는지 몰랐다. 하지만 한편 자신의 행동을 마음대로 못 하고, 누군가에게 얽매여 있다는 생각이 꺼림칙하기도 했다.

아이들은 모두 빌을 바라보고 있었다. 빌의 결정을 듣고 싶은 것이다.

"그, 글쎄, 끄, 끝내 주는 얘기 같은데."

비벌리는 폭 한숨을 내쉬고 스탠리는 약간 불편한 기색으로 자세를 고쳐 앉고……, 다른 아이들은 별다른 반응이 없었다.

"저, 정말 머, 멋진 얘기야." 빌은 자신의 손을 내려다보았고, 리처드는 손전등의 불안한 불빛 때문인지 몰라도 빌이 웃음 띤 얼굴과 달리 어딘지 창백하고 겁에 질려 있는 것 같았다. "우리가 앞으로 어, 어떻게 해야 할지 예, 예언이 알려 줄지 모, 모르잖아."

'누군가 환영을 보는 사람이 있다면 아마 빌 일 거야.' 리처드는 내심 그렇게 생각했다. 하지만 그의 예상은 빗나갔다.

"글쎄, 어쩌면 인디언한테만 효과가 있는지도 몰라. 하지만 한 번 해 볼 만하잖아." 벤이 말했다.

"그래, 이 속에서 연기에 질식돼 모두 죽을지도 모르지." 스탠리의 말투는 퉁명스러웠다. "그래, 픽도 가볍게 한번 해 볼 만한 일이겠다."

"스탠리, 너는 하고 싶지 않은 거야?" 에디가 물었다.

"아니, 그냥." 스탠리가 한숨을 내쉬었다. "정말 너희들 때문에 내가 미친다, 미쳐." 그러고는 빌을 바라보았다. "언제 할까?"

"음, 마, 말 나온 김에 지, 지금이 어때?"

화들짝 놀라는 분위기와 함께 돌연 묵직한 침묵이 흘렀다. 얼마 후 리처드가 자리에서 일어나 뚜껑 문을 열자 여름 햇살이 슬며시 어둠 속을 헤집었다.

"나한테 손도끼가 있어." 벤이 리처드의 뒤를 따라 나오며 말했다. "녹색 나무를 베러 갈 건데 도와줄 사람?"

결국 모두 자리에서 일어섰다.

준비를 하는 데 한 시간 정도 걸렸다. 벤이 손도끼로 잔가지와 잎사귀를 잘라 낸 작은 생 나뭇가지를 아이마다 대여섯 차례씩 옮겨 왔다. 벤이 말했다. "잘 탈 것 같은데. 계속 불을 지필 수 있을지는 모르겠지만."

비벌리와 리처드는 켄더스키그 제방에서 적당한 크기의 돌멩이를 모은 후, 에디의 점퍼를 들것 삼아 날라 왔다(에디의 어머니는 30도 가까운 무더운 날씨에도 비가 올지 모르니 꼭 점퍼를 입고 나가라고 고집했다. 비가 와도 점퍼를 입고 있으면 물에 젖지 않는다는 독특한 이론 때문이었다). 아지트로 돌을 나르며 리처드가 말했다.

"비벌리, 너는 안 돼. 여자잖아. 벤도 그랬잖아, 용감한 사람만 구덩이 속에 들어간다고. 그러니까 여자는 안 돼."

비벌리는 곧장 멈추어 서서 재미와 화가 반반 섞인 표정으로 리처드를 노려보았다. 비벌리는 땋았던 머리를 풀고 아랫입술을 삐죽 내밀더니 훅 하고 이마 쪽으로 바람을 불었다. "리처드, 너 하나쯤은 단번에 패대기칠 수 있어. 너도 알 텐데."

"아이고, 제발 그러지 마세요, 스컬릿 아씨!" 리처드는 눈알이 튀어나올 것처럼 비벌리를 바라보며 말했다. "아씨는 아직 어린 계집아이고 앞으로 쑥쑥 자란다고 해도 남자가 될 순 없습죠! 죽었다 깨어나도 인디언 전사는 아니올시다!"

"여전사가 되겠어. 입 다물고 계속 돌을 나를래, 아니면 이 돌 몇 개로 네 똥통 머리를 갈겨 줄까?"

"에이구머니, 스컬릿 아씨, 어찌 그리 험한 말씀을. 제 머릿속에는 똥통이 없는뎁쇼!"

리처드가 새된 소리를 지르자, 비벌리는 웃음을 참지 못하고 낄낄거리다 그만 붙잡고 있던 에디의 점퍼 자락을 놓치고 말았다. 쏟아진 돌을 주워담으면서 비벌리가 리처드 때문이라고 면박을 주자, 리처드는 성대모사를 동원하여 장난치고 비명을 질렀다. 리처드는 문득 비벌리가 무척 예쁘다는 생각이 들었다.

비벌리가 여자이기 때문에 연기 구덩이 속에 들어갈 수 없다고 한 리처드의 말은 별다른 의도가 없는 것이었지만, 빌은 달랐다.

비벌리는 뒷짐을 지고 얼굴이 벌겋게 달아오른 모습으로 빌 앞에 버티고 섰다. "장대를 들고 망이나 볼 사람은 바로 너야, 버벅이 빌! 나도 여기 일원이야. 아니면 지금부터 너희 망나니 클럽에서 빠져 줄까?"

"그, 그런 뜻이 아니야, 비, 비벌리. 너, 너도 알잖아. 한 사람은 여, 여기 위에 있어야 해." 빌이 힘겹게 말했다.

"왜?"

빌은 설명하고 싶었지만 말더듬이 더 심해졌다. 그래서 에디에게 도와달라는 눈치를 보냈다.

"아까 스탠리도 말했잖아." 에디가 비벌리에게 조용히 말했다. "연기 말이야. 빌 얘기는 정말로 연기가 일어나면……, 우리가 기절할 수도 있다는 거야. 그러면 우린 죽어. 집에 불을 났을 때 대부분의 사람들한테 벌어지는 게 그거래. 불타서 죽는 게 아니라 연기에 질식해 죽는다고. 그들은……."

비벌리는 이번에 에디를 향해 돌아섰다. "그럼, 좋아. 문제가 생길 때를 대비해서 누군가 위에 남아 있었으면 하는 거지?"

에디는 불쌍하게 고개를 끄덕였다.

"그럼, 넌 어때? 천식 있는 사람은 너뿐이잖아."

에디는 아무 말도 하지 않았다. 비벌리는 빌을 향해 돌아섰다. 다른 아이들은 빙 둘러서서 주머니에 손을 찔러 넣은 채 운동화만 멀뚱멀뚱 내려다보았다.

"내가 여자이기 때문이지, 엉? 사실 그렇지, 아냐?"

"비, 비, 비, 비버……."

"말할 필요 없어." 비벌리가 싸늘하게 쏘아붙였다. "그냥 고개를 끄덕이거나 흔들면 돼. 머리는 버벅거리지 않겠지? 내가 여자라서야?"

내키자 않아하며, 빌은 고개를 끄덕였다.

비벌리는 잠깐 동안 입술을 떨며 빌을 쳐다보았다. 리처드는 그녀가 울음보를 터뜨릴지 모른다고 생각했다. 하지만 터진 것은 분노였다.

"흥, 엿 먹어!" 비벌리가 폭발할 듯한 기세로 노려보자, 아이들은 슬그머니 시선을 피했다. "너희들도 똑같아, 다 엿이나 먹어!"

그녀는 다시 빌을 향해 돌아서더니 엄청나게 빠른 말투로 몰아붙이기 시작했다. "이건 술래잡기나 총싸움 같은 애들 짓거리하곤 다른 거야. 너도 잘 알 텐데, 빌. 우리는 모두 이걸 하기로 돼 있단 말이야. 꼭 해야 하는 일이라고. 그러니까 내가 여자라는 이유만으로 뺄 생각은 마. 알겠어? 정 싫다면 내가 여기서 곧장 꺼져 줄게. 그리고 내가 일단 여기서 나가면 다시는 돌아오지 않을 거야. 영원히. 알아들어?"

비벌리는 말을 멈췄다. 빌은 그녀를 바라보았다. 그는 침착함을 되찾은 것 같았지만 리처드는 불안했다. 리처드는 그들이 승리할 기회, 조지 덴브로와 다른 아이들을 죽인 그것에 이를 방법을 찾을 기회, '그것'에 다가가 죽일 어떤 기회가 지금 위험에 처해 있는 것 같았다. 그는 생각했다. '일곱. 그건 마법의 숫자야. 우리 일곱 명이어야 해. 그렇게 정해진 일이야.'

어디선가 새가 울었다. 그쳤다가 다시 울었다.

"아, 알았어." 이윽고 빌이 말하자 리처드는 깊은 한숨을 내쉬었다. "하지만 하, 한 명은 지붕 위에 나, 남아 있어야 해. 누, 누가 맡을래?"

리처드는 에디 아니면 스탠리가 나설 줄 알았지만 에디는 묵묵부답이었다. 스탠리도 창백한 얼굴로 생각에 골몰해 있을 뿐 침묵을 깨진 않았다. 엄지손가락을 허리띠에 걸친 채 눈 하나 깜짝 안 하고 서 있는 마이클의 모습은 「지명 수배자: 죽이거나 생포하거나」_{서부 영화 연속물}에 나오는 스티브 매퀸 같았다.

"자, 어서." 빌이 말했다. 리처드는 더 이상 다른 말이 필요 없다고 생각했다. 비벌리의 격렬한 말과 빌의 나이 들어 보이는 심각한 얼굴로 충분했다. 꼭 해야 하는 일, 어쩌면 그와 빌이 찾아갔던 니볼트 가 29번지의 저택에서 당한 일보다 훨씬 위험할지도 몰랐다. 그들은 모두 알고 있었다······. 그리고 누구도 물러설 생각이 없었다. 리처드는 오랫동안 늘 어딘가에서 제외되고 소외되어 왔지만 이번만은 굳건한 소속감을 느꼈다. 마침내 어딘가에 소속된 것이다. 그들이 여전히 따돌림당하는 천덕꾸러기인지 아닌지는 알 수 없어도, 리처드는 그들이 함께 있다는 사실을 깨달았다. 그들은 친구였다. 참으로 좋은 친구들. 리처드는 안경을 벗어 셔츠 자락에 쓱쓱 문질러 닦았다.

"나한테 좋은 수가 있어." 비벌리가 주머니에서 성냥을 꺼내들며 말했다. 성냥갑 앞면에는 돋보기로 봐야 보일 정도의 크기로, 그해 맥주 아가씨 선발 대회에 출전한 후보들의 사진이 담겨 있었다. 비벌리는 성냥 하나에 불이 붙였다가 이내 입으로 불어 꺼 버렸다. 그리고 성냥개비 여섯 개를 더 꺼내 방금 꺼 버린 성냥과 뒤섞었다. 비벌리가 돌아섰다가 다시 아이들 앞에 손을 내밀자, 주먹 쥔 손 위로 성냥의 흰 부분만 나와 있었다.

"뽑아." 비벌리는 빌에게 손을 내밀었다. "머리 부분이 까맣게 탄 성냥을 뽑는 사람이 위에 남는 거야."

빌은 침착하게 비벌리를 바라보았다. "이, 이게 네, 네가 원하는 거야?"

비벌리가 미소를 짓자 얼굴이 환해졌다. "그래, 덩치 큰 바보 아저씨, 이게 내 방식이야. 왜 싫어?"

"널 좋아해, 비벌리." 빌이 말했다. 비벌리의 얼굴에 성급한 불씨처럼 붉은 기운이 떠올랐다.

하지만 빌은 눈치 채지 못했다. 묵묵히 비벌리의 손에서 나온 성냥개비 일곱 개를 바라보다 그중 하나를 뽑아 들었다. 파란색 머리, 타지 않은 성냥이었다. 비벌리는 벤을 향해 여섯 개의 성냥개비를 내밀었다.

"나도 널 좋아해, 비벌리." 벤이 쉰 목소리로 말했다. 얼굴이 홍당무처럼 빨개졌다. 막 발작을 일으킬 사람처럼. 하지만 누구도 웃지 않았다. 황무지 깊숙한 곳에서 새의 지저귐만 들려왔다. '스탠리는 저 새의 이름을 알 거야.' 리처드의 머릿속에 또 두서없는 생각이 떠올랐다.

"고마워, 벤." 비벌리는 벤에게 웃어 보였고, 벤은 성냥개비를 뽑았다. 타지 않은 성냥개비였다.

이번에는 에디 차례였다. 에디의 수줍은 미소는 아주 달콤하면서도 애처로울 정도로 연약했다. "나도 널 좋아해, 비벌리." 에디는 곧바로 아무 성냥개비나 뽑아 들었다. 파란색 성냥개비였다.

비벌리는 이제 네 개 남은 성냥개비를 리처드에게 내밀었다.

"저도 사모합니다요, 스컬릿 아씨!" 리처드는 새된 소리를 지르더니, 입술을 삐죽 내밀어 키스하는 시늉을 했다. 비벌리는 아무 말 없이 살짝 웃으며 리처드를 바라보기만 했고, 리처드는 갑자기 부끄러움을 느꼈다. "나도 널 좋아해, 비벌리." 리처드는 비벌리의 머리칼을 가볍게 만졌다. "너는 멋진 여자야."

"고마워, 리처드."

리처드는 자신이 불에 탄 성냥개비를 뽑으리란 예감이 들었지만, 결과는 파란색이었다.

비벌리는 스탠리에게 성냥을 내밀었다.

"널 좋아해." 스탠리도 말하고 나서, 그녀의 주먹에서 성냥을 뽑아 들었다. 타지 않은 성냥이었다.

"이제 너와 나만 남았어, 마이클."

비벌리는 두 개의 성냥개비를 마이클 앞에 내밀었다.

마이클이 한발 앞으로 나왔다. "널 좋아할 만큼 많이 알지는 못해. 그래도 네가 좋아. 우리 엄마처럼 악쓰며 잔소리를 할 것 같거든." 마이클의 말에 모두 웃었다. 마이클은 성냥개비를 뽑았다. 역시 타지 않은 파란색 성냥개비였다.

"겨, 결국 네가 나, 남아야 할 것 같아, 비벌리."

비벌리는 몹시 낙담한 표정으로 손바닥을 펴 보였다.

"우, 우릴 소, 속였잖아." 빌이 화난 목소리로 말했다.

"아니, 그런 적 없어." 비벌리는 곧바로 아니라고 대들었는데, 화난 것이 아니라 어리둥절해했다. "정말 속인 적 없어."

비벌리는 모두에게 손바닥을 내밀어 보였다. 손바닥에 불 꺼진 성냥에서 묻은 그을음 자국이 희미하게 남아 있었다.

"빌, 엄마 이름을 걸고 맹세해!"

빌은 한동안 비벌리를 바라보다가 고개를 끄덕였다. 무언의 합의가 이루어진 듯, 모두 성냥개비를 빌에게 돌려주었다. 일곱 개모두 머리 부분이 파란색이었다. 스탠리와 에디가 땅바닥을 살펴보았지만 타다 남은 성냥개비는 보이지 않았다.

"속이지 않았어." 비벌리가 딱이 누구에게라고 할 것 없이 다시 한번 말했다.

"그럼 이제 어쩐다?" 리처드가 물었다.

"모, 모두 내려가자. 우, 우리 모두가 해야 한다는 의미야." 빌이 말했다.

"우리 모두 죽으면 어떡해?" 에디가 물었다.

빌은 다시 비벌리를 바라보았다. "비, 비벌리의 마, 말이 사실이라면 우, 우린 죽지 않아."

"그걸 어떻게 알지?" 스탠리가 물었다.

"그, 그냥 알아."

다시 새의 노랫소리가 들려왔다.

벤과 리처드가 먼저 내려갔고, 다른 아이들은 돌멩이를 하나씩 밑으로 내려 보냈다. 리처드는 밑에서 돌멩이를 받아 벤에게 넘겨주었고, 벤은 아지트 한복판에 원형으로 돌멩이를 늘어놓았다.

"좋아. 이제 됐어."

벤의 말이 떨어지자, 다른 아이들도 녹색 나뭇가지를 한 움큼씩 집어 들고 밑으로 내려갔다. 빌이 마지막으로 내려왔다. 빌은 지붕의 뚜껑 문을 닫고 좁다란 창문을 열었다. "자, 이게 우, 우리의 연기 구덩이야. 부, 불쏘시개로 쓰, 쓸 만한 게 없을까?"

"이걸 써." 마이클은 너널너덜한 만화책 한 권을 호주머니에서 꺼내 빌에게 내밀었다. "다 읽었으니까 괜찮아."

빌은 천천히 만화책을 낱장씩 뜯어냈다. 다른 아이들은 벽면에 기댄 채 무릎과 무릎, 어깨와 어깨를 맞대고 앉아 말없이 빌을 바라보았다. 긴장감이 엄습했다.

빌은 뜯어낸 종이 위에 작은 가지들을 올려놓고 비벌리를 바라보았다. "서, 성냥 좀 줘."

비벌리가 성냥에 불을 붙이자 누런색 작은 불빛이 어둠 속에서 일렁였다.

"어떤 것도 우리를 막지 못할 거야." 비벌리가 약간 고르지 않은 목소리로 말하고 나서 종이 일곱 군데에 성냥불을 갖다 댔다. 불을 다 붙이고 손가락 가까이 타 들어온 성냥불을 돌멩이 한가운데에 집어던졌다.

불길이 타오르면서 선명한 돋을새김처럼 얼굴들이 드러났고, 그 순간 리처드는 벤의 인디언 이야기를 의심 없이 받아들이고 있었다. 그리고 그 먼 옛날, 땅 끝에서 땅 끝까지 대지를 뒤덮을 만큼 커다랗고, 지나가는 소리가 지진인 양 땅을 뒤흔들 정도로 커다랗던 버펄로 무리를 쫓던 인디언들에게 백인들의 존재가 여전히 소문이나 터무니없는 이야기로만 떠돌았을 때, 이랬을 게 틀림없어 보였다. 그 순간, 리처드는 카이오와나 포니나 부족 이름이 뭐든 그 인디언들이 무릎과 무릎을 맞대고 어깨와 어깨를 맞댄 채 연기 구덩이에 앉아 불꽃들이 사그라지다가 쓰린 상처처럼 푸른 가지 속으로 가라앉는 걸 지켜보고, 습기 있는 나무로부터 수액이 빠져나오며 희미하고 끈질기게 스스스스 하는 소리를 듣고, 환영이 떠오르길 기다리는 모습을 그릴 수 있었다.

그랬다. 리처드는 그곳에 앉아 그 모든 것을 믿었고, 불꽃과 함께 타 들어가는 마이클의 만화 책을 바라보는 심각한 얼굴들에서 역시 똑같은 믿음을 확인했다.

나뭇가지에 불이 붙었다. 아지트는 연기로 채워지기 시작했다.

랜돌프 스콧이나 오디 머피가 나오는 토요 영화 극장에서 이따금 등장하는 봉화 신호처럼 하얀 색깔이었다. 그러나 바깥에서 공기가 들어오지 않아 연기는 대부분 그대로 가라앉았다. 눈이 쓰라리고 목구멍이 쿡쿡 쑤셨다. 두 차례인가 에디의 기침 소리(마른 판자가 맞부딪치는 듯한 소리)가 들리더니 이내 잠잠해졌다. 리처드는 에디가 있을 곳이 못된다는 생각을 하다가 또 괜찮을지도 모른다고 머리를 흔들었다.

빌이 또 한 줌의 녹색 가지를 불 속에 집어던지며 평소와 달리 가녀린 목소리로 물었다. "혹시 뭐, 뭔가 보, 보이는 사람 있어?"

"여기서 어서 나가라는 환영이 보여." 스탠리의 말에 비벌리가 웃었지만 웃음은 터져 나오는 기침과 헐떡임으로 바뀌었다.

리처드는 벽면에 머리를 기대고 지붕에 드리워진 작은 사각형 모양의 희미한 햇살을 올려다보았다. 3월 어느 날인가 마주쳤던 폴 버니언 동상이 떠올랐지만……, 아니, 그건 허깨비이고 환각이고

(환영)

"연기 때문에 못 참겠어, 헉!" 벤이 말했다.

"그러면 나가." 리처드는 연기 구덩이에 눈을 못 박은 채 중얼거렸다. 자신은 참을 만하다고 생각했다. 몸무게가 5킬로그램 정도 쑥 빠져나간 느낌이 들었다. 갑자기 아지트 내부가 굉장히 넓어진 느낌도 들었다. 결국엔 몸을 쫙 뻗을 정도가 되었다. 방금 전까지만 해도, 벤 한스컴의 두툼한 오른발에 눌리고 빌 덴브로의 딱딱한 왼쪽 어깨에 끼어 답답했다. 그러나 지금은 주위가 텅 빈 느낌이었다. 리처드가 양쪽을 힐끔거리자 정말 아무도 없었

다. 벤은 30센티미터쯤 떨어져 있었다. 오른쪽의 빌은 그보다 더 떨어져 있었다.

"애들아, 이 안이 점점 넓어지고 있어." 리처드가 말하다 숨을 들이마시는 바람에 격한 기침을 뱉었다. 가슴 한복판에 쥐어짜는 듯한 통증이 느껴졌는데 지독한 감기나 독감에 걸렸을 때처럼 몹시 아팠다. 잠시 동안이었지만 견딜 수 없을 것 같다는 생각이 들었다. 계속 기침을 하다가 결국은 아이들한테 내쫓길 것 같았다. '다른 아이들은 아직 끄떡없잖아.' 리처드의 생각은 어렴풋해서 정말 걱정스러운지도 알 수 없었다.

그때 빌이 리처드의 등을 두들겼고 기침도 멈추었다.

"너는 모르고 있어." 리처드는 빌이 아니라 연기 구덩이를 바라보며 말했다. 어쩜, 저렇게 환해 보이는지! 리처드는 눈을 감고도 어둠을 떠도는 그 사각의 빛을 볼 수 있었다. 그러나 그 색깔은 눈부신 흰색이 아니라 짙은 녹색이었다.

"무, 무슨 소리야?" 빌이 물었다.

"버벅이." 리처드는 누군가 기침을 하는 바람에 말을 멈추었지만 그게 누군지는 알 수 없었다. "성대모사는 내가 아니라 네가 했어야 한다고, 빌. 너는 말이야……."

기침 소리가 커졌다. 갑자기 한낮의 햇살이 아지트를 환하게 채우자 리처드는 눈을 찌푸렸다. 스탠리 유리스가 엉금엉금 기어나가는 모습이 보였다.

"미안해." 스탠리가 계속 기침하며 겨우 말을 이었다. "미안하다. 하지만……."

"괜찮아." 리처드는 그게 자신의 목소리임을 알았다. "지독한 연기를 억지로 참을 필요는 없단 말씀." 자신의 목소리가 마치 다른 사람의 몸에서 흘러나오는 것 같았다.

잠시 후 뚜껑 문이 닫혔지만, 살짝 흘러 들어온 신선한 공기 덕분에 리처드는 머리가 한결 맑아진 느낌이었다. 벤이 스탠리의 빈 자리로 약간 몸을 움직이는 순간, 리처드는 지금까지 벤의 퉁퉁한 발 한쪽이 줄곧 바로 옆에 있었다는 걸 깨달았다. 갑자기 내부가 넓어졌다는 생각은 어떻게 된 걸까?

마이클 핸론이 연기 자욱한 불 위로 또 한 줌의 나뭇가지를 내던졌다. 리처드는 얕게 숨을 몰아쉬며 연기 구덩이를 바라보았다. 시간이 멈춘 것 같았지만, 어렴풋이나마 연기가 더 짙어지고 안이 더 뜨거워진 게 느껴졌다.

리처드는 친구들의 얼굴을 찾아 두리번거렸다. 연기 속에 잠겨 얼굴을 분간하기 어려웠지만, 아직은 여름 햇살이 지붕에 서성이고 있었다. 비벌리는 버팀목 밑동에 머리를 기댄 채 두 팔을 무릎에 올려놓은 모습이었는데, 눈물이 귓불을 타고 흘러내렸다. 빌은 책상다리를 하고 고개를 푹 수그린 모습이었다. 벤은…….

그러나 벤은 갑자기 자리에서 일어나 뚜껑 문을 열었다.

"벤도 나가는군." 마이클의 목소리였다. 마이클은 리처드 바로 맞은편에 인디언처럼 앉아 족제비처럼 빨개진 눈동자를 끔벅거렸다.

또 한 차례 시원한 바람이 불어왔다. 뚜껑 문 사이로 연기가 휘돌며 빠져나갔다. 벤은 연신 기침을 하며 헛구역질까지 했다. 스탠리가 벤을 끌어올리고, 문을 닫으려는데 에디가 비실비실 일어섰다. 눈가와 광대뼈에 생긴 멍 같은 반점을 제외하곤 얼굴이 온통 창백하게 질려 있었다. 가녀린 가슴이 연신 들썩거리며 가벼운 경련을 일으켰다. 힘겹게 뚜껑 문을 더듬거리다가 벤과 스탠리가 손을 잡아챘기에 망정이지 하마터면 밑으로 곤두박질 칠 뻔했다.

"미안해." 에디는 겨우 한마디를 쥐어짜더니 이내 뚜껑 문 너머로 사라졌다. 뚜껑 문이 쾅 하고 닫혔다.

긴 적막이 흘렀다. 내부는 안개처럼 뿌연 연기로 가득했다. '이건 연기가 아니라 안개 같군, 왓슨.' 리처드는 잠시 셜록 홈즈가 되어(흑백 영화 시대에 바실 레스본이 연기한 셜록 홈즈처럼), 베이커 가를 걸어가는 자신의 모습을 그려 보았다. 홈즈의 천적인 모리어티 교수가 어딘가 가까이 있고 2륜 마차가 대기 중이며 게임이 시작됐다.

그 생각은 놀라울 정도로 선명하고 단단했다. 무게까지 느껴져 그가 늘 빠져 드는 몽상이 아니라(보스턴 레드 삭스의 4번 타자, 리처드 토저가 타석에 들어섭니다. 9회 말 2사 만루의 숨 막히는 상황, 방망이를 우뚝 세우고, 쳤습니다…… 넘어가느냐, 넘어가느냐, 홈런! 역시 토저입니다……. 베이브 루스의 기록을 깨는 역사적인 순간!) 거의 눈앞에 펼쳐지는 현실이나 다름없었다.

하지만 셜록 홈즈를 연기한 바실 레스본이 환영이라고 하기엔 지나치지 않냐고, 나서기 좋아하는 리처드의 또 다른 목소리가 말했다.

'하지만 밖에 있는 것이 모리어티 교수가 아니라 '그것'이라는 사실만 다를 뿐, 분명 이건 현실이야. 너무 생생해.'

그때 뚜껑 문이 다시 열리더니 비벌리가 비척비척 밖으로 나갔다. 입을 손으로 틀어막았지만 마른기침 소리가 끊이지 않았다. 벤과 스탠리가 사이좋게 비벌리의 손을 하나씩 잡아 올렸다. 버둥대던 비벌리의 모습도 이내 사라졌다.

"점점 너, 너, 넓어지고 있어." 빌의 음성이었다.

리처드는 주위를 두리번거렸다. 여전히 원형으로 둘러선 돌멩이 한가운데서 불꽃이 타 들어가며 연기 구름을 뿜어냈다. 맞은편에 책상다리를 하고 있는 마이클의 모습은 마호가니로 조각한 토템 상 같았고 리처드는 연기에 벌게진 눈으로 마이클을 뚫어지게 바라보았다. 마이클은 20미터쯤 떨어져 있고 오른쪽에 있는 빌은 그 이상 멀리 있는 것 같았다. 지하 아지트는 이제 무도장만한 크기로 느껴졌다.

"신경 쓰지 마." 마이클이 말했다. "그런 착각은 곧 사라질 테니까. 근데 뭔가가 느껴져."

"나, 나도 알아." 빌이 말했다. "하지만……, 나……, 나는……." 빌은 기침을 하기 시작했다. 참으려고 했지만 더 심해져 목구멍이 온통 가르랑대는 소리로 채워졌다. 빌이 비틀거리며 자리에서 일어나 뚜껑 문을 더듬다가 위로 열어젖혔다. "해, 행운을 빌게."

다른 아이들의 부축을 받으며 빌도 시야에서 사라져 버렸다.

"우리 둘만 남았네, 마이클." 리처드도 기침을 해 댔다. "솔직히 빌이 끝까지 남을 거라고……."

기침이 더 심해졌다. 리처드는 몸을 수그린 채 연신 마른기침을 뱉었지만 숨을 쉴 수 없었다. 머릿속에서 망가진 벽시계처럼 쿵쿵대는 소리가 들려왔다. 안경은 눈물로 뒤범벅이 되었다.

멀리서 마이클의 음성이 들려왔다. "리처드, 참지 말고 밖으로 나가. 미련하게 굴지 말고. 그러다 죽겠다."

리처드는 마이클 쪽을 향해 손을 흔들며

(지독한 연기를 참을 필요가 뭐 있나)

괜찮다는 시늉을 해 보였다. 차츰차츰 기침이 잦아들었다. 마이클이 말한 대로였다. 무슨 일인가 곧 벌어질 것 같은 예감이 들었다. 그 일이 벌어질 때까지는 견디고 싶었다.

리처드는 머리를 벽에 기대고 다시 지붕을 올려다보았다. 기침을 했더니 머리가 약간 가벼워진 듯했고 공기 속을 붕붕 떠다니는 기분이었다. 기분이 좋았다. 숨을 얕게 몰아쉬며 생각했다. '언젠가 로큰롤 스타가 될 거야. 바로 그거야. 유명해지고 싶어. 음반도 내고 영화에도 출현할 거야. 검은색 스포츠 점퍼와 흰색 구두와 노란색 캐딜락을 사겠어. 내가 데리에 다시 돌아오면, 헨리 녀석까지 포함해 모두들 눈알이 튀어나오겠지. 안경 때문에 꺼림칙하지만 그게 뭐 어때서? 버디 홀리도 안경을 썼잖아. 메인 주 출신 중에서 최초의 로큰롤 스타가 되고 말 거야. 그리고……'

입속이 바싹 타들어 갔다. 그래도 상관없었다. 리처드는 이제 숨을 얕게 몰아쉴 필요도 없었다. 폐가 충분히 적응했다. 마음대로 연기로 숨을 쉴 수 있었다. 어쩌면 자신이 금성에서 날아온 외계인일지 몰랐다.

마이클이 또 한 차례 나뭇가지를 던져 넣었다. 리처드도 질세라 나뭇가지 한 줌을 던져 넣었다.

"괜찮아, 리처드?"

"좋아. 아주 좋아. 너는?"

마이클은 고개를 끄덕이며 히죽 웃었다. "나도 좋아. 뭐 좀 재미있는 생각이라도 했어?"

"응. 한 1분쯤 셜록 홈즈가 되는 상상을 해 봤어. 멋들어지게 춤도 출 수 있을 것 같았거든. 근데 마이클, 네 눈알이 얼마나 시뻘건지 모르지?".

"너도 마찬가지야. 우리에 갇힌 족제비 같아."

"정말?"

"응."

"괜찮은 거 맞지?"

"응. 너도 괜찮지, 리처드?"

"그래, 마이클."

"그럼 됐어."

그들은 서로 피식 웃어 보였고, 리처드는 다시 벽에 머리를 기대고 지붕을 바라보았다. 얼마 후부터 몸이 흘러가는 것 같았다. 아니……, 흘러가는 게 아니었다. 위로, 위로 그는 위로 떠올랐다. 마치

(이 밑에서는 모두 떠다닌다)

풍선처럼.

"너, 너희들 꽤, 괜찮아?" 빌의 목소리가 연기 구덩이 사이로 들려왔다. 금성에서 들려오는 목소리였다. 잔뜩 긴장한 목소리. 리처드는 다시 가라앉는 기분이었다.

"괜찮아." 리처드는 자신의 목소리가 멀리서 화나 있는 것처럼 들렸다. "괜찮아. 우린 괜찮으니까 조용히 좀 있어, 빌. 예언을 얼게 내버려 두라고. 우린 예언을

(세상을)

얻었다고 말하고 싶다고."

내부는 전보다 더 넓어졌고 바닥에서 광택이 났다. 연기가 안개처럼 자욱해 불이 제대로 타고 있는지조차 볼 수 없었다. 바닥! 맙소사! 바닥이 MGM의 뮤지컬 무대처럼 넓어졌다. 마이클이 맞은편에서 줄곧 리처드를 바라보고 있었지만, 연기에 가려 모습은 보이지 않았다.

'어디 있어, 마이클?'

'너랑 함께 있잖아, 리처드.'

'아직 괜찮아?'

'응……. 하지만 내 손 좀 잡아 줘……. 내 손을 잡을 수 있어?'

'응, 잡힐 것 같아.'

리처드는 손을 쭉 뻗었고, 거대한 공간 맞은편에 떨어져 있는 것 같았던 마이클의 억센 갈색 손가락이 바로 손목에 와 닿았다. 야, 좋은데. 감촉이 좋은걸. 안락함 속에서 욕망을 발견하고, 욕망 속에서 안락함을 발견하고, 연기 속에서 실체를 발견하고, 실체 속에서 연기를 발견하기에 좋은…….

리처드는 머리를 뒤로 젖히고 연기 구덩이를 쳐다보았다. 너무나 하얗고 작았다. 그것은 이제 훨씬 멀어졌다. 수킬로미터. 금성의 빛처럼.

그 일이 벌어졌다. 리처드는 떠다니기 시작했다. '그럼, 시작해라.' 리처드는 생각했다. 그리고 연기든 먼지든 안개든 무엇이든, 그것보다 더 빠른 속도로 일어서기 시작했다.

그들은 더 이상 아지트에 있지 않았다.

두 아이는 황무지 한복판에 서 있었고 어둑해질 무렵이었다.

리처드가 익히 알고 있는 황무지. 그러나 풍경은 완전히 딴판이었다. 온갖 무성한 잡목들이 빽빽이 들어찼고 야생의 냄새가 물씬 풍겼다. 처음 보는 식물들도 많았고, 언뜻 나무인 줄 알았던 것은 거대한 양치류였다. 물소리는 전보다 훨씬 요란해서 켄더스키그 하천을 유유히 흐르는 소리가 아니라 콜로라도 강이 그랜드캐니언을 지나 쇄도하는 모습을 연상시켰다.

날씨는 역시 무더웠다. 메인 주의 한여름 폭염이나 침대에서 밤새 뒤척이게 하는 끈적끈적한 느낌보다 훨씬 무덥고 눅눅한 날씨는 리처드에게 생소했다. 낮게 깔린 짙은 안개가 아이들의 다리를 휘감았다. 생나무를 태우는 듯한 매캐한 냄새가 희미하게 주위를 서성였다.

리처드와 마이클은 잠자코 기이한 잡목 숲을 헤치며 물소리가 나는 쪽으로 움직였다. 끈끈한 칡덩굴이 나무 사이에 거미줄로 짠 그물 침대처럼 걸쳐 있었고, 리처드의 귓가로 무엇인가 우르르 덤불 속을 달려가는 소리가 들렸다. 사슴보다 큰 짐승의 무리 같았다.

리처드는 오랫동안 주위를 둘러보며 지평선을 물끄러미 바라보았다. 흰색 원통 모양의 급수탑은 예전에 있던 곳에서 보이지 않았다. 니볼트 가 끝의 차량 기지까지 이어진 철로 버팀목도 없었고, 올드케이프 주택 단지가 있어야 할 자리에는 거대한 양치류와 솔나무 사이로 튀어나온 사암 절벽이 버티고 있었다.

머리 위에서 날갯짓 소리가 들렸다. 리처드와 마이클은 다급히 몸을 숙이고 박쥐 떼가 지나가기를 기다렸다. 리처드는 처음 보는 커다란 박쥐 떼 밑에서 빌과 실버에 함께 타고 늑대 인간에게서 도망치던 순간보다 더 섬뜩한 공포에 사로잡혔다. 정적과 생경함도 소름 끼쳤지만, 한편으로 매우 익숙하다는 느낌이 더욱 끔찍했다. 그는 자신에게 말했다.

'무서울 거 없어. 이게 그냥 꿈이란 걸 기억하라고. 아니면 환영이든가, 뭐라고 부르든 말이야. 나와 마이클은 연기에 속았을 뿐 실제로는 아지트에 그대로 있는 거야. 조금 있으면 빌이 이상하게 생각하고 벤과 함께 내려와 우리를 꺼내 줄 거야. 콘웨이 트위티킨트리 가수의 노래처럼 이건 그저 거짓일 뿐이야.'

그러나 박쥐의 는적는적한 날개가 태양을 가로막는 모습이나, 박쥐 떼가 거대한 양치류 밑을 지나는 순간 통통한 황색 쐐기벌레가 몸을 굴리는 광경은 현실처럼 생생하고 오싹하기만 했다. 조그맣고 검은 진드기들이 쐐기벌레 위로 튀어 오르더니 지글지글 들볶는 소리를 내기 시작했다. 꿈이라면 그처럼 생생한 꿈은 없을 터였다.

리처드와 마이클은 계속해서 물가를 향해 걸었고, 무릎까지 뒤덮은 안개 속에서 리처드는 발바닥이 땅에 닿아 있는지조차 분간할 수 없었다. 안개와 땅이 끝나는 지점이 나타났다. 리처드는 눈앞에 펼쳐진 광경을 도저히 믿을 수 없었다. 너무 낯설지만 감히 아니라고 부인할 수 없는 켄더스키그 하천이 모습을 드러낸 것이다. 수면이 부글부글 끓고 소용돌이치며 금방이라도 부서질 듯한 암석 사이의 좁다란 수로를 따라 물이 흘러들었다. 멀리 맞은편에 보이는 퇴적층은 붉은색에서 적황색으로, 다시 붉은색으로 암석의 색깔이 바뀌면서 오랜 세월의 깊이를 암시하고 있었다. 징검다리가 있어도 물을 건널 수 없었다. 밧줄다리 정도는 있어야 할 것 같았고, 그나마 밑으로 떨어지는 날에는 단숨에 물결에 휩쓸려 버릴지 몰랐다. 맹목적인 분노가 느껴지는 물소리를 들으며, 리처드가 입을 벌리고 지켜보는 동안 물속에서 불그스름한 은빛 고기가 훌쩍 뛰어올라 허공에 떼지어 있던 곤충들에게 달려들었다. 물고기는 곧바로 물속으로 사라졌지만, 리처드는 책에서 본 적이 없는 그 생김새를 또렷이 기억했다.

새들이 떼를 지어 하늘을 날며 날카롭게 울부짖었다. 열 마리, 스무 마리도 넘는 것 같았다. 새 떼에 햇빛이 가려 주위는 일순 어둠에 빠져 들었다. 무엇인가가 덤불 숲을 우르르 달려갔고 또 다른 발소리가 들려왔다. 심장이 터질 듯 뛰는 가운데 리처드가 덤불 쪽으로 돌아서자, 영양처럼 생긴 동물이 남쪽으로 질주하고 있었다.

'무슨 일이 곧 벌어질 거야. 동물들이 먼저 알고 저 야단을 치는 거겠지.'

새 떼가 멀리 남쪽 끝에서 내려앉는 것 같았다. 동물들이 꼬리를 물고 남쪽으로 몰려가고 있었다. 켄더스키그의 격렬한 물소리 외에는 고요했다. 그 침묵에서 무엇인가를 기다리고 잔뜩 부풀어 오른 느낌이 전해졌다. 리처드는 그 느낌이 싫었다. 목덜미 털이 곤두서는 것 같아, 그는 다시 마이클의 손을 더듬거렸다.

'우리가 지금 어디에 있는 걸까? 내 말 들려?' 리처드가 마이클에게 소리쳤다.

'응, 알아! 어딘지 알겠어! 여기는 과거야, 리처드! 아주 오랜

옛날이라고!'

리처드는 고개를 끄덕였다. 아주 오랜 옛날, 옛날 옛적, 인간이 숲에서 살던 시절이었다. 그곳이 얼마나 오래 전의 황무지인지는 신만이 알 일이었다. 어쩌면 빙하기 이전, 뉴잉글랜드가 오늘날의 남아메리카처럼 열대 지방이었을 때인지도 몰랐다. 리처드는 초조하게 주위를 둘러보며 혹시 브론토사우루스가 기중기 같은 목을 내밀고 입속 가득 뿌리째 뽑힌 식물을 물고 하늘에서 그들을 내려다보지는 않을까, 덤불 속에서 쇠꼬챙이 같은 이빨을 으르렁대며 거대한 호랑이가 튀어나오지는 않을까 조바심이 났다.

맹렬한 돌풍이 몰아치기 직전의 5분 또는 10분처럼 적막감이 흐르는 가운데, 하늘은 점점 자줏빛으로 채워지고 햇빛은 불그스름한 노란색으로 변했으며 바람은 잠잠해졌다. 과부하 걸린 자동차의 배터리처럼 짙은 냄새를 풍겼다.

'우리는 지금 백만 년, 천만 년, 혹은 팔천만 년 전쯤의 과거에 있는 거야. 그리고 무슨 일이 벌어지고 있다는 생각뿐, 정확히 그것이 무엇인지 몰라. 무서워 죽겠어, 어서 돌아가서 빌에게 꺼내 달라고, 이 이상한 그림 속에 갇힌 우리를 꺼내 달라고 소리치고 싶어.'

마이클이 손에 힘을 주는 것 같아 정신을 차려 보니 침묵은 이제 깨져 있었다. 묵직한 진동 소리는 청각보다 촉각으로 느껴졌다. 점점 커졌다. 아무 음조도 없었다. 그저 진동뿐이었다.

(태초에 말씀이 있었고 말은 세계는 말……)

무채색, 무음의 진동. 리처드가 가까이 있는 나무에 손을 뻗어 잎사귀를 만지자 진동이 온몸 깊숙이 느껴졌다. 그와 동시에 진

동의 느낌은 발에서 발목으로, 무릎으로, 허벅지로, 사타구니로 슬금슬금 기어올랐다.

점점 커졌다. 점점.

그것이 하늘에서 불쑥 나타났다. 리처드는 정말 싫었지만 무엇에 홀린 듯 하늘을 올려다보았다. 태양은 바로 머리 위에서 타 들어가는 작은 동전처럼 매달려 있었고 그 주위를 습기 먹은 요정의 바퀴균륜(菌輪)이라고 하며, 나무 밑에 버섯이 둥글게 줄지어 돋아나 있는 모양가 에워싸고 있었다. 태양 아래 사나운 녹색의 황무지가 완전한 침묵에 빠진 채 펼쳐져 있었다. 리처드는 이 환영을 이해할 수 있을 것 같았다. 그들은 '그것'이 도래하는 것을 곧 볼 터였다.

이제 진동에서 소리가 흘러나왔다. 으르렁거림, 불협화음으로 점점 높아지는 성난 음향. 리처드는 두 손으로 귀를 막고 비명을 질렀지만 아무 소리도 들을 수 없었다. 마이클 핸론도 마찬가지였는데, 그는 코에서 피를 흘리고 있었다.

서쪽 하늘가의 뭉게구름에서 붉은 불꽃이 번뜩였다. 구름이 점점 그들을 향해 다가오면서, 가느다란 핏줄에서 냇물의 크기로 다시 불길한 빛깔의 강처럼 점점 넓어졌다. 곧이어 불타는 물체가 구름에서 튀어 나오자 바람이 일었다. 타는 듯이 뜨겁고 숨이 막혔다. 불붙은 성냥 알처럼 하늘에 떠 있는 거대한 물체는 바라보기도 힘들 정도로 눈부셨다. 물체에서 전기장이 발사되고 푸른 채찍 같은 것이 천둥소리를 내며 번뜩였다.

'우주선!' 리처드는 그 자리에 주저앉아 눈을 가리고 소리쳤다. '이런, 저건 우주선이야!' 그러나 그는 나중에 그것이 우주공간을 날아왔는지는 몰라도 정확하게 우주선이라고 할 수는 없다고 친구들에게 말했다. 태고의 공간에 다른 별이나 다른 은하에서 날아왔을 물체가 무엇이든, 제일 먼저 우주선이라는 말이 떠오른 이유는 눈앞의 광경을 달리 표현할 방법이 없었기 때문이다.

그리고 폭발음이 들렸다. 그 뒤를 이어 천지가 격렬하게 뒤흔들리는 바람에 리처드와 마이클은 그대로 고꾸라지고 말았다. 이번에는 마이클이 먼저 리처드의 손을 더듬더듬 찾기 시작했다. 또 한 번 폭발. 리처드가 눈을 떴을 때, 이글거리는 불길과 연기 기둥이 하늘로 솟구쳐 오르고 있었다.

'그것이야!' 리처드는 마이클을 향해 소리쳤다. 리처드가 느낀 공포의 환희는 예전에도 앞으로도 결코 느낄 수 없을 정도로 깊고도 가공할 만한 감정의 소용돌이였다. '그것! 그것! 그것이야!'

마이클이 손을 잡아끌자, 그들은 태초의 켄더스키그를 따라 냅다 달리기 시작했고 앞에 절벽이 있다는 사실조차 신경 쓸 겨를이 없었다. 마이클이 발부리가 걸려 넘어졌다. 곧이어 리처드가 균형을 잃고 고꾸라지는 바람에 정강이가 깨지고 바지도 찢어졌다. 바람에 실려 불타는 숲의 냄새가 몰려왔다. 연기가 짙어지자, 다른 동물들도 연기와 불, 불 속의 죽음을 피해 다시 움직이고 있었다. 아마 그것에게서 도망치는 것이리라. 그들의 대지를 침범한 새로운 존재로부터.

리처드는 기침을 하기 시작했다. 옆에서 마이클의 기침 소리도 들렸다. 연기는 점점 짙어져 대지의 녹색과 회색, 붉은색을 뒤덮었다. 마이클이 다시 쓰러지면서 리처드의 손을 놓쳤다. 손을 찾아 더듬거렸지만 잡히지 않았다.

'마이클!' 리처드는 겁에 질려 기침을 하며 고함쳤다. '마이

클, 어디 있어? 마이클! 마이클!'

하지만 마이클은 없었다. 어디에도 없었다.

'리처드! 리처드! 리처드!'

철썩!

"리처드! 리처드! 리처드! 너……

괜찮아?"

리처드가 간신히 눈을 떠 보니, 비벌리가 곁에 앉아 손수건으로 그의 입가를 닦아 주고 있었다. 그 뒤로 겁에 질리고 심각한 얼굴들이 차례차례 나타났다. 한쪽 뺨이 불에 덴 듯 몹시 화끈거렸다. 리처드는 목청을 가다듬었지만 헛구역질이 계속 나왔다. 목구멍과 폐 속까지 연기로 시커멓게 그을린 느낌이었다.

리처드는 가까스로 입을 열었다. "네가 뺨을 때렸어, 비벌리?"

"다른 방법이 있어야지."

"철썩, 그게 그 소리였구나." 리처드는 중얼거렸다.

"네가 영영 깨어나지 못하면 어쩌나, 그 생각뿐이었어." 비벌리가 말을 하다 갑자기 울음을 터뜨렸다.

리처드는 어색하게 비벌리의 어깨를 토닥였고 빌도 그녀의 목덜미를 살며시 어루만졌다. 비벌리는 뒤를 돌아보며 빌의 손을 꼭 잡았다.

리처드는 비실비실 상체를 일으키고 앉았다. 눈앞이 핑핑 돌았다. 현기증이 사라지자 어리둥절하고 창백한 안색으로 나무에 기댄 마이클의 모습이 보였다.

"내가 토했어?" 리처드가 비벌리에게 물었다.

비벌리는 여전히 눈물을 흘리며 고개를 끄덕였다.

리처드는 가르랑대며 아일랜드 경찰관 목소리를 흉내 냈다. "혹시 자기한테 건더기가 좀 튀었나?"

비벌리는 눈물로 얼룩진 얼굴을 흔들며 소리 내서 웃었다. "옆으로 뉘어 놨거든. 혹시……, 호, 혹시 숨이 마, 막힐지도 몰라서." 비벌리는 말을 채 끝내기도 전에 다시 울음을 터뜨리고 말았다.

"거, 걱정 마." 빌은 여전히 비벌리의 손을 잡고 있었다. "이 중에서 마, 말을 더, 더듬는 사람은 나 하나로 조, 족해."

"어이, 빌, 한 농담하는데." 리처드가 말했다. 그러나 자리에서 일어나려다 그만 다시 털썩 주저앉고 말았다. 아직도 눈앞이 어찔어찔했다. 갑자기 기침이 또 튀어나왔고 욕지기가 나는 바람에 고개를 돌렸다. 녹색 거품과 끈끈한 가래침이 밧줄처럼 엉켜 입에서 쏟아졌다. 눈을 질끈 감고 쉰 목소리로 말했다. "한 입 먹어 볼 사람?"

"윽, 더러워!" 벤이 오만가지 인상을 찌푸리면서도 낄낄 웃었다.

"그냥 토한 게 아니야." 리처드는 여전히 눈을 질끈 감고서 말했다. "더러운 게 나오는 구멍은 따로 있단 말씀이야. 노적가리, 너는 어떤지 모르겠다만." 이윽고 눈을 뜨자 20미터쯤 떨어진 곳에 아지트가 보였다. 창문과 뚜껑 문이 모두 열린 상태였다. 그곳으로 가는 연기가 흘러나왔다.

리처드는 일어설 수 있었다. 잠시, 다시 토하거나 기절하거나, 아니면 둘 다 한꺼번에 할지 모른다는 생각이 들었다.

"철썩." 리처드는 중얼거리며 눈앞에 펼쳐진 광경을 유심히 바라보았다. 어지럼증이 누그러지자 마이클을 향해 걸어갔다. 마이클의 눈은 여전히 족제비처럼 시뻘겠고 바짓부리가 축축이 젖어있었다. 리처드는 마이클도 역시 속이 한차례 정도는 뒤집어졌을 거라고 생각했다.

"백인 꼬맹이치고는 잘했어." 마이클은 쉰 목소리로 말하며 리처드의 어깨를 가볍게 툭 쳤다.

리처드는 아직 그 기묘했던 경험에 대해 어떻게 말을 꺼내야 할지 몰랐다.

빌이 다가왔다. 다른 아이들도 그 뒤를 따라왔다.

"너희들이 우리를 꺼낸 거야?" 리처드가 물었다.

"나, 나하고 베, 벤이 꺼냈어. 둘 다 비, 비명을 질렀거든. 두, 둘 다. 그, 근데……." 빌은 벤을 바라보았다.

"연기 때문이었을 거야, 빌." 벤이 불쑥 그렇게 말했지만, 아이답지 않게 웅숭깊은 목소리에 별다른 확신은 없어 보였다.

"혹시 그거 말하는 거야?" 리처드가 거침없이 물었다.

"그, 그거라니, 리처드?" 빌이 어깨를 으쓱하며 되물었다.

"처음엔 우리가 아지트에 없었다는 거지, 그렇지? 우리 비명소리를 듣고 내려왔는데, 우리가 없었던 거야." 마이클이 말했다.

"연기 때문이었을 거야." 벤이 말했다. "정말 끔찍한 비명소리였어. 하지만 그 비명소리……, 뭐라고 할까……."

"아주 머, 멀리서 드, 들려오는 거 가, 같았어." 빌이 말했다. 말을 심하게 더듬기는 했지만, 빌은 벤과 함께 아지트에 내려갔을 때 리처드와 마이클의 모습을 찾을 수 없었다고 자초지종을 설명했다. 혹시 연기에 질식돼 둘 다 죽었는지 알고 덜컥 겁이 나 연기 속을 샅샅이 뒤지기 시작했다는 것이다. 마침내 리처드의 손이 잡혔다고 했다. 빌이 "끄, 끌어당길게." 하고 소리쳤지만 리처드는 거의 비몽사몽간이었다. 빌이 돌아보니, 벤과 마이클이 한 쌍의 곰처럼 껴안고는 콜록거리고 있었다. 벤은 마이클을 들어 올려 뚜껑 문 사이로 밀어냈다.

벤은 이 모든 얘기에 고개를 끄덕이며 경청했다.

"연기 속을 계속 더듬거렸어. 손을 붙잡으려고 이리저리 손을 흔들면서 말이야. 마이클, 네가 내 손을 움켜쥐더라. 얼마나 억세게 잡든지. 네가 숨넘어가기 직전인 줄 알았거든."

"너희들도 아지트가 굉장히 넓어졌다고 했잖아." 리처드가 말했다. "원래 발 디딜 틈도 없이 좁은 곳이잖아. 넓이가 1.5미터 정도밖에는 안 될걸."

잠시 침묵이 흐르는 동안 아이들의 시선은 일제히 빌에게 쏠렸다. 빌은 생각에 골몰한 표정으로 미간을 찌푸렸다.

이윽고 빌이 말했다. "커, 커 보였어. 아, 안 그래, 벤?"

벤은 어깨를 으쓱했다. "물론 그렇게 보였어. 연기밖에는 보이지 않았지만."

"그건 연기가 아니었어." 리처드가 말했다. "그러니까 우리가 밖으로 나가기 직전에 아지트가 영화에 나오는 무도장처럼 아주 넓어졌거든. 뮤지컬 무대처럼 말이야. 「7인의 신부」에 나오는 무대 정도는 됐어. 맞은편에 있는 마이클이 간신히 보이더라고."

"나가기 전이라니?" 비벌리가 물었다.

"그러니까 내 말은……, 그러니까……."

비벌리는 리처드의 팔을 움켜잡았다. "그 일이 벌어진 거지, 응? 정말! 벤의 책대로 네가 환영을 본 거야!" 비벌리의 얼굴이 환해졌다. "어쩜, 정말 그런 일이 벌어지다니!"

리처드는 고개를 떨구고 있다가 마이클을 바라보았다. 마이클의 코듀로이 바지 한쪽 무릎이 찢겨 있었고, 리처드의 청바지는 양쪽 다 너널너덜 뜯긴 상태였다. 속살이 드러난 양쪽 무릎에 상처와 함께 피가 엉겨 붙어 있었다.

"그게 환영이라면 다시는 보고 싶지 않아." 리처드가 말했다. "거기서 본 물고기가 킹피시인지는 몰라도, 아무튼 그 전까지는 바지가 이 꼴이 되지 않았다고. 완전히 다른 옷이 되어 버렸잖아, 젠장. 엄마한테 맞아 죽을 거야."

"무슨 일이 벌어졌지?" 벤과 에디가 동시에 물었다.

리처드는 마이클과 눈빛을 주고받은 후 비벌리에게 담배가 있으면 한 개비 달라고 말했다.

비벌리는 휴지에 싸인 담배 두 개비를 갖고 있었다. 리처드는 하나를 입에 물었지만, 비벌리가 불을 붙여 주는 순간 심하게 콜록거리다가 담배를 그녀에게 건네주었다.

"못 피우겠어. 미안."

그때 마이클이 말했다. "과거였어."

"헛소리 작작해라." 리처드가 말했다. "그냥 과거가 아니야. 옛날 옛적이지."

"그래, 네 말이 맞아. 우리는 황무지에 있었어. 하지만 켄더스키그 물줄기가 1분에 1.5킬로미터는 좋이 갈 정도로 엄청 빠르더군. 물속도 훨씬 깊었어. 강물이 진짜 좆나게 무섭더라고. 미안,

비벌리, 사실이 그래. 고기도 있고, 연어 같았어."

"아빠가 그, 그러셨는데, 케, 켄더스키, 키그에는 고기가 살 수 어, 없다고 했어. 오염 때, 때문에 벌써 오랫동안 고, 고기가 안 살았대."

"그러니까 오래전 일이지." 리처드가 말했다. 아이들을 둘러보는 모습이 영 자신 없는 눈치였다. "최소한 백만 년은 됐을 거야."

충격에 휩싸인 듯 먹먹한 침묵이 흘렀다. 한참 만에 침묵을 깬 사람은 비벌리였다. "그래서 어떻게 됐는데?"

리처드는 목구멍에 걸려 빙빙 도는 말을 끄집어내기 어려웠다. 금방이라도 다시 욕지기가 치밀 것 같았다. "봤어. '그것' 말이야." 리처드가 겨우 입을 뗐다. "그것인 것 같았어."

"젠장." 스탠리가 중얼거렸다. "아, 미치겠군."

헐떡이는 숨소리와 함께 에디는 흡입기를 움켜잡았다.

"하늘에서 나타났어." 이번에는 마이클이 말했다. "죽어도 그런 건 다시 보고 싶지 않아. 이글거려서 제대로 쳐다볼 수도 없었어. 전기 같은 걸 발사하고 천둥 소리를 냈어. 그놈의 소리……." 마이클은 머리를 흔들며 리처드를 바라보았다. "세상이 끝나는 줄 알았어. 그것에서 발사된 전파 같은 것이 숲에 떨어지면서 불이 붙기 시작했어. 그게 끝이야."

"우주선이었어?" 벤이 물었다.

리처드는 "응."이라 했고, 마이클은 "아니야."라고 대답했다.

리처드와 마이클은 멀뚱멀뚱 서로를 바라보았다.

"흠, 생각해 보니까 우주선이 맞는 거 같아." 마이클이 그렇게 말하는 동시에, 리처드는 "아니, 우주선은 아닌 것 같아. 그런데……" 하고 말을 꺼냈다.

리처드와 마이클은 또 한번 멀뚱멀뚱 서로를 바라보았다.

"네가 말해." 리처드가 마이클에게 말했다. "우리가 본 건 똑같지만 서로 설명을 다르게 하는 것 같아."

마이클이 갑자기 손으로 입을 틀어막고 기침하면서 미안하다는 표정으로 아이들을 바라보았다. "솔직히 어떻게 설명해야 할지 모르겠어."

"해, 해 봐." 빌이 재촉했다.

"그것은 하늘에서 나타났어." 마이클이 말했다. "하지만 정확히 우주선 같지는 않았어. 유성도 아니었어. 그보다는……, 뭐라고 할까……, 성서에 나오는 성궤에 더 가까운지 몰라. 하느님의 율법이 들어 있다는 궤짝 말이야……. 물론 하느님이 아니라는 사실만 빼면. 그것, 그것이었어. 그것이 느껴지고 다가오는 모습이 보인 거야. 그 사악하고 끔찍한……." 마이클이 아이들을 바라보았다.

리처드는 고개를 끄덕였다. "아마……, 외계에서 온 것 같았어. 그런 느낌이 들었거든. 외계에서."

"외계라니, 어디 말이야, 리처드?" 에디가 물었다.

"모든 것의 바깥." 리처드가 대답했다. "그것이 내려오는 순간……, 정말이지 엄청난 구덩이가 생기더군. 그에 비하면 여기 언덕은 다 합쳐도 도넛 크기밖에 안 될걸. 그것이 지금 데리에 내려오려고 하는 거야." 리처드는 아이들을 바라보며 물었다. "무슨 말인지 알겠어?"

비벌리는 반쯤 피우다 만 담배를 꺼 버렸다.

마이클이 입을 열었다. "그것은 항상 여기에 있었어. 세상이 만들어졌을 때부터……, 사람이 살기 전부터. 아니면 아프리카에서 몇몇 사람이 나무 사이를 타고 다니며 동굴에서 살 때쯤부터였는지도 몰라. 지금은 분화구도 모두 사라지고 없고 빙하기가 계곡을 덮쳐 여러 가지 변화가 생겼지만……, 그것은 아마도 그때부터 이곳에서 잠든 채 얼음이 녹기를 기다리고, 사람들이 나타나기를 기다렸을 거야."

"그래서 그것이 하수도와 배수구를 이용하는지 몰라." 리처드가 말했다. "그것한테는 고속도로나 다름없으니까."

"어떻게 생겼는지는 봤어?" 스탠리가 약간 잠긴 목소리로 불쑥 물었다.

리처드와 마이클은 고개를 흔들어 보였다.

"그것과 싸울 수 있을까?" 에디가 조용히 말했다. "그것이든, 무엇이든 싸워서 이길 수 있을까?"

아무도 대답하지 않았다.

옮긴이 | 정진영

홍익대학교 영문학과를 졸업 후 전문 번역가로서 활동 중이다. 우리말로 옮긴 책으로는 『러브크래프트 선집』
과 『해커들의 폭로』가 있다.

스티븐 킹 걸작선 8

그것 (중)

1판 1쇄 펴냄 2004년 5월 13일
1판 11쇄 펴냄 2021년 6월 29일

지은이 | 스티븐 킹
옮긴이 | 정진영
발행인 | 박근섭
편집인 | 김준혁
펴낸곳 | 황금가지

출판등록 | 2009. 10. 8 (제2009-000273호)
주소 | 06027 서울 강남구 도산대로 1길 62 강남출판문화센터 5층
전화 | **영업부** 515-2000 **편집부** 3446-8774 **팩시밀리** 515-2007
홈페이지 | www.goldenbough.co.kr

도서 파본 등의 이유로 반송이 필요할 경우에는 구매처에서 교환하시고
출판사 교환이 필요할 경우에는 아래 주소로 반송 사유를 적어 도서와 함께 보내주세요.
06027 서울 강남구 도산대로 1길 62 강남출판문화센터 6층 민음인 마케팅부

ⓒ ㈜민음인, 2004. Printed in Seoul, Korea

ISBN 978-89-8273-809-8 04840
ISBN 978-89-8273-800-5 04840(세트)

㈜민음인은 민음사 출판 그룹의 자회사입니다.
황금가지는 ㈜민음인의 픽션 전문 출간 브랜드입니다.